宁波市鄞州区地方文献整理委员会

主　任　陈振国
副主任　王国定　吴海平　薛玉生　鲁定国
委　员　蔡桂芬　孙亚飞　鲁宝明　裘渭干
　　　　李聪慧　梁德明　黄明伟　谢定裕
　　　　戴松岳

宁波市鄞州区政协文史资料委员会

主　任　梁德明
副主任　王永强
委　员　江志勇　金岐伟　俞珠飞　颜务林
　　　　冯　琼　马慧芬

鄞州地方文献丛书

四明清诗略 [上]

宁波市鄞州区政协文史资料委员会 整理

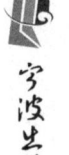
宁波出版社

《四明清诗略》编委会

主　编　鲁定国
副主编　蔡桂芬　孙亚飞　戴松岳（执行）
编　委　颜务林　俞珠飞

序

  我们正迎来中华文化复兴的伟大时代。作为人类历史上传承最久的文明，中华文化具有源远流长、博大精深、生生不息的特点。十八大以来，习近平总书记对中华文化作出了一系列高瞻远瞩的论述。如在中共中央政治局第十三次集体学习时的讲话中精辟地指出："中华文化源远流长，积淀着中华民族最深层的精神追求，代表着中华民族独特的精神标识，为中华民族生生不息、发展壮大提供了丰厚滋养。"而在博大精深的中华文化中，诗歌无疑是最光彩耀目的明珠，是影响最为广泛深入的部分。在漫漫的历史长河中，诗歌伴随着中华民族的成长，人们以诗言志，以诗抒情，以诗育人。故有李白"长风破浪会有时，直挂云帆济沧海"的坚人志向，杜甫"会当凌绝顶，一览众山小"的开人胸襟，文天祥"人生自古谁无死，留取丹心照汗青"的塑人情操，苏东坡"不识庐山真面目，只缘身在此山中"的启人哲思，叶绍翁"春色满园关不住，一枝红杏出墙来"的怡人性情，龚自珍"落红不是无情物，化作春泥更护花"的暖人心扉。所以中国历来有"诗教"之说，亦有"诗国"之誉。

  作为东南文献之邦的宁波，自宋以来，诗风蔚起，至明清之时，已成为全国的文学重镇，近代英国人施美夫在其著作《五口通商城市游记》中谈到宁波的文学声誉时说："即使在中国人心目中，宁波亦是颇具盛名，被认为是中国极具文学素养的城市，仅次于苏杭。"这位外国人将宁波与苏杭并列为当时中国文学的鼎甲，可谓眼光独具。确如其说，清初血火交织的抗清斗争，不仅使宁波出现了像张苍水、钱肃乐、周容、李邺嗣、沈光文这样具有全国影响的杰出诗人，更涌现了数以千计的布衣诗人，创作了数以万计的动人诗篇，呈现出诗乡的壮丽景观。然而长期以来，人们却忘记了这个辉煌的存在，以致产生了宁波有商帮无文化的误传。实际上，具有"四明文运代不泯"传统的宁波学者，以整理留存乡邦文献为己任，相继编纂了《甬上耆旧诗》《续甬上耆旧诗》和《四明清诗略》三部地方诗歌总集，20世纪末，宁波市政协所属的宁波诗社又编选了《宁波耆旧诗》，从而使宁波自古以来的诗歌有了一个系统完整的收录。

宁波虽有如此辉煌的文学成就，但人们却未感受到这种传统的泽润，更由于年代久远，文献失落，旧本难觅，人们很难看到这些凝聚了历代诗人精神和艺术特质的诗歌作品。为了挖掘整理地方文化资源，继承优秀文化传统，给政协委员和人民群众建言献策，提供历史启示和文化滋养，为党委和政府治安民提供治理镜鉴和成败事例，鄞州区地方文献整理委员会相继出版了鄞州地方文献丛书的多种书籍，其中2011年整理出版的胡文学辑选、李邺嗣叙传的《甬上耆旧诗》受到了学界和广大读者的好评。如今我们又聘请学者整理点校了由董沛、忻江明辑选的卷帙更为浩繁的《四明清诗略》，以与先前出版的《甬上耆旧诗》形成系列，亦与近年来相继出版的《续甬上耆旧诗》《宁波耆旧诗》形成鄞州亦是宁波历代诗歌总集的当代读本系统。

经过有关同志两年多的努力，在社会各界的关心下，如今《四明清诗略》付梓在即，为此我甚感欣慰，并向为本书编纂出版做出努力的各位同志表示亲切的慰问。相信此书的整理出版，将为研究宁波以及鄞州的地域文化提供丰富的资料，为读者了解旧日的宁波展现多彩的场景，亦为人们陶冶性情、抒情言志予以生动的启示，并在复兴中华文化和建设文化强区中发挥其独特的作用。

是为序。

政协宁波市鄞州区委员会主席　陈振回

鄞州区地方文献整理委员会主任

2015年5月7日

点校说明

一、《四明清诗略》三十二卷首三卷,《续稿》八卷,总曰《四明清诗略》。董沛所辑者,起卷首,讫卷三十二《补遗》,计卷三十又五;忻江明所辑者为《续稿》八卷,起清咸丰,迄宣统。

二、《四明清诗略》除1930年中华书局印本外,无其他版本。此次点校,即以此为底本。

三、全书共二千一百九十四家,诗九千四百六十八首。

四、全书共分上、中、下三册。上册自卷首上至卷十二,卷首分上、中、下三卷,卷首上以明末遗民钱光绣始,卷首中为李邺嗣一人,卷首下以万斯同止。中册自卷十三至卷二十五,下册自卷二十六至续稿卷八。

五、为普及阅读,此次出版改以简体字横排形式,用现在通行的标点符号。

六、底本中因避讳之字,径改回原字,如"醕"改为"醇";又如"弘、弦、胤、颙"等,恢复原字。

七、全书中异体字、通假字,一律改为规范简体汉字,如"蚤起"改为"早起"。

八、底本中"間""閑""閒"三字并用,今据文意,分别改为"间"或"闲"。

九、全书小字部分为底本中的原注解,以与诗文字体区别。底本缺字,则用"□"表示。

十、底本中序言、作者小传等未分段落,此次点校根据意群作了分段。

十一、因底本编有《姓氏韵编》可供读者检索,故此次不再拟编人名检索表。

十二、底本卷三十二末附有《勘误表》一节,此次点校径改需纠讹之字,原《勘误表》不再编入本书。

十三、底本竖排,右为上首,此次点校,按语中"右"字未作改动,即为"以上"意思。如"右一章第二句见《郑当时传》,第五句见《信陵君传》……"(李邺嗣《古诗》凡十二章)。

十四、全书卷帙浩繁,虽经多轮校对,仍有错讹或不当之处,敬请读者、专家批评指正,不胜感激。

原校订凡例

一、原稿未标书目，以先生所著《甬上宋元诗略》《甬上明诗略》例之，名曰《四明清诗略》。四明占有旁郡之地，而前人多以称宁波曰四明者，沿习之辞也。

二、原稿自清初迄光绪中叶，依时代分装成册，无卷第目次，庋置日久，散失滋多。此次校订，凡先辈之诗见于各县总集，或散见他本有可掇拾及续得刊本、稿本者，悉为补入。

三、原稿首录明遗民诗一册，皆当时诸生、韦布，侧足焦原，悲歌慷慨；或乃心故国，隐约终身者，其在明有一官一职，虽荒朝之命，荫袭之官，皆所不与，凡以明大谊也。兹特列为卷首，以示别异之意。

四、先生是稿，意在网罗放失，故正变并收，不分溪径。袁陶轩先生《四明诗萃》残本几于悉数采入。此次校订，敬体此意，不敢妄有所删汰。

五、名家之诗甄录较多，意以示一郡诗学之源流，且俾好古之士得此一编，藉窥诸家崖略。此次校订，于篇什繁多、诸体略备者，或列专卷，或数人为一卷，犹前志也。

六、原稿于每家名氏之下，备注字号、爵里及所著诗文集，间及世系，以同著录集中者为断；其有他种撰著，别详小传，凡以论世知人也。此次校订，于有可查考者，必加详审。

七、所书爵里，悉依当时之制。唯镇海本为定海，康熙二十六年始改今名，而移定海于舟山。是编开卷即称镇海，从今名，免歧出也。

八、小传所采传、状、序、跋之类，皆摘要书之；征引各志列传、艺文，但称某府、县志，不著传字、艺文字，省文也；各县总集，如《续甬上耆旧诗》《溪上诗辑》等书，引据尤多，不著撰人名氏，或径称《续耆旧传》，亦省文也，兹仍之。

九、原稿所采之诗，或从汇选，或从专集，或从传抄。

字句异同，往往絜取所长，不必尽依何本，兹仍之。

十、原稿庋置日久，文字蠹蚀，或所采原本亦有沿讹之处，帝虎鲁鱼，无从校正。兹仿《逸周书》，例用方空以阙疑。

十一、排次先后以科第年份为依据，本非所安，但舍是更无序列之法。早成晚达，年齿悬殊，伦纪所关，尤惧凌躐，排次之际一再致审。父必先子，兄必先弟，而年远地隔，稽考难周，舛误实多，懔乎若负罪焉！所可详者，不敢不慎。

十二、校订是编，时经两载，而搜求终苦未备。先生序黄氏一家稿，自称《前编》。国朝《四明诗》网罗一郡，凡千六百家，黄氏则三十家。兹阅此稿，增多二十四家，闺秀亦一家，云云。今访求一家，稿不可得，无从照补。即此类推，尚多遗轶，摭拾、补正有待后来。

十三、《续稿》之辑，补先生身后应存之人之诗。依仿倪继宗氏《续姚江逸诗》例，即以先生诗冠首，体例一从其朔，不录生存之人，不列寓公、方外之诗。各家小传著所征引曰"某志稿""某集稿"，未刻之书也，录诸人论列之词所见知者也。唯是搜访未遍幽潜或遗识见所拘，甄录失当，以兹二事，深用疚心。

十四、各县之诗皆有汇选，而定海则阙如。汤尔规明经浚近著《翁洲诗征》，手录成帙，许我借抄，资以撷取。鄞张延章为雪汀先生后裔，好搜罗县人之诗，倾筐见示，裨益亦多。至各处访求，端藉群力，拟以采录较多者，列名于册，其他不及备载。将伯之助，敬志勿谖而已。

十五、是编卷帙较繁，检寻不易，兹将各家姓名分韵编次，标明籍贯、卷第，列入简末，以备检查。

十六、校雠难于精审。卷中误字，列表更正，附入卷末。至排次先后之失序，事实舛误之失检，深愿博雅君子加以纠绳，逐条见示，俾得别制《校勘记》，以救前失。他山攻错，跂予望之。

总 目

诗者，人心之形于言。诗之有风，以觇国俗之美恶，朱子序《诗论》之详矣。有一代之人心、风俗，而成一代之诗，噍杀啴缓之殊音，盛衰隆污之异迹，辄与其时之政俗相应，而其人之性情亦各不相掩。吾四明自明清之际，士敦尚风节，中更洪杨之乱，下逮清季，孝义独行，志不绝书。风俗于古为近，今尚有存焉者否？诵其诗，知其人，可以兴矣。

是编董孟如先生所辑，起《卷首》，讫《补遗》，为卷三十有五；《续稿》自咸同迄宣统，为卷八，总曰《四明清诗略》，都二千一百九十四家，诗九千四百六十八首。

卷首上　四十七家　诗二百四十三首
卷首中　一家　诗一百三十三首
卷首下　五十四家　诗二百七十三首
卷一　一百八家　诗三百二十四首
卷二　二家　诗一百四十七首
卷三　五十四家　诗二百七十九首
卷四　五十四家　诗二百三首
卷五　五十八家　诗二百二首
卷六　七十二家　诗二百八十一首
卷七　七十二家　诗二百八十六首
卷八　五十八家　诗二百二十首
卷九　五十九家　诗二百六十五首
卷十　一家　诗一百九首
卷十一　四十一家　诗二百五十六首

卷十二　五十一家　诗二百十九首
卷十三　五十一家　诗二百四十二首
卷十四　六十五家　诗二百八十三首
卷十五　五十三家　诗二百五首
卷十六　五十二家　诗二百五十七首
卷十七　五十八家　诗二百六十四首
卷十八　七十七家　诗二百七十六首
卷十九　二家　诗一百七十一首
卷二十　九十家　诗二百八十二首
卷二十一　七十三家　诗三百七首
卷二十二　七十四家　诗二百四十一首
卷二十三　三家　诗二百四十九首
卷二十四　六十一家　诗二百四十六首
卷二十五　八十四家　诗二百七十二首
卷二十六　七十九家　诗二百三十六首
卷二十七　七十八家　诗二百三十二首
卷二十八　八十一家　诗二百五十一首
卷二十九　五十一家　诗二百四十六首
卷三十　二十八家　诗一百二十六首
卷三十一　闺媛四十家　诗一百二十九首
卷三十二　补遗十四家　诗四十二首
续稿卷一　一家　诗一百首
续稿卷二　四十五家　诗一百六十四首
续稿卷三　四十七家　诗二百三十一首
续稿卷四　八十五家　诗二百七十首
续稿卷五　六十三家　诗二百四十一首
续稿卷六　八十六家　诗三百五十二首
续稿卷七　十四家　诗五十九首
续稿卷八　闺媛七家　诗五十四首

校、订、采访、助资名氏

校订

  鄞　忻江明绍如

参订

  镇海　王家藩卓屏　　鄞　励延豫建侯

参校

  鄞　林朝翰杏荪　　鄞　戴彦霁笙
  慈溪　杨显瑞季眉　　鄞　童庚钊锡山
  鄞　江义修觉斋　　慈溪　冯贞群孟颛

采访名氏

  鄞　周颂清品立　　鄞　张之铭伯岸
  慈溪　周毓邠苇渔　　慈溪　王宗耀鲁卿
  奉化　江五民后村　　镇海　吴晋夔联笙
  象山　樊崇煦蔚香　　定海　孙尔瓒厘卿

助资名氏

  鄞　乐俊宝振葆 银五百圆
  鄞　曹显瑛兰彬 银五百圆
  鄞　张寿镛咏霓 银五百圆
  鄞　谢天锡蘅窗 银五百圆
  鄞　陈俊伯子壎 银五百圆
  鄞　严英康懋 银五百圆
  鄞　姜忠汾炳生 银五百圆
  鄞　应能章子云 银五百圆
  鄞　项文祥颂如 银五百圆
  鄞　项世澄松茂 银三百圆
  鄞　张自辉继光 银二百五十圆

鄞　蔡体鋆仁初 银二百五十圆

鄞　孙鹏梅堂 银二百圆

鄞　陈圣佐蓉馆 银一百圆

鄞　屠锡用康侯 银一百圆

鄞　楼舜儒恂如 银一百圆

鄞　陈道铭松源 银一百圆

鄞　毛节规志切 银一百圆

慈溪　费崇高瑚卿 银二百圆

慈溪　叶秉良叔眉 银一百圆

慈溪　张锡焕子英 银一百圆

慈溪　张祖荫鲁盦 银五百圆

奉化　周骏彦枕琴 银五百圆

奉化　孙天孙鹤皋 银五百圆

奉化　何斌绍庭 银二百五十圆

镇海　方积钰式如 银二百圆

镇海　张彝年逸云 银五百圆

镇海　张有年水云 银五百圆

镇海　李厚垣咏裳 银五百圆

镇海　陈英焕葆勤 银五百圆

定海　厉汝熊树雄 银二百圆

本册目录

原序 ··· 1

卷首上 ··· 1

钱光绣	周 容	薛士珩	陈昌统	艾达时	张鸣喈
郑端明	谢泰履	颜栖筠	梁 埙	陆宇燦	陈献球
邵 瀚	陈弼肩	陈凤图	陆 观	周昌时	吴岳生
管道复	汪应诏	毛雷龙	丁泰清	俞衷一	张 寅
李 禾	李 霖	李 榷	钱昭绣	高斗权	高斗魁
李文纯	冯恺琦	宗 谊	朱 钛	徐凤垣	董隆吉
邵似欧	邵似雍	钱 豹	陆介祉	张嘉曷	张定阳
万斯年	周 西	舒其宏	洪 昆	王应玘	

卷首中 ·· 57

李邺嗣

卷首下 ·· 84

范洪震	李景濂	朱金诰	许应祯	林宏玠	林宏琦
屠孝胤	屠孝穆	屠孝程	张鸿道	李 凯	陈衷赤
吴一鹏	李 蓝	杨秉纮	朱献臣	钱肃临	高斗开
纪历祚	周致泰	项 宣	范洪星	周志嘉	全吾骥
周志宁	董剑锷	万斯选	万斯大	万斯备	闻性善
闻性道	沈 潜	薛士学	王又曾	邬 泰	余 派

1

邱承耀	邱承嗣	董道权	周嗣升	全大镛	全美楠
汪 洋	包 燮	徐明节	黄鼎镐	闻胤崧	傅攀龙
范兆芝	沈士颖	陆 昆	王存雅	钱肃采	万斯同

卷一 146

方 抟	陈明瑛	陈 策	沈光瑶	王泰徵	范奇英
傅龙跃	单九翔	虞世恺	张士甄	黄象雍	周曾发
范光文	范光遇	范廷元	胡亦堂	张瑶芝	任德敏
戎上德	徐上扶	胡文学	张 翼	陈治官	周明新
钱 捷	项斯勤	刘鸿声	林允文	项 强	谢归昌
谢赓昌	史大成	李燧升	邵仲陟	范廷魁	范廷凤
张 莺	董允怿	陈鸿绩	徐嗣英	桂载锡	谢泰定
谢泰交	钱肃凯	屠梓忠	洪图光	黄洪辉	高斗阶
金 良	虞二球	叶 蘅	周斯盛	李文缃	俞廷瑞
王重时	赵之璧	董师儒	钱若虚	陈久登	张光彪
高宇厚	高宇启	高弈宣	董德宸	冯恺宪	陈 峡
林时象	杨式传	戴 浚	沈光杰	施兆麟	钟 俊
董文升	颜 迈	陆 峻	张尚纲	林 智	陆 藩
钱 廉	邱胤玉	方伊蒿	周斯戭	娄景璧	刘纯熙
陈景泮	郎汝望	周志焕	戎骏声	沈泰漳	蒋一桂
俞有胜	李 秀	许继康	黄 之璧	李 统	李 绘
李志时	舒化邦	仇金粟	周名世	袁茂稑	沈光勤
沈光献	沈光云	忻天锡	周志械	陈自舜	柳梦桂

卷二 217

姜宸英　姜宸萼

卷三 250

谢得昌　方启焜　谢为霖　谢为宪　张士培　张士塽

徐懋昭	范 炜	董允忭	徐 勋	王振先	陈所知
谢 逢	周在鱼	范正辂	卢 宜	赵嗣贤	赵嗣赞
赵嗣万	袁时中	谢兆昌	邱克承	董允瑶	黄 斐
左臣黄	左 岘	李文伟	余 潘	朱 洞	沈从约
何海士	邵似升	谢景昌	谢为衡	戴昆樾	戴石臣
俞化沾	孙文祖	傅嘉让	董日炘	钱美恭	张汝翼
董允珂	董允璘	董允璐	章朝铨	毛 彰	毛觐文
范 溶	黄象升	黄象观	黄象辂	叶 适	柴梦楫

卷四 310

唐文献	黄鼎峙	沈光珏	向懋英	范光曦	董允雯
谢绪光	毛 彬	李 开	谢于道	张 英	陆经正
万 言	胡耀庚	陈锡煆	董尔宏	沈延嗣	王朱旦
毛来宾	唐文焕	王治皞	周 臣	冯逊庸	郑允森
张圣选	张钦选	王天才	陈 贞	陈翰邦	李 涛
桂时飏	桂兴宗	谢秉昌	谢允昌	谢炽昌	夏玉文
金组绥	张 拙	张鸿儒	蒋宏宪	徐孟志	郭 镰
杨体元	陆经略	鲁 璞	桂一奇	向 逴	任琯玉
陈学礼	陈梦莲	戴 易	章朝钰	汪 涛	钱鲁恭

卷五 358

胡德迈	黄于高	孙士价	陈紫芝	谢师昌	陈赤衷
董世英	董文成	邬 棐	陈 谐	柯之任	谢绪彦
吕道昌	沃 堂	倪 彪	仇兆鳌	戎 澄	董允霖
张维藩	傅嘉说	王家献	施兆凤	钱渭恭	屠孝义
范光阳	郑 梁	王之琰	陈汝咸	张起宗	周近梁
周章泰	陆 鋆	徐志泰	李 谦	李 涵	王 爽
潘瀛彦	黄道晖	黄道南	沈光俊	水宝璐	施国鉴
施 锃	余绍昌	袁 钫	谢功昌	谢岐昌	李 芳

3

屠孝斌　张兆林　王之坪　舒其南　舒其丰　邬子喆
邬铉明　刘上庸　叶　嵋　黄　霖

卷六 ······ 406

陈衷愿　舒顺方　周鸿宪　邵元观　黄廷铭　谢绪宏
谢曾祚　沈　炳　陈吴岳　王锡卣　王象治　姜　沄
吴宗美　万　经　陆　鋆　张廷机　沈光定　范章鼎
史节文　郭彦博　项　垣　包九围　乌光谦　李时培
万世祺　董元晋　董孙符　董胡骏　陈本衷　倪　益
毛　彤　费培崤　黄之傅　葛世扬　周章庭　郑　渠
叶　吟　黄修夏　黄世琬　黄　镁　沈景濂　沈际飞
仇　拱　张九林　张孝元　李士模　董　雳　李枚臣
邬开裕　邬子滉　钱铭恭　戴尚芝　忻思荣　冯方平
董元翰　董一聪　董彦琅　江振霆　舒文西　徐　杲
徐　梁　谢绪承　谢绪敷　戴　间　张九英　忻思忠
冯元长　周　观　李　暾　郑　性　万承勋　谢绪章

卷七 ······ 468

郑羽逵　郎作霖　徐文驹　傅维祖　仇廷模　谢云祚
董德愈　方　学　张锡璜　徐　东　裘　琏　黄廷相
周兆云　卢　坚　周定昌　袁德峻　谢绪恒　邵　基
范廷谔　董正国　周浚先　胡铭峄　屠简行　屠敏行
张锡璁　张锡琨　史　荣　费金珪　胡奇佐　范　梧
范　核　胡廷凤　董元密　王之达　李国孚　李昌漳
郑景会　冯训方　范之恒　杨绍光　陈　诺　纪宏纯
王孙旦　张学濂　张学伊　张学益　张学贯　陈　纶
陈昌泗　陈士良　柴梓庭　童　枢　叶赓唐　陆应宿
谢鹍祚　乌光益　钱玄则　董来朝　忻思敏　黄道发
毛德琦　屠　庶　戴义昌　戴义昭　杨鼎元　顾逢桂

舒再芬　陆　海　王尧臣　江光被　竺　勤　朱韶懋

卷八 ·································· 532
谢绪敬　胡　儋　钱志朗　林文懋　冯鸿模　王　谕
李昌泉　郑宗桓　王元佐　陈象曦　李　凯　袁　澄
包之麟　胡维焕　胡维炳　范从律　张懋建　谢善祚
钱鸿基　王立鳌　葛绳先　陈汝登　钱浚恭　范廷谋
范廷培　范　坊　乌王路　陈　觉　周维械　董　义
董　宖　董元宿　俞　虬　忻孝则　周兆瑛　傅沂如
沈梦桂　范从彻　周　鼎　童美成　张思齐　钱中盛
钱际盛　钱德盛　陈　撰　桂　芳　魏士杰　叶　筹
王　炳　董元聪　董　敏　秦大育　裘　玉　黄松龄
黄自新　黄茂大　邵于迈　邵于征

卷九 ·································· 584
蒋拭之　陈其璜　尹廷机　孙　埏　杨沃洲　费士桂
张凌霄　张承烈　施沧涛　袁德达　谢闾祚　谢友祚
杨　源　李自新　范永润　范　铎　桂　潚　郭景行
李恭宽　胡昌旸　冯鹏飞　包旭章　屠可堂　李　裕
俞　经　董　任　罗　岩　李恭寀　陈美训　李世兼
李世法　叶兆翔　魏　基　王仁杰　钱秉铖　王　岳
周应垣　郑大节　陈锡卣　钱鸿图　钱鸿祺　钱亦嘉
周位先　忻思行　施淞涛　施江涛　张懋锦　张懋材
傅德荣　周忠孚　裘丰芑　宓　泓　刘天相　毛　润
毛阶六　倪嘉平　周廷恩　张凌云　范用炳

卷十 ·································· 641
全祖望

5

卷十一 ······ 671

卢 镐	董秉缊	董秉纯	徐本礼	魏 鼎	毛 升
张懋迪	张懋延	李昌昱	蒋学镜	姜炳璋	胡桂林
陈锡蕃	孙 焕	陈元松	邱学敏	李 增	黄绳先
陈良佐	董秉鼎	谢佑衷	仇启昆	周世文	严殿谔
陆时茂	屠之蕴	范永浤	万 福	万敷前	黄绪奎
刘怀理	顾华白	张时中	吴鹏翮	冯金澎	董懋震
张 铎	卢 翰	周士金	吴成宣	吴元锦	

卷十二 ······ 730

傅元杓	卢 瀚	范 钛	戴 淦	包祖贤	冯丹香
陈鹤山	姜 埴	周光裕	范永澄	王世勋	谢瑗祚
谢书祚	谢埮祚	孙 升	王 恒	董澄川	盛 沛
倪沛潮	蒋学镛	林汝琏	陈同文	阮增荣	张志铭
史节音	范 鹏	屠可播	屠可来	桂 湄	桂瀍仙
冯彦斑	邬自强	童弈桂	包嘉谷	董华钧	林汝霖
桂浩然	顾 枫	沈 楷	谢纯祚	谢含祚	郑朝宗
张志熊	忻 缙	忻 绅	邓 炳	石大成	王世仕
王世宇	张承文	邵 塾			

原　序

　　外舅董孟如先生编辑郡人诗，起清初，讫光绪中叶，凡一千六百余家，江明方弱冠，从先生游文字之役，盖身亲之。

　　先是岁庚寅，浙江学政南海潘公续辑《两浙輶轩录》，宁波一郡属先生主政，先生竭一载之力，采嘉道后郡人诗八百余家上之，书成，所甄录者不及其半。先生以搜集之匪易，文献之有存毋废也，乃追辑国初以来诸家之诗，合之所上底本，厘订增补，别为一集。未及审定而先生遽归道山，藏弆不慎，寖致散佚，同光两朝至全遭蠹蚀。今距先生殁且三十六年，中更丧乱，此残本者仅而得存，可谓幸矣！

　　江明每抚手泽，慨焉兴叹，思欲校补录副，而逡巡未果。友人胡文学璠、毛茂才雍祥辄怂恿付梓，且任行销之责。胡君率银五百圆，毛君率千圆，既成约，乃集郡之俊彦，谋所以校正者，佥曰："稿多，散佚宜再征求，以复旧观。"复更端言曰："今清祚既讫，例当断代。先生殁后三十余年中，凡属清代之人之诗，宜续辑以成一朝之录。"于是延耆宿，置写官，广征博采，得稿近千家，阙佚者补之，讹脱者订正之，近三十余年中之诗别存之。方事之始，佥议用聚珍版精印以广其传，凡阅时两载有余，縻款逾万金，而是集乃出尘箧而登签轴，江明始念不及此。其及此，宁非先哲之灵所牖启者哉？

嗟乎！今之世何世也，古学消沉，异说垒起，人乐于放佚相率，嗤节义为愚顽，薄文章为无用，一二抱残守阙之士，厄于众势，喑嘿无声。夫宋之亡也，吾乡王深宁、陈西麓诸公悲歌慷慨，唱酬于荒江寂寞之滨。明之亡也，汐社尤盛，遗臣、野老黍离麦秀之感，一托于诗，而今何阒寂耶？岂诗教亦中绝欤？

虽然，节义者人道之原，文章者不朽之业。自逊国十九年来，人人厌薄古学，此集已若存若亡矣。今幸藉诸君之力，竟先生未竟之绪，既以存一代之风气，且俾后之尚论者见先民之矩矱，而思复其旧，于世道人心或不无少裨焉。宜诸君之亟于观成而欲有以广其传也。

是役也，校印之资出自捐募，乐君俊宝、曹君显瑛左右余筹款尤力，与凡有助于是集者，援汉碑阴例书名简端，以彰其伐。至续稿之辑，搜采未备，遗漏滋多，所存或非其至者，窃拟庋藏，以待增补。诸君曰"非前所云断代意也"，且虑久而散佚，因连缀付印而并志其缘起如此。上章敦牂之岁，冬十有一月忻江明谨识。

四明清诗略卷首上

鄞　董沛　孟如　辑

钱光绣

字圣月，一字蛰庵，鄞人。著有《从慕堂集》。

《鲒埼亭集·行述略》：先生于出处之际最严。从兄忠介公家被籍，适招抚严，我公见招，以欲纾家难，故往见之，及欲授以赞画，固辞得免。又有荐修玉牒者，亦拒之。几社云间宋征舆，故人也，以中书舍人随大将军幕，欲与先生一见，托疾不往。昆山朱应鲲亦故人也，宰上虞，颇鱼肉故国遗民，先生面斥之。或为新通守树碑，列先生名，亟往，削去之。自硖中返甬上，构茎斋庵，辟裓园，筑归来阁，与董户部守谕、德偶、王太常玉书、高武部宇泰辈往还酬和。晚年与宇泰为耆社，慎选遗民九人而已，感怀家国，遂成心疾。戊午之夏，忽以愤懑自裁，闻者惜之。

参《续甬上耆旧诗传》《两浙輶轩录》，引李昭武《从慕堂集·序略》：圣老二十年前诗俊，拔已久已，而游于吴会，一变为瑰异，今则洗钵中条，枯心守寂，空中鹤声，乃益进而上矣。

感遇

陶公行乞食，赖逢贤主人。不待出言词，壶飧已具陈。

所以矢冥报，拟诸漂母伦。举世竞锥刀，诗书藐若尘。无怪巨腹贾，引溺儒生巾。性刚舆俗忤，觍颜成苦辛。廉耻苟弃捐，宁复忧贱贫。忍死却嗟来，吾欲师先民。

冬夜

漫漫夜何长，枯坐含凄清。叶落小犬吠，月黑孤雁惊。阴风忽怒号，林木如有声。栗冽寒入肌，灯火不欲明。而我持一卷，默然耽其精。返照若有得，殊觉身世轻。片虑寂不动，隔寺寒钟鸣。

述怀 录一

我心如秋月，秋月犹有翳。我心如太虚，太虚杂云气。托生尘埸间，纷纭统万汇。应接无乃疲，出之若不意。去既勿可追，来复何所际。方寸恣经营，转为道所弃。此中空洞然，矫首忘天地。

荷池 录二

时方夏五，荷未着花，冶叶芳条，惬余心目，兴会所至，积成篇什，或与屈到同癖乎？观者勿兴玩物丧志之讥可也。

群花花始佳，此花叶先好。清风与周旋，送香香不了。明珠雨后圆，累累大还小。何事惊游鱼，林梢掠归鸟。

忆昨藕始栽，落落叶几片。藻荇互纵横，方塘忽盈面。遂有鸂鶒来，窥鱼立浅涧。何处棹歌声，烟深人不见。

访黄公故迹

诏矫扶苏死，秦鹿失其瞥。四皓鉴厥危，出定储皇位。驯致雉司晨，此举阶之厉。非种曷胜锄，王孙啄麋既。藉非军门呼，赤刘宗已坠。咄哉老商山，强与人家事。翻讶伟衣冠，出自留侯计。我欲叩黄公，铜驼曾否至？荒坟不可披，废碣埋榛翳。古庙留新村，珈筓易缨佩。俎豆仍俨然，亥豕姓名异。世事总荒唐，阴阳且倒置。安保定储谋，不属子虚类。谁订旧俗讹，千春免訾议。其地旧名黄公林，今讹为黄姑林，祀女像于庙。

醉歌行

仰天耳热夜击缶，春缸一泻三百斗。主人大醉独搔首，侧目乾坤我何有。英雄自古仍骨朽，夕阳渭水空衰柳。铜驼夜哭西风后，吾生快意惟饮酒。结交少年半屠狗，兴酣鲸吸相把手。秋涛怒决三江口，世事由来不平久。胸中有剑呜呜吼，十载磨之可以负。南北西东出门走。

幽涧泉为侠姬沈素琼赋

芜城沈素琼名隐，故倡家子也。喜吟咏，落籍归新安夏子龙，唱和有同调。甲申国变，夏生纵酒得奇疾，遂不起。属纩，夕琼盛饰，抚尸一恸，自经柩侧。友人夏乐只基征诗文以旌其烈，余为赋《幽涧泉》一篇。

幽涧泉清，幽谷兰芬。彼美淑姬，乃倚市门。一解
啁啾燕雀，集于梧桐。巢枝啄实，不改其容。有凤来归，爰作凤宫。二解
嗟嗟雀兮，厉翮高翔。嗟嗟凤兮，铩羽彷徨。胡然麋呲，昊天不臧。委身尺练，隧壁偕藏。三解
谁谓臣能忠，乃在樵与牧；谁谓妇能贞，乃在桑与濮。皑皑雪霜，皎皎冰玉，谷兰不芬。芬者荻，涧水不清，清者渎，噫嘘嘻兮，我为天下哭。四解

题文谢陆三公题名录为春明陆五字爆所购

龙威丈人窃禹书，班固真本藏壶芦。奇物自有神物护，

出关气运理匪诬。宝祐天子胪传毕,庐陵才人名第一。法天不息对精详,预卜忠肝如铁石。更有信州暨盐城,同登斯榜称人杰。柴市英灵凛若虹,弋阳古驿号悲风,厓山黑浪骑白龙。岂知雁塔分题后,死刀死水死饿偕死忠。建隆杨砺及第来,不愧科名有几哉?一编流传五百禩,光气煜煜凌三台。烈皇末叶姑苏旱,所南心史出井干。不久苍鹅满眼飞,似与斯编同隐见。四明二陆忠耿耿,第五之名曰星炳。偶向鸡林购得之,解佩荆卿逢漏影。陆生陆生宝此书,绫文什袭逾琼琚。他年科名事业巧,相媲毋令三公高擅千秋誉。

明山九子歌

辛亥春分前一日,高子隐学初举耆旧,会于延庆讲堂精舍,在会为我庸徐振奇、屋山王玉书、梅仙邱子章、荔堂林时跃、霜皋徐凤垣、辰四高斗权、杲堂李文胤,洎隐学宇泰、不慧光绣。而九适姚江龙听庵,印在瓠大师飞锡偶至,欣然入社,为赋《明山九子歌》,人各三韵,因年以次,予复踵其韵而广之。

九人会续香山开,移家近自青雷来。_{我庸自青雷山移家入城。}徐君落落多好怀。

王子著书忘岁月,尚齿今为第二客,山居诗古同越绝。_{屋山有《山居诗》行世。}

梅仙始归辽海东,廿载洞庭烟水中,使我神游橘柚丛。_{梅仙客洞庭,廿载始归。}

荔堂抚孤矢不二,走也有诗纪其事,王成卖卜同斯志。_{荔堂有抚孤事。}

甲寅偕降高隐翁,_{隐学与余俱甲寅生。}奉诏迟迟心独慵,西堂血泪洒秋穹。_{隐学有周昌之疾。}

印公远访冲洪波,君家大阮伤若何!_{印公,宛陵名家子,余与其令叔景山沈子交最厚,后殉乙酉之难。}趋庭犹忆陵阳坡。_{先大}

夫尝守宛郡。

霜皋别业枕大江，老而好学恒然糠，阙里邀游涤肺肠。尝负笈游东鲁。

翩翩辰四旧乌衣，当道何曾怯老罴，夜雨一编手自厘。

中有文园善病客，幅巾曳杖来南陌，李郎才情一当百。

杲堂素善病，杜门不出。

赠夏存古 完淳

翩翩谁似子，谢客许同年。时甫十三。人比初三月，家悬尺五天。黄中通至理，素业谢时贤。四库何劳问，先予早着鞭。

读史偶成 录三

掩卷悲前史，掀翻只一时。未安反侧枕，先定党人碑。功让儿曹立，名因妇寺知。夷吾多自负，江左竟谁支。

谅亦关天运，空烦叹息声。群僚皆下走，天子岂门生。郿坞方营窟，金縢又博名。宁知千载下，形影聚寒檠。

何物应须骂？儒冠偏恋家。告身堪易醉，补阙自连车。风雨排鸦阵，雷霆避蚁衙。翻怜槁项者，化不到虫沙。

游铜井无畏庵

铜井何年寺，能留太古颜。鹤巢青霭断，鸟道白云间。水色经春改，井水四时变色。钟声入夜顽。腥风吹不到，为隔万重山。

次答蒋荆生 珩如 见怀

生来多正骨，无计解逢人。好卜陶公宅，招寻蒋径春。蹉跎尤悔积，患难性情真。温语遥相慰，箪瓢未是贫。

旷士每违俗，嗟余尊所闻。风涛缘底事，鬼蜮竟中分。

不与萧争茂，宁辞芝共焚。同心有之子，空复惜离群。

秋夜柬退山肃图三首

又是秋将半，依然寄一萍。独眠闻坠露，起坐见移星。好信传湘杜，孤怀感隰苓。与谁同寂寞，珍重此原鸰。

坐惜头颅老，宁嗟运数迟。逢时惭我拙，负俗畏人知。薜荔三秋服，蒹葭五夜思。苔阶空伫立，双屩露华滋。

墨丝欣未染，阮路岂终穷。壮志悲鸣鵙，遥心寄断鸿。儒冠差足恋，名纸为谁通。灯影成双照，啼痕此夜中。

示汉臣鲁恭侄病

何物能驱疾，冥心葆一元。书无求甚解，道岂在多言。艳色明霞幻，浮名逝水喧。子如持此诀，渴不到文园。

得董笔公德偕书却寄时长至前一日

判袂江干已十霜，几行声泪转凄凉。今宵梦与千山断，明日愁随一线长。避世有心频中酒，谋生无计欲休粮。何时共作联床话，回首沧溟是故乡。

入省舟怀兼柬吴次尾应箕、公介福之、顾子方杲、孙克咸临、朱云子隗、望子陵

如此风光岁岁怜，买将七尺木兰船。钟声晚恋夕阳寺，帆影晴迷落叶天。贡赋江南惊赤地，旌旗漠北起黄烟。等闲剩却渔樵侣，取次西湖共醉眠。

甲申三月十九之变，令人愤不欲生，拟即披发入山，焚弃笔砚，不复问人间事矣。欈李徐子吉士来投我，悲歌读之陨涕，因踵韵和之 录五

北望风尘起燧烟，折冲宣室席空前。建瓴形势归秦晋，

犄角声援隔岭川。五日燕山惊牧马，百年蜀国怨啼鹃。殷忧启圣浑无验，废尽从来廿一编。

旌头夜带阵云黄，阊阖千秋暗不光。赖有衔书都校尉，岂无溅血侍中郎。大君摺笏骑箕尾，天母鸣銮履雪霜。龙种凤雏曾莫惜，哀哀遗诏轸民康。

巍然大纛与高车，养就吞舟漏网鱼。开阁但闻跻郑五，筑坛谁复拜穰苴。党争厨及方酎穴，爵滥厮佣渐剥庐。有主无臣良可涕，勒金屠戮竟何如。

诸君清夜试扪心，可忆先皇宠遇深。负弩伛迎多上第，执鞭蒲伏半儒林。能诗沈约工鏧伎，作赋扬雄解语禽。岂是革除臣气竭，难将廉耻律朝簪。

圣主焦劳罢宴游，群公歌舞乐糟邱。须知败局翻成局，不道清流受浊流。国步多艰筹颇熟，元凶欲报策难收。伴奴几许伤心事，溜决长河泪未休。

书近况寄贺黄公玑

听歌石上忆当年，秋月秋风思黯然。蚕食千金家已破，鸡烰一载命犹悬。琴心欲逗难成侣，剑术终疏不肯仙。见说故人同寂寞，待呼牛酒劝青天。

社集曹子玉玑民部园亭

不将萝薜易簪缨，沧海真堪老客星。青雀舫移南北岸，赤栏桥接短长亭。柳眠已倩莺催起，花醉翻教酒劝醒。袅袅东风吹欲遍，可曾吹绿上冬青。

壬寅除夕

江城岁事正纷纭，野老空山总弗闻。道不行欤原有命，身将隐矣又焉文。椒花酒许频频劝，柏子香宜细细焚。弱女胜无聊自遣，杖藜明日且看云。

卜居

不是柴桑处士家，也应学种邵陵瓜。卜居已近三分水，开圃仍存半亩花。自喜投闲偕鹿豕，无烦问岁叹龙蛇。桔槔伊轧声初歇，又见渔村落照斜。

哭邱含三子章

岂为烟波震泽宽，肯贪虾菜足盘餐。含三国变后，久客洞庭山中。青衫泪湿白司马，皂帽尘蒙管幼安。去日朱颜频抚镜，归来华发漫垂竿。只应不负金川恸，入地犹惊碧血寒。

拜梅庵

苍瘦真堪拜，疏花缀苔隙。谁言林家梅，不及米家石？

昭关 在京口银山侧

伍相经过此浪猜，屹然雄镇俯江隈。芦中渔父如相识，我亦吹箫吴市来。

题丁原躬画

依依平楚远黏天，几点青山断忽连。春水夜来高似岸，舵楼却并柳梢烟。

皋亭山中口号

颇忆皋亭万树桃，好从深处结团瓢。他年渔父重迷棹，记取溪南第一桥。

周容

字鄧山，一字躄堂，鄞人。明诸生。著有《春酒堂集》。《鄞县志》：容工诗善画，尤工书法。明亡，弃诸生于青雷山，薙发为僧，其父泣阻，乃返服，遂放于酒，白眼骂座，世以徐渭方之。始容未知名，时为御史徐殿臣所识，后殿臣山居，为土兵缚去，咸友莫敢救。容尝往来海上，识其魁，往与之言。已得释，众大哗，谓为容所诳，遂榜掠之。座客力救获免，足由此躄，因别署躄翁。容踪迹遍天下，所至皆有诗。晚年已倦游，适有以非意干之者，乃复出门。时方举词科，朝臣争欲荐之，容以死力辞。尝在闽中或以千金属一事，挥去勿顾。卒于燕邸，止一仆随侍，贵交有欲贿取其集者，赖其仆痛哭持之，得以无失云。

严子陵钓台上作 录一

江去向钱塘，江来自瓯婺。两山相萦抱，不见江来去。挂帆过顷刻，收帆守朝暮。江水年年低，台高及此处，清风不下山，自拂亭前树。

经淮水有怀韩侯

淮水昔何似？斯人重一餐。为思垂钓时，石上青苔寒。赤鲤喜清流，黑鲤喜泥淖。小心事鱼虾，何况彼年少。一旦逢汉高，赫然成功名。大风至今起，台下波澜生。

燕寓

此身不自测，忽作燕山游。此心太分明，四顾无所投。且寻宣王鼓，再访昭王丘。

冬夜 录二

矫首孤树影，自谓非枳棘。残叶有余春，惊飙空作力。欲将鸿雁留，飞鸣不我即。翻愧谢栖乌，为予催曙色。

村居中夜旷，静极如有声。攲枕兀无寐，披衣步南楹。寸心止须臾，万里相经营。云低天在否，何以酬此生。

汉张桓侯故里 过涿州作

晓雾凝霜枝上积，日午霜坠如飞雪。马鬣结冰人结须，啼声剚劳语声噎。我亦拥肩寒透脊，忽惊侯里大书碣。桓侯昔日逢云雷，君臣契合从篙莱。巫峡巴山路几许，灵旗夜火魂归来。龙蛇古壁新丹垩，再拜庭阶百感赴。风尘满眼一身孤，不识楼桑在何处。抹额擐衣髯作怒，帐前依旧长矛树。念侯千载常若生，上马不知寒已去。

虎丘

入院怜花草，春光此处偏。千年王霸地，三月女儿天。茶社分亭幔，歌台聚酒船。那能无一醉，隔岸已啼鹃。

有赠

各住大江岸，夜深通一潮。数人仍落落，双鬓总萧萧。筋力荒闲暇，诗文壮寂寥。尊前应烂漫，世事几渔樵。

友过

日落君能过，予方欲举杯。客心消绿蚁，春色畏青梅。信命应存傲，思亲可避灾。直须沉醉卧，三径莫多开。

独语

独语出西巷，江风吹葛巾。空庭无贳酒，斜日自寒人。

吾道尊贫贱，天心试苦辛。来朝垂钓去，秋鳜正如银。

今归

鸡声催橹急，才到旧渔矶。月淡人争渡，霜浓犬出扉。招魂思昨险，拭眼悟今归。邻叟墙头问，应先泪湿衣。

早起

四海人同梦，鸡声忽起予。千秋心未已，一日事何如。酒趣刘伶减，年华邓禹虚。凭栏空自笑，抱瓮灌园蔬。

闭门

闭门吾本意，漂泊亦徒然。屋剩三竿竹，桥回十亩田。倚锄蔬笋候，侧笠雁鸿天。竟遂南阳愿，无求得苟全。

亳州道上

渐喜江南近，平田水稻深。小村人息午，古树马嘶阴。六月红尘路，三年白发心。故园寒井冽，屈指一披襟。

上紫阳山

独坐遣愁愁未央，忽随群石上高冈。壮年无事踏秋叶，故国不归看夕阳。僧去影随深径小，雁来声引大江长。天涯正尔风尘满，仙蜕应宜卧石床。

送客

送客篱门巷转西，同看归鹭数行齐。邻家欲尽江风大，人影初长野日低。得地藏身谋草阁，就春生计羡蔬畦。踌躇未竟今朝话，愿约同床听晓鸡。

集陆五春明宅

一日狂歌当一年，但逢有酒即陶然。半城夜雾湖为海，

周容

四座春风阁在天。白眼干戈吾党在,掀髯裘马世人先。不妨长枕同高卧,闻道华胥咫尺边。

按：钱、周二公诗,朱竹垞先生录入《明诗综》,而阮氏《两浙辖轩录》则置之国初诗人之列,兹特著其为遗民以冠卷首。

薛士珩

字长瑜,号白於,镇海人。明天启乙丑贡生。著有《海居集》《白榆集》。

《镇海县志》：士珩为三才长子,少负异才,为诸生。与季父三省、族父三台及谢渭称四俊。后三人登第,为显官。士珩仅以明经贡太学生,长贵胄,萧然若寒素。国难既作,严开薙之令,托疾不出,以大布之巾蒙其首。生平动必以礼,燕居如对宾客,晚岁点定经史,以课子弟,书几充栋。卒年八十三,学者私谥孝定先生。

秋夜怀家咸并场中诸友

秋夜白于水,仰见三五星。河汉澹清浅,万里混空明。我登黄金台,遥望钱唐城。海月半如弦,江潮怒如霆。白波摇天表,湖山尽奔崩。乘潮驾长风,鱼鳖思冯凌。况傅垂天翼,怒气若鲲鹏。水击三千丈,应令鸩鹥惊。我家有凤毛,文采亦自成。翙翙振其羽,所志在青冥。昔我骞海上,同飞亦同鸣。众鸟夜倦还,矫矫举翼轻。向月发奇响,里耳谁能听？今已息六月,胡不骇一鸣。趁此培风力,翻然任纵横。

送乌剑华补官之京

秋早梧阴满,楼头月色明。轻装凌越水,宝剑仗燕京。新契添瓜葛,久要推弟兄。弹冠那可祝,珍重素丝盟。

雪后过六合

策马秦淮道,行行望帝都。逢人买花胜,经户贴春符。日海凌残雪,江风动客襦。邮程方未已,何处醉屠苏?

滁阳道中即事

古渡秦淮口,冲寒不惮频。栖雅含冻雪,绝涧断行人。古树龙蛇窟,空村鸟雀邻。呼童沽斗酒,斟酌旅情亲。

过濠梁见竹有怀故园

春明回首渺愁余,满目枯杨送客途。行到江南才见竹,身过濠上始知鱼。千金漫说屠龙技,万里空怀索骏图。为讯故园松菊侣,殷勤好似昔年无。

按:白於先生当鼎革之际,年已七十,又十余年而卒,故志传列入明代,而查阮氏《辖轩录》,侪诸国初诗人之列,似有未当。兹集编入卷首,著其为遗民也,凡卷首所录诸诗人,率取此义。

陈昌统

字尔长,一字汉仲,镇海人。明崇祯壬午贡生。著有《竹溪集》《谵语草》。

《镇海县志》:昌统弱冠补诸生,为文奇峭警拔,直追韩、欧,工诗词,兼能射,负文武才。尚书邵辅忠深为器重,遣子似欧、似雍受业其门。同时李文伟、臧长裕、陈衷赤、薛士学、谢泰宗、泰诚、泰定、泰交结星椒文社,推昌统为长。邑令张琦知其贫,周之不受。明亡,弃衣冠,屏世事,隐于灵岩,自号东澥遗士。卒时,命尽取所为诗置椁中,有《绝命词》最哀痛云。

太白楼云

一片空蒙锁翠微,坐来和露湿秋衣。禅关半掩黄昏后,老衲携将两袖归。

艾达时

字仲可,镇海人。明诸生。

《镇海县志》:达时早补诸生,遍览群籍,过目辄能记忆,后进咸师法之。所得馆谷,悉散给亲友。崇祯戊寅,诏举贤良方正,主者以达时应,力却之。江干失守,谒先师庙,恸哭焚儒巾,往来山谷间。晚年闭门高卧,灶下绝炊,犹弹琴咏诗自若也。卒年八十余。

酒后有感

又是凄风冷雨时,高楼垂幔独浮卮。鞠华佳日供狼藉,海国深秋与雁知。盘涧漫寻高士宅,榛苓空系美人思。积胸古恨留多少,且倚残曛讽杜诗。

病中

辜负征囊旧剑存,一春抱病闭闲门。空山小草虽微贱,也受高天雨露恩。

乌龙世绩到今传,忠孝贻谋仗后贤。九阪云隤神骏困,自携青镜惜华年。

张鸣喈

字雖又,一字鸣逵,镇海人。明诸生。

《蛟川诗系》:先生究心宋儒书,年十八九,充然成德。国亡,弃诸生,隐居觉海山,与薛孝定、陈鸿宾、艾仲可诸先生啸歌林壑,论者比之陶元亮。著有《山舍偶考》《偶存》《四明文献录》等书,学者称同协先生。

怀古杂咏

王气溯今古,动云天与人。人心尚在燕,天意乃属秦。燕丹重一国,荆轲轻一身。烈采流易水,愧杀盈朝臣。徒为发上冲,挟彼壮士伦。暴秦不可灭,匕首那得亲。千秋有余恨,恸哭易水滨。

首阳有孤竹,岁暮何青苍。不与凡艳共,常自凛雪霜。嗟哉夷齐子,遗迹传首阳。当途非虞夏,深谷存羲皇。追随伯与叔,依此孤竹旁。山头卧朝日,采薇亦自芳。性坚不可破,节直乃见方。怀古有深情,临风浮吾觞。

对酒

生平不善饮,有酒聊自娱。对酒忽复止,望空长叹吁。此意人不解,默然挽吾须。太阳匿光曜,坦途成崎岖。受性良不易,处世岂真愚。童子敬扫席,主人理短襦。还将酒相对,白云生南隅。

柬陈不贰

闭门时得月,开户便临风。世事都如此,吾身合固穷。春深花欲醉,巷曲路难通。剩有相思句,灯明五夜中。

山楼晚望同谢天怀

放眼暮江前,凭楼思渺然。渔灯明野岸,磷火弄原田。殿古依岩石,鸿惊度海天。可怜黄叶里,时有白云眠。

溪堂

梅花数点不知春,漫托鸿飞远俗尘。谷邃溪鱼娱钓客,院深林鸟伴幽人。僧从乞食归来晚,水学无情逝去频。留此杖头钱几个，前村沽酒漉陶巾。

茅斋

安稳茅斋浃水东，岭头明月挂疏桐。凄凉门巷无鸡犬，寥落衣冠有钓翁。乱后饥寒心独惯，年来敛获岁偏丰。溪回流出桃花岸，人在风烟夕照中。

寄艾仲可

江湖潦倒独愁予，曾向青山理旧庐。短梦惯牵春雨后，深情恒在夜凉初。发当世难星星改，交为时违渐渐疏。残月尚留萦石榻，可怜生死一床书。

过周氏园亭

闲闲十亩水之涯，烟雨深藏处士家。树有苦心含柏子，案无新历视梅花。亭间且任蛛交网，日落还怜鸟共哗。正是武陵津可渡，客来灶冷待烹茶。

友人贻书讯余近况裁此奉答

髶髶相依桃李春，别来风雨正频频。溪头问渡逢渔父，谷口寻云忆故人。兴到酒常谋妇得，吟余诗恐被儿嗔。倚松坐待前山月，荏苒流光自在身。

郑端明

字调甫，镇海人。明副贡。

《镇海县志》：端明慷慨负志节，甲申国变，恸哭累日。南都立，欲上书论恢复事，以马、阮枋政不果。南京失守，谋据县城，以拒守。既而众散，乃弃儒巾从羽士，游隐慈溪北雪山，卒遂葬焉。

遥夜偶吟

斫尽芭蕉树，空风撼益狂。醉乡皆逼仄，梦境亦荒凉。乱册堆灯下，饥虫啮枕旁。起来开北牖，作作斗牛芒。

漂母

滔滔淮水送秋声，一饭当年信有情。我笑淮阴无结局，让他村姬享完名。

谢泰履

字时素，号天怀，镇海人。明崇祯壬午岁贡。

《蛟川诗系》：先生幼以友顺称，既长，师其兄天愚先生，读书万玉山房，补诸生，食廪饩，推饩之半食。同社老友陈鸿宾、都御史熊公尝就听先生说书，为起立端拱，惊嗟者久之，退以语学使王公，王公曰："公犹未诵其文耳，使诵其文，当如何折服焉。"启祯间，海盗肆掳掠，中丞南昌罗公视师来越东，问："此地有高才生能晰海防机宜者，请相见。"先生上策略，言中窍要，中丞叹曰："如生者，殆可为国家制一方乎？"然卒不遇。父患背疽，医者谓瘀血内凝，非药力能出，必得口吮，然后有效。先生曰："身代尚不惜，况口吮乎。"疾乃瘳。乌剑草先生其授经师也，尝以子光益为托，先生乃婿之。所著有《天怀文集》《聋歌杂著》，俱可传。鄞县史公大成铭先生墓，称为闻道者。

秋斋

暑清翻倦读，昼爽只甘眠。理叶疏蛩气，滋蔬汲井泉。风来开远树，鸟去拂高天。闲处秋光老，幽情却自怜。

新月有怀陈孚白

君怀如满月，辛苦照寒城。骨肉牵裾恨，英雄入幕情。

冻云长至气，高浪海东声。家在西湖梦，遄归亦岁成。

春日同周木公天童弟过杜言方丈

好日描春活，禅烟拨幔开。引诗随客入，逼语出玄来。大地唯山稳，安身止榻该。心空人境寂，选佛费师裁。

周屺公以竹轩集惠教席次赋谢

暖晕围清话，冰心坠碧杯。惊蛇浑是胆，掷句总闻雷。胜读三秦罢，如游五岳回。愿言珍秘袭，风雨忽飞来。

寄栖灵岩归程带月

蔽樗不惮路频仍，绝巘遥怜踏几层。征鸟欲还行有客，野花好佩旅无朋。山头落日将施幔，云顶新蟾许放灯。多病不堪行役苦，珧台露冷漫相陵。

颜栖筼

字茂斋，慈溪人。明贡生。

《溪上诗辑》：先生为襄毅后人，生明季，与冯留仙次牧诸公游。其诗古朴清真，格高韵远。著有《雪屐酬诗草》，不完。

汪禹善邀游鸡鸣山眺玄武湖有作

汪君美胜具，雅尚归我曹。清欢未遽终，驱车上噍峣。兹境信奇丽，旷朗天风号。巨湖漾万顷，溆浦临下壕。倒影静寒霁，潋艳明秋毫。纤郁瞰曲渚，微茫见小艘。群峰触天外，摇扬远势高。益以钟阜秀，积翠分周遭。杂坐荫松顶，凉飙响飕飕。芳罇不停酌，佳讴矜所操，仿佛来羽客，搔首良郁陶。

和陶饮酒 录五

津廨掩关，忽浃三月，日饮醇酒，与冯子次牧述古论心，感时动喟，成和陶二十章。

吾道有通梗，彷徨奚所之。故人具杯酒，正喜在即时。巧值同心人，避难聚于兹。怀古共回溯，得献生平疑。兹乐恐难恒，临别杯重持。

大道本沉冥，达人期损情。胡为日奔迫，谡谡空唉名。道暍竟弃杖，忽复毕此生。请作露电观，遑论宠辱惊。醉抚昭文琴，借问何亏成。

蹉跎客京国，身沉名不飞。亦有抟空者，顿衄气转悲。要津良独难，孤云欲何依。人言我愦愦，亦得衷所归。晚岁感肺气，酒德宁当衰。推分饮天和，衰盛理无违。

其中不自得，妄生寂舆喧。人皆苦胶辖，我独怡幽偏。风尘耐北里，笋蕨香家山。昧昧即昏晓，悠悠从往还。酒中卜安土，难为醒者言。

主客每喧竞，互执非与是。非是是亦非，无乃撄誉毁。漆园付齐物，一醉混我尔。方见伍绛灌，何必师园绮。

梁埙

字令吹，号蓼庵，奉化人。

《奉化县志》：埙笃于孝友，父得奇疾，滞溺腹胀，为口吮之，疴遂起。弟病痿，倾赀营疗。鼎革后，弃举子业，衣冠不徇时制，以诗、古文自任，邑之名彦多从之游。著有《诗经训解》，藏于家。参《剡川诗抄》。

咏溪隐松

雄哉天半覆,恃此后雕身。虬骨经年古,鳞肌映日新。凡葩尊若父,众木退为臣。谁足称知己,涛声呼柏邻。

陆宇燝

字春明,一字披云,鄞人。明诸生。著有《观日堂集》。

《续甬上耆旧诗传》:春明,右都御史世科子。明亡,弃衣巾徘徊湖海间,其兄宇㷆方参豫诸幕府事,乃左右之,然卒不克。杜懋俊死节,抚其子如所生。张肯堂之孙入狱,百计求出之不得,则以百口保之。叶谦死无子,养其母终身。一时游客至四明者多投陆氏,如青神余岙、华亭宋龙、桐城方授,皆居观日堂中。及授死,象山为含殓焉,遂以此落其家。先生性和易,而大节所在,操之甚严。有传葛祭酒世振将出山者,赋十断句,讽以危素和州之行。世振笑曰:"翘车之诗,云畏我友朋,此之谓也。"卒不应。寿昌寺僧悟留,故名家子,有志节,宇燝甚许之。已而知其渐有杂交,索还所赠裓衣,悟留谢过乃止。性喜抄书,日夕无闲,临终叹曰:"东莱赵隐君《逊国年谱》,吾大郎许抄寄,尚未至耶?"枕上赋《自挽诗》四章而逝。初宇燝之隐也,终岁练衣蔬食,丛林以为佞佛也,劝之披缁,则笑而不答,及末命不作佛事,乃爽然失焉。

董晓山先生《序略》:披云峨冠,正襟危坐一室,焚香溉花,意其人为右丞苏州一流,乃唱叹之余则为羽徵,变声如风如雷,不知者以为诗殊其人;其知者以为人寄于诗也。

有所思

独坐有所思,不知所思谁。埋愁或强欢,经年织鬓丝。

行行步中庭,虫语露未晞。暗香袭裳衣,残月在花枝。翘首望西方,美人不可期。须臾忍无死,百年其迟迟。

山斋

栖隐乐涧阿,匿影岂惮深。桃源隔秦晋,此地无古今。呼应任牛马,茫茫畴知心。窃恐山灵妒,不作梁甫吟。高岩类黄石,赤松其可寻。洗耳蛰龙窟,倚木怜啼禽。幽谷兰自芳,结缏怀好音。仰看云舒卷,意气与浮沉。

代琵琶妇解嘲

不见春风花,花落随地飞。不见南山鸟,年年择新枝。抱此区区意,红颜须及时。非不慕古人,礼法难疗饥。但博旦夕欢,宁顾谁为谁。还取故夫意,宛转事新知。新故转盼间,生死酒一卮。可怜东邻妇,白首柏舟诗。

田园杂兴

杜若伏草莽,寄命同一薪。托根落荒途,生意不自伸。我独怜幽草,释镰树水滨。习习春风香,洁露损浮尘。朝起折其英,佩之怀美人。

寒夜吟

天意正萧索,矧兹未及晨。骄风号破纸,冷月不可亲。村犬吠如豹,惊乌飞复蹲。破裘撑瘦骨,孤坐危精神。忽闻邻儿啼,尚有无衾人。乾坤终就尽,不能时皆春。杜老感大厦,我腹转车轮。

霜

晓气肃残漏,钟疏月落时。孤衾人不寐,高树鸟先知。鳞瓦飘寒焰,银沙咽断澌。威棱杀万物,松柏有余姿。

秋怀

人入秋如客，萧萧动古情。虫阶心与切，杵月泪同并。一叶开霜色，千山落雁声。登高曾望远，白发为谁生。

舟行晓雨

寸心争急水，蓑笠五更船。远树云多白，前村雨尚悬。孤篷载客梦，疏漏隔遥天。处处闻樵唱，惊鸿下水田。

邵之文兄弟至自蛟川雪后留榻

木杪看舟至，知君兄弟情。闲愁诗在箧，生计仆粗耕。轻雪梅花暖，春风竹叶清。年来狂更甚，夜半动歌声。

怀余大生生 录一

自君之出孰相过，十载高楼奈若何。阁道依人探虎穴，吴门乞食问渔蓑。干戈在眼家何在，山水多情诗更多。来往江湖如雁影，欲凭归雁语风波。

江北道中寻陈赞皇隐居

一望寒潮浸碧空，野航争渡怨归风。天开云路山容黑，叶落江流岸草红。古道荆榛伤鸟雀，深村巾履骇儿童。遥看水际柴门绿，为问高人在竹丛。

寒食题宋先生草堂

天妒梅花更妒人，风风雨雨不知春。杜鹃啼处孤灯梦，寒食樽前一病身。易理愁中才得力，交情乱后始能真。天涯相对忘形迹，拥被微吟乐贱贫。

戏讯眉山余子

眉山余子，生生四十年心交也。漫游天下，阔别廿年，惠然来归，出其诗卷，曾无怀赠之句戏讯。

廿载明州作故乡，素心今日鲁灵光。相思目断停云树，别后魂飞落月梁。交遍江湖新剑侠，诗成冰雪古奚囊。杜陵花鸟俱增价，何事忘情及海棠。

光溪杂兴

未肯陶朱变姓名，欲寻黄石与谈兵。人踪绝处多云雾，仿佛圯桥有履声。

风斜树影容残月，潮带云流拥画桥。夜静凭栏天际想，满江诗句属渔樵。

愁风愁雨光溪路，听鸟听泉灌顶山。日日寻题书石壁，山僧笑我不曾闲。

陈献球

字翔皇，鄞人。明贡生。著有《浣花庄寄啸草》。

《续耆旧传》：翔皇少有大节，甲申上书南枢史公，请其勤王。丙戌后高隐，子聚奎以从戎死象山，遂无后。所著集以忌讳故，族人焚之。今其《浣花庄寄啸草》，乃劫灰也。

避世

衣冕随时改，功名避世轻。入山云作伴，下榻月为盟。耕凿询乡老，琴尊洗俗情。北窗陶令醉，我亦带余醒。

时游金陵闻北警甚急，余有勤王启事上史大司马赋此

曾烦睿虑望承平，何事流氛扫未清。日暗重关磷火炽，风驱驿路羽书鸣。忧心谁是营三窟，报国应须借一成。愧我请缨犹未遂，勤王封事布先声。

己丑抵金陵有感

郁葱山势大江浮,历历黄图古帝州。阊阖九天开复道,衣冠六代尽风流。千官高冢麒麟卧,一片寒芜麋鹿游。满目风烟荒殿里,故宫弦管后庭秋。

邵瀚

字云客,一字元洲,鄞人。明诸生。

《续耆旧传》:董丈晓山曰:"予年二十,即喜追随里中诸宿老,然未易多得。屈指计之,其一为汪先生泡园,其一为蛟川薛先生白於,其一为林先生西明,近又得见句章应先生香岩,邵先生云客,每一遇之,觉黄农未远也。"即晓山之言,可以想见先生之为人。先生齿甚尊,林评事荔堂尚以后辈拜于床下,顾里中无知其能诗者。予即其家求之,残稿不满二十首,因叹耆德之遭沉沦者多矣。

雨中秋兴 八首之二

下濑楼船举重兵,频年凋敝一孤城。无端烽火环村亟,不断旌旗绕郭横。北骑可能消厉气,南风惟解作秋声。中宵点滴愁难寐,滴碎愁心日未生。

繁兴工役造戈船,纪律森严计万全。势壮波涛威海若,心轻险阻笑长年。云峰排戟迎飞渡,雪浪扬帆奏凯旋。不道风行草自偃,须知秦月汉时圆。

陈弼肩

字幼仔,号古愚,鄞人。明诸生。著有《奚囊集》。

《续耆旧传》:古愚为鸿胪寺士绣之族弟,光禄寺士京之族兄也,时有西皋三陈之目。鸿胪辞列卿之命,于丙戌见几，远引光禄从亡海上，而古愚残山剩水之痛亦时见于诗，极为查职方继佐所赏惜。遗集不传。

坐雨 录一

深寒随雨至，无事只书空。帘宿窥人鸟，窗鸣破纸风。清虚同野衲，朴茂学山翁。喜汲门前涨，烹茶拨火红。

毗陵

春风犹作雪，鼓棹入毗陵。夜火随帆落，寒威对客增。问沽村店闭，欲梦旅魂冰。细数生平愿，归耕总未能。

奉川道中

老应长谢客，扶杖强登舟。计里知江口，闻喧识渡头。山花茅屋早，虫语野塘秋。跋涉仍劳我，凄然忆壮游。

春日感怀同刘万里

世难飘零尚瓦全，鹧鸪啼破暮春天。数茎短发兴亡事，几处残山断续缘。塞马骄嘶淮堰月，铜驼荒卧秣陵烟。挑灯细话茅堂夜，与尔西湖且醉眠。

秋窗 录一

林鸦催夕晖，松风醒残醉。山翁期未来，空庭落寒翠。

陈凤图

字圣则，一字水竹，鄞人。著有《妫生集》。

《续耆旧传》：先生为陈恭愍公唱和之友，乙酉豫于瓜里之师，晚岁长斋，年八十余卒。

赠钱蛰庵

水涸龙蛇蛰，江湖有隐鳞。士无道则隐，东海作逋臣。谁不求闻达，腼焉肯屈身。钱子犹龙性，乃以蛰自珍。一任寒风起，不污元规尘。逃名而变姓，何如梅子真。

全氏思旧馆小集

一亩行吟地，荒荒万古心。如闻嵇叔夜，顾影自弹琴。

陆观

字宾王，一字佛民，鄞人，明诸生。著有《佛庄小草》。《续耆旧传》：先生布政使铨之后。陆氏于残明畸人、志士不一而足，先生于其中最暗修。然其大节，有绝人者，同宗长者，则周明兄弟知之，其高足则林都御史茧庵知之。丙戌后，先生足不出户，阈口不沾醴酒，以至于死。袁闳之土室，范粲之柴车，堪相鼎足。丁酉病卒，周明抚棺哭曰："谁更与我同五世相韩之痛者？"殁后，家室荡然，遗文亦归蠹蚀，予从老友董愚亭处得其片纸，问其后人，并不知先生之颠末矣。

梦游湖上

在昔沧洲阁，曾祀阳源公。亦闻涵虚馆，并祠王积翁。世事既如此，且闭三径蓬。

周昌时

字乘六，一字韫公，鄞人。明诸生。著有《韫公集》。《续耆旧传》：先生为同知苏州府应浙子，尝参钱忠介公幕府。既至瓜里，见诸军争地争饷，无进取之志，忠介亦无如之何，则叹曰："此间不足计事，吾有老母，未可浪死于此。"乃辞归，杜门不出。先生弃诸生已久，当事方招来故国遗民，仍强给之饩，先生弗受，至辛卯始落其籍。甲午，值应荐明经之岁，或惜之，先生曰："不肖乃故国之孑遗也，从此得见先人于地下矣。"作《自序诗》五章，诸遗老皆和之，其诸子皆承先志不试，而章泰尤工诗。

云石

明山高亿丈，旧以山心尊。此石住城市，千载乃隐身。一为米公赏，不能避世人。妍媸在流俗，何以葆天真。石丈曰无碍，缘兹出埃尘。予名虽标榜，予骨自嶙峋。潜确其不拔，泂乎龙之神。爱栖物外意，城市若山林。

林西明七十 录一

天地珍完璞，传经与伏生。腹中秦不劫，耄去汉还迎。丘壑尊三事，胶庠拜五更。典型矜灏气，何逊古人名。

答友

一挑行李一囊书，到处流离未卜居。桂影移来侵牖瓮，菊花开日宿庐蘧。悲歌青史千年事，富贵浮云独寤余。岂是硕人栖涧谷，劳劳尘世息舟车。

吴岳生

字于蕃，鄞人。
《续耆旧传》：先生为西皋六子之一。

退山自翁洲归

折柬来知己，披襟共晚凉。无心追甑破，有咏惜琴亡。缓订寻仙约，闲谈避世方。明宵月始望，若个共清光。

陈凤图　陆观　周昌时　吴岳生

杨楚石挽词楚石以戊子五月二日殉节

壮气曾挥返日戈，孤踪欲抵逝川波。光全白璧芳无沫，烈著青编耀不磨。化碧已完吞炭报，誓心肯作采薇歌。年年五月兴风雨，岂为蛟龙吊汨罗。

管道复

字圣一，又字蓬庐，鄞人。
《续耆旧传》：先生为西皋六子之一。

春游

东风起玉京，吹我到花汀。沽酒呼贤圣，烹鱼味丙丁。文荒甘曳白，世险畏垂青。不许巾车客，来闻啼鸟声。

汪应诏

字伯徵，鄞人。
《鄞县志》：应诏于庚寅辛卯间，与毛聚奎、吴岳生等为诗社，号西皋六子。工书画，兼善琴弈，挟艺以游历名山大川，与畸人逸士交，名日盛。既而归，卜室大江之浒，每风清月上，携所作诗沿江散步，且吟且笑，自若也。所著有《犹存草》。

题毛象来吞月轩

金水之英，太阴之精，抗阳并丽，端夕耀明。天不常昼，厥生夜人，赫赫□齿，埋彼灵轮。小往大来，乾道乃亨，□社之义，吾子所兢。

毛雷龙

字二为，一字淇园，鄞人。明诸生。

《续耆旧传》：先生为西皋唱和诸子之一，少补诸生，丙戌后绝意仕进，日与二三知己饮酒赋诗，放浪山水，及遇国计民瘼，辄忧形于色，长歌浩叹，不能自已。生平以廉信自期，善解纷，乡党有争，讦得一言，涣然冰释。著有《翠筠集》二十卷。

石将军庙

苍苍古庙迥河湄，宋室元勋尚有祠。拥戴已成名将业，江山长系老臣思。陈桥当日逢真主，灵树千年作义旗。东海无波功自显，行人谁不拜威仪。

瑞雪

玉屑飘来寒亦和，云山依旧画青螺。霏微果是丰年兆，也学梅花开不多。

丁泰清

字在躬，鄞人。

《续耆旧传》：先生为鹤山七子之一，少承都御史膏粱之荫，田连阡陌。华王之难，倾家救之；又以连年输饷，尽丧所有，憔悴而卒。

哭子用无学韵

此生无分有童乌，空向江山祝凤雏。却忆当年谢皋羽，有儿敝屣走江湖。

俞衷一

字雪朗，鄞人。

《续耆旧传》：雪朗隐于画，与陆纯叚齐名，而风格亦相肖。钱丈退山尝云："吾生平异姓骨肉，一为王麟友，一为雪朗,亦遗民之良也。"

赠周方人

夫君高劲节,白首足风流。治乱此身重,行藏好句留。家贫亦足乐,事母更无忧。双目明灯下,翻书春复秋。

张寅

字明配,鄞人。

《续耆旧传》:先生居东村之大嵩,慷慨牢骚,不可一世。丁鼎革之际,不就试,教授山中以卒。诗俱散失,施教授沧涛为余诵其句,曰:"歌风近日多从北,吾道何时得向南。"可为神伤。

访友题梅溪亭上

奚囊载笔访山家,水曲云横道路赊。莫道近山多冷落,对人清思有梅花。

李禾

字惟嘉,自号澹园居士,鄞人。明诸生。

《续耆旧传》:先生砌里诸李之一也,有隐德,族子杲堂过其居,赠之诗所云"回舆知栗里,对宇见庞公"者也。

澹园

澹然无愿坦生平,苔藓斑斑一径盈。雨歇天开新日出,春来花自旧根生。屋添瓦覆床初定,书藉藤垂眼更明。应识白头诸老在,窥余此日闭门情。

李霂

字惟振,一字大阜,号静远,鄞人。

袁陶轩先生《四明诗萃稿》：先生杲堂之族父，尝受业焉。客滇中，遭乱道梗，不知所终。

感怀
微志无他尚，容身得数楹。借兹供诵读，聊尔度阴晴。夏旱鱼头发，春迟燕尾轻。买山资未易，浪迹复前征。

李榷
字惟逊，号如阜，鄞人。霦弟。明诸生。

送友人北上
黄阁招贤路不迷，送君直上坦平堤。长安大道香尘满，何日春风并马蹄。

钱昭绣
字观文，鄞人。著有《让水集》。

《续耆旧传》：先生与伯兄圣月齐名，父官宁国，有遗爱，乱后遂家焉。日与沈眉生兄弟唱和，此外不通一客，亲友招之，亦不归。从兄退山过宁国，访之，抱头哭，各诉家事，前此未尝相识也。眉生目先生兄弟与退山为钱氏三逸。

古北楼雨眺
掩映烟中岫，飘扬渡口桡。雨来云觉近，天旷鸟偏高。重露催黄叶，轻风媚绿蕉。少焉新月上，楼外一声箫。

淮门志感
入门垂五柳，煮茗诵黄庭。桑柘寒烟起，芙蕖宵露零。月当秋夜白，山自雨中青。憔悴江干客，方今忌独醒。

冬日同沈眉生、麻孟璿、颜廷生、蔡大美、梅季升、施尚白、殷荐之、兄圣月登文脊山

群峰缭绕护幽栖,马首云生曲径迷。百丈苍松依涧古,千寻翠竹拂窗低。闲吟不觉随流水,登眺何妨逐野麋。漫道林泉多历落,水声山色送新题。

高斗权

字辰四,号废翁,鄞人。明诸生。著有《寒碧亭集》。《续耆旧传》:先生为都御史象先先生仲弟,年未三十,弃诸生。戊子五君子之祸作,都御史及子武部宇泰俱蒙难,先生与弟旦中倾家救之,复募侠客求解华检讨夏之厄不能得,检讨死,经纪其丧。武部再被逮,为料理狱事,并视其家。晚年壁立瓶罄,缊袍敝服怡如也。为人风度澹荡,发言皆有深致,诗亦如之。

寄毛象来

毛生归乎来,博浪之索亦已衰,故园三径长蒿莱,久留下邳伤我怀,毛生归乎来!

独坐五首 录三

郊原风景望中过,疏树浓阴缀野萝。烟雾荒台麋鹿走,江山故国画图摩。长廊月静人声窅,小阁秋深雨色多。忽听悲笳来暮切,孤怀牢落竟如何。

几柱茅檐赋索居,萧条隐几即衡庐。只因卧病常中酒,何似穷愁且著书。疏磬偶来清梵韵,山花时袭野人裾。高天皓月还相得,秋浦云深一问渔。

四壁青山弦上声,虚窗冥色暮愁生。桑麻旧畤知何代,鸡犬新丰识旧名。凉月千层摇竹幌，凄风一夕落田秔。行藏似此从谁卜，今古遥遥意未平。

前舍人邱会三自洞庭归，余侄隐学招入耆社，次徐掖青韵 录二

春风二月鸟嘤鸣，古寺清游近冶城。老衲迂疏能爱客，野花历乱不知兵。难忘感慨论冰雪，欲学耕桑话雨晴。白发相看杯酒在，南湖对影夕阳明。

故交久隔叹鸡鸣，乘兴扁舟一到城。皂帽争看辽左客，新诗犹识下江兵。孤畸避俗来僧舍，潦倒为欢藉晚晴。相对黯然重话旧，春花亦自照人明。

哭苍水

壮心未得同狐偃，大节还能愧李陵。十九年来精卫恨，故人永夜哭寒灯。

高斗魁

字旦中，一字鼓峰，鄞人。明诸生。著有《桐斋》《冬青阁》《语溪》诸集。

《续耆旧传》：隐学先生尝曰："鼓峰叔久游苕霅，闲得其山水空清之气，深入诗脾，故绝不染人陈言。"可谓善状先生之诗者。然先生之诗，兼得之学道之力，正不仅在江山之助也。

拟古五首

庭前古榴树，灼灼朱华光。中有双好鸟，哀鸣动无方。荣辉良值时，所愧渝繁霜。栖息苦短期，不如各翱翔。谁言我无忧，相对徒旁皇。

驱车出城东，采彼路旁草。遗恋悲空襦，采芳不盈抱。物类各有因，伤怀念天道。还顾弃泽兰，英芬自袅袅。聊以遗所私，勿复忧枯槁。结志在芳贞，期君良不小。

陟我北山隅，望彼江南路。念昔雨雪中，送子赴征戍。如何更岁时，去路疑非故。明月照高楼，光辉失我素。踌躇不能归，待子以朝暮。

凉风振北林，北林多栖乌。栖乌终夜啼，贱妾独踌躇。伤彼兰蕙花，荒弃落平芜。泥土污车轮，终当归旧途。离居还同心，白日在高梧。

送君淇水阴，淇水清且驶。饮君以甘流，食君以芳杞。立身苦不早，愧彼东流水。车马何劳劳，怀抱自泚泚。巾带□素腰，明珠缀双耳。不能忘君遗，荣名念生死。

病起

病起精神觉未奢，晓窗曝背试秋茶。命穷诗句悲东野，道浅文章爱白沙。忆友终朝如有失，伤贫一旦欲无家。倦来就榻风吹醒，满鼻寒香醉菊花。

寄黄太冲

君家宋末日抄堂，父老犹传赤堇旁。五里鼓峰看逼近，千秋汐社不荒唐。门前鱼蟹喧山寺，屋后松杉静夜霜。即此相招期不负，无多岁月费商量。

李文纯

宇一之，一字姬伯，号戒庵，鄞人。明诸生。著有《瓢贮集》。

《续耆旧传》：先生四川提举梼之子也，丙戌后弃诸生。

李氏于桑海之际多志士，而门户亦几以是破。先生最与王评事石雁交契，盖豫于五君子之谋，然智计深密而外晦其迹，故得免于连染。自是，遂匿影奉化之求村，事定始复入城，亦终不轻见一人。喜为诗，亦不轻与人唱和，虽谢绝一切，而此中耿耿不能自禁。先生本有负郭之田，丧乱尽失之，一贫如罄，然不改其乐。庚申年八十五卒。

砌里诸李，其居道南者为南李，居道北者为北李。南李世擅风雅，北李世擅宦达。南李自宾父兄弟后，一传为子年兄弟，再传为封若兄弟，三传为昭武兄弟，人各有集。北李之以诗人称者，自先生始，三李之目，戒庵先生最长，次之为嵒樵先生，又次之为杲堂先生。

广陵行

广陵城中十万户，金屋鸾屏教歌舞。复帐春寒梦不成，旃檀膏暖香方吐。此时红粉对青楼，抱瑟鸣筝清夜游。江都宅畔飞花候，扬子桥头落月秋。花飞月落等闲度，翠盖雕轮不知数。鸳鸯比翼合欢枝，翡翠双栖相思树。别有公子盛豪华，宝玦琼簪映彩霞。挟弹平明过侠里，吹箫薄暮宿倡家。倡家宛转遗花钿，炊玉烧金列芳馔。蕙火兰膏续晓烟，清歌妙舞迷银箭。芳裙蹴鞠抗飞鬟，绣带秋千春昼残。共夸上巳摇团扇，共羡清明促锦鞍。但言节物年来改，谁料风光不相待。鼙鼓喧阗动地来，金戈照耀生光彩。无数蛾眉马上残，几多清泪湿阑干。迷楼香粉青磷遍，月观亭台白骨寒。不谓相违十数载，朱门紫陌依然在。榴花披拂映蘼芜，江月徘徊照兰茝。甲第千甍竞绮罗，旗亭百队绕笙歌。妆楼晓日临红袖，舞榭昏霞掩翠娥，舞榭妆楼朝复暮。璧月斜窥色如素，箫中双凤不停飞。镜里双鸾宛转度，风物正如此繁华。宁不顾，芜城桃李几时春，绣户文章蹙翠颦。可念沧桑犹在眼，高台曲沼生黄尘。

初春杲堂招诸公宴集有作

凭阑每极望,远火缀疏星。霭重深藏墅,烟开独露亭。卖浆人已碧,_{伤同义诸人也。}击筑眼犹青。无限伤时意,城笳不忍听。

野居

窄袖宽衫白木锄,篛冠藜杖往来疏。巷深野岸高人宅,门对寒塘处士庐。万里沧江饶雨雪,几村灯火老樵渔。隔溪旧侣能相约,黄犊行吟好挂书。

冯恺琦

字伫相,慈溪人。

《溪上诗辑》:先生为留仙先生次子,雅善诗、古文。遭际时艰,国亡家破,痛念中丞赍志未伸,遂屏服御,缟素终身,得以完发入地。中丞葬邑之小渔山,因自号渔山稚子。

五岳河访冷表舅作

路转河桥见水村,几家红树压颓垣。荷蓑一老跨牛背,冒雨群鸡啄稻孙。行指前山惊旧迹,追怀往事屡重言。烧灯喜共村中酒,草屋风多早闭门。

和瑞岩远庵上人聚石堂诗

偶从说法喜为群,莲座频翻贝叶文。过客居然通觉路,疏檐都不碍归云。林泉冷沍三冬气,猿鹤声高十地闻。还拟临流同洗足,欣然植杖倚斜曛。

宗谊

字在公,号正庵,其父自徽州迁鄞,遂为鄞人。著有《愚囊草》。

《鄞县志》:谊家拥厚赀,而所好独在诗。鲁王时,慨然发家藏得万金送钱肃乐营,肃乐疏言:"谊才宜在馆阁,且其志可嘉。"王召诣都堂,谊曰:"是以卜式待我也。"辞不赴,义师浮海赀粮仍仰给内地,谊家已落,犹货其田园、奴婢之未尽者以应之,于是屏当一空。晚年所居仅破屋,时至绝粒而哦诗不衰。

《续耆旧传》:董先生晓山评先生诗,以为如异峰幽涧,嵯峨淡冽,不类人间所著。有《愚囊内草》《外草》二编,今所传者,《外草》而已。

锄菜

平明荷锄出,菜碧露气真。乘此秋未寒,苏土俾根伸。细草亦天命,驱除伤吾仁。理有去其害,不得怀逡巡。吾术恐或疏,和声问圊邻。

渔父词

十五习渔业,七十犹江中。历年试风涛,危险无西东。鱼多价嫌贱,鱼少家益穷。昨日偶然醉,短歌倚孤篷。船去海门近,怅然感我胸。当年怒潮至,势若移空同。百里撼富春,天地生英风。岂识廿年来,潮汐有替隆。余老不解此,行行问胥公。

赠湖客

两峰未出云,天地自寥廓。道旁何老人,日暖息田作。饷午来幼孙,三四涉溪壑。举楂方欲食,顾我知漂泊。拂石就亭阴，欢然命对酌。自言昔好游，十年走京洛。求友非不详，卒难置一诺。弃剑归湖干，白首安耕凿。

北山

五里到北山，晴雪犹压竹。老人不畏寒，牵牛路旁牧。农家无正午，腹饥饭已熟。天风吹空村，泉声出幽谷。

兰开

浇灌既次第，兰坼何迟迟。不管老眼躁，定欲需其时。牡丹可冬荣，人巧固云奇。亦由富贵性，生平少操持。

咏史

渊鱼忘美饵，山鹤常远飞。置身由来高，非特为知机。怀哉鲁仲连，无惭称布衣。

懒说佯狂名，尊罍消寂寞。耻蹈虚无衷，任真开后学。胸怀似迂疏，大义不约略。复恐五男儿，抱情萦世爵。纸笔不令亲，耕锄以为乐。

喜余生生至

旧交余子来，身老仍贫贱。老既撄吾怀，贫知节不变。乍见颜虽欢，宁禁泪如线。计别廿年余，辛苦历乡县。犹蒙天地宽，山水获实践。无物招君魂，浊醪南窗荐。减米易鱼虾，瓜豆并充馔。二三不死友，坐谈忘日晏。惟笑白发丝，风吹辄裹面。

登南屏忆与子霖游眺处

积叶不记山中路，却向崖头攀藤树。晓露初消苔藓寒，北山云屯若雨澍。此中游人无贤愚，问我佳否心踌躇。浮鸥在湖枫在渚，手弄白云谁与俱。故人苕水多名迹，太素流风近咫尺。明月孤舟梦或逢，应道黄山有酒客。子霖子霖诚幽人，思尔逾觉湖山真。

偶成 录一

谷价虽非贵，贫家奈贱何。酒难连夜得，衣畏小春过。暇日知游好，衰年觉悔多。诗成还自笑，为尔受蹉跎。

访陈鸿宾先生

道在何妨贱，经年住废墟。苔痕深雨雪，松影长图书。问仆勤宜菜，呼儿暇钓鱼。皤然头上发，短秃不烦除。

寄陆披云

日月病中易，及今为几时。幸叨生共岁，长愿逝同期。脱粟饥才煮，残袍卧亦披。菊枝虽足采，犹懒下阶墀。

客居西湖呈陈孺子

五十髭须白半侵，频年落魄住湖浔。不能善饮翻耽酒，尝自无题辄苦吟。访菊蹊从黄叶远，听松杖倚白云深。尚余清梦难求处，晓觅西泠桥上心。

喻子规

举目无从觅蜀天，只呼归去乞人怜。倘然当日能归去，未必褒斜便万年。

曾为越旅与吴栖，惆怅春风畏汝啼。今日老归茅屋下，要啼啼到日头西。

朱钛

字君赏，鄞人。明诸生。著有《柳堂诗存》。
《续耆旧传》：先生家世多储藏，其所谓五岳轩者，图书法物甲于天下，吴中好事家簿目有云："是物藏甬上朱氏者，不可指屈。"先生清俊闲雅，出入车骑，仆从甚都，尤喜按食经款客。已而遭丧乱，从事砺滩鲸背之间。四方失职之士，至甬上必投先生，匡床夜雨应接不暇。既弃诸生，颓然自放，益流连洁供焚香灌花，萧然人外。自题小影曰万历遗民，其鉴别古玩半面了然，尤具神眼，拟之前宋，则固草窗一辈也。有姬曰刘璧，字昆白，闽人。善绘兰，亦能诗。

胯下歌

重瞳公多叱咤，隆准公多嫚骂。一帝与一霸，傲骨不藏诈。胡为韩王孙，隐忍出胯下。胯下既无怒，绛灌偏生忤。君不见，长跪圯桥纳履人，生平不鄙椒房亲。

怀贺秘监

八旬乞身鬓已皓，后人竟谓知几早。若论悬车宜暮年，平原殉节年同老。身在金门梦帝居，朝辞荣饯暮樵渔。至人乘化本无迹，抽簪小节何足书。独羡尘埃辨谪仙，又逢秋水识耆年。唐朝二李殊杰出，知人之哲千秋传。吁嗟吾生年何晚，天涯谁进王孙饭。虞翻知己恃青蝇，阮籍途穷空自返。逸老堂圯秋草凄，鉴湖波涨秋烟迷。踯躅祠前双柏下，傍人止有晚鸦啼。

黄公故迹

鄞南乡有黄公林，后讹为黄姑林，庙遂祀女像。

商山聊寄采芝舄，本是东西南北客。偶然游戏汉廷归，居乡葬陌远难核。就中黄公产吾鄞，仲翔之对殊为真。我尝曳杖寻遗迹，荒村古庙修明禋。低头欲拜瞻遗像，忽见笄珈少姝仿。不知更易始何朝，仰睹题额益怪罔。公姑顿改姓所误，牛郎谁让织女座？庙中题额"天汉黄姑"。黄姑，一名河鼓，本牵牛也，讹而更讹矣。他年河伯妇称尊，窃恐又夺先生墓。慈水有黄墓，今又讹为河姆。自从亥豕鲁鱼讹，十姨五须强执柯。冉伯当年孔门第，白牛头角空嵯峨。雩都峡深寒信早，淮阴何幸荐萍藻。江西雩都重崖夹壁，每岁先寒，故号寒信峡，今因立韩信庙。安得梁公同一炬，妖祠淫祀荡焉扫。吁嗟黄公生此时，伟然衣冠何所施。不如土偶加巾帼，春秋高坐饱牲牺。

闻有民社之责者晨起必诵金刚经，不诵则不出。至朔望文庙行香，每以冗夺多不赴，而持诵则不敢稍懈，余有叹而作

红绫被裹努出头，宋太祖《戒县令》云："休在红绫被里放衙"，故文潞公有"被里努出头"之句。金刚一卷诵不休。鼍鼓将鸣催放衙，木鱼声急鼓漫挝。释迦寄语宣圣前，我家子弟勤且贤。五经暂辍专一经，未能匍匐来趋庭。簿书鞅掌纷控诉，上官晋谒遭谴怒。当年饩羊废已久，朔望虚仪谅当宥。君不见，当时钦若守天雄，闭门实藉修斋功。

偶成

默坐观无始，相忘我是谁。燕巢芳草积，蚁径落花迷。香未成烟候，书当悟意时。小窗闲伫日，树影淡枯枝。

新酿

新酿春深味，居然觉老成。醇严存己性，斟酌慰人情。紫燕差池舞，黄鹂睍睆声。开樽乘绿荫，且自掩柴荆。

自慰

已荷天工许放闲，何须绳缚与沙抟。一生春梦埋头过，万事冬烘冷眼看。燕子自因桃李热，梅花只守雪霜寒。点金未敢劳仙指，愿乞人间辟谷丹。

朱钤

徐凤垣

字掀青，号霜皋，鄞人。明诸生。著有《负薪集》。
《续耆旧传》：先生少为诸生，有盛名。东江之役毁家输饷，钱忠介公荐之，以明经参幕府，已而事去，苦节自矢。是时世事抢攘，故国贞士多蹈不测，先生别具深稳之器，侧足焦原，手搏雕虎而不豫其祸。高武部隐学叹曰："十年以来，能守咸淳之面目者难矣。依然处子之耿介者，掀青与毛子象来耳。"有别业枕大江，忍饥僵卧其中，卒年七十有一。

对镜

泛澜无西流，羲轮不东返。少壮一以去，红颜就衰晚。忆昔冠盖场，志欲凌嵇阮。黾勉树勋名，努力匡时蹇。雪霜何零乱，芳蕤萎修坂。所以梁伯鸾，终身栖绝巘。筮卦得旅人，卜居遂肥遁。不闻獜廖歌，竟泣牛衣饭。对镜勿自嗤，穷老任所遣。

有传南中消息者志忧

偶得南来信，遥传乱未宁。家山虽有梦，箫鼓岂堪听。白骨新京观，黄沙旧草亭。鲸波终不定，吾道在沧溟。

董隆吉

字长卿，一字栋如，鄞人。明诸生。
《鄞县志》：隆吉，德修子，以叔早死无嗣为之后，凡事母一如所生。少随诸父游文社间，盛有才气，酷类其叔德偕。丙戌弃诸生，悒悒不乐。纵酒骂座，与徐凤垣、钱光绣、李邺嗣数人赋诗、饮酒兼喜弈，弈罢即饮，饮醉即骂，人皆避之。其卒也，邺嗣哭之曰："长卿死，吾辈求闻其骂以当规箴,不复可得。盖其大节在故国,至性在家庭,直道在朋友,古所称独行之士,庶几近之。"参《续耆旧传》。

北窗感怀寄秦雄

今我卧北窗,左琴而右史。琴以鸣猗兰,相誓还太始。史以侑悲吟,晤对在故纸。何以必北窗,其意盖南指。王气在空同,天心尚眷止。谓君其肯来,清谈消尘滓。

咏史

市吏非黄金,明经博高位。昔人作尔云,我意然未遂。郁郁幽兰芳,纤纤朝槿媚。五鹿非才华,两京多珮璲。朝笼华盖云,暮□黑巷簀。所以有心人,唐虞犹诟谇。而况挟燕腥,欲以夸吴歈。西国调五陵,东门落三士。首阳终孤凄,遂成千古事。

采兰

万物抱良质,造化难浮沉。有兰披靡久,托迹丛桂林。孤芳寒自持,野草矜春心。我行坐叹息,为天愧繁阴。香因寒有待,时至恐难禁。莫道幽谷中,竟尔无知音。

丁酉九月作

十夕不成寐,搔头得素丝。岂缘怜破甑,只觉恋孤帏。万感中宵集,幽怀落月知。亦云天地广,惝恍欲何之。

近日添新恨,途穷哭海陬。生成那得负,气运未应休。计莫焚书卷,才非耐钓钩。可知云外志,未必稻粱谋。

一样秋香好,今年落莫红。非因花黯澹,多是月朦胧。叶响知风度,窗开得气通。殷勤谢桂子,人在病愁中。

吊六君子

逆鹄竞逐老枭飞,害铁偏从义士围。涕泪宋陵时已尽,

徐凤垣　董隆吉

头颅柴市去如归。请衣报国天应晦,留箧遗人道未违。藏史南山何日出,敢忘之子配琼妃。

齐王何意诸君死,赵国犹收长者功。志不肯忘沟壑去,身宁敢受鬼神恫。喂猪有友皆移面,阛鹿随人总换衷。未许株连及瓜蔓,一肩大义有谁同。

柬晋公叔

肉食那堪共事几,唐家鸡犬已随飞。石花畦畔诗唇脆,岩蕊亭前酒力肥。何胤看来亦可贵,鲍焦从此不妨归。且须掩户评蔬谱,也当西山续命薇。

柬郧山远归

八月佯狂侣泽渔,一舟轻浪赋归欤。不闻宇内王前腐,何意芦中客渡胥。应有纪诗仍作历,可曾忧国即封书。韶光正及同垂袂,为报前山梅放初。

邵似欧

字之文,一字汉功,号碧晖,镇海人。明诸生。著有《鳌江北游》等草。

《镇海县志》:似欧与弟似雍俱为陈昌统高弟,丙戌江上师溃,侍父尚书避居大雷山中,微言劝父殉国,竟不能得。鲁王在翁洲石浦间,兄弟竭力资其扉屦,由是故国遗民至蛟关者,必登邵氏之堂。天下既定,当道慕其贤,屡聘不出。

六哀诗 存五首

六君皆吾里人也,清风高上,亮节独持,品行卓然,足传千古。三十年来先后零落,企芳徽而莫再叹《大雅》之沦亡,爰赋短章,殊深怀旧之感矣。

煌煌圭璋器，矫矫麟凤姿。盛德世所仰，古学众所师。遘会天地厄，采菊向东篱。老成忽凋丧，邦国失羽仪。少年博经济，谈兵每中之。先公秉枢务，筹划合机宜。国事诚有裨，非第趋庭私。朝廷限科目，奇才不得施。千古英雄人，老死良足悲。_{薛先生白於}

夫子性孝友，破产救其兄。终身虽处困，慷慨足生平。交游多有道，执贽尽豪英。遗荣若敝屣，世网莫能撄。长啸天地间，身与烟霞轻。春风年年度，春草年年生。焉得随杖履，同向春山行。开箧见遗诗，泪若江河倾。_{陈先生鸿宾}

侠士每轻生，壮志耻回首。呜呼忠义人，死于盗贼手。天道莫可知，变幻无不有。东海生怒涛，弈弈风雷走。赤脚踏神山，探日虞渊口。魂来天地青，蛟龙夜半吼。_{谢先生时裎}

少年尚侠烈，卓荦豪士胸。中岁富经术，后学称宗工。国运值屯厄，鼎湖泣遗弓。壮怀不得遂，痛哭辞黉宫。闭户三十载，落落寡所同。高卧南山侧，爨下火不红。弹琴咏先王，穆然来清风。上下千百世，得失罗心口。斯人不可见，叹息文献空。_{艾先生仲可}

范子秉奇节，灏落旷今古。白眼睨时人，岸然不肯伍。气节凛自持，风霜感独苦。家贫恣远游，遂尔山川阻。壮志郁不伸，陨身烟瘴所。恫哭向苍天，贤豪化粪土。_{范子香谷}

龙滩夜泊

风雨孤舟夜，乾坤片叶声。沧江云外路，芳草梦中春。衰老悲歌壮，间关气象新。前滩三百六，一一视平津。

广陵有感

潮长邗沟水拍天，银塘杨柳绿如烟。将军桀戟埋抔土，丞相衣冠泣杜鹃。歌吹卅桥春寂寂，芜城一带草芊芊。风流争战同消歇，肠断江楼落日边。

邵似雍

字子尧，镇海人。明诸生。著有《丹霞草》。

暮秋园间作

余生念稼圃，未能卜一园。门前桥南地，荆砾难抚扪。今秋天气朗，经营列藩垣。子午纵百尺，东西相翼昆。率此三四力，作息忘晨昏。旬余事始毕，鞠躬敢辞烦。半亩成熟土，隅北开一门。荷锄既不厌，浏览庶慰存。读书有时暇，月下来踞蹲。区区白头人，所欢充盘飧。自此勤栽植，弗违雨露恩。汝曹其志之，吾岂徒虚言。

山中吟忆旧时茅屋二首 录一

江南有茅屋，流水一湾山一曲。有酒常自斟，有书常自读。山中幽处得闲居，墙角梅花墙外竹。

周方人书室和侄辈韵四首 录二

江城春欲暮，周子正幽居。问月裁花谱，编年记竹书。忘机随野鸟，逸兴看濠鱼。时得论交趣，还来长者车。

余亦忘名者，翛然异俗居。十年白水梦，一匣赤松书。夜雨成庄蝶，春光饱蠹鱼。子真从物外，竹径只牛车。

客途作

西风一夜起，秋水满横塘。白日又寂寞，江潮空渺茫。

村醪成独酌，客路为谁长。不用求知己，苍山与夕阳。

钱豹

字文蔚，鄞人。著有《空亭集》。

《续耆旧传》：先生少有才，钱忠介公未达时，以同里同姓厚期之，已而世乱，遂有苟全性命、不求闻达之意，不复进取。国亡，周丈公唯、王丈水功结社榆林，其倡和甚矜重，不妄与人通，而先生独时时过之，相得甚欢。先生游榆林，则周、王两先生为之下榻。在湖上，则徐丈我庸方避兵青雷，晨夕过从。偶入城，则主高丈辰四隐学家。诸钱则法庐退山，皆其素心。退山先生尝曰："文蔚不涉世味，穆然静远，性所蕴蓄，蔚为声诗。家枕东钱湖上，水光上下，山灵互答，老衲、黄冠，皆见性地，浑然元气，淡而弥永。故其诗有近韦柳者，有近常储者，有近陶者。"水功先生亦曰："文蔚之诗，魂清想渺，神觇淡澈。"周证山曰："柳州诗云，始至若有得，稍深遂忘疲，文蔚之诗近之。"临终书一纸云："独立对苍天，生平无大误。昔年如是来，今日如是去。"论者谓榆林吟社，周王自足比靖节先生，盖刘遗民之徒欤？

梦周立之

故人入我梦，倚杖来至止。亭下一盘棋，局终输半子。欲邀潭上钓，白云从中起。似马还似龙，醒来月盈水。

吊公唯周先生

古道谁为侣，名山喜共居。谈心分月色，种菊慰秋余。一旦随青鸟，千秋想白薖。囊云半部稿，报国欲何如。

西林

西林秋望远，径上玉溪斜。鹤迹千年石，松风十里家。

村春摇水月，山磬老云沙。此景可长住，篱头满野花。

旅愁

岁晚寒钟晓，开窗尽客愁。饥猿收剩果，孤鸟上虚舟。雪重山如失，云寒冻欲留。溪东虽近酒，不敢下高楼。

清关桥

闻道清关上，恍然知昔非。折花月在手，抛石水冲衣。独立万峰静，闲吟一鹤飞。听流遂纵目，何处不春归。

湖上

陋巷谁相问，钱湖自可游。寻僧先看菊，饮酒便登楼。遥望剡原远，伤心黄檗秋。谓公唯师希声兄。吟余凭小槛，谁和我商讴。

辛亥

年来不遂意，诗思正难穷。身老孤峰外，心悲多难中。故人关塞月，近事楚江风。感慨凭谁语，空囊寄小桐。

寄周自一 录一

名山秋色在，念别已多年。剩有村中月，还留江上船。风高鸿羽健，霜老柏心鲜。冻石香生处，遥思白雪篇。

游五磊寺

雨久溪容湿，晴怜野色青。寻幽到海岸，古寺得山情。片月疏松影，千僧一磬声。老人留余住，语默见生平。

怡云访虎臣

万叠松涛下，山深径亦深。我来疏雨后，云在小楼阴。

问菊陶家意，论文工部心。应须绳祖武，耿耿为君吟。

别友

南上江楼饯远公，一杯好茗语从容。世情何似芦花淡，吾道悠然秋水融。郭外潮声龙作雨，尊前雪影雁嘶风。欲知此后长相忆，看取樯帆明月中。

登镇海楼

名城深巷访王孙，更陟高楼看海门．万马齐嘶原上草，千峰低列水南村。听潮风透重裘隙，索句诗随过雨痕。代北天南成底事，普陀徙后几僧存？

同王水功、周囊云、范静庵游霞屿

无约春风又到门，小山霞影动泉痕。一樽桂棹同知己，二月桃花出宿根。鸟立枝头呼我住，石留古意与人扪。午余倚树看垂钓，片片湖光入远村。

陆介祉

字纯嘏，鄞人。明诸生。

《鄞县志》：介祉贫而好学，事亲至孝。丙戌后弃诸生，洁身固穷，喜画老松古柏以寄意。为人落落穆穆，任天而游世，以是益高之。

甲辰春日之广陵，陆无文招同闽中林茂之、三原孙豹人、吾乡钱退山、杨瀿仙、王麟友、阳羡陈其年、新安程穆倩、孙无言、汪湛若、西泠蒋别士、东皋邰方壶、东鲁迮旦庵、海陵吴野人、王眉双、上人梵伊、闽中林租远_{茂之子}。大会赋诗

濡毫兀坐小窗虚，喜得君招春酒书。一斛青醽花发后，

满庭碧树鸟啼初。萧疏世事惊身老，谈笑闲情尽夜余。此会不须寒漏促，凭烧高烛且踟蹰。

张嘉昺

字石渠，鄞人。著有《陶庵集》。

《续耆旧传》：石渠为宁国守钱敬忠婿，依敬忠居硖中。集诸名士及寓客浮屠为诗，曰萍社，凡十九人，唱和极盛，乱后各散去。石渠以震泽诸军牵连入狱，幸得免，乃隐于医，药笼所入取给朝夕，行踪不出硖中，其兄弟招之不归。兼工绘事，风节甚高。

游广陵梅花岭

不到名园久，江湖续旧游。有诗酬水部，无月梦罗浮。草色迎人媚，莺声送树幽。登临情未已，客思满扬州。

钱新翁往硖寄圣月

龙钟老子乍鸣鞭，为往君家数问笺。除却平安无一字，独怜贫病又三年。故人辞赋云中落，秋日波涛树杪悬。欲话心期应不远，好携明月到窗前。

清明后六日漫兴

草草清明过一时，秦筝赵瑟动人思。西城落日翔虚牖，高树流莺绕故枝。茶灶烟疏香入梦，酒炉春暖醉寻诗。夭桃门外空含笑，不借崔郎水一卮。

送友

谁将杯酒送君行，赖有梅花伴远征。日落沧江天际景，山临越岸望中情。路旁惟见春苔绿，树里空闻好鸟鸣。南浦销魂恨何许，青衫湿尽泪还盈。

漏月轩昼卧

漏月轩中忽漏云,幽香飘着石榴裙。独怜十二峰头雨,懒到吾庐梦使君。

张定阳

字西鹭,鄞人。明诸生。

《续耆旧传》:文学于易姓之际,有诗名。无锡钱肃润作《无家诗》,遗民属而和之者数十人,长洲姚佺为之摘句。吾乡豫此集者三人,鄞钱征君光绣,慈溪冯大行恺章与鄞张文学定阳也。文学又有句云:"百川赴壑功神禹,九道循躔德女娲。"

瓦亭驿

坂折疑无路,云开别有天。山围翡翠障,池涌火珠泉。古驿明残月,荒城宿野烟。旅怀多不禁,秋色为谁妍?

万斯年

字祖绳,号澹庵,鄞人。

黄梨洲先生撰《墓志略》:君从钱忠介公学,忠介高座弟子,君为第一。遭丧乱,避地屡迁,家具尽弃,悉载其书卷以行。后主桃源书院,学者踵至,君随其资性,分经授之。忠介死海外,收其文集,并为之立嗣焉。

废处山中友人沈哲先以五言诗见讯,依韵奉酬

与子精神近,时形梦寐间。赏音若流水,回首独青山。云卧遵时晦,鹏飞计日还。钟期幸谋面,高迹许同攀。

周西

字方人,镇海人。明诸生。著有《痛定集》。

《镇海县志》:西少好学,父母以其体弱怜之,西藏火书室,俟亲熟睡,重举灯默识,恐光外泄,蒙以被。久之,被如墨。丙戌,浙东内附,西年二十六,遂弃举业,往来鄞之宝林,学者多从之游。已亥,海师大掠郡东鄙,西奉母避难,猝遇盗,见母丰硕,疑为富家媪,用火熏之,索金。西抱母大痛,扑灭其火,愿以身代。盗挥戈砍其右手,将指几殊。一卒曰:"孝子也。"乞舍之,得免。自是,或匿洪溪,或栖太白山,感愤时艰,发之歌咏。中年后,家益贫,冬月拥破褐,寒裂肌肤,苦吟自若。县令王元士、郝良桐延修志,书成请署名,力拒之。事母最孝,愉色婉容,数十年如一日。勤于著述,经则《易》《书》《诗》《礼》《春秋》皆有图解,史则《史记》《汉书》皆有论说,而唐宋杜韩诸大家诗文皆手抄之。晚筑劲草亭,自号劲草居士,学者称劲草先生,卒年六十八。

《续耆旧传》:先生之诗,不轻与人唱和,故流传亦少。吾乡鄮山、杲堂其素心也。证山尝曰:"方人之诗,下笔皆有真气。"可谓知言。

山夜有怀老母四首

惆怅何尔为,独念吾老母。时节忽已移,秋风折杨柳。游子久不归,强饭如昔否。未能奉晨昏,斯身亦何有。

亲年喜日高,百岁宁有几。鸡黍不逮存,徒然悲曾氏。吾欲事躬耕,聊以勤菽水。青云已无心,蓑笠吾何耻。

忧来不自已,岸帻步中庭。忽然见吾影,仰天乃有星。晴光逼千里,照我北堂屏。老母应未卧,弄孙引秋萤。

燃蜡坐中堂，横经忽不读。起看南枝鸟，子母同巢宿。无以慰离情，愈觉增幽独。四壁窅无闻，溪声走我屋。

谢张又陶惠蔬

山居多麋鹿，罗网未忍施。水居利罾罟，不欲学渔师。万物有知觉，冥顽岂敢欺。之子山林性，群蠢皆怡怡。闭户尝著书，开门即耘籽。知我旅中况，遗我蔬一提。多君寒暑功，珍重带根炊。报君辛勤意，方餐悠然思。

禽言

脱布袴，更纨袴，莫以新，忘其故。

姑恶姑恶，莫道姑恶，妇亦将为姑，尔时檐溜水不错。

提壶卢，向酒垆，众人皆醉尔独醒，斯世不容非吾徒，尚其提壶卢。

行不得也哥哥，行不得也哥哥，不见邓林之骨高峨峨，夸父之杖投林阿。

雨中醉舫

野航尊酒集，岸帻与人看。风雨推篷重，须眉照水寒。此身渐衰老，吾道日艰难。何处容蓑笠，高歌买客欢。

已听骊歌发，乡心顿欲留。踌躇临野渡，惆怅上扁舟。山树参差合，江潮日夜流。干戈近在眼，吾自爱羊裘。

赠薛白於先生

琴书聊适老，不与□山期。夫子深闻道，吾侪幸有师。名园存旧稿，秋菊补新篱。幽径缘今扫，开尊倒接䍦。

夕照庵

夕照知名久，斜晖满院明。悬崖流水细，曲径踏莎平。

周西

树老人堪倚，茶香僧自烹。天高日落尽，步屐尚留情。

咏秋十二首 录二

萧瑟凉飙竟入秋，于喁天籁感庄周。枕边思妇难成梦，塞外征人易作愁。祖道歌成寒易水，登楼赋就涕荆州。长风破浪传雄烈，我欲乘之上小舟。秋风

芊芊春色绿平坡，转眼秋风奈尔何。零落椒菌难作佩，凄其蕙茝不堪歌。美人迟暮幽芳歇，陵寝荒凉宿莽多。昔日王孙谁肯惜，会成衰草没铜驼。秋草

绝炊 录一

吾道不妨贫到骨，高堂菽水最伤情。邻家有米容谁负，何处闲田许我耕。桃李山寒犹未实，蕨薇春浅苦无萌。欲担书籍街头卖，恐与时人论价轻。

舒其宏

字任甫，奉化人。

《剡川诗抄》：先生值明季世乱，隐迹谈空为头陀，善吟咏。著有《食仙楼诗草》。

宿净土庵

院静偏宜竹，僧憨不下床。呼童觅石乳，为客理茶铛。日暮蛩能语，秋深花更香。相期息尘虑，莫问世炎凉。

洪昆

字石香，镇海人。明诸生。著有《坐忘斋稿》。

《镇海县志》：昆生有宿慧，读书一目十行，工诗、古文辞。明亡后托于缁衣。

题贺秘监祠

湖云流不尽,湖水淡无声。太息此中客,徘徊万古情。片帆归思重,一曲主恩明。昨日长安道,春风贳酒倾。

孚吉归自娄江赋赠 录三

扬子传经处,千年一草亭。梦归湖海碧,秋入薜萝青。大业存风雅,高文重典刑。沧江孤棹晚,冰雪载新铭。

韩陵一片石,五月落梅村。惨淡名山业,苍凉国士恩。青云高健笔,白雪动离樽。千古娄江上,人传孝里门。

泽国二千里,茫茫客入吴。乱烟平楚合,寒雨大江孤。寸草心何补,丰碑泪欲枯。城头一片月,夜夜照啼乌。

王应玘

字剡公,鄞人。著有《粟颗集》。

董沛曰:"剡公从张忠烈军,忠烈殉难,乃入天童山为僧,释名等月,字印千。筑粟颗居,中奉先人,旁列图史,日访求异书,兀兀纂抄,间或弹琴弄笛,度曲自娱,诗、书、画皆绝工。晚年食肉,人呼了和尚。年八十卒,遗命葬祖墓旁。高节之士不得已而逃禅,故不当以方外目之。

忆吕元肇

澹盟十子交,京江忆其始。于今四十春,三存七先死。白发天一方,何堪别离此。有心人尽亡,孤陋遗穷子。穷子方外徒,崦嵫日西指。湖海溷陈人,飘蓬适老矣。去京骨不还,伤心独难委。

偶成

慨然王伯业,辛苦何劳劳。春风绕帘燕,飞飞营梁巢。秋至咸弃去,寂寞还江皋。远意绝消息,来雁纷翔翺。岁月逐寒暑,形影随昏朝。灵智倘独往,谁能得坚操。

四明清诗略卷首上终

四明清诗略卷首中

鄞　董沛　孟如　辑

李邺嗣

原名文胤，以字行，一字杲堂，鄞人。明诸生。著有《杲堂集》。

黄梨洲先生撰《墓志略》：甬上有鉴湖社，仿场屋之例，糊名易书，以先生为主考。甲乙楼上，少长毕集，楼下候之，一联被赏，门士胪传，如加十赉。明州自东沙好文，主张艺林，士无不捧珠盘而至者，然其气力足以鼓动，不尽关著作。先生以布衣几与之颉颃，而肺疾为梗，流放家门，海内知之者尚未满其量也。集《甬上耆旧诗》，搜寻残帙，心力俱枯。布衣孤贱，尤所惋结，宛转属人，顿首丁宁，使其感动，夺之鼠尘绩筐之下，以发其光彩。若片纸未出，自比长吉之中表，凛乎有不祥之惧焉。集成，立诗人之位，祀以少牢。闻者为之轩渠。

《续耆旧传》：先生一生流离国难，则宋之谢翱、郑思肖；委蛇家祸，则晋之王裒、唐之甄逢；周旋忠义之间，则汉之云敞、间子直。而卒以其余力任甬上文献之重任，辑前辈遗诗，遍为作传，枌社风流赖以不坠。所著自本集外，尚有《西京节义传》一卷、《汉语》十卷、《续汉语》二卷、《南朝语》四卷、《补世说》若干卷，又集《世说新语》诗等韵诗，别为卷。先生私淑蕺山之学于梨洲，私淑漳浦之学于大涤山人、何羲兆、吕汉悫，顾终身未尝开讲，然其忠孝自恃，则所谓真学者其人也。

《今世说》注：邺嗣风骨不凡，年十二三能诗，即有秀句。父枢官仪部，殉难凶问至，放声一哭，遂绝意人世，寄窜草石。

《别裁集》：杲堂生平以著书为任，辑《汉语》《南朝语》《续世说》，中寓笔削，鄞人多师事之，诗亦刊落凡庸，不肯一语犹人，浙派中独开生面者。

善哉行

登山采薇，重茧下山。幽壑飞霜，百草失颜。一解
蟋蟀就田，行复入户。秋气迁人，我栖何所。二解
抠衣夜立，瞻拜天枢。明明河汉，下瞩微躯。三解
壮气不居，我发易迈。志郁万年，其过乃大。四解
采薇硉硉，是为末节。臣靡不死，复兴夏室。五解

前有一尊酒行

前有尊酒，慷慨一言。华烛照心，明潢在天。一解
夙昔守名，各矜玉体。苔割萍分，遂成千里。二解
相视加餐，出门南北。心负燕丹，悲风激激。三解
剑光裂石，一用则伤。壮士报人，迎风亦僵。四解
斯志未酬，千春气皎。素丝三颣，自争曰缟。五解
斗酒既绝，请从此辞。参商相见，为执手期。六解

当墙欲高行

枯鱼萧索思通津，立朝先希傍要人。咳唾得于屈身。骨鲠不下，柔者易亲。颂圣满堂，寇来瞰门。臣图恸哭以上闻。天阍虽日辟，稽首不得陈。

怨歌行

发愤者忘食，奇士抱纯钩而夜泣。小泉逐洪流，朝暮

各不息。黄雀徒嘈嘈，鸷鸟犹伏翼。大仇焉能忘，出手愧返内。叶纳。慎此未死身，皇天倘相直。

伤歌行

登高忽慨然，望我旧友生。昔时尝文辩，摛藻亦纵横。一朝玉体分，宿草闭山庭。人身寿满百，蘂土各覆形。哀哉就死心，厌此地上腥。投躯报日月，岂谓冒天刑。我命适得延，让君万古名。萧萧白杨下，宜闻怨鸟声。

薤露行

南郡开业地，宫阙何煌煌。皇祖精灵在，百官留旧章。崎岖重立国，善守足自强。所任实非人，诸将亦猖狂。老臣谢国柄，流涕而请行。门户乍翻覆，宗社忽已亡。髑髅藉千里，白日昼失光。蕲蕲御道麦，古人岂徒伤。

蒿里行

江东有义士，重征三郡兵。开府立会稽，筑土临江营。百僚亦稍备，踌躇未西征。贼臣许在军，大义首失刑。开关内悍帅，舟师竟不行。荆国实先奔，胡为恃长城。貙虎横阡陌，深山或鸡鸣。遗民独翘首，乃心在两京。

壮哉行

朱亥入虎圈，瞋血溅斑毛。气足与俱生，虎伏不敢嗥。大勇固若斯，欻起不可测。当其志决时，天地俱变色。吁嗟当路士，临断何踌躇。曲行数顾尾，适以贼其躯。要离本细人，留侯真孺子。奋威不自疑，一朝雪国耻。

古歌

士有慕慷慨，杀身事不成。大燕千里国，一日赠荆卿。萧萧易水上，仿佛闻羽声。嗟被高渐离，犹报田先生。

李邺嗣

青霜篇呈万子 录二

辛卯冬,郡中孝廉俱北上,时万子方单舟姚江访太冲兄弟,怅然仰止,形诸纸墨同公狄先生。

青霜无杀心,植根怜弱草。寒菊栖故篱,苦心宁自槁。苍然千尺鳞,从风岂倾倒。侧闻辚辚声,草堂别宿老。奚为车马辰,送影荒山道。

姚江有一老,负书窜空谷。麻鞋叩其门,闻声即抱哭。华发各以生,瘠骨耻再肉。野火入草堂,只照遗民目。劚雪空归来,山苗断黄独。

感遇 录三

人生涉风澜,忠孝以作舟。尽命乃其厓,古今率此由。奚为昧天倪,委志沉愚丘。昭昭立我身,日月勤相周。谁使薄虞泉,遂失齿发侔。是非有本位,亢命吾归休。敢言拂所骄,帝谓终无尤。

寝饭贵得安,刀镬乃其微。冥力所自司,兀然断依违。此岂赖古贤,气血本道几。嗟彼同厥生,忘为异类腓。蚩蚩只嗜甘,吐腹难濯非。大易既失权,众阴各奉威。我行道如砥,翻遭盲者诽。

城东有古墓,覆以老柏枝。上凝千岁霜,柔风不敢吹。其阴巢怨鸟,促归望北墋。夜中起倒悬,声苦吻血随。我时攀柏条,束带中肠摧。碧史掩苔花,此书出无期。荒荒问白骨,将从地下曦。

古诗 录二

孤蓬行千里,岂为性好游。特以微薄躯,随风听沉浮。

灼灼西园花，敛根归蓐收。桃李各能实，当春为我秋。茫然顾一身，徘徊安所投。虚名自检束，出门念前修。上畏白日光，昭昭未能酬。青霜表末节，谅哉古所忧。

置酒此高堂，觞尽不知数。聚乐各以停，徵音独三鼓。元鹤南方来，舒翼当庭舞。四座皆言欢，谁明奏者苦。人生多悲心，慷慨贵能吐。沉怀难自宣，奚为望终古。曲尽河宿稀，涕零纷如雨。

出乌石山后失道

习僻厌平阡，歧道入榛莽。窄足不肯回，牵拂坚初往。稍进不见天，竹叶大逾掌。隙处迷烟云，日脚不落壤。直躬碍枝干，渐伛安得仰。两袖竞翅张，冒棘先用颡。道者未识谁，后趾蹴前䩨。人兽尽无音，但闻碎窣响。三里幸出丛，目光久瞠䁳。始见樵子行，寸心翻惚恍。

得杖

既出贺险尽，瞻前乃复陡。小憩对古松，支离类此叟。策足耻言疲，恐落仆夫后。山人指爪强，折竹等蒲柳。怜余进一茎，兹意感君厚。忽若当颠危，倚仗得奇友。山魈不敢争，空潭戏蚴蟉。翼足渐以轻，影逐孤云走。笑谓同行人，腾岳等培塿。

自大嵩上二十里至福泉精舍

舍舟上樵径，晴眺分纤毫。循途凡屡盘，获奇随所遭。崩崖露云根，长风势渐饕。诸峦徐束体，始识身已高。在舆尚苦疲，何况异者劳。斗上复稍垂，豁然辟林坳。老松□成鳞，岩土抽春毛。梵僧构幽栖，人龙同一巢。入门气得苏，豆笋罗山庖。到此惭浮名，徒为猿鸟嘲。

行路难 录五

猛虎嗥深山,皮爪常落市。鬼伥匿大仇,空为其导使。物情有翻覆,元恶竟如此。君不见,太平之日仁兽生,窫窳见《山经》。不敢白日行。

江南有鸞鸟,自呼曰薄杜,性不向北翔,翼翼栖故土;岭南有灵鸟,自称曰秦吉,不重金钱五十万,饿死表微节。我闻此鸟涕如雨,走抱苍宫十围树。树前老干尽南生,下有古人五尺墓。

百卉各有春,雪霜风日皆其时。人生穷达亦当尽,岂能方寸容百悲。十月衣裳单,入门请歌行路难。君言我有万古泪,弦音为君未竟弹。

步出浙江干,酸风射华发。曾此斗戈船,隔岸西陵饮马窟。窄行碍屐齿,莫是当年死士骨。铜腥渍草草不长,鬼作战声犹恍惚。君不见,蛟龙夜徙田横岛,海潮不到江潮小。

客程当落日,重经古陵旁。陵柏摧为薪,百里爨室香。石人枕石马,鱼灯暗失光。熊罴既不守,穴狐起相商。自昔帝王终失势,土花滴尽行人泪,猎人获得大鹿归,角下小牌隐有字。摩挲知写放鹿年,谁识汉陵当日事。

送梵大师礼洛迦山歌 女兄文玉为沙门,后称梵大师

女精蟠根卫龙髓,独妇岩前剑腥紫。人生须眉何足恃,沧海乘桴一女士。灌门奔涛昼夜抵,战洋鼓声恍未死。洛迦遥矗千春垒,海波不平有若尔。忆君哭夫在甬涘,沉尸三日江心起。万人惊呼岸欲圮,先公昔未乘辰尾。注目天池泪弥弥,渝州血岛犹孤峙,朱旗放粥飘虿市。畴能望海

颡无泚,嗟夫！曹江伍江源发此,忠孝同分巨壑水。洪流莫洗男儿耻,大节如君更何訾,海若冯夷足颐指。梵天螺音隐在耳,灵峤峨峨应不徙。歌罢扬帆去如驶,平生我愧鲁连子。

杜鹃行

春风漫漫百草绿,登台独展伤春目。惜别初弹蜀国弦,怀归再理巫山曲。巫山迢遥隔万里,怨鸟一声空裂耳。但知今日鳖灵尊,还念当时旧天子。蚕丛之国辟何年,鱼凫城郭随飘烟。赤楼嵯峨不可见,碧鸡金雁俱茫然。故国兴衰不复数,中夜号呼亦何补。北向犹哀洒血多,倒悬更诉髡毛苦。世间代谢须臾事,汉寝唐陵尽何处。鸿燕终依岁往来,山川难促人归去。江头细鸟抑何仁,千年礼节尚人臣。愿采琅玕饲天种,阿阁为巢以奉君。

织帘先生歌为岩樵大兄寿

织帘先生年八十,火下写书数十箧。适志每闻鼓素琴,养身曾见赋黑蝶。先生行年才六十,爽气照人鬓间出。王家七叶重文章,曹氏遗仓今石室。少年喜搜秦汉书,鹤头蚊脚争三余,剡藤日写几十纸。束之一岁盈一车,自从遭乱六籍焚。落棠山外逐残曛,遗经在壁史在井。花前之集随飘去,先生所录曰《花前集》。先生一身亦坐系。秦吉无声春燕去,排空惟有雁飞来。行行写作伤心字,先生系中有《赋雁字》百首。一朝破械身归来,日向山中赋八哀。山头片石千春在,西台哭罢登东台。此时归觅箧中篇,土花蚀尽义熙年。夜抄重积三千卷,坐听霜深鸡鹤天。其中一编更卓绝,鲁连之泪鲁公血。龙威所守百灵扶,三百年来岂容缺。先生开书重流涕,历历几行事堪记。柏桐初劫义公年,山川旧吊雎阳地。是书重抄闭箧中,飒飒四壁生寒风。夜半疑有弓剑集，阶前不敢啼秋虫。先生所书重如此，织帘先生小小尔。天留硕果历冰霜，益州耆旧名堪齿。归乎来，彼刺船者古成连，求羊二仲耕沧田。吾亦采芝此中去，重与先生发一编。

胥潮行

八月高飙天上来，胥江叠浪如山堆。伍相扬威不可触，秦皇当渡空徘徊。雷驱雪拥洪涛起，北赭南龛愁对峙。白马疑奔练影中，素车隐动鼙声里。鸱夷之器未飘风，属镂之铓尚吐虹。野麋才入夫差苑，蔓草旋生句践宫。吴亡越霸斯须度，独有灵胥难霁怒。涌势常愁地轴翻，倾波若向天关注。胥江涛险有如此，不须铁锁沉江底。饮马谁教水伯遁，控弦谁使阳侯徙。吁嗟乎，巨壑填盈精卫石，朝可枯潮夕枯汐。兰亭夜抱冬青枝，累累之涕不可绝。

金陵篇

分躔九野正，画表四疆同。欲卜宸居壮，金陵最宅中。金陵千载称佳丽，紫盖黄旗照天地。钟冈拥势果龙蟠，土坞回澜尤虎踞。虎踞龙蟠天际看，六桥宫殿旧长安。晨光常映三山外，翠霭仍浮四阙间。双鹭声中鱼钥启，万户千门气若水。雕薨窈窕并齐云，画柱峥嵘尽结绮。铜螭滴罢日瞳昽，六宫才报促装钟。学安梅馦俱争巧，试踏莲靴不让工。金屋佳人本欲仙，临风婀娜开朱颜。氍毹甫卷珊瑚幄，鞈币重开玳瑁筵。瑁筵夜夜沉醹醳，万岁为欢苦未足。银龙列席竞霏光，玉女行觞纷奏曲。长乐宫中乐事多，宸游朝暮簇笙歌。北苑乍闻归凤辇，西池复见下螭舸。宫池水接秦淮绕，散出烟花随地好。翼翼文禽浴御沟，丝丝蜀柳飘驰道。春色先归十二楼，朱栏晴照绮罗洲。但闻堤口迎桃叶，惟见城西访莫愁。银街绣陌时相见，丽日吹香暗如霰。画毂齐回三望车，轻纨斜掩五明扇。如此妍华天下闻，横塘气暖夜氤氲。乌衣巷内人如玉，骠骑航前马似云。就中贵戚谁称剧，朱邸沉沉丞相宅。东阁晨盈朱舄宾，西园夕会瑶簪客。火城百炬彤骀唱，鸣珮锵金尽遥让。黑幡兼领五兵权，黄扉毕具千官仗。坐看咳唾压王侯，转日回天更不忧。操彗独迎中谒者，登堂只拜大长秋。乘势由来不相下，顾盼余光希得借。魏勃难通曹相门，灌夫空促田侯驾。兴衰贵贱须臾及，灰死鳞枯莫呜唈。袁晁睢盱已相伤，邓寇功名竟莫立。可怜南国羽书催，卷地龙沙猎猎来。朱旗陡蔽昆明水，羯鼓遥连烽火台。此日虎符为谁剖，此时麟阁为谁开。江表终凭谢相策，中原还仗祖生才。

江上吊三弦女子歌

女子本士人女，乱后流为女优，年十六，工三弦。父欲赎之不得，因抱弦自投甬江死。

小鬟抱弦调凤髓，娇若芙蕖半开蕊。臂支独枕红守宫，旁人但许听歌死。罗衣垂手骨欲翔，绿裙化蝶嬲莲香。愁心只慕箜篌引，冰蚕织丝千缕凉。改弦拨出思乡调，素蛟迎舞幽兰笑。江上风回曲未阑，小魂夜拜曹娥庙。鸾犀踏浪月瀸瀸，手执朱鞭牵白鹿。酡酥何处醉氍毹，热粉吴姬紫槽促。

赠公狄先生

诗文今日事，尚得慰吾徒。歌罢同镌石，吟成自碎壶。天高应亦听，地满不闻呼。辛苦孤臣泪，荒荒残日扶。

萍蓬各不定，谁使向天涯。客借虞生榻，人投皋伯家。乌衣空巷静，素帊小楼斜。正有山南战，冬青未见华。

夜坐

秋气生华汉，萧然独坐身。天空云逐鸟，夜永月依人。

草木冰霜近，关河烽燧频。那堪照衰鬓，涕泪共时新。

系中诗

万死非今日，余生敢自嗟。台阴疑即夜，系久欲为家。日落犹悬岛，风嘶只引笳。离乡才尺水，白草已天涯。

老眼嗟吾父，征衣愤未销。蛟声驱战垒，虎气夹江潮。率土终思旧，皇天适纵骄。固陵原上草，无主自萧萧。

二十余年大，朝朝仗母慈。悬知哺孙候，定是哭儿时。冷爨无人执，圜扉有信疑。难将寸草泪，遥洒到萱枝。

自放河干后，惟闻贤姊过。藏名惭聂弟，雪恨托庞娥。泪到离情尽，哀惟同气多。未知云外雁，中断怅如何。

江上 录二

不堪江上路，日见羽书飞。黑日沉诸垒，黄尘塞二仪。戍烟催远櫓，猎火骤归旗。廓目沧洲客，将军下濑迟。

毳帐弥天起，秋风猎猎鸣。鸟寻平野静，龙避大江腥。白浪飘帆影，黄云冻角声。揽衣长不寐，中夜望金庭。

幽居

诸君以次到，友人徐掖青、林万叶及家兄岩樵各自客归。动到故人家。未灭三年字，犹沾千里沙。雨新宜荐韭，厨俭只烹瓜。最是难忘意，秋灯此夜花。

吾有门前柳，情依共晚鸦。收归半亩芋，开过一篱花。客去停云散，僧归负日斜。行吟秋色里，万事听生涯。

赠友

江左传耆旧，无如高士名。一丘俱后死，百世有先生。扫席论前事，登台望老成。两家孙子在，洒涕各纵横。

甬江遗战垒，侧望共咨嗟。啮浪崩厓石，争烟噪戍鸦。鼓声趋大浃，虎气划中华。方信余生在，真投天一涯。

望远

江皋飘木叶，望远独踌躇。念此关河路，非无咫尺书。衣冠流世外，鼓角送春余。滴罢怀人泪，惟应返旧庐。

平生

平生慷慨泪，秋雨一尊多。岛上悲龙笛，江东老鹭蓑。荒竿流岁月，短发送山河。野眺苍茫候，何人起浩歌。

江月

坐起厌江月，无端永夜明。独催泪点落，重使鬓华生。夕火联吴甸，秋笳动越城。遥知万里客，太息共三更。

硕果

硕果承霜日，残生何所求。衣冠藏雪窦，笋麦老明州。洗碣荒茔暮，投钟古刹秋。只寻思旧处，邻笛可能留。

众中

众中常嘿嘿，自觉不能亲。草木增新涕，江山厌旧人。名宜随世变，诗尚触时嗔。还憩空床坐，低回此日身。

赠周唯一先生山居 先生时为沙门，称囊云大师

夫子邈然去，孤峰自辟门。地容方丈洁，天护草堂尊。风节千春见，行藏两世论。荒荒西日下，梵磬肃朝昏。

车马不经路，茅堂此日开。万山迎汝至，一钵避人来。英兽司禅户，驯禽候食台。遥知云瀚处，翘首一徘徊。

尽遗身世事，惟有湛然存。甲子开僧腊，兰蒲荷佛恩。

疏钟晨易省，宿火夜难昏。遁迹应如此，惭余但掩门。

此间无魏晋，寂绝启双扉。落日庭前宿，幽霜座上飞。生衣墙面老，养鬣树身肥。二十余年事，安禅一梦归。

哭周贞靖先生 录一

老眼看天地，山中几岁残。苍松依正直，苦竹报平安。一夕苔龛闭，千春绳坐寒。尚余空橐在，分得片云难。

华发

华发苍茫四望中，关山历历客愁同。黄河春洗桃花水，白气秋虚梧叶宫。草没铜驼空表路，沙埋石马自嘶风。百年潦倒余生在，犹抱桥山旧堕弓。

杂感 录二

夕阳极目望参差，有客潜行洒泪时。桂苑自生三月草，兰亭谁植万年枝。人回塞上传悲筴，身滞江东老接䍦。历历春风愁北顾，蓟门归雁不应迟。

沧洲谁共理初衣，契阔平生尺素稀。投阁扬雄惜未死，入关庾信叹无归。平原禾黍联秋草，古墓棠梨对夕晖。摇落只今愁独往，江干尚有旧渔矶。

感怀同履安先生作

历历春光洒泪过，十年蓬鬓对悬萝。室沉虎气终能出，庭老龙鳞但自摩。南国音书归雁少，西陵风雨渡江多。不堪携酒还相问，草没新亭近若何？

南望浮云郁不开，谁将涕泪滴沉灰。野花自发要离墓，剑草空深季札台。万里间关双把袂，百年契阔一衔杯。楚歌何日招知己，手束生刍问碧苔。

三月十九日同掞青

杏雨空郊春欲残，甲申遗泪更华冠。纸钱亦辨枯坟主，盂饭谁浇旧寝寒。弓剑有丘荒七祀，管弦无梦哭千官。故人惟见南州在，曾订桐江共一竿。

秋哭

登台泪落九秋枫，王气钟山望处通。河鼓忽惊沉岛外，岁星今喜照关中。哀时书剑流人集，怀古云岚异代同。曩尽枯眸容再见，老儒已叹鬓双蓬。

愁倚柴荆白日昏，江东残史不堪论。诸公死讳攀鳞事，故相生还牵犬门。烽火只传孤岛哭，衣冠谁念孝陵恩。秋原泪尽重回首，瑟瑟风吹老树根。

百战孤臣独枕戈，天家养士竟如何。再残社稷留门户，未尽河山重甲科。碧草已迷柴市月，啼鹃应对海门波。遗诗更有从容句，堂上诸君读几过。此为王笃斋司马作也。司马《毕命词》有曰："为语堂上人，再思而后可。"

半生难遇鲁朱家，身计频年若守瓜。酒座几人哀北海，练裙无地托西华。晨看土室蚍蜮入，夜听茅堂蟋蟀哗。记得朱门车马散，交情畴昔不须嗟。

东皋处士苦闲身，吟眺荒畦日几巡。啄水鸟飞惊菡萏，踏坟犬过吠麒麟。杖藜偶逐山僧步，盆瓦频沾田父唇。焚后残书犹百卷，空梁可许得支贫。

里中向有七子之集，自华王二公殉国后所存五子并寥落可感，俯仰兴怀，同徐掞青作

西园高会忆当时，品藻风流尽在斯。哀笛重因二子赋，故林今作五君诗。文章一代随流水，气节千春有断碑。痛哭只余徐孺在，荒荒剑草得同披。

求故太常庄汉晓先生遗草不得

白袷曾同哭夜分，苍茫此日立斜曛。空悬钜鹿侯生泪，苦觅襄阳孟老文。健气昔曾干纬象，藏书今定覆山云。几时得把相知札，斗酒重披宿草坟。

春日集里中耆旧于南湖之观堂，喜邱舍人含三初归，因招入社次韵

新霁山堂鱼鼓鸣，杖藜相约过南城。残年方外思寻药，衰眼人间望洗兵。麦粥分厨充客饱，梨花逼座照春晴。异时应续襄阳传，先叙诸公出处明。

赠别林雪溪

落日三江欲渡难，人间不死是镆干。乱中事作千年哭，别后诗当老友看。客雁忘归秋自到，荒鸡善卧夜长寒。但浇垒块须倾酒，几处旗风拂市竿。

喜周方人同巽子蕴生见过

自扫东斋榻上尘，盘飧草草喜相陈。残灯一夜仍吾友，老瓮三年待故人。避地只应依稼穑，论文不敢出君亲。未苏肺气频翘首，烂漫鸡声恐失晨。

绝句

白门桑叶客停骖，芦管声悲听未谙。多少西风出塞曲，龙沙不觉过江南。

几年迁客厌箜篌，才唱从军泪欲流。今日故乡重听曲，吴姬尽度小凉州。

出塞曲 录二

月中弄笛影婆娑，自倚能翻水调歌。记得南都丝管窟，

新声只到小黄河。

泪滴吴钩独倚台，几人生向雁门回。春光正忆江南好，何事飞鸿出塞来。

附录集句 二种

五言古诗集史记 李氏衣德楼藏本

杲堂曰："客或言以司马子长之才而未暇作诗，此文章家一恨。"余因于暇时取《史记》中五字句，如"游子悲故乡，宝剑值百金"等句法纯于诗者为本，而稍以己语经纬其间，凡得四十一章。

古诗 凡十二章

男儿出门去，千里不赍粮。当行重执手，问予投何方。睥睨故久立，严风动枯桑。出不远千里，未为在他乡。膏液润野草，人生亦奚常。壮士行何畏，答君以忼慨。

（原书按）右一章第二句见《郑当时传》，第五句见《信陵君传》，第七句见《货殖传》，第九句见《司马相如传》，第十一句见《高帝本纪》。

浮云黯然至，游子悲故乡。岂不念旋归，还顾橐中装。犹有一剑耳，鞴绠无光铓。人生取富贵，契阔焉足伤。继踵取卿相，跃马驱道旁。安能守妻子，白首同核糠。生不五鼎食，死当弃他方。

（原书按）右二章第二句见《高帝本纪》，第五句见《孟尝君传》，第九句见《蔡泽传》，第十三句见《主父偃传》。

四座俱被酒，吾为若楚歌。忼忾未及宣，凉飚拂庭柯。涕泣交横下，揽袖纷然多。起行仰视天，烂烂垂明河。光辉若流星，玄鸟放悲过。所遇非无情，悲来奈若何。

（原书按）右三章第二句见《留侯世家》，第五句见《外戚世家》，第九句见《封禅书》。

主人奉高弦，请客宣其怀。为鼓一再行，玄鹤翩然来。举座客皆惊，泪下不能挥。谁识此曲名，能令听者悲。三叹未及已，弦音忽中摧。旁皇不能去，响绝犹余哀。愿为双羽翼，千里无终乖。

（原书按）右四章第三句见《司马相如传》，第五句、第十一句见《刺客传》。

忆昔宛雒游，郁郁交冠盖。九陌扬高尘，往来错其内。王侯纷第宅，沉沉良宴会。嘉客满中堂，车骑尽居外。娱乐未及终，飚风倏相代。当时并策人，展转谁相媚。临风遥缄书，公等皆安在？愿言崇令名，良时尚可再。

（原书按）右五章第八句见《梁孝王世家》，第十四句见《主父偃传》。

平生慕游侠，结客长安□。浮云结朱榭，夹道吹香尘。冠盖日相索，夜半犹过门。前堂罗钟鼓，作使纷美人。借问主人谁，槐里赵王孙。朝来暂失势，枉驾无相存。异时上座客，半去平原君。谁云漆与胶，今为胡与秦。

（原书按）右六章第七句见《武安侯传》，第十句见《游侠传》，第十四句见《信陵君传》。

客从何方来？遗我一双鲤。得鱼腹中书，乃知故人处。上有绸缪辞，下有加餐语。置之怀袖中，出入频未已。念我平生亲，相去奚千里。岂谓无嘉宾，极宴相欣喜。安知抱私心，在彼不在此。

（原书按）右七章第三句见《陈涉世家》，第十四句见《酷吏传》。

驱车出东郊，萧条见枯柳。古墓犁为田，碑谀不可守。寒风何□□，郭门驻难久。念此生踟蹰，岁月忽已后。人生一世间，岂如金石寿。服食养百年，其人骨亦朽。不如被轻纨，日夜饮醇酒。

（原书按）右八章第九句见《留侯世家》，第十四句见《曹相国世家》。

明光何缥缈，仙人好楼居。黄金错其中，白玉辉层栌。昼夜陵云气，四面环瑶池。望之不能至，倏忽随飚车。嗟哉三神山，冀遇将何期。轩辕自殂落，吕政终踌躇。蓬莱药可得，徒为万世嗤。

（原书按）右九章第二句见《封禅书》，第十三句见《秦始皇本纪》。

壮士将一去，卮酒安足辞。微躯借知我，感诺在须臾。悲风起萧萧，四座俱涕洟。人身徒自匿，畏约无穷时。岂若□其名，暴骸千里衢。上苍不可□，白日寖已驰。行矣不返顾，千载以为期。

（原书按）右十章第二句见《项羽本纪》，第八句见《刺客传》。

相马失之瘦，相士失之贫。人固未易知，貌取失其真。鼓刀隐壮士，喂钓哀王孙，方其未遇时。亦如碌碌人，龙骧不可伏。屈体幸得伸，岂若逢盛时，早登要路津。

（原书按）右十一章第一句、第二句见《本褚先生》，第三句见《范雎传》。

宝剑直百金，尘蒙失颜色。虽有零落心，即求常在侧。烈士难久栖，其悲若抽裂。崎岖山海间，岁月忽以积。倘君一我知，犹能生羽翼。

（原书按）右十二章第一句见《陆贾传》，第四句见《五帝本纪》，第七句见《陆贾传》。

咏史诗 凡十九章

轩辕昔治世，万灵接明庭。一朝将厌世，荆山铸鼎成。

李邺嗣

有龙垂胡髯，翩然下相迎。黄帝既上天，后宫或从登。小臣不得上，仰望徒涕零．其弓曰乌号，鸿刀亦翔鸣。桥山遗冢在，虚传不死名。

（原书按）右一章第五句、第七句、第九句、第十一句见《封禅书》。

越王蕴大耻，鸷鸟匿其形。坐卧即仰胆，夜中抱寒冰。积愤感上皇，其势不俱生。君子六千人，竟得入吴庭。鸱夷既去国，所至必成名。我行过会稽，霸气久未平。嗟哉彼臣主，千载有余荣。

（原书按）右二章第三句见《越世家》，第六句见《蔺相如传》，第七句、第十句见《越世家》。

子贡好废居，与时转货赀。计然之策七，家国得并施。白圭乐观变，弃取人莫知。若水之趋下，不令己失时。奈何彼原宪，糟糠未厌饥。到门居甚贫，当世亦笑之。仲尾有菜色，喟然称伯夷。饿死首阳山，终为百世师。

（原书按）右三章第一句、第二句见《仲尼弟子传》，第三句、第七句见《货殖传》，第八句见《太史公自序》，第十一句见《越世家》，第十二句、第十五句见《游侠传》。

怨毒在匹夫，尚有报万乘。子胥乞食时，人定天亦胜。平王杀我父，必与楚同命。僵尸事竟成，途远日垂暝。大愤既得伸，属镂甘反赠。盛以鸱夷革，怒潮千载迸。物有不可忘，人生岂即瞑。

（原书按）右四章第二句、第五句、第十一句见《伍子胥传》，第十三句见《信陵君传》。

五羖大夫死，流涕遍男女。童子不歌谣，舂者不相杵。子产为相时，仁心感童竖。斑白不提挈，田器口莫举。仲尼称惠人，千载尚遥伫。叹彼酷吏兴，杀人如磔鼠。破觚而为圜，循风斯所与。

（原书按）右五章第一句、第三句、第四句见《商君传》，第七句见《循吏传》、第十三句见《酷吏传》。

冠带战国七，畏秦俱迁延。惟于大梁墟，数闻公子贤。身绾上将印，五国争相援。秦兵不敢出，智勇天下传。一身系诸侯，存亡与并县。嗟哉彼三君，□得相□肩。孟尝难自喜，平原徒翩翩。食客三千人，虚名何足言。吾尝闻夷门，慕为之执鞭。

（原书按）右六章第一句见《匈奴传》，第四句、第七句见《信陵君传》，第十五句见《孟尝君传》。

人穷则反本，怨极有彷徨。屈平虽放流，系心终在王。忧愁作离骚，幽思冀得扬。皭然脱泥滓，故其称物芳。世溷不吾知，托志终沉湘。未尝不垂涕，临流诵九章。后来宋景辈，词赋徒相望。敬吊惟先生，敢争日月光。

（原书按）右七章第一句、第八句、第九句、第十一句见《屈原传》。

士为知己者，二心焉可持。豫让挟匕首，形状不可知。臣死且不避，漆身安足辞。报仇名既成，愿请君之衣。奋然起拔剑，三跃而击之。下可报智伯，魂魄无忸怩。千年愧人臣，志士犹涕洟。

（原书按）右八章第一句见《刺客传》，第五句见《项羽本纪》，第十句见《刺客传》。

荆卿祖道时，悲歌前自写。其声动人心，坐客俱涕洒。怒发上冲冠，萧萧风动野。所待终不来，壮士谁知者。一去造秦廷，谈笑请相假。右手揕其胸，绝袖空复把。舞阳年十三，泯然死殿下。义哉高渐离，瞋目终不舍。彼庸乃知音，慷慨世所寡。

（原书按）右九章第三句见《赵世家》，第五句见《蔺相如传》，第八句见《张耳传》，第十一句、第十七句见《刺客传》。

相如初被使，奉璧奏秦王。怒立睨庭柱，岂知有秦强。臣请就汤镬，与璧同存亡。渑池为击缶，秦赵竟相当。士一奋其气，威信敌国扬。引车避廉颇，两虎斗必伤。遗名重太山，凛然若怀霜。

（原书按）右十章第二句、第五句见《蔺相如传》。

子房虽弱颜，气与强秦敌。东见仓海君，袖中得片铁。欸然椎祖龙，天地俱变色。时时从汉王，用其奇计策。昔散万金资，今以三寸舌。始识英雄人，欲杀不可得。

（原书按）右十一章第三句、第七句见《留侯世家》，第八句见《陈丞相世家》，第十句见《留侯世家》，第十二句见《五帝本纪》。

郦生贫落魄，年已六十余。身长冠仄注，状貌类大儒。一朝踵军门，自称吾酒徒。汉王雪足起，与论六国时。豁然臣主间，焉用苛礼为。盛德不辞让，汤镬亦可趋。皆谓之狂生，狂死乃益奇。

（原书按）右十二章第四句、第十一句、第十三句见《郦生传》。

季布前事楚，其勇楚所无。汉购将军急，衣褐潜在途。身卖鲁朱家，田事听此奴。壮士宁髡钳，此不北走胡。臣各为其主，将军亦何辜。义足动天子，大节焉可诬。顾笑彼丁公，惟为万世嗤。

（原书按）右十三章第三句、第六句、第八句、第九句见《季布传》。

游侠推布衣，当世尽倾属。夜半车过门，衣冠常辌辐。天下方有急，隐若一敌国。馀风及东京，党人重品目。皆争为之死，高名每耻独。义者有取焉，可以励衰俗。

（原书按）右十四章第五句见《魏其传》，第六句见《游侠传》，第九句见《季布传》，第十一句见《太史公自序》。

生子不生男，仓公先涕零。缇萦通尺牍，父得以后宁。

含悲发天听,阙下闻鸡鸣。亦有烈士风,千春激人情。

(原书按)右十五章第一句见《文帝本纪》,第三句、第四句见《仓公传》,第七句见《酷吏传》。

大黄前独挽,百骑骤飞尘。右射白马儿,左挟射雕身。借问猿臂谁,汉之飞将军。专以射为戏,没羽片石分。生平负才气,慷慨果轶群。乃闻将军貌,恂恂如鄙人。彼其忠实心,天下莫不闻。昆邪一知己,封侯安足论。

(原书按)右十六章第六句、第七句、第十二句、第十三句见《李将军传》,第十四句见《信陵君传》。

日入大风起,沙砾飞击面。将军前纵兵,两军不相见。斗深天已昏,士马气益悍。六骡竟先奔,迟明尽鸟散。遂至寘颜山,献恺麒麟殿,天子诏论功。独叙嫖姚战,嗟彼北平勋,万年在天汉。

(原书按)右十七章第四句、第九句见《卫将军传》。

长卿故倦游,车骑犹雍容。缪与令相重,执礼亦甚恭。一为上坐客,再为酒舍庸。文人善滑稽,涤器于市中。却闻驰四乘,建节还临邛。县令负弩矢,门下集诸公。王孙喟然叹,蜀人以为荣。嗟哉子虚赋,狗监不易逢。

(原书按)右十八章第一句、第三句、第八句、第十一句见《司马相如传》。

当时尚年少,梁楚名已扬。一时叙交游,皆其大父行。置驿长安郊,客至辄登堂。山东士诸公,翕然称郑庄。须臾身失势,门外鸟雀翔。掉臂过市朝,世情固其常。君胡不自喜,徒为交态伤。

(原书按)右十九章第四句、第七句见《郑当时传》,第十三句见《灌将军传》。

怀古

车轮腹中转,日夜无休时。邈然念千载,登高而望之。且日视其书,古今尽堪疑。尧囚舜野死,此或非荒奇。奚为圣人出,天地翻中亏。儒者断其义,天道暗莫知。怨耶抑非耶,吾其从伯夷。

（原书按）第二句见《货殖传》,第四句见《天官书》,第五句见《留侯世家》,第十一句见《十二诸侯表》。

登望海绝峤

大海何荡荡,星汉光相窥。褰衣上其巅,万象俱争回。三山何缥缈,蜃气象楼台。安能一挥手,天门为之开。翘首正东望,风从西北来。飘然恐吹堕,侧身自裵徊。安得从徐市,入海求蓬莱。东田种芝草,幸甚亦至哉。

（原书按）第六句、第八句、第十句见《天官书》,第十四句见《封禅书》。

斋居撰西京节义传

负郭居穷巷,以敝席为门。先人遗六籍,此其家不贫。一室无二事,图史左右陈。强为我著书,尚论千载人。兰台续史记,大义缺不申。整齐其世传,兼采东观文。读其书未毕,烂烂垂星辰。忠臣死义士,光照两汉新。后来惭史笔,其文不雅驯。安能尽起废,论次所旧闻。咸各序其宜,风节表千春。

（原书按）第二句见《陈丞相世家》,第四句见《游侠传》,第五句见《蔡泽传》,第七句见《老子传》,第十一句见《太史公自序》,第十三句见《孙子传》,第十八句见《五帝本纪》,第二十一句见《太史公自序》。

题李将军夜猎图

　　李广居蓝田，意气殊不平。南山中射猎，夜逐一骑轻。从人田间饮，还至霸陵亭。亭尉醉相呵，广骑且暂停。谩谓今将军，尚不得夜行。失势事固然，可以笑人情。杀之殊不勇，似为荣辱惊。将军当自念，此恨亦平生。

　　（原书按）第三句、第五句、第六句、第十句见《李将军传》。

夜饮呈坐中诸君 凡二章

　　始吾从若饮，饮可五六斗。诸君但枉临，辄饮以醇酒。患气十年来，微沥只沾口。万事亦奚常，欢伯非我有。诸君强饮食，倾觞慎无负。白驹过隙间，已在日月后。

　　（原书按）右一章第一句见《张仪传》，第二句见《滑稽传》，第四句见《曹相国世家》，第九句见《孟尝君传》。

　　昔时喜诸君，皆从聚一舍。不召而自来，来也必以夜。秉烛照夜阑，欢然各倾斝。岁月如须臾，故交半摧谢。不过四五人，间来相慰藉。东扉为君开，浊酒尚非贳。遥忆陈死人，奄然随物化。独其言在耳，相对涕交泻。人生贵及时，齿发非可借。奚不当盛年，成名于天下。

　　（原书按）右二章第三句见《货殖传》，第四句见《封禅书》，第九句见《孔子世家》，第十五句见《老子传》，第二十句见《越世家》。

春田东舍 凡四章

　　东田古鄠乡，先人所耕读。重厚多君子，祖德□□木。十里不贩樵，炊烟各聚族。闲来荫柴门，欢然对原陆。何爱数顷田，良苗看不足。江南大都会，积居与时逐。富人争奢侈，往往轻五谷。昨来被水旱，几家知储粟。亦食糠核尔，流离遂相属。物极每得衰，苦乐同转毂。何如守俭土，终年厌馇粥。用谷量马牛，吾有一黄犊。

（原书按）右一章第三句、第五句见《货殖传》，第九句见《武安侯传》，第十二句、第十三句见《货殖传》，第十七句见《陈丞相世家》，第二十三句见《货殖传》。

黄雀鸣啧啧，吾知其能飞。山居耕田苦，力深土渐肥。辍耕之垄上，日暮始得归。归来过邻父，取酒共酌之。请为吾言田，勤垦贵及时。频年秋获好，室中幸余稘。有而不知足，恐为天地訾。

（原书按）右二章第二句见《老子传》，第三句见《滑稽传》，第五句见《陈涉世家》，第九句见《齐悼王世家》，第十三句见《蔡泽传》。

十里一草堂，有田三十亩。吾不如老农，力耕常在后。春来共穰田，豚蹄一盂酒。日嘆污邪多，雨润瓯窭久。高下俱得收，穰穰饱八口。盎中喜乍盈，仰荷皇天厚。岁有忘俭勤，失其所以有。丈人是吾师，四体谅勿负。

（原书按）右三章第二句见《陈丞相世家》，第三句见《仲尼弟子传》，第十四句见《蔡泽传》。

吾乡食海盐，羹鱼倾水族。螺蛤积□□，不待贾而足。其中具五民，人物凑绾縠。乱后何萧然，法禁敢轻触。偷生无积聚，死地犹鹜逐。岂若拙业安，农桑甘齪齪。衣食出田间，贱取如珠玉。地重重为邪，相传好风俗。

（原书按）右四章第四句、第五句、第九句、第十四句、第十五句见《货殖传》。

五言古诗集世说 昭代丛书选本

古诗

仰瞻四明山，崒巍以嵯峨。下瞰甬江潮，泙湃而扬波。山川气交发，人物亦以罗。所以甬上士，磊砢而英多。邈然望千载，犹未隔山河。斯人不可作，当如苍生何。

培塿无松柏，薰莸不同器。士所志千载，确然自表异。廉蔺已死人，凛凛有生气。诸君虽见在，厌厌如下世。委躯噉猯貉，亦难得眠处。喟□九原人，庶以慰翘企。

处则为远志，出则为小草。古人以为难，出处事不小。独寝自箴诲，高名庶常保。

风景此不殊，正有山河异。忽见此茫茫，形神顿憔悴。此语大伤怀，吾重为出涕。晋人初渡江，营建甚草昧。自有管夷吾，同洒神州泪。当轴适何人，两京痛相继。陆沉及江左，藉卉并无地。运自有废兴，人终任其罪。王谢旧知名，风雅谁得似。

将军磊珂流，振袖时独起。须如反猬皮，顾盼亦可喜。盘马始两转，一发应一矢。慷慨常自言，大白即满举。丈夫提千兵，要在雪国耻。志士痛朝危，老骥骤千里。若死户牖间，故自常奴耳。

遗我故人札，云是吴中回。知有相思字，封而不即开。翩然在异乡，鸿鹄之裴徊。焉能闻款然，敛衿乍一来。契阔良已久，亦欲尽所怀。要当得君意，古道无终乖。

君何所欣悦，但常得无事。痛饮熟读骚，便可称名士。适取坐上书，冀以畅寻味。开卷一尺许，果不异人意。故须酒浇之，自引著胜地。

士固有失意，形神若不交。设复非快饮，何以寄消摇。一手持酒杯，一手持蟹螯。便足了一生，颓然任所遭。使我身后名，千载徒遥遥。

客着葛巾角，即取漉酒滓。漉毕酒在樽，以头就穿取。谁云家酿薄，故复自佳耳。故人适款门，相对作宾主。稍通彼此怀，应是我辈语。不可不与饮，隤然已醉矣。

文章足名家，自然合矩度。发源在经史，混混有雅致。五色之龙章，要在得裁制。今人但揉杂，不识自标置。譬如明光锦，裁为负贩袴。体法既不存，文采焉足慕。

我生验风骨，宜置丘壑中。相招得同趣，采药凌高峰。荒榛横今古，人兽俱无踪。退还半岭许，云气犹蒙笼。哂然作长啸，樵伐始能逢。世人但翘首，绝径焉可从？

世人俱慕官，官本自臭腐。世人但爱财，财本是粪土。奚为日皇皇，使人忘寒暑。不惜图所难，捣齑噉铁杵。入坐无面颜，尪陋希言语。客或有笑之，怡然谭名理。愿公勿复谈，但恐不免耳。

解维辄偃卧，轻舟任波靡。所过村落间，吾乃不觉耳。舟人喜风生，卧者亦笑起。望见草堂门，乃觉三十里。舍舟旋登堂，洒扫布席几。我昔此躬耕，岁月遂逾纪。率尔去下舍，良负故山水。追讽移居诗，叹美不能已。

龙崖迤相接，其山坦而平。流通小白泉，其水潫而清。中有隐者庐，其人廉且贞。企脚北窗下，凉风飒复生。都不道陶公，已得千载情。

我来谁家地，纍然坟在野。云葬某将军，此乃英雄也。遗碑断无文，草间卧石马。惟遗一古松，苍鳞不可把。枝条拂青天，群狐乱其下。我来俯仰间，忽已泪如洒。哀彼陈死人，流风溯独写。

春田听鸣蛙，闭门聊挈杖。如数部鼓吹，朝夕不停唱。黄犊爱细草，童子各远放。太阳初告夕，归樵已相望。遥闻横竹声，乃出牛背上。

闲庭对好竹，啸咏常不已。一日无此君，即谁可共语？体中虽小苏，若不堪罗绮。里人适造坐，相求为作叙。近颇厌卖文，吾靳固不与。客去命偃扉，移床置隐几。惟应此竹下，当有清风耳。

老来知遣怀，不复经尘务。终日守一卷，人言我愦愦。岂知意所欢，不觉有余事。遂使人忘疲，寝食亦可废。谁云我已老，发白齿尽坠。汝看我眼光，尚能读细字。

东村诸田父，相通辄倾卮。我时造其门，村人亦如之。

春来风日好，故有相思时。劝汝一杯酒，倒著白接䍦。此中有真味，外人那得知。

四明清诗略卷首中终

四明清诗略卷首下

鄞　董沛　孟如　辑

范洪震

字惊百，鄞人。

《鄞县志》：洪震生有至性，年十二失恃，哀毁骨立，庐墓依依。父疾，求所以生父者，靡弗至，病且笃，诊者辞曰："胃气绝矣，殆不可救。"洪震涕泗呜咽，不欲生，医亦恻然，既而曰："或秽辛犹有治理，能尝之乎？"洪震尝之，惊喜曰："味犹辛也。"医为下剂，病遂瘳。督学李际期谓洪震纯孝，将旌之，洪震泣辞，曰："报劬之谓，何敢因以博誉乎？"

性慷慨，重然诺。与杜懋俊交，懋俊死节管江，陆宇燝取其遗孤育之。其孤多病，宇燝一日与买药过洪震，洪震问之，瞿然曰："乃杜郎耶，吾于尊公同学同岁又同志，尊公死，吾哭之者几日，问其孤莫有复者，今乃以买药遇，天也。"宇燝因言其三丧未举，洪震曰："不但死者于我葬，杜郎未娶我当娶之，有匮乏以告我。"卒为杜氏窆其三丧，并置田以赡之，且助之娶焉。

家世业医，求治者贫不受酬，不责药直；岁祲，为粥食饿者；道拾遗金，坐候其人还之。感怀故国，纵酒佯狂，晚年病噎卒，哭之者数千人。

短歌示甥周容

山则凤兮水则龙，吾与子兮俱憧憧。

泊北渡

渡头寒月上,独钓待潮生。远岸来人语,空江落雁声。枫明秋色老,山暗暮云平。好景撩人目,幽怀诗思清。

梦父

无门趋定省,顾影泣茕茕。箧剩琴书泽,堂留謦欬声。虽悲形杳邈,犹幸梦分明。聚首无多语,群鸡乱五更。

始觉

始觉年年度,因之事事非。秋花香渐晚,老树叶犹肥。养拙常抛卷,尊生更掩扉。壶中有酒否,吾欲看斜晖。

李景濂

字亦周,鄞人。明诸生。

《鲐埼亭集·窆石铭略》:孝子生四岁丧母,逾年其父再娶何氏,而父又殁,家故贫。何年十九欲守节,而媒氏辈欲夺之。孝子闻,潜侦其人于道,以椎击之,驰归母前,哭陈其故,母大恸,相与奉其父栗主于庭,誓相依终身。孝子自是刻苦励行事母,务得其欢心,稍不怡,辄跪泣请杖。母嗜酪,日从市中求之,端捧归,见者群为让道;母患疾,出则祈祷,入则涤中裙厕牏,七年如一日。比殁,孝子年已六十,庐墓三年,尚呜呜作孺子泣,于是里中无不称孝子者。孝子工诗,丙戌后,以故国之感,弃儒治医,屈身奉母,年八十六卒。有司以孝子旌。

偶感

朝读道德经,暮读南华篇。古人留著书,开卷总茫然。既非资记诵,亦不落言诠。譬彼渡河人,欲渡取筏便。待其登岸后，弃置在岸边。观书如渡筏，寓意书外传。古人不可即，徒想执遗编。犹龙隔往代，化蝶已千年。

鹦鹉

岂为聪明误，羁栖直到今。羽毛须爱惜，岁月已侵寻。赋感正平意，经翻般若心。檐前凡鸟度，逐队自园林。

重过友人别业

几多秋色半新栽，依旧庭花处处开。排闼只缘行径熟，迎门错认主人来。南湖月上曾联榻，邻寺钟鸣互举杯，往事不堪犹记忆。倚栏临去更徘徊。

朱金诰

字宸宣，一字王言，鄞人。

《鄞县志》：金诰纯孝性成，母病医祷无效，有老僧告以刺指血写梵典，病果愈。父疾复刺血绘佛像，密封股肉和药以进父，亦愈。兵乱，负母避乡民家中，夜虎排闼入，金诰以身蔽母，虎绕榻谛视去。又遇盗，以茕茕母子泣告，且袒示以臂痕，盗不忍害。顺治九年，有司以孝子旌，会有授官之例，以母老力辞，学使谷应泰给饩终其身。

访元上人精舍

记得桑麻路，来寻方外庐。座联今夕话，箧检旧时书。坏壁茶烟瘦，深林月影疏。晚钟催已久，刻烛兴何如。

许应祯

字孟祥，一字伯子，镇海人。明诸生。著有《许伯子集》。

《镇海县志》：应祯年十三补诸生，博览书史，喜纵谈古今事。乙酉闽帅驻营西陵，招致幕中，已而军溃，帅及吏士皆奔。应祯念其父，客临海间关往省之，时干戈满途，走巉厓仄涧，蒹藜刺胫如猬，饥餐落果，渴饮溪流，经旬得达，乃奉父归里。与弟最友爱，弟往郴州，言及辄流涕，其笃于天伦如此。家贫，尚绝粮，读书自如，诗文尔雅，风格颇近唐人，县令王元士邀修邑志，撰著多出其手。所著集以未付梓失传。参《蛟川诗系》。

喜周方人至自武林兼呈之尧昆季

别后怀君动隔年，新诗多在泛湖船。南州高士谁同调，西蜀遗民只草玄。老至须眉惭少壮，话深风雨足流连。石交应自推吾党，窗外梅枝横远天。

幼时见邑东南隅有一宅，榜曰"南山书院"，盖宋孝宗以赐沈端宪者也。闻考亭先生来访，公留吾邑者一月，而失其编纪。陈仙佩云"载何氏语林"，亦未之考。暇日与薛五玉言及，欣然曰："此蛟水佳话也。"纪以近体，属和

伟人何事驻车尘，把臂曾标两凤麟。一月话言谅不尽，千秋公案到今新。清泉空照须眉古，苍藓难寻杖履春。想象印山城下路，衡门岁晏尚留宾。

送弟往胶 录一

昔年惆怅向江浔，回首频惊岁月深。方喜对床寻旧话，不堪离别又沾襟。

林宏玠

字介玉，号梅叟，鄞人。明诸生。

《续耆旧传》：先生西明山人长子也，丙戌后弃诸生，晚年最与族弟都御史茝庵相得，唱和甚欢。

孟夏日大雷山居即事

乍怜城市隔，更喜值清和。鸟弄迁乔舌，山鸣伐木柯。黄泥穿笋大，红妳钓鱼多。红妳溪鱼味绝美。呼酒尝佳味，相期赋硕薖。

洗马碧潭深，花开谢豹阴。影长摇赤壁，泉细咽清音。趺坐尘心远，行吟草色侵。两雷常在望，终拟一登临。

小阁迎朝旭，虚檐送夕阳。千峰云外断，万木雨中凉。麦陇轻翻浪，松涛迭奏簧。恍疑仙路近，应许到刘郎。

挽周贞靖先生

云来云去亦何心，漫道浮云变古今。造物有情容睥睨，江山无主供沉吟。孤臣后死生同寄，老衲投闲遁转深。只忆月明莺脰夜，一瓢归挂碧山岑。

林宏琦

字云书，鄞人。明诸生。

《续耆旧传》：先生侍郎栋隆子，以乙酉宣力王事进明经。《林氏家传》不言其豫于江上之师。予读钱、庄二公所奏幕府宣力之士，乃得其略。先生雅有诗名，所著甚富，然今不可得其集矣。

同杨商贤说穷

雨暗苍苔久闭关，空庭饥雀逐人间。虞卿书就名先隐，韩子文成稿欲删。拟向人言添别恨，却逢君至为开颜。烟霞来往自天际，谁倩生描媚远山。

屠孝胤

字世奉，号恭伯，鄞人。

《屠氏先世见闻录》：公夙敦气节，见明季时事日非，不肯应试。驾部献宸公为公季父，年少于公，爱重之，互相师友。驾部殉节后，公坐卧一楼，人莫有见其面者。工诗、古文词，以丧乱散失。丙申悒悒而卒，子姓来吊，见其发髡髡然，皆为流涕。

赠冯留仙亲翁

建牙威望彻星杓，力扫欃枪战气销。五部单于惊姓氏，中原豪杰想丰标。投醪厚德覃边塞，推毂殊恩出圣朝。士雅正殷酬国志，闻鸡时复舞中宵。

名家才品重当时，伯仲埙篪世所师。家擅河东三凤异，国符汉殿五芝奇。椒兰久佩金盟馥，萝茑新联玉树枝。几欲登龙同御李，衡门闭迹久栖迟。

屠孝穆

字世达，鄞人。

《鄞县志》：孝穆为驾部献宸从子，献宸就义时，解所服青衿与之，曰："尔颇有气节，以此相贻。"孝穆常对之流涕。后与弟孝程遭牵连之累，有劝其应试以保全门户者，答曰："吾五世相韩之家也，而应试，季父之血将化碧矣。"闻者咋舌。杜门谢客，相继悒悒而卒。

不寐

不寐听清钥，三更倏四更。无端思乱起，有累梦难成。月影侵窗冷，风声逼枕惊。年来心血减，弥觉窘愁城。

园居秋感 录一

津边到处乱砧声，潘岳悲秋感慨生。月台更怜云汉淡，天青倍觉斗牛横。梳翎老鹤含情洁，绕砌幽蛩发响清。屈指韶华流水去，能无搔首起心惊。

屠孝程

字世式，鄞人。孝穆弟。

雨窗独坐

一春长苦雨，独坐戚无聊。客断烟常灭，身闲病未消。飘零愁宿麦，浸渍虑新苗。只待晴光出，扶藜过野桥。

张鸿道

字岩耕，慈溪人。

《溪上诗辑》：先生尚书九德之孙，抗志不仕。著有《淡香亭稿》。甬上周屺公盛称其诗，诸体中五古、五律尤胜。

漫兴

凉飔吹日夜，幽人戚素心。愁思中断绝，踯局不成吟。林月笼烟树，风枝鸣宿禽。捣练发清响，哀哀多苦音。揽衣起徘徊，良夜何沉沉。零露寂无声，盈盈沾我襟。中怀坐自损，薄醴聊自斟。一爵非云适，恨恨难可禁。

送李涤庵

犹忆江东岸，遥同仲父还。莺花客岁景，风雨此秋颜。浩气逢人壮，新愁话夜闲。如何成判袂，仰止断间关。

送友

尽是思归客，惟君独早征。不堪羁旅意，还作送行情。华发他乡改，金樽此日倾。秋风一夕起，总是别离声。

都门留别

经年燕市病频仍，台上相逢共友朋。老我鬓毛宁避雪，照人肝胆只如冰。风嘶冀马无端切，月泻湘江分外澄。却恐消魂桥上酒，一杯已觉浩难凭。

李凯

字仲捷，鄞人。明诸生。

《续耆旧传》：先生砌里诸李之一也，豫于东江幕府，进明经。

秋日舟行雨中

城市日喧哗，两耳殊难听。刺舟东湖行，较之自然胜。奈天作秋霖，晴雨倏不定。稻熟黄云堆，刈铚嫌泥泞。新添水一篙，差鼓哦诗兴。

陈衷赤

字孚白，一字乐渔，镇海人。明诸生。著有《大云堂集》。

《镇海县志》：衷赤为人磊落不羁，狂歌好饮，博极群书，工诗、古文词。鼎革后，屏居里巷，既而负书担囊，走齐鲁，历闽粤，而崇明、三衢、括苍等处尤多滞迹。所至放浪山水，吟咏自乐。老而归里，与谢泰宗、薛士学相往还，益寄情诗酒云。

秋日同蒋孟诩登城隍山

卫城环林麓，山脚插木下。引步拾秋色，登厓眺南野。松樟翳古殿，虫鸟馆苍瓦。天气正初凉，鞠华未盈把。老泪不足挥，良朋暂假借。坐石共悲啸，赋诗送盲哑。胜地呵鬼神，空郊填戎马。得藉寸隙游，俯首谢赐者。

南浦晓发

戴月开南浦,湍危响薜萝。石攒森似戟,舟递疾如梭。去路一层峡,回滩百丈波。人传龙耳近,不敢语言多。

桐江晓发

短发催帆送,虚名逐浪迁。舟行出树杪,沙远泻天边。晨鸟歌方醒,春花醉欲然。穷途殊可畏,悲啸落山前。

仙霞关

逼仄循盘道,重岩踞虎狼。霞赪留石滑,栀白点衣香。断路寻虺穴,开山践魅乡。客魂惊未定,系马引愁长。

吴一鹏

字台星,号茶园,象山人。

柬王评事家勤时奉使至邑

烽烟起处动惊魂,赤地灾黎若个存。三载干戈兼水旱,更无人肯绘监门。

李范

字山颜,一字寓安,鄞人。

《续耆旧传》:先生性情冲澹,中介外和,隐居自适。少学于王忠洁公家勤,得其经学。忠洁蒙难,周旋橐饘之间甚力。既弃人间事,遂隐于画,工山水虫鸟,下笔有神。陆舍人敬身尤爱其诗,称为李丈昭武之亚。

山居 录四

日出烟犹结,阴阴护草庐。种花牵舞蝶,引水养游鱼。

尊酒多村酿，盘飧只野蔬。静中无可事，卧对一床书。

乱云松径里，聊托一枝栖。樵汲凭诸子，炊舂仗老妻。不须谋脱粟，兼喜足黄齑。草榻鼾眠稳，邻鸡任早啼。

为避世人识，浮云丘壑埋。径深樵不到，林静鸟常来。虎迹檐前见，猿声夜半哀。绕溪松十里，知是为谁栽。

孤枕茅檐下，觉来山月高。虫声动篱落，蚊市聚蓬蒿。隔壁鸣机杼，前村响桔槔。披衣凭榻几，点烛课儿曹。

答蕊泉偶感韵 录一

频年解尽杖头钱，山骨松心不受怜。夜抱匣中三尺剑，朝看湖上万家烟。难行古道肝肠冷，著就新书岁月延。门外竹竿风乱扫，空堂对卷自悠然。

杨秉纮

字祁牧，鄞人。按：《县志》作"字祁收"。今从《鲒埼亭集》。

《鲒埼亭集·天多老人墓志略》：老人于推官瑶仲兄弟为父行，国难时，共从戎江上，见事不可为，不受官。丙戌后，以遗民力扶汋社，最多学，尤精考索。里中后辈望见老人曳杖来，辄迎之，听其谈故国事，滔滔汩汩以为异闻。所著书甚多，其《浙江水利考》尤有关实用。早丧子，有孙年十四，亦殇，忽忽不自得。年逾八十又遭大火，尽焚其所著书。叹曰："吾已无国无家，今又无书，是天多我也。"因自号天多老人。

哭楚石兄弟

一朝骈首殪袁刘，欲救无从涕泗流。拭眼正期天复旦，惊心岂料蜮生雠。飘零白骨肠应断，倾覆危巢梦亦愁。谁向邓林怜国士，贞魂于邑绕荒丘。

铸错何追叹宝刀，弟兄一死愧儿曹。魂依圣主归天阙，怒逐鸱夷激海涛。九叶世臣真有后，一成义旅竟徒劳。常山不屈无优劣，青史将来第一标。

岁暮志慨 录一

低徊朔气惜离群，极目黄埃路正棼。故国有人空白首，半生无梦到青云。饥为分事非关岁，穷得我天不送文。踏遍荒畦多宿草，东风待腊欲舒熏。

朱献臣

原名廷铖，字馀古，鄞人。

《续耆旧传》：先生为晓庵柳堂之群从，娶于蛟门谢氏。范丈香谷其僚婿也，香谷风格崛奇，而先生和平邃密，香谷嘿然服之。乱后善收拾诸世家法物，插架无算，故有小五岳轩之称。最长年，虽潦倒厄穷，而衣冠峻整，非法不言，非礼不履，里中奉为楷模。

题叶将军忠勇卷。是日，舟次三桥，适有野人指将军墓肃拜。野人向予问其颠末，因成四韵

潮落轻舟次渡头，朔风吹雪到荒丘。野人犹话将军事，客子还深故国愁。石积寒苔古篆晦，竹连衰草夕阳留。姓名不没垂青史，莫叹当年身未侯。

题鸳鸯脊令图

一片春光护太和，水禽宛转弄笙歌。分明各适生来性，写出人间伦理多。

钱肃临

字二咸，号方雪，鄞人。

《续耆旧传》：钱氏于明室称世臣，甲乙而后，忠介兄弟死王事，其不降不辱者，自退山侍御外，如肃图、肃绣、肃文皆江上遗臣，而方雪之埋身土室，亦其一也。善画兰，顾未尝轻为人作。其集不戒于火，族子中盛于灰烬之余录之，得数首，因存之。

吾族有种菊种荷者，遂有拔菊拔荷者，赋此志慨

世无陶先生，东篱久阒寂。又少周先生，芙蕖黯颜色。昔人固有云，楚国莫献璧。楚无别玉人，按剑枉遭斥。种兰莫当门，蹂躏步不择。虽名王者香，孰肯为心恻。桐琴爨下薪，胎仙釜中炙。樗栎延寿命，场师培樲棘。好花不买怜，村夫眼常白。感此重含凄，园池为屏迹。

过小白岭

万山攒翠嶂，一径辟烟萝。古石眠云静，飞帆乱眼多。凌高猎秋爽，眺远得槃阿。坐久忘身世，斜阳奈我何。

雨夜怀三弟九素

殢雨残灯夜，孤眠拥积愁。春光犹未老，心事已先秋。水阔兼葭路，云寒花萼楼。不知双屦底，多少翠微收。

甲申秋夜对月

月与人俱独，秋兼夜益清。砌寒虫语涩，风急暮鸿惊。击楫思乘浪，闻鸡欲请缨。不知今夕里，何以照燕京。

可惜

傲气销将尽，雄心划未平。眼枯尝眦裂，发白为愁并。

飒飒寒霜晓，沉沉旅夜更。不知何计好，可惜是吾生。

感怀

水竹园林冷旧栖，幽岩□翼竟胡为。青灯一室思完聚，白发孤舟易别离。弹铗岂缘儒术误，登楼只识故乡宜。吾生已及含饴日，绕膝何时授栗梨。

高斗开

字光先，号蒙庵，鄞人。

《续耆旧传》：蒙庵为都御史象先先生第四弟，高氏诸季皆晚出，丙戌蒙庵甫冠，以其伯兄之故，终身不预进取事，而风格则有承平之遗。善识古玩，尤爱烧炉，终日焚香静坐，及晚年，家壁立而炉独存，邱惺斋赠以诗，有云"贫不卖炉，存古格者是也"。其诗颇师其仲兄废翁，以火后无存。

秋怀

枫柏初红菊正黄，新晴游艇出郊忙。芦汀晓色渔灯淡，茅店风声酒旆狂。不易清操甘寂寞，且因漫兴任徜徉。此中闲念都消尽，索句犹怜字字香。

纪历祚

字永吉，鄞人。明诸生。

《续耆旧传》：先生于书无所不读，尤熟于古今礼乐制度、郡国、山川、名物、象数之学。既弃诸生，高冠深衣，佩服古雅，每年三月十九日以麦饭祭思宗，流涕阑干，或笑之曰："此所谓野哭者也。"生平好善若渴，嫉恶如仇，高隐学辑《敬止录》，就之访佚事焉。晚年感愤日甚，竟自投于水，论者比之宋皇甫东生。其诗文散佚不传。

题高武部丈敬止录

此邦小洙泗，旧德典型多。垓下虽澌没，诸生尚咏歌。可堪文献失，坐听是非讹。宿老余生在，遗文定不磨。

周致泰

字开文，鄞人。

《续耆旧传》：先生为太仆昌晋子，工诗，最长年。有六朝世胄之风，而以贫死。有集四卷，失传。

哭囊云 录二

微尘天地自虚舟，眼底沧桑水上沤。丛菊几残陶令宅，平芜空忆汉陵秋。西垣日落身疑梦，半衲云归影不留。千载岂教还化鹤，茫茫早付一囊收。

短发从他落镜霜，梅花噍尽老余香。了无生事留人世，只有臣心对法王。东海更传高士墓，西方原是美人乡。愁余渺渺空延望，云在孤峰月在梁。

寄怀无学上人和原韵 录一

身名已落悔难逃，片石闲云意未遥。曾记空幢清梦近，忽闻幽磬一声敲。

项宣

字宣之，镇海人。

《蛟川诗系》：先生工诗、古文词，与诸隐者相唱和，下笔古奥幽峭，如屿嵝石阙，诸铭读之不能骤解。时值鼎革，乃披发狂啸，入浃南山以隐，不知所终，其遗文遂散佚无存矣。

海上观军行

伏波口下濑,飞将早乘舟。日射蛟龙影,风清鼓角秋。朱旗还海岛,赤羽控江楼。为习昆明战,前军渡剑州。

范洪星

字月臣,鄞人。洪震弟。明诸生。

《鄞县志》:洪星自明亡不复谋仕进,殖货吴楚致素封。康熙初,海氛未靖,当事议增高城堞,洪星首捐二百金,众皆鼓舞,遂以次落成。

感怀示甥周容

转眼光阴似水流,江山风景黯然愁。三春红雨方铺径,九月黄花又上头。筮易占爻偏得遁,泛舟为贾每如鸥。此生岂作陶朱想,暂托渔矶下钓钩。

周志嘉

字殷靖,号蒿庵,鄞人。著有《蜗庐集》。

《续耆旧传》:先生为殉难江都令志畏从弟,丁亥,年十六,受知于华检讨过宜,极称许之。是年十月,检讨被难,先生隔三日必入狱视橐馔,检讨囚中赠诗最多。时先生之年甫冠,可以不甘放弃,而毅然守世臣之职,不复试于有司。周氏当国变时,耆老极盛,唯先生尤称诗老,先生从之,昕夕唱和,无非黍离、麦秀之音。晚年耆老凋丧,困甚,然终不肯自屈折,爱光溪山水之秀,因徙居焉。未几,卒以穷死。

钱退山序略:囊云诗皆静辟性府,先生与之互相切磨,故其所得划削浮艳,一发妙心,虽意况极潦倒,而当山窗月来,水流云静之下,一诵其诗,恍如振衣千仞,濯足万里。

送钱退山北上

柴桑千里隔,仍似未曾归。蜡屐多寒雨,登堂易落晖。望中精卫杳,乱后脊令稀。莫慰菀裘念,松楸又远违。

雪夜与友酌

白发他乡客,青衫旅病容。那堪风雪夜,独听上方钟。失意愁难遣,贫交喜过从。挑灯且共醉,莫问近时踪。

羊山遇孔冶六询及从兄殉难事感赋 从兄讳志畏,癸未进士。令江都,五月即殉难于福缘精舍

广陵乙酉城崩日,守土孤臣殉梵宫。一死犹留亡国恨,千秋未了相君衷。谓史阁部。荒江旅榇悲周处,暮雨空山遇孔融。共诉沧桑余涕泪,深惭多难此飘蓬。

全吾骐

字聿青,一字北空,鄞人。著有《听涛楼集》。

《续耆旧传》:大父与黄大令道宏为中表,少同学,大令贵,大父以出处既异,往还甚简。及先和州公墓田为豪强所吞,大父叹曰:"是非土室柴车人所能及也。"遂不诣有司,饮泣而已。大令慨然直之有司,大父往候之而不谢,大令亦绝口不及之,时人以为祁奚、叔向复出。

李昭武先生序略:北空之诗,苍凉酸楚,写其心,写其照,宛在目前,故国之音,凄然欲绝。

董小钝先生撰《全氏世谱略》:丙戌以后,甬句东之人远在天末,尚烦多士多方之训,成化最晚,其在世禄家子弟,尤为甚焉。而全氏一日弃诸生籍者二十四人,公父他山府君议避地东钱湖童岙,时公年十六,府君问曰:"汝能绝意人世乎?"公曰:"谨受命。"即披野服随父入山,

一门共修汐社，力耕之余，清吟而已。

谥议叹为姜敬亭给事

忠贞根天性，胡容矫激为。谥必论盖棺，久久心莫移。先生当二字，庶几无愧词。灵均遭谗废，离骚多怨咨。豫让于中行，视主如弈棋。君父无不是，何乃遂其私。敬亭先皇命，卅年如一时。尺籍凛成命，天威忍背欺。毕生荷戈投，敌以君死违。国破家何在，宁暇顾妻儿。一躯正丘首，足对钟山陲。不问世何世，奚识谁为谁。黄泉有玉京，含笑报瓜期。

日本乞师使者返棹

海外赋无衣，飘零亦可悲。却闻高庙币，尚重亶州夷。事类占城杳，心悬昝井痴。悲风何飒飒，落日黯长崎。日本以库中所贮洪武钱数十万助军，于是海上诸营皆用之。

墨宝镇三车，九莲重白华。遗臣仗佛力，玉轴上星槎。计以无聊拙，人从万死赊。到头终不济，帝释亦咨嗟。时以慈圣太后所赐补陀藏经为币，然终不得师。

一代膏肓病，都缘呫哔儒。科名成党部，帖括岂兵书。不道鲸波远，还求雁塔储。从今非进士，未许任包胥。时以使臣无甲第出身者，故不出师。

落照实堪哀，浮光剩有杯。谁人嘘爝火，重与振昏霾。漫道扶桑盛，宁知牝唱衰。空余万斛血，为逐海潮回。日本以女后临朝而衰，即宽永之妻也。浮光杯详见吾友周容所为记。

梅雨

片笠禾间俯，梅阴带水耘。和风断续雨，淡日去来云。背湿牛呼犊，巢幽鸟念群。喜看故山蕨，亦复长氤氲。

秋蕉

疏钟清梦足，冷月下残更。细细吹疏影，泠泠作雨声。客心虫语涩，天意海云明。耿耿竟何事，空堂绕榻行。

周志宁

字尔竢，别号樗园，奉化人。明诸生。著有《诗瓢》五集。《奉化县志》：志宁，上虞学博立本子，以文行著声。时盗贼蜂起，启父偕隐剡源之公棠。鼎革后，弃诸生，编茅以栖，三旬九食而撰著日新。

山月

山居趣自清，山月光不寐。我亦闲主人，悠然与之对。举头月在天，低头映襟佩。

坐戴二芃清始斋

朱户接山情，眉宇散晴朗。片席涵碧虚，微言逗玄爽。天风清忽来，庭月白且上。以我抱瑟人，啸歌亦惝恍。

偶作

高树苦多风，众竞安其卑。宁知岭头柏，千尺苍巍巍。上施茑与萝，下荫轮囷芝。抱质苟坚贞，寒飙安足移。兰茝岂不馨，有时霜露萎。

捣衣曲

蓬婆城头落日黄，征人戍久思故乡。闺中捣练向明月，纵有衣裳谁寄将。凝霜八月被秋草，见说边头寒更早。灯前泪尽郎不知，衣成一夜红颜老。

芳杜洲晓发

秋老月魂白,扬舲赴北征。水连茅店动,山与石桥平。木末霞封谷,云根路出城。风微潮正滑,劈浪一帆轻。

过北山寺

水响门前石,岚封阶下苔。寺贫僧不定,春去客还来。篱折过头笋,林残溅齿梅。松风如有待,延客入云堆。

山阴道中

舟入山阴道,浮云尽日飞。野鸥依静渚,深树隐间扉。客思频添梦,乡心独揽衣。愁深今夜月,帆落趁渔矶。

城头夕望

野瞩都忘倦,乘闲只此身。病难消傲骨,贫不愧诗人。

春风词

吹向芳原草又生,百花步障递春声。年年绿到贫家树,始信东风不世情。

山行

半壁云阴半壁霞,忽飞疏雨洒山家。春天到处能忘倦,便是穷村也见花。

山庄

平田麦子秀初齐,十亩桑麻戴胜啼。茅屋酒香春自醉,夕阳一笛楝花西。

董剑锷

字佩公,一字孟威,号晓山,鄞人。明诸生。

《鲒埼亭集》：先生为前翰林院改官四川监司樾之曾孙，诸生光临之孙，高士非能先生士相之子。少工诗、古文词，非能先生自课之。

甲申之变，非能先生尚茂龀愤甚。谓先生曰："儿曹无庸读万卷书，且挽五石弓耳。"先生抱父而泣，焚其衣巾，自是父子互相镞厉，为遗民。当是时，大学士钱忠介公故董氏婿，尚书苍水张公亦董氏婿，故国世臣之感兼以姻眷所连，故共参五君子之密谋，尝潜行至海上，觇诸幕府，已而烟沉潮息，相继沦丧，而先生力固首阳之节，不妄交一人。其所郁结皆见之诗、古文词。所著有《墨阳》内集、外集、闰集，《晓山游草》若干卷。

夜泊芳杜洲

秋阴不觉暝，野岸失行路。灯火出疏林，照见芙蓉树。是时潮初归，芳洲不得渡。枕书倚半舷，鸡鸣隔烟雾。

夏日杂感

敝冠虽不时，可以存吾礼。短衣虽不完，可以蔽吾体。吾上有老母，吾左有两弟。旦夕涤清茗，岁时具甘醴。既闲喜咏歌，少疲乐梳洗。淡然无复营，中心自泚泚。

李耳之流沙，梁鸿入会稽。其人不可见，其名与仙齐。浩淼著道德，凄凉发五噫。至今文字间，古意犹凄凄。

馥馥桃花源，望之不可及。纷纷白莲社，招之不肯入。乃知会心人，意与境自集。

秋意 录一

蓼花日以红，芦花日以白。淼淼万里波，凄凄孤舟客。长流亦有归，远游胡所适。不从砥柱过，安见中流石。

瘗鹤

长蛇嘘雾毒暗天，老鹤俯视心为怜。引雏振翮下啄蛇，反为蛇噬身不全。嗟嗟鹤死群鹤怨，中有一鹤负机变。徘徊蛇旁衔骨归，瘗之中野酬孤愿。此中地气大吉非偶然，蛇灭雾息还青天，老鹤心魂耿耿悬。为披云葬王侍郎而作。

夏日杂诗 录三

牢落空城客，何年解凤愁。一旬常积雨，五月似深秋。听蚓鸟低耳，惊钩鱼掉头。贪廉吾未审，衣食尔淹留。

长日半高卧，将无笑索居。苦吟终寡和，减食亦无余。贫贱知身大，山林悔业疏。感时聊屏迹，未敢学樵渔。

每怜城北子，敝席自为门。久雨危床第，长饥定梦魂。新诗时更好，薄业道微存。珍重艰难志，凄凉我共论。谓天益。

柬叶大 谦

城隅岑寂似荒村，亦有疏烟覆荜门。数载远游君浪迹，半生高卧我销魂。春归废苑惊寒鸟，怨入空山泣夜猿。千里相思殊不倦，还将漂泊喜重论。

金陵杂咏

钟阜何人看夜月，石头犹自锁江潮。兴亡今古寻常事，何必伤心问六朝。

新亭洒泪不堪论，何事东山望独尊。一墅围棋麈尾外，土人今说谢公墩。

多少繁华踵旧时，雨花台上草离离。不知木末亭边路，独有先生一个祠。

万斯选

字公择,鄞人。斯年弟。

《续耆旧传》:先生乱后隐居不试,梨洲黄氏讲学甬上,称高座者十有八人,或讲经,或榷史,或为诗、古文词,而先生以躬行君子领袖之。尝言宋儒自游、杨后,虽朱、陆大贤,不无夹染二氏之处,至明儒尤甚,故于诸儒书弹驳疵颣至数千万言,梨洲读而叹曰:"吴康斋之流也。"著有《白云集》,今不完。

题钱清溪少参清论昭然册

清溪钱先生,年少登仕籍。上陈八事疏,嘉谟尽硕画。毁撤魏监祠,书院开讲席。从游南皋子,正学重名节。历官之所至,义声夺人魄。衡文齐鲁邦,多士手加额。至今朝宁间,彩凤奋逸翻。虽然遭疑谤,微云掩曦赫。至诚能动人,贤者腕为扼。风驰云影过,天清日复白。义熙有全人,奄然归窀穸。人亡四十年,流芳动九陌。遗文金玉伦,含辉光四射。抚卷诵琳琅,声色近可即。其人邈千古,其心通一脉。我生在后时,丰采未亲炙。苍茫潦水尽,坐见寒潭碧。

万斯大

字充宗,鄞人。斯年弟。

《续耆旧传》:先生排纂戴礼之书,较卫正叔为更博,正叔无所折衷,先生则披却导窾,言之了然。为书三百卷,其别出者曰《学礼质疑》《礼经偶笺》《仪礼商》《周官辨非》,梨洲尝曰:"充宗之论礼,能使百说皆无坚城者也。"又辑《春秋》二百四十卷,忽烬于火,晚年复辑,绝笔于昭公,临终曰:"吾魂魄中犹仿佛与刘原父诸人论季武子立后一事也。"其覃精如此。吾乡自深宁、东发两先生精经术，明初黄南山、杨镜川能承其绪，其后衰矣，至先生而一振。生平慕义若渴，张尚书死国难，弃骨荒郊，先生与同志葬之，岁时致祭。陆大行、文虎两世之丧未葬，为募之有力者而窆焉。所著有《丁灾》《甲阳》二草，毁于火。

《今世说》李杲堂先生云："说经无双，名擅八龙，昔有慈明，今见充宗。"

姚江李聘孙石梁图歌示八弟

十日画水五日石，王宰始肯留真迹。自从少陵为此言，词人诵之常啧啧。吾观李老石梁图，挥毫落纸成顷刻。意酣兴到何淋漓，笔墨萧闲颇自得。乃知论画当论人，不在从容与促迫。其人读书风流士，下笔自饶烟霞色。假使胸藏一点尘，终年操笔亦何益。吾尝持此论画师，何意于今乃得之。石梁挂在秋天上，万仞危峰积一丝。偏袒衲子何为者，却向梁间足倒垂。山边石溜胸前泻，日畔秋云顶上飞。自怜赤城足未到，何缘此日登其崖。松风谡谡悚毛发，涧水泠泠清心脾。八郎劝我珍此画，世间奇物原无价。月下风前试一看，泉声石色几惊诧。我诗汗漫不足存，今时画师谁喜闻。山间泽畔有知己，留待他年仔细论。

万斯备

字允诚，一字又庵，鄞人。斯年弟。

《续耆旧传》：先生乱后隐居，为人和平长厚，笃于兄弟之谊。先世都督甲第为帅府所据，西皋丙舍亦圮，先生以束脩之入粗治数椽，均之于长兄之子管村妇翁。

李杲堂先生辑《甬上耆旧诗》，先生搜访之功最多，如金白云、李中林诗，叶郑朗晚年诗，吴鼓和、胡百药诗，皆先生所得。每得一卷，杲堂为之惊喜下拜，先生亦拜，翁婿相依二十余年，如左右手，昕夕互相唱和。杲堂尤称其五律搜索意匠，疏理血脉，一字一句无不雕磨，且自以为不如。所著有《深省堂集》。

旅兴

悲风从西来，飘我游子裳。岂不惮远行，饥冻摧中肠。朝餐叶上露，暮宿陌上桑。不如鹡鸰鸟，安居且翱翔。崔嵬愿古道，指指多白杨。念彼陈死人，酒行为停觞。人生非松柏，为欢无久长。况复贫贱身，坎坷历远方。

次韵李岩樵先生早起

朝来肃气凝，檐瓦微霜附。呵冻挥弱毫，点画多乖误。负暄移庭隅，竹影已在户。茗粥聊驱寒，充然得微助。吟成属知音，为我抒情愫。

由小心陂至文殊院

结伴陟危峦，径仄纷不整。住策始移步，倚石方引领。历险崖附体，跻高膝齐胫。息喘赖团石，滋咽藉杯茗。一线窥天光，坡上有一线天。千尺俯潭影。厓断趋石罅，宛似入智井。循梯登崇冈，上下身为绠。怀新神愈王，路尽天欲暝。嗟彼好事家，叠石成山岭。睹此心爽然，能无发深省。

石鼓峰月夜

明月丽中天，万象忽如醒。山山挂暝色，延眺殊整整。清风嘘群松，白云布诸岭。杳渺竞目赏，幽趣各心领。何地无深山，谁能际此境。

山行

竹树迎云出，寻幽到翠微。数家榆火熟，一路豆花肥。鸟聚春生户，山深夜不扉。岩栖终日计，谁使寸心违。

遣兴

窗虚犹日色,风静更松涛。叶影逢秋别,蛩声得月高。露寒宵纬急,更闻短檠劳。何惜秦川咏,随时散郁陶。

天童寺次杲堂先生韵 录二

诸峰超绝处,亭午到来寒。丛树途愈窄,虚岩日已阑。鸟声依谷静,云色渡溪安。相对浑忘厌,疑从画里看。

杖策不遽往,幽襟惜此留。神依松涧月,心共梵钟秋。径转迷来迹,舟行隔旧游。情深无处泻,高唱庶云酬。

溪上

夜雨青枫路,秋风白豆家。醉眠三户酒,吟谢一篱花。山客云为服,溪渔宅是沙。人生贫亦适,所惜鬓空华。

独坐二首

高烟入杳冥,槛外竹分青。不约风生户,无言月到庭。犬闲门吠影,鱼静沼分萍。邻舍书声彻,伊优实可听。

淡日句余畔,微云太白东。雀占过月雨,鱼老数番风。衣绽烦邻母,囊倾愧侍童。人情饶背面,近学耳如聋。

同高东湖、李吉四初至祥符寺呈江允凝

梦亦不到此,何因遂裹粮。居然饮灵液,但未上仙床。_{峰名。}箬笠游山服,芒鞋访道装。黟峰三十六,藉汝共翱翔。

香溪送酒

可念招提客,眉攒欲遽回。一尊连雨至,双屐破云来。游策灯前计,新诗酒后裁。海棠殊解事,早放数枝开。

向夕

莫谓天长白,阳乌不再中。景移高岸树,声急落帆风。暝色千林共,归心万鸟同。岁时思自奋,悲激意何终。

遣兴

缓急人时有,怜吾日有之。只今皆到溉,何处问袁丝。理箧年徒老,归田策已迟。如灰爨下质,空负老亲期。

访兀庵上人不遇留赠

千春名胜地,结伴此同行。积霭消初日,高风出化城。炉香寒不散,云拥涧长明。何事松窗下,空留折脚铛。

嘉禾寄怀巢端明先生山居 录一

戎马遍南国,荆扉独隐沦。琴书娱白发,板荡失青春。世事袁闳老,生涯阮籍贫。向来高蹈志,寂绝更谁邻。

卜居

伯居西郭仲东头,种竹编柴地并幽。六者弟兄三者客,一天风雨各天愁。常谋小筑年华晚,为挽寒江断梗浮。何日藜床容大被,不教行李上孤舟。

闻性善

字与同,鄞人。明诸生。著有《心伯楼诗文稿》。《鄞县志》:性善盛年弃诸生,与弟性道偕隐而终。

登天封浮图次林殿飏太常韵 录二

直上高峰倚曲栏,四围空色绕无端。朦胧远树平芜没,断落孤村烟火残。黄鹄御风犹自下,金茎承露未辞寒。去来今亦虚弹指,有尽何曾天独宽。

三山咫尺望中分，漫煮丹砂转夕曛。秦帝达蓬遗浪迹，徐王隐学有荒坟。红莲阁小泉声急，宿鹭庭空月影纷。指点石窗低处看，几家南北共耕云。

闻性道

字天迤，一字惢泉，鄞人。明诸生。著有《环流草堂集》。

《续耆旧传》：先生为庄简公渊之后，博学兼治诗、古文辞。丙戌后，弃诸生。辛卯翁洲之变，张相国鲵渊死节，一门二十七人骨肉狼藉。乔经历文衣随征在军，先生故与之善，乃入其营，竟得经历之力，以三大瓮至雪交亭，一贮相国骨，一贮诸客及仆骨，一贮诸姬骨，谋葬之，而相国故将汝应元自补陀至，相与共瘗之茶山。戊午，许观察宏勋欲以博学鸿词荐之，力辞。纂修《鄞县志》，多所考正；所著书百十种，以无后散失，论者惜之。

闻氏诗派自隐鳞先生后，如宾王、霄虹、俊伯，皆有盛名在惢泉之前，今皆无可考见；石杠、璘友兄弟嗣惢泉而出，亦皆散亡，吾甬上世家文献未有如闻氏之衰者。

同归域歌为内丘乔参军文衣作

天星昼陨纷如雨，蹈刃投缳照烈炬。魂游寥廓剩遗骸，崩崖碎石相支拄。蛟龙怒吼不敢窥，乌鸢哀号空复聚。朝朝暮暮暴露久，何人动念收羁旅。海东波沸连鼓鼙，城北土高失钟簴。时战舰林立海沙，普慈寺已焚。参军见之心骨悲，诉天不应叩地许。与余俯拾堆高冈，掘坎瘗藏共一宇。虽缺陈奠□春秋，不系姓名自客主。林风凄其日色暗，恍惚云旗争飘举。神物巨灵来呵禁，山君龙伯永守御。埋完肃容特下拜，泪迸飞泉垂万缕。野草先为渍血红，吞声谷鸟寂无语。他年定逢好事人，漫题三字凭记取。

散吟

养菊防菊虎，艺兰祛兰虱。天地大有容，不忍除炉嫉。我心亦何心，愤恨惭草率。惟恐不扫除，好恶伤于直。

夜宿田家

载花村路远，烟涨橹声迟。投宿客方到，空楼人不疑。问山多少树，连日有何诗。一一欢相告，灯初欲雨时。

同陆无文天童还宿寒灰道人归来阁

我亦归来客，江城夜雨深。千山皆在眼，十载又论心。菊影灯前落，茶香醉后寻。谁求友声者，感尔不遐音。主人以《友声录》见示。

会葬先舅氏叶先生耐可兼纂葬记用葛太史诸公韵 录一

大江东去锁鳌岑，云卷清秋幻古今。采菊有篱聊记岁，搴兰无地可埋心。百墩半汇沙成铁，汇名铁沙。一叶重开石作林。洒泪自题还自咏，广陵谁复问知音。

沈潜

字乾初，一字汝昭，自号芦槎逸士，慈溪人。明诸生。

沈明经凌帆撰《传略》：公于视庵、彤庵两公为房从昆弟，皆以奇杰自负，称沈氏三杰。公好谈经世大略，于兵农钱谷、刑名历算、漕河水利、茶马诸政，皆有论撰，亦间寓意于诗。学政王公玉藻得公文，叹异特置超等。王公为礼科给事中，公携《御览》《五经大义》《救时四务书》走谒，王公为奏进拟授以官，坚辞而归。公为诗不喜为风云月露之词，多出以慷慨深沉之气。

甲申变后，彤庵以兵备随鲁王整师江干，晋少司马。公寄诗勖之，词气激昂。视庵以太仆少卿督饷，殉难台州，有诗寄家，公见之涕泪交零，遂次韵以表痛哭。及闻彤庵舟山之变，亦赋诗以恸之，沥血摧肝，不堪卒读，非直悲歌感慨之音也。

有《芦槎诗集》数卷，余曾见之。其余著述二十三种，继守无人，散佚殆尽，可胜浩叹。

次韵渊明先生桃花源诗

浮俗虽多梗，自有不尘世。伊人深一往，飘然任所逝。相邀素心人，开径垦其废。茅茨结荒冈，作劳时一憩。霜露犯荆榛，风雨谋树艺。时或农务闲，牸车从吾税。夜过疏篱月，犬声如豹吠。衣则芰可缝，冠以篛为制。携酒放歌行，倚杖循流诣。溪涨桃花然，镒基动智慧。春秋自有时，山川自有界。移云拥洞口，共□青林蔽。移帚扫落花，弗漏青溪外。南村数晨夕，吾自寻所契。

苦雪行

天帝不知民衣单，弃缯裂缯乱抛绵。探窗透壁势崩椽，涂盖破茅疑琼璇。老翁思曝愁无天，老妇泣薪泪焦干。釜燥灶冷厨无烟，海□夺咸波不煎。冻雀僵鸦声闻膻，暖阁煨羔拥貂毡。酾酥美酒醉婵娟，金鸭吞烟烧檀㳺。谁怜蓬户不谋饘，虬须狞面敲门前。村翁惊跪问因缘，答云县官急缙钱。今岁粮已十九还，新春预借催明年。呵冻忙书券鬻田，空丁愁役差不蠲。呜呼！安得一拳椎碎峨眉巅，弗使天下寒氓忍饿扃扉眠。

斗斋即事

泰岱秋毫小，玄言幻不穷。石痕抿皓月，氅罅贮遥峰。

瓮雨龙酣夜，檐瞰犬吠红。葫芦嫌样小，折叠洞庭风。

次视庵兄殉难原韵 录一

丙戌三月，视庵兄奉敕往台州督饷，五月晦被执，六月廿四日殉焉。兄被逮时，先寄家人书，有殉难诗一律。余睹其翰墨淋漓，血诚愤郁，不觉涕泪交零，遂次韵六章。

海上栖屯漫卧薪，心怜冠盖半平津。辞君去国非辞难，带病离家更带贫。时公目疾。不惜骸骨辨毫发，为因物色委埃尘。时欲用公招降福建。台山近与厓山接，千古纲常系此身。

闻彤庵弟舟山之变痛赋

天长地阔任称雄，卷石山河量未宏。势固忧其必至此，事真哀我却何从。愁添满目芦花雪，肠断千秋禾黍风。一寸不留干净土，摧肝洒血与谁同。

薛士学

初名士玹，字五玉，镇海人。明诸生。著有《书岩集》。《镇海县志》：士学幼而敏慧，年十七补诸生。喜读书，目短视，俯首就案，昼夜无间，久之博通群籍。年未艾弃去场屋，旋贡太学亦不赴。邑令唐鸿举慕其贤，屏从造门，谢不见。卒年八十余，学者称书岩先生。

和王鹭庵二首

蹲鸱本越种，越乡满阡陌。五湖有贤人，此间寄宦迹。煨芋炙枯鱼，度此岁寒夕。道腴形貌癯，如坐神仙宅。父子自娱乐，功名轻竹帛。曲罢一长啸，余响裂厓石。我亦和歌人，赏奇意所适。安得沽斗酒，听公谈古昔。

草木何皑皑，石上天雨霜。拥书不能寐，饥鼠窥我床。

所念邻里人，衣薄无裯裆。听此严宵柝，守此灯烛光。光中闻人语，坎坎鼓声曙。语阑人欲归，城乌栖未去。入户各欣然，烧铛作饮茹。东风动桃符，余寒散何处。

白纻辞

子夜清商曲，吴中白纻辞，吴歈白纻吴江上，晋代弦歌始被之。弦歌流入深宫里，子夜新声从此起。美人妙手绣鸳鸯，一曲清商一断肠。坠粉留香沿晋宋，携云赠雨到萧梁。萧梁台榭今何在，子夜芳名仍未改。江南江北落花春，为听清商忆美人。春闺子夜人如玉，白纻秋风色似银。

冬夜

不记年华暮，寒山坐夜深。灯花频蚀字，霜叶乱成音。尚有躭书癖，难忘希世心。贫时刘子政，何术炼黄金。

山阴道中

秋水蓬莱驿，秋山句践城。帆开千树月，路绕百泉声。行李蒙烟草，关津老姓名。任公钓何处，犹起羡鱼情。

候涛山月夜二首

山城五月带春寒，涧道莺花落未残。十两芒鞋供客兴，一盂麦饭伴僧餐。倒听人语渔樵路，坐看烟青狮象坛。此夜对君歌白石，何年老我制黄冠。

沧海城遥人寂寂，黄梅雨尽水漫漫。潮生子夜千岩响，月照空山万木寒。戍堞角声开晓雾，渔家灯火聚前滩。相怜无事多乘兴，又约秋光到处看。

王又曾

字亦沂,号鲁阎,镇海人。明诸生。

《蛟川诗系》:先生当明之季,海寇蹢城,负大母、携幼弟,奔深山中,趼胼绌支,以供薪水。大母卒,庐墓六载。晚年讲学于家,扶掖后彦,多所成就。郑学使开极书"亦文中子"四字颜其庐。

庚午清明前四日斋头独坐有感

春光去强半,拂拂南风来。夜短觉昼长,闲庭镇日开。争如卖菜佣,晨出暮始回。赚觅蝇头息,以供耄与孩。胡为读书子,懵懂不自裁。古卷置高阁,新文等蒿莱。蹉跎日复日,老大真堪哀。寄语有心者,此心岂竟灰。

邬泰

字保臣,奉化人。著有《墨庄逸稿》。

《两浙辀轩录》:邬泰行高学博,明亡隐居不出。

田家

耕樵安素业,喜得数经过。饭以辛勤得,忙因儿女多。客来羞野馔,人语怕催科。曝日篱边坐,商量岁若何。

登报恩寺塔绝顶

登临千尺浮空碧,远眺谁夸作赋才。日照琉璃光更烁,风飘铃铎响齐开。旅愁不逐江流去,诗思还从秋色来。回首乡关天际近,长安争似日边回。

余派

字霖田,一字似僧,鄞人。明诸生。著有《枯泪集》。

《续耆旧传》：先生与弟渻事母至孝，友爱尤笃。乱后弃绝举业，闻余杭何义兆、姚江吕汉恧居大涤山中，能守漳浦之学，欣然赴之，遂称私淑高弟。其母亦贤，见子往来多独行之士，欣然曰："吾儿如此，足慰老怀。"喜为诗，梁职方公狄谓其冲淡俊爽，有六朝神味焉。

寒宵瞑寤

所志在夙夜，余怀及梦思。因之不能寐，撩绕随所之。鸡声动远听，霜风逼前扉。孤心与冥对，众纷庶足辞。

和李邺嗣催奴修豕圈

馈余多所弃，潃釜沥有遗。惟彼坎象物，蹢局于斯期。古政重儿齿，二母需其时。置酒盈樽斝，伏腊思膏脂。巢鸟既择木，司晨亦归埘。万物各有托，防闲乃在兹。行将谋履豨，唐园予腹嗤。

别友

孤剑亦安托，霜锋莫试人。丰城埋霹雳，天汉动星辰。悬绝万千里，徘徊三十春。何须离别赋，慷慨向君陈。

摇落

摇落知时晚，江城水急流。海吞迟见日，波险不容舟。何处歌弹铗，能无嗟敝裘。蛟龙深有约，风雨一天秋。

幽斋

青菜秋畦外，幽斋傍石根。野塘一夜雨，无处觅柴门。

吴兴杂咏 录二

下菰城外晚啼乌，珠履门前酒自呼。惆怅夕阳无限意，避仇有客到三吴。

瑞陵王气近如何，五代衣冠尽黍禾。莫道赤乌非霸业，六朝勋业景阳多。

邱承耀

字伯阍，鄞人。明诸生。

七十题壁

冉冉流光七十时，青衫不改鬓成丝。休夸诗律年来细，但合幽栖老去宜。红日半窗春睡足，生涯五亩课耕迟。只因习惯容身懒，斗室夷犹任所之。

邱承嗣

字吉士，号玉册，鄞人。承耀弟，明诸生。著有《三树堂集》。

《续耆旧传》：文学为董户部守谕婿，少随侍户部学，与妇弟道权相镞厉。邱氏风流儒雅之盛自文学始，文学于邱氏为尊行，前舍人梅仙尚属其族子也。学士大夫过邱氏，以文学为祭酒。其集以火不传，存者，《四明画史》耳。

春日徐掖青诸子社集南湖僧舍，喜含三侄归自吴中和韵

廿年怀抱借诗鸣，襆被归来卧赤城。喜有故人联石鼎，赖无俗累触心兵。僧厨野馔新芹美，容屐春风古院晴。遥企湖头传胜事，空庭坐对月华明。

芝源客金陵以诗寄怀次韵答之

迂疏只合在青萝，况复时违拂意多。屋隙有蔬供晚粥，

砚田无岁失嘉禾。题诗看竹人偏远，征债催粗客屡过。羡尔奚囊登木末，褰裳有梦隔关河。

柬芝源用前韵

三冬生事付烟萝，贻我新诗引兴多。排闷惟寻金谷酒，疗饥难觅玉山禾。囊无奇字人谁访，庭有虬枝客许过。好束归装同剪烛，秣陵风景听悬河。

退山过访次韵

石田门外少年逢，邻曲相招日短筇。抚事徒吟霜刃句，读书懒限夜深钟。墙东把臂推真隐，谷口扶犁学老农。龌龊自知人共弃，素心似尔独能容。

董道权

字巽子，号缶堂，鄞人。明诸生。著有《缶堂》《炳烛》《墨佣》诸集。

《续耆旧传》：先生工诗雅，为杲堂所推，尝曰："吾党才华之秀，莫如张次英与巽子已而。"从梨洲先生为证人之会，客游四方，不遇以卒。先生善事父，其卒也，同人私谥贞孝。

赠顾景范

宛溪质行儒，落落寡俦偶。宁都谓魏冰叔。为之介，董生得与友。种兰君满畦，树茞余盈亩。岂无桃李花，爱此馨香久。启君扶风帐，饮君建康酒。发君所著书，约有三尺厚。今古记舆图，谁当出其右。岁月恣冥搜，纮埏落君手。四极十二州，辨如环户牖。二十一史中，战取及攻守。形制在山川，人谋或臧否。成败指其端，古人亦俯首。前者后之师，取用无不有。择术期必传，立言贵不朽。矻矻工辞章，自顾亦巳丑。愿得因三余，从君窥二酉。

寄怀叶九成

士贫苦识浅，失计事奔走。颦笑为人工，面目非吾有。七尺本嵯峨，一屈等培塿。忆昔滞吴中，再见垂新柳。鹿城偶经过，不意留连久。自把菊前觞，及醉梅间酒。羁旅识交情，踌躇感君厚。岁月易蹉跎，十年如反手。昨非已浪游，今是亦株守。束带耕墓田，平原不易耦。风树触吾怀，一夕成皓首。尺书慰棘人，寸心佩良友。报以加餐饭，为余努力否。

不见海昌祝孝廉豹臣者将八年矣，丁卯仲秋枉顾武林旅舍，俚言志喜兼送其公车北发

三载盐官署，一毡等雌伏。尚友惟古人，逃虚类空谷。故人室则迩，无由就信宿。临餐益加饭，列座羡倚玉。时凭梦寐中，衮塘共驰毂。盐官号名都，冠盖盛乡曲。致书与邑侯，晨夕凡一束。惟君三年来，未见一削牍。高过徐孺子，廉如闵仲叔。令闻崇家声，德门异他族。与君迹殊疏，思君意转笃。今年八月时，虎林秋气肃。一旦枉高轩，春风满寓屋。冀与久周旋，怀抱倾积蓄。公车趣治装，言别一何速。揽袪临路歧，欲别还踯局。为祝明年春，藜光照天禄。得君位清华，庶几镇雅俗。

谒史相公墓

扬州三月花满枝，家家壁上冶春诗。王阮亭司李扬州，于甲辰三月招诸布衣修禊红桥，各赋冶春诗二十四首。江南客来花未落，凭吊伤心转萧索。萧梁遗籍杳难求，若个重开文选楼。隋王踪迹今如扫，玉钩斜魂怨芳草。东山故宅广川祠，璇题碧瓦相参差。可见男儿尚功德，千秋万岁还庙食，忆我行

年十三四。听说扬州乙酉事，相公被甲死孤城。同死百万无怨声。金陵诸臣公独苦，得葬衣冠一抔土。屈指春秋二十年，墓旁榆柳参青天。红桥修禊多词客，谁拜先生墓前石。我寓梅花岭下寺，经过细读碑阴字。豫章王翁此勒铭，墓碑为豫章王于一先生所书。霜髯泪眼摹黄庭。岁在丙申暮春月，我父偕翁奠肴核。只今俱作梦中人，西台往事徒酸辛。吁嗟乎！相公被甲何时卸，犹战城南风雨夜。

赠金陵谢客岩

玉峰岁尽风雪时，客邸剥啄来袁丝。入门长揖出画卷，乞于卷后题新诗。卷首榴红萱叶翠，袁生负母巡花际。是谁画史解传神，写出贫儿能养志。小篆牙章记姓名，客岩家住石头城。对此尺幅杂卉活，令余斗室春风生。姓名到眼沉吟久，相逢忆在西湖口。湖口萍蓬各惘然，江东云树君知否。今春一榻借东田，余客梁溪，寓嵇留山东田书屋，时客岩亦移家于此。故人茗碗集灯前。我因弹铗轻千里，君自移家为一泉。君为移家如泛宅，终岁吾庐无暖席。相将又作浙西行，能事徒供人促迫。我闻此言三叹息，曹霸曾遭俗眼白。凿井耕田既不能，学书卖画原非策。楼护唇舌办即荣，马卿辞赋工何益。似我出门当秋初，桃李落尽留三吴。高堂有母不得养，羡杀花前负母图。日来泉酒正新熟，囊底为君留青蚨。东家垆头堪高卧，相与行酒呼枭卢。乘兴可肯拂东绢，为我一写芒鞋负米行江湖。

许元功观察留酌超然台，观山阴龚仲新书所作超然堂待月诗，次韵即事

幕府公余集，严城雪霁天。呵冰来重客，待月写新篇。砚墨分山黛，溪云杂午烟。此时非采菊，吾意亦悠然。南山俱在堂外。

晤宣城蔡大美先生赋赠 录一

江左披交籍，先生我父行。姓名篇什著，须发乱离苍。尚自谋婚嫁，能无计稻粱。陪京共留滞，不敢问长杨。

吴江徐松之同集涉园即席分赋

广厦今谁辟，兹园榻未虚。休文方策杖，谓吴江沈僧似。孺子又中车。月上桐阴直，风来柳叶疏。让君先得句，金谷例何如。

移樽就丛菊，选伎发新讴。密座听歌板，疏花当酒筹。但逢佳士集，即散旅人愁。明发须相别，垂杨少系舟。

久客魏塘，曹秋岳先生以五诗寄怀次少陵重过何氏山林韵，钱尔斐、魏青城两先生各有和章，依韵奉酬

东山犹未出，高拥石仓书。刻烛吟秋夜，寻衣醉野庐。时秋岳先生与嶛城李秋森有《夜雨限韵》《访菊田家》诸作。为怜经岁客，频寄一双鱼。渐喜萍踪近，时堪候起居。

宇对青藜馆，函书日几移。穷年工丽句，倾箧赠贫儿。柳树陶公宅，匏樽郑氏陂。溪堂空有约，采菊负东篱。尔斐先生见贻《菊农》长短句诸刻，屡约游溪未果。

涉园新落后，游屐正来时。便与牛心炙，催酬鹿柴去声诗。论交薄到漑，尚友赖袁丝。握手烦相许，珠光定有期。谓魏青城先生。

短日催年尽，愁人苦夜长。不眠资酒力，病渴仗茶枪。沙际悲鸿雁，天涯为稻粱。吹竽终未解，弹铗笑皇皇。

婚嫁都无策，吾亲况暮年。未能辞跋涉，不是问林泉。醉酒翘材馆，分粮续命田。深惭累长者，欲别转凄然。

董道权

武林客舍示符儿东归

风雨来言别,津梁最念渠。莫沽行处酒,早寄到家书。世路鸡声里,江城鹤唳余。幡然从所好,吾亦返吾庐。

嗟余犹客路,须尔在家庭。细煮慈亲药,勤教幼弟经。秋来祈谷贱,霜落望蔬青。八口萦怀抱,颠毛看已星。

代我高堂上,晨昏侍起居。布衣慵自缀,白发望人梳。瓶少丰年粟,盘空早市鱼。郡城中每日侵晨为早市,海错毕集。原因负米出,不敢赋无车。

嘱尔还家后,殷勤致两姑。谓邱范二女兄。愁来思骨肉,老去念葭莩。对粥情何限,加餐书到无。砧声村落夜,二女兄皆乡居。应亦念穷途。

不尽思家泪,还怜汝母劬。箱奁无故物,井臼累孱躯。坐食儿曹长,违时夫婿迂。寻常饘粥味,羞涩奉衰姑。

善病怜吾女,添愁累阿翁。自须停压线,未可坐当风。飘泊凭藜杖,稽迟寄药笼。默然因汝去,梦与渡江东。

柬宋子犹先生

不晤子犹先生已二十余年,客冬风雪中相见于玉峰旅次。伤今感昔,情既缠绵,继粟贻金,礼复周至。当此缟纻寂寥,故衣敝屣,无从复通世好,先生古谊如此,庶可一敦薄俗矣。因赋四律,用志勿谖。

沦落悲秋作赋才,只余鹤发叹摧颓。曾从梅福山中去,近学韩康市上来。结伴几人修汐社,登高何处当西台。雪交梦到经行处,依旧银涛拍岸回。

屈指今逾二十秋,先生微服过明州。应门自愧非昭定,行酒还欣侍太邱。别后兵戈荒竹径,贫来家业剩书楼。相逢莫溯兰台聚,何处黄垆问旧游。

无端行李下姑胥,度腊经秋十月余。邂逅故人惊鬓改,蹉跎游子叹才疏，途穷累藉兼金赠，仆病曾烦一剂除。自分遭逢青眼尽，天涯不信有怜余。

烧灯挝鼓遍江村，佳节舟中值上元。我正登堂乘夜月，君翻行药过吴门。经年作客携吾子，三世通家见令孙。长孙念祖。最是二难谓令郎继程慎夫。情缱绻，春盘罗列倒深樽。

台行杂咏 录四

未须扶杖且攀跻，数卷残书一仆携。山自连宵经骤雨，水侵官道落荒溪。颇憎伏雉惊人起，最爱流莺夹路啼。冉冉烟云催晚色，三家独树指桥西。

一舟吴越往来轻，未识间关似此程。苍岭再经人已倦，芒鞋初着茧旋生。遣怀且就茅柴饮，托醉因辞麦饭行。瘠土又惊烽火后，萧条转触异乡情。

行过台东第一关，便循海口望丹山。海口地名，沿途皆海之支流，灏漾无际，其南望见象邑诸峰。已无战舰居民喜，自禁渔舟泽国间。潮落一泓明岛屿，雨余万壑赴潺湲。此中不隔蓬莱境，可有麻姑看水还。

故山已远首空回，回浦孤城逐望来。往迹惟寻正学里，游筇不上阆风台。沿溪耕钓泉初给，入市屠沽禁未开。时宁海崔明府祷雨甚虔。最是羁人愁独醒，中宵茅店起徘徊。

寄邓孝威 录二

故人一别十经秋，贺监祠边记昔游。惟有李君杲堂仍病肺，联吟时忆郡城楼。

梅花岭下旧经过，相国坟头草若何。为问西台风雨后，同谁酹酒续悲歌。

周嗣升

字长如，一字虚舟，鄞人。著有《觳音集》。

《续耆旧传》：先生少有诗名，中年目瞽，口授不倦，兄弟、子女、姬媵至前者，皆令为书记，积诗至万余首，大都感怀丧乱之音。而王孙之故态，名士之风流，不以憔悴而减也。浮石周氏诗分前后二派，前派自文穆公始，以及观察、苏州、光禄，而墨庄以布衣雄长其间，皆风流酝藉之音；后派自立之、唯一两高士暨殷靖，则宗竟陵，而更求深焉。先生尝问诗于立之，又自言当退三舍，以避唯一，然而高雅有承平之遗则，固前派之薪传也。

不寐

明月照湖干，澄澈满汀沚。飘风从东来，虚舟无定止。浩荡古今愁，渔翁载不起。

横塘野望

愁作横塘云，泪化横塘水。横塘脉脉别离情，几声羌笛梅花里。

七夕篇

吟鸿嘹呖悲寥廓，一叶梧桐犹未落。云母屏间列宿疏，水晶帘外浮云薄。紫陌笙歌宵禁稀，谁家砧杵捣罗衣。丝牵五彩流萤砌，虫网雕盘织锦机。银河水落澄于练，瑶台绮阁时相见。鸾歌凤吹簇香车，九华绛蜡明飞电。白榆金粟露华深，彩仗霓旌别殿临。独怜今夜情何限，待绣鸳鸯都罢针。一年一度空如许，香衣锦带凉飙举。何事频烦此乌鹊，何事重分此牛女。矫首乘槎天上行，迢遥使节倚云平。黄姑织女知何在，河汉分明待濯缨。

琵琶曲

茱萸锦带玉钩斜,美人愁坐抱琵琶。冰弦既整娇无语,待问多情向落花。弹尽枝头花片片,随风飘漾驻无涯。可怜玉勒青骢马,一去秦川归路赊。此曲花前风袅袅,罢弹指上泪如麻。愿言比作双飞燕,华屋春深早还家。

万甥贞一以诗来

伊我舅兮,非堂舅之舅兮,次庄相与,谈诗互颉颃,词华直发天地房。中原旗鼓还相望,惟时周子尚渺茫。束发欣承謦欬香,时出偏师缀末行。二公掀髯笑我狂,赉以果饵我不忘。呜呼!知我等生我,一知半解中心藏。烽烟遍地诗坛荒,故国诗人赍志亡。兼车诗草殉北邙,谁复重咨诗派良。乃今甥也志激昂,展我甥兮称上襄。愧我鬓松两鬓霜,早已才尽如江郎。高山空峨峨,流水空汤汤,几回弦绝抚空床。聊复为尔引百觞,尚共宅相夸重光。

寒夜

雨滴檐瓴断,匡床寒气侵。凄凉千里梦,飘泊五更心。不用弹长铗,犹疑盍短簪。渐来知己尽,无复问佳音。

废圃看莲

岩壑都非旧,因何觅胜游。红裙翻照夕,翠盖怯生秋。棹转歌仍发,人归鸟自留。不堪题锦字,几度暗香愁。

木翁自武林归

相知违白首,醉醒问行藏。流水琴开匣,冲星剑吐芒。世方穷阮籍,天复老冯唐。行路难如许,悲歌夜未央。

周嗣升

送陈恭洁公大葬

便房敕赐草生新,冰雪泠泠汉水春。不尽寒威惊獬豸,犹存故土卧麒麟。谁将尸解征遗事,为卜魂归歼贼臣。海上孤峰遥独立,玉楼烈侠共栖神。

同人夜饮西堂

烟消犹喜敵柴荆,坐对流波参斗横。缭绕雪花梅几树,疏斜竹影月三更。春生酒国诗光动,醉倚寒空剑气清。愧我萧萧吹白发,从君慷慨不胜情。

已知

已知人事总浮沉,岚气迷空隔远阴。日暮悲乌犹啄屋,天寒独鹤不归林。望中场圃三时毕,尘外蓬蒿一径深。为问瞿铏危坐处,无言相视映冰心。

喻鸥

身世分明一野鸥,生涯回首问东流。虽因遁迹惊残梦,亦为忘机狎远游。江畔桃花红雨乱,溪边竹叶翠烟浮。高飞不过随寻丈,只爱沧浪遣俗愁。

全大镛

字声远,一字硕人,鄞人。

《续耆旧传》:声远,先和州公孙也。盛德笃行,亦西明山人邵云客一辈人。著有《杜诗纲目》《绿满窗诗草》。

同佑人香岩游东阳岘山

踏破苍苔路,身疑天际人。媚依花识主,罗拜石为臣。雨入红萸酒,风吹乌角巾。山灵还有约,且莫赋秋莼。

山居

红尘飞不到青山，小结衡茅独掩关。野鸟亦耽幽处好，岩花长伴老夫闲。稻黄五亩家才足，筠绿千竿手自删。更喜蟹肥新酿熟，邻翁呼我醉溪湾。

钱塘怀古

西陵霸气黯然销，感兴须凭浊酒浇。万井楼台添壁垒，六桥桃李付刍荛。山围故国犹无恙，江涨寒沙不上潮。父老至今谈往事，悠悠南渡说前朝。

全美楠

字瘖墨，鄞人。

《两浙辂轩录》：美楠风节极高，于书无所不读，明亡杜门，以穷愁终。

新竹

土膏才动已森然，迸石穿苔个个圆。尺寸早知低出地，寻常只恐上窥天。

汪洋

字叔度，奉化人。

《剡川诗抄》：先生任侠好施，急友之难，家遂落，隐约终身，感时忧乱。著有《愁吟集》。其诗尝为周唯一先生所赏。

闻促织

落月澹余辉，凉飙翻素纟。忽焉寥廓间，声闻似相语。唧唧临短垣，凄凄隔荒渚。虫声秋夜多，惟尔关幽绪。催织徒自劳，人间已如许。频年乖雨旸，高下失禾黍。辛勤理桑麻，寸丝不成缕。寒馁谁顾怜，空廊委机杼。

秋夜起行月下

秋尽漏初长，寒帏依月光。横窗花影瘦，泼地竹阴凉。叶脱时惊鸟，虫吟似带霜。行行过丛菊，分得露华香。

福泉僧舍早起步李鼎梅韵 录一

曙色阁微星，林皋鸟乱鸣。疏钟云外度，残月树头明。山润岚光重，楼高露气横。启扉闲眺处，村落晓烟平。

晓起

梦亦与山亲，梦回山欲曙。寒帘霜照衣，隔竹鸟啼去。

旅中立夏

客里愁兼雨，都将付酒杯。酴醾花正好，又送一春回。

包燮

字惕三，一字夕斋，鄞人。明诸生。著有《夕斋集》。《续耆旧传》：先生丙戌后弃诸生，少工诗，兼善琴，能度曲，尝赋《明月词》，极为时所赏，因以包明月呼之。

寄怀友人读书剡川

人情近秋月，我梦生江楼。故人读书去，常见云悠悠。相思寄双鲤，与尔订暮秋。随风载一叶，赋诗对中流。芦花照深影，一雁鸣相酬。为我语诸公，且勿买归舟。

杂感 录二

老来不得意，感慨思旧游。曳裾入王门，倾盖交列侯。

东阁任开闭，郎君曾报投。片言不相合，寸心还自由。韶华若流波，须臾三十秋。贵人递零落，骨已归山丘。谁能长少壮，我亦早白头。贫贱所固有，人生等蜉蝣。

爱此一间屋，向有数竿竹。如我东坡言，令人亦不俗。三径虽已荒，仍可栽花木。分植无几时，春葩烂盈目。所恨陶渊明，无钱对秋菊。

猗氏留别荆景明

昨日同为大梁客，秋来瑟瑟悲行役。今日君归作主人，风沙拂拭衣裳新。马前呼儿打脆枣，为我携尊入城早。自言红颜少年日，坐无歌儿不肯出。即今忽忽过六旬，那可当歌无丽人。美人唱曲多离别，与君一别成永诀。君惜残年不出门，我亦何能复远涉。

绮阁

绮阁秋将半，窗开晓色寒。月沉花睡足，日放鸟愁宽。卷幔嗔蚊饱，翻书惜蝶干。满天霜未落，枫叶几时丹。

渡曹娥江

晓雾迷江口，中流隐棹声。天低山雨重，潮落岸云横。孝女千秋渡，游人一日程。风波初作客，满目乱离情。

石门饮月

百里收帆早，携尊就绿芜。地平残日迥，天侧晚霞孤。碧水犹分越，青山未断吴。半楼初得月，争看酒家胡。

野泊

连日风兼雨，潇潇晚未晴。孤舟何处泊，野地不知名。暗草江无色，荒林叶有声。半年归未得，倍切远来情。

良口舟夜

亦有人家在,孤村夜寂然。舟停两岸月,枕傍一江烟。独鸟啼杉岭,群蛙乱麦田。客心愁不寐,未识几更天。

出门

又拟经年别,谆谆话出门。城边才落日,江上已黄昏。载客新舟楫,还家旧梦魂。夜潮迟未得,数里宿前村。

冒雨涟虎丘

七年不到虎丘来,山寺重登说法台。密树暗通幽径远,小桥低度一僧回。酒船载雨笙歌冷,花阁笼烟鸟鹊哀。草没吴宫春又去,千人石上独徘徊。

聊城晓发

连日呼灯话整鞭,朦胧策马出河边。一村人语初开市,两岸鸡声半在船。何处残碑青草露,谁家古墓白杨烟。微躯莫厌披裘重,不似江南四月天。

千亿山房夜坐次胡鹿亭韵

空堂竹密草丛生,入夜惟闻豹脚鸣。水隔溪桥风击柝,山围村径鸟司更。一痕残月随云没,数点疏星带雨明。为忆向年留信宿,故人灯影近秋声。

次韵答全声远

欲奏新声下指寒,知音人又隔江干。_{声远知琴,时下帷在江干。}诗吟野况孤村晚,梦引幽情小阁安。种得青蒿多夜雨,剪将黄韭足春盘。不嫌荒径能乘兴,还有残梅好共看。

从越城至曹娥江限郊字

不独无心作解嘲,似于诗亦懒推敲。城穿十里波光合,野豁千重树色交。青绕暮烟人问渡,红收落日鸟争巢。多年不到曹娥墓,草没残碑暗越郊。

春日感怀 录四

弹指明年已七旬,风光消受几回春。出门曾作淮阴客,归老空惭胯下人。闻说林鹍声可听,漫嗔路犬吠无因。独怜江上谁吹笛,不管梅花落水滨。

春容无改是青山,人为吟诗发早斑。旧刻蹉跎谁与订,新编方便莫须删。已闻百啭黄鹂巧,未见双飞紫燕顽。几欲寻僧闲半日,其如僧却不曾闲。

村巷幽居敛夕霏,贫家篱落不成扉。衰年貌自同梅瘦,无病身还比鹤肥。过去且拖原宪屐,饥来仍典少游衣。春光那得流连久,便见杨花作絮飞。

徒从贫贱说鸡坛,富贵相逢下马难。万里交游空海内,十年归梦老江干。竟无雪压梅增白,尚有霜侵柳怕寒。添得半间茅屋小,客来莫厌腐儒餐。

初霁李向薇见过

连朝雨气压檐低,谁带晴光过杖藜。鸟为闰年春未半,也还不肯尽情啼。

徐明节

字松盟,鄞人。

《续耆旧传》:先生太常卿应奎孙,林都御史时对妹婿也,尝在御史军中。

精卫

有鸟有鸟，帝女之魄。飞来海滨，无枝可托。含彼木石，欲填巨壑。尔志何苦，尔力亦薄。海波正扬，桑田匪昨。陆亦已沉，流胡能涸。劳如之何，于焉慨息。

昭君墓 录一

青草迷寒烟，蓬颗没荒坞。下有长恨人，不知今与古。犹自怨丹青，和亲议谁主。可怜旧蛾眉，吹作塞上土。凄凄明月照，烈烈朔风怒。泉台亦有知，乌鹊能汉语。

黄鼎镐

字子京，号文周，鄞人。明诸生。

咏哺饥畈 《三茅志》：哺饥畈在茅山东九里，唐景福间刺史黄晟哺乡间饥夫于此

原上萧条草尽眠，村村吹落断朝烟。肠应枯涤□□□，腹为饥鸣□□□。刺史棠阴千里润，苍生菜色一时鲜。至今遗畈留春泽，玉粒香匀旧土田。

闻胤崧

字峻伯，鄞人。

《续耆旧传》：先生庄简公渊之后，为思旧馆八子之一。

赠钱蛰庵

五经甲第绍家声，弱冠词坛避席迎。莲社不教辞曲蘖，涤山犹得待明诚。归来阁外千峰秀，东渡城边万卷横。今日故园耕读课，胜如车马拜桓荣。

傅攀龙

字蓉镜,一字容敬,鄞人。著有《尺木集》。

《续耆旧传》：先生监军奇遇之子也,乙酉六月,父子荷戈从军,监军展转牢狱,先生亦荐历患难。乱定,邀游诸幕府,然其耿耿者卒不可忘。其诗排奡之气,盈行墨间,可以想见其人矣。

短歌行

士险者妒,青蝇争附,譬若姬姜,入门生恶。一解
山高有麓,水深有腹,长安天上,贪夫折轴。二解
仲尼游楚,听沧浪歌；巢父洗耳,其如水何。耳清水清,与之知音；吉人奄忽,浊流至今。三解
凤鸣高冈,不干微禄,俯视黄口,嗷嗷饮镞。四解
出自北门,青冢累累。智愚族处,嬗歌蒿里。华年不复,戚戚何施。击缶独酌,不求人知。五解

节女沈氏挽歌

盐官沈氏女者,诸生沈善绳一作若绳。息也。国变时,与母约俱死。后城陷,独从容自缢。

正气挺嵩岳,钟毓兹坤英。矫矫闺秀姿,在汉作缇萦。工容肃盥栉,芬馥兰苣馨。髧髦未即字,砥节冰霜清。天地忽崩坠,鼎沸四海羹。悲笳西北来,铁骑围江城。衣冠逐代马,巾帼老逢迎。况尔粉黛家,云何矢孤贞。始愿终不违,浩然见幽情。岂不惜罗绮,羞此繁花荣。桃李有衰歇,松柏靡凋零。以兹得失间,托身在芳蘅。愁泪织帝女,伤心驱长庚。濯发棘津旁,遍洒江湖平。湔涤嵩洛秽,洁身游天庭。俯视青云端,意气逞簪缨。须眉丈夫子,孰顾千秋名。

秋怀

平林有茅屋，狐兔穿我谷。东南有桑田，犬羊食我菽。我思除残虐，一举剪其族。奈彼方狡狡，惟我亦碌碌。

挽王烈女

烈女名秀，开封祥符人。许字于天祥，未娶，天祥死。女过其门自经，是夕有大星陨其家，目击感叹赋此。

正气钟闺秀，尤难未嫁年。红丝绾下土，白首订南阡。星落天心碎，魂飞月影悬。自留千古烈，不待口碑传。

钱清舟行

返棹古钱清，樯乌带晓征。舟随野水阔，帆逐乱山行。阳鸟穿云直，孤烟拥树横。自怜浮客泪，偏向越王城。

忻氏草堂

寄隐东湖上，风尘不复来。堂从山足起，门向水边开。虎豹号残夜，松楸响废台。桃源何处是，此地亦悠哉。

钱希声先生挽歌

孤臣仗义海天秋，残日光寒绝屿幽。甬水暗流琅水泪，明山遥接檗山愁。千年碧血归穷岛，万里黄冠别古丘。沥絮无缘陈墓下，空挥涕泗望桃洲。

秋日杂咏

珍重萱堂未许身，谁言羊酪敌秋莼。富春远吊披裘客，彭蠡长怀赠橘臣。出没群鸥忘世幻，高低独鸟任天真。休嫌逆旅乾坤别，鲁国何缘老问津。

别业谈经对落晖，松清桂冷到虚帏。鹈鸠啄粟频呼妇，蟋蟀吟寒屡促机。天阙涛声惊塞雁，海门霜色老秋薇。园林橘柚红如许，寂寞征夫未寄衣。

范兆芝

字香国，晚号香谷，镇海人，后徙鄞。明诸生。著有《复旦堂集》。

《镇海县志》：兆芝，工部郎我躬子，博通经史，负才自异。同里华夏持风节，兆芝宗之步趋皆以为准。丙戌为乱兵缚去，逃入深山，誓死七日不食。故人周某劝之曰："留身可有为也。"丁亥十月，华夏等谋翻郡城，兆芝助之，事泄，夏等遇害，牵连被逮。将刑，妇翁谢泰臻使其弟泰阶行赂狱吏，以死囚代之得亡命。庚寅复索其家而籍之。五年中，凡八徙而家三破，乃寓于鄞，鄞人陆宇燝邀入诗社。有西湖七子之集。嗣以父久未葬，游粤东求赀，未几病死，年三十五。

题文谢陆三公题名册后

废笺断楮丘山积，中有一编存古式。蠹口嚼余螭蚪迹，宋朝进士题名籍。文山先生膺首辟，谢陆二公同射策。井中心史未沉匿，覆瓿幸复留兹刻。宋板图书今几得，黏墙护壁偏相释。忠孝原来千古只，姓氏宜为人珍惜。一日十阅九拂拭，熏以香芸裹以帛。年来进士蓦相忆，为之掩卷长太息。齿录分明朋党册，同年蒙蔽漫天黑。圣主河山可荆棘，门户坚深持益力。吁嗟宋贤何弈弈，以今视之多愧色。潢池一堕半沦溺，不见陈名夏与魏藻德。

冬夜

冬晚气凌兢，风霾黑欲崩。苦寒猿叫月，逐暖鬼吹灯。火死炉灰湿，厨荒锅水冰。浊醪堪却冷，囊涩愧无能。

寒威暮更增，骨冷已棱棱。水响冰初合，灯青霜正凝。肩高将过顶，气逆欲填膺。蔽体多年絮，连拳类结绳。冰之初结，必先为小片，如枪凑合之际，瑟瑟有声。霜既降，寒气自屋瓦逼入，灯火不敌，变为青惨，非深于寒不知也。

灯烬忽生光，空房人影长。破棂如啸鬼，虚耳自啼螀。附腋鸡呼母，衔书鼠衬床。夜寒偏不晓，闻见总苍凉。

渡钱塘 录一

溜声乍歇五更残，侵晓登途敢即安。风自海来知更厉，衣从客里不胜单。江波得雨澜初阔，岸草经霜叶早干。旧垒纷纷惟白骨，半随流水半随滩。

雨阻西陵宿僧舍

数载兵戈滞客楼，连朝风雨断江舟。海门高浪横云黑，吴地苍烟带郭浮。梵磬冷回千里梦，佛灯青照百年愁。岁华摇落征途远，漏滴宵长欲白头。

沈士颖

字喆先，一字心石，鄞人。明诸生。著有《溉霎集》。按：县志作"字心友"。

《鄞县志》：士颖，荆门知州延祉子。明亡，弃诸生，放浪诗酒。尝见城北叶谦诗，重其志节，引而进之诸宿老间，寻以表问故王起居，为人所首下狱，高斗权兄弟营救得出，已而屡遭奇祸，精华消索，遂卒。

拟苏武答李陵

河汉清且浅，三星照我帷。征夫严凤驾，念我平生知。起听边马鸣，萧萧伤别离。与子只一身，异域常依依。夙昔同饥渴，今当生死乖。仰看鸿雁翔，道路阻且歧。飞鸟恋故巢，游子无时归。鼙鼓动征辕，怀子百战时。所嗟万古名，身死当告谁？生离尽今日，万里从此辞。穷庐多悲风，塞草黄以衰。请为知音歌，涕泪纵横垂。携手各长叹，浮云为我悲。

江夜 录二

仰卧看星转，中流觉树稀。山川劳短梦，风露瘦春衣。月色寒犹客，江声远欲归。乍闻孤雁唳，犹自向南飞。

客舍听残雨，邻鸡不敢啼。春寒穷酒力，屋破失残绨。短梦孤长夜，新愁接旧题。庭花栖鸟宿，应踏数枝低。

江干 录一

钱塘流日夜，西去又严陵。旧日歌声碎，频年石骨增。西台荒欲废，知己梦无凭。古渡留寒食，山花暗鬼灯。

留别董在中山居

欲雨催归宿，踌躇未忍还。怀君如皎月，别后亦青山。鸟不随云隐，天应与世闲。莫忘余善谑，聊以解愁颜。

落花 录二

半亩庭园尽落芜，昭阳犹自怯罗襦。新恩未买千金赋，故宠空颁一斛珠。衔出东墙莺是侣，移来西苑燕将雏。花关已下谁司钥，谱入丹青作画图。

摇落东风漫自嗟，长途飘泊仗谁遮。南中杨柳依关柝，马上琵琶咽塞笳。去国何心犹择地，思乡归去已无家。回头尚忆当年事，错把宫衣绣落花。

再咏落花 录四

一自飘残花信风，胭脂为砌玉为栊。多因夜雨啼妆破，不数春鹃滴泪红。有恨安排吴苑内，无言零落宋家东。乐游原上催寒食，细剪东皇似转蓬。

蝶粉蜂黄褪渐稀，好将春事问罗帷。敛怀尚是前春意，欲别犹牵初嫁衣。数点曾留辞辇泪，一枝不向故园飞。多缘妾貌非郎貌，忍使花朝独自归。

剩得新葩亦助娇，何期落地转飘飖。凝歌会有回风曲，学舞曾无贴地腰。翠影迎芳雨重，罗衫和泪粉痕消。池台一榻兴衰地，转跟花朝是客朝。

非是风光不暂停，自伤薄命合飘零。侬心不比秋前月，君宠犹怜雨后铃。抱恨徒闻子夜曲，伤心愁过夕阳亭。陌头来往年年路，历乱殷红似雨星。

山峰

几层山石浑东西，步接前峰树影低。万壑自归云里尽，一声裂处是猿啼。

陆昆

字华星，一字雪樵，鄞人。介祉子。著有《雪樵集》。《鄞县志》：昆少有至性，祖授以《孝经》，跪而承之。七岁能诗，在长者侧，步趋皆有规度，祖年八十余，惟昆侍食为加餐。丧母，昼夜哭甚哀，邻里为之堕泪。

明亡，昆请于父，曰："吾家明室世臣，儿愿得以白衣养父，可乎？"父喜曰："儿能如此，吾复何恨。"昆遂弃举业，不复出试。族祖宇燧方举诗社于湖上，昆与宗谊、范兆芝、董剑锷、叶谦、余矗五人，靡日不至，以大节古谊交相勖。少尝学于王家勤，家勤罹难，经营其事甚力。昆以馆谷养父，遇母讳日，虽大风雨必自馆中求母所嗜归陈之，未至家呜咽，既至长痛，父亦不忍闻也。已而奉父侨居东乡殷隘，海寇蹒入，扶父出避遇贼，索银钱不得，砍父臂，昆以身蔽父，求代死，贼竟杀之，父乃得免，同人哀之，私谥节孝处士。

月下闻琴

湖气失层楼，四望空苍茫。幽心契远天，夜定闻草香。何处枯桐发，坐令浮云翔。遥悲茅店客，秋空听严霜。

苦雨山楼申旦不寐

待旦思何事，披衣听水声。拂檐禽翼重，搴幔竹烟轻。渔火分江岸，钟声卜晓晴。暗香焚静室，危坐适余情。

夜渡舜江

乘兴姚江路，篙师喜晚凉。满帆□月影，夹岸稻花香。柔橹摇残梦，荒鸡隔故乡。孙熊不可作，故垒暮云黄。

夏日山斋

坐当庭际碧，日色间松杉。水道看修绠，芝田咏短镵。野庵同佛静，荒灶仗猿监。午卧惊枨触，阴符动石函。

捣衣次大人韵

未知游子地，空有惜寒情。双杵年年泪，孤砧夜夜声。多愁成急韵，畏梦耐寒更。遥寄殷勤意，经秋月共明。

哭天益

城北破庐下，于今忍复过。魂寻亳社去，恨集北堂多。六极何缘备，七哀不可磨。故人来挂剑，愁绝唱虞歌。

沈士颖　陆昆

冬霁晓起

一窗霜色竹声乾,瑟瑟西风淡日悬。鸡刷寒翎催晓梦,雁矜孤影掠高天。疏交珍重青毡在,多病绸缪茅屋穿,诗骨如山欣曝背,频移绳榻过梅前。

於潜道中

萧条山县气如秋,五月荒庵卧敞裘。乱后蜂衙依佛火,夜阑蛙鼓代更筹。家家分水舂残月,处处裁烟补破楼。茶笋清供生事足,溪桥云岫写闲愁。

王存雅

原名兆豸,字麟友,鄞人。

《续耆旧传》:先生为节愍公缵爵子,节愍殉难江都,先生飘泊淮上。及江东平,归故庐,忽忽不乐。乃奉母竟寓雷塘,以当庐墓。少有诗名,诸寓公林茂之、杜于皇、孙豸人、吴野人、邓孝威皆重之,而故乡倡和之侣反少,及钱退山、周殷靖、董晓山、邱蕴生、董巽子相继游淮上,始各与先生倾倒,而与退山独厚。退山自传称为异姓骨肉,砥砺甚至。

先生在遗民中最后故。晓山《柬陆无文诗》云"吾党有小子,少孤曰王生。一为缄相思,艰难保令名"是也。《证山随笔》有云:"余近见麟友,年四十七,须发尽白,有女无子,殊不欲归故园,可叹也。"盖晚景之寥落可知矣。

春日同钱退山郊游,遇陆淳古、杨瀁仙登平山堂 录三

贫贱寡世虑,良辰起幽怀。坦步出郊坰,烟光荡无涯。世怪我辈真,寸心难和谐。俯仰正哀伤,适与好友偕。衣

带风霜色，时序颇暌乖。所幸丧乱余，未即委沉埋。及时共壮游，东风天气佳。为恐负斯景，狂歌振山崖。

忆君与吾父，同志拟兰香。煮茗夜共饮，画粥昼呼尝。孰意天运衰，受禄死战场。白骨应未朽，君发亦严霜。垂老贫为累，崩迫走他乡。何异篱边雀，损羽随风扬。弃捐勿复道，郁结令人伤。

我幼处承平，长年涉忧患。进退多因顿，百端集浩叹。乌鹊喜晴和，草木争炳焕。尔我尚为人，安可不萧散。携杯吊荒冢，道上空悲惋。与君且行行，更过芳洲畔。

暮春陆无文招同陆淳古、林茂之、郜方壶、程穆倩、孙豹人、钱退山、孙无言、吴宾贤、蒋别士、林祖远、王眉双、僧梵伊集乐山精舍赋赠 录一

禅扉遥对蜀山泉，景物分明在眼前。竹密斜通芳草路，莺多欲驻杏花天。座中词赋浑如洛，尘外须眉宛似仙。谓茂之。游子那能无感慨，莱衣让汝侍华筵。祖远即茂之子也。

钱肃采

字子亮，鄞人。

《续耆旧传》：先生为忠介公第十弟，乙酉，年十二，在军中，次年，随兄乘桴，在化南海滨之间，昕夕侍兄，不离左右；己丑，从入翁洲，或荐以中书舍人，充赞画，不受；辛卯，仅而得脱。时先生正盛年，顾胸次恻恻，自以不得从兄，遂东西奔走，所至授村童以自给，不肯归家，亦不娶妇。甲寅，卒于淮上，年四十有一。

退山四兄归里

乡心无力遣伊威，只送征帆度落晖。为报故人知我在，却将心事与君归。

万斯同

字季野,鄞人。斯年弟。著有《石园集》。

《鄞县志》:斯同生而异敏,读书过目不忘。从黄宗羲得闻蕺山刘氏之学,博通经史,尤熟于明代掌故。

康熙十七年荐举博学鸿词,辞不就。会诏修《明史》,学士徐元文欲荐入史局,复辞,乃延主其家。时史局中征士,许以七品俸,称翰林院纂修官,斯同独以布衣参史局,不署衔,不受俸。诸纂修官以稿至皆送斯同复审,阅毕,谓侍者曰:"取某书某卷某叶有某事当补入,取某书某卷某叶某事当参校。"侍者如言而至,无爽者。《明史稿》五百卷,皆出其手定。在都门十余年,最暗淡然,自王公以至下士,无不呼曰"万先生"。其与人还往,自署只曰"布衣万斯同",未尝有他称也。安溪李光地最少许可,尝曰:"吾生平所见,不过数子,顾宁人、万季野、阎百诗,斯真足以备石渠顾问之选者也。"尤喜奖引后进,见人辄以读书砥名节相劘切,因事纳诲,成人之德,不可枚举,学者尊之如泰山北斗。

所著《历代史表》,稽考历朝掌故,端绪厘然,有助史学;又创为《宦者侯表》《大事年表》二例,为列史所无。儒林宗派自孔子以下、汉后唐前传经之儒,及两宋周、程、朱、陆各派一一具列,持论独为平允焉。年六十卒,门人私谥曰"贞文"。

《续耆旧传》:先生自以故国世臣,不欲出仕,而有志于故国之史,故出而秉史局之笔者七年。其后,部帙虽屡易,然莫能出先生之底本者。盖先生置身在陶南村一流,而所学则过之。

《鲒埼亭集》:《贞文先生传·附注》谓"先生辞征者再,东海徐尚书尝具启,欲令以翰林院纂修官领史局,而以死辞之,盖先生以遗民自居,而即以任故国之史事报故国,与遗山入元用意相同,而所以洁其身者,则非遗山所及"。

寄五兄公择 录二

食饮不求精，冠裳不求好，但求免饥寒，骨肉常相保。微愿终难遂，分飞各远道。欣欣向荣木，喈喈投林鸟。我乃不如斯，喟焉伤怀抱。

陶令常乞食，颜公亦求米。古来贤达人，所遇犹如此。况我处今时，冻馁固其理。且当守故居，量力营菽水。得食暂安眠，聚庐亦可喜。君胡事远游，经旬去乡里。未得一钱看，反受三春馁。伊优复伊优，天运固如是。不见张长公，白首田园里。

述旧

我昔九龄时，慈母中道弃。此时赤日颓，风尘匝地沸。艰难营一殡，辛苦且逃避。昼行岩壑间，夜宿豺虎际。弱儿可怜人，性命托兄弟。穴居逾三年，脱粟常不继。重返西皋居，遂作灌园计。田园久成芜，桑麻亦已废。再葺耕耨基，复理桔槔器。时或从父兄，荷锄畦边憩。渐近田舍儿，颇谙村居味。谓当谢俗氛，终事田家利。不谓志难谐，复迫居城内。念兹释耕耘，欲识诗书字。父意怜少儿，亲为解章义。晨夕寒松斋，呼儿捧箧笥。时或使应门，间亦执巾屣。穷愁寥沉中，父怀每欣慰。久侍少谴责，同室伴眠睡。饥寒相逼迫，父往游岭外。日夕望还期，中秋果返辔。途次九江滨，奄忽一夕逝。寄信至江乡，恸绝中肠碎。易箦在何时，盖棺在何地？含殓儿不亲，汤药儿不侍。天长日月久，此恨终吾世。返榇西江滨，结庐西山次。迄今已三年，魂魄犹飞坠。叹息我生涯，忧患何遭备。

送陆翼王还嫪城

久为燕山客，不识燕山道。今朝别故人，始睹城边草，草芽绿初滋。春色知尚早，鞍马何骎骎。离思关河绕，之子南国贤。德业人代少，把臂三载来。谈论互倾倒。高斋时往还，入山如得宝。羁旅少欢情，藉君开怀抱。何意东风生，遽伴南飞鸟。乡邦得耆英，京邑失师表。我亦念家园，矫首望何杳。征鞍不可偕，忧心益以搔。分手黯无言，夕阳落林杪。

百忍堂松树歌

廿年烽火关城变，故家旧物何由见。望去天边山亦童，归来门内身如燕。犹喜吾家一老松，迥立荒园半亩宫。铁柯石干长不改，霜前雪后留秋容。拂云之枝摩天力，苍鳞剥落几千尺。色参烟雾洪蒙深，势作龙虬牙爪折。寒风入夜鼓惊涛，十月荒城雷怒号。小院阴阴白日静，空阶漠漠寒霜高。吁嗟大地旧山河，此物阅世何其多。为向庭前缠萝薜，差免林内寻斧柯。手把残编对晨夕，茅堂赖此增颜色。结根得所可长年，从此千春伴骚客。

西皋移居

身计怜如鸟，翻飞依故枝。松杉先世泽，鱼蟹野人资。药圃犹堪植，蓬门尚未敲。悠然泉石意，尘外岂能知。

江城三里外，即是白云庄。登眺心仍壮，歌呼兴亦长。买鱼寻钓艇，觅藕下寒塘。只少论诗客，携尊过草堂。

投闲来此地，犹喜是吾庐。小菜先春种，寒花带雨锄。松涛侵户冷，萝月入帘虚。欲共幽人语，前溪觅老渔。

径僻风还古，幽居兴未消。墓田方徙舍，社鼓却迎猫。篱破频栽竹，檐颓半覆茅。生涯耕稼好，樵牧尽知交。

寒松斋即事 录二

春逝愁还在，琴书兴已抛。落花消客意，倦鸟引人嘲。

身贱思游侠，时危拟息交。苍天不可问，且此守吾巢。

散发来庭下，悲凉思不禁。云开天未曙，水落石犹沉。欢意春归少，幽怀静里深。子规啼破耳，空结野人心。

李郎潭

落日收残雨，李郎潭水清。一瓢临岸筑，独鸟挂巢鸣。路向山前去，人如画里行。坐来微月上，僧磬下寒声。

游叶九徕半茧园 录一

欲息寰中虑，来登沼上亭。座延千树碧，帘卷半山青。鸟语喧花径，书声静竹屏。主人能爱客，长此得沉冥。

赠友人

团瓢小结在山冈，茗碗书签各一床。学得山翁栽芋术，抄来邻女制茶方。月临破屋人无寐，春入田家雀有粮。似此风流原不恶，人间浊水任浪浪。

赠鹧鸪先生

经年掷杖掩柴关，云老松枯山外山。留得一橡维大厦，俨然孤鹤出人间。借锄莳药开荒圃，凿涧疏流过曲湾。回首英雄多泽畔，平章泉石得长闲。

初至西园

十年长作西园梦，今日披榛始过之。檐畔草封新履迹，壁头蜗没旧题诗。破篱漫绕千竿竹，荒径犹开一树梨。伫立凝眸□欲断，远山冉冉起愁思。

万斯同

四明清诗略卷首下终

四明清诗略卷一

鄞　董沛　孟如　辑

方抟

字鹏九，鄞人。明举人。入本朝官教谕。

会葬叶耐可先生用徐太仆心韦韵

一望平田浸晚霞，衣冠犹是石人加。清源洞口名长在，王驻洋前梦已赊。骏骨独能归马鬣，鹃魂何处泣龙沙。那堪回首新亭泪，江北江南总落花。

与客啜茶偶成

道人要我试龙团，似识相如病里颜。金鼎浪翻螃蟹眼，玉瓯纹刷鹧鸪斑。津津白乳冲眉上，拂拂清风产腋间。唤起晴窗春昼梦，绝怜佳胜少人攀。

秋晚

紫梨红枣八九树，竹屋柴门三四家。机杼声迟秋日晚，绕篱寒菊自开花。

陈明瑛

象山人。明举人。入本朝官福建建宁道。著有《栖霞集》。

塞上落叶

烽火通甘泉,烧荒未出境。白帝司威严,令较将军猛。一扫嫩寒枝,变作黄云影。旧年锦征袍,不耐霜华骋。平沙绝人烟,寒星何耿耿。凄凉古战场,鬼哭青磷冷。生意竟如何,出入同浮梗。搅入芦花声,呜咽重悲哽。

宿向阳寺

久卧沧江梦未醒,秋风摇落叹飘零。寻幽采菊投深院,揽石扪萝坐小亭。万木暂留三月翠,千山遥送一峰青。雁来解报南中信,夜半支颐枕上听。

思乡谣

有客故乡来,为言故乡美。池上芙蓉花,枝枝都映水。辽山尽东崝,辽水尽西流。懊侬何处来,徙倚榆关头。飘飘白杨花,爱逐飙风起。惊我醉后魂,隔断潇湘水。绿珠堕楼时,翩翩掌中影。金谷酒未醒,秋雨梧桐冷。明月照高楼,征人楼上头。秋光收不尽,散作四边愁。芙蓉颜未改,忽动茂陵心。长门能卖赋,不及白头吟。

陈策

字函京,象山人。明举人。入本朝官庆元教谕。著有《燕游草》。

邺中歌

风吹落日漳水明,中有独客悲不平。曹家阿瞒才无敌,横槊短歌声历历。西园开宴娱宾朋,华灯丝竹连宵晨。屹然高台拒大行,雄心杰崝相低昂。武略足霸文亦王,又有韵事消红妆。吁嗟乎,豪华倏忽埋秋草,宫伎谁怜颜色好。

朝露分明死后心,只今魂泣荒山道。

阊门舟发

泽国风华旧,吴天山水悠。三江悬海日,万堞带烟流。歌吹繁今古,悲欢变榭楼。穷愁生白发,吾道付扁舟。

雨夜宿爵溪寓楼

暮潮随雨涨沙汀,剪烛楼头放眼青。到枕涛声天地动,落滩渔艇海岚腥。溶溶夜气生龙藏,冉冉春风湿翠屏。世外蓬瀛如可到,梦回身在此中停。

吴山登眺感赋

钱塘水绕海门来,江上千家对水开。日出扶桑春槛晓,云昏峡树浙潮回。禹陵玉简呵神卫,越绝犀军想霸才。城郭年来增戍垒,莺花何处不堪哀。

沈光瑀

字禹玉,一字念劬,鄞人。明举人。入本朝官山西闻喜知县。

柳亭庵小集分得盆字

郭外翛然数亩园,结成兰若柳高樊。定应有路通龙藏,却讶无人悟宝幡。秋尽郊原偏气爽,月高林壑正阴繁。携朋箕踞枫林下,醉饷田家老瓦盆。

王泰徵

字文开,鄞人。顺治丙戌举人。官开化教谕。著有《雨花山房诗存》。

锄园

日永欣无事,荒园看力锄。雨余新韭发,风过小荷舒。三径居犹昨,五噫歌自如。生平差惬意,天与一茅庐。

南港渔灯

忽听桥南鼓枻歌,纷纷渔火乱溪河。映流明灭星光细,逐浪参差萤影多。撒网当空随得失,拏舟趁岸少风波。生涯到处无拘束,泛宅浮家真乐窝。

范奇英

字异生,鄞人。顺治丁亥拔贡。

金陵九日

登高兄弟各天涯,落魄龙山愧孟嘉。雁背夕阳来旧浦,马蹄明月到谁家。诸天塔迥浮郊树,六苑台空坠砌花。一望长江感萧瑟,秋风随处老蒹葭。

傅龙跃

字克祥,号梅野,奉化人。顺治丁亥恩贡。官江南布政司理问署,安徽芜湖知县。

夜登芜湖城

干戈初报罢,单骑阅孤城。愁见烽烟地,惊疑草木兵。残萤留夜色,新雁落秋声。更漏两三点,海东初月生。

游太平黄山醉送刘广文

翠耸危峦天倍明,柳丝隔岭掷黄莺。手挥烟景片云落,目送江帆一叶行。花外弦声广福寺，杯中堞影太平城。殷勤捧玉竟成醉，孤客何堪当此情。

单九翔

字嵩溪，奉化人。顺治丁亥恩贡。官广东阳春知县。

崆峒岩次孝廉刘嗣昭韵

登眺真如五岳巅，三山瀑布泻流泉。烟开古木苍虬立，日映琪花翠羽鲜。何处笙箫来鹤舞，等闲鸡犬傍云眠。石桥渐入天台路，好觅青精共永年。

虞世恺

鄞人。顺治戊子副贡。官淳安训导。

匏居淳安学魁星阁北

四射光风披绛席，一轮皓月伴澄霄。幸分奎壁青藜照，匏系何须叹寂寥。

张士甄

字绣紫，鄞人。顺治己丑以通州籍成进士。官至吏部尚书。

赠程石门

炎岭天南路，看君万里行。相如曾檄蜀，潘岳又从征。蛮女簪花舞，渝童竹马迎。自来才子意，多肯事纵横。

黄象雍

字薛侯，一字静涵，鄞人。顺治己丑进士。官至礼部郎中。

《续耆旧传》：仪部侍父备极色养，弟侄四十余人皆同爨，尤人所难。善填词，有屠长卿风。

辛丑闰七夕次韵 录一

蓼莪废后已无诗，良会惊看大火移。蟾影半窥金凿落，蛩吟偏引玉参差。河桥路合双星近，云汉愁悬五夜痴。分手不须悲此夕，秋来赢得两佳期。

周曾发

字世培，慈溪人。顺治己丑进士。由礼科给事中出为山东兖东道副使。

《慈溪县志》：曾发刚直敢言，时大工方兴，疏请停工作以节用度，战船采木为民累，复陈其弊。吴三桂入川，擅威福，委署州县不一，复疏劾之。西征军饷开销不实，疏陈冒滥之弊，直声大著。用兵后，各省多以灾祲告，曾发疏言有司之履勘，宜速开报之分数当清。左都御史魏象枢尝称曾发謇謇谔谔，不愧言官，会刘正宗入相疏论之，遂出为兖东道副使。曹濮多盗，曾发开其自新，就抚者二百余人，不悛者发兵剿之，斩数十人，盗遂解散。河决，民多流亡，劳来安集，使之复业。以忤当道被劾归。川陕用兵，荐起军前效用，谢不往。

咏郭烈妇

烈烈女中士，中情洵自芳。容颜拟春华，志节凌秋霜。婉娈事君子，淑慎奉姑嫜。自谓固胶漆，相好无相忘。一旦妖氛起，鸾镜忽掩芒。见父知何时，辞夫良足伤。渊泉一以沉，河汉永相望。贞心照止水，千载扬幽光。

范光文

字潞公，一字甬憨，鄞人。顺治己丑进士。历官吏部文选司主事。著有《天一阁集》（有误。《天一阁集》为明范钦所撰）。

《续耆旧传》：天一阁藏书甲于浙东，吏部姊婿董征君天鉴、妹婿林评事用圭，皆词家宿老，阁中倡和极多。

来青吟

西郊百步而遥，辄有平畴远山，宸献侄依水结亭，累石成巘，悉收旁景。余家亦有天一阁，为曾大父司马公藏书所，今增构池亭，与宸献互分竹林之兴。乙未灯宵，同妹婿林用圭卜征舣舟郭外，因在宸献园中信宿为欢，赋诗纪事，以志良晤，并寄颜曰"来青"。

一望极烟暝，疏钟郭外闻。不分邻竹影，适作此亭君。波引月光入，星疑渔火分。冥搜多太古，莫诧是离群。

百雉暮环碧，池塘春涨清。榛芜久混沌，泉石忽文明。中有芙蓉客，人增天际情。不因花外雨，诗意自生生。

亦有一枝寄，烟霞出旧传。人称今绿野，我愧尔平泉。二阮分林竹，百城私邺编。只兹相对晤，胜读几何年。

范光遇

字会斋，一字逢年，鄞人。顺治己丑进士。官山东兖州府知府。

登天封浮图次林殿飏太常韵 录一

梯云直上恣凭栏，金碧辉光赴笔端。隔岭绿萝牵树出，满林红叶带霜残。东临杲日扶桑暖，西拂惊涛海水寒。无限云霞看不尽，顿教眼界一时宽。

范廷元

字调垣,一字抡三,鄞人。顺治己丑进士。翰林院检讨,官江安粮储道、广东右布政使。

《鄞县志》:廷元,光遇从子。为人孝友,事从父犹父,所置田宅与从兄弟共之,不私于己。他若置祀产,周亲戚,为惠甚多,乡人归德焉。

登天封浮图次林殿飏太常韵 录一

纵目中天七宝阑,登临真觉倚云端。遥闻仙侣诗无敌,欲到禅宫兴已残。眼底波涛连海阔,檐前风雨入秋寒。自惭未及陪高会,独恕清狂礼数宽。

胡亦堂

字质明,号二斋,慈溪人。顺治辛卯举人。官江西新昌知县,荐擢至户部郎中。著有《二斋集》。

《慈溪县志》:亦堂知新昌县,多惠政,调知临川。当闽寇蹂躏之后,流亡未复,田荒赋缺,亦堂按数详报,力请蠲豁。多方招徕,捐给牛种,亲劝开垦,民渐复业。创立社仓义学,纂修县志,汇刻临川文献,百废具举,行取主事,终户部郎中。没祀抚州名宦。

水涨

一雨连朝夜,高城水气加。傍门容小艇,移灶竞繁蛙。南亩疑伤稼,东篱未着花。只应催日御,咫尺看晴霞。

滕王阁晚眺

高阁古城边,临流胜概传。滕王不可见,章水自悠然。画栋寒云敛,楼船夕照悬。沧洲在何处,莫漫觅神仙。

张瑶芝

字次英,一字蓉屿,鄞人。顺治辛卯副贡。官河南灵宝知县。著有《野眺楼集》。

《续耆旧传》:灵宝为令,爱民而不得于上官,投劾归。诗秀色可餐,杲堂最喜之,至谓其有康乐天然之妙,未免太过。吾乡诗派与浙西殊别,清容居士谓:"大略学韩、学苏而不能至,此足以尽甬上七百年来诗品。然虽不能至,要自有雄健本色。灵宝诗出,一时靡然相从,流弊至于薄劣矣。"晚年与沈南郭、赵鹤樵辈结秋水社,唱酬极盛。

闻蕊泉小酌螺轩次韵

离离石上菌,宛若芝生峤。何必履崇冈,乃可振孤啸。间抚无弦琴,亦下空缗钓。吞吐日月华,光气时内照。高士无卑吟,幽人多苦调。眼底看新诗,惊人唯谢朓。

送友得徐步,晚色悠然来。清言尚流齿,堂上余空罍。纤月隐未吐,轻风动檐梅。如见故人影,与我相徘徊。夏簟且辞御,隐几无尘埃。

岁暮

门径旧蓬蒿,冰霜又成路。我怀常晏如,弹琴保贞素。遥山雪影明,何处孤篷渡。尚有幽人来,牵萝展佳晤。负暄散层阴,薄饮销众务。莫因落水深,坐感岁华暮。请看石上松,青青亦如故。

得即园和诗

老知吟兴拙,得句每重删。吾弟诗偏好,今年鬓亦斑。偶眠溪上鹿,独酌雨中山。屋角樱桃树,休令稚子攀。

和李杲堂夏日散怀诗 录四

壮怀如积水，郁郁几曾疏。老去空弹剑，饥来尚抱书。山川尘里度，岁月枕边除。出处堪齐遇，乾坤一草庐。

忆买桃千核，漫山种未成。孤松怜直道，细草愧浮名。石自泉枯出，花从雾散明。区区清夜守，幸不负生平。

文章求学步，辛苦过逢迎。鹤老存孤性，山空爱旧名。淡云江北晚，微旭海东晴。自得行文趣，无劳花鸟惊。

水石休相竞，禽鱼总一家。从怜霜后草，不折雨中花。露压槐知重，风高鹳自斜。旱苗方待长，好与治农车。

放船

不借篙师力，乘流下小滩。菰蒲船底乱，螺蛤水中寒。鸟许回头听，山宜急眼看。扣舷谁解和，吾意欲凭栏。

病起寄即园弟兼怀屺公

经年蜡屐行游少，岁晚沧江卧病多。杨柳门深霏雨雪，蒹葭人在阻烟波。贫家慰劳惟兄弟，白首生涯寄啸歌。十里梅花溪水阔，几时相约沂洄过。

和杲堂散怀

湖上轻风过短扉，一竿闲拂钓丝微。鱼知乐水浑忘饵，鸟不随云自倦归。竹露暗窗松影湿，霜花带藓石痕肥。谁从白板高楼外，共对青山看夕晖。

竹坞烟汀景自佳，柏梧苍翠复交加。无愁不种忘忧草，送老宜栽晚节花。黄鸟频呼同出谷，白鸥相劝且浮家。晚来风起湖萍末，一片山云近可拏。

慵搔白发望人怜，儿齿方瞳老亦妍。改岁已忘钻火事，

张瑶芝

轻阴渐爱养花天。交从淡处犹防薄，诗到真时定可传。寄语骚坛休树垒，中和声律自无偏。

石几从教晒犊衣，久无童子护双扉。牵归黄犬饥还去，养得苍鹰饱又飞。书客不来鱼纸贵，山民未到笋筐稀。惟当呼酒浇长剑，莫使床头吐异辉。

任德敏

字捷之，镇海人。顺治辛卯恩贡。历官南城兵马司副指挥。著有《粤问》《黔吟》等草。

登滕王阁

帝子雄风已杳然，尚余飞阁敞江天。千年作赋人如昨，一夕登楼胜已传。叠嶂落霞随去鹜，清秋孤客住鸣舷。凭高极目生遐思，惟见寒潭起暮烟。

戎上德

字聿修，一字载立，鄞人。顺治壬辰进士。官至通政司参议。

赠孝子范惊百

苟可生亲胡不为，千秋曾闵有同思。浣裙涤厕情逾苦，刲股焚香效或迟。名在人伦惟恐好，事关庸行乃称奇。好教珍重如椽笔，写作旌门八尺碑。

徐上扶

字鹏九，鄞人。顺治壬辰进士。官国子博士。

哭太原通守乔还一

连宵噩梦自惊猜，征雁传书万里回。但说至人谁不死，可怜心事已成灰。几年宦迹如流水，何日天涯更举杯。尚有家风传孺子，只鸡斗酒墓门来。

胡文学

字卜言，一字道南，自徽州迁鄞。顺治壬辰进士。官至太仆少卿。著有《敬义堂集》。

《续耆旧传》：先生少贫力学，尝竟日不得米，烹瓜以食，分饱家人，而枵腹赴馆，然能以肝胆待友朋。戊子，李丈杲堂父子被难，先生往探狱事，时方盛寒，仅衣一褐，冒冻渡江，闻者义之。释褐，授真定推官，能雪冤狱。井陉逆党啸聚为乱，事败株连甚多，人心岌岌不安，先生焚其伪牒，遂以释然。擢为监察御史，出按两淮盐漕，革除积弊，商困得苏，旋以四品京卿用，休沐归里。康熙辛亥再召，以四品俸掌河南道，至济上病作，时已推升太仆少卿，未上遽归家，居四年而卒。

先生笃于古谊，杲堂辑《甬上耆旧诗》，为之开雕。甲辰七月冰槎之难，浙帅欲据其箧中所有往还手迹按捕，且兴大狱，杀诸遗民，先生缓颊解之，其功尤大。邓孝威称其诗空微隽永，令人神远。盖先生少游砌里李氏，与戒庵、昭武、杲堂三君最相契，得其诗法，有所作，皆虚己，求三君论定，然后出以示人，虽篇什不多，然要非漫成者。

东皋草堂作

澹虑偃郊庐，息心远城阙。山色不厌人，迢递入窗室。荒皋自幽深，清晖荡林樾。涧回泉响沉，岩逼空翠郁。栖鸟林间鸣，岭猿云际出。我性已恬如，琴樽任所适。驾言事东畴，良苗远风拂。望衡候烟火，日夕欣有息。幽泉足清盥，轩檐亦容膝。俯仰复何须，春芳幸未歇。

宿新乐驿和王宗伯韵

薄宦随车马，驱驰不敢停。山川皆故友，岁月几重经。鸟倦飞还疾，峰高望转青。梵声惊客梦，早起数晨星。

静夜宿西山别业作

闭门万竹里，独处亦悠哉。似此空山夜，几人幽抱开。素瓷酌未已，小坐月将来。仿佛炉烟外，余香出定灰。

适可斋书怀

适有此居名适可，欣然日夕相徘徊。清樽方满佳客至，好月欲上名花开。流光无丝不得系，白发有根诚易栽。笑看人情只加饭，辋口更寻裴秀才。

张翼

字燕及，鄞人。顺治壬辰进士。授直隶肥乡知县。行取，入为刑部主事，晋郎中。著有《深柳堂诗集》《治蒲草》。

挽前通守乔还一

峨峨乔岳名山宗，赤文绿字元夷封。穷幽极秘太乙镕，中产异人应吕钟。星经汉纬罗心胸，鞭挞焦京断聚讼。图书约束驯龟龙，旁搜名象岁月穷。鸡鸣风雨干戈冲，闭门滴露忘朝饔。元响自然声韵雍，茹骚吐雅何舂容。学优强仕经术通，三年别驾道自隆。交章争荐达帝宫，帝重经师车服庸。伏生口授高璧廱，四方负笈方景从。耄期无疾旋考终，风雨萧萧垅头松。故人来酹春酒浓，野祭更有石户农。愿将短笔传高风，云车仿佛来长空。呜呼杖履何时逢。

陈治官

字月卿，一字苕水，鄞人。顺治壬辰进士。官山东栖霞知县。

《鄞县志》：治官知栖霞县时，屡经兵燹，杂办侈于正供，大吏恣索，前令皆挪移支给，以致正赋缺额，治官不忍重民困，尽鬻家产以偿。解组归。年八十五卒。

登天封浮图次林殿飏太常韵 录一

大海波回拥白沙，赤城相望翠交加。千村烟火时闻柝，一树频婆未放花。玉女峰头餐沆露，武夷洞口煮流霞。群公欲问蓬莱事，倚遍危栏景物赊。

周明新

字朏生，号菊人，象山人。顺治壬辰进士。授甘肃平凉府推官，入为刑部主事，累擢吏科都给事中。

赠家初岳先生

长安车马日纷纷，拂袖林泉尚有君。却喜众山晴向户，每逢佳客醉书裙。四时逸兴看花木，一片闲心对水云。乡国即今称大老，好将黄发重元纁。

钱捷

字月三，一字陶云，象山人。顺治壬辰进士。授湖南岳州府推官，入为主事，历吏、礼、刑三部郎官，以布政司参议理江苏粮储。著有《畅余堂诗草》。

《象山县志》：捷博学工诗，精于医，为文奥衍清峭，有古作者风。晚年卜居甬上，与耆旧相唱和。年八十六无疾而卒。

江村

秋光含四野，禾黍次相登。白酒新添瓮，黄瓜老卧塍。斜阳倾牧笠，浅水出渔罾。篱菊江村暮，劳人感独增。

过昌化遇雨，宿治平寺登寺后东坡阁

山城如画意徘徊，雾锁松关迥未开。寒入翠微灯火细，凉生殿宇壑云回。丹池已隐游仙迹，碣石曾传学士来。莫讶古今人自异，须知川岳解怜才。

辛酉将赴黔中，寄家于金陵，舣舟石城之下，有感而作

石城终古傍江流，芦穄新黄已半秋。日落岚光生水际，风吹月色过船头。片帆欲挂心犹住，万里将行梦是愁。岂惮此生于役苦，逡巡不为路勾留。

桃源县

驿路桃源水一湾，停桡镇日得余闲。梅花瓮远寻荒市，雷荚铛空忆旧山。明月野寒孤鹤唳，虚舟人迟白云还。乡谣长听风光异，在客方知易改颜。

项斯勤

字正叔，号石窗，奉化人。顺治壬辰岁贡。官湖北谷城知县。著有《沙菲集》。

夕眺

清风来槛间，秋心适无主。徘徊相缱绻，偶此成倚柱。古人不可作，幽情托芳杜。晞发览前林，夕阳逗秋雨。

襄城道中

雉堞萧森画角哀，临江此际独裴徊。幸瞻叔子轻裘地，

懒吊昭明集选台。云丽碧霄桃展萼，雨萦细柳荚惊雷。春来偏觉多秋思，莫遣清歌入酒杯。

谷城即事

未须摇落赋悲秋，是处春花倍写愁。蔓草斜阳龙巷月，清风细雨艾家楼。村烟几点晨炊黍，牧地何人夕放牛。愧我抚弦无远韵，漫将案牍坐销忧。

刘鸿声

字殿闻，奉化人。顺治癸巳拔贡。

咏怀 录一

天地原不隘，我行自相撄。阮籍哭途穷，张翰思莼羹。数奇物常忤，羽重钩金轻。修林无静木，奔流无停清。托言从黄石，聊用保余生。

对月

薜萝挂高树，明月随香来。芸案无灯火，顾影起徘徊。有月影不孤，有酒月在杯。无语自浮白，对月怀抱开。醉眠花下露，月落云汉回。

鸥

江湖生自惯，野性岂能驯。远害常依水，忘机亦近人。稻粱无宿粒，饮啄有全神。不受樊中畜，浮沉许任真。

谒严先生祠

山共人高水共清，我来停棹拜先生。桐江两岸迷烟树，绣岭千年识姓名。炎鼎久同灰劫尽，客星长对少微明。沧桑几变双矶在，始信云台事业轻。

林允文

字章甫,镇海人。顺治癸巳岁贡。官直隶遵化知县。

游天童山

秋色重重绕碧岑,篮舆款款度松林。危梁跨涧湍流急,古木垂厓雾气深。客悟禅机聊叩钵,僧延天籁自调琴。斋廊石灶茶初熟,满泻三瓯洗俗襟。

项强

字恂如,奉化人。顺治甲午举人。官四川永川知县。《奉化县志》:永川在万山中,民贫土瘠,强餐冰茹糵,与民同甘苦。岁饥,出仓谷活民,复招民开垦,葺黉宫,缮城垣,诸废具举。校省闱所得多佳士。母年近九旬,不能远就禄养,念及流涕。居三年,乞养归。永川人思之,为立石焉。

永川署中作

官衙人寂静,早起独呻吟。万里乡关路,三年仕宦心。有怀成制锦,无术奏鸣琴。却忆还家梦,维舟剡水浔。

夜坐

对影溯生平,缘愁梦不成。薄云疏月影,小雨壮溪声。犬吠遥村寂,蛩鸣永夜清。荒城无玉漏,约略已三更。

谢归昌

字灵昭,号省斋,镇海人。顺治甲午拔贡。授河南固始知县,历任砀山、德化。有集。

思亲 录四

好鸟鸣青林,毛羽令人慕。承欢无好颜,多为贫所误。扶光沉崦嵫,白日忽已暮。赋质非高鸿,卑躬侣狐兔。岂无追风才,清尘驾皇路。得志升青云,失意多窘步。河清能几时,人寿等朝露。时命苟在天,哲人贵行素。

庭中有嘉树,移根向水侧。白华自芳菲,朱实非雕饰。草木虽无情,贵此先人植。匀圆落玉盘,聊以佐黍稷。衰老摧为薪,空庭失颜色。苦桃亦成阴,浓露滋杞棘。所思不复存,使我心恻恻。

春风吹细雨,园林次第开。自顾微贱躯,摇落同草莱。平畴滋新绿,土膏荫旧荄。忆昔趋庭日,十五心尚孩。爱之等荆玉,宁知非俊材。驱车走京洛,弃我如尘埃。往者不可复,何以慰将来。盈盈有娀女,鸠耽安足媒。

秋风吹桐叶,零落返旧根。精气虽不属,神理犹具存。物生各有初,水流各有源。寒虫催刀尺,生者既已温。场圃纳禾稼,谁为奉朝飧。贤者勤父母,愚者急子孙。圣人制礼乐,君父弥所敦。

高沙馆 文文山发高沙馆诗于:"晓发高沙卧一航,轻烟漠漠水茫茫。舟人指点荒郊外,南北今年几战场。"

废址今何处,长条柳拂天。岸低青荇叠,沙浅白鸥眠。事逐东流去,人归故国怜。愁来不胜载,门外钓鱼船。

谢赓昌

字起臣,镇海人。泰履子。顺治甲午举人。

林允文　项强　谢归昌　谢赓昌

风阻张家湾

避尘方舍陆，狂飓竟维舟。已作还南客，依然滞北游。惊沙埋茗碗，飞土暗春裘。近夜蛟龙静，归心可自由。

过泗州皇陵

先朝陵寝指村翁，犹向行人说太公。放眼山河双涕泪，侧身天地几西东。城浮河曲寒清泗，云断天长黯旧丰。岸柳不知陵谷换，才逢春色又青葱。

史大成

字及超，一字立庵，鄞人。顺治乙未进士，廷试第一。授修撰，官至翰林学士、礼部左侍郎。著有《八行堂集》。

《鄞县志》：大成充日讲官，讲《周易》，称旨，赐赉优渥，会其父思之，绘已容以寄，亦令大成绘容寄之。闻命惊怵，乃上疏乞归养。及中途而凶问至，大成痛不欲生，哀毁成疾，遂以养母家居，寻丁内艰。服阕赴京，累迁礼部左侍郎，同官议裁孝子、节妇廪给，曰："彼自分内事，何与朝廷？"大成曰："为子不孝，为妇不节，亦何与朝廷？必以法绳之耶。"议遂寝。旋以足疾归，为人和平敦厚，笃于友谊，与周容、戎骏声最善。容远游，恤其家备至；骏声卒于京，为之殓尽礼。年六十四卒。

《续耆旧传》：史氏诗派远溯鄞峰真隐，而友林风格最高，能嗣萧东夫之响，蒙卿亦清逸，杲堂前集皆失载之。至有明三百年，八行后人，殊少以诗名者，直至公振起之。

和张茂先励志诗依韵 录七

神龙安蛰，野马安游，韫玉不琢，如委道周。蜉蝣旦暮，蟪蛄春秋，安能忽忽，与物俱流。

哲士赴几,达人贞化,一晦一明,孰知其谢。尧光舜华,炳然长夜,日落挥戈,危哉三舍。

莫腾匪鳞,莫翔非羽,微鸿之力,其翼曷举。为仁由己,若茧有绪,物无弃材,心为良矩。

是以古人,所其无逸,执规与绳,法天主日。昔有作器,乃先种漆,储物备材,文此昭质。

厥初生民,含英载清,荒怠弃德,方寸窈冥。心不厌虚,志不厌盈,精神来报,如响随声。

虫飞而出,鸡鸣而起,成之维终,立之在始。学无畛域,而待强理,骥伏鹄栖,各有千里。

梗楠成阴,胎于纤仁,金土成器,资于鸿钧。穗之蓘之,良苗就新,胡不日戒,以续古人。

施天石入都晤余喜而赋此

南山云,北海龙,相去不知几千里,卷舒出没长相从。此生磊落无许可,我知有君君知我。两人冰雪对琴樽,十年风雨同灯火。胡为乎,我留冀北君故庐,一年但寄加餐书。一书三月始得到,暮云春树常愁余。今朝相见长安道,把酒看花莫草草。酒尽为君沽,花落为君扫,我幸少壮君未老。

仲春,侍从南苑大搜,赐宴应制

皇图当脱剑,圣主正垂衣。岁阅群观礼,春田不合围。角弓随月满,楛矢带星飞。侍从长杨晚,还歌湛露归。

送张越青给谏终养归里

是处归春雁,乌飞犹上林。多君爱日疏,先我望云心。

臣齿幸还少，主恩良自深。望尘追可及，策马莫駸駸。

范潞公去官归里

山色故园好，妒君归及春。诗从携杖得，名以去官真。林笋甘于蜜，湖莼绿似萍。试看署纸尾，谁不叹风尘。

送远谪诸子

臣罪原从减，君恩不可忘。但留身报国，岂惜远投荒。极目云千里，迎人雁几行。岁寒休戚戚，黍谷有春光。

寻来谁园

海田容易改，不独此名园。要识来谁意，原无我相存。游丝空碧落，宿鸟自黄昏。吾道沧洲远，何人可细论。

冬夜不寐

漏声点点到孤帷，冷处偏能次第思。十载炎凉人面改，半身功过寸心知。竹炉已烬奚童睡，灯火将残黠鼠窥。月台霜寒愁未了，鸡鸣又是早朝时。

春日游金鱼池

春水初生花欲飞，新晴缓辔踏芳菲。吹箫人过苍苔路，卖酒帘摇白板扉。可是渼陂当日事，无端鉴曲梦中归。徘徊不尽烟霞意，坐对东风愿已违。

戏题周裕斋新筑

屋号草堂墅辋川，一花一石生云烟。薄言留我青精饭，何以报之白雪篇。大将旌旗六月出，县官簿书半夜眠。谁似先生容膝地，南窗寄傲如神仙。

清明

紫陌香尘二月天,争传杏酪五侯前。薄衣寒食丝丝雨,细草春流处处烟。自有飞花承蹴踘,谁家高柳过秋千。乘时独见农夫意,为惜春风早种田。

闻笳

葭芦霜后叶,杨柳月中歌。借问知音者,伤心谁更多。

李燧升

字日生,一字心莲,鄞人。顺治乙未进士。官福建漳州府推官。著有《心声集》。

雨淋铃

雨淋铃,攀绝陉,千骑悬崖湿绛旌,空中考击和车铃。深闺帘落谁窥燕,蜀道天低不漏星。雨淋铃,绝复续,弹筝弄笛声犹促,云何不见人如玉。霓裳夜冷露飞香,栈阁昼阴风送曲。

纪丁亥之饥

鄞何以饥旱伤谷,夏秋不雨历月六。兵翔江上索宿粮,荷戈得饱荷锄哭。为坛而祷帝罔闻,朘膏以供吏多欲。市息区釜家息舂,千钱不足易斗粟。昔年贫儿今无存,今之乞者昔富族。弃子道旁忍不哀,少年泣将少妻鬻。谓他人父死犹呼,嫁郎郎贫终见逐。我生觏此我心瘠,日步田间看苗绿。尔华尔秀秋其登,亿万斯民惟尔育。自愧无能上郑图,西成跪向彼苍祝。

姚江夜泊

夜半潮流尚有声，疏钟初度小舟横。接天云影连江阔，散地星光逗水明。一叶自随清梦稳，孤帆又趁晓风轻。此身已习渔家乐，好共烟蓑隐姓名。

送贤升弟初入武林

湖山到处我皆题，汝去还应问小奚。青碧或移晴雨色，高深未改古今蹊。春当吴地三分早，天落钱江一望低。驿路乍逢年少客，扬鞭莫惜雨风凄。

邵仲陟

字子猷，鄞人。顺治乙未进士。官刑部司务。

《续耆旧传》：司务最有厚德，万季野纂修府志，列之于《醇德传》，可以想见其人。

登天封浮图次林殿飏太常韵

不教秋老兴偏阑，直蹑层梯万仞端。岚气几重沧海碧，江流半壁阵云残。分明仙掌临清梵，依旧天花散晓寒。纵目已无凡界想，尽凭百尺放腰宽。

耸身天界一区分，匝地飞峦傍落曛。僧定不闻翻贝叶，波回遥见啮荒坟。城南战马秋还壮，郭外寒烟夕渐纷。乞得津梁谁借问，隔江渔火乱松云。

俯临城阙瞰遐荒，面面平开野树苍。铃角度风疑说法，轮尖碍日却迎凉。云封旧恨千山暗，雁带新愁万斛量。何意僧归禅院寂，旃檀空际尚焚香。

烟树萧疏带远沙，梵林清磬一声加。几年揽胜频惊眼，此日登临似雨花。赋就霜蹊吟落叶，身依天阙弄飞霞。三江乍可连三岛，咫尺安澜望转赊。

范廷魁

字介五,一字珠岩,鄞人。顺治乙未进士。官翰林院检讨。

登天封浮图次林殿飏太常韵 录一

绛节棱层拥赤阑,分明诸佛现云端。嘶风骏足驮经快,跳浪鲸魂历劫残。随喜阳春行地暖,和歌白雪倚天寒。车书混一如相较,试比从前几倍宽。

范廷凤

字伯威,鄞人。顺治乙未进士。官江西万载知县。

挽前通守乔还一

秘省文章伯,先朝道德师。京房能著《易》,束皙每论诗。小子真无隐,斯文不在兹。九重频宠锡,三晋自驱驰。白傅香山社,陶公彭泽辞。人思解绶日,道重拂衣时。空谷崇兰秀,闲庭古木奇。藏舟原有讵,执绋恨无期。日诧非庚子,星应骑尾箕。为观有道传,不愧蔡邕碑。

张莺

字章友,一字友陶,号补堂,鄞人。顺治丁酉举人。官陕西神木知县。著有《宝学堂集》。

《鄞县志》:莺少与周容读书江城,其才相埒,所为诗皆学杜陵,古文亦饶有体法。知神木县,地当边冲,以经术饰吏治,民多怀惠。

楼桑

出门望燕山,道路阻且长。自秋徂严冬,鬓发亦已苍。

群鸡叫土室，残月在河梁。寒驴骄欲嘶，邻车何彭彭。晓风结衣带，指直鞭不扬。愧彼南云雁，双翮时翱翔。仆子倦行役，暮宿古楼桑。叹息昔人去，村舍犹辉光。咸阳留故烬，西蜀开余疆。居然四十年，曹吴色沮□。渺渺隆中翁，躬耕自徜徉。抱膝起微吟，所志岂稻粱。当日无王孙，草庐隐孤芳。有怀未能寐，天空下清霜。

樵路

樵路尺余半，牛角磨石虎。云是赵王墓，堕碑字莫数。树老荫青青，小爵集春雨。宫寝在钱塘，视此一抔土。侍葬两将军，惜哉无肺腑。

点徒

夜宿海城滨，击鼓闻点徒。斤斧各在腰，咄嗟饭半盂。捧腹侍舟工，又恐隶人呼。怒诃未脱口，鞭笞已及肤。纷纭尔何家，山野皆异区。昨者一取油，村村暮燃乌。昨者一取麻，夏日剪完襦。昨者一取铁，耒耜绝乡隅。官期限顷刻，死者死路衢。岂烦号令频，急公贫亦腴。里胥才入门，鹥子勿踌躇。风俗近使然，无泪滴绳枢。况今征筋力，谁得分肥癯。万手共旅寒，挽木碍菰蒲。潮来登岸去，双膝陷江途。沽酒思暖肌，约严不敢徂。武士结草营，绣帏垂流苏。兽火耀白日，高座列甒甀。扬旌招水师，剑戟乱鸥凫。伍中乃大笑，上寿吹笙竽。

秋诗 录一

半更残月西，苍凉秋夜长。萤火弄微辉，莫助明星光。寂寥草露白，唧唧劳寒螀。

舟行杂诗 录一

薤露朝未晞，鹧鸪啼南陌。层林谁氏子，三载营窀穸。

翁仲似能言，螭蟠华表额。狰狞双虎蹲，驯羊肥以泽。四壁镂琐屑，蓊翳荫松柏。死后尚惊人，况当开棨戟。昨者琢墓志，丁丁响晨夕。题撰皆要津，门第叙煊赫。野老馈馌过，徘徊忽惋惜。去年耕麦田，土中得一石。依稀类碑碣，斑剥字留画，泥沙啮岁月。缺折不盈尺。弃置委道周，荒荒衰草白。

登招宝山

天竟茫茫去，蛟龙水自秋。犹留一片石，重忆十年游。晓日平沙渚，西风壮戍楼。无心同海客，几处起浮鸥。

归舟

艇小迎流便，收帆近柳阴。遥怜一夜月，空照十年心。水白鱼龙醒，烟苍天地深。渔舟声欸乃，若解和愁吟。

茅屋东山下，春深绿满溪。岭云埋虎豹，野日战虹霓。酒熟频招友，诗成再觅题。胜游应可续，梦过竹桥西。

再经盱眙 录一

岸引晴沙白，汀迷远树青。千秋谁独往，一棹此重经。急水迎鱼刺，高风送雁翎。孤踪仍矫矫，未肯叹浮萍。

题画 录一

山村初暖试春衣，啼鸟催人入翠微。屐齿莫嫌风雨后，落花深处带香归。

董允恠

字容亦，一字蘧斋，鄞人。顺治丁酉举人。官河南鄢陵知县。著有《晚香楼集》。

《鄞县志》：允恠幼能文，谒选授古田知县，山民善逋，允怪减从裹粮，亲诣劝谕，民乐输。将重修朱子溪山书院，捐赀置田，延宿儒讲学。邑有钱肃乐墓，躬致祭，封植之，旋告归。养父十年，服阕，补鄢陵，勘水灾，得疾辞归。卒，二县皆祀名宦。

壬午鄢署秋日偶题 录二

薄宦因依几十霜，鬓丝冉冉织成苍。官书未了难投笔，诗韵初拈漫举觞。乐岁欢声歌滞穗，衰年周甲识行藏。多情相忆还相慰，拙吏无劳姓氏扬。

每羡渊明归去来，候门稚子几徘徊。敢忘恩遇耽泉石，为逼衰龄恋草莱。洎水多情难惹置，龙山招隐漫相猜。风霜高洁饶清韵，记取临歧酒一杯。

陈鸿绩

字子逊，鄞人。顺治丁酉举人。官江苏睢宁知县，康熙己未举博学鸿词，改授检讨。

《鄞县志》：鸿绩博涉经史，于儒先理学之旨尤根极底奥，兼能诗、古文。知睢宁县，清俭自持，爱民重士，惠政著闻。

江上别友

相看仍恸哭，欲学晋诸贤。戍近风鸣柝，江空雨送船。朔云侵别色，南雪忆归年。拟共锄青术，无为俗事牵。

人日雪

连年逢此日，寂寞在山居。故国云归尽，高杉雪下初。阴霾占户口，雷电失天书。可得俱无事，清吟始晏如。

徐嗣英

字子咸，号茝园，慈溪人。顺治丁酉举人。官嘉兴府学教授。著有《茝园集》。按：《慈溪县志·选举表》作"邵嗣英"，旁注"本姓徐，明进士徐一忠孙，见郑梁撰《茝园集序》"云云。艺文著录及《溪上诗辑》并作徐，今从之。

《溪上诗辑》：广文幼读先世遗书，见闻甚富，比登贤书。困顿公车十余年，历游吴楚燕赵诸邦，阅历既深，文章益肆，诗亦典雅、清真，无缘饰雕缋之习。

旅中即事

陶潜庐人境，未能遂厥初。尘网苦萦绊，终竟于世疏。微名吾亦惧，盛满岂易居。嗟彼驰逐子，外观若有余。势焰炙手热，胡不鉴前车。锦鞯鞲玉勒，纵辔还自如。竞思营金穴，谁能焚银鱼。浮云翳白日，顷刻过太虚。

下滩

才离瘴雾岭，又入水云乡。急峡雷霆震，危滩风雨狂。浮名如鼠腊，世路更羊肠。古渡停桡处，村醪引兴长。

雨中书怀

好风不卷穷愁去，苦雨偏来耳际侵。剩有残编堪把玩，嗟无篱菊可相寻。南来鱼雁沉消息，北望关山阻晦阴。淅沥凄清当此夜，天涯一动故园心。

桂载锡

字天培，慈溪人。顺治丁酉举人。

江亭

野树四围合,江亭暑不侵。风床闲却扇,石几静张琴。扫径期佳客,安禅了俗心。柳阴莲竞放,香气袭衣襟。

谢泰定

字时慧,号天申,镇海人。诸生。著有《天申集》。

村居

此地风烟古,山翁尚箨冠。中峰霞自落,隔涧月初残。树老鸦栖静,泉清石咽寒。三杯春社散,披笠理渔竿。

谢泰交

字时际,号天童,镇海人。泰定弟。顺治丁酉顺天举人。著有《天童集》。

《镇海县志》:泰交幼颖敏,博览经史,工诗、古文词。性至孝,父病疽,亲为嗽吮,殁则号恸泣血,及营葬,躬执畚锸为佣仆先。服阕,犹时至墓所,哀慕如初。

顺治甲午贡入太学,录置第一,以知县用。会大军平舟山,欲弃其地,泰交献议督抚,谓翁洲居南北二洋中,吴与闽之交会,外以犄角宁绍台,内以遮捍杭嘉以东七郡,土沃宜谷、鱼、盐、蜃、蛤、竹木之利,可给数万人之食。复分条形胜绘图上之,寻知弃议已决,又言于牧守,谓七十二岙之人,一旦内徙苟急,其期会将有湛溺离散之患,宜遣使者分护,择近地为安集戒营,士勿得有侵扰,迁民要策也。既而踉跄转徙冻馁载道,泰交自出囷粟救其困,流民咸德之。

同陆介人谒省垣乡祠观灯

昔慕乡祠今来谒，撰碣题门皆两越。荐绅绝盛廿年前，林下于今鲜白发。妆就西湖足美观，六桥真景已阑珊。经年羁客趋灯社，仿佛家山不忍看。

杜上人从洛迦还，口占讯之

瘦筇风雪渡翁洲，岂是支公为鹤谋。款遍祇园余白马，过将海国冷青牛。行厨饱啖扶桑气，归橐闲题震旦游。惟有钵龙无定性，挟涛深夜吼虚舟。

杜言上人自闽归山访之入城不值

支筇千里傍秋归，又向红尘浣衲衣。松影一门山客到，自开云锁入霏微。

钱肃凯

字步元，一字湛水，鄞人。顺治戊戌进士。官安徽宁国府推官。

秋江

赤叶枫林落酒旗，白沙洲渚夕阳微。数声柔橹苍茫外，何处江村人夜归。

绝句

高岩有鸟不知名，款语春风入户庭。百舌黄鹂方用事，汝音虽好复谁听？

屠粹忠

字纯甫，号芝岩，鄞人。顺治戊戌进士。官至兵部尚书。著有《采芝堂集》《栩栩园诗抄》。

《鄞县志》：粹忠成进士，谒选得封丘令。时邑遭河患，水暴涨堤崩，粹忠坐堤上痛哭，愿以身当洪流，为民乞命，水即退。时布政使徐化民道过封邑，见水平，叹曰："河伯且为尔效灵，况我辈乎。"在任十载，报最，升礼科给事中，乞终养归。服阕，补兵科，升工科都给事中。淮阳大水，上《便民十要疏》，语皆切中，荐授大理寺少卿，擢兵部侍郎，升尚书，卒于官。

打鱼歌

采菱渡口鱼梭弄，一声欸乃斜阳送。假令鲂鲤不饵贪，詹何有术将焉用。鱼兮鱼兮莫浪游，江湖到处下藏钩。溪翁不羡娄鲭味，慎勿衔书到五侯。

秋游分水溪晚归

鸿飞薄天寒有声，罡风徙叶山为轻。水底石子明抱卵，橘中棋叟坐谭兵。薄云如纸愁欲破，老松阴阴作鬼诉。万树江枫醉渴中，天公解赐金茎露。小艇归来驾三五，月下芦花当去路。一声鼓枻水帘飞，捷若饥鹰趁寒兔。

董嗣刘过访封丘署，醉后作歌赠之

我昔与君俱少年，白鸥沙上挟书眠。龙藏翻经贝叶雨，虹梁吹笛桃花烟。自从作客走湖海，松云溪月空相待。劳劳亭上我独行，曲曲阑边君自在。闻君移居近石塘，银色麦鱼寸寸长。一篇案上梓人传，几处炉中柏子香。偶然剪烛话彼此，半出交情半山水。樽前说透十二松，醉后翻观廿一史。我今欲筑三泖滨，坐借水云三万顷。细烧鸡舌挂单条，自汲虎跑煮双井。未卜君心可似我，床头短剑心耿耿。

香山寺次壁上韵

霜碧松阴傲,苔青竹影浮。断崖扶月上,野水接云流。栎老荒禽啄,灯昏古佛愁。林深人影寂,万籁一钟收。

寓汴城

行行已过夕阳时,不为看花归意迟。身懒渐知闲是福,官贫更觉数多奇。空思蝌蚪垂千叶,仍与鹪鹩借一枝。自问不须歌蜀道,荒烟还有听猿诗。

山行

一囊贺若一吴钩,分付奚童挂两头。却忆出门忘箬笠,呼晴呼雨听鸣鸠。

溪上看桃花 录一

青山一路叫提壶,小阁垂杨映绿芜。村女自矜颜色好,迎风花下独当垆。

晚步西子湖滨 录一

花里新声出绿腰,柳阴到处压兰桡。清流似厌笙歌沸,故遣寒烟锁六桥。

洪图光

字晖吉,一字梅槎,鄞人。顺治戊戌进士。官程乡知县。著有《师俭堂集》。

《续耆旧传》:程乡少与史侍郎立庵齐名,而立庵严事之。其才放诞不羁,诗稿甚夥,而散佚殆尽,故古诗绝少。

舟次晓雾

溪上不见山，但闻山鸟鸣。坐对青青柳，新枝接水平。故乡在何处，草木殊有情。

村妇

生长为粤女，妾命实不犹。负薪兼耕田，而无风雨休。耕田失秋实，负薪采薇蕨。儿女皆啼饥，牵衣泪成血。闻道江南春，珠帘映美人。凝妆何所思，陌头杨柳新。

尝新

凶岁绝烟火，流离遍原陆。荒村存几家，采蕨煎为粥。所望在春田，不忍卖黄犊。东风吹甘雨，瓜豆及时熟。夏至稻花收，野老献新谷。好客午经过，鸡黍劳童仆。一粒一苦辛，相食复相祝。因以劝野老，租赋亦已促。筋力慎经营，肌肤惜鞭扑。

行郊

三月大旱六月水，春苗尽枯夏苗死。荒荒茅屋少人烟，携持群渡湘江里。湘江日渡千百人，章贡之间半粤民。吾行郊外逢老妇，手握草叶泣且诉：家有八口绝三餐，来朝亦出西江路。我劝老妇莫弃家，田园原有旧桑麻。况兼是处春风早，麦秀青青已放花。

钱塘舟次答史立庵韵

何心从薄宦，恐负此平生。静欲携琴去，狂还载酒行。庭花秋渐老，家梦泪初盈。几日钱塘上，双亲应计程。

不欲辞君去，秋风促马鞍。烽连鲛海急，路入凤城难。民力因时苦，军储易地看。未知三月后，何以报平安。

读君终养疏,赠我复如何。幸有吾亲在,敢云兄弟多。新醪寄荔子,淡月忆藤萝。拟上金峰顶,云间望碧阿。

尚忆古人事,古人未可量。文章能喻鳄,姓氏亦名乡。石洞秋云护,花洲夜雨香。三年应报政,抚字即循良。

西洋舟次 录一

十丈崖头树,今看没水痕。伤心连夜雨,极目一荒村。孤枕秋江冷,残烟野店昏。军兴犹未已,此事向谁论。

赠友

秋风老树色,落日大江声。尽此一杯酒,悠然无限情。寒花留客梦,飞雁逐归程。三径松犹在,无劳误此生。

邻翁

邻翁种药对秋曛,十亩闲田一半云。偶有渔郎占夜雨,更无租吏说新闻。隔溪犬吠花空落,绕径莺啼酒自醺。十二玉楼何处是,可曾携杖访茅君。

渡淮

满郊风雨送残秋,压水寒云淮上流。黄犊草枯归暮野,白鸥沙冷傍江楼。皇华亭外孤帆远,铁柱冈前落日愁。客思转深无限泪,芦花两岸逐行舟。

春雨遣兴

柴扉斜隔小桥东,竹杖轻携曲径中。几处好花飞夜雨,一园新笋折东风。鸟因客散啼常满,云为江深扫未空。寂寞自伤年半百,幽栖拟学鹿皮翁。

立庵书至 录一

君恩许尔孝为忠,谁意今朝养竟终。疏草未干当日泪,

洪图光

墓杨深痛一天风。读书名足酬亲日，补衮身图报国功。珍重春云哀更切，从来臣子寸心同。

舟次

野树寒烟噪晚鸦，白云深处似吾家。不知雨后秋园里，谁在庭前扫落花。

黄洪辉

字岳青，鄞人。顺治戊戌进士。官山东即墨知县。

宫词四首 录二

春日龙池小宴开，岸边亭子号流杯。沉檀刻作神仙女，对捧金樽水上来。

雨洒瑶阶花尽开，君王应是看花来。闲凭雕槛浑忘倦，忽听笙簧殿里回。

高斗阶

字六平，鄞人。顺治戊戌进士。官福建福州府推官，行取御史。

会葬叶耐可推官用方先生鹏九韵

一片韶光付落霞，墓门松柏影交加。贞心不与身俱化，故友相思愿总赊。千里暂邀闽海月，百年高卧甬江沙。风尘满眼天难问，笑指扶桑几度花。

金良

字澹希，鄞人。顺治戊戌进士。官福建长汀知县。

登天封浮图次林殿飏太常韵 录一

天半翚飞耸画阑，追随杖履蹑云端。鼍鸣泽国声初壮，磬落祇林韵未残。星列女牛河汉近，地分吴越海风寒。今朝览胜襟期旷，疑泛仙舟溟渤宽。

虞二球

字天玉，镇海人。顺治戊戌进士。授湖南安化知县，累擢户部郎中，出为江南按察使佥事。

登梓山迎秀亭

亭与天相接，蒙蒙化作烟。无巢归野鹤，有穴住游仙。塔古荒萝绕，松敧飞瀑穿。最宜明月夜，影落酒樽前。

题卓荦轩

拔地成孤艇，开轩便俘云。剑光天外倚，鹤唳月中闻。志雅存吾道，涵清涤世氛。娱宾休问酒，秫稻又新耘。

叶蘅

字邻苏，慈溪人。顺治己亥进士。官国子监学正。著有《归园诗草》。

晚过锡山沽酒独酌

林幽留宿雪，岩冷澹晴晖。涧曲泉声细，云封巘影微。风催寒雁度，月共野僧归。遣寂还须酒，携樽叩竹扉。

告假南归即事书怀 录一

羁旅悲歌病易侵，十年官冷几开襟。但期风骨能全我，何忍脂韦与俗沉。松菊虽荒存故态，琴樽无恙动幽寻。客归始识闲中趣，愿学香山只醉吟。

周斯盛

字屺公，一字铁珊，鄞人。顺治辛丑进士，官山东即墨知县。著有《证山堂集》。

《鄞县志》：斯盛知即墨县，甫七月，为镇将构祸论死，狱中赋诗不辍，已而以赦得免，出狱后奔走燕、赵、吴、楚，足迹半天下。与李澄中、洪嘉植相契，尝论定明十五朝诗，名之曰《诗证》。其书未成，斯盛以非罪去官，年力方壮，世谓其必复起，乃竟不振，潦倒客游而死。

《续耆旧传》：先生之诗，本出自竟陵，其后讳之，虽痛自淘汰，而膏肓之痼卒不可疗。吾乡桑海之交，诗分二派，非学王、李，则学钟、谭。杲堂初亦从王、李入，其后一变，始以谢康乐、刘文房为宗，渐攻王、李矣。晓山诸公皆从钟、谭入，然未尝变，特晚年稍洗去竟陵之谬，渐近韦、柳。先生则初从钟、谭，晚年力求变境，时亦闯入王、李，然别以锤炼出色。予则谓二派佳处皆不可没。其习气皆所当戒，必欲以门户之见把持其间，犹是残明党人之习也。

登玲珑岩 谢皋羽有《雨饮玲珑岩下》诗

雅性爱山水，往往值岁晏。昨岁陟梅峰，侧径逢微霰。兹亦三度游，草草愧未遍。寒风招我来，霜清松色善。层岚起复收，褰裳试登践。木脱鸟无声，怪石开生面。高呼谢参军，挥手不可见。吁嗟古与今，忽忽如流电。岭云独无心，深烟结片片。

初入狱作

疏拙违世好，良非富贵姿。任运寄民社，贞性宁转移。缪辖纷在胸，杂然生孤危。泽鸿正哀嗷，催科亦难迟。掣肘事非一，柔心酌时宜。恭敬尤所从，径直谤亦随。伤哉古人语，廉吏不可为。愿得返初服，杖策青山陲。狂飙忽飞扬，白日浮云垂。不惜浮云蔽，但恨素心违。荣辱理固然，升沉任所之。冥漠贵物化，烦冤深我思。解绶辞山邑，如彼释重负。羸马任优游，山光照左右。大笑谓山灵，半载相思久。幽情与愿违，惭愧此五斗。所以明达士，澄心常自守。躁静异贞晦，倚伏互休咎。如何忠信怀，而与雀鼠偶。春暮李始华，柳叶细如韭。竟日睹芳菲，岂复惮奔走。夕烟茅屋深，歇鞭刚及酉。祸患何足惊，欣然酌杯酒。

挥鞭行六日，春风吹人衣。细草亦作花，晴日烟晖晖。忽有同心子，下第来京畿。相逢胶西郭，握手情依依。不言为官苦，但言见面稀。问我书带草，<small>书带草出劳山</small>。春深应已肥。田横岛何如，英气毋乃微。解囊出新诗，读罢慰调饥。倦极各就寐，与子梦中归。归登极目亭，下瞰湖水飞。微官只腰领，故园无是非。

登诸城

旭日绚晴晖，浮云散窈窕。登城逞流瞩，旷望周物表。望远岂当归，乡心切岁杪。枯草接颓垣，尘沙何杳杳。海色入山青，寒流到村小。高树抱贞心，静候春风晓。春风有时来，客怀独渺渺。

汴梁杂诗 录三

登高望吹台，陈迹芜没久。妙舞与清歌，于今更何有。寂寞信陵亭，飘飖菀垂柳。英雄事可怜，沉湎在醇酒。人生多失意，壮怀撄尘垢。仰视高天云，临风笑白首。

干戈乱无象，神器飒风飙。苍生气欲苏，天意在陈桥。时清珍怪集，治久草木骄。云帆沂淮泗，花石郁岩峣。奈何向南枝，惨戚湖波摇。独有依依柳，犹似师师腰。

周斯盛

赤眉横西北，中原为战场。汴都佳丽地，妖氛缠严霜。阃外竟何人，大敌怯所当。岂有孟谈谋，如彼智氏亡。百万化为鱼，神州如沸汤。我来值秋初，薄暮阴云黄。

新安

烈烈北风寒，莽莽野草死。硊兀冈阜亘，曲折溪谷徙。荒畴无人耕，寒鸦乱飞止。游子畏路长，萧飒况如此。忆昔坑秦卒，不知何处是。哀哀二十万，一夜化泥滓。似为报长平，杀降无乃鄙。阳崖积藓青，阴壑哀泉驶。至今往来人，旷望犹披靡。揽辔怅无言，阴云下流水。

狱中选王无竟诗作此吊之

大珠山下青草积，大珠山上云影白。海气遥遥入翠微，中有诗人王子宅。王子已死诗则存，我读其诗声欲吞。纵不致身早富贵，胡为短折随草根。白流贺夭甫饿死，世间缺憾多如此。天心若为右凡愚，不独伤心一王子。王子若在真吾徒，赏奇析义应不孤。九京除却刘子羽，更谁与子相欢呼。君不见，琅琊台，秋空淡淡朝日开，携君佳句陟台上，狂歌搔首独裴回。裴回兮，诗一首，何必剪纸酹杯酒，我知子兮子知否？

登大劳山歌

朝登大劳山，遥望不其岛。沙清石壮草不生，云是徐福登舟之故道。六王魂魄化松根，峨冠博带坑中屯。阿房云栋连天起，如花香脸盈千门。金人铸得何雄杰，天下料应无寸铁。不愁万里长城颓，只愁此身驹过隙。三山闻道多神仙，方瞳绿发耳及肩。若得公等一丸药，何惜黔首佳儿爱女之三千。制诏丞相，谁为朕前，剖山得璧，刳木作船，顺风直到山之巅。采药归来朕万年，船中忘却携强弩。

叵耐大鱼水中舞，大鱼舞，船停泊，沙丘道上思徐福。辒辌不是金银为，空费鲍鱼几十斛。

夜坐三章章五句

西风初静新月生。木叶欲脱夜无声。浮云涓涓霜气横。烂漫黄花开满眼。伊谁与子深其情。

良夜漫漫渐复长。哀鸿呖呖怯清霜。短床黠鼠群跳梁。伏波贫贱且田牧。我独何人悲他乡。

烛光欲灺空庭幽。仰观星汉日夜流。摇精动魄夫何求。百年鼎鼎徒自苦。不见人奴且封侯。

豫让桥

层冰积雪溪流壮，落日半连平水上。崎岖羸马通桥来，桥石至今题豫让。变形变声良太苦，拔剑击衣气亦吐。岂无肝胆照山川，可惜君臣同市贾。千载徒夸义士名，感此悠悠怀古情。郢中有客挝新鬼，恩怨虽明大义倾。呜呼！天教战国乱如蚁，王烛鲁连世有几！

韩蕲王庙

格天高阁凌云岫，君王只愿称臣构。冤魂犹想太乙宫，黄沙已断忠臣脰。将军功大幸安居，不骑的卢骑蹇驴。梦里灵旗大仪垒，眼中尊酒西湖渔，割弃两河如腐鼠，有血不洒中原土。空将满背刀箭瘢，博得千秋一祠宇。君不见，冬青寂寞南枝苦，遗恨茫茫共终古。

赠杨秀才 录二

曼倩金门隐，卢敖汗漫游。平生唯有误，岁序又逢秋。天迥归云疾，江空落月浮。荒荒衰草色，极目惜迟留。

燕蓟雄风在，伤心对古原。金埋骏马骨，筑断酒人魂。

周斯盛

雨色寒千里，秋光动九门。萧萧易水路，偏与客愁论。

除夕前一日对雪

遥夜空庭雪，他乡岁暮人。冻云荒浦合，寒柝短檠亲。转益闲身懒，平添客思深。所居邻并少，寂寞早梅春。

眼见东风换，吴陵近五年。乡心江色杳，郊树夕阴连。雀稳低檐隙，鼯喧乱帙边。飘蓬儿女愧，容易岁华迁。

客里常为客，思归未遽归。江湖双桨阔，山水寸心违。小市鱼虾集，闲窗鸿雁稀。几时偕弟妹，春酒醉荆扉。

潼关岁宴杂诗

关险人重到，年衰岁易残。两回秦月白，十载岳云寒。冻雀飞仍急，哀鸿归未安。时流民初归。蹉跎身世事，不敢话艰难。

独上高城望，能令老眼开。黄河终古去，白日近人回。地迥山容肃，天清木叶哀。纷纷关下客，谁复诧雄才。

白帝祠前宿，萧然忆旧踪。朔风生万寿，阁名。斜日绕三峰。玉女登难再，青牛远不逢。老怀空怅望，云影卷重重。

绣岭丛衰草，龙湫喷异光。真应浴赤日，不复睹清霜。树识阴符气，山含暖玉香。世传《阴符经》授自骊山老母，骊山即蓝田。尘颜此一涤，萧飒感行藏。

靳州 录二

龙眼矶头怒浪雄，鸬鸡山下劫灰空。狂飙久已飘桐叶，清露徒劳泣蕙丛。乔木几家荒草外，高台何处乱流中。欲询遗迹无耆旧，晚角城边过断鸿。州为荆藩封国及四郡王□□献贼陷城，诛屠殆尽。

铁佛何年度宝衣，莓苔龙象自依稀。化城火宅看真妄，浩劫云山失是非。不见灵光余鲁殿，只闻斑竹哭湘妃。前身岂亦栽松老，寂寞空门皓首归。荆王妃桂氏为尼，居铁佛寺，年七十余，至今尚存。

太白楼

酒徒一去且千秋，遗像依稀记昔游。真恨古人不见我，却从今日又登楼。凉风过水寒蝉寂，衰草横天野马浮。极目中原万余里，苍然独立迥添愁。

陌上桑

出门采桑去，桑青柳亦青。妾恐蚕饥久，无心陌上停。柳丝春意长，不如蚕丝久。丝丝出蚕肠，叶叶经侬手。

李文缃

字昭素，鄞人。顺治辛丑进士。

登天封浮图次林殿飏太常韵 录二

干霄千尺俯遐荒，法象高悬佛日苍。玉几峰低晴雪朗，官奴城小暮云凉。几行雁字穿棂过，无数丹梯接地量。一望黄畴秔稻熟，茅村又喜芋田香。

长江绕郭走寒沙，有客登临兴倍加。十二层楼疑蜃气，三千法界散天花。窗悬日月凌清汉，殿枕琉璃映碧霞。幸侍仙驺乘胜赏，自惭筹海愿偏赊。

俞廷瑞

字雪岩，奉化人。顺治辛丑进士。官湖北当阳知县。著有《南征草》。

《奉化县志》：廷瑞初令赣榆，清理赋法，邑民称便。

嗣官当阳，尤多善政，上官将擢为守，以疾告归。

清江浦

客路天将暝，孤舟且自行。人家依水住，灯火隔江明。风激涛声壮，云迷树影横。如何关下吏，不识弃繻生。

燕子矶

兹矶一何幸，游屐喜同看。帆影冲烟出，渔蓑隐渚寒。树从岩内老，燕踞石中安。恍入乌衣国，临风振羽翰。

王重时

字寅叔，镇海人。顺治辛丑岁贡。官乐清训导。

《蛟川诗系》：先生官训导，年九十二，任四年归。学使汪公再莅宁，询先生于校官，进见，动履如昔，因书"百龄儒范"贻之。

庭兰

如培佳子弟，按候灌庭兰。拟借新泉润，欣看晓露溥。苞红花欲坼，叶绿瓣交攒。领得清芬气，能教午梦安。

中秋日饮野店

微风吹我鬓修修，杖策良时快独游。槲叶林边逢旧店，木樨香里过中秋。远烟高出参差树，小舫横依三两鸥。把盏自吟娱静日，归还待月倚南楼。

赵之璧

慈溪人。以选贡授□□知县。著有《三径斋诗艺》。

北湖

山阳开一镜,清照静涵虚。雨滴菰蒲响,风摇杨柳疏。晚钟清野色,晨霭冒廛居。闲步高堤上,波开见跃鱼。

马鞍山

地极东南佳气钟,扶舆蔚起碧芙蓉。东瞻沧海千寻浪,南引明山三百峰。云暗峡巅来澍雨,电飞岩底起蛟龙。晴空旷望中原小,不羡蓬莱黑雾封。

董师儒

字扶舆,一字若舒,鄞人。诸生。

董沛曰:"先生家贫,母有痼疾,兄又盲,侍养无缺。母亡未殓,邻舍火,于烈焰中负母尸扶兄以出,不携一物,由是益困。当事以孝悌征,力辞不赴,乃给廪饩终其身。"

挽太原通守乔还一

匡坐墨云封,洪蒙午夜钟。白头友蝌蚪,丹壑隐夔龙。帝曰膺嘉号,时维传异踪。典型徒怅望,日暮渺寒峰。

辞辟

缤纷车乘与弓旌,何事连朝贲宇衡。若以母兄干宠利,恐教臣子尽邀名。

钱若虚

字君实,鄞人。

《鄞县志》:若虚天性至孝,继母得危疾,吁天减己算一纪益之,母遂愈。后十二年,母卒,亦遂逝,人皆奇之。

花朝书事

雨余泥滑野塘浑,剥啄无人静掩门。手健翻书祛俗累,眼昏试墨就朝暾。聊求市味烹鱼婢,已见园林长竹孙。老子随时闲策杖,柳花麦浪绿摇村。

西湖散步至酒家

毵毵弱柳段桥头,喜得初晴趁早游。泼面风鬟依浪起,隔堤烟鬓满林收。芒鞋草没寻幽径,野市人稀上小楼。两颊微红资酒力,清狂犹自逐轻鸥。

陈久登

字克让,号湘云,鄞人。

重建祖祠落成喜赋 录一

南湖胜地藕花洲,花竹回环映碧流。营室当年开甲第,修祠今日奉春秋。难忘祖德传清白,更念君恩惜去留。昭鉴孙枝勤记述,青箱遗业继弓裘。

哭恭洁公 录二

国破君亡不可论,悲情迸泪泣忠魂。漫嗟事业皆尘土,独惜纲常只土尊。一劫贼氛当世界,千秋臣节自乾坤。九天相顾清班侧,为问皋夔几辈存。

不遑将母使臣诗,犹忆停车甬水湄。白发已怜时日短,绣衣转动别离悲。几年献纳非无补,一日君恩忍独私。沉恨未曾亲杀贼,攀髯犹及鼎湖时。

张光彪

字孟韬,镇海人。

山居

爱向幽岩作主人,披衣倚户挹朝曦。卧云时觉江山静,枕石常随麋鹿群。调露研朱为点易,临风煮茗共论文。早知溪上无尘染,松竹清疏对此君。

高宇厚

字自牧,鄞人。斗魁子。诸生。著有《自牧斋集》。
《续耆旧传》:先生少有父风,其在剡源所交者,为李丈君龙、周丈邻虞,皆遗民之眉目。顾苦贫一生,奔走悒悒而卒。

春早郊行

轻烟缭绕望中稀,细雨霏微湿客衣。得趣游鱼浮石出,忘机小鸟傍田飞。江流断岸潮声老,山色侵云岚气微。最喜野人春不管,一从花草自芳菲。

奉呈李君龙先生 录一

知君陶令是前身,深掩柴门不见人。别有心情能结社,却缘老大懒称臣。萧条风景凭谁惜,潦倒林泉好自亲。养晦无求皆乐土,绿苔一任拂阶茵。

舟过萧山怀徐徽之先生

扁舟片刻已江城,潇洒春风满固陵。山杂阴晴如有待,花开黄白不知名。文章自足平生乐,肝膈惟逢知己倾。高阁此中读书去,悠悠动我故人情。

高宇启

字允大,鄞人。

吊纪永吉赴水

四十三年恨未消,最伤心事值今朝。半生土室辞周粟,终古寒流送屈潮。故国衣冠随浪没,旧家文献逐波漂。剧怜正气天将丧,望断游魂不可招。

高弈宣

字旬孟,一字伯子,鄞人。

《续耆旧传》:先生武部郎宇泰长子。梨洲先生自海上归,讲学甬上,时甬人从之者尚少,故人则万氏、高氏时相还往,而先生年甫冠,即从之。甬上之游黄门者,莫之先也。

壬寅之难,武部在危急中,先生亦逮至武林,带锁说经,已而得释,尽鬻其产以救父。

先生才思华赡,下笔千言,顾故国之痛戚戚不忘,频遭摧挫,竟不永其年,仅后武部二岁卒,论者惜之。所著有《东海集》,今亦不完。

古意 家难后作 录二

黄鹄何骞举,矫矫凌云节。溷迹枪榆枋,矰缴互摧折。海飙飓朔方,爪距集山崿。飘落在须臾,泥途况冰雪。道旁悲回风,陨涕继以血。伫立延青眸,适郊安所决。神龙既蛰伏,俯仰同郁结。鸿嗷人所哀,鹉鸣何时辍。

涉江采芙蓉,芙蓉心恻恻。一摘花已稀,再摘无颜色。西风吹凝云,游子暮何即。人生未适意,仰视日月逼。薜荔纫衣裳,美人相拂拭。褰裳不能涉,举座闻太息。

金陵寒食

人生聚散恒易感,倏忽往来无定迹。羁来金陵官舍游,开窗今日知寒食。小童意态是扬州，语音直操土风急。当门遍插杨柳枝，倒垂露出青青色。忽忆旧年寒食天，雨花台上何喧阗。箫鼓浑迷车马迹，不道今来又一年。三山烟雨秦淮月，几度令人长匆匆。光阴过眼倏如斯，惟有庭花寂寂发。春去秋来谁得留，白驹过隙须臾没。人生行乐会及时，得丧穷通且听之。不信思家家不见，石泉槐火理新诗。

白门怀古

秣陵春色六街齐，异代风流浑欲迷。矶石燕衔江水阔，宫门鸦识柳条低。钟声犹恨楼前月，花瓣空沾井上泥。惟有元嘉三十载，至今荒草夕阳西。

董德宸

字拱北，鄞人，监生。

《续耆旧传》：先生丙戌后寓吴淞，遂居焉。荔城余淡心、同里钱退山皆尝称其诗。所著有《历游草》。

夜雨野泊

谁知幽旷处，霪雨夜绵绵。有梦桃花里，无人芳草边。渔歌穷水岸，茅屋断林烟。世外浮名少，闲鸥傍渚眠。

虞尔锡平川未归，裁此招之

君向平川去，应知川水鸣。万山何处绿，双跟几回青。接䍦游如昔，倾尊诗立成。春风随地好，莫便滞吴城。

夜坐

静坐方床里，凉风渐次吹。几家人定后，孤客夜吟时。野旷烟飞淡，林深月照迟。忽闻邻笛起，脉脉动幽思。

春晴

雨霁晴光处处春，东风有意拂红尘。江城别院笙歌早，客路天涯岁月新。杨柳半藏莺语细，杏花初放燕飞频。谁家春戏楼前好，舞袖蹁跹逐醉人。

自君之出矣

自君之出矣，春去空回首。思君如莲花，水深难得藕。自君之出矣，有泪常洗面。思君如明镜，背后照不见。

冯恺宪

字令宜，慈溪人。诸生。

壬子元宵，家榕堂兄排灯床侧，与诸昆弟酌酒观梅，笑语移夕，未几下世。今春庭花初放，几榻依然，追忆往事，泫然有作，步六弟韵

香雾凝寒夕，花灯吐艳枝。自从荒宿草，谁复订新诗。簌簌芳菲动，沉沉更漏移。定知碧落外，独有脊令思。

庚申仲冬望日，偶经嘉禾，谒施约庵先生于讲堂。先生渊雅端方，远迩向化，三吴风俗一时顿改，为浩叹久之，即晚，南湖同人泛月，分韵纪事

当代真儒几欲尽，年来心已作寒灰。孤舟不意乘风至，颓俗欣看化雨回。绛幄笙歌三郡溥，绮筵樽罍一时开。澄湖波静看明月，何处游人不夜来。

陈峡

字木石，号碧园，鄞人。诸生。著有《菊庵集》。

《续耆旧传》：先生为起龙曾孙。丙戌后不应试，已而以多难，尝一出，补诸生，然旋弃之。介洁自持，取与不苟，在北郭诸子中尤与蓉镜相得，多唱和之作。

郊居次皮陆原韵 录二

有客登山阁，无人闭石扉。寒风生树杪，秋雨落苔衣。野阔云还起，天空鸟尽归。南阳正高卧，回首忆金微。

闭户惟余我，开门独有天。化魂能作蝶，蜕魄欲为蝉。夜静堪研易，时艰废草元。洁襟忘世事，洗耳在流泉。

海昌书怀

散发游何定，沧江一布衣。气随三岛住，目控九州归。诗思连青溟，文章属紫微。茂陵风雨夜，吾道自应肥。

落日大堤中，孤征思未穷。荒林多战马，远野有归鸿。客梦连江北，游心遍海东。世情宁淡泊，无事复书空。

落魄游吴楚，终年别故庐。风樯天外阔，星驾道中虚。啼鸟春声寂，飞花夜影疏。梦阑频叹息，应不为鲈鱼。

越王祠

荒径萧条锁绿苔，东风空入越中来。最怜寒殿无灯火，夜月迷离户半开。

林时象

字谷男，号松坛，鄞人。诸生。著有《萍囊小草》。

独不见

少小入长杨，随行侍春宴。卷幔纳新凉，双双数飞燕。中宵雁哀鸣，无心执纨扇。枝头发玉蕊，含情锁深院。自解邯郸曲，承恩赐双钿。玉树后庭秋，伤心独不见。

偶怀

汝逐风尘去，吾心亦向秦。如何一片月，各照异乡身。明灭孤檠夜，烟云匹马亲。阳关岂天末，早慰梦中人。

旅思

一剑风尘老，乡心入梦赊。扪胸留傲骨，敲枕悔离家。月在天为客，烟归柳是衙。丈夫无别泪，犹看杜鹃花。

杨式传

字雪岩，鄞人，诸生。按：《四明诗萃稿》作式溥，字岩锡，今从《续耆旧》。

奉谢太仆远思先生 先生曹氏，官太仆卿，鄞杨氏阖门殉节，为葬其十棺，洵义举也

一门殉节无遗卵，魄散荒原久未藏。子夜贞魂悲冷月，清秋厉鬼啸饕霜。古人不惜黄金重，故国重闻白骨香。从此墓前春草绿，犹余膏血挹余芳。

戴浚

字南泉，奉化人。著有《碧萝集》。

勉学诗

赤轮冉冉破天碧，羲和鞭挥六螭息。翠旆艳斿才须臾，又见玉盘荡空隙。我思驹过无留光，慨然中夜起彷徨。日复一日不再得，红颜宛转须发苍。谁谓寸阴如寸珠，只恐寸阴珠不如。人生七尺岂微躯，劝君当作千里驹。胸中落落何所有，咸阳驱前建安后。

护圣寺宿雪岩上人房

扶藜寻胜览,踬磴度危岑。欲结白莲社,欣逢支道林。柏萝栖梵影,水石护禅心。入夜空山静,犹闻钟磬音。

沈光杰

字士抡,鄞人。著有《焚余诗草》。

立秋日西湖寄家书时将入蜀

欲将短句记西征,无奈临风百感生。叶落骤惊时序易,帆飞又动别离情。几年客况羞妻子,一纸家书嘱弟兄。蜀道崎岖都莫问,最怜人处是秋声。

施兆麟

字天石,鄞人。贡生。著有《澹园集》。

史立庵先生《序略》:天石孝行肫挚,值乱,葬其亲,再陷贼,而皆以计脱。慈仁任侠,屡出人于死地,事详余所作传中。与余结澹园社,与其列者陈斐园、介眉、屠芝岩、徐仲协、邵中英、张公愚、洪梅槎诸君,而天石实执牛耳,阐秘钩元,片纸一出,不胫而走,及贡成均,名满都下,澹园十八子之称,因天石尤增重焉。

赠隐者

结茅虚半壁,竹密覆寒阿。厨冷孤云共,岩深落照多。幽栖违俗客,老树暗丝萝。草榻蜩蜩卧,无心理钓蓑。

甘罗城

停桡河口踏河堤,故垒登临高复低。败絮村姑吹湿火,连根野菜瀹新泥。数椽淡笔倪迂画,一样流民郑侠题。相国华堂何处是,飞飞娇燕树头栖。

次大梅日休上人韵

高遁林泉入翠微,栽梅种竹共相依。孤云到处原无迹,化鹤何天不可归。花卉一枝呈缟素,湖山千载有光辉。他年人吊龛灯寂,慧远经鹅叹昔非。

同邵中英、陈斐园、仇沧柱过隐学山

人与青山是画图,携筇又向画中呼。两行松径千回曲,啼落层岩尽鹧鸪。

放舟

水涨平湖势欲奔,浪花浮白带烟翻。寒山一望天无际,隔岸渔家深掩门。

钟俊

字次栽,鄞人。著有《自怡集》。

谒青山祠

报德宜存祀,褒封屡降书。地灵龙作窟,天旱雨随车。绮殿环原沃,荒茔护竹疏。青山庙食久,余荫遍村庐。

冷水庵

寻凉来此地,不必觅奇观。一勺清泉冷,千年高阁寒。茅檐昼亦静,松舍小常宽。尘世烦熇甚,淹留漫整冠。

董文升

字旦复,鄞人。诸生。

过大涵山访焦先生隐迹

胜地留真隐,波光湛若虚。东州高士望,南渡寓贤居。洛学传薪火,丰公谢荐书。溪毛无片席,临吊一踌躇。

颜迈

字公于,慈溪人。著有《皆舫焚牍》。

《溪上诗辑》:先生为茂斋先生子,茂斋诗以高古胜,先生以情韵胜,擅长尤在近体。

舟泊南阳有怀社中兄弟

频忆东皋翠,浮家一叶萍。路纡猿啸驿,水缓鹭栖汀。汐社思前辈,嵇琴罢短亭。何堪风雨夜,归雁背灯听。

共庆团圞乐,偏余事远游。征帆千里月,衰柳一江秋。蠹纸儿仍读,牛衣妇但愁。南阳人物好,未忍叹淹留。

秋暮感怀 录二

欲买山无具,颓年尚据鞍。乌皮凭渐稳,犊鼻敞生寒。愤俗吴江泠,依人蜀道难。营营眼中子,槐梦几时残。

维夏蜡行屐,于今渐及冬。花香野店酒,雨咽寺楼钟。诗逸陶元亮,途穷阮嗣宗。西山遥拄笏,秀削万芙蓉。

舟次安陵登王晋若司李楼头纪兴 录一

徙倚高楼上,窗虚易得风。蝉嘶垂柳外,燕语乱檐中。旷野平于掌,长河势若弓。辋川烟月夜,寄畅可能同。

陆峻

字金文,鄞人。

《两浙輶轩录》：峻为前明诸生，介祉次子。其画得父之传，诗亦不俗。以贫死。

和陆右臣移居韵 录二

尚忆君家作客时，禅床话旧得吾师。重来泽国帆间雨，暗数空山石上芝。夜月呼篱频问酒，秋花击钵几成诗。天涯此日怜相左，远出无端为苦饥。

支离两脚任行藏，忽厌名心事不常。到处云泉应作主，此间鱼鸟尽同乡。瓜分五色开荒圃，柳拂重阴映远冈。小阮风流安可望，只随杖履共徜徉。

张尚䌹

字嘉闻，鄞人。诸生。官孝丰教谕。

潘孟瞻明经、王咸宁秀才约游灵峰不果

十里春光漾碧沙，海天晴树思无涯。石桥水漫都沾草，林院风生尽落花。寺古不嫌迟好客，岩灵应喜得诗家。偏余半菽仍匏系，空羡桃源二月槎。

林智

字筠肤，鄞人。由监生考授州同知。改贵州铜仁教授。著有《金粟堂集》。

别汪茂三

棘道孤云外，骊歌绮席前。相依真意气，此别隔山川。客幌三春树，蛮烟万里天。同怜在歧路，挥手几留连。

抵铜仁即事

捧檄铜崖岸，徘徊对远皋。山容开雾雨，溪影走波涛。

树古虬龙骨，堂空燕雀毛。幽然殊静阒，得句付霜毫。

陆藩

字价人，号匪莪，镇海人。廪生。由辟荐授江西都昌训导，官至广西郁林知州。

琵琶亭晚归

到来青不断，疏竹古松间。山气作秋澹，云情与客闲。野花寒尚发，林鸟倦先还。但觉归途远，潆洄水几湾。

秋夜

高柳疏于我，明河澹在楼。欲寻千里梦，虫乱一园秋。

钱廉

字稚廉，一字东庐，鄞人。著有《东庐诗抄》。

《续耆旧传》：杲堂晚岁石交三人，曰董缶堂、曰邱惺斋、曰钱东庐，而于东庐称许尤至。所云"天下史才推万八，目中奇士有钱三"是也。东庐诗箧不戒于火，今所存者其劫灰耳，然东庐诗却不与缶堂、惺斋同。

得高州太守郑寒村札，诗以答之 录一

负耒东郊东，知交断踪迹。有友称素心，远宦在天末。今年忽书至，计程两阅月。诉我蛮荒情，与我共愁辙。寒村□白头，万里久暌阔。莼鲈岂不思，欲归归未得。江水为谁清，江月为谁白。触藩感羝羊，进退何牵掣。人生一百年，三万六千日。

宁阳叟

十月宁阳雪覆屋，四野呜呜闻夜哭。半僵老叟触寒来，

冰途乞借僧寮宿。须臾开言向余道：今年秋日何杲杲！踏车昼夜不敢停，终焉不救田中稻。昨朝赤须下西乡，里伴嗔我迟官粮。尔家有女不肯卖，父母谁是龚与黄。一女卖得数石谷，半入官仓半饱腹。女行不敢向我啼，但问来年熟不熟。

步西津

步蹀西津路，支离半醉醒。霜催枫叶赭，雨打麦苗青。一鹳呼高树，群凫下远汀。羁人知领略，日坐白云亭。

白发

白发双瞳老更明，狼贪兔狡任纵横。已拚面目都非实，何必皮毛尚恋名。宁与渔樵呼尔汝，怕遭庸妄唤先生。当年肝胆人何在，寥落华颠不胜情。

汪子羽入吴阊招游灵岩元墓诸胜，时梅花初放 录一

廿年名胜慕吴中，喜附轻帆二月风。吴语吴舟见吴女，却教人忆馆娃宫。

邱胤玉

字蕴生，号惺斋，鄞人。诸生。著有《大雅堂集》。《续耆旧传》：惺斋诗婉洁苍秀，时杲堂村居在万龄乡，故于诸邱最睦，而与惺斋唱和尤多。惺斋严事之友为隐学、退山、方人，皆尊宿也。少年本擅膏腴，故证山称为锦里中人，能吹长笛，善饮酒，晚景困甚，然兴致不减。其时，万龄乡风雅甲于城东，惺斋没后，渐以衰矣。

筑城谣

朝筑城，暮筑城，十家九家城上营。苍头狞色踏城遍，

醉拨鹍弦和哭声。哭声动地黄云没,鹍弦嘈杂鸣如割。日景苦短人苦饥,一日经营一丈阔。县吏持符连夜速,富家坏垣贫坏椁。指向旁人铁不如,江东寇来知不知?

题画扇与董巽子叙别

流水溶溶未肯住,远山半是清秋树。平沙古路不见人,行迹知君落何处。

散怀

火冷灯青夜,微吟兴不疏。贫来轻作客,老至愈耽书。皂帽迎春令,青鞋迫岁除。连朝风雨意,切莫近吾庐。

知以希为贵,才非晚不成。果能充所学,宁虑晦其名。品目凭人定,揣摩终自明。苏君时未至,寂寞洛阳生。

岁时飘忽过,江水向东流。阅世谁青眼,看山我白头。翁孙春后竹,夫妇雨中鸠。物理宜如此,人生集百忧。

欲倚东山下,长镵理旧芜。敢邀十斛足,不笑一钱无。钓鲤轻持竹,鞭牛只用蒲。他年忘姓氏,斟酌号潜夫。

叹息杲堂逝,人风竟寂然。草深杨子宅,月冷米家船。遗句今犹续,佳文后必传。死生悲异路,渺渺已忘年。

对镜见白须数茎

客里添新课,清晨镊白髭。计时夏可矣,比发更先之。人力姑藏拙,天心自不私。根株仍未去,莫讶一丝丝。

蹉跎真自愧,蒲柳早惊霜。乍见悲丝染,将来引蔓长。愁从中夜变,老忆戚年强。儿女看看长,宁甘滞异乡。

秋夜读书

白昼话闲事,清宵起读书。遣愁荒寸晷,临老爱三余。梦短身为鹿,醒多眼似鱼。岁华容易过,莫问夜何如。

董巽子将发东吴，余要之从梅湖而过，舟次和韵

水程殊适意，况复子能留。十里湖山话，孤蓬主客舟。雨余还恋柳，烟末欲归秋，造次菰蒲入，携云到岭头。

湖当山一束，船夹草根过。梅湖在东钱湖侧，其形差小，先茔在焉，时湖水甚涸。健翮凌高隼，寒汀折露荷。人家新竹见，夕气水光多。久坐能宽醉，微风拂面和。

梵大师嗣法天童 录一

分与人寰绝，招提世界尊。秋山云里磬，黄叶雨中门。铃响开禅悟，心香报母恩。我来逢入定，衣履见苔痕。

丁未冬仲，屺公与佩公过又陶山楼，因访嵩和尚于阿育王寺，登极目亭。次日移舟青山，寻宋学士张樗寮墨迹归，失道风雾中。夜叩予门，风雨连宵，信宿始返，因作此诗以纪其事

朔风吹堕叶声干，芒屦平分幽涧寒。寺古尚留残碣读，僧贫许借好山看。斋时驯鹿窥香案，钟定饥鼯嗅佛冠。想象净缘惭独享，松堂花雨夜霭。

张子栖迟面石冈，客来山馆一藜床。耽书尚肯谈戈法，却饮时能录酒方。市近水村鱼昼集，门迎竹坞笋冬香。翛然残叶凭双树，无恙沙鸥卧夕阳。

风叶鸣廊夜气浓，隔林微月挂疏钟。自经茅屋来佳客，应许蔬盘学古风。廿里浮岚行杖外，一亭细雨闭门中。茶烟忽冷童奴倦，耿耿孤檠欲放红。

年去劳劳梦一痕，偃枝松上满朝暾。寻常草阁青遮眼，依旧寒河白到门。飘絮怕惊春老大，冻花时对客寒温。后期尚借诗相订，说与清风秋树根。

夏盖湖

严程早发起披衣,梦远鸡声出翠微。得月水光先晓白,近晨星影透林稀。帆穿败苇移村过,风卷崩沙作雨飞。到处浦田耕未起,野农何以救朝饥。

还家

冲寒未惯走风尘,襆被还家意象新。远见井疆兵后废,近看儿女眼前亲。忙中习懒诗排兴,病里忘贫卧养身。隔岁相期无别事,太平鸡犬不惊邻。

山夜闻钟

静缘清境坐难招,竹屋疏钟伴寂寥。夜月只凭幽涧答,晓风不隔翠微遥。寒依秋壑鱼潜伏,醒觉柴门虎气骄。一掬好怀无处写,数声凉雨落红蕉。

霜皋夫子以诗见怀,次韵奉答并呈杲堂

乱后谁驶鲁壁经,及门诸子亦晨星。无端衰草寻前径,不了秋怀问草亭。布被一寒遮客梦,诗瓢十里寄心铭。林泉合置双华发,频送高天雁字青。

董巽子过大雅堂夜集

虾菜行杯莫厌频,乱离难见醉乡民。殚心学古非千禄,无力耕田亦养亲。有以自娱诗不废,卑之毋甚论犹新。空教别后遥相忆,老瓮曾留待故人。

润州怀古

横槊题诗赴敌场,涛声犹听剑锵锵。尚留甘露如羊石,想见谈兵坐夕阳。

邱胤玉

方伊嵩

原名劬以，字行，一字霞屿，鄞人。著有《野耕堂集》。《续耆旧传》：周丈方人流寓吾乡，其素心皆在东皋之宝林，而先生其渠也，钱丈退山极称其古诗有足当诗史者。东皋诗人自补堂、悭斋后，当推先生。

秋江行

秋江滚滚黄云起，悲角声声隔江水。呼风激日中怒号，江涛飞入秋城里。旌旗猎猎如云屯，尘埃不见昼日昏。烽火城边万骑入，千家万家尽垂泣。纵横白骨战场空，阴雨寒风气衰涩。那问东海有扬波，但见山南无完宅。山南山北徒张皇，鬼妾鬼妻充尔房。君不见，平沙万幕秋江上，明月无人战垒长。

百战

百战孤城在，长江一夜通。天寒万幕动，月落戍旗空。烽起关山夕，愁连草木风。犹悲闻画角，未得解兵戎。

望海

沧溟不可极，天阔众山稀。乱石攒青壁，春涛扑翠微。乾坤双鬓迥，风雨一龙飞。欲作任公钓，桑田何处归。

独夜

茅屋一灯小，浮生万虑余。霜风吹发短，山雨到窗疏。阅世交从少，忘名谤亦虚。只须安懒拙，高枕半床书。

杂兴 录一

高卧休歌行路难，离愁似向醉中宽。朱门芳草秋仍入，楚岫千峰暮独看。人事漫凭乡信远，风尘落尽剑光寒。招贤曾有商山老，几向江头倚钓竿。

同邵畹仙过同谷山寺

萧寺登临兴可追，昔时莲社尚应思。苍茫山色当人起，高下园林引客知。种竹已成书欲遍，栽松未密手还移。吾生亦有陶公癖，酣饮须同醉不辞。

周斯戣

字凯人。鄞人。

游天井山 录二

夙爱山居静，因人得偶游。遥峰开复阖，小径曲藏幽。夏木离离合，清溪细细流。还将登眺意，乘兴一冥搜。

林近晨光润，天空鸟语闻。新篁笼宿雾，初日漾微云。寂历龙蛇外，逍遥麋鹿群。结庐当此地，藉可息尘纷。

娄景璧

字汝玉，镇海人。诸生。

过谢天童书室

珠树枝头好鸟飞，花芬袭袭沾人衣。木瓜薏苡酒十榼，汉代唐年书一帏。主人邀我醉卮酒，醉咏新诗坐谈久。莲漏丁丁更夜长，起视明月生辉光。愿君年年及此时，笑拨秦筝歌紫芝。

刘纯熙

字晦生，慈溪人。诸生。

日暮

牛羊下日夕,素月柴门生。宿鸟树高下,微风云重轻。孤村转阒寂,万象归虚明。地僻无钟磬,惟闻泉夜声。

陈景泮

字蓉川,号藻庵,镇海人。诸生。著有《四明风雅集》《蛟川风雅集》。

月湖秋望

秋水澄月湖,风来绿纹起。松竹环四堤,清光荡未已。波外寒烟笼,孤亭峨碧沚。旁有碧沚亭。间以红蓼花,错以兰与芷。翩焉群鸥翔,翘然一鹭止。晚霭生城阴,渔歌唱柔靡。楼阁齐上灯,双桥月如洗。

石湫

一勺源通太白山,倒涵村市画图间。柳阴水满移篷出,桥影人归载麦还。茅店隔邻鸡唱远,草堂依树犬声闲。荆公当日曾凭眺,望海吟篇定未删。

郎汝望

字梅简,一字双梧,镇海人。诸生。

题梅花道人山水卷

咫尺应须论万里,杜老之言信有此。千岩四合群水趋,高峙下流归一纸。道人品概峻以高,画理辨析争芒豪。当年妻子恒冻饿,谁知身后千金褒。未下笔时惨以澹,兴到淋漓人不敢。虚空粉碎无端倪,成局能惊鬼神胆。抚卷三复生古愁，眼为重开气为遒。少文卧游可十日，何必泛棹凌沧洲。

静坐有得

似听成连操，元音出太希。众情融到澹，至妙得诸微。竹向深池泻，云随一鸟飞。文章无定格，随在触天机。

散步南郊

苍然暮色海东来，山翠浮空凝不开。锦臂谁家年少子，平原罢射挂弓回。

周志焕

鄞人。

春日和友人客中有感

雨骤花俱瘦，云浮山渐低。燕来寻旧垒，莺到觅新枝。客梦原无定，江潮应有期。为怜春欲暮，相望意何其。

闻钟

遥钟敲断五更霜，纸帐孤眠冷半床。何事老僧清课早，笑他闲里又寻忙。

戎骏声

字遹文，鄞人。

云石

奇踪同市隐，未许市人名。屹若尊丘壑，悠然见性情。莓苔迟我至，风雨为君鸣。好共寒山语，相看过此生。

按:《续耆旧传》有目无诗,兹从《四明诗萃》稿得其一首,亟存之。

沈泰漳

字士清,鄞人。诸生。著有《玉槎集》。

舟进小溪

错记村南路,循涯到北沟。水扶溪石走,鱼冠荇花浮。鸟语争传夕,松声乍报秋。道途何处问,渔艇隔前洲。

蒋一桂

奉化人。

和无热上人兴安岩寺

江海孤筇莫厌单,疏林有竹暂栖鸾。烟霞奇气怜芳草,云水贞心近谷兰。古寺月痕穿壁冷,老僧梵语伴灯寒。幽香缥渺山花落,清梦惟闻鸟语欢。

溪居

卜筑旧溪头,清虚趣自幽。临流望新月,濯足惊眠鸥。

俞有胜

字心堂,奉化人。著有《楚游草》《赤城集》。

答陈滨南

山深户自扃,花草伴孤亭。北道初心老,南柯昨梦醒。功名身外薄,世态眼中经。野性牵泉石,松风侧耳听。

舟次津市遇雨

移舟津市夕阳残，回首天门不忍看。遥望故乡何处是，潇潇秋雨一江寒。

李秀

字声远，鄞人，诸生。

雨申读杜荼村集

柳色暗高楼，遗文读未休。山川司马泪，风雨少陵愁。六代空芳草，孤魂隔上游。白门寻醉后，犹忆看吴钩。

许继康

字泰甫，奉化人，有集。

秋兴和杜八首之一

倏尔金风入上林，悲看万象渐森森。吴江有叶天如洗，巫峡无云气自阴。潦寂潭空皆一色，虫鸣雁唳各伤心。谁家欲就寒衣急，夜半敲残月下砧。

黄之璧

字白仲，鄞人。

法相寺礼宗慧师

宝树曜北林，素气蒙沆砀。岑壁无炎埃，松篁有幽响。泠然清心魂，膜拜礼法相。敛神绛华下，顿觉凌虚上。佛似色相空，我以业缘障。幻意走毒龙，精光灭狂象。草木返根蒂，定灵归密藏。愿绍遁慧因，支提问梵放。

李统

字霁初，鄞人。诸生。

庐墓

罔极深恩岂易酬，终天旧恨杂新忧。五旬病父身难赎，三载荒原泪未收。漠漠风沙长作夜，凄凄霜露每惊秋。梦中似许承颜色，膝下依依得暂留。

李绘

字素存，鄞人，诸生。

题枚庵听湖楼

心与境俱寂，柴扉尽掩关。更无人迹到，只有鹤飞还。湖上月华满，邻家树色殷。数声柔橹外，隐几见南山。

李志时

字愿学，鄞人。

咏渔翁

萧萧鬓发渐成翁，水国生涯不厌穷。赢得青蚨沽浊酒，便随明月钓秋风。撑篷影里晴波绿，晾网滩头夕照红。天与疏狂全野性，富春江上有潮通。

舒化邦

字中孚，奉化人。著有《芳鲜草》。

九日同简大叔登金钟塔

相约登高去，支筇费陟攀。秋深林壑老，人静磬钟闲。

野菊犹存径，山僧独掩关。欣看俱健在，斜日霁衰颜。

仇金粟

字如身，号梅岑，鄞人。诸生。

班婕妤

扇制齐纨拟月明，宵游旧宠说倾城。忆迎飞殿声犹隐，曾舞轻绡步不惊。夜听金风红叶怯，晨看玉砌绿苔生。宫中自著伤心赋，不用长门买长卿。

周名世

字圣期，鄞人。

初夏山居即事

风雨连村落，庭空春已非。蝶闲花影瘦，蚕老柘阴稀。薄暖分葵扇，清和试葛衣。闭关无过屐，阶面石苔肥。

袁茂穜

字君邑，鄞人。

旅窗写怀

孤窗寂寞掩琅玕，尽日吟风弄薄寒。燕懒莺慵清昼静，花飞叶暗好春残。频年作客怜亲老，昨梦归家话路难。若使孟尝能好客，漫劳倚柱铗三弹。

沈光勤

字用能，鄞人。诸生。

侍家大人游柳亭庵赋得巅字

平林风色走松烟,古磬泠泠响梵天。方外客来莲座下,定余僧迓竹篱边。藤枝斜压匡床月,茶灶新炊曲涧泉。趺坐云堂空寂寂,夕阳容易过山巅。

沈光献

字文仙,一字君可,鄞人。诸生。

侍家大人游柳亭庵赋得峰字

新结庄严维卫宫,回峦迭嶂锁林丛。高缁钵系传鸿绍,法座幢竿拂鹫峰。蕾卜清香甘露下,矍昙佛花碧云中。谈经尽日来天乐,悟入蒲团听午钟。

沈光云

字灵液,号玉宸,鄞人。诸生。

柳亭庵同人小集

古刹城南雨后寻,须臾变态远峰阴。行来尽是金沙地,到处都闻玉磬音。一水微茫清镜晓,万松葱蒨法林深。我来问道参禅谛,月照莲台潭影沉。

忻天锡

字圣跻,鄞人。

湖上书怀

水色苍茫岫郁葱,幽居奚必叹途穷。心闲始薄王侯贵,身健谁知药石功。破屋尚容巢乳燕,塞云何意滞归鸿。静观物我都忘象，且拾残杯醉晚风。

周志械

字云章，奉化人。志宁弟。诸生。

题白云峰

山以云为名，云即山之体。山峙云生麓，云能载山起。自古忘情人，怡悦山云里。

过司望大叔山居

几欲披幽胜，于今已就家。户云昼未启，墙薇冷犹芽。鱼吹当阶石，蜂追落径花。□来春尚殿，林鸟语交加。

秋夜舟入剡溪同族弟范

俱有山南意，扁舟归夜阑。草霜微缀白，枫壑暗流丹。月色淡何异，林声空欲寒。高枝知鸟宿，羡彼梦差安。

陈自舜

字小同，号尧山，鄞人。诸生。

《鄞县志》：黄宗羲讲学甬上，自舜从之，为人强毅方严，于名教所在持之甚笃。生母沈氏不得于嫡，卒于杭。自舜尚少长，而补行三年之丧，致哀尽礼，隐居终身。皓首穷经，尤精字学，凡《字汇》《正字通》《古今韵略》诸书，有一字未经搜入者，悉为补辑。喜购书，其储藏为天一阁范氏之亚。

赠宁波守李君

佐治贤声重，为邦德化均。恩波真似海，烛照向如神。遂有良筹建，能令薄俗淳。可知书御札，无那促雕轮。既去思何武,重来望寇恂。趋承忘道远,系恋识情亲。党塾型犹旧,祠亭貌尚新。政留循吏传,歌达采风人。此地成阴雨,何时慰兆民。四明贞石在,纪绩并嶙峋。

柳梦桂

字月卿,号木生,慈溪人。诸生。著有《望古》《辟尘》等集。

街头妇

柳芽青簇簇,老妇街头哭。一声惨人肠,两声惨人目。借问老妇谁,云是公孙族。频年为战争,连屋遭屠毒。更有妾身冤,哀哀祸尤酷。夫向阵中亡,子在刀头戮。去岁失我孙,今岁丧童仆。八口无一遗,悲苦难具告。破甑依空林,朽株撑败屋。发落齿牙单,穷途日匍匐。一语一涕零,语罢声复续。伤哉老妇穷,使我眉频蹙。倏忽起悲风,潇潇鸣野竹。

秋暮有怀

落日空山静,凉风古木秋。寒光凝野寺,暮色动江楼。寂寞离人意,萧条故国愁。无端闲伫立,雁宿蓼花洲。

四明清诗略卷一终

四明清诗略卷二

鄞　董沛　孟如　辑

姜宸英

字西溟，一字湛园，慈溪人。康熙丁丑进士。官翰林院编修。著有《苇间诗集》《湛园诗稿》。

《慈溪县志》：宸英善诗、古文词，屡踬于有司而名闻当宁，与秀水朱彝尊、无锡严绳孙有江南三布衣之目。用荐入明史馆，充纂修官，分撰《刑法志》，极言明三百年诏狱、廷杖、东西厂卫之害，痛切淋漓，足为殷鉴；又与修《一统志》。年七十始捷南宫，以第三人及第，授编修。己卯副修撰李蟠典顺天乡试，揭榜后，为言官纠参，下狱勘问，人皆知其为蟠牵累，顾事未白而病卒。

宸英居家孝友，与人交，恓恛无城府，然遇权贵不少阿。常熟翁叔元任祭酒时，劾汤斌为伪学，尝移书责之。生平读书以经为根本，于注疏务穷精蕴，史子百家靡弗披阅，故其文闳博雅健，有北宋人意，诗兀累旁魄，宗杜而参之苏，以尽其变。书法钟、王，尤入神品。

饮酒

春草非不生，松柏知其难。春日非不暄，士贫苦独寒。偶然得名酒，对影忽自干。喷喷四壁虫，叹我衣裳单。虫鸣一何苦，我怀一何宽。中庭有明月，可以久盘桓。

晓发自汶溪抵香山书舍题壁

予少惬幽性,泉石每攀援。今兹山行迫,何为久盘桓。自嗟幼不学,所失非一端。宁戚悲饭牛,鼓角涕潺湲。主父旅泊深,敝裘无鲜完。我行别母去,戚戚少所欢。行李杂经史,呻吟随猱猿。山行肆微眺,颇觉襟袖宽。信美非吾适,吾行多辛酸。岂非区区私,亦为饥与寒。曳履初日出,到山浓露团。布袜无完好,礼拜空盘跚。寺僧如旧识,一见倾心肝。枕衾既已施,几榻亦易安。野性遂疏拙,弥月未言还。黄叶堕飘飘,丛篁蔽深峦。何当铩羽客,惊风恣飞抟。息影复来归,日夕明霞餐。

雨后涧西

偃息常在山,颇穷云物变。松间出朝霁,竹里藏秋院。苔滑径自扫,湍回石犹见。急流鸣噌吰,缓逝影澄练。寂听发遐想,徐吟祛尘倦。捷鼯饥避人,去雁孤投援。序改叶微脱,岩深景未晏。清娱澹忘归,凉怯衣屡换。

咏史

秦王制六合,壮气横九垓。悬金购耳余,岂曰诚爱才。所虑英雄辈,呼啸起草莱。二子既不屈,中原旋崩摧。韩彭与萧张,纷从关东来。一朝王气竭,三月咸阳灰。乃知帝王道,所贵绝嫌猜。秦人虽志得,物色犹尘埃。莽莽百世后,壮夫困舆台。坐惜千黄金,忍令盛业颓。俯仰既如此,怀抱何由开。

送汪蛟门舍人乞假省亲还广陵

故人薄荣宦,结念在明发。昨梦北堂上,晓起见白发。高高九重天,悬者日与月。精诚一为感,所志孰能夺。乌啼屋上霜,仰视星汉没,长安百万家。砧杵声断绝,念子款款心。对我迟迟别，中坐欲有赠。怀咽不能说，明月渡淮泗。清尊隐吴越，春风知相待，及此归金阙。

始游西山出西便门憩摩诃庵作

秋风昨夜动，吹遍长安城。西山入我怀，驾言出郊坰。始经夕月坛，缅邈凌太清。月魄犹挂户，云生忽满楹。歇鞍野寺外，落叶迸阶声。精庐一道人，焚香启幽扃。壁间留遗迹，仿佛初古情。有吴道子画大士像。真似理莫辨，群言徒纷营。岂知象教设，元与神化并。声闻既不立，了然得无生。

宿张氏庄

苍莽远山晦，烟霭忽以暝。杖藜两居士，前指村路迥。稍稍近鸡鸣，历历见畦町。开筵面南窗，月出众山顶。清泠秋夜长，微醉自然醒。门前乌桕树，月落闻啼鸦。轧轧机杼声，穰穰欣满车。居者会有役，吾何天一涯。

寻宝珠洞久行乱山中

林卧起自早，不知阴与晴。一径入蒙密，千峰乱晦明。崖深路转迷。石齿交支撑，寒禽无好音，孤花歇余荣。云端数骑见，树杪几人行。山风飒然来，四垂雨冥冥。徒侣色惆怅，步骑时相萦。侧径三四转，苍翠纷来迎。忽见双树阴，又闻清磬声。菌阁空中出，香云尘外生。下窥临无极，上缭盘太清。五芝茁岩户，三辰列松楹。万里桑干流，照日光晶莹。神龙衔其珠，变化讵常形。杳然石洞内，何由测精灵。

来青轩 三大字明神宗书

兹山最岩峣，开轩冠群峰。岩峦互回合，缺处当其中。金轮涌海底，白波翻回风。鸟随碧天尽，水将银汉通。爽气落户牖，遐想凭虚空。雁齿没山骨，龙鳞凋松容。昔闻翠辇过，尚看垂露浓。阅世有代谢，葆道资无穷。所以广成子，终日游鸿蒙。

香山寺泉

何处涤尘虑，数里闻清响。泱流青松根，潆洄绿苔上。竭来秋正中，缺月犹堪赏。不知夜浅深，默默成孤往。

松磴_{石道十盘，万松对植，上为洪光禅寺}

中天结绀宇，丛木时亏蔽。磴道交绮术，疏泉筑文砌。盘盘入窈冥，落落无根蒂。松风恍可悦，遂此成小憩。平皋下夕阳，暮景腾氛翳。飞鸟之所没，孤云倏其逝。谁为感予心，抚石自凝睇。

马上数里书所见

缭垣亘数里，红粉剥莓苔。起伏余丘垅，零落存楼台。公主沁园尽，将军兔苑颓。共言手可热，谁信劫成灰。倚墙一老阍，手指狐貉堆。不忍问所以，且共立徘徊。我意适有会，岂为此辈哀。仍闻渡河去，众山益崔嵬。仙花饶灵气，禅栖无俗埃。褰裳谅非难，同侣心所谐。终然伤怀抱，策马归去来。

三月九日徐健庵先生招饮冯园看海棠，分得激字

结轸睇青郊，芳草萋已碧。主人幸休沐，命侣恣游屐。眇山来远峰，遵路越广陌。藉草兴不浅，得意忘所历。遗构绝人区，荒台境弥寂。旖旎被径花，坡陀垂藤石。残红自开落，流光澹将夕。壶觞荫华蘤，禽鸟拂瑶席。高论何抑扬，杯行晚更剧。谁家树出垣，离离纷秀色。回策问樵翁，果与心赏适。复小憩潘氏园。倏忽车骑散，群鸟整归翮。徙倚独何事，鄙夫多感激。

留别萧羽君、邵匪莪二子

揭从京邑还,星霜屡回换。故人半黄土,不独毛发变。山乡生理窄,归客百忧缠。顿使秋风生,吹我复异县。人情改今昔,旧交希会面。萧生忼爽姿,近亦疏笔砚。邵生熟文史,家颇事渔佃。急解门前舠,两桨疾于箭。同访我逆旅,款契忘日晏。中坐叙平生,宁忍泪如线。屈指第五壬,予壬辰尝馆萧氏,今年壬申五阅壬矣。事过急流电。臣精久销亡,蓬根尚飘转。蹲蹬直至今,岂独吾少贱。念尔各头白,欲别还恋恋。偶立棂星门,看桂玉虚院。踯躅师友情,千载谁当见。

初秋雨后同严荪友、秦对岩

雨过林木净,迟迟生夜凉。微云逗残月,流影照空堂。良会岂在众,晤言贵不忘。因君拂枕簟,一梦松风长。

甲戌元夕会饮狄立人爽气轩

轩际立文槛,早晚扑烟雾。仰见西岭霁,乍会岩中趣。客尘苦满衣,入径恣散步。烦襟俄以涤,谈宴忘日暮。何况三五夜,悬灯照高树。荡荡阊阖开,英灵尽来聚。良会非偶然,杯行肯辞屡。滥竽方自哂,十年厕文署。谬从公车集,奈此领发素。翰林才不羁,一起绝天路。举举同袍子,期君在连茹。

挽徐司寇公用张文昌祭韩退之体

七月日丁亥,乾清唤仗齐。诏问诸馆局,管领谁专司。儒臣拜稽首,各各举所知。谓某业有绪,委任诚其宜。遂命偕四臣,锋车趣之来。于时搢绅辈,屈指公还期。比诏下就道,须待黄花开。诒意未浃旬,凶问遽以驰。先启事数日，正公辍琴时。主德厚始终，与天高巍巍。公适逢其会，而曾不闻之。是以识不识，但为公增欷。况辱交如余，能不涕涟洏。维皇眷有德，瑞蒸三秀芝。厥占为文明，如斗悬杓魁。公起家史官，程士于京闱。及乎校南宫，文柄手自提。拔十冀得五，名下鲜或遗。湔刮浮俗肠，沃以诗书脂。以此得众誉，毁谤亦辄随。至老曾不悔，汲引如朝饥。适意欵唾间，翻身遂云霓。相逢车笠士，往往谓吾师。凿穴探禹秘，攀崖摩秦碑。储书三万卷，十九人来窥。朝廷盛制作，封山礼地祇。迄先儒配位，讨古亲别裁。一一削牍奏，宁惜腐儒訾。讲艺睿思殿，扈跸昆明池。属有大手笔，上必命公为。夜宣朝上稿，天颜为解颐。敕赐御器物，法琅蟠蜼螭。榜勒四大字，摘宿空中垂。承间效启沃，出语常诡辞。阴赞神圣化，善类赖扶持。道广因致忌，吹毛几成疵。乞骸露诚悃，再三始见依。许从司马例，并将书局归。余亦奉明诏，南还同骖騑。三春舟飏飏，五湖水潨潨。架笔缥缈峰，濯砚龙湖湄。一缩万里图，荟蔚等纤微。振衣割长啸，天风吹莫厘。入林岂云深，举足纼危机。神伤对鱼鸟，梦寐怀恩私。送余舟北上，桑阴鸣黄鹂。小泊齐女门，款曲话酸凄。余晚荐京兆，逐队颇怛怳。公连缄札至，上慰迟暮悲。下言得邸报，惊喜及老妻。对人诧此翁，倔强难可羁。会责其两拜，子濯逢庾斯。此虽一时戏，爱深情见词。通家古所重，请从先世推。有美太仆公，翰林标丰仪。与我先太常，同年契莫违。吾祖少随谒，屡摄升堂齐。病犹能絮述，澜翻倒酒杯。卷波大剧饮，曩欢如可追。其家竟何如，问知乐不支。己酉自昆山归，先祖云"少侍太公至昆访徐年伯，昆山酒令甚酷"云云，又云"其家今何若某"对以"叔中状元伯"孝廉也。先子留长安，公与叔仲偕。视犹丈人行，虽贵礼则卑。及余子五世，历久蒙提携。伊余苦蹭蹬，处世少滑稽。穿蠹百氏内，精要或间披。公一遇嗟赏，延我坐书帷。业成翻飞去，判作云与泥。顾惟君子德，不因名位移。文完付商略，索瘢神愈怡。吾文才把手，啧啧叹绝奇。常遭流俗骂，兹癖真难医。公听若不闻，日相从晰疑。感恩非一事，如此世尤稀。呜呼华山游，兆为遇雨暌。前年共仓卒，公独罹此灾。庚午夏与公同游华山，天暝大雷电，及法螺庵而雨大至。今年复遇雨，华山得疾。自我失相国，老泪终日挥。表墓辞未就，忍复为公摛。匍匐诸嗣君，望国门哀哀。传闻幼公子，号踊绝复回。至今徒骨立，令我恻心脾。去公三千里，无由进一卮。忆公平生欢，闭目恍在兹。临终想话言，定足留箴规。聊待中允叩，庶勿来迟迟。

上元夕招唐实君仪部、赵文饶进士、宫友鹿明经、查夏重同年、查声山庶常小饮，寓斋分得南字

西邻作上元，歌舞恣春酣。千枝缀珠星，影落斋泣潭，恍若列真会。蔼蔼盍朝簪，愚本蓬荜士。一瓢聊自甘，敢辱君子驾。翩然顾我谈，穷巷扫积雪。枯枝系停骖，快兹寂寞游。清斋同一龛，岂繁折柬致。风谊夙所谙，蔬果亦时设。蒸濡杂焰燂，那无好食手。厨人也。愧此终席耽，俄顷月挂户。耿耿参横南，月令正月参昏中。与我二尺檠。齐光却成三，口令征前事。经史穷搜探，问一能知几。举醽吾终惭，时以数日征事。客散月坠西。墙角卧空坛，照见独立影。短发余鬖鬖，取醉须臾耳。讵解忧如惔，逝将归旧庐，里老同挦扳。庙社喧箫鼓，乡味饱蛏蚶。念从数子乐，乍别何由堪。分咏得雅奏，明发欣披函。琐细妙点缀，佳话胜传柑。衰老才思拙，乙乙如抽蚕。虽不成报章，后会庶可贪。春事行烂漫，山花遍青蓝。勿用耻我罍，为君沽满甔。

送吴商志高士之上谷，余癸丑年与其尊甫佩远先生在都盘桓浃月，以吴子不忘先志，故及之

长安春到迟，送君三月半。夭桃始吐萼，寒衣犹未换。

此行徇知己，岂复嗟聚散。落日渡滹沱，倚马临断岸。旷野寂无人，喟焉起浩叹。一生江海客，万死迫奔窜。事去空白首，途穷失长算。那将壮士躯，作人耳目玩。苦节痛渭阳，_{其母舅徐俟斋孝廉初逝。}深情寄炎汉。席上分咏雪事，君得焦，先起句："炎汉声灵寒。"老怀偏忆事，仿佛慈仁院。夜雨话沧桑，存没音信断。斗酒复此会，尔我共孤馆。欲说旧时游，恐君涕零乱。

湄亭诗为赵进士文饶作

之子京国游，结念在丘壑。旧家雷墩上，吟咏亦间作。及观湄亭记，胜概宛如昨。有池一亩余，有亭高漠漠。池中盛菰萍，葭荚纷姗裊。亭高见远村，下窥鱼极乐。取义良有以，水草所交错。清翠互澄映，如眉眼上着。_{记引释文："水草之际曰湄，如人眉，在目上也。"}君别有寓意，请为细扬榷。宛虹奋长鬐，十年耀京洛。经济胸郁蟠，风骚气磅礴。如何飞营营，来作鼻端垩。谁为运斤者，中道成濩落。人面列五官，眉独不任剧。以此喻无用，知君善戏谑。古来资坐镇，讵必亲筦钥。黼黻明盛朝，君才固绰绰。譬如布双眉，去之岂人若。无用之用大，眉也识所托。任运葆天和，随时看龙跃。穷达会有命，肯受尘网缚。吾意亦山水，终焉共疏凿。

红兰主人招饮分韵得豪字

四序忽以尽，逝波同滔滔。索居无与欢，朱门凤见招。况复承嘉讯，岂惮曳裾劳。重帘叠芳茵，密坐皆吾曹。朗咏出塞篇，跌宕使我豪。稠错川原势，似闻风飕飕。觞至醉无余，丰膳溢中庖。欲起还被肘，笑指西日高。汉中偕汝阳，同是天人标。杜陵一老翁，托契明秋毫。净扫雁池意，酩酊讵足逃。_{杜上汉中王诗："终思一酩酊，净扫雁池头。"}讥弹既不嫌，狂笔吾当操。_{主人以诗序见属。}

饮西崖编修同用昌黎醉赠张秘书韵

开岁任闲放，外事寂不闻。日从垆头饮，有隙便访君。君才定何如，太叔秀而文。顾当用武时，哆口谈渊云。床前罗杂花，江梅特芳芬。玉质带憔悴，亦似伤离群。汉皇张挞伐，挥剑六合分。输边袖卜式，请缨哗终军。将军毳帐中，弹筝夜微醺。雪风卷牙旗，战气腾氛氲。人怀封侯志，今我复何云。葺芰为衣裳，采兰当佩纷。既不学祖裸，亦不繁辛荤。陶然三爵后，醉书羊欣裙。焉知户外人，扰扰聚秋蚊。所贵君子交，道义相蒸薰。论心轶千古，搜奇遍三坟。榛棘苦未除，清言藉芟耘。是中余乐地，何必燕山动。酒醒纪此辞，辞成日西曛。

送族弟青御之祁州幕

吾宗世积累，发祥赠公时。赠公多阴德，载在郡邑志。是为六世祖，尔我始分支。太仆公介弟，先高祖官参议，赠太仆寺少卿。季也挺歧嶷。公讳国望，字渭滨，旌表孝子。声名起黉序，制行无纤疵。肃皇岁丙辰，倭舶突犯陴。赠公殡在堂，家人尽奔驰。太仆荐南宫，见星亦未归。季公泣独留，誓与棺安危。寇来走阁上，俯伏潜下窥。灵床挂纸钱，喁喁取火吹。缩屋未得爇，《诗毛传》：缩屋而继之，谓抽屋草以继爇也。似有神扶持。不然付一炬，人与棺俱灰。俄喜寇出门，潜呼家人来。舁榇停空郊，畚锸疾覆之。比归屋烬毁，四邻惨莫遗。郡邑上其事，旌门高巍巍。至今明实录，煌煌孝名垂。是宜昌厥后，天道苦难知。五世止一身，落魄随天涯。淮水有竭流，琼花发孤枝。消息理固然，子才况不羁。大器晚必遇，年少谨所为。勿逞逸迈兴，朱门慎威仪。务大本于细，积高以下基。牵丝会有缘，嗣续亦勿迟。去去莫复顾，先德无时衰。

过香林苑听野鹤道士弹琴同限鹤字

了然清净子,幽居在北郭。隔河明绛幡,回风过仙乐。吹我堕云端,一笑搴罗幕。始奏闻渌水,终竟调别鹤。怨抑游子肠,恬虚旷士托。取态复迟吟,得意纷腾踔。泠泠七弦上,驰情遍寥廓。便欲凌虚无,超遥叩金钥。三门寒景深,夜气原上薄。晤语淹佳期,探道资寂寞。一饱青精饭,烦襟更疏瀹。岂羡藐姑仙,冰肌徒绰约。

冰车

元冥变水骨,一气白晶晶。千里共积素,篙工失其巧。此物乃施行,连笮动裛裛。平行枕席上,凌厉树木杪。水居仍非舟,空骛疾于鸟。顿失波涛险,翻怪艅艎小。利涉良所须,取济时易了。东风俄司令,吹万润枯槁。流澌一朝尽,百川竞奔绕。之时尔何为,弃置亦以眇。刳木昔王制,习坎理则肇。大哉舟楫功,江河日浩浩。

舟过德州城寄田雨来编修

国门日相送,五载卧平原。久韬经世略,养志在丘樊。余本瓠落人,误蒙国士恩。滥陪董狐笔,常独与君言。形影倏为别,蠖屈困泥蟠。今者乘流去,一往宁可论。探奇逾石梁,观涛临海门。誓将把长镵,终老随绮园。此邦亘岱脉,鹿岭势若奔。河流识朝宗,潆洄古城根。遥知抱膝处,幽意满前轩。行子诫风潮,怅望独云屯。何由偃帆入,剪烛对黄昏。及此首前路,默默独伤魂。

总宪公邀同竹垞检讨游上方山,是日微雪,晚憩长新店作

孟冬寒气薄,雪意亦潇洒。背郭晒群峰,繁阴结复解。追随岂异人,夙昔自模楷。促骑语笑喧,振襟尘氛摆。日

夕度桑干，箭激赴溟澥。歇鞍旅店外，未觉茅屋矮。榼酒暖频倾，村鱼纤可买。门前即归路，形役苦已惫。卧听车轮声，乍令心魂骇。

早发芦沟桥百里至孤山口普济寺宿

日出乱烟雾，崇岗互回伏。鸡鸣指前村，数家连山足。朔气何茫茫，草短狐兔逐。东望渔阳塞，西跳燕山麓。五季昔交讧，荐居非一族。此地即战场，旧事满陵谷。晋李嗣源救幽州，与契丹转战六十里即此地。窄径沿洄溪，兢陵渡马腹。孤山忽在眼，近寺露深屋。僧野少逢迎，碑残试扪读。中堂一灯静，户外群峰矗。月漏白松顶，清光了可掬。即事多所欢，谁能眠瑟缩。山风打窗棂，夜阑酒更续。

望摘星陀

寺西一拳石，团团如摘星。闻有巢栖子，结庐穷岩陉。盖茅不数把，梵筵惟一经。数里下取汲，缒匏上青冥。飞腾怯猿猱，来往若遗形。今者悚身去，十年闭禅扃。吹箫者谁子？翩然下云屏。天风递余响，槭槭霜叶零。我无济胜资，俯首时一听。声闻忽以寂，默坐想精灵。

登上方山饭兜率院

大房之山中条麓，上方开凿尤自古。香界中藏百二十，神仙窟宅谁能数。幽径初从韩姞砦，连峰直接大安坞。两壁交攒天四围，一线中豁日卓午。乱石峥嵘不可过，深坑一坠那得取。千寻瀑干白自垂，万岁藤枯绿尚吐。仰看蜂台稍宽敞，侧寻鸟道转伛偻。扪铁居然缘壁蜗，攀崖不用杷山虎。初入山，土人缚椅用两木扛之，至石梯即弃之不用。九盘级尽空喘汗，百丈峰高难接武。寺侧一峰高百丈，下有一斗泉，时二公往游，仆病未能也。中岩结构何岩峣，诸山拱揖势若俯。画刹风翻五印字，法堂雷响六时鼓。漫山枫叶自嫣然，闭户檀栾谁作主。下院有竹林键门，不得入。挂杖独到兴更悠，牵萝双映勇可贾。已知小汲斗泉清，未觉长斋厌荼苦。天寒冻合难久留，落日丁丁闻樵斧。道人问我来何时，须待春生遍兰杜。

次日抵石经山下不果上小憩东峪寺还

幽州山水绝奇处，遥看白带拖晴岚。亦名白带山。火龙穿石作山洞，千岁合沓藏经函。土埋铁锢无□缝，何由抉凿恣幽探。是时大业及贞观，枣梨劂刻俗未谙。尔来镂板尽东土，锤拂复遍诸山参。瓯栖轮转藏未了，束之正足饱馋蟫。而后好事竞传仿，剟断地脉犹耽耽。岂有丝竹出遗壁，但见麏麚走荒毚。我徒系马息山麓，施施行脚来弛担。问途直趋东峪寺，颓□曝背僧两三。即此小住良亦佳，瀹泉况复清且甘。西寺香林隐绀碧，中拥高座沸雄谈。东峪倒塌何所有，惟有白杨落叶堆如蓝。世间荣枯有如此，吾欲置之付瞿昙。道逢古碣卧荆棘，沉吟犹为停征骖。

金陵年少行

金陵年少谁家子，蓬跣行乞城东市。坼裂锦绣挂两肩，苦道天寒冻欲死。卖身代笞期得钱，三木直趋长吏前。岂知捶击身痛楚，雪琢肌肤横被鞭。可怜长吏还相诘，家本萧曹旧公室。先朝建业垂千春，皇祖丹青常第一。画图山水镇江南，白马盟书赤玉函。列戟门阑夸带砺，封泥金石秘韬钤。东厢西第填歌舞，女长六宫男尚主。平明鸡犬响云中，日夕鸳鸯翔素渚。燕客尊开琥珀红，黄金铸弹娱春风。哀弦切切弹者谁，无那子都与秦宫。垂杨一线出飞阁，复道斜穿入寥廓。清晏相承十六皇，驰骋狗马聊为乐。岂料风尘反掌间，千年王气愁云山。楼船东下江难断，青盖西飞人不还。昔年吹箫池上石，今年侧身窥不得。芦田万顷充官租，大功坊作平章宅。落魄苍茫空一身，满堂朱履谁相亲。自矜旧日王侯子，不及当时行路人。我闻此言泪交堕，黯惨白日秋风过。自古繁华有尽头，年年江水向东流。不见高皇本支三十五，只今存没惟荒丘。

和咏史古乐府 录二

易水叹

易水寒，壮士悲，望函关，郁累累。筑声哀，击者谁，燕义士，高渐离。渐离击筑旁人泣，荆卿含笑咸阳入。药囊一掷秦皇殿，六王萤飞满秋院。

数奇叹

白发吊天天欲老，鸡鸣独走咸阳道。老尉如何相怒惊，单骑夜卧霸陵草。渔阳小丑尔何人，亦知汉有飞将军。将军射石如射虎，猿臂一挥风鹤舞。不及平阳厮上奴，忍令英雄对幕府。

澄上人索题陆高士华顶云泉图

心知五岳足未蹑，几负脚下双游屐。谁移两山向西走，更徙万树从东掷。陆生指上声淙淙，喷珠激日盘太空。是烟非烟几千里，石莲摇动开春风。天台迤逦下四明，万牛奔迸当西行。方口锡飞潺湲洞，岂知兴满芙蓉城。素壁悬泉挂树杪，峰峦叠处烟霞绕。高飞山鸟不知名，平铺金阙何年道。方瞳老人且莫闲，白豪开士休闭关。待汝清言两寂寞，落花飞尽满空山。

景帝陵

马蹄风紧日惨瘦，行人指语景皇坟。遮列槎枒脱旧干，寝堂苔藓长新纹。不须俯仰感兴废，斗粟尺布久有闻。迢迢天寿郁相望，珠襦玉匣穷上方。蚀土金碗虽未出，照夜漆灯已无光。一十三陵卧夕阳，秉钩者谁今亦亡。君不见，风号雨泣于谦墓，年年奔赛空钱塘。

城东

我行城东市，市中啧啧人叹息。须臾百骑拥如云，呵殿公然入大宅。宅前槐柳大道旁，飞檐反映白日光。清歌妙舞转寂寞，战马七尺腾空房。借问室中人何之，昔何烜耀今何衰。似闻为吏触奸罪，妻儿戮没身诛夷。长安西市秋复春，新鬼故鬼同积薪。非关尽是贫贱子，亦有昔日富贵人。一朝倚伏不自保，牵犬东门那复道。官题朱字压银铛，狐掷青环填碧草。谁人不解城东行，何处园无金谷名。城东宅里梧桐落，一叶催人白发生。

挂帆

西风舵底起，舟子暗相喜。长绡十幅势欲腾，巨竿未挂风棱棱。须臾脱手映江出，半空已作飕飗声。晨炊饱饭且高卧，凫鹭掠水舟前堕。朝发南湖夜苕门，苕读富。一片秋声五湖过。

徐健庵编修筵上观洗象行

长安六月三伏始，主人门对玉河水。玉河流水声潺潺，卷帘香起风日间。是日都城看洗象，立马万蹄车千辆。曼延蹴踘罗岸旁，吹角鸣钲沸川上。满堂宾客何从容，局棋未了酒不空。日中报道象奴出，至尊朝罢明光宫。魋形诡貌三十六，一一骑就深潭浴。云起乍疑龙蜿蜒，湍回更与人翻覆。须臾小吏前推排，帐底官起群象回。就中一象行踯躅，齿毛脱落颜摧颓。长者谓余岂解事，此物经今不知岁。闻说先朝万历初，贡车远自扶南至。中更四帝时太平，一朝闯骑走神京。忍死不食三品料，每到早朝泪纵横。沧桑变换事倏忽，勉强逐队保残生。君看垂老意态殊，众中那得知其情。茫茫旧事且莫说，劝君尽此杯中物。

赋得东陵瓜 赠钱饮光、钱寓龚宗伯京邸

商山武陵皆避秦，独有故侯称秦臣。隐居种瓜青门外，瓜生子母相钩带。歌屏掩翠娇罗绮，伐鼓撞钟会戚里。五色照耀赤玉盘，共道东陵瓜最美。不见东陵侯，但见东陵瓜，东陵出没在何处，踪迹时逢萧相家。

题邗城雅集图

去年策蹇长安道，五月炎蒸颜色槁。主人拂拭青琅玕，坐我北窗风窈窕。就中宾客谁最奇，华省才人绝妙辞。平明下直每相过，系马门前垂柳枝。西风蓟北何萧条，吹散六翮秋旻高。谁知相失忽相见，欢然酌酒城南濠。孔融荒台没行迹，隋帝遗宫半秋色。青萝白石闭深院，寂寞吟诗永将夕。禹生年少好画手，兴来点缀无不有。丘壑能安谢幼舆，云泉只益晁无咎。<small>高君玉峰弟子</small>两君要路终驰驱，余向沧江学钓鱼。物情飞泳各异趣，友朋聚散真斯须。安得日夕把臂如此图。

逸峰同年筵上留别，且约秋初同入关

鸿翮欲起凌青冥，忽然吹落天津界。主人好客客好闲，为我虚堂息劳惫。忆当未年舟南下，恰好来时逢初夏。今我重来亦未迟，开遍蔷薇犹满架。咸阳使君才气雄，高牙大纛凛生风。身历三边能料敌，廪活万人不言功。当时坐我遂闲堂，花棚水榭舞霓裳。岂知雪鬓麻衣客，仍伴青春白玉郎。君家棣萼联翩起，人道徐卿有二子。屈指扶摇欲上时，堪叹吾生已老矣。昨日诵君南游诗，标格直与青莲期。同年诗人有如此，而我衰瞆久不知。况君年力尤锋锐，倾倒胸中事匡济。岂愁邓禹解笑人，要使周郎还短气。彻夜笙歌欲沸天，强扶残醉把征鞭。相期莫误清秋约，待尔同看岳顶莲。

酬张竹侣同年秦中见怀长句次韵

与君作别向一载，春初蒙寄秦游章。长篇顿挫饶风骨，况兼草纵逼小王。献之白父言，章草未极草纵之致。吴绫玉洁光照面，起我垂白意颓唐。君游直上玉女巅，吞吸沆瀣付锦囊。归来倾倒出奇怪，万里争泻黄河长。□朝文物亦何有，旧事零落填缥缃。自古秦地号天险，英雄叱咤争此场。知君结束不暇懒，青骢骑出烂生光。葡萄酒香藻思发，藉草一醉欢难忘。我衰肯作卧游计，西望揽策思高骧。期君樗社欲少待，相与唱酬铿球琅。手无黄金身憔悴，吁嗟此意岂遂荒。蓟门风雪老壮士，悲歌踯躅不尽觞。

城西兴圣寺同诸公看杏花

清明谷雨一时过，闭门剌促谁能那。赖是春深春未浓，杏花始与桃争红。看花肯负遨头约，东邻子云不寂寞。平明日暖好天气，一十五人同出郭。入眼西山青簇簇，拂面垂杨万条绿。行穿篱落蘅杜香，旋趁钿车歌管逐。摩诃古院花最稠，结伴他年此旧游。望中咫尺不得进，遥看幂树红云浮。时有羽林占坐，不得入。人生底事不称意，摇鞭直指松林寺。寺地旧名松林。众马齐驱我马瘏，中道劣得钱郎扶。不然一坠那得说，入门大笑成欢娱。花为游人气方吐，争酣竞态日亭午。阁道吹回阵阵香，塔波飞渡茸茸雨。一年几处见花开，此地何人数举杯。白头黄阁看花老，冷落东城废石台。元时东城东岳庙石台杏花最盛，葛逻禄易之诗"上东门外杏花开，千树红云遮石台。最忆奎章虞阁老，白头骑马看花来"。东城西城花变换，四百年间疾流电。可怜人事总如花，莫惜花前酒频劝。

哀平阳

世间万事多翻覆，康熙乙亥四月六。撼动坤维霹雳声，燕秦鲁卫声相逐。平阳四县惨独遭，簸掀平地如波涛。十人糜烂一人活，手足断折肢撑交。须臾火起遍燔爇，活者爬沙少得出。唐风耕凿三千年，周馀黎民靡有孑。零丁官长亦可哀，无罪身创门户绝。四面腥风破鼻闻，独背残阳哭瓦砾。疏闻当宁知其由，当时遣勘无停留，帑金赍恤逾十万。万鬼感泣声啾啾，圣人忧为百辟先。下诏殷勤思直言，何为至今少建白。大小塞默同寒蝉，草野焉能知大计。群公镇静会有意，不闻古者老成云。见怪不怪怪自避。此邦阳九数合逢，金木为灾水火沴。劝君莫作杞人忧，杞人忧天不忧地。

补寄园饮酒诗 园是故相李文勤公别墅，狄庶常为此会，余诗未就，属有责言，以九月晦补之

一年能得几回春，一春几处花争发。有花有酒作春游，如此无诗宁辞罚。今年三月春向阑，慈仁海棠开乍歇。李家园子落城西，倒影门前增寿刹。梁公裔孙富文翰，晨起相邀罢朝谒。虽无金谷盛箫管，聊学兰亭具笔札。明朝急足竞催诗，笑我未鼓气先竭。世路驰驱风景换，满林已见秋霜杀。劳生未挈尘网牵，那免喧嚣坐来聒。细追往事若有因，端坐濡毫思轧轧。眼底氤氲花气暖，耳根溜亮莺声滑。铺筵草际锦茵齐，看劫池边乌帽脱。醒酒风来水樹清，催归日隐远山阙。此景分明想结成，事去茫茫随电刷。平泉相国已荒丘，周遭尚有亭台兀。勤劳死得圣人知，生绕花间能几匝。了知富贵亦梦幻，聚散偶然波一沫。君如苦忆旧欢场，来岁糟床须早压。

东皋草堂看杏花饮酒歌

一春不闻春禽啼，何处草绿裙腰齐。乍喜相邀出郭游，庆丰堤南浥水西。翩翩肩舆相趁去，红缨紫鞯争先度。双

林磴道一凭栏，出门问个东皋路。王孙待我香界庵，轩轩同扶下石龛。红兰主人已同在庵中。笑指前村万缬红，铺茵设席来微风。不用金盘堆玉脍，飞花自满颇黎钟。小队花间低按曲，曲中唱道春归速。城阴箾吹落斜阳，日暮莺啼过修竹。更炊京稻煮河鱼，重向东皋亭上呼。主人忘势客忘分，道旁醉倒酒家垆。明朝三斗看朝天，白头闲共春风颠。

同群公宴集即席赋送邵公子归钱塘

长安结客场，豪士擅其称。华裯肆广座，歌管逐尘生。玉斗正北指，月魄西上楹。主饮客更欢，并坐连十觥。邂逅论意气，何能问姓名。今日良宴会，明日倏分手。欲将别时心，惜无河畔柳。君向钱塘去，聊从湖上还。湖中处士家，梅花已可攀。对酒听歌谁不醉，而我离家少欢意。欲问江南春浅深，明年待尔趋庭至。

题溪山雪霁图为北平王司农

耕烟散人画绝妙，雪晴写出湖山貌。江南风景黯淡生，琅玕万个余青峭。三三两两滩上舟，乘兴谁为访戴游。对君心地顿萧爽，无复山阴忆子猷。

送汤西崖归里

汤生交我十年余，我遇汤生两为客。但见吟髭出颊黄，几曾狂眼逢人白。东家小儿夸伶俐，偏制五言工挟策。金门初上便见收，公府谁人不争识。负郭才避长者车，登筵已夺先生席。翻笑扬雄老自苦，更嗔李广数何只。年少轻薄徒纷纷，转瞬反复讵足论。我爱汤生今静者，胸无俗事贮风雅。暂将贫贱逐吾曹，纵使飞腾亦潇洒。以此径托忘年游，日向官街并羸马。落花飞絮飘金尊，翩然长揖返故园。回首可怜学士馆，宋置学士馆于王俭家，君今馆谷于乔侍讲。归心已指秀才村。努力归去来明年，长安公道昭昭悬。

将出京留别所知

久待公车诏,漫索东方米。一笑十年留,游戏聊为尔。朝驱羸马别故知,各言此去来何时。西风城头吹觜栗,行人衣单鬓双雪。闻道家乡大浸余,田庐漂荡鱼龙室。学农求仕两不成,且当乞食随僧行。不然深山竟长往,托契猿鹿群鼯鼪。安能屈曲向年少,意气相逢资嘲笑。撑肠拄腹是何用,附耳骈肩岂同调。玉河冬浅寒未冻,箬篷艇子如饭瓮。回首知音有几人,昨语情亲今夕梦。

赠戎进士心源言别

老去渐与人群疏,况复失志增艰虞。生憎年少善齿冷,笑我齷齪非通儒。戎子才华世少匹,好尚益复与人殊。二十充赋试礼部,一朝对策俯玉墀。不能伛偻入中秘,且欲为民求牧刍。经年需次伏穷丘,与我谈笑资欢娱。细参笔势分波磔,间究遗文辨鲁鱼。颓然时复中贤圣,安知世路多崎岖。君行作吏绾墨绶,腾声卓异为时须。我亦南归返樵渔,藤帽棕鞋纵所如。他时有意能相亿,白鸥浩荡空江湖。

赠乐陵丞胡禹尚,吾故人也,且同邑,故辞多倾倒

胡侯年少好心事,白掷剧饮故无敌。与我谑浪到尔汝,读书过眼如破镝。颇闻别久问字慵,洗手作吏来山东。堆案奋髯办俄顷,迂缓忽变齐儿风。昨者行道说丞好,日入官仓身起早。稚子常窥壁上鱼,夫人自莝枥中草。我今访令复访君,况君与令情交殷。下马握手西日曛,请君勿作今日官,长面为我开瓮满。酌重数少年,行乐秉烛至夜分。

原田

耕种有常课,随时因及秋。稻粱临水碓,纺绩在床头。唧唧蟋蛄叹,迟迟行旅愁。薄田家未得,终岁此淹留。

东郊读书草堂二首

迟日东郊路,深茅修士斋。岭分春色过,门傍佛香开。暖树容啼䴗,轻衫试落梅。偶逢幽客话,因送午溪回。

隔舍村烟动,当春及早归。乱山晴未定,细雨落仍稀。送客樱桃树,无人荆棘扉。鸡声浑欲晚,清切与心违。

吴歌

吾家湖水上,来往阖湖旁。鱼蟹四时有,菰蒲尽日长。何年成小筑,今夜落秋霜。梦逐吴歌远,辉辉明月光。

兰雪堂晚酌

虚堂微雨歇,天际晚凉来。树密易成夜,池深尚隐雷。惊蝉翻叶动,弱鸟傍巢回。余意会有适,能无旅思催。

送徐为好

君去襄阳路,应知宋玉情。连天皆汉水,万树下秋声。旅雁逢人泊,江猿倚槛鸣。莫辞今夕醉,未远故乡程。

夜哭二首

终日泪成丝,终宵梦见之。娘来无复日,儿瘦更谁知。五十生涯浅,三千归路迟。此生怀橘愿,耿耿夜深时。

在日难言养,驱驰两鬓斑。贫嗟为母子,恨忆是关山。岁岁别生泪,朝朝病改颜。谁知倚庐日,犹自泣途艰。

宿德州廨中 颜平原创义处,有碑在署中

杖策行看暮,遥天映夕霞。人烟依郭少,驿路向河斜。倦吏灯前酒,荒城枕上笳。犹怜断碣在,临别一咨嗟。

哭亡友容若侍卫四首 录二

去去终难问，人间有逝波。未酬前日诺，已失醉中歌。万事一朝尽，千秋遗恨多。平生知己意，惟有泪悬河。

春意忆当年，提戈绝域边。射生供宿膳，凿地出甘泉。宛马终来汉，星槎直到天。俄闻中使告，惨澹素帷前。次日老羌款关报至，诏使哭告灵前。

送程叔才归皖

门外羸车动，行人欲去时。虽成三月聚，未展两心知。装重添书帙，囊轻剩酒资。晚程多未远，容易寄相思。

胄舍才名满，铨曹峻选膺。凫飞从自适，骥伏必终腾。过岭峰千叠，归舟浪百层。辛勤京国话，夜久更挑灯。

饮查声山庶常 二首

经旬抱疾卧，起即向吾徒。学长休相问，当关不遣呼。送春花半扫，留月酒重沽。大抵无闲客，何嫌礼法粗。

有家非是累，得假便成欢。时家人初到。海味香开瓮，南柑赤映盘。乡心增遇物，老态独凭栏。别有江湖侣，相期在钓滩。

种花

庙市逢三日，童归带几枝。未花难辨种，似草待成畦。气味秋相近，风光蝶得知。傲居无系恋，不用觅兰芝。

秋夜

梧桐叶正衰，槭槭下前墀。万感欲盈夜，一秋过半时。荣名花上露，消息镜中丝。胡不早归去，凉风吹薄帷。

姜宸英

送陈庶常莘学赴任漳浦四首 录二

明时须令宰,选择自朝端。乍别神仙署,新为父母官。海童迎去盖,院吏拜征鞍。多少同袍客,相随陌上看。

不远越城边,之官即锦旋。式闾乡父老,过岭别山川。开印藤阴合,携琴鸟语圆。土音知已熟,邑里遍南船。予郡东城半是闽船,郡人谓闽贾为南。

逸峰同年泛舟宜亭看菊分韵得俱字

不知秋远近,水色涨平芜。晒岸多渔网,浮舟半井庐。是时水溢,舟行地上也。桥攲丛折苇,槛倒卧寒凫。落日宜亭上,寥寥我辈俱。

逸峰同年留馆园中即事十首 录四

别业经游处,年年首重回。门前卫河水,坐上孔融杯。舟楫天南北,光阴客去来。茫茫五度过,更值菊花开。

结构何曾远,双扉傍戟门。主人侵早起,童仆过时喧。绝倒谈天衍,坚留送客髡。衰翁无藉在,尽日不窥园。主人邀数伎娱客,予乃隔园而居。

盥漱早凉天,安排事事妍。雨余荷偃盖,秋老竹行鞭。逸品收残画,希声拭断弦。暗知喜色动,新到卖书船。

昨夜微霜度,园林已改青。窖花除土坑,移榻避风棂。酒爱沧州酿,诗从越客听。独眠因坐久,无复叹惺惺。

柯孝廉翰周落第南还随所知游姑孰

知君不得意,归卧向江潭。且伴故人去,聊停林下骖。浊醪辞更把,黄菊起重簪。相送青云客,何人共醉谈。

正是南行日，霜风背面吹。近乡分气候，转棹复天涯。路入三山险，江空六代悲。休增摇落恨，上苑有新枝。

送宋征君南还

客秋常送客，每送一凄然。羡尔随阳雁，归栖欲暮天。卸鞍野店火，沽酒渡江船。莫自伤摇落，才名举世传。

予家与冯子孟勉对居，君没后其屋被火，家人分散。初归，闲步至其居旧址，挥泪而返，率成是诗

行过石桥路，无人黯自伤。双扉存曲折，三径付荒唐。菜甲肥新圃，苔花绣坏墙。一抔犹未卜，宿草几时长。

巷陌本乌衣，旧人相见稀。寻常前日话，潦倒故人归。一去张元伯，千年丁令威。此怀谁得共，泪落对斜晖。

送刘瑞公还毗陵时余与刘共住武林僧舍

日共招提话，多怜今未归。雨余全润础，霉重欲生衣，雀噪非关喜。灯青故少辉，酒残杯重把。毛落尘频挥，寂寞添佳事。栖迟叹式微，世情鲁酒薄。旧识晓星稀，祢刺知何向。膺门未可希，吾仍甘蠖伏。君自应鸿飞，待诏东方朔。名家刘孝威，循声存赤县。峻誉满金闺，别路乡关近。临歧心事违，村墟收夜战。妇子泣朝饥，骥绊终难屈。鹰飏肯自肥，苍生谋肉食，白发守渔矶。握手欲有赠，吞声还掩扉。

送郑高州禹梅二十六韵

君说高凉郡，飘然万里程。已过下濑险，复作越山行。次顿稀烟火，千撒傍棘菁。鬌头趁市客，烧跖备猺兵。蚁附居连寨，蛮歌语带狞。诗书教力少，剽劫土风成。勉抑思亲泪，愁为叱驭声。奉辞当就道，无计可陈情。五马恩何重，分符寄不轻。未须忧粤峤，且听述虞衡。海气当门落，山光似鉴明。<small>郡有鉴山鉴水。</small>北瞻通桂水，西去控占城。

贝叶番王献，花衣峒户迎。文鲵鸣玉磬，朱鳖吐玑英。赛酒夫人庙，洗夫人庙。遗丹羽客坪。仙人潘茂名丹台。汲垂金井直，帆驾石船横。异景纷难数，殊珍讵得名。胭脂崖蜜紫，产胭脂石蜜。玳瑁荔支赪。荔品红色者名玳瑁。月满千年蚌，府即古合浦郡。枝藏五色鹦。堆盘多蜃蛤，被径尽兰蘅。极浦云涛接，遐观物象呈。皆亭名。延陵输逸调，吴国伦旧守。宗老送余清，旧守郑重君族祖。弦缦家家习，墩烽处处平。安闲人自理，索寞虑休萦。政上三年最，欢逢百岁并。君方具庆。此时狂兴在，任尔濯尘缨。"赪鳖吐玑，文鲵鸣磬"见《江赋》，本出《山海经》，今《高州志》载此，谓海在郡界。

赠明史总裁王总宪二十韵

专席秦官贵，司空汉秩优。兰台兼典领，石室恣探搜。帝念文章重，公方汗漫游。寻山两屐齿，戏海一扁舟。制诏殊常礼，恩私绝等俦。谈经子殿侧，赐宴曲池头。浦鹤宁忘恋，云龙已快投。暂纡三事寄，且缓百寮纠。汉官仪御史大夫纠察百寮。册府劳专掌，群公早预修。不无体例变，难免异同求。晋史分颜李，唐编殿宋欧。《新唐书》历总裁七人，至宋、欧两公始成。连艘来旧籍，赁屋住名流。商榷常虚抱，传疑必互雠。屡添深话酎，频注读书油。北阙回苍斾，东华接绛骝。非才参末席，渺见借前筹。敢忘吹嘘素，终伤生事优。明廷思补衮，圣主穆垂旒。旋拂中台座，重咨副相猷。成书殷鉴备，万古凛阳秋。

游平山堂感事有作二首

沙平石路隐长楸，尽是繁华昔日游。兵火几经隋大业，笙歌仍出晋邗沟。人谈旧事刀痕在，望接重江剑气浮。可惜名都天下会，沉吟不独为登楼。

朝游城北暮城东，相国名犹满域中。尽瘁身亡残垒在，神仙迹去野桥空。门庭死守伤遗策，左右无人误乃公。荒冢至今鬼夜哭，可怜丝管醉春风。

胥口放舟

数年吴地几回经，爱说人间小洞庭。五郡水连天际碧，两山春合望中青。崇冈迤逦蟠村舍，密树芊眠隐钓汀。薄暮烟波无处所，欲投人宿雨冥冥。

哭魏叔子 录一

苦节谁云不可贞，翠微山共首山清。更无安道能求死，只有韩康解避名。戊午鸿博之召，惟君不至。远愧文章当纻缟，不教官爵污铭旌。临风一恸江天豁，未觉前贤畏后生。

午日将发武水，赠别徐竹逸，时徐亦谋归阳羡

几岁前驺出夜郎，赋归只为念高堂。西方传檄初开郡，江左题诗独擅场。久共清尊欢永昼，顿教离思集端阳。一灯苦雨连宵暗，水驿参差入故乡。

至大梁赠河道崔公

吴公门下旧盘桓，孤愤还思策治安。失路九秋霜入鬓，感恩十载雪生肝。昭王台畔悲歌别，豫让碑前忍泪看。未到辕门思驻马，古来知己遇应难。

友人将归黄山，灯下感怀赋赠

联镳十月出燕台，又见孤篷江上来。大麦旗摇青舫过，红榴花傍白头开。兵戈满地归张翰，彩服迎门接老莱。望去山峰七十二，知君诗思已先回。

逼岁书怀二首

何意衰从两鬓生，新添白发又多茎。每临书卷伤迟暮，

且任儿行薄老成。哀雁逐云溅客泪，暗钟和雨打窗声。寻常五度天南北，不信年来倍怆情。予客中守岁者，计五年矣。

家家祀灶祝黄羊，爆竹声连到草堂。怨入梅花初试笛，翻残贝叶罢焚香。经年失路差池影，忆三弟也。弟第三年闽峤，未得消息。两地思亲断续肠。弟劝兄酬何日是，吴山越水郁相望。

宿古北口见王司成感旧题壁之作，拭泪次韵

驻马尘沙古战场，黄茅野店酒槽香。棣华旧恨留东壁，我蓼新悲系北堂。世路漂沉还土梗，浮生聚散只沧桑。三年前忆临歧赠，吟向西风总断肠。余奔丧南还，时先生赠别二章，最为凄怆。

长安杂感四首

空庭老树太崚嶒，雀啄枯枝落断冰。恰伴孤眠城角鼓，惯萦离恨纸窗灯。闭门中散无题凤，知己虞翻有吊蝇。欲就君平帘下卜，五铢轻薄本难凭。

玉泉新溜滴清渠，绕遍春城积雪余。风赋不愁尘勃郁，柳街转见影萧疏。肯留东阁观奇士，只拟南山归敝庐。故旧原无山吏部，何须重作绝交书。

不成终日竟安眠，底事喧喧道路传。池内蛟龙争得水，宅中鸡犬也升天。吾生岂合匏瓜系，世路何妨社栎全。随意江湖堪把钓，肯将惟悴供衰年。

一院春归无见处，绿萝阴外尚东风。酒临衰鬓星星白，花背愁颜日日红。旧好几家留刺字，惊心是处怯杯弓。寻常菽水营难就，捧檄何因到梦中。

八月二十九日书怀 录一

老大蹉跎志业赊，而今真悔读南华。愁当黄菊连朝雨，开遍决明无数花。甑破岂堪人复顾，璞存聊与客同夸。可

怜隆准知名姓，十载无因托后车。

秋中杂感六首 录四

自较生年六十强，平看岁月去堂堂。人前议论锋铓少，老后文章意味长。遇饮无人邀酒户，得钱随分付书坊。如今但觅闲田地，短架渔村作漫郎。

多病年深苦胃虚，昨来呕哕未全除。抛荒茶具亲苓术，结习蒲团忘栉梳。秋稔薄田归便得，径荒佳客到应疏。凭人唤作头陀看，不向分湖问蟹胥。蟹胥见《周礼注》：蟹酱也，或作蜡张。孟阳诗"果馈逾蟹蝑，予时寓嘉善"，故用此。

长安冬上忆辛年，不道繁华事屡迁。襆被长依丞相寺，盘餐日费大官钱。字行易得闻前席，书就难期上细旃。四海虚名双白鬓，一犁春雨牧乌犍。

一生错误是为儒，欲向何方问筑庐。隐士柴门呼鸭鸭，农家瓦缶听乌乌。秋田里社喧箫鼓，太古衣冠入画图。底事尘缘抛未得，只多忧恨少欢娱。

马坊口大风送大山还京和韵

南望迢迢逐去津，征衣犹挂洛城尘。文章命拙怜同调，师友情深忆故人。野岸孤舟相送客，西风羸马独归身。明朝我亦驱车返，肠断荒郊寂寞春。

次韵送顾书宣编修予告南还四首

洗眼扬州异去年，马蹄到处胜于船。章孝标《及第诗》："马头渐向扬州郭，为报时人洗眼看。"又胡宿"洗眼扬州看马蹄"。云飞已谢同栖侣，昼锦从骄半路仙。彭文宪云："人称三鼎甲是天仙，庶常为半路仙。"书帙怕增官里课，药囊愁减俸余钱。归来得共卿卿语，腰瘦偏宜组绶缠。

才向金鳌背上行，又从归雁趁前程。风流独领鸳鸾序，心事终期泉石盟。雪满关河资旅望，酒香野店称诗情。劝君不用多题咏，在处闻名意已倾。

当年为我意踟蹰，招隐词催返旧庐。庚午君以长歌阻予行，诗到，予已抵京矣。悔不耕桑依十亩，空教憔悴比三闾。得时天路须腾骥，垂老沧江合钓鱼。况是长安米价贵，此行那得更徐徐。

落日城西分手地，才名江浦本相当。先十日大山归。随时通塞由龙性，去路参差亦雁行。先下里门欢父老，早提史笔映天章。江都盛事君知否，奎璧于今照草堂。江都鼎甲，君为破荒。

送李梅崖分巡雁平道

帘阁焚香坐咏诗，便教时论属安危。星联两郡开油幕，险控三城静鼓鼙。夜猎马归苏武障，秋成人赛代王祠。由来是处夸颇牧，儒将今看出禁墀。

与吴汉槎夜坐

嗟君失路绝飞腾，华发归来怨不胜。放诞谁当怜阮籍，孝廉人尚识张凭。秋深落木前朝寺，夜半空堂古佛灯。惆怅升沉十年事，一炉香烬定中僧。

灯下

已是西风十月天，孤灯缺月两凄然。客长入夜愁占梦，身老逢人愧问年。疲马啮余嘶败壁，冻蝇栖定落残编。此时幽意当谁语，叶落空阶搅醉眠。

崔方伯视河还补任粤西

欢瞻使节下青冥，南去恩波过洞庭。蛮女出墟输越布，猺人扶路醉湘醽。地分五岭诸侯贵，门控双江绝域宁。见说君王歌瓠子，终须三策奠生灵。

送赵别驾之任四明

多年治绩在中州，分刺仍为海上游。出郭晴云迎画幰，过江曙色动行舟。他时父老歌何暮，此地衣冠幸少留。闻说家乡西事好，使君征旆正当秋。

周子惟念觐省南还，因与叶渊发孝廉同游广州，叶即南阳学士长公也，赠别二首

偶然吹动故乡思，正是秋风乍起时。斑管书留芸阁重，青樽客散竹林迟。橘因游子垂朱实，莼为归舟冒碧丝。多少蛾眉邀曲顾，不将欢赏误佳期。

学士门前感废兴，谁家歌舞宴华灯。旧时讲舍常分席，今日斋寮独饭僧。君每遇南阳公忌日，即往长椿寺礼忏终日。并宿灵台悲短袖，远寻南岳仗羸縢。知君高谊超今古，欲共扁舟苦未能。

题张子诗集送还靳水幕

问子何缘京洛居，经时不食武昌鱼。博徒游戏聊为尔，酒债寻常莫问渠。浠水一编吟可饱，兰溪再去种休锄。道旁已少狐鸣客，安稳蒲帆逼岁除。篝火狐鸣，事在靳水。时新经武之变。

登瓜州大观楼同张见阳司马

蔓草纵横逼女墙，凭高面势敞虚堂。南来风压归帆白，北顾山团落日黄。趋海急流分半壁，际天孤岛隐殊方。新秋鼓角城头静，坐听渔舟一笛凉。

偶成

误逐风波过此生，抛残卷帙任纵横。铁沉为奏旋宫跃，

马老因闻战鼓惊。李洞诗穷王建碎，相如浪子阮公兵。文章荣辱缘时命，付与悠悠百世评。

初归，检箧中得故大学士徐公手书游上方山诗。初，公命禹鸿胪写同游上方图，自书所作诗，将以宸英与朱竹垞诗缀其后，且订。后游图成，而公殁矣，诗不及写。今秋得禹子画稿篆刻字典，因属朱书旧作，并附予诗装轴，因成此诗

庙门哭罢帷堂闭，白发门生痛未休。座上无闻霏玉屑，匣中何意见银钩。三人图异九老会，六聘山虚再过谋。传语都门朱检讨，续书诗句记同游。

西湖竹枝词四首

侬家旧住在横塘，桃枝柳枝低两行。桃花正开当侬眼，柳花开时不见郎。

旗亭对面出西湖，西湖山水天下无。十千美酒买君醉，十五艳色字罗敷。

为官莫上古杭州，行贾莫向西湖游。一片湖光三十里，教人何处不淹留。

南屏山后听钟声，南屏山月月三更。无奈送君须月落，照人心事忒分明。

乌江

虞歌曲尽怨天亡，潮没沙平旧战场。千里江东羞不渡，六朝曾此作金汤。

春词

帘卷朱楼玉笛高，学飞雏燕掠红桃。柳眉双斗吹难解，不信春风似剪刀。

题王令诒柳矶垂钓图四首

荻芦芽长水溶溶,吹透生衣面面风。略彴半衔凉月度,柳梢犹带夕阳红。

绿蓑青箬足生涯,笑问先生何处家。机事不关鸥鸟性,双双飞掠钓鱼车。

曾卸轻帆笠泽滨,席家园内著书辰。风流云散年前事,一样新图当卜邻。禹生亦为余画《洞庭秋望图》。

如今小试烹鲜手,随意江湖作钓汀。生计不离范蠡宅,归来重理种鱼经。

和顾侠君小秀野诗四首 其家园名秀野 录二

小园新占在街西,依旧蓬蒿三径迷。或恐羊求来未识,鹿柴萸畔自留题。

年时记得南州话,剧饮论诗实怕人。司寇尝语予:"早间听顾君读诗旁若无人,殊可畏也。"今日逢君湖海气,老夫情味转相亲。

红桥泛舟五首

雾霁湖明绿暗时,几家台榭映参差。林梢碍日啼鸠妇,荷叶牵风冒鸭儿。

柳条飞雪白漫漫,料峭东风作意寒。何处春光遮不住,粉红桥外隔帘看。

舟行一月已过半,直送花开到落时。今日淮南逢胜赏,并裁新句咏荼蘼。

城隅新甃绿萝生,东城被兵为炮击坏。四十年前感慨情。幸遇太平觞咏洽,不教肠断赋芜城。

姜宸英

落日城头急暮鸦,归飞整整复斜斜。谁家门巷临清泚,待吃先生七碗茶。时泊舟查处士门前,啜茶而退。

姜宸荚

字友棠,慈溪人。宸英从弟。康熙甲子举人。官广东龙门知县。著有《望云诗稿》。

姜西溟先生《序略》:余弟友棠,诗初学香山、义山,已乃渐染渭南迹,其颓然自放,处绝不类少年意度。余时以老杜诗律格之,友棠岸然辄有以复余也。

胸怀

言语多违众,胸怀只自知。诵诗偏得醉,主人订每日记诗二首,次晚背诵,误一字罚酒一大白。悯仆不言饥。自十月中自设炉灶,仆刻无宁晷,早晚或有时不均。独语灯昏后,高吟梦觉时。诸伧眠隔壁,窃笑乃公痴。

醉后漫书

碧烟飞自北城头,城上巍巍百尺楼。木槿花荣偏浥露,鸡栖树老不惊秋。陶渊明宅荒三径,谢幼舆心在一丘,更恐西风吹浪急,余波打入钓鱼舟。

苦雨

暑雨今年胜旧年,痴云漠漠暗窗前。可堪绝塞凄凉地,更值连旬黯淡天。傍榻危墙几压枕,堕檐老瓦忽惊眠。剩余一事差堪慰,倒箧犹赢贳酒钱。

初秋遣兴

入秋归计又蹉跎,老我风尘可若何。六合之中痴第一,三句以内醉居多。午窗袖手看云断,夜炬雠书辨字讹。更喜故人知我久,还家许送钓鱼蓑。时与周皋怀同寓。

秋日思归

京尘扑帽两年留,饥冻驱人不自由。长日全凭书引睡,孤灯暂借酒浇愁。骑驴独鹿黄山雨,时有房山之行。拾句金鳌白塔秋。何日一蓑归计稳,荻塘烟渚掉渔舟。

淡薄词章称意裁,焚香闭户却尘埃。归鸦傍晚横窗过,征雁惊秋冒雨来。一睡两餐心亦足,五噫九辨语何哀。静中探得闲消息,都付灯前浊酒杯。

旧病新愁逐日加,经年漂泊客天涯。市炉煤火晨炊饼,官路霜刀夜劈瓜。尽有车轮兼马足,绝无春色况秋花。征鸿犹解投南去,底事痴顽不忆家。

曲曲阑干叠叠轩,吾方蓬户视朱门。安知世有将军贵,正喜人无国士恩。多事寄书占到否,不情逢客学寒温。何当十亩桑麻侧,赤脚鬅头独灌园。

雨霁书怀

晚虹残照映阶除,正是连天暑雨余。碌碌依人留蓟北,昏昏与病到秋初。吟诗欲就忽思酒,待仆不归还读书。只有一端难自遣,乡关音信十旬疏。

暮春杂感 录一

问君底事客天涯,泽国春光剩可夸。江岸青旗沽酒店,溪桥绿树野人家。清明时卖龙须笋,谷雨前收雀舌茶。二十四番风信过,此时开到米囊花。

四明清诗略卷二终

四明清诗略卷三

鄞 董沛 孟如 辑

谢得昌

字全者,镇海人。康熙壬寅拔贡。授州同知。

《蛟川诗系》:先生天愚给谏冢子也,年十七补诸生。给谏官番禺,征盘古峒蛮酋苏凤宇,先生随侍军中,恒跃马箐山雾涧中,相度营垒,诸帅重之。初,先生读书万玉山房,给谏训之曰:"今天下多事,汝其习韬钤以为国用乎。"丙戌六月,浙东兵溃,先生奉二亲入柴楼聚。时海氛炽,大浃以南所在遭寇,先生集族人,教以击刺团御之法,寇不能犯。

康熙元年,诏拔天下俊士贡于廷,相国孝感熊公阅先生卷,拔置第七人,试吏部,例得知县,遵新旨授州同。在都中接给谏书,有"吾欲老矣"之语,即弃职归。丙午,给谏卒,哀毁甚,体更臞然,月必扶杖省墓,以为常。卒年七十余。

春日独酌效陶

一雨垂十日,庭草纷如丝。柴门人迹尠,水曲群鸬鹚。宴坐启山阁,好鸟啼芳枝。兴来聊自酌,高诵古人诗。适量不在醉,适意不在辞。窗前有白云,若与饮者期。

韬光月下

叠石攒峰古木稠,湖烟江月共沉浮。支筇不向青天问,一啸苏门万壑秋。

方启焜

字蜚英,镇海人。康熙癸卯岁贡。官汤溪训导。

《镇海县志》:启焜司训汤溪,康熙十四年廷议大学裁训导,中小学裁教谕,启焜上言:"士穷年力学,予以一命荣,亦所以培士气也,裁之非便。"其在教席,崇经术、恤孤寒,诸生感其德,祀于汤溪名宦祠。

题仁声集

公来骑紫马,蹀躞甬江湄。风度徵三变,冰心凛四知。黉宫新礼乐,铃阁古威仪。莫作寻常看,深人不尽思。

谢为霖

字孝辅,号念蓼,鄞人。著有《春草堂集》。

《续耆旧传》:谢氏自丁亥戊子而后,贻祸乡里,几不得豫衣冠之列矣。念蓼刻意求雪之于诸遗民,虚己师友,于是高丈隐学、李丈杲堂、钱丈退山皆叹曰:"山公所谓天地间尚有消息者也。"引而进之,谢氏之得免排斥,自念蓼始。念蓼少从应仲鹄受诗,其古文亦有声。

杂诗

东村宿瘤女,十五被翟褕。西邻有罗敷,三十老绳枢。容色岂在好,遭逢即彼姝。窈窕世所羡,此言毋乃迂。蛾眉坐销歇,空负冰雪肤。

南山郁林莽，猛虎何纵横。我欲往刺之，惜哉无戈兵。如何佩利器，袖手莫敢撄。岂无卞庄子，太息徒躬耕。

楚人爱山鸡，宋人宝燕石。所识在凡鸟，焉知丹霄翮。搜罗尽碔砆，反弃连城璧。尘俗明眼希，夜光投大泽。徘徊抚孤剑，神采何奕奕。珍物奚必忧，但为盛时惜。

漫兴

忧来不可御，拔剑驰大荒。严霜凋中林，狐兔何所藏。少年竞射猎，百虎千豺狼。归来卧刀弩，列酒鸣笙簧。劝我倾玉卮，击肥且共尝。丈夫志四海，无用多悲伤。仰天试问之，太虚徒苍苍。

示友

盘错别利器，丈夫期济时。苟无用世才，天地亦弃之。云台郁嵯峨，客星何能窥。栖遁托高尚，拙者以为辞。安用饰空疏，藉口严光为。

读留侯传

东海狐未鸣，祖龙游正剧。击之博浪沙，已足褫其魄。天谓力士尔无哗，吾将付之辒辌车。

杂感

今日田蚡客，宿昔从魏其。长平朝失势，夕奉骠姚卮。盛衰亦何常，聚散乃因之。翟公悟不早，署门多言辞。远怀婴杵俦，千载有余悲。

少年何所学，当问世尚何。学剑谁为敌，学书费临摹。不如学居积，千金意气多。

岁暮呈同社和杲堂先生韵

杜门自喜且陶然，何事催租吏又前。家为贫来难卒岁，人将老至惜残年。缊袍欲敝寒偏入,布被经时冷不眠。万仞愁城攻未破,呼儿烧烛理新编。

巡檐多暇槛间凭,自叹愁随老日增。今雨不来安有客,蓬门虽设可无丞。娱亲且进辞年酒,映读还留守岁灯。惭愧头颅已如许,只凭春梦记吾曾。

爱日熹微晒苑墙,不愁梅蕊雪中僵。闲评诗句惭三谢,倩写春词法二王。臣朔那堪饥欲死,次公原是醒而狂。骚坛谁夺蛰弧舞,独出偏师锐莫当。

阅尽炎凉更坦然,但怜精力不如前。今宵小酌分残岁,明日相逢说去年。墙角荒鸡惊客梦,床头饥鼠搅人眠。先生胸次无他事,只爱渊明饮酒篇。

休言如漆望前途,但问樽中酒有无。无事可营真是福,相逢不醉亦非夫。半通未必逾三径,五斗安能胜百觚。腊去春来浑不觉,小窗催醒恼啼鸪。

过故宫

烽静于今已十年,雕甍碧瓦委苍烟。空劳筑石穿云鼋,岩壑皆以铜条穿石锢之。无复凌波荡画船。荒径可能留宝瑟,游人犹想拾金钿。彩鸾寂寞归何处,夜月惟听泣杜鹃。

谢为宪

字考定,号恕斋,鄞人。为霖弟。康熙癸卯举人。官山东蓬莱知县。著有《偶存草》。

《鄞县志》:为宪潇洒自喜,工画,随意泼墨或散漫数笔,生意迥出;诗亦不甚雕琢,有自然之韵,论者谓诗如其画,画如其人。喜延接后进。晚年诸老凋丧,总持群雅者几二十年。

有役卒以事误长官，将被笞，易其衣而入，衣为父所遗也，更属同类勿使母知，恐伤母心也，余闻而异之

嗟哉父母身，而乃为贱役。饥寒无所谋，马前宁足惜。岂不重犯法，长官逢怒赫。教刑薄示训，俯身甘受谪。顾看身上衣，尚为父所遗。脱却不敢污，寸心庶安而。殷勤告同类，负痛吾自知。幸勿闻吾母，使母长痛儿。嗟哉父母身，贱役胡可为。一语动路旁，憬然令人思。谁无父母同瞻仰，未必仓皇之中时结想，有儿长存父母心，此心自足留天壤，嗟哉！慎勿曰此厮养。

风逆舟不得行

挂帆去如驰，落帆躄而跛。驰则水顺流，跛偏与水左。水流有顺逆，风无可不可。何当乘长风，不劳勤转柁。含尾舟鳞鳞，坐者不独我。

出门

行出郭门始放船，橹声咿呜搅夜眠。青山近人有如昨，江水别来已隔年。耳畔尚觉儿女语，眼中忽与负贩缘。篷底板硬坐不快，幸有豁达高秋天。

展墓山行偶憩翠山寺

放棹城西六十里，到来正值午鸡啼。章家溪下水声急，滕岭山边云影低。万壑争看人面老，一灯长对佛眉齐。行行得拜松楸下，又过僧房觅旧题。

张士培

字天因，鄞人。诸生。著有《黄过草堂集》。

《续耆旧传》：先生，梨洲先生高弟也。父退勋曾参豫冰槎幕府事，倾家输饷，先生与有力焉。已而事败，有构衅欲害之者，几被五君子之难。及先生兄弟出补诸生，而又多方以灭其迹，遂得免。先生屡试不售，因佐父货殖，不数年，三致千金，则其才可知矣。有别业在西郊，曰墨庄，即梨洲讲学之所。其诗与弟士埙齐名。

过剡川

棹歌山雨急，何复入剡川。远岫云连石，孤村鸟避烟。久无安道室，谁识子猷船。只有青帘影，斜悬夕照边。

同友人游它山

藤萝苍翠拂平沙，湍急它山落晚霞。半晷晴晖移柳色，一湾春水涨桃花。磬传隔岸知僧舍，烟起前村认酒家。古木远随溪径曲，携筐儿女采新茶。

路转峰回又一村，隔溪黄犬吠柴门。花争春色成红阵，山拥岚光带碧痕。宿雾满崖为豹隐，晴云出岫护龙屯。买饧高唱斜阳路，朝暮凄然欲断魂。

只因选胜过重山，借问桓溪有几湾。泉吐奇花悬石壁，鸟衔红蕊入松关。渔歌曲渚晴偏好，樵渡扁舟暮自还。只顾行行循鸟道，谁知身到白云间。

张士埙

字心友，一字雪汀，鄞人。士培弟。康熙甲辰进士。官行人。著有《雪汀诗抄》。

《续耆旧传》：行人年三十七卒，梨洲先生铭其墓，且序其诗，称其"恂恂孝友，锐志实学，才谞敏达，一惟经世是图，手录经、史、子、集，几至等身。含英咀华，发为歌咏，超然独简，永绝尘秕，极其志量，所该固不以解褐为究竟也"。

报恩寺四咏

高台架崇墉,闳壮势莫敌。绣柱挺十寻,雕梁尽丹碧。峨峨三世尊,耸身栋相接。端坐莲花台,雕镂殊工绝。一佛涂千金,称此不为啬,旁有纪事碑。装修记年日。费工十万缗,施舍遍城阙。仰见琉璃甃,五色烂相射。云从南内来,窃向厮养卒。此也增嶙峋,彼也泣荆棘。神器不自居,化为阇黎室。盈虚固有之,所宝贵在德。三叹碧阑旁,悲风起木末。报恩殿

宝塔何峨峨,仰视虚空里。飞上九层台,旷望渺千里。碧瓦连朱甍,照耀光莫儗。云有舍利珠,下藏幽窨底。有时现华光,幻出烟云绮。或像九莲灯,或与宝盖比。斋宿走诸方,燃灯夜无已。我独无所见,伫立更徙倚。多愧东坡翁,穷冬睹海市。恐此属渺茫,合掌徒顶礼。宝塔

唵喁池上鱼,局蹐方广地。虽远鼎俎危,永与江湖弃。放生室生机,好事转多事。何当适沧波,风云自快意。了不受人怜,浩荡任所至。放生池

蹲蹲五石鼎,袅袅生青烟。顽铜晕土花,精彩发天然。物以久自贵,材以老自坚。所须辨眼人,拔之炉冶前。得之宝泉局中。淮阴为上将,盛烈辉陈编。当其呼壮士,性命绝可怜。所以千载下,犹思滕公贤。吾哀大炉冶,摧折宁万千。岂无希世珍,销铄号苍天。遇合既乖异,黯淡埋幽泉。铜鼎

寓越城戒珠寺

禅居此独坐,旷望寄前林。雾重山光暗,楼高野色侵。故园时有梦,客路竟无心。尽日松篁里,寥寥听梵音。

游阿育王寺

舍利庄严殿，山崖半岭通。门阑千嶂木，篱绕一溪风。古塔凌深雾，残碑照晚虹。老僧茶话久，炉烬拨灰红。

园梅 录一

二月今将半，荒园乍见梅。春迟花共守，风暖蝶初来。清影满衣袖，香心入酒杯。鸟知人意惬，相对两无猜。

徐懋昭

字晋公，鄞人。康熙甲辰进士。历官河南开封府同知。著有《澹园集》。

《续耆旧传》：开封少贫，工诗。释褐知沛县，有前孝廉阎尔梅，志士也，时方亡命山海之间，刊章名捕，开封外奉简书，而阴厚其家。已而，尔梅得释生还，开封继粟继肉，待之极恭，人以为难。己未，荐举鸿博，报罢。同知开封府，柄在太守，不得展其志也。在仕籍多年而一贫如故，可以见其廉矣。其诗与周郸山、李岩樵、洪梅槎唱和最多。

咏歌风台

秦人鹿走楚人逐，十万锄耰震函谷。亭长醉中拔剑起，义旗直指蓝田陆。五载功成归故乡，饮酣击筑歌声扬。吕公座上客犹在，王媪垆头酒尚香。向日重瞳兵罢戏，东归志急咸阳弃。英雄同一故乡心，迟速稍殊成败异。穹碑初建自何时，铁裹苔封古篆劙。休嗟原庙歌儿废，只问长陵守冢谁。长陵寂寞渭河畔，渭流一瞬东西汉。汉家汤沐旧名存，留得高台临曲岸。台前春至绿杨生，绿杨枝软黄鹂鸣。绿杨非复汉时树，黄鹂犹似汉时声。金沟路断川原易，四百炎图余片石。樊巷凄凄露草青，沛宫漠漠烟林白。千年陈迹不须论，且醉高阳酒一尊。日暮仙云台上卧，蜿蜒疑是赤龙魂。

范亚父墓

何地容埋骨，东山绿树阴。草香生石涧，鸟语出空林。终古彭门在，千年濉水深。春风销不尽，为楚一生心。

夜渡昭阳湖

作吏劳如此，乘流夜半归。暝烟垂渚黑，野火隔林微。岸转星随棹，天空露下衣。沿湖多睡鹭，舟到亦惊飞。

京江怀古

舟移赤岸暂停桡，北望苍茫瓜步遥。铁瓮已空前代垒，金山犹有旧时瓢。一江曙色连三楚，几刻春流换六朝。欲问古今兴废事，淡烟疏柳曳渔船。

题燕子楼

三唐台榭半荒丘，故址犹为盼盼留。烟草久沉节度府，香风不散美人楼。年年燕自梁间语，日日河仍槛外流。杨柳樱桃零落尽，凭谁还问白江州。

彭城怀古

百战雄图剩故乡，平林一带暮烟苍。歌骓帐里声犹咽，戏马台前迹已荒。明月向窥军聚散，浊流亲见楚兴亡。范增莫去钟离在，未必彭城不可王。

游清溪庵

锄云卓锡古溪旁，风引钟声出上方。有客倦游裘尽敝，频来山寺看僧忙。

清溪午日

东风送尽客窗寒,花信频催花事阑。开到海榴春去久,自怜仍在异乡看。

东岸桃花

黄鸟携春过别枝,新红欲换旧红辞。寻春自是今年懒,开尽桃花尚未知。

范炜

字赤霞,号修园,鄞人。康熙甲辰进士。官湖北通城知县。著有《七松斋集》。

《鄞县志》:炜为人伉爽,读史究心方略,为有用之学。初除南和知县,斥生某素桀黠,善持吏短长。炜访得实,其人方窜名胥吏中,监纳秋税,匿银三十两,立捕鞫,某挺立戟手曰:"吾赃未入己,罪止擅开官封。即更进之,从监守自盗,例亦仅论徒四年,而后且将观公之政。"炜怒曰:"此乱民也。"刑故无小,立杖毙之。一日视囚,有死囚三人称冤,复按得实,白大吏条上其事得减戍,三藩变起,大府立征军需,炜单骑历四乡劝导,民皆乐输。事定,捐俸以偿民,益信之。以内艰归,服阕补通城。寻以他事落职,里居三十余年卒。

玛瑙瓮

宝瓮传汉代,实惟轩辕始。积血弥丹丘,雕斫供制器。上可来神灵,下可御魑魅。赤玉肇嘉名,圣人以为瑞。或云马脑成,传说多诡异。鬼物洵不祥,甘露曷以致。由来羡升仙,帝王皆好事。广成拜下风,秦汉师其意。掘地呈秘珍，勒铭记化冶。三壶盈尺间，县圃足可跂。梅福与韩终，文成及五利。我怪玩世翁，一息遍天地。

五侯鲭

朝可炙手暮张罗，富贵由人奈若何。平津座间逢恶客，脱粟布被宁相过。君不见，五侯当年好奇器，纷纷宾客争相致。一朝猜忌早闭门，传食惟闻娄护至。娄护之鲭来五侯，鼎烹奇味差可羞。未闻调得睚眦否，但夸五味香浮浮。世人每怪长乐老，此君之遇无乃巧。浮云变态无足论，志士胡为求一饱。

丁卯十二月十二日作

卅载澄清志，频年落拓愁。无能撄噬虎，有愿狎轻鸥。绝客方廷尉，归耕谢督邮。淡交松菊在，肯许问添筹。

宿石马塘庵水阁

水殿何年设，凌虚此夕逢。游鱼知听偈，倦客厌闻钟。磊落徒欹枕，支离且倚笻。百年强半里，谁复念行踪。

总发驰驱路，河梁记昔游。波恬漾寺古，竹密覆墙幽。僧悟无生诀，人参不系舟。石渠开水镜，照胆更何求。

宿河市有感 时甲子十一月，因征逋赋至此

山行挑得一肩愁，野宿非关续旧游。人影渐稀落叶径，水声偏到渡矶头。功名报我矗矗恨，书卷贻人故故羞。今日阳城甘下考，漫言都尉及通侯。

殷七七

九日催花发杜鹃，秋风春色共嫣然。衔杯一晌春辞去，不觉繁华过眼前。

董允忭

字悦之,鄞人。康熙甲辰进士。

和虞尔锡先生十影诗 录二

云影
出岫何常迹,层层衬地来。日中浓复淡,风里合能开。有意千山暗,无心几处堆。不随流水去,相映共徘徊。

山影
卜筑爱林静,嶙峋绕翠屏。月高分半屋,日转界空庭。返照波浮绿,微阴石挂青。愚公虽有术,对此岂忘情。

徐勋

字道勇,一字戢斋,鄞人。康熙甲辰进士。历官山西道监察御史。著有《回雁集》。《续耆旧传》作字汉帜。

《鄞县志》:勋为人尚厓岸,持风格。初知三原县时,滇闽交讧,秦中悍将据兵以叛,勋为城守,计甚,备官兵往来供应之具,一切裁之以法,不妄费民间一钱。汉中乏饷,制府拟令未完之赋,皆折米自输军前。计米一石,脚价且数倍,而三原民欠尚三千金,勋为借垫报完,邑民独免折色之累。再任顺德,锐意振兴文教,多所造就。秩满擢山西道监察御史,诸所建白皆通达国体、切心民瘼之言。

同官郭骏臣订联舟赴端州,因阻雨不果,有句见投次韵答之

百里星岩路,舟行未得同。江声奔万马,樯影荡孤鸿。入峡兼逢雨,回桡喜趁风。镜台沽酒处,可识是乘骢。玉镜台在三水胥江上,酒家环列,有当垆者。

春日同戴奐若、靳淇园、吕星石、刘丽涵、杜垣如、任莱源、虞岱渊、刘芊白、王说霖、张洎谷、慕见晓、龚蘅圃、胡鹿亭集城南张氏园，得边字 录一

爱客欲开筵，池台远市廛。人来萝径里，马系柳阴边。豪兴三春剧，愁怀一日捐。兰亭传胜事，仿佛永和年。

万季野、王文三过谈小饮留宿

有客翩然至，家山老弟昆。世情苍狗幻，吾道素衣尊。官冷惭鲑菜，谈深到酒樽。天涯难聚首，剪烛更重论。

且莫贪酣卧，秋窗月正明。怀人秦楚隔，_{堇峰任泰安，管村游豫章。}忆旧死生惊，追悼蕙江、夔献、介眉、在中诸子。何日还西垞，无心恋北征。故园频入梦，吾意亦归耕。

应召北上车中言怀

瘴海浮沉岁几迁，此行未敢谓登仙。征书再下难停驭，宦橐原空易着鞭。长路蝉嘶高树里，新秋雁唳晚风前。夜来一枕黄粱梦，偏入南湖理钓船。

霄汉群公半少年，却惭老大伴班联。焦桐试响才离爨，倦鸟排翎欲近天。梦里曈昽双阙晓，马头苍翠万峰连。量材授职宸聪在，拟借僧寮对篆烟。

微官潦倒愧科名，粤峤秦关两度行。养母虽曾躬菽水，致君岂忍老柴荆。惟将清白存吾道，一任雌黄笑世情。谬奉恩纶许赴阙，矢怀永不负生平。

西台执简亟需贤，屈指锋车尽入燕。万里驽骀甘让步，一时鸾凤几摩肩。临轩何策酬清问，凭轼无聊把旧编。流水汤汤初入耳，征途已到玉河边。

王振先

字显公，一字玮裘，鄞人。康熙甲辰进士。官江苏宿迁知县。

独坐

静坐心如水，终朝掩竹扉。开编存法戒，慎独辨危微。何处凭今是，几回悟昨非。憧憧奚所慕，得要在忘机。

栩园倡和诗

日驭催人迅不停，知交落落似晨星。荣枯近念阶前树，聚散时看水上萍。客赠种花皆有谱，书传相鹤亦名经。临流趺坐观鱼乐，萝薜生香绕院庭。

柳堂赠诗和韵 录二

星霜点鬓辄言归，羞见天边鹓鹭飞。何幸瞪然空谷里，阮公青眼到蓬扉。

片心已挂白云旁，梦醒谁分蝶与庄。君若有心开壁垒，醉乡旗鼓日堂堂。

陈所知

字宣夏，号竹村，象山人。康熙甲辰进士。著有《雨蕉泣夜集》《竹村诗文集》。

茶园为吴丈台星赋

毼巾博袖足逍遥，便许园林胜折腰。老树青葱凌碧汉，好花团簇送香飘。何须金谷方成赋，绝似桃源可避嚣。差幸先生终吏隐，陶然千古仰丰标。

谢逢

字于荆，象山人。康熙甲辰恩贡。

《象山县志》：逢性好义，值岁凶，又迁徙沿海居民，逢赈粟，给棺施药，为德不倦。入都以教习考授知县，需次于家。康熙十四年，耿精忠党寇象山，副将罗万里叛降，逢被执不屈，贼拥至彭姥岭，乘间触石，脑裂死，当事以礼殡之。雍正四年入祀昭忠祠。乾隆六十年诏荫恩骑尉世职。

读海隐居士遗稿即次诗中贫字韵挽之 录一

读罢遗编百感臻，风流宛在莫相亲。君怜磊落谁知己，天忌英华夺故人。文运从来关地运，道贫原不等身贫。萧然二老空长叹，明月离骚一水滨。

周在鱼

字瑞符，鄞人。康熙甲辰武进士。授江南徐州卫掌印守备，迁江西都司，官至南瑞总兵。著有《燕徐拙草》。

访燕子楼

尚有人寻燕子楼，不因红粉忆风流。十年春梦心难转，一夕秋霜志已酬。青草几多迷故址，白杨何处吊荒丘。自从盼盼全名后，长使彭城重柏舟。

范正辂

字载瞻，鄞人。康熙丙午举人。历官福建德化知县。

《鄞县志》：正辂淹贯经史，任秀水教谕，重修儒学，编辑县志，寻升泉州德化知县。值兵燹后，刻意抚循，累决疑狱，民感其德，摄篆大田。巡抚以其莅泉久，咨及一方利病，条议十事以进，檄下阖属遵行之。

七夕于明府招集嘉禾亭观并蒂莲

檇李官衙清似水,鸣琴自昔多君子。一亭纪瑞有嘉禾,神锡连茎昭信史。明府才名异世同,千年仍听诵于公。蹊成桃李敷春雨,时际升平畅惠风。亭前暇日疏芳沼,植立芙蓉纷裛裛。就中同干发骈花,表异呈祥香缭绕。泰始元嘉庆罕逢,休征今又感雷封。枝桑歧麦两相似,合欢并实摇溶溶。竞美纷妍朝复暮,重叠素房承玉露。同心敛萼羞明蟾,比肩漾彩辉朱鹭。公余觞客嘉禾亭,新秋明月移疏棂。共向池头开并蒂,恰逢天汉渡双星。好风丽日须行乐,不惜频频倾凿落。池上于今有凤凰,桥边且莫飞乌鹊。棠荫凉生醉九霞,坐深不异泛仙槎。玩将数朵嘉莲色,却胜河阳满县花。

卢宜

字公弼,一字函赤,鄞人。康熙丙午举人。历官贵州镇远知县。著有《鸿逵堂集》。

《续耆旧传》:先生初任萧山教谕,再任嘉善,升知镇远县。边方兵燹遗黎,当滇粤门户往来邮传如织,台省符牒催呼旁午。先生事事绸缪,调度得法,与民安堵休息而积劳致病,遂乞休。去之日,士民树碑于中山之阳。归里后,杜门著述,尤究心史传诸书,其诗朴直,中有雄气。同时蓉屿、缶堂一派皆主韶秀,先生雅不以诗擅场,然正喜其不为时风众势之音也。

题四川奢酋之难诸忠传

忠孝涵本性,有触即骞腾。峨眉六月雪,天半何晶莹。山川钟灵秀,所诞多奇英。奋身斩贼使,一口哝双睛。奸胆已崩落,壮气摧百城。毁家死国难,视死甘如饧。古今英雄泪,临风欲尽倾。瞿塘流不断,遗恨照丹青。

题贵州安酋之难诸忠传

桓桓干城士，囊底借前筹。有苗方跋扈，未雨失绸缪。孤垒支半壁，敢为一身谋。挥戈忘战苦，阵云冻不流。悲风走沙碛，热血染寒裘。又有慕义者，甘与国殇俦。壮心挽落日，霜气凛高秋。驱车过龙里，犹听说三刘。

严滩子陵祠

子陵行一意，高卧空江濆。空江峙双峰，石骨何嶙峋。投竿不在鱼，临渊适吾真。鸿鹄翔千仞，缥缈凌层云。伸足摇河汉，一卷傲至尊。光武今何在，客星翻主人。缅彼披裘者，千秋孰与伦。

客途杂咏 录一

江涨扁舟小，中流渺一粟。山意雨荒荒，长烟抹林麓。客水排空来，万马竞奔逐。不复割晨昏，谁能划陵陆。长年挽纤丝，三老握舵轴。回溜入盘涡，崖岸互抵触。风逆耳不聪，篙师纷诟谇。对兹百感生，篷底空拳局。浊醪时一斟，藉此稳眠宿。所以遁世人，闭门守耕读。

过江右先丰镇风逆舟迟溪声入耳

迢递先丰道，春光半故乡。麦摇鹦鹉绿，菜吐栗留黄。驿路随风阔，溪声为客忘。滩滩转不尽，频语问来航。

吏散庭空偶然得句

朝看群吏散，万虑一时驱。翁可仍名遁，溪应得字愚。窗虚云傍榻，炊冷鹊争厨。遥忆柴桑柳，栽来共几株。

对镜

岁序推迁似客邮，春光才度又深秋。风吹水气滩滩冷，霜缀寒林树树稠,堆垛案前残蠹简。蒙茸箧底旧羊裘,须眉独肯开生面,博得星星一镜收。

遣兴口占

半肩襆被半盾篝,绿满山头碧满汀。最是关情无赖处,五更残梦子规声。

乞休未允偶见鹦鹉有作

侧足何心梳羽翎,陇西云树正青青。雪衣尚感开笼意,能念观音般若经。

赵嗣贤

字人选,号鹤樵,鄞人。康熙甲子岁贡。著有《居邹草》。《续耆旧传》:明经与弟嗣赟、嗣万并负诗才,称"三赵",时方之鄱阳"三洪",而明经得名最早,高都御史斗枢深器之。自丙戌后,守节不欲应有司之试,累遭世患,黾勉复出。晚以明经贡太学。张丈蓉屿为秋水社,明经兄弟狎主其盟,惜遗集散佚不传。

桐庐县

诸溪灌大江,诘曲七百里。接尾尚浩荡,豁然岸厓底。泓潭不扬波,坦濑石齿齿。篙师撑确荦,百丈相扶倚。人篙两如弓,不敌奔溧驶。小邑无城郭,津梁瞰山起。野鸟时一鸣,空苍杳然止。篷窗安可阖,乍恐失众美。耳目自忘疲,左右给吾喜。胡然汗漫游,初心正为此。

宿滩下

暄凉山有权,昏晓天若易。历兹气候异,始觉尘境隔。雨余云不归,往来此中宅。寥寥巢居子,短短树篱栅。稍见红白花，薄种大小麦。远近溪声喧，人与牛羊夕。官舫宿岩下，老稚转踧踖。彻夜钲柝鸣，勉供辛苦役。小人自知分，皇天布大泽。余生获保聚，丧乱感畴昔。

樱桃花

春雨丝丝夹翠烟，樱桃盛放淡且妍。借问如何减颜色，雨多更苦春风颠。美人憔悴亦若此，安忍攀折簪花钿。屋角斑鸠相对唤，逐队鼓翅花零乱。可惜花开花落中，抛掷春光竟无算。寄语名花缓缓开，一花烂漫一衔杯。轻寒轻暖佳时节，约伴看花次第来。

济宁东门待方子不至 录二

寒漏沉沉下，清霜肃肃来。健儿巡马枥，邻媪压村醅。苇席三重铁，酥灯一寸灰。依微乡国梦，数向枕边回。

寒云开即合，酿雪复含风。遂觉南天好，将无北道穷。仗谁遗缟带，不语对青铜。回首登程意，时看剑气雄。

新斋

潇洒琴书位置新，他乡娱主复娱宾。容余抱膝吟梁父，与子掀髯论古人。毯地八砖常报昼，寻巢双燕正含春。只看乘兴题诗处，若个还留壁上尘。

老槐丛柏影离离，且结跏趺小榻西。深院啄苔随鹤步，荒庭上树纵鸡栖。抄书正及春光满，对酒初怜夜月低。借问名花凡几色，恍疑身入武陵溪。

正月晦日

乳燕鸣鸠不肯来，春愁欲唤几时开。似因袍色羞青草，未许墙阴上紫苔。世事马蹄霜雪后，交情琴调水山隈。定知玉版禅羹熟，千里相思只望梅。

南内宫词 向曾遍览有《游宫小记》

独有南熏向北开，殿门凉荫守宫槐。翠华寂寞归何处，白日悲风辇路来。

甃石周遭一丈深，中藏七十二池金。高楼铁槛还无恙，血染青蚨不可寻。

东西三十六宫中，南面龙床射日红。闻道逍遥游辇入，两边吹灭绛纱笼。

碧瓦葱葱建少阳，青宫规制按东方。鼎湖升后前星隐，长见高飞燕子忙。

龙池藻荇黑离离，白玉阑干四面齐。不识鬼门何道出，潜鳞疑在御沟西。

劫火光中宝玉销，纵横画栋未全焦。紫檀方底花梨匣，尽使民间忆丽谯。建文时大内火起，殿材半烬者尚卧草中，皆珍木也。命发与民间巧工，锯之为玩器。

玲珑岩上五须松，长听经声杂梵钟。高后禅心能不散，枝头甘露至今浓。宫中直北有宝善殿，高后常于此诵经，殿上刻云龙盘绕，制极工致。

荷花绕遍紫金城，八月香风细细生。左右掖门常不启，年年莲子大如罂。

赵嗣赟

字人宪，号憩庵，鄞人。嗣贤弟。康熙丁丑岁贡。著有《鸠巢》《缶鸣》《秦游》诸集。

《续耆旧传》：先生与伯兄齐名，或问二人高下，钱丈寒灰曰："伯子究当称长老也。"而高丈隐学曰："阿宪大是倔强。"由是，卒不能定其品格。

感怀 录七

昔我游齐州,归从泰山野。徂徕隐逸人,无复有在者。天门拟徘徊,毒热不吾假。遵彼济水渍,中道扼戎马。清秋还荆扉,骨肉泪堪泻。浑疑随田横,卖卜钱盈把。谁知淮浦月,独照客庑下。一夕渡江阴,两岸舟楫寡。败敌乘流奔,楼樯碎如鲊。往事触旅思,且进酒盈斝。

回飙吹落叶,槭槭帘前鸣。南天气候殊,草木紊衰荣。当春方陨箨,柔条荫已成。纷敷不改颜,新故时相乘。翻令婀娜枝,贞松同见称。劲节理自坚,保无严霜零。

薄寒怯春枕,短寐怨晨鸡。默默念往事,了如经故蹊。嗟彼倦飞鸟,深林托安栖。顾我十年来,尘颜日以黧。家园委戎马,笔砚当菑畦。前月乡书至,犹是隔岁题。高堂幸加餐,弱孥充糁藜。心旌纵暂慰,四顾终惨凄。

孤灯起夕照,官廨寂如禅。风树声相摩,漏鼓时一传。谁谓鼠无胆,公然哄高椽。闭户暖博山,斗室名香旋。开编易生倦,薄醉难成眠。邻竹清露滴,鹤梦惊蹁跹。

昔日何邓俦,端居思三公。公明一老生,药石袖如充。眷眷千祀余,谁能善其终。险途邈万里,崇朝少长风。汹汹碧海波,渡此凌丹宫。短翮慎中道,急羽无蕡葱。天宇亦寥廓,鸾驭焉能逢。

深深道边井,汲绠不盈尺。下有蛟龙蟠,上有狂热客。鳞甲固难犯,喝死殊可惜。胡不树桔槔,斯须得甘液。行人尽解烦,禾陇望成碧。嗟哉抱瓮人,辛苦出下策。庶免波涛惊,宁为鲋鱼射。

高树含晚风,天半森然绿。翔禽悦朝光,枝间语交续。

万物贵适真，所患在羁束。众芳日以萎，春去一何速。悠悠窗前人，今古恣讨瞩。感慨起烦襟，天地为之局。抛帙任散乱，雄心付棋局。

短歌赠邵横庵

平林竟日啼幽鸟，疏帘不卷垂昏晓。中有美人服素衣，琴书静对炉烟袅。三山地热春气早，郡邸南偏官舍小。芳草凌寒绿自如，岚光排户青未了。孤篷来自富春山，梅花含笑仙霞关。伯符余烈今谁似，子陵狂态安能攀。灯前尽醉酡朱颜，高歌伏枥涕泪潸。莫忘旧园瓜五色，我亦将归莺脰湾。

月下闻雁

道远飞何急，秋深夜有声。连翩随汉月，嘹唳出秦城，断字迷难识。虚弦响易惊，相看俱是客，谁独不关情。

旅店和壁上彭君望岳韵

鸣鞭渭城道，天半岳岚通。晓散溟蒙雨，春生浩荡风。周旗高太白，秦火映纤红。欲问真源谛，斋心谒帝宫。

佛手柑

别有名柑异洞庭，垂垂如手落枝青。漫疑卢橘生秦地。空说优昙在佛经，钩弋舒拳香自放。金茎覆掌露俱零，化身散作祇园果。指点人间鼻观醒。

斋居偶成

小桥流水自西东，隔岸人家竹坞中。雨后乱蛙添鼓吹，云间残霓隐丰隆。敝衣朽履逢迎少，寂坐高眠梦觉空。孤负床边千瓮酒，几杯蕉叶似坡公。

量晴较雨愧无能，日把陈编感废兴。闷倚野塘看撒网，闲随小艇问栽菱。好花易落风何恶，野鸟常来树不憎。月到清和农事急，陇头垂麦半侵塍。

梅阴疑雨复疑晴，泛泛流波与岸平。鱼跃野田喧稚子，蝶依丛竹幻庄生。耐风苗叶连阡绿，烧日榴花傍槛明。何处高歌音曼引，前村竞踏水车鸣。

疏篱相望果盈园，青李来禽种易繁。花褪高林纷渡水，箨含新筱渐逾垣。不嗔啼鸟惊残梦，每喜流萤入暗轩。雨气南窗增墨润，独寻好句到黄昏。

赵嗣万

字人年，号如园，鄞人。嗣贤弟。康熙丙午举人。官江苏赣榆知县。著有《如园草》。

《续耆旧传》：赣榆居官有清节，身后子孙式微。求其诗不可得，柴生可安得其丛残近体百首，而古诗寥寥，盖不过一脔之剩炙也。

莱芜呈令君

负书挟策愧壮图，枵然瓠落浮江湖。老来骨体强抖擞，上马下马须人扶。山巅水浒胡为乎，凭轼结辀任彼都。怀中一刺几破碎，眼光屡白神情孤。出门惘惘向谁托，轻许肝胆非丈夫。我侯今之范莱芜，与我夙昔交欢娱。握手契阔慰驰驱，几年胜地恣搜讨。道脉当归泗与洙，徒读秦碑鲁殿文。此等学业君不须，衅沐风尘拭鼃面，椒露在斝肉在盂。看山坐啸自有得，盖公堂上一事无。不能助君清净治，长吟短咏胡区区。长春高岭产灵药，贞节古祠蹲龟趺。山川人物一寓目，奚囊收拾登归途。

山行值雨

烟雨溟蒙处，溪山积翠深。松飘花作饭，枫落子成林。

细艇穿河曲,长桥带树阴。残春偏易夕,正欲赋愁霖。

己未正月七日

守道宜存拙,干时实忌迟。田园儿未学,文字婢能知。逸马开新路,鸣禽换别枝。乾坤眉睫里,一醉得吾师。

礼简凭人责,邻多借犬防。春光昏即雨,腊酒薄难香。无计抛书卷,从今毁药囊。身还黄犊健,不改旧清狂。

遣兴

城西洲上立茅茨,沽酒烹鱼薄暮时。人在暑天无主客,蛙鸣野岸有公私。解衣袯水从吾好,曳杖穿林信所之。此际忽兴云外想,崆峒七圣乃真师。

计臣

每叹台州郑广文,饥餐橡实爨无薪。岂知赤仄输都讲,始有青毡坐上宾。司马高才终赖富,原生多病实因贫。灌园野老忘身世,天下安危仗计臣。

柬邱玉册

步屟沿阶草色萋,朝暾徐度画楼西。城遥客屐来终少,门曲花林望转迷。春似世情移冷暖,天随野气接高低。此中孰领超然趣,独上君家百尺梯。

小至书怀

日丸冬半迅如奔,愁倚高楼雨气昏。瓶粟盎浆同有耻,雁奴橘婢漠无言。不才木老春徒动,隔岁棉多夜失温。剩得案头书卷在,纸窗破碎任风翻。

早起

面面青山取决排,阳乌漏旭一峰开。潮声远近连城走,海气阴晴扑槛来。燕嘴泥忙巢半湿，蜂腰花重蜜初胎。可怜澹沱春光好，便把浮丘劝酒杯。

暮春于役即事

江淮黑子附庸臣，壮岁曾充观国宾。乞禄十年移此地，饮冰期月念斯民。风尘倍道供王事，盐米空厨谪室人。禊事已过寒食近，未开怀抱对佳辰。

袁时中

字向若，号来庵，鄞人。康熙丁未进士。历官贵州提学道。

《鄞县志》：时中励志于学，释褐，授中书舍人。吴三桂反，从征加礼部主事，屯兵楚中，地暑湿，士卒多疫。时中通晓医术，为处方制药，虽厮养，卒必亲视，军中无不感涕。是时调江南舵工数万集于军前，久不用多误，故时中奏遣还，皆踊跃而去。累迁本部员外郎、郎中，出督贵州学政。黔士经兵火后疮痍未起，时中请稍示休息，改岁为科，朝议允之，行部甫毕，感瘴疾，卒年五十五。

睡蝶

蔷薇架暖午偏晴，采罢芳丛倦态生。魂化却惊持扇影，梦酣犹逐卖花声。都忘露滴沾衣重，似怯风吹展翅轻。昼静蘧然谁唤醒，绿阴深处有啼莺。

谢兆昌

字瞻在，镇海人。康熙丁未进士。历官河南道监察御史。著有《闲居集》。

《镇海县志》：兆昌由庶常历官监察御史，在台抗直不回，尝弹劾中贵人铮铮有声。会罪人充乌喇者多死，兆昌偕同列奏言："乌喇地在极边，至者无一生还，请免戍。"上从之。出巡长芦，恤商剔弊，醴政肃清。乞休后，杜门不出，与邵元观、傅嘉让、王谕诸人为吟友。掇拾邑中遗文集而梓之，其诗玉润珠圆、铿锵应节，与薛书岩并称作者。参《蛟川诗话》。

贞妇篇

良禽必择木，哲士慎委身。遇合会有命，乃在夫妇伦。每咏卫姜诗，不卒尤及亲。反似方寸内，贤愚见未泯。彼姝者谁子，从夫甘食贫。攸遂在中馈，嗜酒亦天真。刘伶荷锸时，宁恤妻子嚬。黾勉冀同心，我生非不辰。人事有仓卒，号呼泣苍旻。内顾惟稚弱，生死委他人。既无儿女恋，慷慨殉幽窀。地下从沽酒，相对遇如宾。人生有至性，事苦志愈伸。居人护松柏，慎勿摧为薪。

名宦祠有感率赋

学宫俎豆地，清议之所出。千年华衮荣，明禋香有飶。孝子罔极怀，尊亲何时毕。存此郑重心，以不没其实。陋习由来久，怂恿有亲昵。人趋我亦趋，畴能相甲乙。惟兹名宦祠，犹及守先律。功德在斯民，章章可纪述。岂彼迁擢高，乱我几筵秩。观厥铺张辞，卓鲁诚堪匹。主张由上司，草野何敢诘。拊膺但长吁，奚暇指纤悉。敬告修志者，尚亦慎其笔。我亦有父兄，情深义则绌。余生乏懿行，徒思正其卒。机肉勿朵颐，抱惭滋懔栗。

敬跻惠酒率谢

忽传从事信，珍重意何穷。坐待梅花发，旋添炉火红。耳根空斗蚁，眼际断归鸿。老在浑无事，长吟任好风。

哭邵宾王

春草映离筵,相思已隔年。如何垂老泪,还洒孝廉船。父骨归重壤,羁魂逐九泉。病中愁绝语,次第有儿传。

即事有感 录四

已遂归来愿,兼全宠辱身。鹓鸾非逐队,鱼鸟自亲人。脱粟家常饭,烹葵席上珍。缁衣笑语狎,客至不教嗔。

已传梅破腊,旋讯桂飘香。此老情难餍,旁人笑欲狂。零星辨艺植,辛苦话耕桑。但有惠风至,呼童复倒裳。

岭云肤寸合,四野已滂沱。地胜龙湫在,天阴蚁穴多。群儿击鼓迓,田父满箪歌。暑退还新月,婆婆唤奈何。

子规啼正急,但道不如归。何似提壶好,前村白板扉。我心同转石,鸟语亦知机。竹影犹捎地,回头日脚微。

丰臣弟书来问近状草此代答

十年辛苦两河旁,半刺翱翔愿稍偿。闻道浊漳亦悍突,每逢涨水慎堤防。西门渠在良畴衍,邺下台空落日黄。漫欲凭君追往迹,近来须发更苍苍。

邱克承

字绍衣,一字艾轩,鄞人。康熙己酉举人。历官山东巨野知县。著有《芝源集》。

《鄞县志》:克承以举人授义乌教谕,擢知巨野县。巨野民置产多不归户,里胥催科,有远涉数百里者,乃令编甲,就近各着户籍,公私便之。旧例审丁,凭胥为奸,因按簿清阅,积弊遂清。复以田患沮洳相其高下,浚其淤塞,岁获有秋。县多盗,有曹州李甲者,身不出境而为盗薮,捕尉莫敢问,克承于元旦出其不意擒之,余党次第剪除,邻境俱安。在任五年,洁己爱民,善政不能殚述。以疾卒于官,士民哀思,建遗爱碑,崇祀名宦。

《续耆旧传》:艾轩司教义乌,尝手校宗忠简、黄文献、王忠文诸集,其诗出赵人选之门,有四灵之遗音。

驯鹤篇为高远之寿

有酒有酒酿柏叶,直许倾尊醉豪侠。有客有客唱竹枝,百年痛饮真吾师。当筵宾主正酬酢,知心还有庭前鹤。庭前之鹤谁知心,自到瑕丘伴一琴。萧散相依惟二物,鹤聆琴韵眠花阴。欲以洁白还天地,不染纤尘真足异。阶除得食每逡巡,珍惜余粮体廉吏。

旅夜 录一

危楼生夜色,新月带寒晖。客寓青溪寺,僧敲白板扉。偶然天外坐,不觉露沾衣。听得池边树,群鸦翼翼归。

阴雨

冬初秋末候,阴雨日蒙蒙。湿鸟频移树,雏鸡亦避风。闲知贫可乐,寒觉酒无功。遥忆江湖里,披蓑有钓翁。

苦雨 录一

不堪终日雨,偏向旅中闻。地泞埋黄叶,天低走黑云。驱寒裘出笥,避湿鸟依群。破瓦沾泥壁,几成古篆文。

题钱孝直先生吁冤录

承颜依狱吏,拭泪受麟经。即卧桁杨地,犹趋诗礼庭。讼冤迟释褐,下诏许宽刑。莫诧回天易,哀词炳日星。

谢兆昌　邱克承

忠孝不易尽。先生两得之。宣城为郡后，南国际危时。抗疏惊群小，拂衣归旧茨。此心存天地，百世可为师。

和李杲堂夏日散怀韵 录一

小寺门前近，钟声歇未曾。生来不佞佛，兴至或寻僧。听梵倾双耳，扶藜杖右肱。昔年读书处，草阁可重登。

茌平大雨

骤倾三尺雨，旋裂一声雷。策马问津处，随人渡水来。疏林枣未熟，平野豆初栽。聒耳蛙鸣急，公私莫漫猜。

同王无隐对酌 录一

有道喜相识，应知声气同。天涯心共白，官舍烛初红。野望麦秋雨，春回花信风。客怀忧与乐，俱付酒杯中。

送陈惠风之汴京

经年聚晨夕，忽作汴梁游。驿柳寒无色，江云冻不流。霜威侵马足，风力避羊裘。剩我空斋里，常怀顾虎头。陈善丹青。

太白楼

城上鸊飞处，高楼百尺开。曾倾狂客酒，一醉谪仙来。知己两人耳，风流千古哉。衣冠遗像在，宾主日相陪。

题千顷堂黄俞邰尊公海鹤先生藏书处

历宦钟陵兵燹余，喜捐清俸独藏书。酉山架屋连东壁，甲部分编胜石渠。身后一经传弈叶，空中千顷足菑畬。象贤解述先人志，不使曹仓有蠹鱼。

董允瑫

字在中，鄞人。康熙己酉举人。著有《奉铭堂集》。

《续耆旧传》：先生为征君德偁长子，天性孝友，克承其家风，事诸父如父。梨洲先生讲学甬上，先生从之，称高座。所著《奉铭堂集》《清华典赡》《台阁之音》，其《事天》《尊道》二集，则有功于儒林。

题先叔父笔公扪虱图

马不千里不驶骎，士不万卷不好奇。侉曹鼓鬣掀颏颐，蚤虱踔掷鸡喔咿。我叔唾尔等涂泥，少年俶傥不得志。思取王霸鞭策之，眼中之人碌碌耳。苻家儿胜桓家儿，景略不亡氐羌死。苻儿几作真天子，若教货畚膏砂砾。嗟哉桓儿亦不劣。

将军行赠某给事

将军十八颜如玉，猿臂见筋不见肉。雕弧十石等身长，菆矢鹏翎菰叶簇。独骑飞上白檀山，万马千军隔几湾。前锋绝影追风至，将军射得猛虎还。山腰炙虎行千觞，凯歌齐唱贺君王。此物狰狞唾手得，寄语山中豺与狼。

送陈介眉送亲南旋

斗大三间屋，青灯夜半明。虽为汉太史，不改鲁诸生。温饱非吾愿，诗书敢世情。老亲怀旧里，郑重鹭鸥盟。

济宁道上暮雪

瞑色征鞍淡不分，空山是处乱鸦闻。谁家杨柳绿侵袖，几点炊烟青入云。个个字留鸿去迹，行行车破马回文。朔风转冽疑添雪，喜见邻灯映夕曛。

黄斐

字云襄,号蓁园,鄞人。康熙庚戌进士。累官副都御史。《鄞县志》:斐为御史,疏劾广平知府沈某贪纵,又劾四川布政使某纵丁贸易,波累无辜,直声震天下。升太常寺少卿,累擢通政使,迁副都御史,服官二十余年,风度端凝,夙夜匪懈,得古大臣之体。

九日与俞子掌文叙阔

昔从湖上订金兰,契阔于今二十年。霜鬓忽惊吾辈老,菊花还耐古人看。燕台骏骨谁增价,渠阁蜗名只素餐。出处难言身世事,何时偕隐息征鞍。

左臣黄

字纪云,号江樵,鄞人。康熙戊子举人。官钱塘教谕。著有《江樵集》。

《续耆旧传》:教谕雄于古文,矫然不群,余力为诗亦自苍秀拔俗。然性倔强,在粤中与陈词水、万管村同幕,一言不合,厉色相争。尝以论改岁改月,至与词水互击,论罢,则浮白相谐谑。同时怡庭诸公讲经于梨洲,教谕不豫。秋水诸公诗社近在门巷,亦不豫。然其笃学高文,则实一时之希也。

香树

南有香树,其香泽泽。上贡一握,下取一石。命之不犹,香职其尤。

其二

采采者香,粤民无粮。旦旦伐香,粤民无裳。粤民有粮,惟稻则香。粤民有裳,厥树惟桑。

榕树歌

南天榕树何离歧，根盘干屈枝纷披。倏尔俯枝入平地，连根绞结如龙螭。倏尔昂根上附干，势力健举如怒罴。或如峭壁悬欲坠，或如断岭耸复低。或截中流象王屋，或劈龙门争险巇。或如石梁之夭矫而横亘，或如天虹之蜿蜒而下垂。铁石为骨岁月老，蜃市成质楼台迷。或如武库剑戟蠹，或如鬼国百怪窥。神禹铸鼎图未及，温峤然犀照尚遗。徕松新柏嫌惨澹，邓林豫章让神奇。佶屈不肯中绳墨，兀突难将斤斧施。明堂需材求梁栋，工师相顾徒吁嘻。幸哉！工师相顾徒吁嘻，从此为春为秋百千岁，惟与大椿冥灵长相期。

丁丑夏仲万管村偕余入粤，历己卯春又将有滇南之行，诗以送之

与君共客庾岭南，今又送君万里去。猺人蜑户纷满前，赵佗自昔无可语。豪呼或开罗浮云，怒声直撼桄榔树。一字相校真如雠，三载倏别有如鹜。秋来我亦归四明，何时复得动色与君争。

化州道中

征途滋小雨，春色倍添妍。一路黄泥坂，平分绿野天。遑云吾意适，可念仆夫艰。听说流移众，山行未忍前。

左岘

字襄南，号我庵，鄞人。臣黄弟。康熙庚戌进士。累官工部郎中，广东提学道。著有《蜀道吟》。

《续耆旧传》：先生才地亚于其兄江樵，而读书朴实有根柢，尤嗜经学，宋元抄本手自校者一百数十种，昆山徐

尚书通志堂所雕,皆先生书架中物也。笃喜黄公石斋之书,予常见先生说经之文,其于《易》,兼采王、程、邵三家;于《诗》,不专主朱子,亦不专主古序;于《春秋》,力言夏时周月之谬,皆能融会诸家,和齐而出之。是时,以经学盛有名者,吾乡莫如万丈充宗,而先生暗然不求人知,亦遂无知之者。其知四川之威州,尝作《玉垒山记》,谓威州与灌县皆有是山,《蜀都赋》所云者,今威州之玉垒,乃湔水所出,《太平寰宇记》以为在茂、汶间者是也。若唐志在导江者,今灌县之玉垒,杜工部《赴青城寄杜位》诗所云"题书心乱者"是也,其考据精核如此。先生不以诗名,然沉厚有魄力,盖所谓学人之诗,自具读书种子,非雕虫家之音也。保县抚谕土司诸作,隐然早识后日改土归流一节,瞿瞿良吏之言,足为筹边楼中龟鉴。

偶忆

故园春酒熟,野簌亦殊嘉。雪压猫头笋,雷惊雀嘴茶。河鱼盈腹子,菜甲满篮花。不待潮流上,甘鲜海错夸。

发宝鸡城 入栈之始

车卸康庄马凿蹄,来朝便欲蹑云梯。春风战后初烧栈,夜雨城荒旧看鸡。干糒数升囊有积,残书几卷箧难携。海棠开遍浑无赖,新险关心路向西。

抵凤县

孤城万重山谷里,乱后人民依稀是。出城峻岭插天起,岭长上下三十里,行人未可愁头白,连云八百昨日始。

至威州

入山容易出山难,回首乡关万叠盘。地借河东虚版籍,人分山后属蛮官。绳桥风摆涛千尺，土屋云穿塞一丸。昨日微阴还集霰，界天暑雪夏长寒。

晏起 录二

荒城鼓角断谯楼，乾鹊枝头报晓筹。落魄壮心忘起舞，蓄腾残梦却归休。喜无案牍盈山积，藉有经书信手抽。井灶亦随人意懒，日高亭午始晨羞。

惊回梦觉失吾庐，莞簟凉生且晏如。四序候匀疑缺夏，五更被冷更添裯。余花晚发开三朵，折柳新苏长寸余。夜气潜还人不觉，从兹解著养生书。

蛮寨 蜀中民少番多，民愁番乐，故篇中云云 录一

三户人家鸟雀喧，碉房壁竦暗黄昏。悬崖结构巢云鹘，跣足升腾挂木猿。寒至边城空柸柚，春来穿帐散鸡豚。杞人自古多忧虑，欲借前筹与细论。

除夕前一日上凌云亭高望

岁晏人烟乍有无，飞飞下上噪饥乌。谁家祭灶灯明屋，何处辞年酒满壶。磊落苗疆空窟穴，凄凉城市断屠沽。番自十月起群往成都各府佣工，至明年三、四月回。寻芳欲索梅花笑，塞草寒先九月枯。

迎春

今朝人语出蒿莱，春信遥传万里回。羌妇堵城双赤脚，巴童学舞半涂腮。阳坡暖到思挑菜，阴岭寒浓忆折梅。只有江声随马足，土牛行处响晴雷。

左岘

登姜维城故基

边荒雉堞亦空山，鸟道披莱觅汉关。夕照遥明三伏雪，

绳桥双锁二江湾。人家泥屋平铺麦,泥屋顶平如砥,堪晒麦。冈背碉房簇聚蛮。事去千年遗迹在,隐然敌国壮防闲。

往保县自桑坪过铁野旧州古城,通化威州□□尽于此,一路荒凉险绝,因作诗纪行并以慰残黎

岷山攒竦上干天,沱水中流出见渊。侧径人逢先闪避,悬崖石很绝攀□。崭岩田种如棋置,野渡桥虚只索悬。斥堠泥穿魑影立,碉房壁插犬牙绵。风吹崩岸将崩石,水嗌出山欲出泉。俯瞰千寻雷电击,仰瞻百丈索绚牵。鸡鸣龙吷村何处,下穴上巢里一廛。乍见狰狞殊丑恶,每经墟落半颠连。虽因荒远违声教,却忆经过有圣贤。禹庙空山亲胝足,卫公遗迹尽筹边。旧州相望云头近,古堞空存鸟道偏。抚字甘心书下考,出奇敢慕勒燕然。藜肠纵少充秔稻,皮肉应教省扑鞭。鼓卧蓬婆江外静,春回黍谷地中鲜。竹根注酒浑家醉,涧底添薪彻夜燃。勤把腰镰开赤埴,休贪钓饵诱羌零。男能负重腰常俯,女要当门脚不缠。率土普天皆禹甸,出耕入息即尧年。威州即维州,唐后遂弃不有,今在保县外,为杂番所居,土司与瓦市构衅,因往抚谕通化,里民有构衅其间者,故末及之。旧州古城原威旧治,后为蛮逼,又迁今地,其遗址尚存,故有"古堞空",盖指古城也。

李文伟

字韬仲,镇海人。康熙庚戌岁贡。著有《晚香集》。

有会而作

端坐久弥静,意致何融融。浮云翳太虚,吹以阊阖风。变态出衣狗,造化自然工。仰首纵吾眄,缓缓来飞鸿。元象无滞迹,寸心安能穷。若有元妙旨,来与希微通。

村居

尽日柴门闭，曾无一客过。风声喧竹动，山色入窗多。酒且斟桑落，诗还赋涧薖。琴弦方就理，月已上林阿。

钱清舟中

羽檄三吴苦调兵，南来寇盗尚纵横。十年故剑空囊在，千里孤舟独夜行。挂树斗牛昏汉色，夹江鼙鼓助秋声。田园种秫堪资饱，那复飘然赋远征。

闲感

绵渺如深远道思，闲凭书槛独吟诗。惜无佳客兼佳酒，辜负风清月朗时。

余濡

原名刚，字鲛翼，一字笠亭，鄞人，派弟。康熙庚戌岁贡。官宣平训导。著有《滋玉堂拾草》《笠亭遗稿》《幽居稿》。

《鄞县志》：濡九岁通五经，与兄派俱学于何羲兆、吕汉悫之门，考核经史最精，诗亦萧散。以家贫髫年即授徒养亲，所得修脯悉付于兄，馆邗上与邓孝威辈唱和。生平爱作水墨山水，画必有题，兴致超然。初不欲应试以求禄养。任宣平训导，力兴文教，士习一新。

幽居杂诗 录二

巷深垂日脚，此地闭吾家。数丈蓬开径，频朝雨接沙。童闲时爆竹，客至适锄瓜。何必幽岩见，秋兰亦肯花。

小筑东冈畔，何因归去迟。向栽松干大，易长药苗齐。涧石闻添步，秋花定照蹊。徘徊看□翼，终返旧林栖。

何公远客山城

三间草阁路,一径乱溪前。霜蔓烟飞尽,风阶叶聚圆。吹灯分小焰,漱齿乞余泉。客梦无多隔,相期各晏眠。

盖湖精舍 录一

作客无心到处佳,竹环精舍水平阶。潮声近海常穿耳,山翠依檐每堕怀。宾客不逢头去帻,登临自喜草为鞋。有时一刷王维墨,点染晴川见鹿柴。

赠叶介子

轻筇一路绕烟霞,坐爱前山满涧花。不为寻君肯留住,那知花里即君家。

杖入山根小径歧,夹溪松柏自成篱。数声鸡犬分明近,青竹丛深杳不知。

朱涧

字孝酌,一字静轩,鄞人。钱子。著有《静寄轩集》。《续耆旧传》:先生少禀家学,风流蕴藉,仿佛其父。随侍秋水社中,所谓碧梧翠竹者也。及诸社长相继丧亡,同辈亦多凋谢,独静轩与恕斋称二老。读静轩诗,尚有不能忘情于故国者,斯其为深柳堂中之余韵也。

田家行

东崦夕阳明,西崦雨声起。谁谓天无私,而亦分彼此。侵晨启柴扉,零露沾我衣。斛水稻畦满,携锄向暝归。去年麦无收,今年稻有秋。入室语妇子,庶免饥寒忧。再拜土谷神,豚蹄及卮酒。忽闻租吏来,剥啄骇家狗。谇语无寒温,皇皇告里门。止求免鞭扑,何暇谋饔飧。入市谷价低，坐视贱如泥。家贫无岁丰，儿女牵衣啼。朝放手中镰，暮贷邻家粟。邻家粟有余，闻言叹不足。

谢恕斋行后雨中有怀

依依夕阳尽，怅望远行客。雨脚西北垂，应知滞辙迹。飞电掣流星，层云叠危石。听雨把君诗，苍翠如可摘。

秋夜不寐感怀

乙夜责人非，丙夜悔己过。辗转人已闲，终夜无安卧。丈夫不得志，往往遭坎坷。励志岂终朝，精荒别勤惰。璧美重无瑕，丝素贵无涴。惕然凛自持，庶几免蹶蹉。客心长悒怏，兀坐无所作。愁来读书懒，作辍少程课。终宵绕砌行，自慰转无奈。明月照人低，孤灯结蕊大。蟋蟀鸣相答，征鸿叫一个。对此情悯然，大梦何时破。

赠全友仲

我住鉴湖南，君住鉴湖北。有生共闻闻，异地始相识。缅怀先世交，冠盖倾乡国。孔李旧通家，气谊递相得。君庚十年长，自幼称歧嶷。读书善领会，搜览富学殖。自从桑海后，患难何孔亟。谁念破巢下，危卵几不测。阳和启穷阴，泰运开否塞。遨游近卅载，芒鞋遍九域。昨岁挈家归，亲知动欢臆。松菊存放枝，湖光艳晴色。家居未经岁，旋复辞里阈。君言非好游，所苦饥寒逼。访旧汝阳城，晨昏同宿食。呼酒共论文，抵掌追故实。谈笑消羁愁，披豁露悃愊。嗟予潦倒甚，素性况褊亟。每自念生平，内省多愧恧。负米愿已虚，著书学未力。何幸与君游，一人兼三益。雄辩听便便，德容见抑抑。我歌君进觞，勿复呼逼侧。愿结岁寒交，风尘慎休息。他年归田园，相随学稼穑。

雪夜

拥雪成僵卧,中宵听鼓鼙。梦回灯影外,风入竹林西。月黑迷山鬼,天寒咽晓鸡。故园戎马后,门径日深泥。

江上

不见故乡水,江流空自奔。布帆今夜雨,茅屋几家村。时事多无据,伤心未敢论。烟波斜月澹,清影动黄昏。

首夏

首夏园林好,悠然静掩扉。风清松子落,日暖竹孙肥。午梦归藤簟,闲情试苎衣。高原桑柘在,绿荫护斜晖。

客途杂感 录二

寂寂荒郊岁欲残,元阴冻渍雪花干。辛酸往事依稀忆,惭愧青山草率看。日映旌旗云影乱,风鸣觱篥晓烟寒。可知别有伤心在,岂止悲歌行路难。

帜影森森静揭竿,剑光出匣夜深看。将军此日惟坚壁,国士何人更筑坛。绝塞风高雕羽落,荒原月白鬼磷寒。东南民力今方竭,租税谁能乞暂宽。

春日漫兴 录一

日日题诗兴不违,园林次第送春晖。暖风似酒桃花醉,小雨如酥韭叶肥。每看远峰当草阁,偶寻修竹见柴扉。归来燕子曾相识,入户还能款款飞。

卜居

小小诛茅鉴水头,波光鸟语驻清幽。几家烟火迷春望,一片风花乱客愁。山色到林无远近,轻鸥狎水自沉浮。林泉随处堪容膝，拟学张融岸上舟。

和远庵上人聚石堂诗 录一

峡转峰回树几重，虚堂趺坐听松风。只将岩岫开生面，尽遣云岚界碧空。双眼独当孤阁上，一身长在万山中。讲坛又聚生公石，伫看缤纷花雨红。

莲丝曲

莲丝孰与藕丝长，共本缠绵水一方。妾意郎情两相较，不争分寸恰相当。

早春 录二

江南二月柳如烟，中有黄鹂相对眠。留取一枝休尽折，郎来还欲系归船。

多事杨枝与柳枝，笼烟不辨几丝垂。斜阳风起纷无绪，好似侬心不自持。

沈从约

字成则，镇海人。

《蛟川诗系》：先生为会中先生之父，与同邑虞天玉、任捷之、何久可、邵之如辈同隶星椒社中，唱和不辍。谢侍御兆昌称其父子皆能诗，而俱早世，可悲已。

送顾在瞻北归

折柳复折柳，欲别难分手。凄凄南浦云，直渡黄河口。黄河水流无尽时，朝朝暮暮写相思。不识相思长几许，但看天边木落秋风吹。秋风吹，马蹄疾，故人今夜伤离别。此去江东日暮云，芦花满地飘残雪。请君试上钓鱼台，为问昔时兴刘灭项之奇才，只今市上多年少，可怜漂母安在哉？沈生今年过三十，学书不成名不立。空对妻儿问舌存，拔剑仰天歌且泣。顾生十载来海陬，相与投契期千秋。一朝抱砚家山去，遗我落魄谁与俦。吁嗟！我生贫贱不足齿，愿君学道成名佐天子。虎观谭经气若云，凤池染翰清如水。君言此别向家山，北上看花二月间。燕台醉罢荆卿酒，重报千金市骨还。

枕上作

落魄郦生醉，诙谐曼倩饥。吾生端有似，古道竟谁期。月下秋风笛，花前春酒卮。寸心长已矣，剩忆四愁诗。

浮生梦何短，怀古竟悠哉。贺监解貂去，延陵挂剑来。荒原连宿草，拱木杂青苔。渺渺神仙路，归丘未足哀。

萼圃看梅分韵

茅亭风日暖，竹里数经过。水映银塘浅，春生玉树多。开樽移石榻，扫径卧烟萝。词客皆何逊，高吟醉欲酡。

何海士

字久可，镇海人。

挽谢起臣孝廉

一片寒芒掩夕烟，树云在望总凄然。玉人羽化归何处，惨澹霜飞六月天。

邵似升

字之如，镇海人。诸生。著有《闲吟集》。

立夏前一日上候涛山

顾影茫茫感百端，尚余春色望中宽。云归海上千峰出，风满江楼四月寒。浊酒且拼今日饮，好花犹待异时看。醉余缓步斜阳里，茗碗逢僧亦尽欢。

谢景昌

字大周，镇海人。得昌弟。贡生。

《蛟川诗系》：先生天愚给谏叔子也。负凤慧，集兄弟二十余人，为续星椒社，一时名辈如刘逊斋上庸、郎双梧枚简、邵宾王元观皆豫焉，而皆推先生为领袖，已而同社多取科第去，先生守经自若。生平无声色之好，澹泊守寒，素人不知为贵公子。笃于孝友，家不戒于火，先生无他顾，独抱先人集数百卷自灰烬中出。督学太仓王公重其才，拔置第一，将贡入京师，为有力者所夺，卒不遇。性好游览，晚年矍铄，病中，携饮具与群从登候涛山，弹琴赋诗，意气豪举，卒年七十二。

辞酒

欲辞今日酒，我怀殊未安。不辞今日酒，囊底无一钱。以此情两难，兀兀忘盘餐。嗟彼司牧者，但识催科僝。谷贱农已伤，况兹冻雪天。捆载求售主，谁为负与肩。吏言有国课，遑恤尔民艰。承符如虓虎，百计恣□蚬。吾心众忧集，中夜起长叹。案头数卷书，朗诵以开颜。

赠家中翰第

吾家中翰耽寂寞，日抱琴书向城北。城北自种几亩田，中有宋时旧书屋。门对青山若画图，窗临绿水如浮縠。种松欲得千岁材，种竹养成万竿玉。花时抱瓮汲新泉，绕径分流恣渗漉。开放正值月清和，载酒相邀观锦簇。如阅开元四十监，云锦成群张太仆。又如杨家合队来，照映璀璨更芳馥。羡君兄弟皆好古，手披四部晨宵读。世间有事不挂眼，遐探幽寻性所独。悬知箧里百篇诗，不与凡葩争芬郁。庭前月色正清好，闻说新荷漾雪缟。明朝池上倒三瓯，要看欲开未开时。

送周二南邑尊归里

家世公卿贵，门前双戟开。通经推虎观，作赋上燕台。投檄驱蛟鳄，穿渠辟草莱。青青江畔柳，珍重赋南陔。

初试循良治，岩疆仙吏才。江风吹蜃市，诗思到官梅。木值洞庭落，人从海岸回。他年千骑拥，行部愿重来。

家侍御游盘岙却寄

频年懒共游春屐，倍觉年华霜雪侵。病骨惟应看水瀑，壮怀每想到山岑。陌头布谷晨烟霁，岭上桃花晓露深。遥忆笋舆三月路，几湾碧涧几莎阴。

重阳后一日邀诸兄弟登山

重阳已过约登高，莫惮支筇半日劳。蜃窟秋深涛自壮，龙山会罢兴偏豪。愧无束带能邀酒，且脱头巾再漉糟。江外青枫红满树，笋舆又待出南皋。

谢为衡

字孝德，号莘野，鄞人。为霖弟。著有《晨夕庐集》。

杂感 录二

象以齿焚身，鸟以翠罹网。马以力受羁，牛以味用享。古来智巧士，多不安草莽。身死名亦丧，乃至绝影响。不如学老农，高卧无他想。有才必求知，所见何不广。

人生不得意，衣食无良谋。一夜九回肠，晓起仍敝裘。何当化黄鹄，汗漫游九州。俯视遍八荒，哀彼蚩蚩流。去去谁共语，箕山有许由。

和李杲堂庭柏篇

如何亭亭梁栋材，区区盆盎相厄哉。婆娑苍翠虽足喜，伛偻局蹐良可哀。吁嗟庭柏何所悔，主人高风足相对。有时百篇且高歌，有时斗酒还共醉。终胜弃置林莽中，黄昏清昼号西风。樵欲为薪农欲耒，品题未遇等飞蓬。以之感事长太息，老干青铜问谁识。不为人妒为人怜，白日青霜照颜色。人生少壮曾几何，寂寂篱下悲情多。岂辞剪伐为世用，悒郁岁月空蹉跎。不如庭柏寄盆盎，犹有主人意相向。且将坚节耐冰霜，莫把形骸悲肮脏。

村夜

暝色青磷火，长途不可行。月临山顶白，灯出树腰明。雁影樽前落，潮痕夜半生。主人能醉客，倾倒愧深情。

早起

自是天难曙，非缘幽意关。唤人来好鸟，排闼有青山。菜甲和霜摘，花枝带月攀。却惊渔父早，昨夜未曾还。

即事

古寺闲来过，尘心顿觉非。灯悬双树老，月照一僧归。红叶留芒屩，青山识布衣。平生丘壑志，从此莫相违。

送董缶堂之西泠

素心方幸数晨昏，又挂青帆出里门。负米已非前日事，望云空断故乡魂。秋高别浦回潮急，风定孤松宿鸟尊。此际怀人应有句，月明残梦绕江村。

两岸潇潇芦荻秋，不堪江上送行舟。故交仅有离家恨，游子能无去国愁。候雁正南人又北，客身虽往意还留。悬知后会论文暇，定为先生忆唱酬。

秋日漫作 录一

飒飒西风到小楼，萧萧黄叶满庭幽。千山夕照明于烧，万里晴空翠欲流。草树苍茫砧杵夜，鱼龙寂寞汉江秋。不堪多病还多感，莫问卢家有莫愁。

上巳郊游竹枝词

双环新样不同群，雪色宫妆细裥裙。拜罢女王催伴去，隔河要看陆家坟。

谢女祠前看纸鸢，随风直上贴青天。那堪线断风偏急，吹到西成渡口边。

渔翁垂钓傍鱼矶，钓得鱼来挂网归。闻道清明鱼放子，鲫鱼初瘦白鱼肥。

戴昆樵

字二芄，号莱庭，奉化人。著有《蓉舫集》。

登楼望南山

登楼望南山，山色晚逾好。斜日照青岑，空翠浮碧草。秀削标芙蓉，巀屼接苍昊。群峰入绮疏，夕岚映榱藻。飞鸟方倦还，牧唱归亦早。旷焉息纷营，凭栏畅幽抱。

山行

山逼路疑尽，山转路更纡。屈曲乱峰下，孤筇聊自扶。

溪流自潎潎，山鸟相鸣呼。秋色未及半，寒径霜已铺。岭云隔苍翠，欲进还踟蹰。

秋日山庄

秋获看盈室，山家味更长。石炉新芋熟，水碓晚秔香。酒酿黄花美，茶烹白乳良。丸泥封谷口，果腹有余粮。

舟行即事

岸坼还通岸，溪回更有溪。炊烟村坞乱，秋水野航齐。击楫情何限，浮槎路欲迷。渔童能鼓枻，向晚泊前堤。

山阴道上得溪字

片帆轻度蠡城西，曲岸平芜望欲迷。春雨乍添湖水阔，晴岚遥接海云齐。村村渔坞团青竹，处处人家傍绿畦。日晚山妆如点黛，扁舟疑在若邪溪。

半山庵

山半精蓝倚数楹，群峰环映钵潭清。鸣泉细绕千岩落，丛竹斜分一径横。槛外青螺攒佛案，林间黄鸟和经声。孤僧笑乏伊蒲供，花插军持照眼明。

梦游雨花台

登临倏忽在天涯，一枕游仙路不赊。六代风烟迷古迹，三山云树暗京华。生公台藉王孙草，木末亭飞上苑花。回首莫怜歌舞地，兴衰长此不须嗟。

谢为衡　戴昆樵

月夜归舟

六日江程两日还，扁舟月夜下重关。鸣雷频响高滩水，奔马惊驰夹岸山。恍倚槎飞云渚外，犹疑棹返雪溪间。朝来西望遥回首,天畔烟峦何处攀。

秋声

到枕偏惊梦,通宵更系愁。起来何处觅,残月一庭幽。

戴石臣

字天柱,奉化人。昆櫺弟。著有《是亦斋集》。

中夜起步青始斋前

地昔谁为主,人今我是宾。可能忘得丧,堪复辨新陈。绿竹孙仍列,青梅子待抡。中宵来百感,不觉泪沾巾。

过故里有感

十亩之间迹渐湮,从谁话旧与论新。故园虽入今非主,乡语犹闻昔是邻。只觉心随芳草折,何堪屐向碧云亲。凭高无复当年意,杜宇声声倍感人。

春日漫兴

一片花飞日正长,游丝犹自挽斜阳。青山旧识帘应卷,白雪新翻酒正香。不奈离情闻燕语,且凭孤梦伫垂杨。堤边芳草谁相践,寒食家家泛画艭。

俞化沾

字润叔,奉化人。

刘殿闻戴二芃见访山房

飘然天外想,隐处畏人知。独喜幽闲侣,相深风雨期。携杯同藉草,倚竹各成诗。去后还心忆,空山夜卧迟。

感遇

欲泣翻成笑,将心一写之。冲天空有翮,伏地但为雌。岂是穷难送,疑非文在兹。苍苍如可问,置我何人斯。

自笑还自解,歌声出短垣。天心与我薄,吾道较人尊。诗意花开落,茶烟鹤吐吞。名山今有在,一卷足长存。

孙文祖

字华峰,奉化人。

夜坐

雨歇宵影澄,天清月华素。空山秋欲来,凉意先在户。萧萧林樾风,泫泫幽篁露。草虫亦何知,含凄感迟暮。神机运寒暑,物化递新故。深思无与言,美人隔江浦。遥遥银汉章,无声自西去。

夏日竹间独憩

徘徊丛竹间,竹深气弥清。天高白日午,景彻朱夏明。密荫爱可托,静念娱幽贞。遥空望层巘,远黛积深青。时见孤云来,复与飞鸟并。顾影与世远,长啸竟忘形。

夜泊

寂寞孤舟里,苍茫对夕晖。闻声知野店,见影识渔矶。郡邑浮前浦,星河落远碕。渡头灯火乱,处处采菱归。

长汀道中

万山苍翠色,双涧浅深流。犬卧松阴午,人行竹径秋。槿篱含雨霁,茅屋抱云幽。最爱垂竿者,芦花一小舟。

傅嘉让

字公孝,号补庵,镇海人。监生。著有《友石居稿》《问梅堂诗集》《粤游吟》。

题阿育王精舍

陟巇叩禅林,楼阁开宏敞。名花绕砌浓,绿草延阶长。风送山云合,竹引山泉响。支公美丰度,话言殊倜傥。揖予为上客,进退多俯仰。谈元生幽趣,论诗慰异想。饭煮胡麻熟,茗啜清泉爽。稚笋初出林,清供列方丈。晚磬杂松声,新晴推月上。偃息卧绳床,飞梦落天壤。

武林潘又韩御六过饮别业

城头坎坎鼓声起,酒政森严同急矢。剧饮不知风怒号,地炉暖放梅花蕊。君住武林西,我家四明东,今朝遇合叹奇绝,结交善始须善终。再斟斗酒歌慷慨,一抒磊落之心胸。明朝风静登山去,豁眼贪看日起处。

九日同人登候涛山

不为风吹帽,相期攀磴来。潮平山尽出,风定橹齐开。浊酒濡头醉,新诗抱膝裁。长房如可法,即此是蓬莱。

萍乡城东石桥步月

何处容身可,披衣上石桥。清风苏病骨,皎月涤烦嚣。百雉依山脊,双虹跨涧腰。古人慎行役,鬓发叹萧萧。

和劲草先生读书薛氏园中韵

径幽多曲折,高士足闲居。门种巢莺柳,家藏招隐书。携锄常莳药,弹铗岂因鱼。仲蔚忘人事,蓬蒿竟没车。

次李杲堂散怀诗之一

最爱隐居客,相逢礼节疏。楼观庾亮月,架积邺侯书。地僻人难到,庭深草不除。闲云虽有意,且自卧吾庐。

同人饮友石居步谢成方韵

小园开遍拒霜花,款客欣逢酒易赊。列坐自能分少长,论交各不竞豪华。风吹树杪声初壮,日转楼头影渐斜。为语迈年图乐事,不如沉醉是生涯。

董日炌

字函葵,号迟仙,慈溪人。诸生。由辟荐授广东增城知县。有集。

《慈溪县志》:日炌以诸生从征入平南王尚可喜幕,谋画多中要害,委署增城县。时巨寇肆逆,日炌谕以祸福,罢差徭,清奸弊,境内称平。邑有虎患,祷于神,患遂寝。士民为著《格天录》。

由天竺过灵隐至韬光

霞外幽奇别一天,芒鞋何处不神仙。无云亦可怡宏景,有石皆堪拜米颠。林静虎归闻说法,潭空人去悟参禅。倦游何必寻僧榻,满地榕阴得醉眠。

暑夜

北窗风景旧陶家,入夜凉生兴转奢。对月漫倾桑落酒,呼童先□谷前茶。枕攲文簟寒于玉,瓜剖金房赤似霞。小院沉沉无个事,起来独坐对荷花。

钱美恭

字西侯,鄞人。

《鄞县志》:美恭父士骍,崇祯十六年任阳宗知县,美恭偕伯兄侍母家居,其庶母与仲兄随之官。两京沦没,滇中道梗。美恭日夜号啕,乃习院本所云寻亲记者,手鼓板,奋足出门,每逢市镇,辄唱之,哀动行路。得钱,则前行至江西,历广东,病几殆。又由南宁至广南,抵蒙自宿旅店,呻吟悲泣,声达户外。滇人杨姓者询其故,告之。杨曰:"是故嵩明州钱守儿耶,守在滇,举两子,已卒官,葬通海之南山。"美恭闻言,五内崩裂,至通海,哭于路左。有老人曰:"我为阚氏,我兄应乾隆乙酉科,钱公所取士也。此地有童姓者,君家旧仆,询之当得其详。"及往,仆不复识,报其仲兄,兄至,亦不相识。详语之,乃抱头哭,共谒墓南山。臬使张彦珩、督邮赵文叔助之归,乃与其仲兄以父榇东还,往返凡六年。

月下怀阚东白

风露冷秋声,空庭月正明。枫林鸣坠叶,野草没荒城。为客三更梦,怀人五夜情。遥知多寂寞,因感别离轻。

张汝翼

字旦复,一字学斋,鄞人。诸生。

河渚杂咏 录六

《河渚杂咏》倡自万子公择,张子止庵和之,各有小序。施子赞伯复裁小序,为四言诗,凡二十四首。余至河渚,登秦子开地暂栖阁,因增《暂栖阁》一首,共得二十五首,自愧效颦,聊志向往云尔。

昔年万子说西溪，绕屋梅花护翠微。曲水西来到河渚，香风疑满故人扉。河渚溯流而上，即西溪也。山川幽邃，万氏山庄在焉。

沿山辇道洞霄宫，僻处湖山祷祀同。一自六龙归海后，至今樵径野人通。沿山十八里，相传宋时往洞霄宫辇道，今为樵径，枳棘充路。

流泉瓣瓣似梅花，有色无香清可夸。试把羽经重注释，虞园应匹洞山茶。柏家桥畔有泉在野田中，傍虞园出，作梅花样，拍手待之，飞花愈急，甘美为山泉冠。

屈曲溪流路欲迷，桃源何必武陵西。衣冠半古秦人口，只有渔舟到碧溪。渚中之泉曲折回环，水中有庵名曰曲水。然曲水处处皆然，不独此庵也。

河渚名闻自草堂，四方名士酒杯场。只今惟有潇潇水，犹向门前吊夕阳。前辈邹孝直先生始来河渚，构一丈室，颜曰河渚草堂，遂卜居焉。四方名士多造庐燕饮，河渚之名实始于此，其后诸隐君皆次第卜筑。今草堂非复故物，不胜感怆。

豳居十五国风终，风雨绸缪一卷中。野老不知茶苦意，漫将稼穑拟豳风。施子隐于河渚，名其居曰豳居。人以为地多流泉，人务稼穑，故名。余独谓其意在思治，亦犹系《豳风》于《曹》《桧》之后云。

董允珂

字二嘉，一字嵚山，鄞人。允瑫弟。诸生。著有《峨山集》。

留别杨士佳

客岁辞家秋正深，清江处处多枫林。今日辞君春尚早，池塘漠漠生芳草。无端三月旅彭门，欲行不行思惛惛。藜村先生住幽麓，一径森森满修竹。藜村先生锦为肠，万轴牙签映夕阳。经过喜共登临乐，竟日题诗动杯酌。只怜古道照幽襟，何知夜雨灯花落。长河莽莽日东流，惆怅辞君意未休。譬若双莺坐深树，偶然相失啼不住。月明茅店眠何处，几回梦绕梁州去。欲寄相思六六鳞，孤怀脉脉凭谁语。

乙卯除夕和岊公韵

不谓飘零惯，彭城恰岁除。旅怀犹淡淡，春意故徐徐。知己寒檠共，风霜客路余。莫嫌生太瘦，诗思未清虚。

南北依何定，脊令飞更遥。能无悲浩荡，谓三弟被掠。岂独困萧条。献策筹难慰，谓大兄。乘风愿未饶。长河流日夜，梦逐海东潮。

客馆徒三月，春风又一年。家园千树合，诗思万山悬。迹愧如瘿寄，行当似鸟迁。尚嗟生事薄，烽火问前川。

董允璘

字吴仲，鄞人。允瑫弟。诸生。

《续耆旧传》：先生与其兄孝廉允瑫齐名，游梨洲之门，梨州称为御侮之友。其为学鞭辟近里，躬行实践，不斤斤于训诂同异，精进未已，不幸早卒。

庚子春夏，偕徐子道勇下帷，与非园、小同相问难。朝夕之间，以击磬焚香为起止，读书逢知己，乐何逾焉！秋风才起，天各一方，四香居、云在楼萧瑟可念，偶检旧帙，触目伤心。琴乌犹然，故人无恙，所难者聚首为欢耳，率笔志感

香寒漏尽梦未竟，一声清磬惊啼鸟。拭眼呼童起作炊，辗转漫言人迹少。前山有友立高墩，呼我同登看早云。启窗盥手故不应，微吟杜甫隐相闻。梧桐叶落秋风起，咫尺寒光隔千里。蕙帐凄迟人不来，明月依然照亭水。

怀介眉时游灵宝，谒张次英

朔风吹户寒烟起，夜夜松涛戛天耳。照梁落月苦不明，又闻班班滴凄雨。此时枯坐忧思多，十年其奈故吾何。崎岖涉历未云少，道心不长壮气磨。忽忆故人千里去，春日骊歌今岁暮。我方为石君为碓，八月违君愧虚度。忆昔相逢正少年，酒樽潦倒恒陶然。南村素心亦晨夕，谓非园。更有徐孺称豪贤，道勇。嗟我昨年遘大戾，饮血号天君我慰。慰我未几我慰君，我悲无怙君无恃。有友数人皆贫者，天各一方愁莫写。萧萧落叶空山钟，白云在天水在野。我闻灵宝陕洛冲，百千余载多英雄。英雄历历未可数，圣学渊源自有宗。知君识高志亦远，节烈文章事犹浅。壮心不动古战场，紫气东来何足羡。陟山必陟泰华巅，观水须观沧海澜。一瓣香从关洛始，登堂莫负此衣冠。我与伯兄砥砺久，藉君归来左右手。清风两袖君毋愁，携得人间未曾有。

董允璐

字鲁璠，号执夫，鄞人。监生。

《续耆旧传》：先生孝友，有家风。父德偕以愤懑死，时深追慕，筑笔在轩，以奉遗容，以父字笔公也。所著有《笔在轩集》。

许田即曹操与献帝射鹿处，今有许田保

会猎旌旗出汉宫，建安名在有无中。欲窥神器移炎祚，先借围场耀武功。万骑飞尘迷落日，一龙垂首泣西风。当时应有英雄恨，射鹿台前碧草丛。

章朝铨

字枚吉，一字枚庵，鄞人。著有《青琅馆集》。

《续耆旧传》：枚吉酷喜为香奁之作，兼工小令，翩翩俊人也。会稽章侍郎格庵之子无咎来甬上，最倾倒于枚吉，唱和甚欢。吾乡自枚吉后，无复为香奁者，而楼林唱和一辈，惟枚吉之集独完。

春宵曲

沉香火暖金炉红，琥珀夜倾琉璃宫。悬铛逐漏敲明月，兰台小妓歌春风。九曲屏开紫云障，金装杆拨参差唱。入夜铜龙啮水长，掷杯来上芙蓉床。腰横半解兰膏歇，七星光阑醒未得。东风吹露声凄凄，黄云城上晓乌啼。

水龙吟

筇竹千年染泪骨，拗作横枝吹夜月。离鸾一曲奏胡儿，高作猿声堕危石。关中将士戍黄沙，夜闻高调歌梅花。寒风寂静惊刁斗，昔日少年今白首。挥刀生死大漠天，徒为将军铸龟纽。

染丝上春机

辘轳晓转青丝绳，深深挽水上银瓶。碧窗美人愁几许，染作青黄五色缭。明镜台前理宿妆，残春机上抛愁绪。欲识鸣机泪短长，红袖斓斑寄郎主。

南山秋夜曲

梧桐栖乌乌夜叫，月落沙明鬼母啸。病梨扑倒枯杨根，老猿挂枝小猿跳。山深路僻无人声，湿风不动秋天青。泉声倒咽奔万马，松杉幕翠寒烟泻。铁笛秋清裂紫空，南山壁立霜潇洒。

出塞曲

夜渡卢龙北，朝辞白帝东。朔风鸣羽箭，落月掩雕弓。

一剑黄金甲,双鞭碧玉骢。方期平朔漠,归谒未央宫。

山居秋暝 录一

暝色延樵径,西风吹暮蝉。路纡青峤里,秋冷白云天。岳古玄猿啸,溪清夜月悬。遥看独鸟度,敛翮下苍烟。

毛彰

字焕文,一字阃斋,鄞人。监生。著有《阃斋近稿》。

勉德诗 录四

蝇蚋营甚微,蚊虻欲易饱。迹秽憎者多,因贪不自保。陷身岂在大,制行无忽小。君子严一介,宏业于斯造。寄言立德儒,义利辨须早。

十翼重见几,四始贵明哲。惟静慧乃生,惟安虑乃出。大智守若愚,大巧藏若拙。时势勿能违,语默亦有节。如彼伥伥行,徒自取颠蹶。

仁兽不侣虎,瑞禽不友鸮。飞走固一类,应求各相招。自古重结纳,片言成久要。管鲍无反复,雷陈如漆胶。因依信非轻,慎哉出门交。

莫言世皆醉,而我能独醒。汶汶固足戒,察察亦非经。体刚锋必折,用圆守斯灵。大道尚浑朴,和平神亦听。无学竹林贤,双眼分白青。

三月二日一枝亭赏牡丹醉歌

亭前牡丹吾手栽,根干已壮花未开。今年枝叶特葺茂,蓓蕾怒发随春雷。洛阳残红玉为面,延州大赤脂化胎。半含急欲窥国色,乍展犹恐非重台。计花盛放在谷雨,气候未足焉能催。却詹上巳宜远出，此去惜花姑迟回。天工若为默驱使，迅速风日雨露培。朔朝秾华映霞彩，复旦烂漫成锦堆。恰先一日饱馋眼，儿辈欢跃具尊罍。居然庭除开胜饯，不须祖道踏苍苔。老妻齐眉同玩赏，顽孙绕膝共喧豗。满酌洗花花不醉，联觥酌我我先颓。酩酊便觉再无事，准拟明日溯江隈。命童努力灌秋菊，须我九月遄归来。

又文三弟复有江淮之行惜别

客腊冰霜里，今春风雨中。庭帏几月日，原隰又西东。嫩箨添园竹，新阴放井桐。悠然消暑处，为尔望飞鸿。

春日小轩落成，自题曰浣心，缀长句四首之二

征衣何处拭尘埃，筑得幽轩傍水隈。为爱秋香分野菊，恰逢春雨长阶苔。门无车马堪垂钓，座有宾朋好弄杯。却悔轮蹄空鹿鹿，乐饥胡不早归来。

且教容膝暂偷安，小舍三楹仅自宽。垣户未深添竹落，庭除稍逼减花栏。争名路险收缰避，涉世途难坚壁看。莫道昼长无一事，时将今古静中观。

杨白花

可怜杨白花，飞来复飞去。花力已全无，春风犹不住。

毛觐文

字又文，鄞人。彰弟。官户部郎中。

从湖上登庐山

湖上庐山好，贪看步每迟。林深喧亦静，波远澹偏宜。石色分樵径，岩阴动酒旗。此间多胜事，惟有白云知。

范溶

字秋水，鄞人。诸生。著有《粟粒园集》。

黄泥浦荒寺

曲曲孤村里，萧条屋几间。松苍疑化石，云定欲成山。鼠窜窥梁窦，猿跳瞰石关。不知何代寺，僧尽□清闲。

黄象升

字淇侯，号鳣三，鄞人。诸生。

五月望后同恒上人吴士观观荷来翠轩即别归

槐夏清幽集胜游，凄凄转忆倚门愁。懒敲诗句酬明月，喜见芙蕖漾细流。香动微风不觉暑，翠连芳草爽于秋。群公正醉花间露，偏我萧然返蓼洲。

黄象观

字卜先，号省方，鄞人。诸生。官广东万州吏目。

东山纪游

看山无过是天晴，耸出层峦峭不平。喜得今朝人未醉，步高低处踏云行。

欲住无因别更难，老僧劝我再盘桓。何时抛却红尘累，来向东南第一山。

黄象辂

字开侯，鄞人。

过小白岭少坐啜茗

小白岭头休,春山似画游。松杉倚壁立,桃柳映溪流。剥藓看碑碣,逢僧啜茗瓯。前途须缓步,落日淡荒丘。

送枢卜弟秋闱应试

行色从容意气扬,临歧且自赋骊章。撑胸不负三年学,出手咸推百炼钢。两岸鸣潮送帆影,一江秋水洗文芒。老痴自分云衢杳,只饮群英宴后觞。

叶适

字此君,慈溪人。诸生。

雨晴

晓雾空蒙湿不飞,春深湖上雨晴时。欲将山水经行遍,须着舟车次第移。此地百年才命酒,吾曹今日可无诗。寻来旧业多相似,处处梅花矮竹篱。

晚归

湖中风景足留连,冥色如何促画船。欲借危峰撑驻日,怕将柔橹荡开天。鸟啼花落雨初歇,水阔春深风更颠。回首凤凰山上路,断烟荒草一凄然。

天竺

春晚山行坐竹兜,雨余三竺好追游。诸峰紫翠晴犹滴,众壑潺湲断复流。乘兴偶来尘外境,凭谁洗尽客边愁。若还结屋此深处,白发何由得上头。

柴梦楫

字岸公,慈溪人。著有《一拂草》。

十八滩

长江摧山山忽裂,水力腾空排两壁。山灵傲兀不受降,特留顽石当江立。一距一攻奔若狂,勇士策马临敌场。水石纷争势各变,遂令冬夏飞雪霜。殷殷烈烈震天起,夹岸老松尽靡靡。行人上下不得渡,舟子失篙哭欲死。我来十八滩,正值江波怒,巨鱼鼓鬣影摩空,浪花如斗声如虎。停舟拜江渚,酾酒浇江澜。险哉十八滩,心怖不敢攀。山川反侧俯仰异,风波世路多辛艰。舍舟从陆且安步,沽酒醉歌行路难。

重九

良时摇落后,倚枕过重阳。不敢登山饮,应愁见故乡。高云一片薄,浊酒数杯狂。无限归来兴,东篱菊正黄。

寻白云庵

苍苔人迹绝,何处是僧家。山色青相抱,溪烟淡欲斜。野猿啼塔影,孤磬出梅花。不解寻幽路,题名寄落霞。

宿怀橘园

橘林桐叶绿纷纷,雨卷蕉声隔岸闻。昨夜柴门间不掩,晓来吹入半床云。

四明清诗略卷三终

四明清诗略卷四

鄞 董沛 孟如 辑

唐文献

字翌周,号柱隐,奉化人。康熙壬子岁贡。著有《竹窗集》。

九月望日偕友人饮草团瓢

偶然事闲适,迤逦城东隅。酒旗正高扬,啜饮且须臾。盘蔬杂蒿芹,亦胜鲂与鲈。当杯君莫惜,落日西山嵎。虽有尊中酒,难饮泉下夫。亭前冢累累,悔不高阳徒。何如荷锸者,生死等秕稃。

夜凉

萧萧木叶打窗扉,又送新凉入敝帷。暖不及时秋后雨,淡而有味客中诗。还家自愧苏秦妇,交友谁知蔡克儿。不寐起来搔首坐,绕庭促织替人悲。

暮春

忍将老眼看韶华,桃李无言日月赊。晚白菜肥蚕出火,冬青花落燕成家。煮茶汤沸风声转,梦草诗成日影斜。零落残红春思寂,故园风物足桑麻。

送王维中

秋来忽得桂衡书,又报王郎去听除。若有乡情须寄我,便生官况也从渠。山中岁月三边雁,客里饔飧两馈鱼。此去上林方校猎,要因奏赋识相如。

湖居

步逐东风踏软沙,背人惊鹭去斜斜。两株红杏疏篱外,知是湖村卖酒家。

网鱼人散水风腥,雨色凉分柳外晴。回首夕阳都落尽,忽然东向数峰明。

丰乐楼

层楼高处宴王孙,湖上青山落酒尊。三百年来春一梦,月明还照涌金门。

黄鼎峙

字天孙,号立鼎,鄞人。康熙壬子岁贡。授州同知。

咏哺饥畈

中原逐鹿鲸鲵吼,荧惑逆行入南斗。斯时皇极不得宁,鸿雁哀鸣处处有。忽然海上波涛起,剑光浮日欃枪似。带牛佩犊废农耕,从此家家呼庚癸。爰有伟人莅明州,森然画戟列蹂矛。威武直掣蛟龙怒,仁义方回草木愁。万姓呼号待我父,我父之来悲何暮。为祈甘澍洒桑田,大车小箱春满路。旌麾一去近千年,荒郊井冷灶无烟。惟有哺饥畈头月,犹照甬江城外天。

沈光珏

字斐圃,号梅村,慈溪人。康熙壬子举人。著有《始言堂集》。

拟左记室思咏史

左太冲咏史八章,皆托古人以见志,江文通杂体中复拟为之,虽详略不同,抗怀则一也。今春总河靳公拈以课士,余从寓斋率笔拟作,非以追步古人,亦见猎而喜,不忘夙习之意云尔。

丈夫负志气,天地不能贱。禹稷当平世,孔孟为其变。显晦虽殊遭,删述开来彦。大道宗唐虞,霸功羞管晏。既兴狂狷思,复与杨墨辨。秦汉诸儒者,此意无人见。

战国四公子,食客号多贤。要之豪举耳,慕义无闻焉。孟尝脱狗盗,春申诈李园。平原与信陵,俱以救赵传。应变或有之,谋国总未然。所以天下士,我思鲁仲连。

祖龙焚籍后,圣道塞彝庚。汉兴谓可复,马上复自矜。奈何礼乐事,徒藉叔孙成。秦仪杂非古,孝文谦未更。鬼神问宣室,痛哭疏贾生。短丧与易后,累德故非轻。杂霸岂成治,美止除肉刑。制作待百年,缅怀三代英,咄咄鲁国士,两生不肯行。

汉世尊经术,卓哉董仲舒。首以天人策,正谊发诸儒。惜乎汉武帝,不能救其余。方士神仙说,土木甲兵书。言利嘉盐铁,崇词尚子虚。总以内多欲,无怪汲长孺。

随陆既无武,绛灌岂能文。葅醢韩彭尽,萧何狱吏尊。曲逆多奇计,其后亦无存。自欲撄尘网,非关汉少恩。翛然张子房,赤松芝可飧。田窦无与数,金张不足言。贤哉疏太傅,祖道长安门。

六经表汉代,诸儒惜未纯。申毛与伏戴,遗经类拾尘。

扶风高密起，训诂徒因人。京刘且谶纬，此外无传薪。杜钦谷永辈，托足更非真。传经贵守经，乃足称经神。如何扬子云，剧秦而美新。

西汉尚儒术，东汉敦气节。君子与小人，薰莸本自别。论交以道成，筮易得谦吉。如何盛标榜，世浊而我洁。清议归草野，朝权畏侧挈。故十中常侍，能空千俊杰。申郭太丘间，庶几称明哲。

人材盛三国，乘时各奋庸。袁曹竞河北，孙氏阻江东。巴蜀刘豫州，得□各成功。咄嗟两君子，高节更可风。幼安客辽海，诸葛起隆中。出处途虽异，圣贤道则同。以视华荀辈，不啻蛇与龙。望古兴遥集，澹然识所宗。

初夏饮徐尔斯斋头醉占十五韵呈同席诸子

乍暖眠蚕日，轻寒候麦天。多时封客屐，一棹破村烟。投辖当今夕，凭樽话昔年。筵前开府月，麈尾竹林贤。北海倾诸座，南禺老一编。卧容吾辈稳，席让古人前。劚笋乘初夏，烹茶品二泉。快翻中秘籍，愧上孝廉船。旧友谁同调，新吾只自怜。荒唐《盐铁论》，潦倒《马蹄篇》。放杖从时好，焚琴笑我颠。折肱谋仲景，痴梦忆临川。看剑羞留匣，怀人远托笺。穷愁书未著，老大辙空还。莫问行吟意，深卮读马迁。

辛酉中秋武林客舍望月二首

西风吹鬓客衫轻，月到西泠分外明。日日湖干人尽望，何如此际踏歌行。

画角听来四壁寒，征文正及二更阑。十年明远楼头月，又为儿曹着意看。

沈光珽

向懋英

字人千,慈溪人。康熙壬子举人。官萧山教谕。

山中思

西山朝气爽,结庐当此间。青霜采菊径,黄叶钓鱼湾。篱犬能通客,松风自掩关。石床凉雨过,坐把道经删。

春日即事

满栏晴色上帘钩,卷尽江南入小楼。唤雨啼鸠游子怨,锁烟眠柳美人愁。花痕一枕红初腻,山态双鬟翠欲流。心事渐随芳草长,春风吹梦下扬州。

高楼

西风一夜白芦花,人在高楼怅岁华。烟草茫茫围雁碛,霜林瑟瑟隐渔家。湘帘半卷吹横笛,翠袖微摇写落霞。回首不堪斜日去,又惊残叶入窗纱。

范光曦

字晨驭,鄞人。康熙壬子拔贡。历官广东南雄知府。《鄞县志》:光曦初知麟游县,值岁歉仓无宿储,劝右姓捐助,不应,乃出己资,为粥食饥民。豪右内愧,各输藏粟,民藉以活。升户部主事,历员外郎、郎中,出知南雄府。南雄多灶户,率贫困,终身不娶,光曦择贫民女为之配,并资助之婚者四百余人,一时呼为范父。

舟过星渚望庐山

匡庐望不极,葱翠映鄱湖。蜡屐千峰失,蒲帆一浪孤。遥看当落日,栖隐忆名区。拟与林泉约,他年恣步趋。

董允雯

字石云,号观山,鄞人。康熙壬子拔贡。官上虞训导,迁国子监学正。著有《一声歌集》。

镜里庄和山云弟韵

云淡月为邻,光微不照人。拙鸠犹唤雨,巧鸟各矜春。旅况童为友,村羹薤亦莼。布袍轻日暮,栽柳壮河滨。时为先君营墓田。

春日杂感

相逢只是慰阑珊,小有名花刺眼看。彭泽爱贫成野径,少陵愁老忆江干。松花易落连朝雨,麦浪轻翻三月寒。时序伤心生计晚,哺儿巢鸟出林端。

良友音书易渺茫,愁看新竹过邻墙。苔间深院春初老,昼静浓阴日渐长。正欲摊书愁客误,豫思濯足爱溪香。天涯容我成高卧,为笑流莺底事忙。

月湖秋泛 录二

无心菱荇牵愁绿,有意芙蓉背橹红。指点榜人轻放棹,随流款款向湖中。

一字田中稻叶稀,水仙祠畔蓼花肥。鹭鹚窥人不肯去,舟外凫雏学母飞。

闰三月初一日

庚岭云随江右艇,匡庐峰迓浙东人。杜鹃一片斜阳里,白酒黄鱼自送春。

谢绪光

字敬跻,镇海人。康熙壬子拔贡。历官山东济东道。《蛟川诗系》:先生官洮岷道时,有土司以争地率部仇杀,抗拒官司。先生单骑往谕,众番服罪。治下赵葵侵陇西粮脚,价数千金,立予重杖,追偿给民,民大悦服。其叔瞻在侍御尝致书询岷山,江源鸟鼠同穴地,并黄羊牦牛作何形,据今证古,缕缕上答侍御,许为通才焉。

寄弟子朔

简书拜命出京华,渭水黄山道路赊。身到险途思故里,梦回乡井滞天涯。弟兄洗爵歌朝日,唱和新词落晚霞。君是名材千里骏,如何五十不辞家。

毛彬

字兼文,鄞人。彰弟。康熙壬子副贡。

送阆斋兄北上

雨雪离亭短,关山客路长。江声催去棹,帆影促飞觞。月白人千里,天青雁一行。何时重聚首,喜气慰高堂。

月湖秋泛

潋滟湖光一镜秋,拗花深处月华浮。短桡轻拨金波动,惊起鸥群过别洲。

李开

字锡衮,号子实,鄞人。康熙壬子副贡。

旅舍

千里违亲舍，孤灯梦不成。定烦思子泪，莫慰倚闾情。壁罅风初冷，窗虚月正明。露蛩声太苦，偏近竹床鸣。

钱清溪清论昭然册题词

春梦从来岂有痕，蕺山清论到今存。松筠节迥知难折，桃李阴成自不言。旧日交游多死事，新朝将相半公门。抠衣肃拜庭阶下，皎皎依然物望尊。

秋晓怀声远弟

滴残檐雨坐深更，又听菱歌唱晓晴。秋色照来红似锦，隔帘时放鹁鸪声。

谢于道

字敏公，一字存斋，鄞人。康熙癸丑进士。累官云南提学道。著有《敬义轩诗草》。

《鄞县志》：于道由庶常改官刑部，矜恤罪囚，绝狱吏贿属之弊。任云南提学道。丧乱之后，士多失学，于道所至，甄拔孤寒，相视如师弟子。每试诸生，数百人绕座请业，巡行途次，有拥舆执经以问者，一时文风丕变，滇士至今称之。

过高密

秋风潍水渡，秋色节泉香。策马已千里，怀人在一方。市深平仲宅，草绿郑公乡。更吊囊沙处，洪波尚渺茫。

潍邑双节妇祠

潍邑布衣李廷斌妻孙氏、妾赵氏，夫死三日，阖扉并缢，左右不紊，状貌若生，立祠城下，经过赋此。

策马经过潍水滨，特旌双节一祠新。共言系颈羞池处，却是归魂左右人。碧血同完千古节，红颜不改四时春。幽香飞绕城东路，落日秋风为荐萍。

张英

字仲张，鄞人。嘉昺子。康熙癸丑进士。授中书舍人，历官广东提学佥事。

读永锡录述往六十四韵

吾乡全盛初，冠盖郁相峙。母族信多良，鼎鼎百年里。先后六七贤，赫然昭青史。敝庐江以东，衡门隔秋水。投契自高曾，婚嫁不逾里。于是泰阶平，大化邻无始。君父乐寿康，天下皆臣子。神宗席其余，颇喜清静理。治极更生顽，忧害以为趑。嗟哉临江公，服官羞波靡。强直易见猜，销骨岂积毁。皎日中天行，不独覆瓦底。报国需儿曹，微臣分死耳。圜扉授残编，灯荧泪痕紫。季也发未燥，沉忧激肝肺。读书贤圣徒，真性期不滓。缇萦尚知父，生乃不如彼。儿死有两兄，捐糜中自矢。迅激惧无成，小心蒙诟耻。南冠阅冬春，北堂竭湝髓。异地同一心，东西窜荆杞。所志在伸救，而敢希膴仕。惨淡功名成，俯仰集悲喜。誓将吁九阍，雷霆怒方迹。公卿争愕眙，惟恐速其死。弃官疾驰归，侍养甘没齿。负戴走西江，十口偕播徙。先子蘘鞭从，提携及母氏，至今长老言，去国实自此。哀哀辞墓文，淋漓血盈纸。廉吏犹可为，祸福相伏倚。讼冤更三朝，袖书哭都市。终荷先皇恩，竟宥微臣罪。白首遂生还，精诚格神鬼。屈指构艰贞，奄忽已三纪。故乡不可归，光景亦良驶。卜此湖山幽，逍遥娱杖履。辛勤寸草心，春晖惜难竢。许身效驰驱，明发伤岵屺。事父与事君，不负一而已。臣敢沽孝名，煌煌锡褒美。入含郎署香，出绾牧伯玺。抗志树休声，治行何瑰玮。操洁怪俗情，调高寡知己，冥鸿一往深，东山卧难起，奄人蠹元化，大厦日倾圮，肌膏起多方，黄巾聚若蚁，积薪势将燎，朝堂尚牛李，燕雀徇所私，纷纭竟谁是，国破九庙移，普天丧考妣。攀髯遗老臣，魂惊魄欲褫。谓臣本腐儒，识字亦无几。大义昭日星，宣尼抉其旨，复仇谅非迂。不共谊则尔，朝纲畴所操，独制在黼扆，志壹气又从，智勇可鞭棰，奈何终沦胥，天怒未有豸，三疏不见庸。方寸填块垒，城闉缠妖狐。秦淮豢封豕，男儿负须眉。有颣宁无泚，全归谢老亲。盖棺事毕矣，旷代推完人。庶不愧养士，衣冠拜遗容。清风仰遐轨，东望丙舍田，松楸渺江涘。

过凤鸣寺和钱蛰庵母舅韵

古寺幽有余，淹留忽三宿。春风媚旅人，溪桥散晴绿。双塔自何年，迥若奇峰矗。女桑揽柔条，老树偃空腹。不必深山中，阴森气常肃。乃知旷士怀，耳目珍所独。秉烛意良深，黾勉希前躅。闲云静忘机，飞鸟往而复。胡为撄尘网，局蹐伤骥伏。相期休夏来，抱琴倚修竹。不见前朝僧，十年竟蕉鹿。

过宛陵追感外大父玉尘钱公兼呈鼎铭二舅

美人为郡万山中，乱后重寻思不穷。话旧存亡应八九，感时亲故各西东。白云归梦伤游子，_{时先大父未葬。}斑鬓他乡老寓公。_{二舅家宛陵。}却怪相逢还问姓，沧桑何地不飘蓬。

郡楼叠嶂起层阴，漠漠春云自古今。圜土半生纯孝血，君门三泣老臣心。当年吴市投簪早，遥夜山阳怨笛深。记有留题遗句在，先大父有《叠嶂楼诗》二首。天涯曾否痛人琴。

读钱蛰庵母舅酌中杂咏漫题

三朝兴废一编青，读罢宫词涕泪零。白首中涓啼夜雨，黄冠遗老叹晨星。玉鱼金碗荒城蔽，汉苑吴宫战血腥。携向天津桥畔去，新诗应作杜鹃听。

陆经正

字复古，鄞人。康熙癸丑进士。历官甘肃兰州知州。《鄞县志》：经正初授山东利津知县，同选者多贷金以壮行色，经正独与两苍头策蹇之，任邑征额有陋规，吏告以旧例可取，厉色斥之。邑中数十年无列贤书者，经正岁时集诸生于学宫，赡给之，为讲析文艺士知向学。任满，晋兰州知州，旋致仕归。

古句章城

山色环临高下田，野翁犹记筑城年。凭君休话沧桑事，且看云生听涧泉。

万言

字贞一，号管村，鄞人。斯年子。康熙乙卯副贡。官安徽五河知县。著有《管村集》。

《续耆旧传》：先生以古文少有名，随诸父在讲社中。梨洲先生赠之诗，有云"规抚震川之古澹，加以剡源之色泽者也"。诸父季野亦曰："使我有汝笔，班马不难到矣。"以明经召修《明史》，独成《崇祯长编》一书，得罪于史局之贵人。出知五河县，大吏陷之，论罪，子承勋泣求有力者，得赎免。先生于诗非专门，然其魄力有可取者，所谓文人之诗也。

南食诗赠谢瞻在侍御兼示同郡诸君

北人食味崇饱饫,南人食味崇甘鲜。我来寓北近四载,每顿肉食愁浓膻。亦如志士托岩穴,孤弦冷韵声铿然。驱车一入长安陌,边何徐李纷华铅。今年海物闻大上,引领南望时流涎。一童来此方解包,瞋目少此挥以鞭。东山侍御幸召我,盘盂错落多南煎。就中魁蛤尤绝奇,蚶子。瓦棱历历随潮澜。白如良玉琢初就,红如美女唇方嗎。相传伏翼老始化,丑物乃与至味连。恶人享帝西掩鼻,始信事理何常焉。峥嵘公已历台阁,嗜好未改儒生酸。知我脏涩久消渴,蚶主润五脏,止消渴。频岁食我情何虔。涂羹尘饭堆垛中,一缕清气芬当筵。便欲把卷更请业,喟然当许黄庭坚。

送孙与立使安南

古人未同犹赧言,我未识君何以诗。独有胸中块垒处,非因使节奚发之。南交自昔列五服,陶唐和叔之所司。南讹平秩惟此宅,夏至致日殷人时。秦并天下王道废,赵佗虺结乃得私。汉分九郡四百载,侧贰虽反何能为。伏波功高谁与俦,铜柱界别难相欺。隋唐州郡迭更置,治以命吏要无违。嗟哉宋德弗及远,丁黎李陈频迁移。未雪燕云石晋耻,何怪膜外忘南陲。独怜明室功已成,鳞鳞绣壤舆图披。沐张百战收犄角,塞杨一喙同灰飞。此方苟不堪郡县,放勋岂果无思维。相业空闻羡宣德,不以尧舜殊卑卑。我皇神武截九有,芟夷三叛无纤遗。前年倪因战胜力,席卷交阯如风夷。贤俊满朝失及此,使我中夜长吁嘻。君今衔命往使彼,好将我语留心脾。隘留安南关名。险塞犹在否,富良安南江名。深广当何其。鸦舆安南贵人舆以布一幅,两人举之而行。螺笠安南笠以螺文极细者佳。逢道上,强弱众寡非难知。绘图一一归示我,燕昭台上抒心期。

初秋偕陈康侯、宋叔邃、黄俞邰、阎百诗、夏宛来、沈融谷、蒋波臣、胡次严、赵浮山集赵天羽园分得灰字

止酒连三月,因公始举杯。诗严金谷罚,客半圣湖来。坐中吾浙凡六人。六典搜方乘,天羽方任户曹会典事。千秋话劫灰,询周鄮山所作翁洲死事诸人传。明灯罗树杪,疑泛汉槎回。是夕张灯,木杪如列星。

观海 录一

浩荡熏风起,扬帆东复西。山光随日朗,云影带潮低。旧事怀奔鹿,新闻叹斗鸡。息机吾意久,梅竹拥西溪。

冬雪次坡公韵柬蛰庵

破除王李脱秾纤,独喜苏公韵脚严。欲煮春茶联瘦句,难教病妇斗空盐。蝗应入地占丰岁,鸟解依人下冻檐。为问归来高阁上,一峰太白可留尖。

五更梦醒不闻鸦,布被凄风战左车。何处瑶光惊照夜,怪来薝蔔却飞花。烟凝东舍遥呼火,路合西皋难到家。欲遣牢愁惟贳酒,屋梁钱□几堪义。

送乔石林侍读南还次汪东川赞善韵

握手城西一辆轻,琤琤匣剑作宵鸣。故乡万户甘分痛,当路三章巧借名。水势即看趋地顺,云心强欲蔽天明。臣身虽弃臣言用,饱饭黄牛计耦耕。

胡耀庚

字元白,号日电,鄞人。康熙乙卯岁贡。官平阳训导。《续耆旧传》:甬上向有澹园、绀溪二社,明经与焉,

为同社所重。生平著作甚富,不喜雕琢,得鸢飞鱼跃之趣。

访洪尧章

觅句长思友,乘舟骤出郊。嫩苗青蔽野,老树缘封梢。一室知高卧,双扉为缓敲。幽人开户处,黄鸟正交交。

题叶舅山楼

一水斜穿屋,群峰乱入楼。鸟啼空谷响,人语隔溪幽。樵子行依树,牧童坐饭牛。平生丘壑意,对此更夷犹。

游山

行尽南山与北山,群峰历乱画图间。乾坤多少幽奇处,只让山翁自往还。

陈锡嘏

字介眉,号怡庭,鄞人。康熙丙辰进士。官翰林院编修。著有《兼山堂集》。

《鄞县志》:锡嘏少受学于黄宗羲之门,集同志为讲经会。康熙十四年,领浙解。明年,成进士。改庶吉士,授编修,纂修《皇舆表》《鉴古辑览》二书。同考会试所识拔多耆宿,在长安三载,淡泊与布衣时不异。尝畏寒,欲作一袄一袴而不能,然外吏有讠误者,奉千金求排解,笑而谢之。以父老假归,杜门不通竿牍。时甬上经会中辍,锡嘏修举故事,视昔加盛。为人和平乐易。从事于格物致知之学,尝谓一事一物苟精神不到,则此心危殆不能自安。而气禀羸弱,竟以此致疾,病中犹隐几危坐,不释丹铅,卒年五十四。

行路难

汉飞将军临盛秋,往来射猎南山头。猛虎穴中昼夜伏,虎雏失食声啾啾。何况纷纷狐与兔,焉敢白日嗥荒丘。一朝推堕马上儿,名城不复连貔貅。归来长安见天子,秋郊草浅猿臂柔。犹有陇西帐下士,铙歌唱罢鹰在鞲。甘泉烽火夜来急,献书欲致霸陵邮。霸陵亭长佯醉骂,天子曾来清夜游。上林鄠杜田不得,从官轻骑尝杂蹂。自从谏纳东方生,五柞长杨黄屋留。诏书昨下执金吾,行人晏起当早休。今时谁数故将军,短衣匹马来何求。愁云黯黯汉时月,将军怒发冲兜鍪。我亦曾经数十战,劳苦功高赏未酬。长安灯火烛天起,羽林新拥冠军侯。呜呼自昔行路难,夜行每笑锦衣暗,昼行又苦白日悠。凤凰不合鸣高冈,梧桐便欲栖鸺鹠。南山白石浩无主,十年丛丛薰与莸。君不见,燕王致士自隗始,剑门骏骨千金收。何故荆卿忽西去,萧萧易水徒东流。昔者洛阳苏季子,秦书十上黑貂裘。当其位高多黄金,蛇行妻嫂听鸣驺。茫茫天地有如此,达者视之等蜉蝣。不愿临春十二楼,不愿连城五十州。不愿吹秦笙弹赵瑟,不愿饮醇酒炙肥牛。不愿娶妻阴丽华,不愿生子孙仲谋。但愿下泽车款段马,乡里来从马少游。阿兄大志向人笑,男儿腰下有吴钩。

署中古槐歌

长安城中古木稀,黄沙匝地烟迷离。阙东大道夹华毂,沉沉官舍相参差。吏部藤花翰林柏,好事纷纷传帝畿。我来玉堂行柏底,墙边斜偃虬枝低。柯亭无复旧时迹,树木犹存人事移。惟有前厅古槐树,凌霄高干罗双墀。此木或言元代物,周遮满院光纷披。材大宁为斧凿用,根深不受风雨欺。历年数百老垂铁,疑有神灵长护持。经春未过栋花信，槐庭冉冉萌芽滋。夏来不觉生浓绿，长条碧叶香云醰。清晨骑马初入署，曈昽已上扶桑枝。举头却爱槐如盖，筛光倒影垂檐扉。摊书啸咏坐移晷，轻阴漠漠春昼迟。此时缓步长廊下，凉风吹花黄满衣。徘徊嘉树发三叹，物生依托各有宜。此槐若委道旁种，飘尘谁复怜幽姿。不尔深山与大泽，宽闲寂寞徒自怡。今尔植根何得所，瀛洲且共青鸾栖。琼台翠阁俨咫尺，将毋造化为尔私。古槐古槐慎自爱，婆娑莫令生意微。蓊蔼欲留千亩荫，高寒真与孤云齐。自是嶙峋多劲节，不同桃李争芳菲。天风一日挐空起，蛰龙出土苍鳞飞。

秋风歌

秋风秋风吹我衣，我衣出自何人机？卖丝买谷常苦饥，秋灯络纬声依稀。寒士典裘易素绢，衣成忽惊风在肌。侏儒肉饱身正肥，短衣曳地多锦绯。我衣轻薄粗蔽肘，挈领那知复见腓。中原鼙鼓东西动，千里无烟昼掩扉。织女投梭窜荆棘，秋风夜夜吹空帏。鄞江片月砧声起，白纻晨光露未晞。鹑衣却费慈母线，欲行不行犹依依。秋风秋风慎勿吹我衣，衣带飘零景物非。

秋风秋风吹我扇，我扇不随人意变。平阳帘卷清昼长，销金此日当初荐。掌中明月坐生风，惊起空梁双乳燕。五月六月冰山倾，新凉出手偏承眷。一时亲近贪天功，吹去吹来君不见。谁知冷暖更相因，却逐流年暗中转。凉飙动地洗高秋，落叶枝头飞片片。但移团扇障秋阳，不复奉君清暑殿。书生茅屋遇秋风，床头旧扇相依恋。秋风秋风慎勿吹我扇，风欲来时扇遮面。

斋居即事

蹉跎伤岁暮，况复积愁时。草木材能老，文章我亦疑。

怀人江月上,归鸟夕阳移。欲访寒梅信,冰霜尚满枝。

日月愁中去,浑忘到腊时。江云低合树,渔火远分篱。径暖牛羊路,村孤雁鹜池。寒光下疏柳,春事早相期。

奉川道中

策蹇山城里,寒林落日斜。溪清涵万派,县古静千家。烟井秋生市,槐根晚聚衙。兵荒遗老恨,未敢问桑麻。

古道环青嶂,荒城枕碧流。寺残钟隐暮,野旷树凝秋。鲈鲙沿溪上,鸡豚满径游。年来愁客路,相与羡浮鸥。

蝉止

天意存时物,含生似息机。有怀能远俗,无语此羁栖。岂畏鸣惊世,还怜翼倦飞。何时金掌露,一振上林衣。

赋得长安一片月

谁领高秋意,当头片月看。碧空云自淡,金掌露初溥。柝起街声静,砧鸣夜色寒。清辉应万里,不独照长安。

渡京口

金焦不改大江流,落日黄云拥戍楼。万舳高樯飞雁断,三春细柳臂鹰收。山连北固都乘障,水荡南徐有废洲。莫问沉沙今古事,客怀先入暮笳愁。

归自灵宝和答董子在中赠行诗

握手俄惊赋远游,春风相送镜湖头。杨枝未绿千家雨,细草轻随一叶舟。放眼山河天地老,伤心行役古今愁。归来双袖浑如昨,叹息人间旧蒯缑。

短策无心听马嘶,中原回首夕阳低。白头故老多遗事,碧藓残碑有旧题。鸟道自开秦岭外,鸡声不尽汉关西。知君怀古深于我，每到登临忆共携。

莪蒿何处泣高旻，抔土伤心墓草新。岂是倚庐宜去国，依然负米更辞亲。人情颇觉归来异，交道还从别后真。江左才名兄弟好，应怜京洛倦游人。

腊月廿四日风雨集万氏草堂

风雨严城戍鼓催，孤篷岁晚出郊隈。草堂许借新春酒，近事何疑十月雷。村静犬惊邻屐集，天昏鸦急客舟回。诸公更有明年约，饮破梅花不放杯。

水北祠堂昼掩苔，双扉端为客船开。讲筵久寂青蔬饭，世事偏宜浊酒杯。念乱各怀小雅志，筹时谁是大臣才。茫茫天地都休问，且尽君家未了醅。

无端霆雨滞三冬，尚喜今朝得过从。下榻翻能招仲举，伏雌何竟饷林宗。且收残腊归鼙鼓，待听新晴报晓钟。莫为穷愁忘努力，风霜奈此岁寒松。

十月朔日新涨

送秋风卷树头烟，一夜潮飞欲上天。帆影不知平岸路，却移斜日过桑田。

送汤西崖归西泠

马蹄经岁踏京华，忽逐征鸿去路赊。何物关心归思急，孤山开遍早梅花。

梦入钱唐路未遥，故人书舍近盐桥。石栏护得云亭字，窗外秋声雨滴蕉。谓万充宗。

芦沟一榻共鸡声，又听秋潮浙水鸣。消却三条官烛债，登坛何地不纵横。谓万管村。

陈锡嘏

董尔宏

字道能，号毅庭，慈溪人。康熙丙辰进士。官江苏金坛知县。著有《春雨楼集》。

《慈溪县志》：尔宏令金坛县，多逋累，为计亩减耗，捐俸葺文庙，进诸生校经义，课其甲乙。听讼和霁，妇孺咸得尽其情，事无大小，数语立决，不取一无名钱，人亦不敢干以私，以船工坐免。值圣祖南巡，士民争赴行在，乞留不得，为立碑志思，并建祠肖像祀焉。

凤凰山晚眺

振衣成远眺，秋色接长空。二水分还合，千山断复通。云归岩树白，日落浪花红。不尽山阴兴，高歌暮霭中。

酬胡同年会恩都门寄怀之作

细雨衙斋静未开，故人天上有书来。花含彩笔飞鸾掖，韵寄疏琴隔凤台。两地情怀萦古月，一官况味逼寒梅。春灯小巷门相对，何日公余共玉罍。

沈延嗣

字斯诜，号南郭，鄞人。康熙丙辰恩贡。著有《寸知居集》。

《续耆旧传》：沈氏自肩吾、大若二先生诗才极盛，云将继之，此后稍衰。先生出而又振之，其魄力雄阔，居然二祖之风。

春日坐雪

北风不知春，三月乃雨雪。柳芽缩欲摧，麦苗压还折。寒威谬得意，吹我衣裳裂。我宁忍冻坐，不取炉边热。须臾朝暾升，和气散凝结。草光湿益鲜，鸟意晴逾悦。是时雪犹在，不复作凛冽。转以莹晶姿，助此光皎洁。吁嗟聊复尔，前林听鹍鸠。

暑夜山居坐月 录一

好月谁与共，相对惟青山。山空静无人，光气森往还。嗒然此孤坐，身为光所环。仿佛潭中鱼，宕漾空明间。濯我魂魄清，怡我神思闲。何必蹑仙梯，鸾鹤相与娴。清虚如有府，此夕已跻攀。

自丈亭放舟至梁湖

辞家才两日，渐觉故乡违。酒味经春改，人音隔岸非。江枫迎棹远，沙鸟引船飞。回首光溪路，海东云自归。

晓泊韩庄闸有怀

客路寒光重，乡关乱未休。何堪两愁绝，并此一孤舟。犬吠荒村暮，人归野渡幽。相思不可见，明月正当头。

别王辑五先辈

怀归归转怅，为此故人心。缟带情难恝，并州思不禁。雉飞芳陇遍，莺语落花深。惜别如春日，迟迟直至今。

赣榆旅次见留题壁上者，吾乡李子上襄也，中有"王孙谁是主"之句，其感深矣，依韵率和

郭外无花色，蒿莱满稻畦。行人稀过迹，疲马怯征蹄。日落墟烟冷，城荒海雾迷。王孙欲觅主，歧路认东西。

出郭

江皋舒远眺，渐渐夕阳低。访寺钟声北，逢僧柘影西。

寒闺调月杵,野戍咽霜鼙。欹枕浑无寐,城头乌夜啼。

春日诸同人游黄公林,因过董天鉴墓,凭吊有作,余以事不得从,漫笔次韵

惜不偕公等,同寻董老坟。杖藜披宿草,絮酒吊斜曛。白社谁为伴,黄公真尔群。漫歌采芝曲,且与赋停云。

江行自燕子矶抵京口有感

击楫何人志未酬,一帆空自济中流。月明赤壁乌飞夜,风急清泚鹤唳秋。天堑依然南北限,江声别有古今愁。景阳钟鼓胭脂湿,方信楼船到石头。

过倪庆孙故居

竹径榛荒不忍行,十年此地故交情。信心我愧朱文季,死友君知范巨卿。架上鸦青残旧帙,池边鸭绿涨新萍。披帷无复斯人在,愁听邻家吹笛声。

对菊有怀董天鉴、徐苍郊

篱菊参差绕砌开,淡香寒韵足徘徊。临风忽忆人千里,此日谁同酒一杯。园为稀锄窥几度,榻知卜夜下多回。相思独上南楼望,愁见黄云高鸟来。

九日同鲍星涛、胡湛祈登大佛阁

巃嵸杰阁俯城东,此日登临佳兴同。三晋山川争浩荡,九秋风雨动高空。太行云起思亲处,潞水流深怀古中。倦客不堪频极目,长天衰草望何穷。

寄柳堂主人

九十春光客里过,柳堂花事近如何。青丝蔓已将萦

盖，碧玉条应先变柯。河朔酒徒吾见少，海南烽警近闻多。四千里外思归客，长忆晴湖水绿波。

得家书

闻有家书至，心疑消息新。持书未敢看，先看寄书人。

不寐

客邸无端卧日晴，夜来偏醒到鸡鸣。也贪梦里归家便，却为思家梦不成。

湖堤夜眺

月华一碧满平川，独立横塘倒影连。是水分明不是水，半湖山色半湖天。

王朱旦

字宝日，鄞人。官山西解州知州。著有《采堇堂集》。

《续耆旧传》：解州，故评事家勤子，原名春正。评事豫于五君子之祸，并捕入狱，闻玠等救之，得免，改姓名曰"朱旦"，痛心国难，无意世事。已而以贫出游关中，值三藩之变，陕贼应之，乃间道至晋。晋抚以保德州牧之荐，便宜假以团练之职，用奇兵制贼，贼不得逞。康熙十六年授解州知州，以争盐丁忤大吏，去官，解州之民冤之。复起知广东之琼州，道卒。解州之仕，论者比之嵇绍，不无山公误人之叹。然以书生横槊成功，直追李萼、辛谠一辈，可谓奇才。其在解州，百废具兴，尚未满二年也。诗诸体皆备，风发泉涌，尤工乐府古风，多惊人语。同时如证山、补堂最称健者，然皆出其下。

《西庐杂识》：解州诗才气有余而少修饰，虽有惊人语，正如秔糯相杂，作饭不利咀嚼。

独漉

独漉独漉,畤分禾菽。雨不留行,雷不破屋。北邻醉客,西邻乞浆。维我亲故,各为行藏。黄河斗水一升泥,朝夕乱流无高低。鱼虾中相睎,又恐去此作瓶醯。

东门行

少年日行迟,中年日行速。走问东王公,但知日出不知复。鸡唱整衣冠,然灯会亲族,贫不相顾空相祝。相顾无厌,求名受戮。枯井草芊芊,甘泉若轳辘。归受儿女唉,出逢穷途哭。君不知我愁,青丝络双牛,人生得志何淹留?两轮盘盘转,不得到重楼。田间老苜蓿,无事宁为福。洛阳轩盖家负债,艳车服出已难归。不谷出东门,徒碌碌。

怀古 录三

朝看急流水,去寻庞眉翁。古今不相须,日出辨西东。移斗饮上游,制冠访崆峒。烟霞隔世迥,疏旷各由衷。天维待石补,人谋胜鬼工。猿鸟只自怡,安知春秋同。侠骨长城窟,儒灰咸阳中。倚担看瓜熟,旋车如行风。孤云谷口合,流光忽掩空。来往无已时,宁劳问苍穹。

男子本天性,高下常仰俯。层城万里遥,辟谷徒辛苦。子房终丧韩,封留亦□阻。何当追包胥,七日竟复楚。群俗竞声名,动息分鼠虎。汉廷治乱多,秦洞桃花腐。宿将斫柱呼,两生老在鲁。试观物化移,宇宙竟何补。

人生思得意,举步遂掣肘。终同鱼鸟情,今古复何有。高明鬼物觑,顿忘稚与叟。过卫惜闻钟,逼秦一击缶。意气时相加,落日同搔首。寂寞摩泥珠,岁剪春园韭。匣中三尺光,闭置无好丑。休逐江湖行,恐化龙蛇走。

破贼河上遂平府州据鞍即事

紫塞尘生处,水涨炎光弥。雷轰半壁动,鬓发乱星垂。插空高筑塞,千里难交绥。鱼龙慑不起,陇朔断行辀。险要五虎岭,剥落三川碑。反目恣黄鼠,突兀来青眉。缘崖脱巾呼,沿山张素旗。山中几世人,闭眼烂柯时。把竿随鸟行,乘屋碎瓶瓷。黄河助笳鸣,蜂虿向东滋。鞭投流澌歇,日黑无敢窥。我倐捧远檄,戟须集健儿。当筵未及舞,何用年少为。夜深飞天堑,感激沁胸脾。部署寒风转,觭影鬼神疑。沉舟长啸起,洒血洗嵚巇。一麾岩壁碎,三伏烟岚危。势逼生新力,途穷鲜退思。开襟矢石间,寿夭所自知。金火无虚发,冥然黛色移。落叶飘横陈,拉朽正在兹。狂豕奔阑后,闭关欲再持。四围削陡岸,独路添层陴。城阙青云迥,衣甲白云比。南面夺门入,烽停无后期。气举壤垒摇,火烈甘霖随。号声洞底雾,走道石头陂。偏军蹙落魄,溪谷满浮鸥。日出妖氛静,残民正我傒。搢绅巾袜少,房栊马牛驰。余烬片刻灰,长缨杂短羁。林定犳虎尽,眦裂忘朝饥。寻凉上古阁,俯视人迹衰。焚书禁网拆,汲浊煎蟛蜞。回首沧波澄,老稚欢登迣。封仓数弃械,群羊唊柏脂。转输西掖通,严队听宵吹。桥陵木自古,花谷草累累。手掬呜咽泉,年荒吊者谁。罢喘羞言瘁,即景暂留诗。

过荆轲山吊古

轲山凝赤,相传樊将军自刎无血。荆卿携至此,忽沥下不休,十里亘赤,令人思苌宏冤化不忘云。

易水风寒壮士去,遍地白鸥飞不住。城笳吹歇扁舟横,丹函血溅十里树。可怜将军拔剑呼,不传剑术传头颅。千年恨绕长城阙,六月霜飘隐士庐。马嚼连钱嘶叶落,干将吼破金络索。起视乱石拥清波,羞余古木相盘错。意气从

王朱旦

来在丈夫，一逝一生若有无。山前山后十六处，昭王陵寝种青菰。聚敛贤愚如聚债，双双粉髑横瑶带。棋子方褥衬朱城，屈膝盘龙学妇拜。君不见，饿到田王树，醉伤石帝楼。只闻柳下墓，重若齐王头。无情黑发等尘浮，有意百年付酒醉。鲁连蹈海非徒愧，蔺相愿与璧俱碎。所争不过利和名，璧终入秦帝亦成。囊扑爱弟庭前肉，金铸长人天不争。烈士卷□持秦裾，白虹闪烁日光虚。殿上螭枭似鸾舞，咸阳百万闭门闾。片地茫茫眼前雾，带甲诸军皆失顾。寒色千寻督亢图，哀乌满树函谷路。太子丹，樊将军，心生马角夜啮龈。故人已落海天云，至今壮气犹氤氲。九百阿房诘旦火，千里荆山不可焚。秋雨愁杀胭脂恶，黄河泻地落阳曛。后儒尽向泥坑腐，何曾登廷吊今古。背语挟书齷齪死，忿击箕踞非莽鲁。当时颂德六王臣，封松勒石遍随巡。只有此山巡不到，匕首忽化椎千斤。历代诗书都毁尽，却制篆笔付冤民。图书无恙待汉相，役夫逼迫识关津。我来对塔不得上，俯仰乾坤直沆瀁。秦焰未禁方伎书，提药听琴皆□仗。鼓工提筑报翻奇，不似击椎竟配响。击椎借箸一时心，千县长城何等像。劫灰媚骨应先没，草野刚肠今尚云。顷刻沙丘鱼葬主，慷慨樊家血作坟。草木枯槁关塞赤，蛟龙跳跃易水荤。吾思力士□断筋，终是不肯负吾君。

东皋漫兴 录一

长歌痛饮后，远海碧天深。自有霜吹梦，无烦风送砧。山沉游子气，树老野人心。我欲谈新事，初开半面襟。

马邑渡河

雄边隔带水，野雾湿城头。山势望将合，波光去不留。行人先渡马，世事重防秋。骇听牛车上，时时说武周。

赤桥吊豫让 录一

过山红日落，衰草夹桥生。不共戴天处，虚存一士名。同僚作饮器，无炭亦吞声。为国诛横逆，非徒报主情。

客邸

乡心缭绕恨涓涓，茶熟诗清寂似禅。依阁花开新酒后，凭窗人倦午风前。命成铁瓮犹鱼走，道在香榍让蝶眠。弹指流光何处记，青骢数换五丝鞭。

题刘伶故里 录一

天醉日模糊，半生卧酒垆。刚肠君所鉴，中散丧头颅。

渡永嘉

城雀江鸥性自亲，日低浪急桨催频。渔船远系垂杨下，怕有闲人问汉秦。

毛来宾

字岐阳，鄞人。

《续耆旧传》：岐阳生有夙慧，好读异书，无师自悟，尝制自然漏，定节气、报时刻，无毫发爽。又从异僧受追魂法，于密室洁坛布几置绘具，阅四十九昼夜，能摄亡魂，追摹形貌，黄冈王尚书昊庐为作《异人传》。晚岁取所授书尽焚之，曰："此鬼神所忌，且非圣人不语怪之旨。"君子是之。

奉酬某公见过小斋所赠元韵

不厌郊原僻，来寻松竹清。小蔬随意采，薄酌有余情。老鹤思闲侣，乔莺慕友生，联吟还并醉，每到月星横。

赋得明月入户寻幽人

谁同良夜一徘徊,幸有清辉不速来。带雪无声移画阁,穿云蓦地下瑶台。邀将李白眠呼酒,唤取林逋起看梅。若是垣娥真着意,何妨宵户彻明开。

唐文焕

字尺木,奉化人。文献弟。著有《嵩溪诗集》。

寄陈介眉

文园近日更何如,杏树庄头好隐居。尘隔不知城市闹,门开惟见稻粱疏。碧窗清昼闲评药,绿树凉风静对书。喜得江村残暑退,拏舟拟欲访精庐。

书怀

守穷咄咄老吾年,几费茅绹结漏椽。善贾谁求司马赋,痴心欲借尉迟钱。六通未具难成佛,九转无因漫学仙。一事尚为今日幸,免供徭役为无田。

王治皞

字白民,号瀗庐,慈溪人。诸生。著有《瀗庐》《淮颍》《江汉》诸集。

姜西溟先生《序略》:白民治经有法,恬于进取,以诗称江湖间。在京师七八年,齿发衰脱,落拓尘市,囊不蓄一钱,任真乐易,无肮脏失意之色。于去就间,盖通经有道之士也。

西溆散怀

夕阳不在山,青翠积遥岸。繁花媚芳阴,秋蕊蔫如幔。

踩步发霞襟，循物得疏散。舞雩良不违，仓卒偕童冠。樽罍聊复陈，林潊性所玩。风吹草际琴，鸟窥柳下锻。微尚固可欣，游衍亦非诞。少壮几何时，辛苦弄柔翰。入世各自营，即事限樵爨。黾勉互歌欢，振衣忘日旰。

秋风辞别李辰山

君不见，秋暮林疏烟日白，江上风吹波光碧。阴阴塞北度征鸿，湛湛青枫荫沙泽。经秋黯惨几人悲，钓竿乍拂沧江迟。嗟我容颜老自惜，思君聊作秋风辞。秋风千里盈乡路，达蓬海月骠骑树。行李三江木叶稀，故园兰菊蒙霜雾。归与儿童共辛苦，却将樽酒酬亲故。夭袅苍松照席寒，蔽亏日月邀词赋。呜呼秋风吹不彻，仓卒揖君与君别。鹦鹉湖边折柳条，沪渎江云覆春雪。

大堤

大堤女儿荡桂楫，回风扑面罗裙湿。皓腕珠鬘金缕衣，银波细卷湘娥立。日暮芙蕖彻水香，江头对舞紫鸳鸯。铜鞮子夜躞娇管，月映蛾眉翠匌凉。手约明环情未已，纷纶拂袖采莲子。莲子苦多莲叶稀，绾丝断藕心如水。忆欢恨欢欢不闻，折取芳华赠白云。含情莫展龙须席，转见风波愁煞人。

颖州

北来霜气早，西向马蹄遥。沙草迷征雁，天风纵落雕。停鞭整敝褐，对仆进村醪。回首家乡路，经淮又几朝。

弱宋南辕日，孤军北抗时。至今夸挞伐，犹说顺昌旗。箭石喷沙雨，城隍锁戟枝。欧苏曾赏咏，风韵未差池。

景陵八首 录三

云梦风如驶，金鸡迥不惊。日寒先主庙，花暖鲁公城。

夜柝缠兵气，巢乌识鼓声。休嗟风景异，定习瀼西耕。

郧土连云杜，汉江纪内方。石城沙树静，柘水雨烟凉。褰珮怀滋畹，临流赋涉湘。飘零世未定，此地卜沧浪。

城郭巫山阔，乾坤楚塞遥。江云朝漠漠，风日晚萧萧。藉草还桐柱，鸣鞭信雁桥。客中雨不断，琴酒肯相招。

春色

老眼看春色，荒荒未觉迷。戍前怜弱草，江上逐莺啼。何日宽征税，终年怯鼓鼙。坐经榆柳暗，仿佛暮烟低。

但使清樽满，何妨乌帕斜。疏云团细竹，野鸟立春沙。饮啄时将理，生平路未涯。那堪催塞雨，竟夕静闻笳。

楚夕

渚宫箫鼓不堪闻，羽猎章华吊鄂君。江汉风回溢口树，桥陵花压郢中云。可怜作赋怀香草，却见登楼正夕曛。回忆攀舆吴楚隔，况经裘马系同群。

周臣

字陈侯，号缄斋，慈溪人。著有《三缄斋稿》。
《慈溪县志》：臣侨居嘉兴之梅会里。朱彝尊称其诗安雅清疏，无尘垢之染。家徒四壁，能不忧贫，仿唐宋人制笺，流布江浙。

水仙

东篱曾有种，《种水仙诀》有"栽向东篱下"之句。移向小盆便。标格寒梅外，轻盈淡月前。水清临影直，石细护根圆。斗室幽香满，心香亦欲仙。

塞上次永日弟韵

漠漠黄榆塞，茫茫黑嶂云。地连南北界，天半古今分。日落鸣笳曲，秋高牧马群。边城山作障，负险驻三军。

李斯年先生园居

寻壑风光好，_{寻壑园名}。桃源即此乡。有田惟种秫，余地便栽桑。草色新朝雨，鸦声送夕阳。菱歌随处起，溪绕读书堂。

呈秋锦李夫子

溪馆春风里，曾容立雪人。传经无剩义，与粟更怜贫。韦布文章重，山林事业真。栽花兼种竹，千古一闲身。

咏腐次张艾斋韵

菽水成佳味，山厨度岁华。清芬兼菜甲，澹泊称贫家。入釜金相似，调羹玉可夸。本无肉食相，应共酒频赊。

有感

飘零无限事，囊剩一钱看。淡泊谋生易，疏慵涉世难。剑逢知己赠，冠耻故人弹。何日成归计，山斋梦亦安。

陈允吉兼斋两舅氏书至促归故里

舅氏情犹昔，怜余作客频。尺书传旅舍，一叶渡江津。花鸟催春事，存亡感故人。买山赀未办，白发镜中新。

与兄屺公话旧

故园兄弟别经年，几日相亲倍黯然。两鬓秋霜悲镜里，一窗夜雨话灯前。清风曾播栽花县，逸兴还需种秫田。嗟我暂归仍作客,不禁孤雁唳云边。

牧牛图

山路骑牛去,前林夕照时。春风横一笛,不向市城吹。

送别

春风送客一帆轻,才过长亭又短亭。人世若无离别苦,灞桥柳色为谁青。

枕上

十幅蒲帆趁好风,年来历尽浙西东。还山漫说能安枕,犹有波涛入梦中。

秋江垂钓图

剩有闲情寄水边,白萍疏柳夕阳天。人间多少繁华事,消尽秋江一钓船。

冯逊庸

字孟勉,慈溪人。诸生。著有《冯子诗存》。

云中道上有感

奈有云中路,来从塞上行。黄沙终日合,青草过时生。李牧闻为将,蒙恬罢筑城。一家无内外,烽火不曾经。

忆家

频年海上战场开,望断江头信使来。故里风烟人共远,天涯云树梦长回。愁闻啼鸟惟高卧,闷对飞花绝举杯。绿水千家行客路,青山几处望乡台。

秋日写怀 录一

宾朋犹过会稽来,江左风烟莫浪猜。醉后漫劳鹦鹉赋,感深同上凤凰台。树连淮北千行直,山绕城东万叠回。俯仰乌衣俄顷事,清谈宁鲜济时才。

郑允森

字宏业,慈溪人,归安籍。诸生。

阻风钱塘

石尤风起暗黄沙,古渡斜阳独倚槎。海内伤心谁似我,天涯极目总无家。飘零书剑随霜叶,磊落行藏付浪花。回首吴山方吊古,牧童归去动悲笳。

湖州杂兴

斩断酸根只学狂,朝吴夕越一奚囊。弯弓落鸟呼清酒,下马挥毫赋短章。倦倚红裙花月队,怒看白眼利名场。春风正好吴兴路,水戏谁家值杜郎。

张圣选

字晋棐,镇海人。鸣喈子。监生。授州同知。

《镇海县志》:圣选性孝,躬营亲墓于鄞东钱湖,以芦苇为庐,处其中,不忍去。尤轻财好施,从伯某死,遗孤孥甚,赠以金,令贸易,未几赀尽,又赠之,如是者三。崇丘李氏鬻男糊口,予原价俾赎之归。年六十焚箧中券以自寿,后有持金来偿者,坚不受,人以是益高之。

赠别唐明府磐庵内擢 录二

海角沾恩日,天涯判袂年。相逢承指示,临别故留连。

野老欢迎道，春潮却送船。几时重聚首，旧话诉便便。

更有难忘处，中牟著政声。冰心寒玉署，化雨润江城。案静翻琴谱，庭空听鹤鸣。圣恩知有自，早欲藉调羹。

张钦选

字晋悦，镇海人。鸣喈子。诸生。

夜宿月波石洞

东湖山寺耐婆娑，石洞遥看月在波。世事多从流影去，只余云物老松萝。

王天才

字汉升，鄞人。官象山营千总。

《鄞县志》：天才少读书，喜谈忠孝节烈事。康熙十三年，随提督常进功与贼曾养性战于旄头洋，奋勇前进，贼聚舟遽围之，自巳至申，矢尽药竭。贼蜂拥入舟，短兵接战，力竭，堕海死。事闻，赠游击，赐祭葬，荫其一子。

海上即事

杀气静黄昏，楼船衔尾屯。樯乌高接汉，兵爕近连村。寥寂听更柝，斑斓拊箭痕。旧曾娴战略，计日报君恩。

登天封塔

万仞浮图插紫冥，蟾宫笑语傍栏听。蛟门潮涌三江白，鹿岛峰攒半壁青。横槊赋诗声倚雪，振衣弹铗气冲星。轻摇羽扇鲸氛洗，锁钥功高此勒铭。

秋日有怀

闲倚危楼望远岑,暝烟寒色织疏林。芦花月底三秋雁,枫叶霜时万户砧。廿载交游多寂寞,半生出处竟浮沉。何人唱和堪朝夕,赖有黄花对素心。

感事

海氛极目野烟红,烽火苍凉钲鼓中。波撼蛟关纷羽檄,沙回马嘴驻艨艟。几番海汛频催戍,数出舟师未见功。慷慨微躯原许国,诘朝破浪借长风。

韝鹰

羽足毛丰意气雄,几回展翮欲凌空。主人勿虑飞扬去,奋迅时收臂指功。

陈贞

字吉人,号介麓,鄞人。以监生授江西上饶县丞署,广昌知县。著有《历游草》。

《鄞县志》:贞诗文敏赡,兼精骑射,入太学,授上饶县丞。康熙十三年,耿精忠兵陷广信,贞抗不从逆。奉檄署广昌县,暂驻南丰。会贼众来攻,家丁十三人皆殁于阵,贞伤臂堕马,被擒。贼遣人诱降,卒不屈,遂遇害。事闻,赠江西按察司佥事,赐祭葬。荫一子,入监。

挂剑台

漫向前途去,停桡挂剑台。千金公子诺,一死墓门哀。古木留遗迹,残碑翳旧苔。猿声啼不尽,交道日成灰。

陈翰邦

字令裔,鄞人。贞从弟。诸生。

初霁泛舟郊游,适遇故人,共载而归

轻风送雨过前冈,巨浸黏天浴日光。一棹远涵青嶂影,片帆低染绿萍香。桥通北渚连渔舍,路转西河见草堂。适遇故人欣把臂,相将斗酒话残阳。

李涛

字浪仙,鄞人。诸生。著有《问花轩诗草》。

过确山谒先侍御祠

城临三里店,郭抱竹沟桥。堕泪看遗碣,孤忠忆往朝。荒祠喧鸟雀,落日隐渔樵。谁进王孙饭,西风慰寂寥。

寄友

作客非王事,行踪安所如。孤衾千里梦,隔岁一封书。偶为交游误,翻令菽水疏。最怜双白发,朝暮倚门闾。

书怀

久杜纷华习,朝朝静掩扉。十年诗骨瘦,九日菊英肥。露冷催蛩穴,风凄缩葛衣。乡关频入梦,深悔客游非。

桂时飏

字紫诰,号梅溪,慈溪人。诸生。著有《天香书屋诗抄》《梅溪寄兴草》。

春夜

雨余春气足，客旅夜沉沉。帘密筛风细，窗虚漏月深。花情浓似酒，竹影淡于琴。独步空庭内，悠然太古心。

初夏闻莺兰森堂分韵得一先

嫩绿初肥雨后天，枝头睍睆断还连。非关学语同鹦鹉，岂是伤心效杜鹃。闺梦惊残清晓月，旅魂啼破夕阳烟。飞花落尽林阴密，惆怅春归又一年。

桂兴宗

字燕诒，号秋崖，慈溪人。监生。著有《冷香草堂诗集》。《慈溪县志·艺文》引《清芬集》：兴宗父仲升，明崇祯间守备狼山，遂侨居通州如皋。好吟诗，力摹古人，尝游楚豫秦蜀，得江山之助，故其诗工稳韶秀，得唐人风味。

敝庐

地僻容迂拙，家贫少是非。林风知虎过，寺雨见僧归。寒屋晚烟瘦，暖沙冬笋肥。儿童谋酿酒，春秋夜灯微。

泊桐庐县

将泊桐庐落照残，翩翩倦鸟亦飞还。舟来细雨秋江上，县在群峰翠霭间，背谷楼台灯影乱。临流村店酒旗间，须知胜地难常到，痛饮垆头博醉颜。

丁亥九月六日赴延绥镇府，承湖北方伯王公星聚、臬使徐公栋云暨两幕亲友饯饮，即席赋此赠别

秋深黄菊绕红亭，箫鼓悠扬酒盏清。共饯从军新幕府，却惭垂白老书生。江头烟雨看帆度，塞上风沙听马鸣。此

别如何慰知己,据鞍犹自觉身轻。

谢秉昌

字对越,镇海人。诸生。著有《闲情草》《西堂诗草》。

中年

学道中年苦不早,掩关尽日愁春老。回思往事不胜悲,肝肠刻画闲花草。二十四番花信中,辛夷花落桃花红。春去春来无近远,开花即是落花风。饮啄随时百不思,多愁多病欲何之。生来不得具仙骨,空向秋山采紫芝。

猛虎行

县官昨往南村去,募夫斫尽山前树。鸣锣伐鼓向山行,鸠吼一声毛发竖。刲羊再拜告山神,岂容异类横杀人。寝处其皮食其肉,酌酒敬神神百福。山神亦无奈虎何,但愿使君政勿苛。

西堂

濠濮年年想,闲来坐钓矶。一竿潭水阔,三尺鳜鱼肥。地僻月初上,春深花乱飞。不须时谢客,蓬径自来稀。

赠张介庵 张子,毗陵人,其尊公前曾宰吾邑

廉吏冰心事已非,高歌优孟故人稀。秋残早过黄花候,客久仍披白纻衣。云断姑苏书北至,霜清海国雁南飞。严城夜柝增乡思,赖有登楼可当归。

风雅中原孰与论,马蹄芳草系王孙。疏狂无处堪投刺,放浪他乡但扫门。深院逢僧谈往事,孤城吹角坐黄昏。青青桃李原无恙,几树成蹊感旧恩。

谢允昌

字孚吉,镇海人。泰交子。诸生。

赋得爱月夜眠迟

天回星野阔,月上海潮生。笛弄关山曲,衣传砧杵声。三秋分外皎,一岁几回明。敲枕难成寐,中怀谁与倾。

谢炽昌

字翼昭,镇海人。诸生。有集。

独上灵岩寺

游山不嫌独,入户只云封。僧舍无人问,泉流到处通。短筇随草径,孤屐历高峰。倦鸟无还影,行归半岭松。

九日

西陵树色入窗微,一醉眠回启竹扉。几处霜天来雁影,三更沙浦涨鱼矶。苍苔夜雨寻清酤,紫菊山城送白衣。回首登临无限兴,残星数点照人归。

夏玉文

字章友,号晓庵,鄞人。著有《孤怀诗稿》。

头陀岩庵

何年懒石化头陀,任彼狂风骤雨过。半壁嶙峋开户牖,一蹊屈曲引松萝。炉香月色迎禅定,鹤舞猿啼代咏歌。历尽寒暄终自在,不须装点学偏颇。

暮秋游银山寺

迢迢曲径入山阿，此日银山喜再过。林叶初红秋色老，岭头依旧白云多。

金组绶

字印伯，鄞人。

登天封浮图次林殿飏太常韵

东望晨曦夜色阑，相携翔步陟云端。香焚宝鼎烟初散，鸟啄檐铃韵未残。仰睇蟾宫窥月近，平临鹫岭怯风寒。群公揽胜饶佳兴，大地山河指顾宽。

崚嶒梵宇望中分，极目凭高日未曛。不数艨艟浮远渚，几多戎马没荒坟。月坡涧落千岩碧，烟树风摇万壑纷。对此徘徊无限意，好期康阜瑞书云。

势凌霄汉镇遐荒，八表云开一望苍。千里湖山多壮丽，万家烟火半凄凉。天高莫借浮槎接，地胜难将彩笔量。长啸苏门来绝顶，鸟惊花灿水流香。

雾烟初散盼晴沙，鳌柱千霄胜概加。海岛虎蹲风起树，江潭龙奋浪生花。经翻贝叶飞甘露，佛坐莲房绚紫霞。寄傲翛然尘世外，瑶池西指路非赊。

张拙

字任夫，号庸庵，鄞人。

钱蛰庵招饮归来阁赋谢

识君曾记暮春时，每向园林共一卮。十五年来浑似昨，膝前喜见宁馨儿。

罂粟花残风雨多，芰荷香里晓凉过。淹留竟日非狂客，吟得君诗当浩歌。

此身虽隐莫藏名，斗酒淋漓带雨倾。漫识归来高阁好，蒲轮将欲向君迎。

张鸿儒

字鲁客，鄞人。诸生。著有《自足楼集》。

过露筋祠

遗体谁无爱，贞心不可忘。一坏骸骨冷，千古姓名香。碧水寒光动，荒祠古木长。更闻灵爽异，十里绝蚊虻。

和陆无文移居 录二

断落烟云入翠林，结庐雅称古人心。遍栽苦竹留甘笋，庐山苦竹笋甚甘，相传陆修静手植。新得奇书辟旧蟫。溪放片帆乘雪夜，鹤怜清影就花阴。相期惟有知心者，来去何妨野径深。

何须落日对匡床，眼底千山自不常。但识栽松成处士，岂知种竹自他乡。迟迟飞鸟怀天末，望望停云在远冈。位置林泉应有待，载花归去供徜徉。

蒋宏宪

字立庵，一字万为，鄞人。诸生。

壬戌七月既望

是日余客越城，过访洪晖吉先生。以此夜乃坡翁游赤壁时也，与陆锵侯各赋一诗，余因效颦，呈政于梨洲先生，评云："叙情宛然，不减香山诸作。"而先生亦赋一章赐示焉。

七月既望壬戌秋，苏子当年纪胜游。迄今壬戌六百载，历数甲子已十周。黄州胜迹应如故,古人胜事谁能诉。今日不见古人游,犹幸得读古人赋。忆昔坡翁遭谗伤,方罹廷评又谪黄。洒然胸襟无一物,清秋赤壁共徜徉。兰桨轻摇空明瑟,相与枕藉东方白。飘飘遗世如登天,得失穷通犹过客。楚山千里路悠悠,欲往从之阻且修。即今胜地居于越,古迹兰亭尚可求。兰亭相去如咫尺,驾言出游应不惜。咫尺兰亭尚未游,空怀赤壁复何益。明年三月春正芳,与君沉醉兰亭旁。何必兰亭始沉醉,且醉今宵明月觞。楼头月色明似雪,一尊相对光愈洁。但知赤壁怀古人,岂识当前即古月。古月融融照九寰,闭门静坐即深山。但使一尊常对月,胸中万事皆等闲。悠然赤壁存其间。

甲寅避乱移寓樟村

十里山光面面开,采芝是处足徘徊。沙田瓜熟供新味,野涧鱼肥佐客醅。竹色花香当岫出,樵歌牧唱夹溪来。生平夙有栖迟志,三径琅玕手自栽。

徐孟志

名时顺,号允岩,以字行,鄞人。贡生。官山东兖州府同知。著有《客蓟草》《东国宦游草》。

过看经寺

距舍不多路,境幽如深山。超登梵王地,尘远心便闲。林树荫茂密,禽鸟声绵蛮。禅房通曲径,花落点苔斑。坐久谈佛理,有僧何老孱。别去辄相订,盍订日往还。

寄史立庵修撰

湖边敦夙好,曾共读书檠。有束因风便,相思在月明。群贤钦领袖,□国重衣缨。安得冲飞上,谈心向北平。

郭镳

字中立，鄞人。

云石歌

我闻仙人煮石不煮云，炼成五色天可补。又闻泰山之云起肤寸，澍雨崇朝遍下土。有云变石亦寻常，石变为云迭宾主。戒香古寺之东偏，有石盘盘复拒拒。云窝卧冷不计岁，视之几与瓦砾伍。天生奇质悲沉沦，半入邻家筑环堵。尘埃埋没年复年，抱得云心终不腐。五岳真形方寸中，呼吸直将通帝所。一朝石露云气开，见者狂呼拜且舞。汲泉为石洗尘蒙，百斛香醪浇地腑。吁嗟乎，沧桑世局如云变，埋石千年化为女，将欲腾石于霄汉之间，亦复浮空映碧若霞屿。足濯青海背负天，嘘气成云云作雨。江乡云雾天地连，三片茫茫在何处。飞来峰前日影西，大石起立仰而俯。大笑维卫诚哑佛，不能使石点头光作炬。我今作诗洗云石，洗石为云行记取。为语颠生知不知，哑女能言石应语。

杨体元

字香山，鄞人。

云石

仗锡之山断还续，蜿蟺扶舆下平陆。结脉乃在寸壤间，闾巷环回覆颓屋。屋前如箕复如掌，古水荒渠日相荡。风雨能无洗濯劳，浮屠绀殿封蛛网。何来乔子情偏痴，呼朋洗石索题诗。拓基置亭树松竹，风流好事君能为。我来正值秋风时，相邀把臂挥金卮。传奇更演维卫像，云石名于杜言，余太常寅载其事于《省心录》，合戒香哑女为传奇。几筵肃穆歌声上，人生聚散未可期。沧桑改换今如斯，百岁劳劳更何有，不如此石长不朽。

陆经略

字六韬,鄞人。

和陆无文移居 录二

迢迢碧水映秋林,中有高人太古心。琴响鞠通耽古墨,书藏脉望食仙蟫。割然笑指长天月,纵尔酣吟万竹阴。钓罢迟归舒老眼,邻家烟火夜来深。

老大文章在昔时,到今无语对先师。期朋付柬驱银鹿,令仆锄云种紫芝。晓月白窗留客醉,夜凉青火课儿诗。隔桥茅屋烟生处,想为牛归牧子饥。

鲁璞

字荆公,鄞人。

和陆右臣移居 录二

短褐萧萧双鬓蓬,月明遥夜听征鸿。谁分锦里先生宅,自是柴桑处士风。归鸟白云孤岭外,夕阳黄叶乱帆中。多年□落寻幽地,课种桑麻作野翁。

老亲健饭真成乐,寸草依依愿少偿。漫剪彩衣霞作锦,满斟春酒醉为乡。一堤新涨连邗水,千叠高峰对蜀冈。夜听书声浑不寐,起来扶杖自徜徉。

桂一奇

字徵甫,慈溪人。著有《蓼蓼居士集》。

富春江

层峰开晓色,潮水白于银。风力一帆满,江流七里春。

浮云闲钓艇，啼鸟送归人。千载狂奴态，高情孰问津。

保国寺

禅关岑寂绿阴稠，翠霭虚亭叠锦浮。问路烟笼峰嶂夕，到山泉泻寺门秋。人沾法雨花初散，僧补残云衲未收。听彻空林清梵迥，潮音乍起海东头。

向逴

字功来，慈溪人。诸生。

题归来庵

归去归来原不著，大千世界有何涯。一庵姑与闲云泊，两鬓虚随落日斜。塔影平分花下路，幡风收起树头叉。铁炉拨尽蹲鸱火，还许春山剪嫩茶。

任瑄玉

字伟煜，镇海人。监生。

旅咏

沙起日苍黄，车声过短墙。树间群雀语，檐际晚花香。浊酒余尘瓮，残编积旧筐。海城南望隔，有梦或宵偿。

陈学礼

字行之，镇海人。贡生。

《镇海县志》：学礼居家孝友，为人和而介。邑南乡火，旁舍为其贮谷之邸，奸民乘机攫米，知其人而不问。乡邻被灾者，赠以银。佃人遭丧者，蠲其租。里妇贫而守志者，岁为周恤，远近皆称颂之。

赠吴云仕提军

东南山海会，宠锡焕丝纶。两浙开昌运，三台简重臣。令宣山岳重，法肃鬼神遵。竹帛垂千载，方知爱戴真。

陈梦莲

字仙佩，号省庵，镇海人。诸生。著有《芝鹿园草》《留耕堂集》。

《蛟川诗系》：先生好古博学，于诸经皆有笺注，而《春秋》最详核，陈介眉太史、谢瞻在侍御皆推重之。《县志》自东沙张公纂辑后，经二百年未修，先生历讨纪载及故老旧闻，私自记录。适邑侯唐公鸿举议修志，延主其事，遂得辑有完书。镇邑文献有征，先生实为首功焉。

古诗 录二

行行重行行，别离何足伤。县弧丈夫志，耻为牖下郎。邹鲁交文学，燕赵联倜傥。平鹿洞询河洛，函关访老庄。青云未有路，白雪岂无章。归来整钓竿，江湖任徜徉。

西北有高楼，楼高先得月。澄镜自当空，照彻我心洁。左有图史陈，右有琴弦拨。床头酒一壶，醉歌行云遏。仙人好楼居，坐卧还自适。海上笑秦皇，学仙无其术。安得广成师，问道以求益。

同酌月湖亭上

玉露湑湑金风发，湖光空明如镜揭。一轮明月千顷湖，月气浮湖成溟渤。沧桑人世随时改，明月湖流长此在。湖月年年送去人，今宵不饮知何待。酹杯向亭还问月，照我华颜如雪发。余发种种非少年，纵饮如湖亦长没。千秋不死惟贺监，品行文章人共鉴。湖亭有庙一谒公，苍虬之松多旁站。松岛一角何明灭，桂井天香夜气别。高枝百尺谁与扳，云客酒贤思共垺。今兹乘兴酒不孤，月亦知心心印湖。月湖湖水今犹是，文行如公继者无。

重九日登候涛山

地迥峰回畅八隅，海天此际见全图。凭阑可蓺吴淞水，绝岛从赡北斗枢。虎啸阴厓喷积雪，蛟悬巩壁守沧珠。登临直接方壶胜，佳节何须再佩萸。

戴易

原名君冠，字裟仲。鄞人。

题永锡录 录一

榕楸故国泣东陵，读罢遗编痛不胜。已分吉盼同万死，还期忠定策中兴。义当讨贼春秋正，孝异陈情涕泪增。更忆海天黄檗路，九原应共对青灯。黄檗山，希声先生葬处。

章朝钰

字上玉，鄞人。

同人订游柯山先寻鹿鸣而返

未上青霞岭，先寻百鹿峰。桥横迷柳色，洲尽见芙蓉。野鹜浮轻浪，秋鸿唳碧空。最耽松石处，并坐叙游踪。

登柯城远眺

高云缥缈欲何之，独立孤城万里思。远浦春光含翠景，野塘微雨湿新枝。横空飞鸟抟风急，逆水征帆破浪迟。此日登临频看剑，倚天长啸酒醒时。

花雾青青锁石窗，天空不尽鸟飞双。高栖落落烟常接，野杵萧萧水自舂。远白溪云迷古寺，遥深山雪倚长矼。相传旧日柯山路，却笑雄心未肯降。

汪涛

字高源，鄞人。

思酒

我无奇可问，载酒孰相过。顾此醒然者，其如春色何。和风蒸岸柳，疏雨沐烟萝。坐对不能已，掀髯一放歌。

重过天童

招提犹忆昔年寻，此日重来感怅深。世事蹉跎无定著，尘缘胶葛总名心。山岚晓护禅床湿，树影春藏法席阴。半日偷闲僧共话，茶烟一缕出祇林。

题钱圣月归来阁

十年词赋竟如何，车马曾劳碛石阿。圣月从碛石归来。处处惟闻歧路泣，山山合抱硕人薖。晚来扪月耽归鸟，晓起锄烟理薜萝。止静不知门外事，祇园圣月所辟。应自供香多。

钱鲁恭

字汉臣，一字果斋，鄞人。

听江楼

孤帆随浪稳，初日到江迟。野旷人家少，枝垂鹊户低。潮声时上下，风色任东西。生计随时足，春蔬又满畦。

冬夜

午夜偏宜读,虽贫乐有余。也无三径菊,只此一编书。世事真苍莽,人情渐阔疏。但愁牛马诮,不羡府中居。

四明清诗略卷四终

章朝钰　汪涛　钱鲁恭

四明清诗略卷五

鄞　董沛　孟如　辑

胡德迈

字卓人，号鹿亭，鄞人。文学子。康熙戊午举人。由中书历官河南道御史，迁顺天府丞。著有《适可轩集》。

《续耆旧传》：京兆少承艖使膏腴之业，喜读书，李杲堂、包夕斋，其父友也，从之受诗。为人和平长厚。庶母汪与其生母洪有隙，艖使殁后，讼于官，妄称正配，欲洪下之，讼虽不得直，然艖使之蓄多在其手，为所荡去几十万金。京兆既贵，以父之所爱，坦怀待之，论者以为难。其官御史时，力争漕督，夺情事，至奉诘责，屹不少动，有古谏臣风。所居野意园，萧疏明瑟，极花鸟之胜。

旅夜书怀呈董缶堂

逆旅逢佳节，风雨逼深夜。举杯待明月，逡巡不肯下。微凉透素襟，罗衣未敢卸。异乡集好友，信宿作良话。新声堪绕梁，<small>座客有善歌者。</small>丝竹乱亭榭。蛩语发空阶，似与歌者亚。夜分兴未阑，长漏如长夏。风雨自凄清，留客聊相借。愿与君流连，星言毋夙驾。

秋怀用韩昌黎韵 录一

秋思方沉沉，秋夜犹漫漫。索句断髭须，得句忘餐饭。笔墨堪驱使，著述遂微愿。掩户稀客过，杯酒聊自劝。俯仰见故人，书签列千万。读史辍吟诗，方寸聚文献。颇识丈夫雄，报恩略微怨。

结客少年场

古人重结客，然诺由寸心。今人重结客，离合由黄金。黄金所致末还隙，寸心所许死莫惜。君不见，邯郸道上诸少年，雕车骏马轻幽燕。夜深报仇思痛饮，天明杀人酒未寒。吁嗟乎！要离已往荆卿死，平原门下知谁是，此道今人亦已矣。

将进酒

将进酒，君莫辞，勿学并州游侠儿，走马舞剑斗鲜衣。勿学长安朱紫客，来往风尘事干谒。人生万事亦何有，且向花前对尊酒。春风秋月自年年，鸿雁方归燕又还。我无驻颜术，镜里朱颜换霜雪。我无挽日戈，花发春园奈雨何。不若尊罍与丝竹，引满一卮歌一曲。君不见，张季鹰，纵达不顾身后名；又不见，陶靖节，县中有田多种秫。是非荣辱尽浮云，欲倾怀抱惟此君。百年安得终日醉，万虑俱消一斛春。劝君莫虚金叵罗，请君听我歌短歌。

行见月

行见月，车声辚辚马蹄疾。思家忽见月初生，家人睡稳我方行。梦里还家月如水，马上思家天未明。鸡声初唱行人早，山鬼潜伺荒村道。晓风不散车马尘，古树应笑行人老。行人居人同见月，不若行人愁欲绝。

严州道中

客行当险道，辛苦念篙工。溪浅难容桨，帆穿不受风。鸟啼残照里，人语万山中。故国江天外，心孤类转蓬。

胡德迈

杂诗 录二

客路频年涉,离情自黯然。江山双棹里,风雨一村前。酒斾迎人出,溪鱼入市鲜。萍蓬任飘泊,薄醉且高眠。

有时容闭户,此境即深山。人影来花下,秋声在树间。砚池新石润,炉火旧铜斑。陶谢诗常把,高吟一放颜。

黄于高

字天如,一字愧吾,鄞人。康熙戊午举人。官江苏沭阳知县。

《鄞县志》:于高为道成弟,以举人需次例授中书,亲老改就常山教谕,迁沭阳知县。县濒海,时有水患,地多冲陷,民逃亡,为详免虚存丁粮,政务平恕,旋以忧去官。服阕,补高陵,未任,卒。

十秋咏 录二

闲来无一事,醒与醉相乘。醒日还疑梦,醉时或似僧。更深爱残月,夜静剔疏灯。逢世机关巧,今吾幸未能。秋饮

月落散天香,新秋雨后凉。枝枝皆有色,树树不成霜。野外收龙眼,山间割蜜房。更开春酒绿,宜与客中尝。秋香

里民持榼携壶送别

暂借坡翁两句诗,绿阴亭下寄相思。而今父老千行泪,却似当年初别时。

孙士价

字维藩,号屺庵,奉化人。康熙戊午岁贡。授嵊县训导。著有《双桂堂诗草》。

泊舟

隔岸维舟山吐月,孤村烟火对舟发。舟子隐隐入村舍,沽酒归来愁路滑。仰月高卧候潮生,更残月落潮欲平。竞促舟子解缆去,荒村吹角晨鸡鸣。

宿姑苏城外

春水环城郭,轻帆宿暝烟。橹声竟夜过,客舍几灯悬。犬吠半残月,鸡鸣欲曙天。起看星斗静,树影拂前川。

登谢氏楼,见戴愚斋太史题壁次韵

幽情懒散独登台,门冷无人客自开。翰墨能留先辈在,风尘难得后人来。细看梅影浮烟动,遥听樵歌傍水回。乱后名园知几处,空余四壁拂云才。

渡扬子江

迅激江流过楚台,扁舟容与挂帆开。云归铁瓮城边去,风自金山寺后来。树树啼残春暮鸟,村村落尽雨余梅。晚潮乘月西南上,带得巴陵钲鼓回。

对客饮

细剪春蔬一束新,缓斟清酒几回巡。由来只备家常饭,非为山厨近日贫。

陈紫芝

字非园,鄞人。康熙己未进士。历官大理寺丞。

《鄞县志》:紫芝为玉纶子,孝友有家风。从黄宗羲讲学,与同邑陈锡嘏、仇兆鳌相切磋。

成进士,选庶常,以省亲归,既终养,改官御史,卓然以风纪自任。时外僚分遗京署者名为书帕,于科道官,尤加重。紫芝独峻拒不纳。巡视南城,有奸徒交结,当路张酒肆,置妓诱良民,勒索不遂,即禁系之。有致死者,紫芝访得其实,立置之法。

尝上疏言朝章国典宜归划一。民间冠婚丧祭未有定制,请编纂《礼书》颁行;又请裁并屯卫,以屯务属州县。所建白皆切实用。

湖广巡抚张汧大学士,明珠私人也,恃势不法,紫芝劾奏请并罪保举之人,疏将上,有大臣止之。上已遥望见,命上殿即出疏面启汧罪。上颔之,且曰:"满朝为所贿,属尔小御史,乃尔敢言。"翌日,谕九卿,即予内升补四品卿,而降黜保举湖抚大僚十余人,转奉天府丞兼督学政。

疏请葺学官,垦荒土,置学租,设教习,部议允其二。升大理丞,谳狱虑囚寝食俱废,稍涉矜疑多所平反。年六十一,卒于官。

白云院

嵯峨尽处展平沙,茅盖三间选胜赊。乞火无邻炉自活,辟寒当夏衲频加。遥连鹫岭栽仙药,近借龙湫散雨华。惭愧支公寻未得,白云庵路白云遮。

谢师昌

字维贤,号铁戒,镇海人。康熙庚申岁贡。授平湖训导,迁广东南雄经历。

《蛟川诗系》:参军闭门读书,尤以性命之学为主,趺坐终日,澄心返观,非躁心人所能者。书学魏晋,多指授于湛园先生,偶洒数行,得之者珍同球璧焉。

见山书屋

炎威一以退,秋光落吾手。渐欣病骨轻,粗得纯气守。桂影浸明月,菊英起重九。阿咸起行觞,诗成风力厚。

我有消闲法,良哉师弈秋。布成黑白垒,攻破短长愁。花间常作主,户外复何求。莫惜寸阴短,蟾光为少留。

相望衡宇间,无劳巾车饬。书传秘阁香,画染云林色。兴会无预期,花开便相忆。定知吟诗人,不是悲秋客。

过蛟门

蛟门兀海中,望之一拳石。俯而窥其下,空洞容什百。譬彼有道者,外严中不迫。群峰罗巉峭,时有神龙宅。布雨盈四郊,截潮悬千尺。舟人述灵异,危语恒啧啧。我来镜面行,轻风挂片席。岂值龙安眠,抑或怜孤客。踟蹰未有当,拍掌翻成剧。君珍颔下珠,我抱怀中璧。潜见各自爱,幽明亦奚择。

汉俿斋中小松已枯,忆湖中旧植,用东坡徕字韵

尝闻乔松姿,不长培塿堆。高斋敞疏豁,宜此苍虬栽。如何夺所好,不愁遗一枝。主人出下策,易以青青槐。虽足拟公卿,或恐逊徂徕。调琴失远籁,染翰少良媒。众芳虽盈把,孤根安在哉。我昔游当湖,绕庐拥尘埃。携锄芟芜蔓,一日费百回。手植数本松,发秀俨初孩。□□蕉阴交,郁郁覆讲台。终朝互问答,妙语惊若雷。别来渺经年,孰宝岁寒材。不落樵苏手,能禁雪霰摧。至今清梦里,增此离群哀。

披云游灵峰有此来始得真消息句诗以问之

山深水复境何穷,消息从来未易通。望远空凭鱼雁信,

陈紫芝 谢师昌

随人徒逐马牛风。局临旧谱棋终拙，琴悟无弦韵益工。寄问岭云怡悦处，可能分半与庞翁。

观获 录一

瘠土怎如沃土良，山农尤比泽农忙。炊来沙米松花色，酿就溪泉竹叶香。豳俗瓜壶供七箸，陶家秔秫费商量。先期相戒输秋税，莫遣官符早下乡。

陈赤衷

字夔献，一字环村，鄞人。康熙庚申岁贡。

《鄞县志》：赤衷幼而力学，为诸生。自以学问之道，非场屋可究竟，乃入天井山，与苦行僧参究儒释异同，屡淹岁月，豁然冰解。归而求之六经，执贽于黄宗羲，为高弟，授蕺山《人谱》，绍其绝学。复创为讲经会，搜故家经学之书，与同志讨论得失，一义未安，迭互锋起，往往有为先儒所未发者。康熙十九年以贡入都，时徐乾学之门巾卷如林，赤衷至，独以渊儒硕学待之，令其子弟禀学焉。由是公卿争欲延致，赤衷作《贞女篇》却之，竟穷老卒于京邸。

越城怀古次龚千谷韵三首

禹穴当年土未干，石梁好窆旧衣冠。无余守祀传圭瓒，句践争盟擅敦盘。越水于今犹霸国，胥涛从此不安澜。卧龙山上凭阑望，回首风尘着眼看。

鉴湖一曲一扁舟，歌舞山前绕翠楼。霸越已消君子恨，沼吴何解美人愁。亭台东晋留遗迹，陵寝南朝只废丘。江左几多名胜处，会稽原是古扬州。

江城遍处落桃花，可是仙源羽客家。寂寂楼台映岩谷，声声歌管闹溪沙。右军亭畔觞流曲，贺监湖边月影斜。闲步若邪无限好，晓来零雨暮飞霞。

董世英

字天培，一字甬干，鄞人。康熙辛酉举人。官山西阳曲知县。

《鄞县志》：世英知阳曲，有惠政。汾河流驶渡者，时遭覆溺，创建桥梁，民不病涉。太原守某以贪墨败世，英为属吏六载，无一语波及，人尤服其清。

初夏

四月风光好，行看物候新。霁云舒入夏，芜草暗辞春。花尽蜂还觅，雏成燕自亲。愿言勤稼穑，子细问农人。

斋东池畔观朝暾

玉枕山前漾镜池，瞳瞳晓日映涟漪。轻霞欲散澄潭影，薄雾还霏碧水湄。孤屿草深藏睡鸭，半汀沙暖曝晴龟。空明一片天光在，时与游翔心自知。

董文成

字通观，号止所，慈溪人。康熙辛酉举人。官福建邵武知县。著有《清涟斋诗文稿》。

邵武署中寄怀族叔西园

一自扬鞭逐宦尘，故乡贤哲渺难亲。东庄柳色应如旧，南国梅花别有春。海上听潮先怅别，楼头望月益怀人。何年卸却牵丝累，灯火疏窗乐笑謦。

邬棐

字迪公，奉化人。康熙辛酉举人。

读书古崇宁阁

耽静栖身百尺楼，凉飙拂袂思悠悠。疏钟声彻龙溪月，孤幌光寒雁荡秋。满架诗书千古事，经年勋业寸心筹。翛然地僻红尘远，赢得心空万虑休。

陈谐

字瑞占，号安亭，鄞人。康熙辛酉副贡。官□□长乐知县。著有《安亭集》。

《续耆旧传》：长乐为翔皇先生从子，与缶堂、莘野唱和甚多，诗亦是康熙中叶一派。

送春词

昔年送春鉴水头，尊前烂醉还清讴。今年送春草堂上，雨声不断增惆怅。贳酒吟诗债未偿，一声鹈鸠又斜阳。寻常误却看花约，不信流光尔许忙。一例天涯飘柳絮，试问春归向何处。小园犹有未残花，蛱蝶纷纷自来去。翘首临风落短髭，镜中双鬓渐成丝。今年春事长已矣，记取明年花发时。

汉阳许漱雪先生以诗见投偶成奉答

行吟独向楚江滨，万历编年老逸民。雅志惟看游屐健，高风不问宦赀贫。著书自爱青山好，阅世从教白发新。解得先生今日意，投诗不敢及蒲轮。

追随始惬平生愿，又听骊歌意惘然。积雨潇潇云树远，暮烟寂寂布帆悬。偶来海上看渔市，归去山中问秫田。莫叹甬东游况恶，奚囊长物是诗篇。

柯之任

字莘夫，号觉庵，鄞人。康熙辛酉云南籍举人。

袁陶轩先生《四明诗萃稿》：觉庵早失怙恃，孝养祖母三十余年，足迹不出里闬，人比之李令伯焉。聚徒讲学，以居敬穷理为归，登贤书。后游历燕赵西秦，北方英俊多出其门。著有《广益编》《四书辨义》。

中岳古柏

千载登封地，虬枝入望多。参天黛色远，夹道舞衣傞。高干留仙骨，余香傍玉珂。栋梁知有意，不敢隐岩阿。

孟津路

兴王古渡口，风景尚依然。河集三门水，人归薄暮烟。远山连翠霭，柔橹入遥天。回溯当年事，征书此地传。

游西山

喜有登临兴，宁辞鸟道赊。路回山转色，溪急石飞花。驴背夕阳暮，莺声春树斜。前村沽美酒，笑入卖鱼家。

羊流店怀古

无复风流太傅存，只今空说水边村。山川黯淡余烽火，樵牧悲歌望墓门。境上交欢能信陆，病中遗策竟收孙。岘山曾陨行人泪，此地谁知有断魂。

飞云洞

客心惊入黔阳路，忽见飞云启笔花。古刹静参潭里月，彩鸾巧落汉边霞。层层翠石装璎珞，滚滚流泉鼓碛沙。今日乘云来此洞,相期奋翮到京华。

渡辰河

乘橇行来抵大田,招招舟子渡辰川。盘回山峡虬龙势,历乱溪涛雷鼓喧。高枕顿忘樯外险,低头静理箧中篇。非关波浪事轻涉,忠信由来可质天。

谢绪彦

字又文,镇海人。康熙壬戌进士。官内阁中书。

舟泊钱湖阻雨

郧山东去入钱湖,烟景迷离似画图。四面峰排环乱壑,一番雨过挺新蒲。人家屋舍依林麓,小市鱼虾出网罟。稍逊湖头西子处,清波点月漾明珠。

前人水利费详求,岂是湖山作浪游。三邑稻田均待泽,七乡旱涝恃无忧。不同点缀楼台巧,自合天然景色幽。最喜桑麻滋雨露,绿阴深处系渔舟。

游灵峰溪桥坐酌

一曲清流绕竹扉,秋深犹自着单衣。客逢红叶班荆坐,僧自深林买酒归。绕径菊花看蕊绽,行根笋子正苞肥。泉岩佳趣行皆是,宾主忘言自昔稀。

吕道昌

字圣修,奉化人。康熙壬戌岁贡。

对月

薜萝挂高树,明月随香来。芸案无灯火,顾影起徘徊。

有月影不孤，有酒月在杯。无语自浮白，对月怀抱开。醉眠花下露，月落云汉回。

早过青陀寺遇金华同年友偕行

带月霜桥走，丛林怯路长。有文非吐凤，失策愧亡羊。异地论交好，随村索酒尝。所嗟徒七尺，垂老客他乡。

鸥

江湖生自惯，野性岂能驯。远害常依水，忘机亦近人。稻梁无宿粒，饮啄有全神。不受樊中畜，浮沉许任真。

谒严先生祠

山共人高水共清，我来停棹拜先生。桐江两岸迷烟树，绣岭千年识姓名。炎鼎久同灰劫尽，客星长对少微明。沧桑几变双矶在，始信云台事业轻。

沃堂

镇海人。康熙甲子举人。

登灵峰山顶

古刹冲霄际，攒峰倚日边。琼云疑化鹤，丹井欲浮莲。手拂三天界，襟披五岳烟。飘然离尘网，应作大罗仙。

倪彪

字振之，象山人。康熙甲子武举人。著有《丹麓诗稿》。

新秋有怀

秋到梧桐葛缕凉，藕池花老尚余香。天开爽朗山犹碧，树带凄清叶未黄。几处晚砧声渐逼，半床幽梦夜初长。故人书信年来绝，只待江南雁一行。

飞泉八景邑西南十里白蟹潭，山名鹰嘴庵，号飞泉，衲者月斋，编茅于其上　录四

如茵如簟布山陬，到此真输着屐游。不道姮娥也访旧，清阴渐渐傍梧楸。平岩玩月

临溪高阁水晶宫，不受尘埃半点蒙。七日求仙三昧彻，一心守寂万缘空。澄阁清心　月斋住持以静室自娱，自号飞泉隐者。

贮书何必耀兰台，此厂半从鬼斧开。约计真能充万轴，不知谁肯汗牛来。石室天然

赤书投处黑云生，遍野沾濡半洒城。贤令颂龙民颂令，昭昭石上署芳名。龙潭雨花　壬戌大旱，明府汪公至潭，祷雨勒石志应。

仇兆鳌

字沧柱，一字知几，鄞人。康熙乙丑进士。累官吏部侍郎。著有《杜诗详注》。

《鄞县志》：兆鳌少从黄宗羲论学，以蕺山为宗。及贵，李光地、陈廷敬、张玉书皆在内阁，相与讲贯，益以理学自任，尝预修《明史》及《一统志》，荐陟卿贰，所建白皆关大计。江南总督噶礼劾知府陈鹏年罪甚重，士民数万走京师诉冤，朝臣莫敢出一语，兆鳌独言鹏年无罪，卒得叙复，旋以疾乞致仕归。

陆稼书令灵寿未与荐牍漫赋志感

陆子声名天下属，忆在西陵相往复。文章轨范本先民，

衡论古今洞胸腹。初宰曝城志洁清，豪强不敢肆凭陵。儿吟妇织官舍冷，夜床折足支瓶罂。抚字心勤绝鞭扑，民亦如期贡钱谷。时骑瘦马谒上官，竹器一枚布一束。上官见之怒掷地，投劾宁论事巨细。独有民情不可诬，卧辙攀辕垂涕泗。右文盛世焕皇猷，荐举曾经魏蔚州。咸谓君才称鸿博，何期读礼归林丘。林丘之侧苍松古，血泪斑斓滴坟土。三年庐墓古人心，幽壤开光目眦腐。服除更得中山令，督俗训民著善政。贞白廷推第一流，九天阊阖动宸听。大节多端众所知，与之上考复何疑。前何卓卓后泯泯，岂有一身分两歧。若使早登天禄阁，定应璀灿宏著作。若使同参台谏班，庶几砥柱回狂澜。世风局促无足齿，宠辱不惊固宜耳。萧升兰弃剧堪嗟，吾道终应直如矢。

壬申重九后造昌平访隐者不遇怅然有作

层峦云际出，曲水涧中来。壁立高崖尽，溪回一线开。探奇扳铁锁，访道破芒鞋。不见幽人迹，松阴满绿苔。

题颜迩玉天台赋

曾挈奚囊访赤城，经幢丹灶锁瑶琼。只今回首经行处，兀自烟岚眼底横。

飞瀑危悬千仞强，半天高卧彩虹长。仙都不隔人间世，风袂飘飘度石梁。

展卷清吟兴未慵，梦魂犹自忆扶筇。金松瑶草峰峰碧，知在天台第几重。

戎澄

字心源，号于岸，鄞人。上德孙。康熙乙丑进士。授四川德阳知县，擢兵部主事。

《鄞县志》：澄以廉能为大吏所重，遂以全蜀丈量委之。

素精勾股法,所至亲自履亩,凡兵燹后开垦成熟者,尺寸无隐漏,久荒赔累者辄与豁免,官民便之。升督捕司主事,改职方。持己不阿,兼放京城禄米八仓,搜剔厥座积弊。卒于官。澄至性过人,终身不忘孺慕,待弟浚友爱无间言。

过定海县

百雉重开气象雄,依然海国古句东。鱼盐地在农氓集,岛屿波平译使通。几处堤防劳郑国,谁家鸡犬识新丰。由来时际昌隆会,回斡应扶造化工。

董允霖

字扉云,号梨山,鄞人。允雯弟。康熙乙丑拔贡。授河南临漳知县,擢工部主事。著有《笨言》。

《续耆旧传》:缮部初知临漳,临漳之赋不征于官,有大户者司之,大户下有中户,分统诸都鄙。一岁中有司所需用,皆就正供之数增而取之。其司事者之中饱与长官等,缮部至,尽汰之,豪强者恨甚,而积年之患以除。尝遇雹,祝之,雹忽不入境。其诅蝗也,蝗忽尽化为小虫,但食柳叶不食禾。入为缮曹,是时,部政不洁,自大卿至诸郎皆吏胥,为之囊橐,缮部思革其习。一日,吏白事指鹿为马,诘之,首伏,拟杖斥,同官庇之。白之大卿,大卿亦依阿护吏,仅予责遣。缮部时方有疾,愤甚疾遂剧,临终骂曰:"城狐社鼠,何日廓清!"其卒也,颇类晋之王逊云。

丁丑春日饯别

昨日叹花残,开者今又落。随风四飞扬,谁能知止泊。忍泪举离杯,更劝君莫悲。明明会面难,屈指又相期。舟行信水流,车马共悠悠。斜日照沙黄,行人逐侣俦。何须重握手,伫立亦不久。加餐复加衣,百忍贵宜守。好风渡江来,时为一回首。

戊子元日和谢原博韵

四见朝元日,趋跄却路尘。添年即减岁,求富反增贫。仓外岂无粟,瓮头别有春。未能便改辙,此事不如人。

门贴迎年喜,轩除隔岁尘。庖厨新学富,衣履暂遮贫。梁燕迫归日,庭花欲近春。何堪犹故我,惭负唤官人。

去邺杂咏

老妇跄跟挈小筐,满盛野菜嫩鹅黄。阿侬相送无佳味,亲手挑来漳水旁。

莫嫌野菜苦难闻,民苦还添菜十分。临别殷勤持作赠,得知侬苦孰如君。

张维藩

镇海人。康熙乙丑拔贡。

赠吴云仕提军

秉节东南海甸清,轻裘缓带喜谈兵。时开书阁招宾客,屡猎郊原逐犬鹰。庙学巍峨腾士气,河渠疏浚洽舆情。一门将种原无匹,又听人传奏凯声。

傅嘉说

字公选,镇海人。康熙乙丑拔贡。授州同知。

《镇海县志》:崇丘乡赖东钱湖水资灌溉,而河家洋一带为湖水所必经,鄞民议筑坝塞之,工且成矣。嘉说适至其乡,里民环告:"此水塞,则旱暵无藉,农民何所仰食?"嘉说谒郡守,具陈不当塞状,守履勘语嘉说曰:"如君言。"即下檄毁私坝,复故道如初。乡民至今颂之。

九日怀谢天童孝廉

东南城隅海色曙,此为我友谈经处。谈经之旨精且深,犹向前贤寻笺注。有时雁行互来往,他氏名流过相赏。听尔晨昏诵读声,使我胸次亦开朗。冬至日长天气和,梅花香里应高歌。

王家献

字隆吉,象山人。康熙丙寅岁贡。著有《毋愧怍集》。

纪汪都督恢复象城

石门树帜奋貔貅,血战曾经缺斧锛。壁垒夜清丹嶂月,牙旗风卷海天秋。游魂窟扫千年浪,恢复功高万里侯。从此圣朝多宠眷,还看他日锡尊卣。

施兆凤

字翔千,鄞人。兆麟弟。康熙丙寅岁贡。

同友登普陀

洛迦遥对海门浮,万里烟波一望收。绝壁□天分日本,长空□月下琉球。苍茫蜃气晴疑雨,淅沥寒声夏亦秋。乘兴相将寻往迹,却忘归约渡头舟。

钱渭恭

字季清,一字西清,鄞人。康熙丁卯举人。

偶兴

西畴农事费经营,乘兴聊为郭外行。数亩山田催早种,一犁春雨看深耕。花间醉酒蛙鸣鼓，月下翻书鸟报更。赢得闲时随处好，饱餐粗粝老吾生。

屠孝义

字行若，鄞人。粹忠子。康熙丁卯举人。官广东龙川知县。

《鄞县志》：孝义由内阁中书出知龙川县，善决疑狱，兼摄海丰、和平、归善三邑，俱有惠政。

紫清观看荷

大暑炎炎严威迫，菡萏花开香满泽。闻道丰园种植多，为买小舟去游适。忆昔清敏归田时，览花怡悦有新诗。递传大节名儒后，孙枝他徙成荒湄。有明初政方伯兴，卜宅得半业有凭。绿盖摇曳红衣泛，复还旧观世所称。百余年来又荒废，菰茭蒲稗乱布置。荷芰夹生仍可爱，总非当年手泽寄。噫嘻！荷乎荷乎今犹昔，只是名贤不可接。披襟忘却爽气盈，叹息沧桑屡更易。

张紫翁郡尊元宵灯宴

秀毓燕山结大年，携琴到处自悠然。一丸绛雪杯吞月，五马清风袖拂天。春雨千村贤父母，莲花陆地古神仙。伫看指日黄纶下，父老攀辕借御前。

范光阳

字国雯，号笔山，鄞人。康熙戊辰会元。历官福建延平知府。著有《双云堂集》。

《鄞县志》：光阳少操笔为文，有奇语，从黄宗羲讲学，名日重。释褐，选庶吉士，以不习满书散馆，改户部主事，历兵部郎中。参将艾某应升，或以私憾抑之，光阳持不可，参将来谢，拒不见。曰："吾所执国法耳，苟市德与挟嫌何异？"出知延平，为政持大体，沙县饥民揭竿夺食，官军生擒八人，株连四十三人，总督密檄光阳驰往，意将尽置之死。光阳分别审录，杖毙倡乱者四人，余悉纵遣。在任七年，罢一切无名之征，尝大书厅室曰"淡泊明志"。平易近民，郡人以为实录。其余族父汝梓，前明曾任延平，有惠政，士民因立祠，合祀焉。

《续耆旧传》：先生不欲以文名，然梨洲甚称之。诗亦淡雅，间涉道学语要，不堕横浦偈颂一派。

此日不再得，和龟山杨先生韵

此日不再得，凭高瞩扶桑。但见灏景彻，倏已浮云苍。羲辔既西逝，圆月开清光。乃知天地间，一气旋阴阳。慨焉感我思，植德毋易方。勿谓此心大，守之极微芒。勿谓此心小，用之罔弗臧。所患须臾间，动为物欲戕。明朗危微界，舍此皆粃糠。滋培宁易长，掩覆宁易藏。一声鵙鴂鸣，百草为不芳。念此长太息，秉志须坚刚。揽衣起中夜，徙倚空傍徨。万籁此俱寂，旦气与之长。冥心得静观，方寸成康庄。康庄匪外求，方寸回天章。奈何好支离，贸贸同贾场。投足歧路侧，泣涕悲亡羊。恭惟大易训，诵读焉敢忘。天行实至健，不息斯自强。驱车因轮毂，捩舵操舟航。风波信难测，险阻真靡常。莫因一念非，遂致沦胥亡。盛年苟蹉跎，白首徒悲伤。勉旃复勉旃，几微分圣狂。

张子天因有别业在鄮山书院桥之南，所谓西郊草堂是也。予连岁读书其中，同人过从者众，惟郑子禹梅论文话旧，多再宿始去。今予读书城中，而张子孑然独处，感念畴昔不可复得，乃作诗以遗张子

昔我居草堂，朋从各来晤。郑子最爱我，不厌过从屡。

侵晨发高谈，连牵至日暮。夜久境寂寥，肝腑益复吐。常畏烛见跋，颇遭童仆怒。张子最爱我，素心雅无忤。前溪觅鱼蟹，刈蔬及后圃。有酒须公等，俗客安敢顾。感兹意真率，来往不知数。今我去草堂，恻恻无所诉。西郊夙清旷，斯人竟独寠。忆昔风雨夕，一樽感世故。亦或天日佳，携手纵远步。物聚理必散，迹疏意转慕。叹息区区心，乃为饥寒误。城闉望草堂，苍茫隔云雾。

溪行

溪行虽云险，亦足发奇兴。平滩无激湍，一望澄如镜。及其与石触，石起忽相应。喧若百窍呼，势如万马骋。水终投隙奔，石固依然静。水石本无心，观者自生竞。我心似虚舟，来往任天命。

送郑禹梅归慈溪

与君终日亲，相忘君是客。岁晚归心生，始觉乡县隔。浩然起啸歌，日月亦已迫。踟蹰歧路隅，握手胡能释。同人挈清尊，下车叙离别。丈夫四海志，何事伤逼侧。余亦落魄人，不解长太息。万物各有时，群生任所适。霜雪侵丛兰，幽姿忽复抑。春风发馨香，溪壑回颜色。乃知倚伏间，此理宁有极。行矣慎勿忧，迟暮保贞德。

丁巳九日同梨洲先生登杭州玉皇山纪所见闻，时从游者万子授一

化安山下续抄堂，仰看山势万丈强。野史□本每放笔，投杖直起凌穹苍。老怀峥嵘百无敌，平生看山等蚁垤。今年一舸来杭州，登高适逢重九日。西湖之山谁最高，势若万艘乘洪涛。玉皇一峰突扑出，灵鹫天竺俱儿曹。我从先生展平步，矛头锯齿等闲顾。慈云岭脚一线通，下视平田

范光阳

八卦数。汴州圜丘草一堆，临安郊坛亦劫灰。崎岖立国臣与侄，白塔冬青鬼□哀。先生对此叹息罢，复向青壁攀石罅。须臾竹院钟声来，道人出门已道迓。鹴袍窄袖风尘颜，自言来自匡庐山。南康城中十万户，红颜北去无一还。游车络绎牵衣哭，尽铸铜山那得赎。赤眉黄巾笑尔民，汝不作贼罹荼毒。我闻此言声已吞，排云便与撼九阍。肉重难飞不可到，倩汝绿章启天门。先生仰首故轩轩，蜗角蛮触徒纷然。仗剑原非我辈事，且毕今日看山缘。

殷仲会妻范氏殉节诗

殷仲会妻范氏者，故族伯父襄阳公之女孙，太学成孙君之季女也。顺治己亥五月，海寇掠东乡，殉节死，友人杨瀣仙作诗纪其事，余嗣响焉。

南风五月吹鼓声，声声渐近侵江城。江城荡荡不可上，白日坐闭城中兵。任使鲸鲵恣剽略，杀人如草供欢噱。急呼小艇避钱湖，半为饕风归冥漠。时避贼钱湖者，又为风浪所溺。一朝转掠殷家村，村民鸟散惊飞魂。殷生有妇行且誓，义则死尔宁生存。三五健儿齐下马，欲射不射声呀哑。多操闽音。但言从我即得生，否将汝血膏原野。妇言鼠辈岂不闻，凤凰肯与鸱枭群。我不从汝汝杀我，死当杀汝清妖氛。可怜捐生在顷刻，贼亦顾之增太息。乌鸢蝇蚋远遁逃，溽暑冰肌不改色。贼退后，收敛如生。吁嗟乎！我想当年卖国徒，今为大帅悬金符。贼来不拒去不蹑，惭愧红颜非丈夫。

见太白山云起，须臾雨至

山云忽作雨，远道饷孤城。犹带石林气，但无松涧声。愁心始一浣，病骨若为轻。晚听闲阶下，凉催蟋蟀鸣。

即事

近传计吏出枫宸,六月完租事转新。岂有阳城甘下考,谁为郑侠诉流民。江乡半岁双逢旱,海国中宵尚有磷。廿载东南兵燹后,黍苗阴雨是何人。

瀛海即事和韵

斜日疏棂纸半红,又看庭树晚摇风。手抛倦笔留残墨,人倚孤灯数断钟。过眼文章聊复尔,论心朋旧得相逢。广川亦是河间地,独有天人策最工。

东昌舟中追和庄定山先生韵

半艇双扉似客居,曲渠引棹故徐徐。柳棉入水春将尽,麦穗沿堤岁有余。转漕宜思贾让策,忧时欲读鲁连书。文章小技今无用,归卧江村且钓鱼。

次涿州城 录一

车驱涿鹿古城偏,半壁青山落日圆。莺为挟春啼废苑,燕思衔土掠荒田。闭门种菜英雄老,此日楼桑父老传。怀古莫将兴废论,晚风飒飒起寒烟。

送黄主一南归 录一

太史天官孰惯经,先朝历法议盈廷。割圆八线惟君晓,知有家传野史亭。

郑梁

字禹梅,号寒村,慈溪人。康熙戊辰进士。累官广东高州知府。著有《寒村诗文选》。

《慈溪县志》:梁由庶常改官工部主事,历刑部郎中。

当官能尽言责，出守高州，多惠政，立心平易，务与民休息，民爱之。丁艰归，送者塞途，愿一见好官。既葬父毕，积劳晕仆，比苏，身半废，因字半人。生平笃于师友，从南雷讲学，往复质问，得闻蕺山绪论。南雷殁，心丧拟于所生。晚年以左手作书画，苍秀胜于右笔。年逾七十犹出游，所至皆有诗。

病起

黄梅雨初歇，屋角露青天。白云如峻岭，瞰我新竹巅。力疾起瞻眺，绿阴交庭前。掩映若丛薄，幽邃留宿烟。小鸟啄虫豸，游蜂堕芳鲜。依依草间花，开落俱自然。当此忘贫富，何劳计岁年。家人进薄糜，知余心弗怜。和以玫瑰饼，红香颇争妍。甘焉尽一器，展我高堂颜。

郯城道上

村落无树木，鸟兽无羽毛。江淮数百里，弥望皆黄茅。山行入郯城，始复见柯条。枣色远苍郁，柳意寒萧骚。草屋枳篱中，犬声时哗哗。

江淮日雨雪，入山天始晴。渀然千里白，映日增光明。天无片云黑，野无寸草青。藐焉余一身，有若纤尘停。所以古达人，思与大化冥。

微雨夜起

微雨落叶响，梦觉疑人行。起视月光淡，坐依云影明。疏檐蛛网破，枯木鹊巢平。击柝真无赖，荒城不绝声。

邑中晚归 录一

村晚人烟黑，残乌并我归。疏星当径大，独火傍林微。山近石横路，草深露上衣。到家儿女静，一犬吠柴扉。

敖阳早行

月光半入地,人影欲登天。马疾霜声脆,车单火力悭。沙冰依溜结,店突闭门然。羡杀荒村里,鸡啼正稳眠。

移寓香炉营

半载游妨业,三春病废吟。移居因绿树,闭户有鸣禽。诗兴风花乱,棋声午梦深。案头堆客刺,懒散不关心。

不寐

贫剧且须忘此后,老来不敢忆从前。已拚栩栩终年梦,谁料惺惺一夜眠。花影纸窗更尽月,虫声草榻晓凉天。就中谙得人生味,翻觉愁多亦泰然。

留别同志诸子

故人朝夕好相过,其奈残冬归兴何。会面亦知新岁近,离愁似比旧年多。寒风小棹初维岸,斜日流澌忽渡河。此去江村三十里,幸乘春酒问烟萝。

秋夜不寐作

落落吾生分寡徒,老来七尺一床枯。秋凉笼响哥哥子,_{京师呼秋蛩为哥哥子}。雨湿灯昏拉拉姑。_{蟋蛄喜偷灯火,都中呼拉拉姑}。客久难归连梦少,愁多成疾并诗无。百年也听荒唐去,只惜门间倚望孤。

初三日早发沭阳

郑梁

立春早起沭阳程,衾薄空舆梦不成。浅水无桥牵马渡,晓星如月照人行。

题朱人远西山蝶冢图

三百年人一蝶同,白杨衰草尽西风。知君无限冬青感,都寄龙湫石壁中。

王之琰

字石南,号静庵,鄞人。康熙戊辰岁贡。著有《南楼近咏》。

南园小集

春暖蝶成趣,茶清客到门。飞花香拥席,映竹绿浮尊。村僻无佳酿,交深得妙论。夕阳送人去,新月挂松轩。

乌镇早发

野鸡高唱曙星微,荻港舟行翠作围。窗罅通风寒到枕,篷根垂露湿侵衣。自怜衰鬓犹于役,漫向同人说是非。遥计今宵何处泊,晚山凝紫乱烟霏。

送龙儿入粤

轻装远道别离难,送汝登程暮色寒。主仆同行成骨肉,祖孙相守亦团栾。曳裾当路嗟游子,弹铗依人戒素餐。但得薛公存问及,庞眉□□胜承欢。

陈汝咸

字莘学,号悔庐,鄞人。锡嘏子。康熙辛未进士。累官大理寺少卿。著有《心斋集》。

《续耆旧传》:大理少随父讲学于证人社中,多所领悟,而尤得力于慎独之旨。成进士,改庶常。同年江阴杨文定公名时最服膺,安溪相公招大理同往请业,大理曰:"梨洲黄子之教人,颇泛滥诸家,然其意在乎博学详说,以集其成,而其究归于蕺山慎独之旨。相公步趋朱子,其言粹矣,然未知其躬行若何也。"江阴为之瞿然。出知漳浦县,俗最健讼,胥吏能以一讼破中人之产。大理下车着令,凡细故,皆委家督宗亲议之,而受成于官,或需讯鞫,即面谕两造讯期,不遣役,不稽时日,吏无所施其奸。俗尚巫,病则舁诸妖巫狂走祷祝,即药石亦卜之巫。大理反复开谕,并制药济贫者,巫风以息。其为漳浦立百世之利,尤在编审一事。旧例任粮长者,计户不计田,上户田或数千,下户止数十,劳逸不均,乃计田定户,以三百亩为率,轮充粮长。闽之丁口,据明初户籍,有迁居百年而原籍丁粮未除者,官吏关移甚苦,请援今制入籍二十年以上,收之;迁籍二十年以上,除之,各县皆以为便。县多盗,令各乡练乡兵。盗聚七星洞及丹灶山,连击走之,已复聚平和山,因诱其党擒盗首,余悉解散。海盗有六头目,计擒其一,详鞫之,尽悉其余巢穴,及应剿应抚机宜,申请招抚,果降其四。调知南靖漳浦,民拥舆遮道不得前,乃夜半微服去。至则招降欧山群盗。大兴境内河渠,擢刑部主事,迁御史,巡视西城,逐白莲教之在道观者。疏陈台湾盘诘出口事宜,并具防海二疏,皆报可。擢通政司参议,累迁大理寺少卿,查勘陕甘灾荒,沿途抚慰饥民,以劳瘁致疾,行至固原而卒,饥民聚而哭之,有司检视行囊,衣一袭,钱一缗而已。漳浦、南靖两邑合请崇祀名宦。参《鄞县志传》。

洛阳桥有感

我昔披阅《广舆记》,中载端明作桥事。草檄遣卒借海潮,醉隶覆题一醋字。酉月廿一神示期,是日海潮果不至。水浅累石克底绩,民到于今受其赐。及读鄞志蔡锡传,檄文锡构非襄制。襄为创造锡重修，时代更易逾十世。石摧颓兮蔡复来，端明早已勒石示。昨过洛阳访遗迹，只有专祠祀忠惠。别塑一像夏将军，云即当时赉檄使。反疑再来记失真，故将廷予特弃置。今春翻阅何氏书，与鄞志载毫无异。何系泉产记泉迹，岂容虚假遗后议。总因伯生误编纂，人知其一不知二。大叹当年利济心，衰草荒烟同废弃。或讶檄神事迹太神奇。君不见，孔子庙中有修祭器钟离意。

和张萼山泰安山行四首

莫道山程险，从教客思安。溪流长不竭，古道曲为盘。危岭重霄耸，孤松绝壑寒。相看浑不厌，何事夕阳残。

最是空山静，偏来车马纷。谁怜峰翠霭，不辨月黄昏。下邑穹碑古，荒林野庙尊。传闻多胜迹，仓卒未遑论。

村氓何寂寂，行客自朝朝。叠土成高屋，编篱作短桥。雪堆连夜扫，冰谷待春消。守岁无多日，惟应醉浊醪。

回头瞻岱岳，隐隐暮云遮。仄径斜黏树，轻尘细作花。行来六日路，碾过一轮车。望里燕山近，奚囊未足夸。

谒岳庙

岳庙荒城里，巍峨俨帝宫。神威临地肃，云气与天通。汉柏龙形古，秦碑鸟篆空。銮舆曾过此，不是为东封。

夜宿李家庄

鸡声才罢犬声嗥，下马仓皇拂客袍。地接河淮平野阔，山连齐鲁暮云高。无多贾客成村市，不尽斜阳上柳梢。岁晚优游闲客况，翻思交谪一身劳。

晓渡沂水

朦胧斜月曙星残,药饵和丸当早餐。晓色渐分人影乱,风声惯饱客衣寒。虺隤疲马愁霜滑,略彴溪桥怯路难。何日故园茅舍稳,闭门高卧日三竿。

丰城大雪次韵

晨光初动眼模糊,自启双扉看画图。未辨云根天欲合,浑疑月色影全无。空庭点破行人迹,老树栖残寒夜乌。不是山阴乘兴客,如何漂泊一身孤。

猺词

康熙癸巳奉使祭舜陵山中,猺长率男妇数十人来瞻谒,盘旋舞跳,相和而歌,询其词,云是前使臣高中丞所制,字句多有舛讹,为别作绝句授之。

漫嫌我种是盘王,喜得家居舜庙旁。天子万年行祀典,呼男挈妇沐容光。

生长山中作善民,男耕女织不辞辛。太平时节家家乐,击鼓吹笙颂圣人。

张起宗

字元友,号萼山,鄞人。鸿儒子。康熙辛未进士。官河南河内知县。著有《高梧阁集》。

《鄞县志》:起宗令河内,督民开芜田数百顷,复浚济河以通灌溉,邑资其利,捐俸遍设乡学,造士甚多。禀性刚介,居官三载,引疾归。起宗少受诗法于李邺嗣,归田后日与名流觞咏,工书善画,晚慕香山、眉山,因自号香眉。

喜徐子逊三持新诗过访

子挟光溪秋色来,两袖犹饶山脊雨。诗囊半湿为予开,喜值亭花日未午。亟使乌皮拂拭光,展卷一读狂欲舞。幽如寒瀑松间泻,剪碎清香杂钟鼓。突如岩骨空中悬,凿成苍壁走龙虎。乃知逸才亦间出,南州高士无今古。卜昼不足还卜夜,短檠明灭虫声苦。我欲约君十日谈,举杯喝月恣豪赌。无奈溪山独傲人,双足焉肯羁尘土。蒹葭徒切溯洄心,问君何日来西圃。

杂感

花事愁中过,如天未有春。月怜孤馆客,人薄异乡身。眼力抄书损,家音望雁频。不堪遥忆旧,无语泪沾巾。

渡曹娥和卓人韵

晓来问渡逐人行,舟子相招两岸迎。今日空江仍有姓,当年孝女不求名,忘机鸥鹭沙头坐,作雨烟岚山脊生。漫说秋潮轻涉险,昨朝高浪过于城。

金山江天寺

碧峋屹立砥中流,两岸潮声撼不休。天险带江南北限,地灵拳石古今浮。荡胸欲尽长空外,放眼还穷最上头。五步一楼十步阁,不知点缀几春秋。

周近梁

字宏济,一字皋怀,又号蒍园,慈溪人。曾发子。康熙辛未进士。累官刑科掌印给事中。

《慈溪县志》:近梁初知陈留县,筑河堤,劝农桑,兴学校,善政著于汴中。及为给谏有直声,疏劾皆关国体。

在刑垣久，尤留心刑狱，再三推勘，务得其情。以疾乞归，家居杜门读书，屏绝竿牍。喜为诗，与同邑姜宸荚相劚切。著有《娱忧内外集》各一卷。

姜西溟先生《序略》：蔼园诗冲淡闲远，寄托遥深，诚有落落如世外人，不可近者。

山居即事

迂拙存吾素，幽栖足此生。烟云供晚眺，笋蕨饷春耕。瓮贮村醪满，厨通竹溜平。邀僧闲对弈，松子落棋枰。

送黄主一归姚江

忆从辰夏得过从，挥手朱门寄慨同。挟策我重来冀北，挂帆君又过江东。犁扶绿野三春雨，梦怯黄沙二月风。他日祝桥容问字，终期床下拜庞公。

重九前三日书感

节物催人鬓渐华，谁令骑马踏尘沙。一天霜信随征雁，压担秋光卖菊花。小队弓刀传点甲，霜降，大阅旗丁，谓之点甲。夕阳砧杵乱鸣笳。羁思正类东曹掾，不为鲈鱼苦忆家。

过昌平故陵

百尺朱门址尚遗，荒原远眺不胜悲。颓垣未识何王殿，策蹇争过下马碑。落日铜驼埋宿莽，白头宫监奉春祠。无多野老吞声哭，犹胜冬青作记时。

强藩叱咤起雄图，铁骑金陵卷甲趋。一字千秋真不免，孤臣九族竟何辜。青山骨冷移残照，隧道春深遍绿芜。留待书生舒只眼，长陵细论好规模。长陵规制，视诸陵尤壮。

绕策犹疑玉鸽翔，明初有玉鸽十二，飞集昌平，适符山陵之数。揭来徒自怆兴亡。燕京帝业留抔土，古殿寒碑耸夕阳。故老尚忧余王气，有请发长陵，以泄王气者。劫灰谁共话沧桑。定陵毁于火。草迷辇道牛羊满，牧竖簪花坐壤墙。

丹楹画栋抱层峦，指永陵。松柏萧萧暮雨寒。苍藓即今封石碣，羽衣空自礼星坛。真人夜进黄金合，天酒朝收碧玉盘。服食总由方士误，几闻万乘得骖鸾。

马鬣封干血泪凝，田妃圹内尚堪凭。肯随汲绠离智井，不见金凫伴漆灯。细雨碧杨啼望帝，平芜春草没思陵。为烦勒石留遗老，攀堕龙髯未许升。思陵碑系太子太师金之俊奉敕书。

周章泰

字宪臣，号琢隐，鄞人。昌时子。著有《今日居集》。《续耆旧传》：宪臣为韫公之子，生于丙戌以后，而以其父志节未伸，终身不求进取。尝卖田以刻张尚书《冰槎集》，每岁九月必至杭之南屏，展尚书墓。家居深衣幅巾，与宗人殷靖先生、方外印千最莫逆。其诗力摹囊云，然稍不逮耍，其风格不俗。

答蜗庐

山川双眼湿，草树一方群。若许长容我，犹难屡见君。红催洲上叶，白尽陇头云。复作相思寄，遥怜老泪纷。

腊中访旧

有水难生骨，无风不似春。苍松孤晚节，短褐荷天仁。屋破迟深雪，年衰惜故人。此怀秋浦共，会面即芳辰。

野望

寒月依依上远峰，平湖万顷练光封。渔歌惊起汀洲鹭，飞入芦花不见踪。

陆鎏

字上贡，号松坞，鄞人。诸生。著有《高霞阁集》。

《续耆旧传》：松坞为明经，双水族兄诗名亚之，当时称小放翁，其诗在缶堂、静轩之间。

吴烈妇吞金歌

戴之女，吴之妇，孝性天成世罕有。良人一病颇缠绵，片心早办共姜守。濒危再四默踌躇，愿死夫前虑死后。暂缓须臾心更悲，唊金之脆如唊藕。抉肠断脰不须论，女贞炯炯谁为剖。明圣湖头蜀帝哀，深杯墓覆司马酒。奠忠哭烈自吾曹，髻鬒留馨并章绶。嗟哉！戴之女，吴之妇。是日同志奠南屏，随过哭烈妇。

秋初夜坐

暑觉林间薄，清风到亦稀。笛幽犹似涩，萤小未全飞。天气催邀月，人情笑曝衣。登楼虽有赋，游子早知归。

过野眺楼追悼蓉屿师 录一

箫鼓咚咚出荻洲，畏乘小艇渡中流。野人犹赛千年社，好景难禁百岁愁。花落钓潭无旧主，月移眠榻见空楼。严城何事催归棹，恨隔松楸驻远眸。

七月望前大风雨有怀同社诸公次缶堂韵

北风陡作偃荆扉，检点筠笼理旧衣。豆架藤连黄叶落，渔舟橹逐乱云飞。隔墙有友诗筒杳，曲巷无人屐齿稀。竟说今年秋获好，啾啾屋角似啼饥。

徐志泰

字逊三，号蕙江，鄞人。诸生。著有《蕙江草》。

《续耆旧传》：逊三居桓溪，少为李杲堂所知。溪上诗派明为陈后冈、吕中甫，而吾家兼山处士继之，逊三又继之。

秋怀次昌黎韵

人身得秋气，形骸为之悴。所触无适情，肃杀满天地。凄凄结中肠，举动不得恣。性情岂顿殊，时序乃使异。凡物务及时，非时安足贵。

秋山发佳气，日夕来幽轩。苍松岩际偃，涧水云间奔。静几长自对，此中竟忘言。几丛黄菊花，环列当阶前。落英欣可采，聊以代盘飧。

手把渊明诗，一吟尽一编。观其咏古人，寄托富百篇。达者动深慨，使我重悲酸。谁谓东篱菊，但解北窗眠。旷焉忽兴感，余情在千年。

将进酒

将进酒，永今宵，人生磊磈何为者，愿浮大白为君浇。佳时不常有，美酒难再得。相对苦蹉跎，感叹终何极。座上不必罗肥鲜，耳边不必陈管弦。获逢素心晨夕友，与之一饮一陶然。世上纵多险阻事，吾但以饮为乐志。春花秋月自当前，三百六十胡不醉。君不见，古来旷达人，生平曲蘖常相亲，伯伦颂酒德，渊明漉葛巾，醉乡之日舒以长，不与尘世通纤尘。噫嘻乎！人生众中谁有声，酒人至今留高名。宇宙且须同一饮，莫向渔翁夸独醒。

题续西园雅集图后

曩者西园十六人，龙眠画法仿将军。人物云岚都妙绝，林下曾无一点尘。今日鹿亭有西圃，良辰良会真堪数。写成一集续前游，开卷不知今与古。坐中风味各超然，或居朝市或林泉。驰驱上国乘骢客，领略槎湖载酒船。谓黄蓥园、张蓉屿两先生。池塘春草夜来梦，谢氏门风推伯仲。谓春草恕斋、莘野昆季。明月新词到处传，江干声誉人增重。谓包惕三。缶堂词赋满人间，每为狂吟不得闲。落落无营者松坞，飘飘出尘者萼山。李生志在佳山水，谓六谦。毛生胸亦无泥滓。谓雉文。招入东林一老僧，谓啸堂和尚。添我南州一孺子。龙眠好手向来工，画人画景俱不同。今将一手分两手，集中止山与羽翀。止山画人眼力妙，依稀数笔形神肖。羽翀画景腕力劲，峭壁疏枝皆入胜。图成尺幅作高歌，千古相传能几何。六逸犹嫌溪上少，八仙较倍酒中多。人世风流有如此，今日还将曩日比。不独图画可以观，亦足仿佛其人矣。

早起和杜

宿鸟辞林出，家童正放关。风驱烟避路，云让日浮山。市菜兼霜卖，庭花带露攀。老农肩竹器，直待暮方还。

散怀杂诗次李杲堂韵 录一

借得鹪鹩一故栖，时因佳客共分题。相逢多出新诗草，作供兼留旧菜齑。巷口竹遮疑雨暗，沙头水涨与田齐。幽居早暮浑难定，藉有檐前报午鸡。

岁杪东归留别朱雅师

天涯浪迹笑无端，不觉蹉跎又岁阑。霜信几番催客渡，梅花一路待人看，连朝可喜天能霁，此夜应知梦亦安。只有故交同惜别，河梁执手思漫漫。

胡鹿亭约访张蓉屿先生，余以事不果，怅然有怀，次鹿亭韵 录一

栗里云烟自一村，肯因客至暂开门。诗文多自归来富，风格还于老去尊。楼外好山飞野鹤，盘中春雨出河豚。终

朝谈笑成佳集，狼藉书窗笔墨痕。

李谦

字六谦，号豫伯，鄞人。诸生。著有《春及堂集》。

春日山塘宴集 录二

梅才半绿柳初黄，逐日春郊步屡忙。烟水高楼如画舫，云林别业即禅房。客因酒后渐轻薄，人到花前易老苍。游兴未阑逢好友，更携壶榼过山塘。

留连灯夕与花朝，踏遍山塘几处桥。率意盘飧自古雅，偶然主客不招邀。春风似酒心先醉，好友分题兴倍饶。座上唱酬刚七子，建安词赋足丰标。

留别友人

柳枝款款雨丝丝，却值行人离别时。别后相思无别计，开缄验取去时诗。

李涵

字敏公，号澹久，鄞人。文纯孙。官副将。著有《宁静轩集》。

《鄞县志》：涵夙负奇志，不喜为章句学。三藩变起，仗剑入闽，以策干总戎，设伏掩贼江东桥，歼获无算。总督姚启圣击贼澎湖，涵坐战舰，乘风直犁其穴。台湾平，余孽未靖。尚书王骘谓涵曰："此辈乌合，难可力胜，必得儒将饶智略者，非君不可。"涵受命遣谍诱之入内地，就擒之，以功授漳浦游击。邑多盗，涵令各乡设练总，遇失事，责有所归，盗皆屏迹。摄海澄篆时，平和患土寇，讹传有众数万将薄城。总督方檄漳州八营兵往援，涵闻遽领帐下卒,夜抵平和,衔枚疾驰七十里,鼓噪而进,贼惊走,缚其魁,余悉纵遣之,有以万金请给信符缉余盗者,斥不纳。擢提标中军参将,改福州,旋题督标中军副将,遭丧,哀毁卒。

自题佩剑携琴图

风日催寒暑,草木亦旁皇。倏忽已三十,回首惜韶光。忆昔方髫龄,咿唔夫子堂。不期当此日,驱车戎马旁。慷慨徒自许,世路总羊肠。临风常独立,叉手问苍苍。佩剑非为侠,意气所不忘。囊弦非无待,愿为知音张。棱棱中野气,落落游子裳。强作欢笑容,恐贻老亲伤。

涌泉寺有喝水岩、白云洞、旗鼓两峰,为剡峰诸胜

入山便适意,况复登名山。寺与松俱古,僧偕云共闲。鼓旗存霸业,鱼磬静禅关。为剡海天近,十洲何处闲。

同阿使君玉峰登山观海

望远渺无际,凌虚疑有梯。眼随沧海阔,身与白云齐。风静鲸波息。烟霏蜃气迷。登高能共赋,端不负攀跻。

东门从叔方欲旋里,适董周池、陈卜年、万开远自浙来漳浦,过余署中留宿,拟次早分袂,用杜工部衡州送李大夫七丈赴广州韵 录一

夙客兼新客,欢然聚一庭。可堪来旧雨,旋欲散晨星。归思篱边菊,浮踪海上萍。关心看曙色,南北各飘零。

长安至日杂兴

蠲诏新颁颂圣君,穷檐愁叹有谁闻。佣书聊作饔飧计,卖剑羞言战伐勋。好去一犁重学稼,不然五夜更论文。相

传晋楚田间叟，半是当年旧冠军。

僧厨饭熟爨烟浮，啄食饥鸟满屋头。阳气渐升煤火活，曙光初上冻云愁。寒威不到袁安榻，风力偏欺季子裘。尚有草庐堪稳卧，如何浪作玉京游。

航海用阿使君玉峰韵 录二

才过定海又崎头，遥指前湾可泊舟。共怨风狂收不住，惟怜客恨更难收。

楚楚衣裳七尺身，居哀犹是走风尘。当年深悔轻投笔，不及操舟撒网人。时大父逝世，夺情留任。

王爽

字殿辉，鄞人。诸生。著有《云外轩》《翠山》诸集。

元日新晴

岁去愁仍在，春迟腊未回。寒风犹刺骨，酒力渐开怀。天启丰年霁，人欣暖律来。穷黎瞻化日，予亦幸栽培。

早梅

一树寒梅古，棱棱老干存。花随枝共瘦，香与影无痕。清欲侵人骨，幽还断蝶魂。萧疏开几朵，寒谷已春温。

潘瀛彦

字若海，象山人。武生。著有《鸣缶集》。

游灵岩山

灵岩渺天际，薄暮气氤氲。架屋凭岩谷，开轩半水云。斜阳渚前没，虚籁座中闻。濠濮幽然想，平生鱼鸟群。

黄道晖

字吉光,号旦旸,鄞人。著有《橙轩集》。

《鄞县志》:道晖力敦孝友。张煌言墓在西湖,馆杭时每岁寒食必备牲醴致奠,及卒,门人私谥孝毅。

初夏偕同人湖上野祭

匍匐荒郊市浊醪,一盂聊复荐溪毛。为文生祭谁炎午,此日登台有谢翱。林外杜鹃纷泣血,草间蟪蛄亦悲号。游人若问当年事,荔子峰齐华岳高。

黄道南

字在中,号北溪,鄞人。诸生。著有《存神集》。

九日登枫山龙化庵观秋色

此地重来觅晚葩,枫岩古刹似田家。寒裳蹑险忘蹊曲,拉友登高怕日斜。僧老不知新宇宙,交疏难问旧桑麻。喜来风静无愁帽,爱菊真如蝶恋花。

沈光俊

字来宜,鄞人。

腊月旬有一日,同恕斋买舟访萼山先生,留酌余清轩,以坐雪烹蔬新咏见示,即席次韵

岭上梅花开又残,尚余天气十分寒。雪堆满地难为褥,冰结盈阶未可餐。小圃青蔬柔若草,平湖流水急于湍。高人不学袁安卧,吟得新诗付与看。

无分兰蕙与蓬蒿,一夜同云雪阵鏖。银凤羽毛多错落,

玉龙鳞甲未坚牢。长怀夜月如泉水，何独春风似剪刀。一叶扁舟乘兴远，冲寒把笔未辞劳。

水宝璐

字上若，号清泉，鄞人。著有《问心斋集》。

夜涛

浪迹吴门市，驰驱又北行。征鸿惊客梦，衰草动离情。剑锷风前劲，琴心月下清。可怜丈夫泪，半逐夜涛声。

旅夜秋思

角枕攲斜卧，寒灯倍惨然。故园千里梦，凄雨五更天。客况宵难遣，乡情秋可怜。有怀谁与诉，魂逐雁声边。

丁卯七夕悼内

究竟人何处，秋来倍可怜。双星仍七夕，孤枕倏经年。影转银河断，香消金篆偏。齐眉共樽酒，除是梦中缘。

夜坐有怀家园

双溪夜色掩柴扉，残雪寒灯伴影栖。春到欲回沙上雁，更阑连唱舍南鸡。人淹海口三山北，家在雷峰一水西。几度相思愁莫寄，徒拈客韵寄荆妻。

施国鉴

字备三，鄞人。兆麟子。著有《栖竹轩集》。

东道岭上

避难思捷径，乍入是还非。水弱从何渡，山寒不可依。暝随樵唱晚，高共鸟翻飞。安步无南北，从容得所归。

山居写兴

乐意一樽酒,关情醉后吟。寒梅花傲士,幽涧水清琴。客久竟无事,云归似有心。寻芳浑未已,纵步入祇林。

晓钟

清宵幽寺钟,疑似梵王语。孤客不堪闻,半空风截去。

入山

云散风流适乐郊,淡然世事等鸿毛。眼前谁是知心者,只有青山可论交。

施锽

字屏山,鄞人。兆麟子。著有《一醉楼集》。

村居

鸡鸣启群动,劫然各有营。曰予敢宴昵,托以遂高情。寒裳涉东园,苍翠露犹零。芜秽日就理,嘉植欣滋荣。春怀感微吟,好鸟相与鸣。筋骨虽告劳,喜无俗虑并。力贫志所适,岂为薄荣名。

书楼雷雨

风云漠漠遥空起,神龙倒挂前山雨。三点五点向西来,远村近村飞尘土。百尺珊瑚天半生,薄阴掣电流光紫。兀兀空楼势浮动,仿佛孤棹春波里。青蝇遁迹湘簟清,醉中卧看南华子。一枕栩栩蝶梦幽,起来天远山如洗。虹影欲灭落照明,横割中流半江水。

山夜思归

烟草迷荒径,柴门此夕中。梦愁枫叶落,乡思谷云封。长夜一灯雨,空山几树风。尺书何处寄,嘹呖听归鸿。

迟袁眉少不至

一樽花下久相须,未见粼粼长者车。开遍海棠春寂寂,望残江月步徐徐。百年几个此清夜,好友来过聚草庐。欲卧空疑见颜色,数枝横影竹窗虚。

山居

怡情几片山,涤虑一溪水。凉风起茅亭,呼童拾松子。

杂咏

犬吠洞中春色,鸡鸣湖上扁舟。夕阳微雨曲岸,红树晓风画楼。

归自东道岭

远山淡碧近山浓,人在悬崖呼吸中。归意不如溪水急,坐听好鸟唤东风。

余绍昌

字开文,鄞人。由监生考授州同知。著有《寄傲楼集》。

秋晚

斜日挂林端,西风涨急湍。客孤愁道梗,夜冷怯衣单。世味应尝遍,羁怀强自宽。故乡行役远,东去路漫漫。

步邵宾王傍晚行嶅阳道中韵

一自公车去,还思道路长。计程历济北,何日过嶅阳。风静平原旷,天寒野色苍。亲朋惆怅处,书遣暮鸿将。

和李枚庵同单燮公峒晤晓发韵

想象征途晓,披星促队行。炊烟乱岚气,人语杂蹄声。酿薄寒难敌,衣添橐渐轻。自惭高卧者,无限远离情。

袁钫

字公弢,号稽亭,慈溪人。贡生。官江南江宁府同知。著有《滇游草》。

过庐山和曾青藜韵

风尘惭满面,胜地肯相容。此际怀开士,孤云何处峰。溪声天外雨,山色晋时松。三笑堂前过,劳劳不可逢。

郑寒村与予生同年月日,兹值七旬,诗以寄之

城乡十里隔,良晤少追随。名苑多奇卉,深山有紫芝。羡君戊子大,愧我甲辰雌。同是入秦岁,相期钓渭时。

谢功昌

字在武,镇海人。诸生。

蔬香园

泉石幽栖泯俗情,亭台位置自分明。只缘径曲花难觅,未到桥来水有声。桂老园丁数旧主,蔬香学士锡新名。盈蹊桃李争妍媚,看到东篱菊更清。

山庄即事

一村只有十余家,疏竹萧萧杂槿花。童叟驱牛无个事,还来揖客话桑麻。

谢岐昌

字丰臣,镇海人。泰履子。贡生。历官江西南康知府。《镇海县志》:岐昌初署兖州同知,黄河决,民多沉溺。岐昌捐俸为倡,募役夫筑石堤,民感其意,踊跃趋事。工竣,称为"谢公堤"。任彰德河务同知,浚洹、卫、漳三河,以济漕运,溉民田。洹河东有故道通运河,岁久淤塞,力请开复,商民便焉。擢南康知府,以廉干闻。

赠子朔侄集选句

之子绍前允,凤昔秉良弓。金玉素所佩,篇翰靡不通。常慕先达概,直由意无穷。芰荷迭映蔚,长啸激清风。三五明月满,千里与君同。揆日粲书史,高会集新丰。眷焉怀桑梓,所以悲转蓬。

李芳

字尚容,镇海人。

观雪次谢人舆韵

朔风昨夜声冽冽,暗空洒下琼瑶屑。朝来堆积满城闉,高瓦低阶尽盈尺。呼童开径通行人,始分径窦并阡陌。梓山如建白玉楼,佛殿仙宫接银阙。东君正使梅花开,压满寒枝倩谁揭。冻水横塘未坼冰,青山无恙翻成白。近筛若粉饥谁充,远扑如棉寒可灭。自怜衰老畏冲风,独倚蓬门谢远涉。想见长江曲折流,闽舰粤樯滞碇铁。残冬已去春早来,不见阳光浮晔晔。惨恻皇天太不仁,饿莩满路安存迹。惭吾菜芋饱徜徉,伏处敢嫌门巷窄。有愿莫济沟壑危,寸念惶惶那能适。

屠孝斌

字允宪,号宪庵,鄞人。粹忠从子。诸生。著有《待问编》。

独酌

高阁晓寒轻,春禽已变声。每闻花事近,不觉客愁生。琴外谁知我,云边独绕情。相期拾瑶草,漫酌耐微醒。

赠友

雨脚茅檐歇,开帘坐小楼。故人三径里,情话一宵留。君拟骞黄鹄,吾方侣白鸥。莫嫌烧笋供,肉食转多忧。

张兆林

字翠峰,鄞人。

高尚宅怀贺秘监

安稳成高尚,唐廷事不常。烽烟移翠辇,歌舞冷霓裳。子美淹西蜀,青莲放夜郎。不堪频屈指,何似饫湖光。

举世知高节,谁知所以高。方闻收供帐,未见絮征袍。月落水流镜,风鸣松卷涛。最怜灵武事,师傅不曾遭。

王之坪

字文三,鄞人。诸生。
《鄞县志》:之坪与兄之坊并受业黄宗羲之门,为人严气正身，脩脯所入，被及三党。万斯选尝曰："文三躬行实践之力，多吾党所当师法也。"卒年六十八。

偶成柬公择

道以躬行重，神因口说漓。何如长默默，简淡胜支离。

舒其南

字指叔，奉化人。著有《枕流轩稿》。

夏晚

绿树笼斜影，溪沙抱小村。渚牛浮鼻渡，畹蝶侧身翻。多病惟高枕，经旬不涉园。偶然从小酌，幽意与谁论。

山楼独眺

野性复何求，山楼引眺幽。江亭寒日暮，村屋淡烟浮。鸣雁平沙落，秋潮没岸流。故人久不至，频自认归舟。

不寐

唧唧秋蛩催捣衣，娟娟秋月冷梧枝。夜长梦醒不成寐，抱膝灯前改旧诗。

舒其丰

字君叔，奉化人。其南弟。著有《拙园集》。

村居

荒村地僻远都城，十亩栖迟身世轻。社庙半侵烟树古，平湖遥映日峰晴。坐谈石畔无殊俗，呼啸田间尽识名。时上楼头凭野望，豁然醉眼白云横。

夜过北渡

日暮晴江秋气清，孤鸿唳彻落潮声。夜深古渡行人少，一片寒沙带月明。

邬子喆

字仲谋，奉化人。著有《愚溪遗稿》。

刻溪道中

一泓溪水弄新晴，激石飞湍沸雨声。桥傍短亭连古寺，山迎远水绕孤城。侵衣绿树凉风集，濯足闲潭爽气清。满目阴森看不尽，前村日暮促归程。

诸伯仁招饮

悠悠湖海气萧森，酣酌楼头恣眺临。遣兴何须千日醉，论文却忆十年心。和风嘘户疏篁动，新月窥人隔树深。为谢主人共潦倒，一春花事费追寻。

春闺 录二

东风一夜正关情，迟日无言倚画屏。注意流莺休去急，心心诉与合欢盟。

花褪随风杂燕泥，绿阴深处啭黄鹂。莫教偏向愁人怨，去近朱阑好处啼。

邬铉明

字元亮，奉化人。著有《是亦草》。

夏午

草长池流约，日高墙影低。蝉鸣不畏暍，声接绿溪西。

刘上庸

字若愚,号逊斋,镇海人。诸生。著有《惜羽编》。

月湖作

斜日下城阙,疏烟弄柳枝。但听群燕语,知已暮春时。初月淡无际,轻桡有所思。湖边采香草,来谒秘书祠。

小园桃花初开

初萼胭脂色,墙阴动旭光。惯窥潭影碧,略带露华香。帘卷人频倚,风和蝶更忙。仙源难远溯,只此写春阳。

江上

兵火关山换,江流与昔同。树光浮远岸,帆势折回风。乱鹜飞初定,渔歌听渐濛。沙矶无恙在,吾欲寄丝筒。

夜坐

已罢欧阳读,还横叔夜琴。风来林淅淅,夜久月沉沉。听雁情多怨,怀人思不禁。掩灯聊缓寐,旧簟畏凉侵。

同石瑛上人登望日峰

望日峰头四望赊,纷披晴色遍天涯。遥遥渤海波澜阔,历历郊原绮绣斜。涉险几思窥帝座,轻身已似泛仙槎。看来大地非虚幻,指问谈空释子家。

己未九月十日同麟昭孝廉寓武林馆舍,值余四旬初度

同人喜结远游缘,涉历湖山忽自怜。触目丹林惊岁序,伤心白发忆生年。无闻浪作悲秋客,强仕真惭记齿贤。渺

渺愁来成独眺，问谁知我此情牵。

叶嵋

字苏瞻，号芑园，慈溪人。官广东游击。著有《远山草堂集》。

金陵

龙蟠虎踞帝王州，满目萧条感旧游。春水未消亡国恨，秋风犹起故宫愁。胭脂红泪惊窥井，针缕青蛾怅倚楼。痛哭新亭人绝少，可怜江左但风流。

黄霖

字玉符，鄞人。著有《山鸡集》。

《鄞县志》：霖性嗜学，通经济。遨游江湖，至成都，爱浣花胜概，遂卜居焉。善画菊，自号菊花老人，作诗多俊逸之句。

归农

我爱骑驴妇坐车，儿肩书籍仆担花。出城未到青羊市，先问桥西卖酒家。

题画蟹

不食霜螯二十年，未曾举笔口流涎。何时得返江南岸，明月芦花系钓船。

四明清诗略卷五终

四明清诗略卷六

鄞　董沛　孟如　辑

陈衷愿

字童予,象山人。明瑛子。康熙壬申岁贡。著有《问心堂诗稿》。

《象山县志》:衷愿父明瑛,官建宁道。罢归,为营弁所诬,谪戍辽阳,衷愿三至戍所省问,沿途卖字以偿。父殁,扶榇归舟,过大江,遇风几覆,衷愿仰天呼号,忽反风顺流而济,人以为孝感。

瑞云山

一径历翠微,珠屿前峰妙。徙倚度危桥,落霞衔晚照。古木何森疏,村烟罥萝茑。执杖徐徐行,临流便垂钓。钓丝逐藻荇,翘首复远眺。归鸟群飞鸣,哑哑声相肖。寒泉响琮琤,绝似苏门啸。

明楼

开我屋后窗,山色盈衣袖。雪中一树梅,春来花依旧。枯藤挂女墙,雨润苔石皱。高卧不肯起,山光静清昼。阑干空蒨葱,嫩茸铺如绣。尤宜梧桐雨,烟生寒橘柚。

溪桥

山头一轮月,溪桥一轮月。月照松飕飕,溪声和松发。

松下月不流，溪上声清越。一水跨飞虹，水风寒入骨。夜分一壶酒，霓裳天半揭。不假明珠光，疑入蛟龙窟。

松篁

溪风吹我衣，六月不知暑。时见苍髯翁，长与此君语。风月佳主人，请为歌白纻，歌罢忘岁年。山静真太古，掷去漉酒巾。围棋一赌墅，谡谡松梢风。漪漪淇园渚，醉后北窗眠，羲皇在何许。

舒顺方

字象坤，一字后村，奉化人。康熙壬申岁贡。官宁海训导。著有《后村诗稿》。

《奉化县志》：顺方贫而工诗，矮屋低垣，自适其意。有所作，下笔疾书，悉有法度。与慈溪郑梁、姜宸英，鄞县周斯盛、董道权结诗社相唱和，后宗谊避地来奉，和诗益多。生平留心乡邦掌故，尝预修邑志，又与董彦琦搜先正诗，多方购求，成《剡川诗抄》十二卷。

樗园感兴

半亩号樗园，花木被骚雅。园中老诗翁，须眉未肯假。人去亭榭墟，故物遗败瓦。长松不捍门，时时见牧马。

垂杨荫落花，飞絮无停影。离离青草丛，阁阁居蛙黾。伊人良苦心，缅想见情境。恐有铁匣书，拨杖求深井。

杂诗

伐鱼毋取胶，斩木毋取漆。从来胶漆坚，久久亦难必。西山见朝隮，东山自日出。驱蜂强宿房，酿酒不成蜜。

隙地莳猗兰，莫为棘所附。兰孤得自芳，棘长见抵牾。菟丝伏树根，有时高于树。黄雀安其巢，鹘来驱之去。

三两庭中花，开谢参差见。后先自为时，人情此中变。旧人一何疏，新人一何善。秋风次第生，谁复念纨扇。

斜幅无缩缝，曲窍无直声。是非且勿论，学术多逢迎。良药苦已疾，甘口岂若饧。方枘而圆凿，吾师无口罂。

织锦五色纹，非杼丝不理。簋飧陈五味，调之亦用七。习成忘其劳，徒夸色味美。二少自同牢，无复说媒氏。

落臼牙

稔知尔能存，众齿得依傅。如何不自完，中虚窟群蠹。为臼应受辛，偏与黄甯忤。日嚼让左偏，偶触辄生妒。如刺连辅车，作楚每眩瞀。三餐稍失防，百苦忍莫住。有客挟医来，谓我因循误。已病在除根，镂搜使龈露。须臾下小钳，仿佛脱犀瓠。黏本肉已糜，迸血唇遭污。一牙为物微，亦属毛里聚。生平守冰渊，祇怀毁伤惧。落此殊不情，泚颡汗若雨。因知躯命关，骨肉皆外附。魄降魂自游，疴养两不顾。吾生亦有涯，此牙已成故。久久获全归，藏之聊备数。

哀史千兵

故千夫长其姓史，生小军中号橛子。过人膂力能挽强，杀敌应弦无虚矢。从征几载西复东，无钱不迁但纪功。同伍健儿秉大纛，犹属橐键走下风。决事农田归里社，力具犁锄鬻羸马。朝暮作息同细民，伏腊交欢半儒雅。酒后耳热视耽耽，常将前事资坐谈。自言逐北贼麇至，深入孤军战益酣。长兵短兵声戛击，席上俨闻交矢石。剑光指处血路开，手探髑髅向人掷。短衣归老三十年，年年税佃富家田。断镞零星铸利斧，斫尽秋风老树颠。一朝卧病不出户，谁说当年力如虎。赢得通身刀箭瘢，七尺柳棺瘗浅土。

和正庵北溪赴饮村家韵

西风策策吹敝絮,溪北人家速客去。注目秋山起白云,茅堂更在云深处。秫熟酒香不待沽,山毛作菹经岁储。主人已醉客自去,落日溪头看钓鱼。

秋日溪楼漫兴

戚戚已无用,徒然唤奈何。老嗤双鬓短,贫觉一身多。雁影遥天没,滩声独夜过。那如鸥梦稳,惭愧负渔蓑。

和酬正庵

卧起闻啼鸟,残袍觉冷偏。摊书聊遣日,弃镜欲忘年。小阁悬宵雨,长溪界晓烟。荒唐思辟谷,不是为修仙。

次韵董次欧湖上晚归之作

千秋存鉴曲,一径想遗音。亭引孤烟迥,汀涵落照深。高天完柏性,小月敛湖心。不觉归来晚,诗成且独吟。

村家和正庵

斜阳人影动,归牧下平坡。屋角炊烟小,门前流水多。断桥通竹筏,细路隐蓬科。八口论家具,长镵共短蓑。

和正庵北溪桥口占

独怜桥畔树,略住老人筇。落日鸟飞去,空山响暮钟。

周鸿宪

字翰卿,号葵园,慈溪人。康熙甲戌进士。官河南固始知县。

《慈溪县志》:鸿宪知固始县,起敝振衰,厘奸剔蠹,政声卓著。调署光山,治如固始,民安其教。中州称为循良,巡抚拟特疏请行取内用。以疾乞归里居,闭门谢客,屏迹公庭。好善之心老而弥笃,邑人咸钦其品云。

赠嵩来上人

造物无穷期,吾生有涯涘。安得素心人,落落乾坤里。自与吾师游,往复无倦已。尘缘都弃捐,百里如尺咫。吾师方妙年,薪传接宗旨。一坞白云深,三乘演无始。澹寂寄高真,名言扫糠粃。不独透玄关,而且贯经史。挥毫吐云烟,价贵洛阳纸。四明多才人,气谊芬兰芷。相赏在性情,吾道原如此。我今聆清谈,拂座春风起。愿言订同心,长松共徙倚。

清道观

天设神仙府,人游图画间。桃花当眼媚,松影上衣斑。谷口泉来往,江头船去还。盈虚浑莫定,何日叩玄关。

邵元观

字宾王,号亦存,镇海人。似欧子。康熙丙子举人。官山阴教谕。著有《偶言集》。

中秋十六夜对月

大造无停机,忽忽秋已半。人于百岁间,暑寒递变换。游子久出门,悲来不可按。而况值良宵,能无滋永叹。荒阶步踯躅,幽咽蛩声乱。皓月圆如璧,清光散若幔。照见墙根花,天真自烂漫。有花不解愁,有月凭谁玩。穆然思美人,遥遥阻河汉。

九日过崔山南郊居

西风出郭访崔骃,绿树青萝好结邻。绕屋书声深闭户,卷帘花气暗迎宾。秋高正值茱萸节,夜去频浮竹叶春。醉后空庭闲步月,碧天如洗更精神。

寄郑任远

握手南楼思悯然,潇潇风雨一窗前。匹夫抱玉曾三献,贞女怀清已十年。隐隐寒光生剑匣,汤汤流水识琴弦。别来多少离乡梦,半在梓山夜月边。

送从兄瀛一之闽

总角论文思出尘,蹉跎非复少年春。勉支门户君同我,坐守诗书贱且贫。儿女渐多催老至,耕桑无计可躬亲。飘然仗剑天南去,珍重他乡骨肉身。

黄廷铭

字敬跻,号又堂,鄞人。斐子。康熙丙子副贡。历官户部郎中。著有《一层楼诗稿》。

秋夜泛湖

秋色宵来迥,平分是此湖。香飘篱吐菊,波动镜飞凫。僧寺钟声静,渔舟夜语孤。一船明月好,举酒酹汀芦。

送孙友章南旋

客中愁送客,况是故乡人。理棹逢初霁,归家恰小春。沙鸥飞野岸,枫叶醉江津。吾亦莼鲈兴,临风独怆神。

渡钱塘口占

武肃当年万弩雄,我来问渡可乘风。云和树拥迷山北,舟似星分过浙东。两岸斜飞双燕子,大江闲坐一渔翁。沉沉听入钟声远,静浪台边夕照红。

谢绪宏

字子任,镇海人。景昌子。康熙己卯举人。著有《燕山吟》《旅游草》。

寄怀杨若霖

怀人隔千里,云水路茫茫。遥寄双鲤鱼,此情深且长。春初别子后,担囊出帝乡。寒风透我衣,零雨湿我裳。停车食冷炙,驱马犯朝霜。回思客岁冬,暖阁与膏粱。晨夕共言笑,与子咏同行。行役受饥寒,此苦我独尝。悲欢各有命,聚散本无常。二月春水涨,泛舟过维扬。北固层波涌,南徐新月凉。吴山历千嶂,越水抵三江。整衣入故里,下马拜高堂。亲颜不胜喜,亲体亦少康。为予加一餐,为予饮一觞。阶前斑斓子,迎门扫榻忙。室内糟糠妻,蒸梨炊黍香。团圞溯畴昔,乐趣正洋洋。余怀忽有思,中夜起彷徨。昔时与子别,相对揖道旁。口虽无一语,而心实惨伤。料当国门外,握手话衷肠。讵意此愿违,悔恨何时忘。古来贤师友,相得而益彰。昌黎文章伯,从游李与张。河南道学宗,及门游与杨。予愧非其匹,似子可云良。聚首赋袍泽,分袂苦参商。相逢遥相怀,其如各一方。长吟老泪流,春鸟鸣朝阳。

寄同年黄元公

古人重立身,不妄托姓氏。感恩何足言,所贵在知己。

予家蛟海滨，君住鉴湖涘。执鞭素欣慕，盈盈隔带水。谁来欧阳鉴，黄安张夫子。拔尤贡成均，同为门下士。春深泛客舟，花落满江沚。击棹明素心，临流采芳芷。喧喧声利场，争者若归市。惟君甘寂寞，晨宵对经史。二酉藏胸中，万斛涌笔底。升沉有数焉，聚散无常矣。予归悲陟岵，君行掇高第。谋篇中法程，献赋叶宫徵。忧从中来时，闻之不觉喜。贺君歌一曲，曲终为君劝。努力上青云，光我同年录。

东郊行

二月春半山色青，落花飞来香满城。浃港南北游春女，绿屩红妆江畔行。江畔荒郊忽成市，青城翠色映江水。问渠纷纷去何之，候涛山巅拜大士。山殿崔巍山径荒，断崖危石路茫茫。红粉女儿行且语，牵裾携袖相扶将。我行东郊日杲杲，归时日午春光好。薄暮重来此地游，只见栖鸦与荒草。世间万事一浮沤，沧海桑田君莫愁。夜半东风拂拂起，山雨骤来满江渚。

送周景高之任湖南

屈宋流风地，迢迢此日行。南州新邑宰，左掖旧家声。泽国饶鱼米，岩疆简送迎。遁良重汉代，千载有余荣。

新春有感

才看寒梅放，旋惊春鸟鸣。缘愁醒夜梦，因病惜余生。老大身还贱，蹉跎名未成。岁华容易过，忽起听新声。

登杨氏新楼

君家高阁傍城东，此日登临望碧空。燕市沙飞千树外，凤楼春到一窗中。画阑帘卷西山雨，绣幔花迎南苑风。为客数年甘仆仆，翻因极目叹飘蓬。

谢曾祚

字诒堂,镇海人。绪光子。康熙己卯举人。官云南罗次知县。

《蛟川诗系》:先生好博览,为令多异政。尝与修《云南通省舆地志》,考订详核,规画形势,了如指掌。

寄呈崧轩从叔

帝城忆昔同游览,两度看花景复然。陇右暂修为子职,故园相庆服官年。白云举首瞻天迥,玉薤浮觞映月圆。阅岁重来还并辔,銮坡虎观集群贤。

沈炳

字明远,鄞人。康熙己卯顺天举人。

溪夜

我从溪南游,爱此溪夜景。溪流清我心,溪光清我影。溪风钟里悠,溪月枝头冷。遥村隐若画,青灯落半岭。仰见孤鸿飞,时闻眠鸥警。四顾一徘徊,明星正耿耿。念此静中身,百虑皆欲屏。会心不在多,幽趣只自领。危石咽飞湍,猛然发深省。

桃源

峭壁藏深穴,苍苔莫记年。鸟飞青嶂口,人住白云巅。径仄萝偏附,心危杖不前。幽栖真绝胜,泉石总悠然。

经山海关登镇东楼望海

雄关控绝漠,万里一登台。水色依天尽,涛声挟雨来。乾坤疑混沌,楼阁俯蓬莱。回首长城窟,秦王安在哉。

壮心

壮心零落尽，吊古转凄凄。搔首金台上，长吟夕照西。尚留七尺在，肯放两眉低。归梦语妻子，还来饱藿藜。

晓发洞庭

晨起风何驶，轻舠下洞庭。浪摇千嶂白，帆破一天青。地轴摇南岳，烟波老客星。恍然闻鼓瑟，吾欲吊湘灵。

塞外

征鞭倏尔出长城，半纸鱼书慰友生。塞马五更喧客梦，边风六月作秋声。愁看毳帐斜阳外，怕听悲笳子夜鸣。回首江南肠欲断，青衫湿透泪还盈。

送别周仰山同堂归汉阳

周郎胸次吞云梦，一棹苍茫下洞庭。归路烟波湾月白，思君大小别山青。春风楼外春天树，秋兴亭边秋水汀。踪迹漫愁千里隔，神交我辈久忘形。

陈吴岳

字大锡，号五亭，慈溪人，海宁籍。康熙庚辰进士。官礼部主事。

《宁波府志》：吴岳官汉川知县，遇水灾，发仓振之，全活无算。襄水坏庐舍，相地筑堤，民免漂流。报最行，取礼部主事，卒于官。

同友人游香山

不如携手乐山阿，日写黄庭未见鹅。郭外寒烟迷柳浪，渡头小艇挂渔蓑。深林庵古藤穿壁，翠岫松苍鹤聚窠。忽读残碑凭吊远,乘风曷禁共悲歌。

王锡卣

字釐一,号遗安,镇海人。康熙庚辰岁贡。官常山训导。

寄怀育王嵩上人

善赋工文不救穷,行藏仿佛等逃空。买山若个容巢父,结社吾将问远公。说法头看顽石点,寻幽径乞野人通。秋风莫管岩前厉,问讯溪桥落叶中。

怀人何处寄相思,夜静分明欲见之。一枕藜床邀素月,半林枫叶索新诗。俗情已遣溪山隔,慧业宁烦瓶钵司。我笑交君真似水,篮舆有约尚迟迟。

王象治

字予揆,慈溪人。康熙壬午举人。著有《石鱼山房诗文稿》。

杂咏

惘惘出门去,行行日已暮。阴云结不开,朔风一何怒。胸中怀苦辛,膈臆谁与诉。良朋徒咨嗟,爱予莫能助。怅然复言归,令人思季布。

屠生挝鼓歌

四明屠长卿,以吏议罢官,落拓游江湖。故人阮坚之,为晋安司理,大会同人于乌石山,长卿与焉。酒阑乐阕,长卿自起挝鼓,顾谓众宾曰:"快哉,此夕谁为《挝鼓歌》,以赠屠生?"余悲其意气激昂,因拟其词云。

屠生四明之狂客,笔挟风雷走沙石。少年平步致清华,落魄归来真可惜。故人小阮最风流，华堂置酒宴高秋。歌残白纻红牙歇，悲虫四起声啾啾。屠生感此热中肠，为君起舞挝渔阳。梨园数部尽辟易，众宾观者如堵墙。此时那知头上冠，此时何论腰下组。一击能教山岳摧，再击能令鱼龙舞。广场四顾若无人，幅巾仙袂飘飘举。君不见，祢衡意气凌曹瞒，岑牟脱却衣裳单。斯人一去已千载，鹦鹉洲边夜月寒。

过彰德

雄图思魏武，横槊记当年。邺下无才子，西陵有墓田。惊沙飞似雪，红粉散如烟。绕树犹乌鹊，临流重悯然。

送别

古塞黄云路几千，西风匹马促征鞭。渡头官柳那堪折，寂寂沧江锁暮烟。

姜沄

字若水，象山人。康熙壬午岁贡。著有《行瓢集》。

题孝女张氏贞孝坊 坊在卫城

贞孝坊，坊峥嵘，贞孝坊前秋月明，千秋长照孝女贞。十六待字年，皎皎如良玉。豪强强委禽，可死不可辱，薄暮溪头浣血衣，溪头行哭父圜栖。利刃未刈东门草，上书空学淳于缇。阿女之性冰霜烈，七日七夜水浆绝。满腔遗恨与天长，一线残灯随影灭。月明溪畔冷风悲，缟衣练裳步迟迟。贞魂不死孝女归，仿佛犹见浣衣时。

梅花岭吊史阁部

神州万里逼烽烟，慷慨行台誓旅年。半壁难凭四镇力，良宵愁打五更天。春残燕子抛笺曲,雪压梅花冷墓田。为问旧衣冠在否,招魂夜夜听啼鹃。

秦淮河

南国烟花羯鼓催,秦淮嘉客共衔杯。灯船惊避四公子,乐府难谐三秀才。讵料东林天再厄,谁传复社运重开。更残空抱昆铜恨,阮老知兵剧可哀。

吴宗美

字若纶,鄞人。康熙壬午武解元。

寓目

深林迎客至,积雪入春消。风暖扶轻蝶,溪横卧小桥。雏莺将出谷,弱柳未垂条。寓目谁为伴,山光自见招。

万经

字授一,号九沙,鄞人。斯大子。康熙癸未进士。官翰林院编修。

《鄞县志》:经入翰林,时侍郎方苞以株连被禁,莫敢保出之者。经独送求西曹,苞得释。督学贵州,使还,为异己者所中,遂有通州修城之役,罄产以应,家靡剩遗,卖所作隶字给朝夕,而见义必为。张煌言墓道将圮,竭力修之。《魏耕集》为人所冒,购而正之,并访其南屏埋骨之所。经少承家,学与于证人讲社,又尝学于应㧑谦、阎若璩,闻见日富。晚年修《宁波府志》,又续辑其父《礼记集解》《春秋明义》二书,遭火,与他秘本俱烬焉。抱恨而卒。

吊周烈妇

天地有正气,纲常藉人扶。当其志所激,弱女胜丈夫。

四明滨巨海，潢池肆樵刍。象邑当厥冲，残贼甚剥肤。妇也冰霜姿，诗礼为楷模。仓卒走避贼，从夫出阓阓。弱质既窘步，况负六月雏。夫妇不相保，踉跄各奔逋。事势在危迫，死生决须臾。举身赴清流，不复怜呱呱。一死得所安，含笑归冥途。荒荒白日黯，惨惨寒云铺。数日具含殓，颜色腴不枯。健儿尽膜拜，闻者咸叹吁。于乎烈妇心，岂为声名图。巾帼留正气，身死名不徂。会当纪彤管，国史他年书。

陆鋆

字镮侯，一字双水，鄞人。康熙甲申岁贡。著有《双水集》。

《续耆旧传》：陆氏诗派会石溪方伯始，敬身舍人继之，文虎又继之，春明又继之，至本朝少衰，而双水振之。其在南湖秋水社中与族兄鋆并有名，称二陆。胡京兆西园社亦以二陆为眉目。双水诗正当缶堂、惺斋一派盛行之日，顾不堕于时风，众势敦重沉厚，足称中流之一壶，然知之者鲜矣。

入淮浦行数百里将抵亳，水浅不得进，遂登岸陆行

风定舟行迟，缘源近百转。渐听菰蒲声，乃见水清浅。被涧沙草眠，映波树云卷。赏幽惜所遇，目寓情辄遣。念此湾环内，抵岸尚凌面。瞻彼钓鱼台，此夜行将践。登步且徘徊，乘闲客身展。丛祠栖古木，断碣篆荒藓。道上少行人，良久得任辇。冈原莽参错，径畛幸平衍。仆夫问前路，谁能谢疲蹇。

夏日杂诗 录三

隆隆三伏时，高天蕴歊阳。火云纷屹立，风起不飘扬。

昼永似小年，行与竹素将。流览当快意，开窗纳晚凉。寸阴圣所惜，君子贵自强。况予非少年，浩叹兴望洋。谁言用三冬，爱此夏日长。

斯世无桃源，枉用称避秦。循分适其适，即为葛天民。客居丰暇豫，希与外物亲。满屋芭蕉绿，半床竹树新。寸心淡若水，虚室见天真。应怜行役者，触热多苦辛。

昔我游西泠，褰裳时问渡。长爱夏木阴，舍舟恣幽步。风香吹客衣，菡萏开薄暮。况是新雨后，金盘如承露。烟霞影蔽亏，菱荇枝回互。溯流穷十亩，隔岸眩反顾。藉草醉壶觞，萧散各成赋。同游忽星散，阒寂感今古。转忆两峰高，白云在溪路。

登嵩山中峰

嵩高维岳何崔巍，雄镇豫土拱邦畿。巨灵削成霍以挥，三十六峰云翠围。峰峰嶒峻涌崿碕，兀如骖龙递追飞。中央耸峙众峰归，绛节端居开九扉。璀错琳宫拂羽旗。群岳岱宗朝太微，光炯照耀鸟与翚。石葩琪树竞芳菲，方瞳道人下曲隈。日饮沆瀣朝未晞，狻鼎烟横散雨微。导引法从上碧帏，帝搢桓圭俨垂玑。畴不耆伏仰神威，忆从汉王褰衮衣。藉茅三脊扫地祈，肸蚃丰融旋降礼。闻呼万岁声依稀，增修太室灿有辉。其后开元驾虹霏。百灵拥护迎神晖，登封告成震海圻。宝篆重启世亦希，伟哉兹山神所依。何异执极象紫薇，虎豹司关曷敢违。驱率河伯侍洛妃，俱来呵护白玉闱。寻游直上披烟霏，天风飘扬远莫睎。千春松膏积琼葳，微觉香气吹霏霏。化作五色紫笋肥，食之轻身或庶几。皓鹤西去仙也非，欲往从之艮其腓。乘空骋望生嘘唏，安得留此脱世靰。

予与孝酌别四年矣，己巳夏重晤于安吴署斋，孝酌怡然有奉亲之欢，恨予不获同归，作此写怀并以言别

沙城四月积雨多，阶下决渠浸平莎。向晚斜光偶穿罅，溪云山霭相荡摩。寻声忽惊我友至，瘦骨峥嵘颜微酡。握手失笑还申问，天涯游子兴如何？君言三年作楚客，此来远涉浙水波，草青彭蠡停桡望。湖白鄱阳候晓过，吊原伤贾意何极。人生底事遭坎坷，思亲一日肠九回。日日苦思鬓愈皤，且挈空囊归拜父。贫贱岂免受诋诃，本为负米千里行。叩门词拙今则那，承欢啜饮愿亦遂。躬耕色养终槃阿，嗟哉丈夫困儒冠。乃令百事久蹉跎，床头雄剑怒欲吼。我为君舞君为歌：胡不腰间挂明月，胡不舌底成悬河，胡不乡里骑款段，胡不边城逐盘陀。萤乾雪案蠹已老，未穿铁砚空自磨。滋兰孰更寻九畹，病鹤何曾借一柯。可怜尔我同忧患，长鸣枥下悲刍禾。因君归省增叹息，我犹笼鸟未脱罗。高堂垂白违晨夕，中夜起坐泪滂沱。安得与君共怡亲，五字七字口吟哦。清泉白石纾素抱，梦魂不到白玉珂。

思归引

天风向晚鸣转急，打破客窗四面入。起看斜月又上弦，行逼岁杪冰霜天。君今不归归已暮，寒雁相呼两两去。明朝欲问三江渡，江上梅花开几处。

归途杂咏

纵有登临癖，其如短棹将。无吟秋竟老，不寐夜何长。露浥衣裳重，风高枕簟凉。船人近相报，明日是重阳。

满眼秋云薄，孤游悔昨非。江循乡路入，月载客船归。合作卑栖鹩，应寻旧食薇。还家亲色喜，心事未全违。

陆銮

岁暮感怀

零落冬如我,羁栖远地身。天容常对夕,客意未知春。海立云围嶂,山鸣树撼邻。异乡当宴岁,何物不伤神。

可是忘家惯,居然入定僧。空思随白鹿,那得辟青蝇。冰炭世难入,马牛吾亦应。家园湖曲好,别恨逐年增。

张廷机

字次齐,慈溪人。康熙乙酉举人。官遂安教谕。

桐溪学舍

此间学舍似邮亭,背负城阴面蓼汀。坐老先生头已白,问穷奇字眼犹青。雪门地冷辞车马,梅径风酸响铎铃。百代光阴皆过客,人生聚散亦浮萍。

沈光定

字尔则,号蓉峰,鄞人。康熙丙戌进士。官直隶安肃知县。

孤舟

月看林下影,秋听雁中声。一叶枫江落,孤舟半夜情。

翁洲

翁洲系在云深处,故国衣冠葬此中。青史他年详姓氏,兹山赢得首阳风。

范章鼎

定海人。康熙丙戌岁贡。

郊行至普慈寺望双髻尖

度阡逾径几弯环，侧望龙岩低处攀。鸟去鸟来沙际路，烟开烟合雨余山。泉台寂甚云常护，岛浪飞时鹿未还。何日松声闻数里，重看新树锁禅关。

书院落成

列石栽花傍讲堂，廿年教泽孰能忘。车前衔鹿占公府，何似桐乡岁奉尝。

史节文

字霞山，定海人。康熙丙戌武进士。

《定海厅志》：节文父某充里保，以事被责，节文痛之，乃发愤读书，兼习武技。中武科解元，成进士。知县缪燧辑县志，深资其力。

怀补陀洛迦山

吾生如幻寄，浮海竟为家。胜地邻相接，仙山路不赊。波光凝晓日，洋水浴莲花。但得烟霞趣，无烦入少华。

郭彦博

字南英，一字东樵，鄞人。康熙戊子举人。官湖北通城知县。

归山

阅世炎凉遍，归山老薜萝。年高迎客少，病起读书多。雨意添岑寂，诗材费琢磨。日斜欣就枕，不问夜如何。

项焜

字裴文,一字宝峰,鄞人。康熙戊子举人。官中书舍人。

渔村亭 亭为李司空所筑

为爱芳洲好,新添一个亭。抽榛延野绿,删竹放天青。随意花成谱,无心云作屏。莫嫌方丈地,时聚半天星。

十里山塘水,长流直到门。风光新有主,松竹旧仍存。绿野差堪比,黄金安足论。公余携胜侣,酬唱入天根。

邓尉看梅

闻说东山十里赊,竹舆袅袅入云斜。千峰白浪飞晴雪,一径香风拥岸槎。好事者筑亭,号曰岸槎。鹤外荒寒高士墓,梦中消息美人家。争如此地登临约,三月犹开庾岭花。

包九围

定海人。康熙戊子举人。

题普陀丹井

泛海投簪一叶轻,求仙恐似强求名。空传一勺岩间水,照见当年心地清。

乌光谦

镇海人。康熙戊子岁贡。

寄谢天童孝廉

人境无车马,城东一草堂。新诗谙宫征,古帙费丹黄。不替时寒暑,能忘发短长。知君经世者,深意在文章。

塞上曲

毳帐拥风沙,天低北斗斜。搅人眠不得,哀雁接凄筇。
戈壁屯营肃,旗翻落日红。脔羊醉酥酪,盘马试雕弓。

李时培

字天因,镇海人。康熙戊子岁贡。

杂诗 录一

读书弋名誉,立志已不高。董贾世罕觏,空文如牛毛。
辣手善于断,其利岂在刀。万动有经纬,能于静中操。张
弛得其善,讵曰艰且劳。有玉不见市,岁月空滔滔。

散步

晚余无一事,散步出东城。山自秋来洁,潮从午后平。
翩翩飞鸟仄,泛泛钓船轻。古刹寻僧话,松关静未扃。

春日和枚简韵

舞雩风咏慕前贤,百五良娱值好年。别院无人花绰约,
空郊有马草芳妍。鸟因觅侣频张翼,客为寻诗惯耸肩。我
亦出门随例乐,却逢钓叟话江边。

万世祺

原名世懋,失其字,鄞人。斯选子。监生。考授县丞。

书带草堂答义门道兄索赋

鹳浦高垂南极星,朝来紫气满林亭。千条书带窗阶绿,
百道牙签翰墨青。丹桂欲舒秋半月,红蕖还荡水中萍。说

诗自是康成业,却恨离骚未见经。大父有《续骚堂集》《会选明诗》,以不得著录为憾。

董元晋

字靖之,号旦庵,鄞人。允瑫子。监生。著有《谷芳集》。《续耆旧传》:董氏自天鉴先生以来,累世孝友,太学能守其家风。母徐氏为御史殿臣女,妆具甚盛,尽毁以事君舅,乱后一空所有,夏日不能具一罗衣,每饭菜羹而已。太学痛之,在保定于中丞西席,未尝肉食。家人怜之,食时或潜置脯,太学不察,偶尝之辄潸然涕下。家居用大布之衣,所得束修买田一顷,均之于兄弟。从父允璘早卒,丧之如父。其后太学病殁时,并遗言以百金为弱弟娶妇。生平为学主于躬行,不求人知。诗有古意,逸然高蹈,得力于陈拾遗,非仅仅在声律中求生活者。

感遇 录八

生平叹索莫,况此秋夜长。清歌步阶除,调苦不成章。盈盈邈河汉,离离散星芒。云端迟明月,蟋蟀鸣中堂。音响一何哀,感我心旁皇。披衣露繁滋,杳杳苦远行。不惜终沟瘠,但恐移年芳。天运苟不荣,俯仰徒慨慷。

幽兰生空谷,葳蕤有余芳。不以无人衰,当户多摧伤。吁嗟中林士,挹此王者香。采采茹其英,纫佩遗鸣珰。天风吹我襟,云霞照我裳。野鸟为谁鸣,依飞故凄惶。青山可与言,结庐以徜徉。

溶溶长江水,青青远山岑。晚风吹雨来,薄寒难自禁。出郭暂为欢,归途促烦襟。萧萧芦苇秋,征雁多哀音。混世良不难,幽怀伤我心。喔咿鸡群中,野鹤谁相寻?

有鸟中洲栖，锦翼纷披张。雌依北陇树，雄宿南山阳。本来同巢物，隔别永相望。安得接羽翰，顺风偕飞翔。同栖婵娟枝，扬音弄年芳。人生期良会，青云路何长。浅人惜所私，达士感其常。岂终泥涂质，沾裳自旁皇。

昔闻原宪门，暂过端木驾。环堵正弦歌，藜杖还相讶。决踵复见肘，裘马任轻跨。先生信非病，仁义不外假。歌声出金石，轩车自相谢。养志且怡神，身外更何藉。

楚姬多妙舞，吴歈有巧音。堂上罗宾客，玉馔纷如林。十千贷美酒，一笑倾黄金。但愿终寿考，不见众湎淫。荣华一朝歇，丘陵叹浮沉。园林既已芜，水榭亦以湛。欢乐未终极，失路空沾襟。翩翩安期子，蓬瀛去难寻。愿言驾长虹，逍遥谐夙心。

歧路泣杨朱，可南亦可北。染丝悲墨子，可黄亦可黑。物理有固然，人情易翻覆。芳枝簇轩轩，蛾眉来盼瞩。风云暂为契，云散风止息。旷哉千古心，白头永相识。寂寞幽居外，川陵变何极。

萧萧玄冬夜，飒飒西风吹。阴阴朔雪候，霭霭同云垂。高楼望远天，默默叹支离。饥鸟空翔集，跂足荒城隈。云间孤飞雁，嘹唳有余悲。沉寥思郁纡，春风恨何迟。艳阳盛桃李，鲜妍岂无时。况抱枞桧性，终岁还自持。

赠别

春光未可去，客舫不能留。相送江城路，还期汗漫游。天青山影落，潮白海门浮。此日论交意，应从千古求。

秋夜

檐畔星河落，清光接上台。疏萤凉照净，独鸟夜鸣哀。

小饮月相对，长吟风自来。悠然孤客里，怀抱亦时开。

烟雨楼

烟雨楼前春草生，鸳鸯湖上野云平。依微竹树亭台路，缥缈帆樯鼓吹声。日月旅边双屐过，乾坤眼底一凫轻。游人指点津桥畔，犹说宣公旧姓名。

题越王庙

六千君子霸图雄，廿载行成拳掌中。剑术惯呈姝女技，葛丝尤苦妇人功。原知鹿走苏台上，不信鸡栖甬水东。终古蕺阳遗庙在，长廊犹卷阵云红。

董孙符

字汉竹，号桃江，鄞人。道权子。诸生。著有《桃江集》。《续耆旧传》：江北董氏自明季显，次公称北董，别以天鉴户部为西董，及两家子弟在证人讲社，亦以西董、北董别之。桃江称北董，旦庵称西董。于通家兄弟中年最长，各有诗名。桃江为钱征君蛰庵婿，及与诸前辈唱酬，遨游闽粤之间，所至皆有集。其人朴直厚重，诗亦如之。

谒石斋先生书院 录四

频年客余杭，名山闻大涤。中有洞霄宫，杖履所亲历。讲座拥皋比，群贤聚三浙。细举秋毫探，响应洪钟击。阅世已沧桑，窥户今阒寂。我望梁岳云，庶解中心戚。谁谓登其堂，车服杳难觅。

我读黄农歌，西山邈无极。我读正气歌，庐陵不可即。谁其嗣徽音，乃在漳江侧。白血溅钟山，从容爱词色。寒从孝陵衣，饥从孝陵食。此两句用先生自挽诗。孝陵长凄凄，尘沙天地塞。何日见青山，魂归故乡国。

著述悟微言，忠义根至性。艺事亦旁通，涉笔造神圣。画龙取其神，画松取其劲。正气凛毫端，灵爽足去病。先生善画龙松二种，今其里多悬之以却病。

维鹊营为巢，维鸠居其室。位重君子儒，座杂西来佛。儒佛非同途，异端宜屏黜。传之易失真，久久难穷诘。老成渐沦亡，子孙半隐逸。俯仰百感生，愁云蔽白日。

题钱蛰庵先生据梧图 吴子升笔

昔有高人善饮酒，日歌夜饮且数斗。壁间常挂无弦琴，不耐折腰辄解绶。白莲社中最称贤，篮舆时向远公前。先生儒者好学佛，行止约略得其传。诸子百家满胸臆，布服芒鞋厌修饰。遨游到处有逢迎，姓名入眼半相识。吴子笔墨妙三吴，仿佛须眉入画图。往年先生曾荷锄，舍却老铁今据梧。科头箕踞梧阴下，正襟危坐秋初夜。凝眸恍惚多所思，笔床不用珊瑚架。吾家良史重千秋，先生执笔真其俦。生平几许不得志，聊托寸管抒吾忧。吁嗟乎！岐山之凤一去不复返，甲申三月今已远。碧梧苍翠凤不来，此中久坐胡为哉。先生先生人莫识，太白遥看峰突兀。清光澄澈照人间，万古一轮空界月。结二句用宏觉老人投赠偈中语。

风雨立秋夜

立秋今夜是，风雨到柴扉。便可辞纨扇，能无念葛衣。凉飙生枕簟，清景入床帏。听得西窗叶，梧桐一片飞。

西渡阻风

秋江自古称难渡，况有秋风劈面生。百里轰雷飞白浪，一天蒙雾隐孤城。难遮箬笠崇朝雨，且驻篮舆半日程。却羡东皋归去者，片帆容易过钱清。

朱柳堂先生八十 录二

禾黍离离叹故宫，门前阀阅世相同。从来国破家何有，总付咸阳一炬中。

酒海难藏七尺躯，南窗醉倚唱黄虞。漫将荷锸刘伶比，却与攒眉靖节居。

董胡骏

字周池，号南田，鄞人。道权子。诸生。著有《小缶集》。

古意

苜蓿种深宫，蕙兰披荒峤。草木无贵贱，托根须清要。但得美人怜，枝叶生鬈笑。为语洛阳人，慎勿恃年少。

灵鹫纪游

山颓石能飞，流急泉偏冷。策杖偶探讨，万虑一时屏。鸟语喧不烦，松声响逾静。烟霞有妙理，知者心默省。可惜幽窅区，乃作繁华境。往来半车马，留题杂蜗黾。山灵如有知，能无匿形影。所以巢与由，隐必于箕颍。

秋怀杂诗 录二

海气何昏昏，飓风日夜作。百围林木摧，三重屋茅落。乍令游子闻，辄增数日恶。我非此间人，不知此间乐。浩然思拂衣，如马脱衔络。丈夫各有志，胡为久飘泊。故园秋色佳，归撷藜与藿。

我性不善饮，颇不喜甜酒。三年漳江客，饧汁日灌口。对之眉辄攒，下哜亦旋呕。甘酿肠不容，苦辣性能受。恶酒如恶宾，一见掉头走。清洌若烧春，风味别来久。梦想定流涎，何时杯在手。逝将千日醉，庶以偿夙负。

落花

一年春事易萧条，瞥眼繁英顿寂寥。珠箔收时红雨散，玉楼倚罢绛霞消。惯随流水桥边出，乱逐轻风柳外飘。莫怪王孙独惆怅，忆归芳草路迢迢。

看到阑珊白日昏，更从何处倒芳尊。声声谁识流莺怨，采采应消粉蝶魂。愁绪牵人无可奈，飘零如我复奚论。年年此际添憔悴，三径苔深昼掩门。

旅夜书怀

寒风急雨落檐牙，兀坐愁闻清夜笳。千里身将轻作客，连宵梦总不离家。影殊多事长随我，灯果无情自结花。此际高堂应系念，膝前有子各天涯。

小人有母六旬余，忍使衰年日倚闾。丰岁尚忧瓶少粟，客途敢叹食无鱼。自携行李三江渡，空报平安两字书。负郭若能成五亩，何妨袯襫事犁锄。

鹿门可住便携家，此志生平颇不奢。竹阁背连山以后，茅堂面立水之涯。无拘杖履过良友，随分盘飧对野花。只恐书生无此福，未容清稳享烟霞。

陈本衷

字行六，号庭梧，鄞人。鸿绩从子。有诗集。按：《鄞县志·艺文》作陈行六，旁注"失名"，兹从《续耆旧传》。

万开远先生《序略》：行六为其绪先生仲子。其世父子逊检讨，以词科入翰林，家世贵盛。行六无志应举，好布衣芒屩，从林下先生长者游，尝问诗于余。五古类陶靖节家数，五、七言近体不落宋人窠臼，喜贺季真高尚。宅在光溪上，岁跋涉其地。训蒙自活，身愈健诗兴愈高。生平所与谈诗者，海内则嘉定赵文饶、沣州彭浡东，同郡则宗正庵、周证山、范笔山、徐逊三、范稼轩、周仁伯、范希声、裘殷玉、舒义仲、董韦躬，皆其益友也。

光溪春日和李杲堂先生散怀韵十首

雨后初开白板扉，衔泥燕子受风微。客来小径题诗去，童过前滩唤犊归。陇麦垂垂天渐暖，溪鱼泼泼水初肥。闲中幽趣随人领，断续村烟送夕晖。

自惭往日事因循，败机今晨已作薪。不惯逢迎长傲世，且为林壑半闲人。邻家酒熟谋沽饮，隔岸花香拟踏春。近况可能随世俗，短衫过膝不簪巾。

偶为寻山仗短筇，归来只有数鸦逢。夜深幻入沧洲梦，谷静惊回野寺钟。矮屋茅稀寒月射，疏棂纸破好风从。缘知人与山相契，谁谓烟云不见容。

拉伴同游任所便，路迷数数问村佃。几家庭院青垂柳，一路莺花红满田。秘监宅留成古迹，村名高尚宅。将军墓在忆前贤。杨文懿公卜葬，地师指穴掘之，下有古墓，题曹将军云云，公不忍毁，遂以己墓营筑于其旁。明朝又过王公庙，检点囊中赏酒钱。

才到清明景渐嘉，茅檐插柳影交加。流莺出谷迁高树，语燕衔泥带落花。好句留题山寺壁，懒云投宿野人家。归来独有前溪月，一片清光许共拏。

性爱居山非避人，寻幽览胜不辞频。桑鸠声急疑来雨，燕麦花飞任去春。尺地只为盘谷隐，一竿何必富春津。生涯剩有残编在，莫道深村处士贫。

杜宇声声最可怜，青山过雨更多妍。柘桑叶绽养蚕日，原野人忙布谷天。适意渔樵长作侣,违时名姓不须传。平生亦有卢仝癖,七碗谁言嗜好偏。

风轻山舍却如秋,入眼欣欣一散愁。穿褐薄寒三月暮,落红疏雨五更头。草多潜润遮茅径,树亦阴浓近小楼。水没渔矶还尺许,数鸥荡漾逐波流。

长有青山伴我栖,小窗四壁半闲题。春衣方制无余布,篱笋初甘已断藜。落日短檐风淡淡,横桥浅水草齐齐。床头更有新诗句,较得辛夷与树鸡。

多年孺子叹无衣,薜荔青青已挂扉。白日滩头新水急,斜风路里乱花飞。麦秋时近身初倦,谷雨茶香病渐稀。云谷山人相问讯,为言领略遍清晖。

倪益

字皆木,号西野,鄞人。诸生。著有《犹焚草》。

雨后晚步

西山敛残雨,夕阳下远坞。疏松摇暮风,声声入我户。振衣出庭除,兀然立废圃。仰观苍汉间,问月几千古。

治圃

除草不去根,厥萌将复吐。数日不窥园,荒芜仍如故。因思去恶者,多为草草误。努力绝其微,庶可保迟暮。

春日郊步

信步来东亩,晴初晓气迷。丛花皆妒雨,斜树半栖鸡。齿落寻芳屐,诗宽贳酒题。荷蓑群牧去,吾亦过桥西。

秋晚

不尽幽栖意,无端已暮秋。孤亭云树里,一叶钓矶头。露宿莓苔冷,烟归薜荔愁。凭高思有咏,风雨逼危楼。

留菊

参差疏影向阶横,冷落东篱眼孰青。剩有芳心传晋事,喜无幽恨续骚经。高怀隐挟风霜气,薄俗偏多雨露情。莫谓秋深归思起,谋携斗酒送君行。

毛彤

字钦文,鄞人。

旅夜

月色当秋夜,清光处处同。疏星隐现里,银汉有无中。露白消残叶,砧寒彻远空。砌虫时唧唧,相对叹飘蓬。

初冬旅馆次钱退山韵

一夜凄风旅客哀,萧萧落叶满江隈。无才敢怨人情薄,有命何嗟马齿衰。傲骨不因穷故改,孤梅偏待雪相陪。此生落拓谁同调,吟对清樽醉眼开。

费培峣

字尧言,鄞人。诸生。

读钱孝直先生遗集有感

巍巍泰山巅,滚滚黄河水。惟先生奇节,终古同流峙。俯仰天地间,生成恩莫毁。遭逢独数奇,君亲道皆否。回天当百折，此心誓九死。飞书达帝阍，沉冤逾三纪。安得为人臣，而忝为人子。踟蹰痛呕血，往来悲道里。伏阙苦陈情，灵椿仍色起。所异惟先生，殉国更全美。莫谓秦无人，抗疏独切齿。只期事可为，宁顾戚贻己。忠偏畏人知，孝更谁足拟。异代论完人，请自先生始。

题归来阁

阁耸亭亭上，归来足自全。城闉遥隔水，岭树远含烟。岁月争今古，风花递后先。秦时人已避，魏晋复何年。

黄之傅

字筑隐，号肖堂，鄞人。诸生。

《续耆旧传》：先生少负高才，下笔为诗、古文词，吐弃一切，恣其所见，嘐嘐出之，不知者闻其议论掩耳而走。盖古之所谓狂者也。

火后寓居湖西感怀

昔我拥万卷，南面真百城。惜此太乙藜，为厉同秦坑。坐令四部雄，削籍归编氓。糟粕尽荡汰，精气还虚清。嗟我短五尺，健忘夙有名。开卷便心悉，掩卷即目瞠。彭亨腹何用，但堪盛藿羹。未应恨顽钝，或以得长生。感兹曲全意，报之以忘情。

松柏附女萝，侨寓湖边屋。澄波荡卧虹，华亭焕漪縠。上冢多归舟，中流泛丝竹。媚妩高岑青，蒙茸远洲伏。建业水可怀，浣花溪未卜。一榻坐穷愁，□□任兴筑。

拟向横流前，靠水结茅住。旧识四五家，老种两三树。师耕拜农丈，结绳仿罝捕。衣冠送高阁，谈笑谢章句。自辟一淳乡，烟蓑盟鸥鹭。斯意恐不酬，矫首但神注。

送客寓西湖

丈夫心期合，岂问形迹疏。一旬往可返，不仗尺素书。所以人戚戚，而我独如如。秋风相送去，秋水留照予。秋风与秋水，清对时念诸。但愁零藕花，并摧深柳居。湖山涟漪外，空旷螺髻舒。止携藤拄手，不复巾戴车。此时耿相忆，水月涵清虚。

回浦旅怀 录二

溪壑登临遍，山川啸傲空。知音千古少，适意几人同。莽荡英豪色，元通造化功。折来旋复弃，树子挂霜红。

门宇临沧海，波涛作稳居。石岩朝凿砺，火筏夜钻鱼。章巨原闻毒，泥肠未见书。水珍多错杂，不是古人疏。土人谓捕鱼为钻鱼。

至回浦感事 录二

回浦凶年况，千家昼掩扉。作羹空野菜，春粉仗山薇。驿路人都断，荒村鸟不飞。今秋收又薄，流徙半无归。

水旱连三岁，家园事颇同。糟糠人命贱，焚劫夜天红。身计将书弃，时忧待麦丰。催科仍自急，蠲赈竟无功。

冒雨入大雷山访谢遗尘故宅

小雨如尘弄昼晴，山舆轧轧拨烟行。不知岭路侵霄出，只觉天云附足生。杳霭高松参雾暗，狰狞累石滴泉清。当年高隐栖真地，遗老犹能说姓名。

西郊送长兄口占

无语驿亭边，船开向远天。植身痴不返，帆影入寒烟。

葛世扬

字懋哉，一字讱轩，鄞人。诸生。著有《月满楼草》。

园斋杂咏 录一

兀坐不知晴，启户绝檐溜。云罅漏疏星，林端窥远岫。屋敧烟欲扶，墙古蜗为绣。老农话前檖，缩项面皮皱。冬春雨久稀，一雨晴偏又。清明得甘霖，麦种尚可覆。感此念故乡，田园荒芜旧。环村布谷啼，客子忘耕耨。昨夜梦山窗，新绿肥梅豆。

春郊杂兴

春山不可接，遥望生光辉。日暮渐杳冥，禽鸟各言归。车马正纷纭，风尘沾我衣。独立谁与语，怅然心事违。

新安汪烈女诗

龙尾之石润且莹，武溪之水沦且清。盘纡萦带毓英杰，高风侠烈争莘声。汪氏有女抱异质，静好恪恭娴内则。问名以后居无何，胡天不慭丧良匹。讣闻一恸绝复苏，我生岂知有二夫。愿筑大圹死同穴，愿绘遗容向冥途。阿母慰藉强自宽，姑姊守护佯为欢。暗向云屏时洒涕，中心耿耿吞辛酸。入春母赋归宁去，纫我衣裳遣我御。跄跟急赴奔涛中，见者仓皇失所据。吁嗟乎！多少衣冠等巾帼，深闺慷慨标贞白。矧乃衾裯梦未谐，信誓捐躯今古只。月明婺水碧流寒，芳魂渺渺蛟龙宅。君不见，冢树交青葱，丰碑百尺何穹隆。铭镌节烈谁与同，夜雨凄凄闻太息，千年华表鹤横空。

清江夜泊漫歌

江上连宵起烟雾，五月忽作新秋凉。狂飙挟雨打篷角，水声落枕何汤汤。扁舟漏湿眠不得,褐夫未寤聊徜徉。低吟抱膝听残柝,荒鸡喔喔来野塘。塘上人家苦逼仄,频年漂没田庐亡。偷生局处行道侧,岂复知世有康庄。结茅为屋泥为墙,湫隘真如蟋蟀筐。枫青路黑流沙黄,鬼火磷磷照绳床。如闻哭泣增凄怆,咄哉尔民乏宁宇,朝不谋夕徒彷徨。冯夷天吴各有力,得毋一旦掀翻荡析仍茫茫。老我江湖恣浪拍,抚兹七尺空昂藏。安得逢时颂清宴,汝归乐土我故乡。

不寐

官署春宵寂,羁人梦未成。乡关空忆别,谯鼓太分明。窗外月初度,床头剑欲鸣。起看炉火在,汲水听茶铛。

台儿庄夜泊

昨宵梧叶坠清秋,便觉微凉到小舟。明月有情窥短梦,洞箫何处引轻讴。寒催虫语鸣机杼,人似星芒隔女牛。听得篙师中夜语,大江南去是邳州。

题霜天晓发图 绘有书一车随后

板桥人迹晓霜青,马首晨光隐曙星。十里征衫云欲染,一鞭残梦酒初醒。壮游意气凌千古,名世文章在六经。珍重芸编夸满载,快瞻藜火夜荧荧。

泰安道中

入山畏山深,出山惜山好。不如山中人,坐对青山老。

周章庭

字乐只,鄞人。诸生。

偶感

谁家楼阁崔巍起,飞甍半落青天里。郁金为堂桂作梁,珠帘斜卷横秋水。朱唇皓齿发清讴,歌声入云云不流。一曲缠头□□额,一呼诺口千苍头。西邻有士何其穷,读书十年嗟屡空。竹榻无帏饱霜月,羲皇高卧吟清风。英雄岂惜在潦倒,破帽残衫见怀抱。碌碌登朝树立难,姓名他日随秋草。

郑渠

字汉庄,慈溪人。梁弟。

仲冬

风和日暖已经旬,淑气旋回物象新。乾鹊当窗闲自噪,远峰对月澹逾真。折梅欲寄江南客,温卷应怜砚北人。漫拟明年春色好,何如岁暮不愁贫。

叶吟

字天乐,号甬仙,慈溪人。适子。诸生。著有《竹半阁诗话》《天乐生稿》。

明宫词

春风冉冉入乾清,武库芒销太乙兵。西水桥边冰未泮,北花河畔草先生。锋针枝个颁公府,抹布刀儿赐御营。不道朝回无一事,公卿倚醉听流莺。西内太液池玉河桥下,长至冰合,竞作木床牵渡,冰上如飞,谓之拖床。世庙晚年以修真,多居西内。嘉靖壬寅正月十六日,皇太子自宫中往觐,以拖床渡阁。臣夏言诗云"胡床稳坐渡层冰"是也。锋针插宫帽中者,其制用珍珠、珊瑚、金银方胜等,应时作彩，如元宵作花灯，中秋作桂兔，类第单插一枝居帽中，若枝个则两旁对插矣，世庙时以赐辅臣。万历初，内阁张居正尝服所赐以为荣，抹布刀儿即直房内官，腰绦牌穗中悬挂侍候，所称一把连者是也。宝和六店裕军储，包凤烹龙日所须。金字牌传内史座，银苗盘出大官厨。彩棚花赏三三月，锦炭寒销九九图。尽说太平方有象，衣冠前殿习山呼。宝和六店，宫中储材物处：一宝和、二和远、三顺宁、四福德、五福吉、六宝延，武宗尝扮商贾与六店贸易，争忿喧诟既罢，就宿廊下，即此。六月伏日，宫中进银苗菜，即新藕秧也。冬至后，诏司马监刷印《九九销寒诗图》，每九诗各四首，皆俚语，如《鼓子词》之类。

荷蕊潭香捧御杯，每朝祝圣响于雷。节宜蝙蝠穿花至，人向琉璃祭水回。金殿编龙钱作串，玉关走马彩成堆。岂知万岁山头鹿，一望中原尽日哀。万寿节，宫帽锋针上有"洪福齐天"诸彩，所谓"洪福齐天"者，先制"齐天"二字，以红色蝙蝠缀两旁是也。

菩提珠树九莲堂，继作堆纱佛面光。柏子赐名秋露白，菊花宣号御袍黄。斗鸡局散春风杳，邀兔筵开夜月凉。愁里不堪思往事，华胥一梦最荒唐。

扬州杂咏 录六

绿水红桥抱蜀冈，东风驰荡绮罗香。游人漫唱江都好，二十年前是战场。

秣陵游遍广陵来，镇日登临散客怀。江北江南君莫辨，小秦淮似大秦淮。

龙舟行幸极天涯，殿脚三千貌似花。生死君王不多隔，雷塘贴近玉钩斜。

木兰古院旧城东，一饭犹传先后钟。想见王郎开节镇，廿年意气碧纱笼。

北海樽开座客盈，力扶张俭荐祢衡。覆巢当日无完卵，絮酒谁来酹草茔。

竹西弥月共邮城,前度刘郎百感生。听说维扬申酉事,邻鸡已唱第三声。

祝英台读书处

乱石层层绣碧苔,山花遍发读书台。可知明月清风夜,仿佛儒冠鬓影来。

黄修夏

字舜授,号松园,鄞人。贡生。官金华训导。

别金华诸子 录三

一坐寒毡十数霜,盘中苜蓿细咀尝。无端团聚无端散,后日山川隔梦长。

为贫而仕念多差,堂燕飞来异姓家。十载三丧归未得,萧萧行李滞金华。

客久翻忘我是宾,荒斋习惯系匏身。谁知顿作离群想,别后青山尽故人。

黄世琬

字炎瑛,号珏亭,鄞人。由监生授州同知。

夜泊

剑气时时尚紫烟,何须咄喑问高天。鱼龙夜冷江淮阔,凫鹥云迷楚越偏。孤客不知花尽落,空闺却数月频圆。石尤无赖愁人甚,帆影南来一片悬。

黄锁

字远斋，鄞人。象观子。诸生。

除夕有感 在广东南雄作

远望寒梅笼翠烟，纷纷竞喜接新年。离心不耐闻啼鸟，剪烛空吟到曙天。只为冲愁宜纵酒，非因守岁却孤眠。漫言来日风光好，几度思乡几怆然。

沈景濂

字会中，镇海人。从约子。诸生。著有《还斋》初编、二编。

晚坐

落落坐高春，亭亭抚涧松。秋生江浦笛，月出寺楼钟。薄醉村醪足，贫厨野味供。年来饶道力，万事不横胸。

虀

此是吾家味，难为肉食谋。性同姜桂辣，筵当藻萍羞。岁久瓶愁罄，秋深种豫求。只须常咬得，未失作清流。

元日 录一

别屋三间僦与人，赎来营作小乾坤。好花便种百余本，佳木仍栽十数根。不遣修篁伤寂寞，并教归鸟聚黄昏。虽然参赞非吾事，就里经纶亦可言。

沈际飞

字文孙，鄞人。诸生。

题画梅

瘦影不闻香,亭亭孤且洁。胸怀本洒然,何处生枝节。

仇拱

字同云,鄞人。金粟子,监生。

宿上周岙

独宿不成寐,阶前步月行。空山无漏箭,永夜听鸡声。竹影依窗静,松风过涧清。浩歌频拍手,栖鸟莫相惊。

张九林

字璧荐,鄞人。瑶芝子。诸生。

十月望夜

已是冬初月,犹从客里看。辽天星色淡,高树叶声干。寺古疏钟远,城荒戍鼓阑。只余千里梦,来伴五更寒。

旅夜

客思悠悠倍黯然,离家半月似经年。维舻野岸凄其夜。剪烛寒蓬孤另天,酒薄无权难永寐。霜严有力促添绵,千回不尽归乡梦,报道舟行又趱前。

张孝元

字念劬,鄞人。著有《滇游草》。

夜度萍乡岭

雨过星初见,山深月已归。松风吹客帽,萤火袭人衣。

径转频呼侣,村荒急叩扉。还愁前路滑,茅舍且相依。

平彝晓发敬步先大司马东沙公入滇韵

策蹇劳行役,孤身到远方。苦吟诗骨瘦,计拙砚田荒。径转风吹帽,松低露湿裳。不才惭世业,愁剧路偏长。

独坐

遥天清唳掠孤雁,白发牵愁到镜中。枫树凋残悬玉露,芦花萧索滞金风。一泓秋水浮天白,几处青山落照红。回首故园千里外,恨无消息下寒空。

大鸬鹚滩

瞿塘三峡未全非,雨打篷窗冷翠微。水势未柔遭石怒,山容欲静带云飞。半篙截溜心频折,两岸横空境绝依。逆上恍如风破浪,船头万斛落珠玑。

相见坡

青葱秀色自峥嵘,石磴层层径未平。南北马行分逐队,往来人各不知名。阴崖凝翠巢山鸟,阳谷烘晴叫野鼪。相见共怜思脉脉,奔驰尔我尽关情。

李士模

字叔范,鄞人。

《今世说》:叔范初读书,及兄士楷补诸生,有名,叔范遂让兄,使专治经史,而身任经营内外。已承父命,使分产,叔范意曰:"吾家一区一廛并吾弟所益,吾当受其下者。"兄弟交让不置。里中闻者,竞嗟叹至,以名呼曰:"李氏兄可为楷,弟可为模。"一时传为嘉话。

新秋友人招集郊园

元龙豪气未全无,胜地筵开酒百壶。剧喜论诗来我辈,浑忘作客在穷途。新秋天气人俱爽,今夜园亭月不孤。念尔深情拚一醉,归时须借小童扶。

苦雨

水没平堤直到门,家家烟火湿云屯。入春总赋愁霖句,何夜能开对月樽。巢冷未闻鸠唤妇,土膏每见竹生孙。天工莫罄滂沱势,留洒他时稑稏村。

董雱

字山云,一字复斋,鄞人。允雯弟。以诸生入太学,授湖北房县知县,累擢云南永昌知府。著有《复斋集》。按:《鄞县志·传》:雱误作雯,今从《续耆旧传》及《董氏家乘》。

《鄞县志》:房县在万山中,乱后田荒,招民垦田,有三等,所垦者上中二等,而报赋则下等。有司方事招徕,置勿问及,是有诏长吏,募民开荒,能尽地力者,得书上考他县,各踊跃从事,房独无。有郡守诘之,雱言"房之未垦田皆下等,而其籍之在藩司者,则上等赋也,将来所入,且不偿所出,已戒,耆老无妄动矣"。郡守笑以为迂。其后他县报垦者,多逃亡,而房民独无事。迁永昌同知,移莱州昌邑,岁遭大水,筑县南长堤捍之。擢永昌知府,总督议开孟乃银山,雱争之曰:"孟乃土司也,开山必遣众,遣众必陵蛮户利之所在。汉人与蛮户必争,且成乱阶。"总督以其阻议弗善也。会米价腾踊,民多死。自永昌至省城,文移往返需六旬,遂以便宜发常平仓,并借施甸之谷以给之。而飞骑请擅行之罪,制府大怒,然遣人核数,实无升斗私,乃止。以年老致仕,而孟乃之议亦寝。

读钱阁部葬录并吊沈阁部

旧是龚黄徒,晚为文谢辈。一出忤降臣,两番困悍帅。黄蘖山中夜月寒,墓木南枝洒清泪。长乐穿碑华亭诔,双表幽宫永不坏。可怜南日舟,骑鲸事暧昧。公乎尚自蒙天赏。

秋日感怀

宦迹余衰鬓,临风思泫然。窗疏红叶雨,门静紫萝烟。露草迷三径,霜花度廿年。此身归未得,亲老白云边。

旅夜即事

一片凄凉况,灯前且举杯。晓花霜后发,秋月雨中来。孤梦身随影,寒炉火欲灰。陶潜未归去,好菊为谁开。

读书黄过草堂,梨山弟因积雨不至,次韵

风雨潇潇动客吟,小斋寂寞弟兄心。曩时松径苔痕碧,此日草堂云际深。秋到几回看雁度,书无一字恨鱼沉。野航已负前宵约,惆怅烟波久滞淫。

早起

残梦初回星满天,披衣踏露到溪边。渔翁不管东方白,犹拥芦花淡月眠。

李枚臣

字彦卜,自号琴川子,奉化人。著有《琴川集》。

种兰

兰不以香贵,香亦未可删。但须会心人,求之气味间。村樵强珍惜,花为之报颜。识拔在庸手,何如老于山。

琴川雨况

草堂风雨晦，启户万山低。野色难分路，泉声不在溪。驱牛怜失足，慰仆惜沾泥。何事催租吏，偏惊邻犬鸡。

野花

庭花得人赏，野花不受怜。各自有情性，勿嫌生处偏。

草堂对月

山城箫鼓自良宵，啜茗村居破寂寥。犹喜清风无热意，不随歌舞过溪桥。

渔父

江上秋声落钓竿，一蓑时带苇花寒。得鱼换酒无多事，收拾风波与梦安。

邬开裕

字起昆，奉化人。

姚城旅夜

客路倦呻吟，城楼月半阴。潮平江影阔，风急雁声沉。听彻严更鼓，敲残寒夜砧。山僧方梦稳，不到利名心。

夜赏秋海棠和韵

隐隐昏黄弄晚凉，评花觅句且端详。风丝偏惹轻盈态，月镜斜窥浅淡妆。青女无情怜影怯，素娥有意诉更长。酒阑烛跋难为别，一种幽思托睡乡。

邬子滉

字静泾,一字克融,奉化人。著有《用晦堂稿》。

秋夜游西湖步韵

十里湖光一目收,霜天明月照澄流。孤帆夜静歌声远,古刹林深钟韵悠。缥缈云山三竺隐,微茫烟水六桥浮。会嫌秋日多摇落,乘兴闲来秉烛游。

闲居漫兴

野菜调羹和石煮,溪花酿酒带云斟。前山道士相过访,醉鼓一曲无弦琴。

拟从军行 录一

同出萧关命不犹,博徒大半已封侯。即今腰下蒙茸袴,犹是当年赌胜裘。

新岁书怀

万事且从今岁起,一樽聊奉老亲开。漫应俗礼闲来往,误却前村几树梅。

钱铭恭

字萼山,一字知一,鄞人。

秋夜怀表叔董缶堂先生

孟秋凉风至,飘飘吹我衣。暮蝉厉园林,蟋蟀绕户悲。中夕兀无寐,披襟出徘徊。庭树郁以苍,湿湿清露垂。夜旷滋凛冽,静气肃孤帏。明月当中天,列宿相因依。徙倚怀所钦,褰裳欲从之。山川阻且长,良觌安可期。倦鸟思幽枝，久客心易卑。相彼野田蓬，荡逸随风飞。胡为壮齿人，终岁维孤羁。延首瞻高云，仿佛不可跻。愿因清商发，寄此长相思。

寄怀

漠漠江云暮，荒荒戍角寒。十年为客易，一梦到家难。戢翼怀幽树，潜鳞畏急湍。素琴多苦调，不敢夜来弹。

奉怀叔父雪樵先生

风尘淹壮气，徙倚望乡心。坐落寒窗月，惊闻独树禽。年华双鬓发，客思一秋砧。莫缓归来计，频令梦寐寻。

亲老惭为客，饥驱强出门。半生常道路，几载旷寒温。绕匝怜飞鹊，哀声厌暮猿。一灯人静后，应亦念家园。

祭诗

萍蓬赢得一编随，心手因依几岁时。人为流离诗学浅，字多斑驳泪痕滋。啸歌岂博朱门醉，声调深惭黄绢词。特展瓣香聊共语，十年客况却如斯。

戴尚芝

字汉九，鄞人。

雪隐庵

一径通苍野，双桥映碧湾。谁知云隐处，只在树深间。禅榻凉阴满，香台昼霭间。冥心殊自惬，趺坐竟忘还。

史胄司同舟临清从陆往大名

款款情初惬，何堪话别离。羡君为隗往，怆我失刘依。征马嘶风急，归帆入夜迟。相逢知何日，珍重在临歧。

送卫景玉之任仁和

柳绾旗亭别思遥,喜乘春色渡河桥。寒梅花映旌旗暖,江驿晴看云树飘。越水联翩飞翰墨,苏堤荡漾动歌谣。好将潘令花栽满,指日芳名达紫霄。

忻思荣

字汉桓,鄞人。

登太白最高峰

绝顶临千仞,乘危更一探。瀑前安茗灶,松杪出花龛。鹤老窥书帙,龙归傍竹庵。兴阑回首看,星自耀天南。

冯方平

字安国,号素庵,慈溪人。诸生。著有《不厌楼诗集》。

钱虞山初学集脍炙人口久矣,然其中摆脱铅华不染习俗者,亦不多见。诵春云一律,何其有不平之感也,漫和以见意云

隐隐蒙蒙何处分,岩前犬吠积氛氲。懒龙寂卧嗟谁语,众鸟高飞不让君。南国飘流迷归路,北山羁旅忆同群,封函送客徒供笑,野史休题现庆云。

白燕和袁

消息空梁是也非,不辞春色故园稀。花明琪树窥人语,水澈平湖浴羽归。空记素丝怀旧主,谁凭晓月问征衣。妆台冷落情难遣,怅望差池欲共飞。

董元翰

字而宗,号西园,慈溪人。诸生。有集。

冬日杂兴用张文潜韵 录二

筑室临吴浦,潮来水不枯。残霜凝瓦冷,衰草上阶疏。檐短暄堪负,风高雁自呼。闲居何所事,研墨注虫鱼。

双桥飞六出,小阁日将曛。竹外添梅色,檐前乱雀声。天寒思近酒,性懒怕迎人。却羡青青柏,凌风更有神。

董一聪

字舜达,号金川,慈溪人。著有《况居诗稿》。

秋风

空山鸣落叶,悲切送寒砧。正值清霜候,频惊孤客心。黄沙迷塞北,白日下城阴。伫听钟声远,凄其不自禁。

赠觐光归浙

几年飘泊叹无家,梦里乡关望眼赊。但喜弟兄逢客馆,何嗟书剑老天涯。秋风江上双鱼美,夜雨窗前孤雁斜。携手不堪轻别去,一樽且醉夕阳花。

董彦琅

字琳仲,奉化人。诸生。

雨中不见封山 录一

绿满平坡水满汀,斜风细雨湿疏棂。浮云能使天心变,失却屏山旧日青。

闻莺

和风习习长池荷,只有萧斋秋况多。忽听莺声帘外掷,恍余春色落庭柯。

江振霆

字逸声,奉化人。著有《闲吟稿》。

石禅堂

穹窿开石窟,天与位禅堂。水气凉侵座,松阴静覆床。风过山有韵,月出佛生光。妙理真无隐,花开满室芳。

仲春有作

烂漫韶光二月春,东风着意媚良辰。何妨有酒抛诸事,却恐无诗俗了人。一路软尘花草暖,千家淑气燕莺新。曲江随处堪乘兴,正有吟情向水滨。

舒文酉

字学山,奉化人。

《剡川诗抄》:学山秉性过人,读书一目成诵。十二岁通《五经》,二十三岁哭父之丧,呕血而卒。

雪窦观瀑布

乘兴入名山,林壑森然秀。忽闻潺湲声,矫首疑天漏。巉岩峭壁间,飞泉与石斗。日光映水光,闪烁珠光透。更如云雾喷,十里迷清昼。胜景不多逢,奇观非亵觏。造物似怀私,藏弄诸深岫。思得愚公移,游者省里糗。徘徊未忍归,月上清溪右。

和王礼言郊行韵

闲步沙堤上,荒郊竹树遮。农人勤耨草,牧竖戏簪花。游蚁槐为国,眠鸥荻作家。青帘茅店小,尽兴酒须赊。

徐杲

字扶桑,号晓山,鄞人。诸生。著有《寄思草》。

赠别冯毓英之古洹

歧路逢君两度秋,别离无计挽行辀。联床欲谱乡关曲,剪烛深怜旅宿愁。花落已知春意尽,嘤鸣空报友声求。古洹不似桃源杳,何日同归鉴水游。

秋日独坐

斋头寂寂少知音,一片浮云一片心。凡鸟不题花自落,西风萧飒满园林。

徐梁

字镇韩,鄞人。杲弟。诸生。著有《眉山诗稿》。

山顶

耸身山顶立,俯首舟如笠。舟中仰望人,视我亦粟粒。

谢绪承

字子家,镇海人。诸生。

梓山作

纡回苔径绕亭阿,一月更番策杖过。云到倦时还涧壑,心从定后阅风波。危城崒崒连残垒，古木森森幂旧箩。忆昔高筵人已散，诗笺满壁待摩挲。

谢绪敷

字敬在，镇海人。得昌子。诸生。著有《东井轩集》。《镇海县志》：绪敷幼颖异，未就塾时，慈溪姜宸英馆其家，买棹将归，值天阴霾，绪敷朗诵"如此风波不可行"句，宸英闻而异之。及长，为古文遒婉韵折，有庐陵笔意。

登灵峰山寺

畴昔登临几廿年。扶筇今又陟山巅。溪回境绕何妨曲。雨歇秋深别有天，萧寺僧能新结构。晨钟响不碍林泉，此中因果凭谁说，我亦从之思渺然。

戴冏

字璟吉，鄞人。诸生。著有《闽游集》《瓦鸣集》。

丙寅除夕

一岁今宵尽，田家炬火然。瓮中新柏酒，床上旧琴弦。怕老惊除夕，驱贫望改年。阿戎能伴我，剪烛守灯前。

己巳之春，予将闽行，朱子永年赋诗赠别步答

一船风月是芳邻，游子穷途莫问津。非借诗书为利窦，只因天地少闲人。行看朱子沧洲舍，归卧知章鉴水滨。樽酒论文曾有约，三秋两度故人亲。

张九英

字梅先，鄞人。翼子。诸生。

妇弟陈古修新婚赠诗

自来亲戚为朋友,唐有诲之与子厚。子厚两答诲之文,戚友二道曾析剖。我才不敢望柳州,子为诲之亦何有。所以殷勤赠子言,欲兼二道得已否。当今天下盛时文,古学荒废不复闻。偶然丹铅事点窜,文从字顺犹艰辛。子文笔力较杰异,所来源源河汉地。聱牙诘屈读盘诰,万卷牙签已盈笥。有若排风驾舟楫,长年最能亦相济。少焉风定浪亦平,关尽时口夺之气。六经勤劝郎者谁,今兹淑女方于归。我诗不雅亦不俚,高歌一阕当虫飞。

忻思忠

字陶竹,号道卓,鄞人。

郑鲁公梦溪 鲁公名若冲,微时尝梦入东湖深处,有庵高悬"常充达"三字,金碧陆离,疑莫能解,作《纪梦诗》以志。后营山墅,宛如所梦,乃字其溪曰"梦溪"。及子清之贵,偶与理宗语及,即赐此三字,悬之墓庄,以成其兆

梦入东湖绕碧溪,是真是幻境幽奇。玄文难使婆心解,佳兆先从角枕知。一自穆陵颁御墨,至今乡国宝遗诗。诗载《鄞志·古迹》。想公正气常充达,郁郁松楸系我思。

冯元长

字真长,慈溪人。诸生。

赠石奇上人

达蓬灵阜为谁香,夹路春明引象王。雪窦老人探佛迹,雨花仙子出慈航。青林犹许存吾道,素叶兼能悟上皇。此去旃檀堪作供,愿随清影送沧桑。

周观

字我生,慈溪人。

同冯真长访石奇和尚赋赠

云外蓬峰望里微,闲携瓶钵过岩扉。半空钧梵应无住,上界天花已乱飞。廿里溪声传祖印,一山香雾袭人衣。何须许证风幡后,早觉青莲社可依。

李暾

字寅伯,一字东门,鄞人。邺嗣子。监生。著有《闲闲阁草》《寄轩草》《松梧阁集》。

《鄞县志》:暾少时尝与证人之社,负才气,文辞倚笔立就。黄宗羲见其诗曰:"是能独开生面者。"与郑性、万承勋、谢绪章倡和,号四明四友。性好游而喜客,四方之士至甬上无不叩李氏,暾待之各以其差,无爽者,百函并发,半面不忘,自朝至暮不以为倦。尤留心甬上水利,时时为当道言之。卒年七十五。

题寄轩 录四

鹪鹩巢一枝,偃鼠饮满腹。得此坐卧安,凡事从俭朴。小小成规模,曲折忘局促。岂无梁栋巍,华藻辉耳目。岂无庭院广,芳艳错花木。此诚不彼如,吾心却已足。

屋角挺松枝,冬夏青青好。每来一对之,俗氛可尽扫。松老色渐娇,我老色渐槁。人物同此生,修短怨洪造。宁不见槿花,朝荣夕难保。我年半百近,不生已非夭。时听松涛来,洗涤空怀抱。

吾已安吾拙,巧者毋我骄。吾已安吾愚,智者徒自劳。

履适在忘足，带适在忘腰。虚室散形影，焚香读逍遥。脂膏能几何，而以火自烧。所以汉阴老，忿然耻桔槔。

一生只苦短，是以爱长生。长生药何所，神仙徒其名。人心有仙境，反结愁为城。仙凡在自处，群动嗟营营。人视生为重，我视生为轻。我何异于人，魂梦有余清。

题万季野夫子西郊送别图

老成叹凋零，死别生仆仆。直方与怡庭，墓草悲已宿。高州痛闻讣，万里牵案牍。允诚计糊口，依人苦拳局。假山云在楼，南北分驰逐。和仲与子政，八口谋鹿鹿。味芹昆季贤，图书稍藏蓄。前辈叹寂寥，后起思教育。先生不可留，又欲膏车辐。前者送北行，犹有侄与叔。今年叠阳关，行李先生独。六十翁已衰，三千里难缩。行矣期三年，归来饱馔粥。

冒雨过小白岭

欲起不起山头云，欲上不上岭头雾。云中四望愁渺茫，时有秋光未收拾。百年几遂丘壑心，快游安得俟风日。双肩竹轿去如飞，但闻两耳松涛急。

印千上人、开远、摩苍集笑读居，暮雨用韦苏州韵

夜影生何易，空庭细雨时。无情春去早，得意句来迟。近树蒙烟远，枯容藉酒滋。围灯高唱罢，默坐写乌丝。

送钱又起之长安

君亦何为者，三千里外行。江风吹病骨，春雨湿孤程。辞母泪偷下，依人事少成。相期惟努力，京国早知名。

周观　李曎

六月廿二日同渔山集三余草堂，用东坡和子由绿筠堂韵

树色遮空院，蕉阴覆短墙。绿窗来习静，白日坐忘长。无语鸟相得，不花荷自香。蜗庐城角寄，那复此清凉。

妙高退禅师，绍兴人，先大父甲子同年友也。甲申之变，投老于此，肃拜塔下

兵氛满地逼公来，咫尺家乡竟不回。杖钵久齐生死路，风尘不上妙高台。西陵长抱胥潮恨，东浙原多熹庙才。分付句芒无限意，冬青只许墓前开。

腾空岭午饭

十里三叉布谷鸣，松涛万斛送人行。担柴烧土栽秧暖，负耒锄田放水平。岭下几家烟断续，山头一线路分明。深叨地主殷勤意，菜把亲删为客烹。

宿东馆滩

滩行十里去严州，嘈杂声中共系舟。灯焰高低浮水面，塔尖南北露山头。更筹乱点喧人耳，野曲齐歌动客愁。斜倚篷窗延伫久，满身凉露是深秋。

仇汉松移樽太白楼即席赋长句

谪仙久矣骑鲸去，采石徒存太白楼。一塔悬空浮水面，孤松横翠滴窗头。青山古墓千秋恨，白日飞帆几片愁。今夜别君应不寐，欲邀明月醉扁舟。

郑性

字义门，号南溪，慈溪人。梁子。康熙庚子岁贡。著

有《仅真集》《南溪偶存》。

《慈溪县志》：性师南雷黄氏之学，表章不遗余力。南雷一水一火之后，卷籍散佚，为理而出之故城贾氏颠倒《明儒学案》次第，性正其误为重刻，并刊行《南雷文约》。承父志筑二老阁于所居东，祀南雷及其祖溁。春秋祭以少牢，黄氏诸孙及同社子弟皆得与祭，并言于提学休宁汪漋，为置墓田。四方学者访求南雷之学，不之竹浦而之鹳浦。家居祭祀，皆依古礼，巫觋不得入其门。世业所入，惠及三党，待以举火者数十家，以岁贡应受铨，不赴。尝署其刺曰"五岳游人"，于五岳已历其四，独衡山未至。年八十将南行，以毕其志，未几卒。

西江送秋用少陵白沙渡韵同横山达庵

昔闻桃花源，纷红迷两岸。其中卜居人，避秦不知汉。今者我所居，荒江号曰半。深秋霜叶红，客作桃源唤。秋风日以凄，秋潮日以漫。霜叶难久留，渐逐行人散。顾此不知乐，徒然计理乱。津迷莫可问，空发千秋叹。

吴门晤云间周策铭轩三有感

昔者家宣成，偕我泛谷水。获从两君游，因缘实长史。剪烛华鄂堂，嘤鸣缔十子。尔我皆英年，意气靡津涘。造化太无情，一别生兼死。黄粱炊未熟，青磁梦伊始。宣成安在哉，长史长已矣。我质乃匏瓜，浮沉久闾里。湖海只两君，声名日愈起。萍迹姑苏台，感怀集悲喜。

王烈妇

奉川南有连山乡，万竹王家一烈妇。恭简门风素清白，一腔热血钟宝婺。昔年大兵下四明，角声所过村村怖。妇偕其夫匿不远，自知身为鼎上俎。还念结褵未有子，夫身重大关宗祧。夫若不免我何为，况我终亦罹囚虏。夫苟与我两俱死，绝嗣之罪可胜数。口言手复持针线，缝密衣衫及襦袴。须臾兵来已逼身，妇乃从容出相谕。谕以汝曹欲得我，须活我夫我乃去。兵怜其色脱其夫，夫行既远忽瞋怒。大声疾呼曰杀我，翻身坠马冈头仆。兵重加怜劝之起，曰从我去安且富。妇益大骂跃崩崖，头颅触石血淋注。兵因被绐深恚愤，断颈绝脰剜两乳。夫则存兮妇已亡，玉焚花萎在中路。深林岂乏猛鸷贪，遽有神灵来呵护。翌朝夫寻得遗骸，收之归袝恭简墓。妇死年才二十二，顺治辛卯仲秋序。垂今四十有三年，曾无一人为扬誉。国家功令重节烈，坊旌史表阐幽素。此妇沉晦久不彰，贞心耿耿埋尘土。我为烈妇扬幽芳，日月不灭妇千古。

展高外祖明都督施公墓拉西郭同往 公为西郭高祖瑞岩先生友

展墓出江村，携君绕郭门。知为先世友，肯共外家孙。撒饭无鸦集，留钱免犊蹲。馂余聊一醉，桑海不堪论。

送沈子翼游桂林

不觉生愁感，中庭发浩歌。兄亡余弟在，面少倍情多。西粤千程去，清秋一旦过。宜男君最亟，蛮女问如何。

和昼公归来庵落成次韵 录一

忆我昔年曾过此，此间亦是旧生涯。晚云日起终安泊，青玉前横不少斜。庵楼名"晚云"，其前为玉几峰，公尝有"南山青玉案，留与老夫凭"之句。大地谁人留一窟，空天无路现三叉。归来便许公归否，先唤诸僧去瀹茶。

姚江旅次用前韵

月明篷口风轻帐，睡抵姚江水北涯。一道潮流穿郭去，千间坊舍倚城斜。侵晨独醒眸初豁，得意闲吟手自叉。何事炎天来客此，雁泉往汲快烹茶。

谢东门韫山渔山题先濮州册子

堂构垂今犹翼尔，衣冠念昔竟茫然。刚余顾陆丹青在，剩有苏湖翰墨传。公诗文止遗，教授临清两年所著。册子装成增感怆，友生题毕与留连。葵山事得潜溪序，魂魄犹能慰九泉。

龙井寺

暇日闲行未肯休，板舆展转入山游。片云无事横空岭，古树多情隐小楼。龙井一双僧眼碧，风篁万个客心幽。崖间多少题名者，毕竟秦观在上头。

遇虎啸僧泉声于天童下院，用僧伟载送行韵 录一

只眼何须洞六幽，生涯我亦本无忧。家园亲老甘沦隐，岳渎身闲屡梦游。汩汩尘途看世没，嘤嘤春社喜僧求。相逢细把名山问，九曲烟云咫尺浮。

哀金介山

十年刚得慰相思，尊酒论文永诀时。万里泉台虽有伴，浙西此后竟无诗。介山最契杨诚斋。

截句邮筒补送行，高昌辽远荷君情。谁知未草编年序，洒泪先须作墓铭。介山有《送家君之高昌》诗，并求作《编年集序》。

禹穴

虞帝苍梧绝可怜，涂山玉帛尚留连。銮舆竟不归安邑，落照青松唤杜鹃。

万承勋

字开远，号西郭，鄞人。言子。官直隶磁州知州。著

有《冰雪》《苦吟》《勉力》诸集。

《鄞县志》：承勋父言，令五河，罢官以罪论死。承勋匍匐往救。时陕中开赎例，乃告急于父友，衷金五千，已得赎。胥吏欺承勋年少，侵蚀其半，未之上也。言归，而陕抚移咨浙抚，追赎金之未足者，承勋大窘，将自承匿金罪代父死。其友陈坊奋然挟之，行望门求援。昆山徐乾学素重言，为代输其半，诸父友复醵金输其半，事得寝。俄而双亲具逝。承勋见父遗书必哭，母所种树植花时必哭，里中称万孝子。雍正五年，举贤良方正，应征入京，授磁州知州。莅事三年，大吏奏课最，入觐，将用，为方面固辞，乃命回任。值河堤溃水及城下，日登城督民，奋锸从事，竟以劳瘁感暴疾卒。

感怀 录三

托身在人类，五官非不完。三十只善病，虮虱生儒冠。父衰万里归，依人无好颜。发愤思养志，去去越津关。辛苦入一钱，所出有万端。口体不能养，泪尽血暗弹。空欲依庑下，追踪梁伯鸾。伯鸾一身计，何患饥与寒。

同郡结四友，分南北西东。东门负侠气，南溪怀清风。自幼识其面，近岁知心同。北溟交最后，砌里欣相逢。因东门定交。冥然但饮酒，而目明耳聪。感此三君子，置我在心胸。诗文为我定，有无为我通。西郭刚而隘，气盛理不充。十年躬自厚，学之愿未从。李郑奋臂起，所告岂不忠。谢谈每微中，俾无地可容。我欲就北面，三子共磨砻。东门李寅伯、南溪郑义门、北溟谢汉倬、西郭则余也。

江东钱先生，舅氏兼吾师。情深略其分，贫病相扶持。皇都五下第，万里空囊垂。旗下授生徒，聊以救渴饥。三餐仅馕粥，终年断酒卮。我闻八旗人，尽是从龙遗。有粟应如山,有酒应如池。不谓物力尽,四海同疮痍。而我复何怨,归卧东山陲。

道旁见紫藤花感忆徐健庵先生旧恩涕泪成诗

道旁紫藤花,开落何关事。凝眸再三看,泪涌如泉水。忆我弱冠时,走谒徐夫子。海内声气通,涂山玉帛似。偏许座上客,万勋豪杰士。款待开名园,坐我春风里。中有紫藤花,烂漫斗红紫。年少寡愁烦,对花每欢喜。未几党祸生,乞食频吴市。夫子予千金,救我一家死。自知无能为,指天聊自矢。愿将此后身,佣书供驱使。才解晏婴骖,忽传尼父诔。宿草痛年年,未酬一片纸。不期见尔花,今日乃于此。尔形何鲜妍,我形何秽鄙。尔开有定期,我行无定止。上有双病亲,动适千万里。负米尚未能,何况报知己。

饮吴阶升于武林七桂堂之三层楼与之歌

吴山高,吴水深,与尔登楼四望,谁是知音?白日去西崦,明月来东林,伍相祠堂身后事,林逋梅鹤生前心。天生我材既无用,日夕大醉还狂吟。不登山,孰与踬;不涉水,孰与沉;百尺楼头杯在手,两人独自成古今。

南镇松

远远盼炉峰,青青见古松。山经秦帝望,树不大夫封。暝色归巢鹤,秋声震蛰龙。禹陵游倦客,到此豁心胸。

送傅公孝出门

结客几人在,贫交相送行。秋风犹未起,晓色已多清。旱久蝉声涩,潮来蟹穴平。一帆从此去,辛苦见谋生。

陈卜年怜我病躯被难，独行四千里，扶持至京，方将诣西安为纳橐计，而卜年病作，勉劝先归，送之行又殊不愿。卜年有此行也二首 录一

朔风吹我上征车，从此西南各一涯。华岳十年重见面，鄞江万里独归家。嗟予多难飘零久，累汝羸躯疾病加。破帽笼鞭斜日下，京城处处送悲笳。

秦中归访谢汉俾

客岁西风恶浪催，操舟临发共迟回。伤弓鸟复穿林出，被雨花偏待日开。从此胸中无别事，思君江上又重来。去时衰柳今垂绿，一笑相逢转自猜。

重九后三日黄传书至

天外风传桂子香，故人来自晋山阳。哀鸿竟有凌空气，老蚌全无照乘光。未就寒衣秋已尽，难赊浊酒夜偏长。月明不敢庭前立，恐见愁人鬓发苍。

省梨洲先生墓二首

落日秋风倚墓台，山僧茶话亦增哀。化安泉好年年约，直到先生死后来。

分栽墓木约还赊，哭罢惊看万树遮。乌桕白时红叶尽，满山十月放梅花。先生尝命余夫妇各种梅墓侧。

谢绪章

字汉俾，号北溟，镇海人。兆昌子。诸生。著有《见山集》。《蛟川诗系》：先生少承家学，工于诗。所居别业曰北溟，在城北隅，面候涛，枕大海，故其集以"见山"名。兼善

琴，偶有吟咏意，兴所至即播之丝弦，自得高下，疾徐之致。参《蛟川诗话》。

酬寅伯次韵

学诗寻行墨，孙叔衣冠假。下笔见性灵，落落自脱洒。余见囿一隅，赏心自昔寡。快读醉歌篇，黄河千里泻。

广陵绝人间，遗声什一在。古趣性所谐，气专志不怠。余音究未精，学之余十载。闲者指法疏，暂忘心自悔。昔年弹溪山，激宕摇鬼磊。心澈百寻潭，澄然众流汇。长此寄遥情，天空涛涌海。

古人饮过石，兴至辄立尽。今人醒而狂，不当魏侯哂。造物自权舆，非此分灵蠢。达士小寰区，亦非杯斝引。语妙发如兰，气弘吐压餍。一醉还太初，此中寂无朕。

江舟

澄江白如练，浮烟接远空。孤舟江上行，浩淼肃无风。朝曦漏云际，细皱波摇红。晓色清如许，宿醒堕渺蒙。独鹘横江来，戛然落海东。

过化城寺午饭用司空图韵

踏露出山坳，前踪记历历。忽然入化城，深林无片石。松下对僧谈，晚菊艳幽寂。云堂过午钟，剪蔬重饭客。

新霁登千丈岩观瀑布，用王右丞燕子龛禅师韵

一径松林行，遥闻水声恶。溪流渐觉穷，两崖矗危崿。飞泉夺路来，喷雪千寻落。目眩失离明，功神岂禹凿。平生想匡庐，今来疑剑阁。俯视恐堕巾，欲下难绠索。彩文斗日光，白烟散洞壑。游龙撼林峦，惊雷避鸾鹤。天地大文章，人间恣探博。欲去不忍去。旋止复旋作。撷彼山花投，团空无处泊。我愧窄心胸，今日方开拓。读书不名家，

帖括苦萦缚。譬如沟浍流，瞬息将自涸。古人如可追，岂向本头摸。三叹转山阴，新阳正薄林。高台绝顶出，下瞰白云深。

它山堰

它山上水清如沚，它山下水奔如驶。十丈溪流断石梁，当年相度有妙理。回沙置闸凿水痕，岁一挑沙尺许耳。迩来沙阜两涯平，清泉大半落江汜。古人成则尚未湮，小小施为艰似此。光溪十万户人家，旱干何以滋耘耔。我来瞻眺叹神功，岂特溪山羡秀美。当今经济作空谈，一丘一壑吾所耻。

蜀魄啼为徐氏作

序曰：妇夫为匠，日从市中觅醉，炊烟屡绝，未尝见妇之反目也。夫病卒，妇鬻幼女以殓，翌日竟自经，作此诔之。

杨花落尽东西陌，蜀魄啼痕树杪碧。旧陇新阡鸦不飞，餍余日日醉人归。锅空挥手床前倒。欲言不言徒懊恼，荒年渐度麦有秋，醉人已病酒棘喉。有女鬻将完后事，人疑一饱竟何求。杳无信息使邻知，同心结就誓不移。风催蜀魄东方白，愿向东台作比翼。

九月十日同郎枚简、邵宾王、王如纶、傅公孝登候涛山赋示空性上人

登高仍令节，霁色破云封。衿带秋江静，门庭翠嶂重。诸天同促膝，古柏久修容。莫理兴衰事，茱萸酒正浓。

它山堰谒王公祠用杜少陵遣意韵二首

胜入它山堰，襟开步亦轻。人皆言不朽，公自气如生。

色变秋深草,香添霜后橙。菁华总易歇,泉石志鸿名。

隔岸深林僻,盘溪一径斜。人过没蹇骑,鱼动泛圆沙。碧涧氍云树,洪流喷雪花。谁为丘壑主,半日肯余赊。

同人邀万管村先生集光溪在涧楼分韵得鱼字

溪山有约及春初,淡日微烘宿雨余。乍见叶低惊去鸟,未应水冷禁游鱼。兴亡自定千秋史,得失难凭万卷书。先生尝与修《明史》。聊复鸡豚修社饮,东南会指聚星庐。

同薛贻孙、沈德昭暨又文大兄子承子柔游灵峰山寺

鸟道萦纡上碧岑,敞开梵宇一窝深。行云故故依山峤,落叶飞飞袭我襟。泉断回溪失喷玉,禽随樵斧奏清音。葛翁丹灶归何处,兀坐空阶思不禁。

四明清诗略卷六终

谢绪章

四明清诗略卷七

鄞　董沛　孟如　辑

郑羽逵

字瀛州,号雪崖,慈溪人,迁居钱塘。康熙己丑进士。官四川安县知县。

《慈溪县志》:羽逵工算学,得西洋之秘传,谓三角八线之法,精于勾股。值会试,以勾股命题,总裁李光地得其卷异之,遂成进士。知安县时,仿胡安定湖州学制,捐设四乡社学,延师课读,授以学规,复修学宫,浚灌口中江,凡利民之事不一。在任五载,宦橐萧然。归后掌教敷文书院,与梁溪父、周穆门、吴绣谷以诗歌相赠答。所著有《怀远堂集》《粤东游草》《东林杂咏》。

除夕前三日,夜集寄轩,用香山岁暮夜坐对酒韵

一棹偶然来甬水,连朝未得返蟾山。苦吟同在轩窗下,快意相期诗酒间。影比寒梅尤觉瘦,身如倦鸟不知还。归舟明发江村去,尚有凫鸥伴我闲。

滏阳饮同年张易庵斋头

南游何处足相羊,最爱驱车过滏阳。夹道双渠杨柳绿,绕城十里芰荷香。天涯落日流漳水,树杪浮云拥太行。此夜故人欣聚首,自应剪烛话更长。

松州

东北去年驰塞外,西南今岁赴边城。自怜两度当重九,都向阳关赋远征。滚滚江流秋雨急,萧萧落木暮烟横。几时得遂还山志,莳竹栽花过此生。

别安亭 安邑之山左伏龙,右圣灯,前好峰,后尖山,望之若一大环。余于县廨东偏城上作一亭,颜之曰"安邑"名也。五载登览,聊以永日,濒行作别,情见乎辞

四山犹是送清晖,不复幽人坐翠微。槛外寒烟笼折柳,亭前酥雨点征衣。游蜂别抱新枝宿,归燕空寻旧垒飞。别后使君何所忆,淡云斜月映窗扉。

戊辰秋池中白莲盛开,招集溪父、穆门暨敦复世讲和韵

红衣半已褪秋风,玉立清标占一丛。外直中通心不染,盖高柄曲叶翻空。间招白发来池畔,频扇清香入酒中。他日如船藕十丈,还应斫取饷仙翁。

郎作霖

字起岩,号宝山,镇海人。汝望子。康熙己丑进士。官山东济阳知县。

《蛟川诗系》:先生知济阳,甫下车,即革弊俗数端。济阳地洼下,遇雨水溢,民无宁宇。乃捐俸为倡相度浚治,分为东西二渠,上至流水沟,下至徒骇河,厥工数万,绝无伤财害民之事,民德之,撰《新开万工河记》,文诸石。

理安寺

爱竹曾调笋,泫泫动渌光。风来能醉客,月满定栖凰。

叶接罘罳影，枝交翡翠床。山中无肉食，慎勿妒潇湘。

晓抵汶上

夜半轻车发，行行到汶阳。未沉鸿背月，渐重马头霜。烟密路交柳，风掀尘扑裳。人喧知店近，聊以息吾装。

恩县题壁

暂将车马息劳征，贳到邻家酒一罂。青树压檐啼众鸟，凄凉听似杜鹃声。

佳节清明今日是，当门杨柳绿依依。遥知风味江乡好，紫楝花开石首肥。

徐文驹

字子文，号丹厓，鄞人。康熙己丑进士。官山西怀仁知县。著有《师经堂集》。

拟古二首

西园有桃李，烂漫争春华。人情重目前，对酒相矜夸。东风骄势力，着意吐奇葩。娇红配素艳，压雪兼飞霞。亭亭松柏枝，墙角栖归鸦。保此岁寒心，寂寞守槎枒。穷冬郁青翠，回忆桃李花。

本谓芝兰馨，岂知不如棘。本谓蛟螭神，岂知不如蛭。爱憎随人情，轻重无定识。镆铘少锋铓，嫫母好颜色。白昼狐狸尊，行行多逼仄。我生东海东，杲杲望出日。豁然云雾开，努力崇明德。

次凤翔

百战英雄地，今来事已非。远山空壁垒，老树剩芳菲。流水通官阁，斜阳照客衣。高冈仍昔日，不见凤凰飞。

次乌蒙有感

一片寒山锁暮烟，亦无衰柳亦无蝉。瘴云和雨浓如墨，冻雪翻风白似绵。万里迢迢回去雁，五溪跕跕堕飞鸢。可怜殊土蛮荒地，当日曾留李谪仙。

傅维祖

字文孙，号海峰，鄞人。奇遇孙。康熙辛卯举人。官福建福鼎知县。著有《云心》《燕山》《闽游》等诗草。

《鄞县志》：维祖初知漳平县，修举废坠。邑南龙江有浮桥，捐资新之。又虑山水冲击，别造二舟以备渡，由县之州道出金溪潭、舅姑岭潭。深岭峻径不容足，乃募工凿石，以便往来。改废祠为菁城书院，俾邑士肄业。买地高明寺之右为义冢，立石记之。在任九年，调福鼎县，未及期，以老乞归。

八月十四连朝风雨，夜坐有作

前川水涨共堤平，蟋蟀凄凄篱畔鸣。杨柳含烟增暮色，芭蕉带雨送秋声。熏笼香冷衣多润，篝火光寒梦未成。闻说迎神逢令节，驱云愿得借天兵。

三至天津屈指十一年矣，赋呈总河顾公

津门三到景如何，雉堞更新壮丽多。州卫换来今作府，_{始至时为天津卫，继改州，今改为府。}蹉粮历后又治河。_{余追陪幕府，自公盐台任，历坐粮厅。今又至总河任。}喜随棨戟门前入，频向芙蓉幕里过。愿附青云图不朽，自怜头白尚蹉跎。

校射瀛台恭纪

日暖瀛台霜气融，亲悬睿鉴选群雄。挽强壮士能扛鼎，习技龙媒惯逐风。堤柳影摇旗闪闪，鸾翎箭疾鼓逢逢。将

材储得天颜喜,湖海英豪入彀中。

仇廷模

字宏道,一字季亭,鄞人。兆鳌子。康熙辛卯举人。官□□宁乡知县。著有《拾余庐稿》。

即事戏赠

津门佳气郁苍苍,昨夜东风醉海棠。恨杀春光太漏泄,犹余滴露湿罗裳。

二月莺花正好春,园林景物一时新。武陵别有神仙宅,未许渔人来问津。

谢云祚

字岩英,号自西,镇海人。康熙癸巳举人。官四川三台知县。

寄奉王遗安舅父,时为常山司训

少小随亲过外家,为占宅相竞相夸。须眉八十年如昨,风月三千句未赊。铎领芹宫沾化雨,人携鸠杖上仙霞。轻舠欲泛何时慰,寄语萱堂餐饭加。

从弟学蘧万言筑成小有居别业和韵

愧作明时乞养人,乙丑予乞终养归里。输君别业自成邻。地才半亩安排好,景似连年点缀新。怪石叠来山涌翠,岩花开遍鸟啼春。此中雅有闲居乐,名利无营世孰嗔。

董德愈

字定生,鄞人。康熙癸巳顺天举人。

秋柳

一望依依旧板桥,如何风景渐萧条。月明楚岸销金粉,露冷章台倦舞腰。记得绿阴曾系马,那堪黄叶又鸣蜩。无由折赠邮亭客,肠断西风碧玉箫。

重阳

举目愁云郁未开,不知何处有高台。重阳将至先风雨,丛菊含芳待酒杯。几度徘徊思往事,数年淹滞愧雄才。从来陶令多佳兴,今日翻成楚客哀。

方学

镇海人,康熙甲午举人。

赠吴云仕提军

北阙纡东顾,旬宣寄重臣。英贤钟自岳,神异降维申。赐履家声旧,凌烟事业新。一时膺紫绶,弈世戴恩纶。

张锡璜

字志吕,号渔溪,鄞人。士埙子。康熙甲午举人。著有《半舫斋集》。

《续耆旧传》:孝廉早丧父,其母陈孺人为葵献女弟,性端严,罕愉色,孝廉以率教得其欢心。与弟锡璁最友爱,讲学论文,出入必偕,垂老犹同爨。善诗、古文词,研磨工细,慈水姜湛园尝以英髦领袖称之。康熙己卯试北闱,人谓湛园应主试必售,孝廉不一过其门,卒报罢。及湛园非罪死狱,孝廉哭之恸曰:"公不私我,况他人乎。"后十余年,始以岁贡登甲午贤书。又十余年,卒。孝廉于诗文外，善琴善弈善书画，且以母病善医，顾不以一长自炫，即言笑亦不妄舒。临终整然致别多人，向其子缕述持躬处世，而尤谆谆属以读书不可不讲道，盖其于讲社得闻证人之教，而能致力于澹泊宁静者，已深也。

太白山杂咏

仄岭出高树，豁然孤亭空。危磴壁立处，一隼摩千峰。我无奋飞翮，侧足支枯筇。遥见太白巅，习习生清风。
　　空山疏雨过，溪泻残云绿。林翠翻层波，风梢洒余沐。溯洄将何从，独坐悬崖曲。击石歌沧浪，清声应岩谷。
　　溪回见茅庵，深竹藏吠犬。客行如到家，缓步足翻软。披翠入孤亭，随坐石不选。回看来径云，松杉不复辨。
　　兀影坐楼窗，归云参半座。一心不自冥，四体何嫌惰。老僧破寂来，半偈玄谈佐。风高语韵希，余磬穿林过。
　　路黑焚枯柴，撑脚忽惊叫。哮然一声奔，荒榛突饥豹。屏气肃游心，毛骨凛丛峭。夜深伥鬼啼，严飙发松啸。
　　松作万人立，连袂惟薜萝。溪开四面白，笑颜旋微涡。游云多断行，栖鸟无常窠。清关不可关，滔滔如水何。
　　千僧待一饭，遗亩嗟悬耒。杯水咒斋堂，随缘亦自喜。人物不徒生，饮食有至理。是谁饱香秔，日高眠未起。

草堂坐雪同郑南溪限韵

高阳司寒令，塞向守环堵。漫天飞玉屑，修月奋利斧。枯干酸风嘶，势发百石弩。轻回堕数点，密洒错万缕。蹲蹲宛有节，奏乐习蒙瞽。瑟瑟窅无声，衔枚驰卒伍。映□为蟾光，催花非羯鼓。突兀幻银阙，空明化琼圃。虽无乘兴豪，聊免僵卧苦。嘘气髭乍冰，啮姜泪欲雨。饥愁鸟雀攒，狂怪儿童舞。爇炉命苍头，烹茶试白乳。小立醉眸豁，遥瞩寒粟竖。怅无梅花嚼，和香沁肺腑。且为郢人歌，傒絮芬属吐。郑君好学徒，才作余勇贾。读书慕孙三，得句追谢五。既乐草堂居，还忆蓉江坞。_{南溪所居。}潮通剡水源，舟买渔蓑户。便当诣师门，听谈黄竹古。_{梨洲先生居黄竹。}

送万季野先生北上

读书谁破万卷读，一代龙门未数数。穿经穴史号儒林，摘句寻章笑书簏。近世时文捷径开，六籍无权高阁束。虎落年年望井天，兔园处处传家塾。纵然涉猎到牙签，强半类函为宝箓。白日埋头枉用心，青云蹑足犹枵腹。人才委琐治术卑，痛恨舒王流祸毒。先生卓荦起海隅，能自得师灵慧夙。敝屣帖括志不为，沉酣经史好真酷。朝看矻矻夕忘餐，夜诵琅琅月为烛。祢衡一览未诧奇，应奉五行讵云速。扪腹如藏武库森，脱口似数家珍熟。小子髫年次讲堂，悬河雄辩常惊服。鄜西咸指郑公乡，浙东争说高阳族。可怪竖儒向我嘲，却愁古货无人鬻。天教博学吐英华，诏修《明史》开芸局。金鉴从头递整纲，玉堂敛手群推毂。秉笔居然接素臣，校书何必登天禄。案上惟耕砚一方，门前不受米千斛。廿载西陵作嫁衣，几番东阁移陵谷。_{前为昆山徐相国所聘，后客司寇家，既而京江张相国聘之，今又馆于华亭王中丞宦邸。}忆昔秋郊送别时，朱颜方壮双眉绿。偻指于今两度归，华颠忽讶千丝属。学徒云集喜追随，讲席轮番留信宿。列朝典故剖源流，一时传写盈珠玉。贵与夹漈疑前身，止斋同甫追遗躅。太息谁来国士知，相逢漫作经生目。童年志学愧予荒，经济文章承父勖。愁病蹉跎忽半生，兄弟声华非二陆。补牢已悔此时迟，歧路空悲何处逐。幸从汲绠挹余波，顿使面墙开遐瞩。鸿羽方渐鸡黍亲，皋比未暖骊歌促。酒载光溪欲更留，车迎畿甸偏争渎。客邸何人慰寂寥，江南钱起超凡俗。_{武进钱子亮工同行。}丹余铅暇话宾朋，定夸乐事吾乡足。吾乡文献最风流，读书种子犹绳续。耆旧飘零近可怜，少年熏沐知谁复。此别金台历几霜，何时镜水寻

张锡璜

一曲。所欣古貌德公庞，足比修龄济南伏。传经期付百千秋，发架重翻三万轴。行行橐笔早归来，绛帐长傍梅花屋。

宿大音庵

烟霭沉沉竹树寒，环栖波影照凭栏。分来佛火先安榻，贪得僧蔬更借餐。满院松风鼓枕听，五更窗月裹衾看。但怜我辈居停后，尘几依然鼠迹残。

风月襟怀乐有余，狂游到处即吾庐。尨怜遗照空香兽，楼听清音剩木鱼。庵中在涧楼供徐侍御心韦先生遗像，题额"清音"二字。三径菊花承露饮，一天柿叶带虫书。当年诗酒今何在，身世从来赋子虚。

寄怀维扬琴师洪允明

江城花落送春归，青入虚帘草色微。一缕名香调玉案，半窗斜月照金徽。龙吟鹤唳声何壮，余购得百衲断纹琴，腹镌"青角"字，两旁草书云"寒籁一天灵鹤唳，澄潭千古老龙吟"。马秣鱼游听已稀。清夜寒灯人定后，至今犹忆雉朝飞。向时月夜虚窗，允明为余弹《雉朝飞》一曲，更定声清，听之凄绝。

凭将绿绮破愁围，和寡空教白雪飞。旧曲手疏声断续，知音人远梦依稀。相思春树情难遣，借听秋声意转非。时借弹范氏秋声琴。四壁众山何日响，素弦留待少文挥。

早发黄家营

凤驾长驱向北遥，柳堤茅屋总萧条。昏黄尘起风初厉，残白沟余雪未消。病怯春寒惟望旭，梦惊晓语尚疑宵。河干昨日愁难渡，又倩人扶过板桥。

徐东

字曙阳，鄞人。昊从弟。康熙甲午举人。官四川南川知县。著有《佛厓诗存》。

贻大音庵和尚

昔余侍御公,高卧光溪侧。构庵号大音,危楼供登陟。旁植两乔松,扶疏如比翼。雨露藉滋培,风雷勿偃抑。阅历已年深,气宇日奇特。华表鹤不归,瞻仰徒心恻。师来自何方,惠然肯我即。入此逸老堂,克继天童力。晨夕坐松阴,徜徉快所得。松叶足为衣,松花堪作食。愿尔寿齐松,长此好颜色。

裘琏

字殷玉,号蔗村,慈溪人。康熙乙未进士,改庶吉士。著有《横山集》。

《慈溪县志》:琏天才过人,能为诗、古文及乐府词,家故有玉壶楼,藏书数千卷,罔不钩元提要,年未壮,著作等身。康熙二十六年纂修《一统志》,总裁徐乾学以《三楚志》相属,阅十五日而成,整齐慎核。通籍后,乞身归里,徜徉鸳湖、交溪、西泠、樵李间,以山水自娱,著作日益繁富。高士奇称其文滉瀁闳肆,得大家之神。其排偶乐府及古今体诗秀丽浑雄,要归大雅。史论独出心裁,讥弹无枉,尤为尚论所宗云。

黄梨洲先生《序略》:殷玉与其同邑周皋怀、姜念祖俱工诗,其渊派品格各自不同,要皆清新峭刻,铮铮发响,其所著《横山集》,诸体之中诗尤遒上,为先忠端作《神筵曲》,淋漓悲壮,突过天池。

幽居

幽居何所欣,烟树萦窈窕。处喧心自寂,契遘遇斯渺。登楼畅泛览,孤城青嶂绕。出林飞鸟迟,度岭行人小。沉冥失居诸,坐卧耽昏晓。眷怀梅子真,抗言游尘表。

杂兴

行路何悠悠，客心日夜伤。曜灵急光景，前途方未央。层峦互窈窕，林木纷丹黄。小艇载重愁，溪流不能当。仰视失群鸟，啁啾亦彷徨。

士贫身即贱，计拙无贤愚。磋哉瑟徒工，所好乃在竽。凤凰鸣梧桐，燕雀饱枌榆。此怀当告谁，知音千载孤。千载良可俟，君子慎穷途。

抚剑吐哀响，林风为萧骚。嘘气结颓云，白日惨不高，故人多仕宦。胡越迥波涛，所以张仲蔚，老死耽蓬蒿。

梦谢对越赋寄

梦回愁不去，烧烛看君诗。吟到怀人句，依然载酒时。山城黄叶早，海岸白云迟。翘首关山路，含凄未有期。

暮眺

多少伤心处，孤帆夕照斜。别来湘水阔，梦去楚山赊。雨绿寒塘草，风香野岸花。浪游司马意，不是为无家。

送谢天怀先生游雪窦

名山传雪窦，游屐倚春风。客路层岚上，人声飞瀑中。林深花放晚，崖逼树悬空。支遁逢元度，谈经殊未穷。

皖口

料峭愁春冷，登临属晚晴。山深皖子国，江阔吕蒙城。放柳消残雪，招花听啭莺。三朝战伐地，尚有二乔名。

晓经百步岭

萧瑟荒途远，晨驱倦眼醒。幽篁迎水碧，古柏入烟青。客思鸡声度，归书雁阵听。南行应计日，百步此先经。

送周九逸之内乡

洛下才名起，翩翩动谢侯。剖符看召杜，作赋信应刘。风雨山匉暮，兼葭水国秋。客程多汗漫，何日问归舟。

秋山

长自登山发浩歌，层崖一望郁嵯峨。斜阳飞雁三峰杳，落叶寒蝉九曲多。谢朓每怜新雨歇，陶潜时爱暮烟过。幽人此外无欣赏，欲采黄花奈晚何。

信州怀古

孤城纵目意踌躇，丞相军行此驻师。草木犹沾信国泪，河山可似赵家时。斜风岸掠芙蓉乱，细雨波翻燕子迟。几度长安还似弈，孤忠到处有荒祠。

虎丘

放愁着屐上姑苏，海涌峰晴渺太湖。照眼春花低薄暮，惊心歌管忆亡吴。三江烟树浮天地，万岫云蓝入画图。欲问馆娃宫里事，野鸥历乱下平芜。

章江舟中有感

三秋半驻滕王阁，十月全停打缆洲。莫对清波频寄泪，章江不向浙江流。

黄廷相

字枢卜，号沃宸，鄞人。斐子。康熙丁酉举人。官广东镇平知县。

七夕

雨后新凉集，草堂晚气加。数萤飞趁火，孤蝶下栖花。

弦近月轮放，秋来蛩语赊。谁传牛女事，朴俗未陈瓜。

周兆云

字苑游，一字鹤山，鄞人。在鱼孙。康熙丁酉武举人。官江南太仓卫守备。著有《问心斋诗略》。

《鄞县志》：兆云官守备，领漕运者三，尝以军法部署漕卒。粮艘所过，每经浅阁，用十舟相联前后，助为排救不以烦，官司舟行甚迅，且省雇直无算，屡膺卓荐，加都司衔。又能诗，尹继善督两江时，极赏之。后以养亲乞假归，遂不复仕。乾隆丁酉重赴鹰扬宴，犹矍铄如故。

重宴堂闲坐感成

霞彩横空日夕天，重思旧病向灯前。痱风已脱丙申岁，鹰宴重逢丁酉年。随分杯盘新妇供，和身药物仲儿煎。仲儿知医。就眠更进三蕉叶，一醉蘧然梦蝶仙。

卢坚

定海人。康熙戊戌岁贡。

桃花女山

拳石洞天婉，芳名羡渥丹。状奇真欲拜，色秀竟堪餐。牛渚乘槎易，洛神解佩难。莫须怜弱质，也解障狂澜。

普陀田庵

小庵容大士，朝晡不焚香。直待田功毕，重寻选佛场。

周定昌

字仁伯，鄞人。康熙庚子举人。

《鄞县志》：定昌为人严毅，重然诺。少问业于范光阳。光阳守延平，邀至署中，授其孙从律经逾年。将告归，作《十别诗》，其中有《别鼠》一章，光阳读之曰："君岂有所讽乎？"谢无有，再三叩之，曰："斋中多鼠，偶赋此。然先生清操凛然，犹虑见疑于门下士，愿终保此意，勿使见疑于属邑之民。"光阳谢曰："良规也。"所著有《闽游草》，为其友潘人瑞所选。

偶为浮屠次偈语韵二首

蹉跎蹉跎复蹉跎，奈此电光石火何。蝇利蜗名皆为我，醉生梦死且由他。休言末俗回头少，几许英雄失著多。谁似君家具道眼，菩提早证不差讹。

君知税驾将何日，早晚时时已戒装。生老病且休计较，去来今总莫商量。一生消息皆成梦，万物荣枯本不常。马脯牛头亦下乘，振衣直上最高冈。

袁德峻

字眉少，鄞人。康熙庚子举人。著有《樵云轩诗草》《虎林杂咏》。

澄园题壁

客中岁月倍如驰，俯仰山亭物候移。落叶已经风入树，空林又见雪盈枝。仲宣南郡登楼日，枚子梁园作赋时。感慨茫茫千古恨，何人此日正相思。

入飞来峰

沿湖半是梵王家，鹫岭萦纡翠色遮。行九里松山欲尽，问三天竺路还赊。金庭空翠天工巧，玉洞通明仙径斜。洵是名蓝幽绝处，冷泉亭畔踏烟霞。

登韬光 录一

迢递鬼峰竹径通,翠微高处耸仙宫。窗来海色三山外,帘映江流万树中。客坐上方天语落,云横下界俗尘空。漫愁归去全无路,且卧云巅看日红。

西泠桥

残红无倚嫁东风,流水门前春色空。一曲黄金谁得似,可怜人住落花中。

六一泉

犹话当年访惠公,偶贻胜迹寄琳宫。高僧若解为醽醁,便好名泉改醉翁。

冷泉亭

凭栏寂历看云生,峭壁松涛天际倾。笑我坐来何所得,一溪寒碧照人清。

呼猿洞

人去山空事已非,阴崖长自长苔衣。夜深应有苍猿出,只恐君心未息机。

谢绪恒

字子朔,号崧轩,镇海人。得昌子。康熙庚子顺天举人。著有《问渠诗草》。

挽李孝女

孝女小浃江人,年十九。父名经,庠生,早卒。孝女与母俱病,日者言母女命相冲,不能两全,女遂服卤而死,母果瘳。同人赋诗《有母无忧》乐府题,因仿其体挽之。

母无忧，女由由；母多忧，女啾啾。父亡母已痛，母健女何求。半生鞠育苦，滴泪满床头。床头珠泪盈，呻吟伏枕声。常闻母叹息，讵谓女忘情。情酸莫可诉，术士无端遇。母女支干伤，妄言真可怖。祷天身代祈母瘳，视死如归不返顾。惨哉！术士杀人比辛螫，祸福如何凭口舌。悲哉！孝女志行比曹娥，瀉卤捐生两不磨。人寿百年似驹隙，惟有芳名长籍籍。娥江浃港水东流，千秋往返并潮汐。

桂亭夜饮

主人迟客至，月影上前汀。酒熟陶公宅，秋生扬子亭。桂花零露白，石气入衣青。城柝更深里，君还问醉醒。

腊月二十七日宿众兴集

行吟策蹇问天涯，春到人间改岁华。且向前村沽美酒，梅花开处便为家。

邵基

字学址，一字岳屺，号思蓼。康熙辛丑进士，累官吏部侍郎，江苏巡抚。

《鄞县志》：基性素介，由编修历御史给事中，以清操邀主知，累擢至副都御史，出入禁廷，小心谨畏，密有献替，虽妻子不知也。于阁部大臣舍公事相见外，未尝有私谒。擢吏部侍郎，出为江苏巡抚，正身帅，属立规条，绝请谒，晨夕坐厅事，自治文书，见属吏周询民隐。阃署中，食淡衣朴，童仆仅二三人，士民颂之，比之汤斌、张伯行。未几，与河督议开毛城铺，不合，遂与江督劾苏州守，白嵊嵊已下吏，河督复请释而用之，意稍不自得，旋得疾，卒于任。基自成进士至九卿，家无一椽，不蓄滕侍，夫人躬自执爨。疾时，僚属进候，见其布被绽帐，室无长物，如寒诸生。殁后，谕祭使者至，门隘，巷不容肩舆，则步以入，矮屋不足以设广筵，则毕事于檐溜之下，使者太息而去。

过友人山居别业题壁

岑蔚翳高居，溪山纵目余。池荷香澹远，园竹韵萧疏。点染工摩诘，辞华挟子虚。清标出云表，啸傲自相于。

都门赠绎堂和尚用唐人韵

夙仰吾师法戒空，来从南海阐宗风。裘裟新赐九重上，定慧先超六合中。鹫岭慈云团座碧，扶桑晓日射波红。宰官到此皈依切，何必乘槎谒大雄。

范廷谔

字质夫，号讷斋，鄞人。光阳子。康熙壬寅岁贡。官福建泰宁知县。著有《充安堂集》《樾溪杂咏》。

《鄞县志》：廷谔少从其父于讲经之会，顾独好读史，凡兵刑钱货，古今沿革之故，皆悉心讨究。黄宗羲称之曰："此通今之学也。"后遵例授泰宁令，熟于治谱，吏不能欺，民有投牒者立与决，庭无留讼，狱无滞囚。邑有画网巾先生墓，故义士谢韩所葬也，以其地洼湿，改葬之城东，建忠义亭，且立碑焉。治行报最，巡抚陈瑸将首荐之，会以病卒。

栾城大雪

前车已急发，后骑强追随。怒风吹密霰，面目无所施。马毛缩如猬，仆夫僵不支。遥望栾城树，迷没谁能知。进退两失据，驱马任所之。故人念我厚，酌酒满金卮。红炉环绣榻，皓齿奏新词。琅琅丝与竹，娇痴不自持。但闻兰麝馥，那记风雪悲。所以富贵人，顿忘贫贱时。

清源

　　清源之水不盈尺,漕舟估舶相逼厄。拟金挝鼓泊楼船,云是南来征战客。前队貔貅锦作衣,后房歌舞珠为舄。盈盈有女正芳年,施朱太红粉太白。凭阑絮语拨琵琶,宛转悲歌诉畴昔。琼楼玉宇掌中珠,烽烟四起任狼藉。爷娘生死不相闻,兄弟同行遭谴谪。一身流落在行间,纵有容颜难自惜。盘头卸尽旧云鬟,宫靴换却弓鞋窄。承恩朝夕侍杯盘,叱咤鞭笞终不测。帝京日近故乡遥,昨岁如花今如腊。安得魂随逝水东,化作啼鹃归旧陌。须臾痛绝不闻声,劝者伊谁皆叹息。我本江南一布衣,亲老家贫嗟落魄。低头觍面走风尘,遭际与君同一辙。平生豪气薄云霄,萍梗天涯徒手只。明朝帆影又西东,此恨年年镌胸臆。但闻古昔有心人,报仇雪耻多奇策。君不见,馆娃宫里弄春晖,锦帆溪上采莲归。吴门一样秋宵月,只有双双乌夜飞。

寒食登千佛山回至大明湖小饮遇雨 录二

　　春色深如许,羁人迥不知。山川真旧友,<small>壬戌人日,余从长山入都,晚宿历下。</small>花柳是新诗。古冢黄钱少,空门白日迟。客颜容易醉,况在断肠时。

　　感怀无限泪,落落倩谁知。封事钱神论,刑章女谒诗。完租六月早,候调十年迟。况值兵戈后,啾啾鬼哭时。

画网巾先生新墓成志感 录二

　　主仆何为者,相依画网巾。誓存一代制,耻作二心人。生死无名姓,艰贞泣鬼神。至今溪水碧,犹是石粼粼。

　　不顾生前计,宁为死后谋。一抔吾辈事,千载路人愁。桑海枯还菀,风霜春复秋。愿言金石固,薄俗式前修。

懒性

春已堂堂去，还因闰少留。晴光浓似酒，懒性冷于秋。侠客催调马，佳人劝倚楼。又完今日事，新月挂帘钩。

鬼火

谁传鬼火哭清明，岂有兵荒恨未平。置汝百年宁后死，误人千古是长生。黄泉绝少忧时泪，白骨空留盖世名。昨夜将星如斗大，甬江陨落竟无声。

天水即事

雄边重镇数秦州，一剑千诗汗漫游。天水已无宫月照，天水有隗嚣宫。沙场犹有阵云留。乙卯叛帅据守州城，围困甚久。突来猫鬼心偏壮，猫鬼出《汉书·巫蛊传》，似猴亦似狐，能隐形往来，摄人财物，秦陇人多祀之。余月下两见，不为害。纵去人熊气未遒。熊有人狗猪马之别，似人者力最大，围场遇之，纵不敢捕。叹息十年前到此，书生何必不封侯。

陇西道中书所见

几树垂杨压土墙，桃花密处隐山庄。边关堡与城相若，市日人随马共忙。席地奚童皆北调，倚阑少妇忽南妆。骑驴不是黄尘客，匣有吴钩白似霜。

宿长山

寒风倦马宿于陵，懒上危楼第一层。好友无踪悲社燕，雄心欲试笑笼鹰。谁家鼓送祈蚕妇，何处钟声托钵僧。几度经行人渐老，醉挥清泪忽成冰。

浒山泊旅舍和壁间韵

红满春山绿满溪，幽人移住白云西。共怜浮薄皆金马，自笑痴呆似木鸡。毛遂一身能屈楚，田横多士未存齐。个中别有商量处，不耐澜翻百舌啼。

谢叠山先生卖卜处 录一

建溪驿桥头,有宋谢叠山先生卖卜处,遗祠久废,断碣无存。绥安名宿何江村秉铎兹土,特树碑表之,并赋诗纪事,索诸同人属和。时方读《纺授堂集》,即效其体寄之。

尘怀病况少新诗,敬为先生一赋之。卜世卜年长有恨,为臣为子两无疵。死同孤竹殷亡后,事异君平汉在时。呜咽只凭桥下水,子规啼罢雨丝丝。

董正国

字次欧,一字南冈,鄞人。康熙壬寅岁贡。著有《弃余草》《越游草》。

《鄞县志》:正国少从从父剑锷学诗,工古文,谔谔自喜,不可一世。深于诗,自毛、郑以下,一切宋元诸儒之说,皆荟萃贯穿,辨其得失。尤精《六书》,尝补葺张氏《复古编》,且为之注,苦心孤诣,深造自得。晚以明经贡太学,卒年七十二。

咏史

迢迢百尺松,落落无孙枝。霜雪日侵蚀,拟为爨下资。谁知栋梁器,辨之自工师。吕望不遇文,肆中鼓刀儿。一朝后车载,天下不足治。事业在丹书,何用阴符为。

王嫱本美女,汉帝非不知。和亲来远人,讵因一女私。朝为后宫妾,暮乃作阏氏。君恩岂云薄,而乃怨画师。古来俱有死,青冢奚必悲。汉宫承恩者,高坟亦累累。

秋怀 录三

蟋蟀怨秋夜,哀鸣绕床帷。岂不增啾唧,念其寒来依。物各欣有托,况乃此虫微。不知江上鸿,何以御霜威。

九月霜始降，授衣当此时。念我无一钱，何以求寸丝。生不事蚕绩，受寒固其宜。如何躬耕人，终岁仍苦饥。

芙蓉发江渚，枫叶然林中。各自矜秋色，未知防西风。旦暮尽摇落，飘飘随转蓬。不咎根柢薄，乃敢怨天工。

愁来

愁来不敢哭，欢来不敢歌。一身不得容，天地宽若何。山吾厌其高，水吾厌其深。古人既已去，令我怀苦心。

送陈言如

岂不悲风霜，士为贫所使。九月秋欲尽，坚冰从此始。顾君衣裳单，如何达淮涘。一袍不能赠，惭愧彼鲍子。

江行

秋雨过江津，风与水相竞。扁舟入空蒙，布帆得其性。潮回溪倒流，林深云欲凝。牧笛下山来，鼓棹与之应。

方胜碶

寻声出东门，观此流泉意。浩荡讵无能，束之不得肆。纡回出大溪，遂有江海志。深广无泥沙，蛟龙所深恃。

三余草堂杂咏 录二

兼旬苦无雨，庭卉看欲焦。日课小童子，汲水朝暮浇。虽免黄落愁，生意殊未饶。时雨忽倾注，勃然茎叶高。众人徒龊龊，小惠辄翘翘。安知大化力，一夕走四郊。斯物虽小草，而亦荣庭坳。秋来着好花，莫负天工劳。

中庭种芙蕖，绿叶田田长。过时花不开，无由得心赏。花开有几日，色与香俱往。何如此未开，犹作后来想。

斋中杂述

墙阴有石榴,向来蔽恶木。雨露所不濡,生意都涩缩。移就广庭中,陶镕寒与燠。去岁二尺长,今年一丈足。凡物有恒心,大化无私育。得地则向荣,纷敷漾新绿。惟祈秋实佳,庶洗当年辱。

篱间有好菊,赏之已三年。今兹春就尽,分种期竟愆。荷锄亟起土,趁此细雨天。扶茎使其正,筑根令其坚。喜得连阴力,叶叶相新鲜。似亦感后时,于斯乃争先。

芭蕉无枝干,以叶相代高。一叶复一叶,抽心不觉劳。岂因花见贵,惟将绿自豪。溅雨声潇淅,迎风态飘飖。苦无松柏性,不堪称后雕。

纪事

清晨步河浒,偶逢二乞徒。衣裳尽破碎,形容俨丈夫。不叩富贵门,问我求青蚨。自言本姚江,家世有硕儒。左右带林麓,屋后桑麻区。清江环门前,耕种无忧虞。今岁秋七月,大雨古所无。五昼夜不止,原隰尽为湖。屋脊挂荇藻,山冈走天吴。是变良有由,哀哉及无辜。困廪漂已散,稻田浸已枯。瘦妻落谁手,鱼腹葬我孥。欲往无可食,欲贾财不敷。饥寒吾宁受,义不归藿苷。昨流到君邑,旅店严逃逋。不容相居住,托身在泥涂。乞食向豪门,富者多珍珠。恐撄阍人怒,不取立斯须。微幸得遇君,宁肯惠锱铢。闻言太息久,为之立踟蹰。浙东七大郡,被灾非一隅。宜厪当事忧,早为此辈图。不尔生他变,宁独乏征输。邀归至茅舍,呼妻问荒厨。饷之赤粱饭,二簋瓜与壶。自叹无一钱,有酒不能沽。徒枉二子顾,何以致区区。勉之慎自爱,嗟来幸勿哺。

董正国

慷慨歌

相士可以居陋巷之中，无颜子；相马可以舆盐车之下，无骒骊。良马世常有，孙阳不可得。驽骀满市锦障泥，多少骥足羁残勒。

学书不成不如去学耕，淬剑不铦不如折作镰。箝而口，掔而肘，毋妄为，但饮酒。

我有千黄金，欲买一寸心。黄金在我挥已去，寸心在人不可据。酒食之间觅知己，市上乞儿皆鲍子。

田家夜发

明月在天霜在地，月光霜气结成寒。戍楼四声五声鼓，溪路千尺百尺滩。孤舟逐水不肯住，满载鸡声出烟雾。茅屋深林卧者谁，门外已有人来去。

游柯山石屋

久说柯山好，今逢春服成。花含前夜雨，船载一天星。渔舍通松坞，人家隔柳汀。舟行迟亦得，处处有啼莺。

渡曹娥江

饥来驱我越关河，雪晚霜朝此屡过。沙路潮来于昔近，蹄涔雨后觉今多。梁湖坝远村横雾，孝女祠深树若罗。举目江山成异县，那堪经岁转奔波。

夜赴奉川

出城风物已萧条，落日寒山送去桡。才过南塘方二鼓，恰来北渡正平潮。水声渐急知江狭，月色初明觉雾消。一路好山看不彻，时时来往在清宵。

湖上感怀宗正庵先生

不负鉴湖水，先生住此中。斯人不可作，湖水空秋风。

周浚先

字商桓，一字碧亭，鄞人。斯盛子。康熙壬寅岁贡。《鄞县志》：浚先幼侍父学诗，每有奇句。家有遗书，与兄弟洪先、瀚先讲诵怡怡。人或以非礼犯之，必自反。晚年慕大岙山水，课徒其间。暇则策杖游咏，室屡空而处之泰然。

予与族祖宪臣先生忘分久交，自移居后，会面之难如隔山川，顷以秋杪图晤信宿，商量未了公案，不料遽成死别，挽歌三章，悲何能已 录二

忆过东楼二十春，沧桑多故遂潜身。已悲聚首非前日，况复伤心作古人。白发歌残诗挂壁，青萍弹罢匣封尘。可怜几许襟怀在，寂寞枫江无问津。

数行曾接暮春余，健饭欣然慰索居。岂意鱼缄方款款，遽闻蝶梦已蘧蘧。登山空识游方屐，敲钵谁飞逸兴书。未及凭棺今始吊，重泉何处更相于。

胡铭崒

字君山，鄞人。德迈子。康熙癸巳举人。官四川南充知县。

戊辰元夕，芍庭以其世父忠介公生辰为苍水先生祭，即用苍水过忠介琅江殡宫韵

西子湖边水似油，清光遥映峤南头。山川尚识忠贞事，生死长联宗社愁。野老声吞朱鸟句，帝乡神结白云游。魂招芍泚春醪熟，正气堂高羡冶裘。

冰槎大义已成灰，元夕辛盘祀事开。后死曾挥墓下泪，同声应乐故园陪。春风暖送双归鹤，枌社新添一祭台。恫

怅俗尘吾未与，遥瞻紫气自东来。

屠简行

字敬民，鄞人。诸生。

江岸闲行

独行无伴侣，江上豁双眸。轻纲看眠鹭，高枝听唤鸠。风随潮响急，云护野亭幽。觅得长生诀，乘闲且散愁。

屠敏行

字觉民，号梅庵，鄞人。监生。考授州同知。著有《客寄堂诗草》。

夔府

昔闻蚕丛鸟道心欲绝，今历天梯石栈足几折。滟滪瞿塘流波迅，白盐赤甲层峦截。巍巍夔府号岩封，横厉天半关隘重。鸟飞猿度尚愁难，谁人履此不惊恫。行路原危此更危，我心多悲此更悲。觅食依人来远道，何时出险而就夷。远望峨眉隔千里，烟云变幻甚奇诡。欲往探之靡所从，神踪云迹只虚指。因忆阳台云雨浓，又思武侯壁垒雄。山鬼出没鱼龙吼，独破险仄露天工。扪参历井窥碧落，仿佛遐举凌霄鹤。目穷万里获奇观，吁嗟兹行尚不恶。

旅怀

求名良不易，数载客长安。裘敝思纫急，囊空欲贷难。家书长隔绝，精力久凋残。何似归家好，依然处士冠。

张锡璁

字岂罗，一字韫山，鄞人。锡璜弟。监生。著有《圮上居集》。按：《县志》作"字德符"。

《续耆旧传》：太学醇厚和平，不言而躬行。发为诗、古文词，皆温润雅驯。兄弟互相友爱，兄性不耐琐屑，于家政一切不问，租赋货布皆令太学主之。门户既大，婚嫁日多，家中落，处之怡然。万编修九沙尝曰："韫山少年，可谓富而无骄；及其老也，可谓贫而乐。"其居家似姜肱，其待人如陈寔。雅擅觞政，风流蕴藉，竟日不倦，然未尝有失言失笑。盖梨洲再传高弟，能以善人之资，成君子之养者也。

赠别万季野先生北上四十二韵

昔日谈经会，都讲先生主。秋郊送别来，廿年云散聚。今岁暮春归，两度见乡土。讲堂得重开，生徒喜欲舞。首论赋役法，则壤溯神禹。井田不可复，限田亦虚语。惟有租庸调，唐制颇近古。两税一条鞭，救患患仍巨。次论古兵制，田赋寓卒伍。汉唐调发多，府兵法可祖。宋乃专召募，遂受养兵苦。明世军兵分。北都劳御侮，季年成土崩。加饷祸由部，继及选举条。宾兴德行取，用吏防秦政。设科起汉武，中正法久弛，诸科弊难杜。下逮王氏学，至今流毒蛊。前代惟制科，庶几得人普。终及礼与乐，津津听挥麈。郊社与禘祫，群疑融水乳。律吕通历法，妙理入渊府。灯火有余间，绘图纪寰宇。蛟川十日游，官制详缕缕。明史及东林，约略倾端绪。腹笥便便盈，三箧何足数。执卷随人叩，载笔独予许。中有两要言，可作三通补。白金供正赋，贪风成蛇虎。治道不古若，大半由阿堵。科目取人才，登进杂枯窳。假令孔孟生，岂由场屋举。二者利名根，斩断须利斧。奇快论不刊，勃窣气暂吐。倘得此言行，如暮日重午。敢云即至道，齐变乃可鲁。空抱王佐才，谁识名世辅。史馆羁渊云，笔墨日纂组。归家未半载，挂席复江浒。欲别难为怀，秋风射细雨。家园一顷田，亦足给二酺。后起应有人，君子之泽溥。屈指三年期，归来六十五。

望南雷山吊黄梨洲先生用东坡屈原塔韵 时坐雨甘露寺方丈

先生不朽人，身名无销歇。江山同春秋，生死奚悲咽。求仁既得仁，忠孝慰饥渴。雪冤誓捐躯，锄奸眦欲裂。孽党忌才高，清流遭祸烈。铜驼运旋移，土室志独决。全归依先茔，裸葬仿僧塔。斯文在千秋，字字难磨灭。翘首望南雷，仰止心徒切。两世托门墙，悦服久心折。道不随时污，名不因人热。风雨响秋林，凛然想清节。

响岩次寅伯韵

响岩一片石，与语辄能应。作诗嘲山灵，李子真败兴。马牛随人呼，山性本自定，应物不留滞，知者名堪赠。奇论且让君，附和非敢俊。寅伯诗云："吾闻山之德，仁者可相赠，高下巧相随，捷给毋乃俊。"

阮鹤石奉命招抚成功，来自海上同人快集，用东坡喜刘景文至韵

辽阳衔诏大声呼，一片降幡照海隅。万里破浪古所稀，片言折冲今岂无。尉佗忽失大长老，陆贾居然伟丈夫。军门稽颡群往观，幼者提携老者扶。叩君颠末听君谈，壮者屡起挽君须。所喜奏绩在书生，从来儒术知非迂。我欲为君纪其事，惭无巨手如韩苏。胡不长歌以自述，羡君妙笔清且姝。但恐羽书奏清晏，欢声早已彻金吾。封疆王事一埤益，不复流连贺监湖。

南郊纳凉

好风不入郭，旷野自相期。团扇先秋弃，轻衫着体宜，茶香生玉盌。树影动金卮，却畏归舟热，翻愁日晷移。

三月十三夜草堂坐月同阮鹤石限韵

清光看不厌，闲却一灯青。菊莳渊明种，茶烹陆羽经。柳阴开半壁，梅影落空庭。逸兴同消受，天边伴月星。

同南溪宿山楼用白香山天官阁早春韵

独立楼头不厌频，君来又发啸歌声。空山漠漠三分雨，细草羊芊芊一片春。身入画图添景色，心依禅界绝风尘。未成信宿先辞去，前路梅花也笑人。

张锡琨

字有斯，一字过云，鄞人。士培子。诸生。著有《菉猗阁集》。

自题小影

与君不相识，胡为入我堂。忽忽如相遇，不忆在何方。猛省在镜里，自笑真健忘。人人言我影，此言疑荒唐。想是柴桑客，北窗傲羲皇。复疑王摩诘，箕踞华子冈。静偕鹤梦远，旁画一鹤。和靖怀睡乡。风流挥羽扇，卧龙卧南阳。必是此数人，否亦谪仙狂。若言是我影，我岂能相当。醉饮长松下，高歌问彼苍。

史荣

一名阙文，字汉桓，号雪汀，鄞人。诸生。著有《陶陶轩诗集》。

《鄞县志》：荣精小学，喜读注疏，不肯唯阿先儒之说，熟于《十七史》及《文选》。其诗初宗竟陵，后变而为山谷，又变而为玉川，晚年则略似诚斋。性狷狭，与人少可。工擘窠书及篆刻，贵人踵门以求，拒不答，意所惬，虽茶寮酒肆，索笔挥洒，或童子亦为之雕印焉。最任气，一言不合，辄成触忤，日益憔悴，陷于非罪之缧绁者三，以此去其诸生。

所著有《李长吉诗注》，其最自负者《风雅遗音》，以订正毛诗古韵，已行于世；又有《同声集》，所与唱和者，张鲲字象厓、童铉字玉如、汪筴台字彭年、柳维新字味莘、陶淑字礼庭、范徵献字可钦、范炳字文虎、仇启昆字贞肇诸人。参《鲒埼亭集·墓版文》。

己丑正月八日同人饮范丈蛰居湖楼，分韵得半字即席_{秉桓诗中用战为喻，戏效其体}

费髯张孤军，矫若敌可玩。喋喋斗士倍，遇险气已懦。晋主中夏盟，范氏实其冠。长城筑诗垒，雄视两湖岸。今朝斗酒会，共我阵鹅鹳。平生市南丸，颇用解纷乱。髯也特挺出，置我褅既灌。正如夜郎大，乃不知有汉。孔子伐齐师，请以鲁之半。小范比阿买，《蛰居犹子诗》中自比阿买。识字又奚但。令渠偏师来，坚壁惧弗捍。儿辈遂胜敌，赌墅足惊叹。于思弃甲复，皤腹目空眴。诸公壁上观，便恐一笑粲。"坐客半雄师，未战气已倍。险韵忽分拈，身若负重铠"；又"知君富甲兵，坚壁聊挑垒"。《并髯》诗中语也。

鼓琴歌为吴似庵先生六十寿

桐孙三尺弦七条，茫茫元气鲜琢雕。吴君弹琴音不佻，调高韵古非钩挑。阿鬟十八夸长腰，吴绫越罗轻缥绡。冬烘晨起坐寂寥，咿咿唔唔腹则枵。老妪夜半呼老猫，翻盆倒瓮鼠更骄。长剑大戟将勇骁，以木塞口静不嚣。秦王喝石叠海桥，海波兀立舞瘦蛟。长年辛苦百丈遥，上滩下滩筋力饶。潇湘市中熊宜僚，累丸三四空中跳。山阴雪夜载轻舠，自来自往无招邀。其时修竹相戛敲，淙琤佩玉飞泉飘。飒然风雨窗潇潇，侧听点滴归芭蕉。我闻陶然情虑消，请君再弹更越超。我乃伏案细摹描,君今耳顺颜如髫。弹此能令精不摇,置身羲皇寿松乔。冈陵松柏诚可要,鹤南飞曲歌且谣。我更从君吹洞箫。

河口北大石滩

好山崒屼出地立,十里五里目不给。滩险与之相应生,险处看山山益明。庞罗村边大石滩,虎牙缝里喷潺湲。俗名老虎滩。同行各各持竹竿,老人无力且看山。

梦醒同秉桓作

一半梦中语,竟为妻子闻。鸡啼霜馆月,雁影水天云。作客能无泪,怀人空有文。梅花竹窗外,香气已氤氲。

次韵和友人秋暮感怀 录二

偶为饥驱赋远游,淡烟春柳认扬州。莫春同张芝三游广陵,半月方归,今拟更往。骑驴曾拜风流守,谓平山堂欧阳公祠。踏雪重寻古寺楼,芝三依其叔祖寄居石塔寺东偏后楼。此夜梦魂犹故国,几家碪杵入新愁。他时税足知何处,只恐行缠未了休。

淬刃清溪念已坚,砚耕峜畲石为田。方秋瓶罄鸡争粒,伺夜厨荒犬吠烟。白苎捣残深巷月,红霜飞入小春天。朝来揽镜聊相慰,负尔妍媸廿一年。

冬至日束装留别同志 录一

绝裾犹忆方春暮,此去天涯孰倚门。絮语加餐妻抱女,刻期返棹祖呼孙。芒鞋道远冲冰雪,布被宵寒想弟昆。行李似兹差少累,不堪泪尽别时樽。

次韵答秉桓招入诗社

缩项如鸦自笑嗔,阳和犹隔两三旬。忝从锦里先生后,

史荣

许作黄山私淑人。宗正庵先生本歙人，秉桓所从受诗者也。脚底霜花江路梦，瓮头竹叶鉴湖春。自惭与俗周旋久，相对依然见尔真。

病中寄家书有作

故人雁影秋空去，远客虫音病到初。东野诗"遗客昼呻吟，徒为虫鸟音"。薪米家常心上事，平安鼓侧枕边书。老翁瘦骨宜加絮，少弟荒园会把锄。雪菜甘香知种否，冬归准拟饱餐菹。雪里蕻吾乡土产，作菹最甘美，每岁秋半种之。

雪中许卜周招同海宁周柯云、濮院郑亦亭、徽州张耆功、胡坦中，并畴先城百绣铁双南庭前看梅，因与柯云、耆功、坦中，订吴山读书之约

得共梅花笑几场，归帆喜及雪中舫。来从千里含春语，李长吉《嘲雪诗》"喜从千里来，乱笑含春语"。坐对一庭吟冷香。莫谓交情非淡薄，要知故态自悠扬。吴山不是神仙窟，早晚江湖且放狂。

归家有感

百年过去三分一，千里归来二月初。白发与谁相倚命，时祖母年八十四。娇儿无母更愁渠。梁倾小阁春生草，衣剩空箱夜走鱼。满眼伤心惆怅处，岂缘囊涩始愁余。所居合梁折，屋瓦堕，合板上遂生草，亡室遗衣，服本无几，今存者更鲜。

除名叹

癸卯秋，邑令被劾凡六事，其四事中牵涉国子生生员者共二十人。次年赴闽讯，独予所坐事，暂去衣巾，固已奇矣。事毕后，予屡请复，而皆以无钱用见阻。至己酉秋，督学王公谓予久不岁试，遂除名，不更奇甚乎？作诗伤之，非自伤也。

早寄微名学舍中，一朝除去俗缘空。三千条里知无咎，十九年来竟有终。余为诸生十九年。笼鸟未忘翔旷野，落花何事舞回风。仰头笑向浮云看，已是人间老秃翁。

见黄仙裳三月十九日诗因用其韵

生距甲申三十载，余生年乙卯。每逢遗老话当年。双柑刚向黄衣剖，哭杀诗翁拜杜鹃。

钩辀格磔是何声，客里春归我亦惊。诗酒可怜陶处士，衣冠原属鲁诸生。

费金珪

字丹壑，一字秉桓，号峨堂，鄞人。诸生。著有《峨堂集》。
《续耆旧传》：先生少学诗于宗正庵、舒后村、周证山，其才甚高，所唱和者曰胡裹哉、范缄翁、史雪汀、刘影岩，皆不肯为世俗之音。吾乡诗自康熙中叶以后，一变为婉秀，再变为率易，其力能扶风气之衰者，先生其一人也。

八月十一日野行遇大雨

落日野田行，十里无村舍。月毕未知占，雨势来何乍。秋暑尚单衣，蒙头不掩骻。如堕深阱中，乱流相激射。又若收□庞，万弩一齐下。走避向树阴，滴沥弥倾泻。彳亍复前行，鬼语荒村夜。弥望水溅溅，渤澥桑田化。村犬亦欺人，猞猞似相骂。渐闻人语声，灯影出篱罅。未遑履袜干，聊用蓑笠借。野老争问名，主人亦来迓。苦趣何淋漓，慰劳复惊诧。生平不善饮，此夕胜杯斝。如彼伏辜人，垂死荷恩赦。归语妻孥知，余生皆天假。

有束草为笔者锋甚锐，喜而赋之

是砚皆可磨，何辨玉与石。是墨皆可研，但取黝而黑。

未闻彼毛锥,可以束草为。有颖不必中山储,有干不必管城须。不见斩木为兵者,钩棘长铩或让渠。草茅幸得供洒扫,任用中书何便老。昌黎传中不暇详,别传朝来为尔草。

七月望日枕上作

敲枕乍寒被有棱,秋声挟雨客倦听。薄縻竟无通夜力,宿酒不耐残梦醒。柝音敲落槐杪月,虫语叫残草径星。愁人苦吟睡未足,城头角哀天尚暝。

次韵赠余杭鲍露岑

遥拟幽人宅,松杉接野丘。乱蛩喧仄径,独雁唳高秋。长笛斜阳度,轻蓑一叶浮。何当同抱膝,风雨话山楼。

归途有作

十里行泥淖,身凭一杖扶。晓山云恋岫,浦树鸟怜雏。绿穗千村麦,黄花匝地蔬。土膏经雨后,春事到犁锄。

灌雪菜

畦蔬斯最美,培植日宜加。寒逼重阳雨,秋依一坞花。学原兼稼圃,人岂肖匏瓜。有客闲相就,炉烟正沸茶。

己丑元日

迟眠直过五更钟,朝日横窗起尚慵。此日已拚一醉罢,昨来奚啻百愁攻。齿摇发白衰何遽,霜薄冰轻春再逢。诗社故人期不速,俭庖鸡黍却能供。

张竹筠约看盆菊,诘朝同汉老过访不值,诗以嘲之

漫劳步屧向名园,辜负新培菊几盆。至则已行人荷筱,

来从何处仆迎门。子猷看竹原无主,杜老寻花不惮烦。应笑陶潜虚嗜酒,白衣不至只空樽。

舟行即事

三面云遮一面开,渡头风急雨乘雷。远山斜日分明见,不放晴光入艇来。

胡奇佐

字裹哉,一字缑山,鄞人。著有《缑山且笔》。

《续耆旧传》:先生受诗法于宗丈正庵,为人敦古道,励志于圣贤之学,周规折矩,人皆呼为长者,年仅三十而卒。临殁,出友人所寄金致之其子,其于生死之际不苟如此。

春望

一水萦新绿,千山吐翠微。风吹花杂放,云逐鸟闲飞。触眼怀宗悫,临文想陆机。新来双燕子,细认我檐归。

出郭

水远孤城迥,山延夕照低。酒帘村市北,渔艇竹桥西。岁稔余禾黍,时平罢鼓鼙。行行人不见,篱侧野鸡啼。

春郊即事次丹壑韵

闲凭芒屩当行舟,才出郊南诗思悠。柳罩晴沙藏野鸭,草凄荒冢失眠牛。蓝浮面面泉方涨,绿遍村村麦有秋。为忆春山游更好,拟收茶灶别探幽。

范梧

字素园,号寄翁,鄞人。溶子。

《续耆旧传》:寄翁少与其弟核学诗于宗正庵之门,宗氏诗多山林草泽之音，寄翁亦其中一高弟也，惜遗稿以无后散佚。

山中杂诗 录二

晨起万虑息，偶循山椒行。群雀见我来，各各飞以惊。胡为遗其一，啁啁向我鸣。似亦怀隐忧，尔雀何不平。我方遭弃置，毋敢怨友生。高天宽以舒，胡勿振尔翎。孤子宜缄默，云中有饥鹰。愿尔慎毛羽，勉旃保艰贞。

日暮樵子归，幽兰采盈握。置余笔砚旁，香气何馥馥。所伤盆盎浅，本根受束缚。虽然灌溉勤，终非在山麓。嗟哉一缕香，遂令纷樵牧。兰亦胡为者，不得安岩谷。展转为兰思，曷弗效修竹。枝叶淡以清，伊谁来侧目。

蝶

南浦生芳草，春风暖蝶衣。羽轻怜粉瘦，香重恋花肥。入竹形高下，栖梅影是非。庄生残梦里，栩栩向谁飞。

蛙

池塘浮夜月，阁阁草根鸣。觅食殃鱼婢，争栖乱蟹兵。无知宜坐井，有色漫衣萍。琐屑何多讼，公私总不平。

秋日散怀

一望遥天散晚霞，草堂阒寂犬无哗。晴含雨气芙蕖叶，夜饱秋声芦荻花。村舍谷升争水碓，野田豆熟立风车。开笼颇喜肥雏鸭，检点糟床酒不赊。

剡中夜归

孤舟初喜下层滩，纵目还贪两岸宽。短楫激沙芦雁起，敝蓑透雨草人寒。长桥市散村灯乱,小浦潮归渔火残。我若夙娴绘画理,闲时相忆展图看。

范核

字次肴,号缄翁,鄞人。梧弟。诸生。著有《慎余堂集》。
《续耆旧传》:缄翁家世寒素,垂老始补诸生,布衣破帽,搓手而吟,情状痴绝。长于截句,尤擅胜在五言,短章促节,得古人小乐府之遗。

海骝马歌

剡原三月春风里,照眼莺花繁十里。此时那得连钱骢,剡上少年狂欲死。诘朝有马舜江来,老夫局外添欢喜。此马奇艳已空群,海上石榴初着蕊。浑身血染碧天霞,双耳黄添杰阁紫。聚观多人各睢盱,绝徼定然空壁垒。鬻马者谁太丘陈,好事不惜兼金使。□来水草养能匀,骨干精神非昨比。何须逐电与追风,偶然蹩躠红尘起。被以锦鞍珊瑚鞭,我徒强我一跨此。长汀南渡野漫漫,马上春游犹尺咫。老夫忆昔猎高秋,坠马历城汗若沝。三十年来鬓已皤,天阴厥痛尚留髀。吁嗟!海骝之马洵良马,扶杖行吟亦潇洒。

义田行

鲁村店中王氏屋,鸺鹠夜过不敢宿。下有节妇方少年,天夺良人生未卜。连年水旱报频仍,节妇机声梭愈蹙。殷勤初卖嫁时钗,老姑供饭儿哺粥。殷勤再卖嫁时衣,自咽糠秕儿夜哭。六七年来无一年,一年虆有升余谷。碧海青天恨茫茫,上泣孤鸾下别鹄。此妇闻说自农家,谁言女宗必世族。世间不乏扶义人,为谋恒产矜茕独。大书立石来民牧,我昨履亩几踌躇。女贞花护黍与与。

拟读曲歌二首

自与欢相知，欢心不可据。拾瓦打燕儿，春来秋里去。

夜夜待欢归，懊欢游冶子。梅雨种合欢，薄晴心已死。

短歌

长夜何漫漫，寸心自悄悄。欲令长相思，美人须早夭。

十索诗三首

明月上罘罳，冶容薄姑射。对镜理残妆，蛾眉喜自画。春葱污黛螺，从郎索罗帕。

娇慵怯倚阑，半掩芙蓉面。蛱蝶何双双，飞绕湘裙茜。为曳金步摇，从郎索团扇。

郎近令侬喜，郎远令侬思。比翼羞鹡鸰，何用长相随。天上有牛女，从朗索别离。

槎湖杂咏二首

金粉精神薄，居尝哂六朝。浣花翁易老，彭泽叟谁招。脯酒意何适，诗文祀不祧。浮生皆有尽，遮莫后寥寥。

载酒竟何事，相羊为听鹂。风流敢自炫，薄俗许谁跻。屈指清明近，关心耕稼齐。诸山询白鹤，只在板桥西。

食溪鱼

把钓施罛集水涯，溪鱼每日赡山家。小鲜可口防多刺，老子无心碍病牙。巷陌牛浡难活鲤，江湖鬼蜮任含沙。何年鼓腹南城畔，倚遍桐阴数暮鸦。

南望

立尽江皋□渺茫,过江五里是吾乡。人稀古道抛官渡,柳弄春晴压女墙。四野风柔蝴蝶喜,半汀水暖鹭鸶忙。摩挲老眼斜看去,斥卤南冈界小塘。

秋日漫兴示门下邵思蓼翰林 录一

只为江皋几树枫,晨兴曳杖怯西风。投竿沮洳簉侯喜,握笔斯文笑马融。香定桂花闻社鼓,色枯荷叶篆秋虫。日湖耆旧人谁在,应呼缄翁作放翁。

胡廷凤

字枢巢,鄞人。贡生。官行人司行人。

赋得晏眠客舍衣香满次萼山先生韵

别馆华灯照夜残,炉熏短袖酒痕干。频烧柏子烟常袅,未梦梅花火尚丹,茗碗自能消客闷,墨池时喜破冰寒。惹将竟体芳兰气,漫拥青绫一枕安。

董元密

字诚夫,号少伯,鄞人。雾子。监生。

晚归次二兄韵

信步城南望野畴,竹篱轻护小门幽。栅鱼深处双桥锁,放鸭船来一叶浮。春水都归江口堰,夕阳偏照寺中楼。晴光烂漫知多少,明日旗亭觅杖头。

王之达

字实函,鄞人。诸生。

七夕感怀

一别秦楼梦杳然,寒云空锁别离天。拟将织女机头缕,结尽人间未了缘。

李国孚

字信之,鄞人。

和友人偕隐西湖

卜筑依山水,烟霞在梦中。月沉歌管细,云散舞衣空。岭树随时碧,汀花别样红。行吟春意好,芳草媚东风。

李昌漳

字慕陶,鄞人。涵子。官嘉松下沙场盐大使。有集二卷。

春分前一日,万小跛、钱春圃、吴架雪招游西湖限韵

晓起倚山楼,间关听鸟语。俯仰风日佳,寻芳叹无侣。长者折柬来,胜游命同与。联袂出西湖,旷怀破孤旅。一叶漾晴波,矫若轻鸿举。前度叹刘郎,当年想张绪。春分乃诘朝,春色竟如许。夕阳旋促归,分楫向烟渚。

傲居山阁

人多畏其高,车马不能上。我独喜其高,城市隔霄壤。我既无客寻,客亦无我访。终日坐山头,踪迹绝来往。好鸟时一鸣,松风时竞响。悠悠会我心,皎皎出尘想。

小园遣兴

春光潋滟泛湖水,春花绰约开湖堤。李生经岁旅客走,岁暮聊返家园栖。家园正在湖西处,小桥流水通来去。来

去年年去复归，客囊日瘦诗囊肥。诗多凭吊感慨事，山川名胜足半至。襆被聊携行李轻，衣巾长□烟霞气，归除三径开蓬门。琴书在堂酒在尊，子弟朝夕询寒温。风来满院香馥郁，梅亭兰圃赟笃谷。

早发

晨光催棹发，茅屋已鸣鸡。出险离申浦，寻幽入雪溪。寒深欺絮薄，雪厚压篷低。指点楼台见，苍茫烟雨迷。时望烟雨楼。

题山阁壁用东坡题慈宁寺韵

一树松花满院香，薄衣初试晚风凉。闭门山色当窗入，沸地潮声隔岸长。罢吏得闲殊乐事，医贫惟俭是良方。道人指点名泉处，坐向岩头细细尝。

自题载菊图
时园菊盛开，适余有武林之役，因迁列盆盎载之偕行，乃绘图以志之

黄花载满一扁舟，伴我萍踪汗漫游。试问当年彭泽宰，可曾消受此风流。

郑景会

字慕韩，一字聚瞻，号海门，慈溪人。梁从子。诸生。著有《剑鸣》《醉愁》诸集。

《慈溪县志》：景会侨居钱唐，占籍，成诸生。能诗，为秀水朱彝尊所赏。古文精邃奥衍，多据经证律、足端风俗之作。

费能千看花苏溪以诗见怀，作此奉答

去年访君东湖口，扁舟曾系南塘柳。登高握手慰离索，

归来月影当窗牖。今年忆君西陵道,澹宕东风摇碧草。纷纷桃李开满溪,烂醉应教玉山倒。揭来著书富五车,锦囊佳句半天涯。有愿未从赤松子,暂时聊种青门瓜。眼前富贵谁能待,美人迟暮空文彩。龙渊不试笑张华,骏骨难收悲郭隗。近闻游屐过平泉,寄我新吟十样笺。夕阳东望苍波远,何日重来到海边。

春日重过海昌访费青埃留赠

桃花烂漫红满湖,斜阳黯淡啼鹧鸪。湖头美酒十千兑,几回沉醉黄公垆。海隅老翁健如虎,整日吟诗坐花坞。眼看尘世总蚍蜉,落落襟期自千古。手编经史课儿曹,竹径萧萧月渐高。此来重访唐桥路,飞花万点散林皋。

悼叔漪园

荻港秋风泣,黄山夜月悲。一生多慷慨,千里独驱驰。志大何能遂,官卑未肯为。倏然乘鹤去,凄绝桂花时。

客署遣兴

绿绮琴犹在,临邛久不弹。雨疏梨子落,风过枣花寒。醉后功名薄,愁中去住难。迎人堤上月,相对思漫漫。

闻毛检讨归里门有寄

戋戋束帛返丘园,啸傲空亭鹤与猿。潮落海门沙岸阔,风回鹭岭野花繁。研经整日垂书幌,问字何人载酒樽。相隔每怜衣带水,离情脉脉黯消魂。

咏白腐乳和陈子宏

汉代相传术更奇,全身入瓮醉如泥。香同雀舌神俱爽,味压鸡头病颇宜。浓挹酒浆酥透骨,细匀椒末冷凝脂。儒家本色由来腐,佐食何须曲糵施。

韬光僧舍望远

层岩夕锁万株烟,遥望天低秋月圆。湖外凤城江外岭,一齐收拾到窗前。

冯训方

慈溪人。

题参山图

自入荆南路,名山说太和。长怀人踯躅,却恨岁蹉跎。金殿徒悬梦,丹炉早挂萝。辋川重拂阅,尘坌竟如何。

范之恒

初名廷彧,字稼轩,鄞人。光阳子。诸生。有集一卷。

送别郑宣城

毗陵去甬川,远道逾千里。春江夜雨涨,良友忽至此。相逢灌阳村,觌面欣若咍。积思两相慰,顿忘此与彼。君言今学者,晓雾行棘枳。诗文止雕琢,帖括相摩揣。诪张狂獝徒,妄肆讥与毁。后生无根据,一哄随肆市。狂澜孰为砥,端在吾党士。所以千里来,跋涉求知己。予尚闻斯言,觍然颡有泚。峨峨四明山,奇秀空屹峙。余光赖前贤,声称藉人耳。岂知后来秀,寥寥仅屈指。君乃抱珠玑,不弃我蒟菲。相携入社中,为君效鞭棰。方期长相聚,尘襟为一洗。奈何未旬日,归兴陡然起。欲别增欷歔,赠言直盈纸。吁嗟天下人,议论互诋訾。王李工声调,学之欲呕死。李杜虽大家,摹拟亦可耻。诗文本无体,要各求其是。巉刻发天真,佐之以经史。持此压百怪,雄兵临孤垒。茫茫宇宙中,孰能悟其理。相期各努力,从兹穷涯涘。

闲步戏咏兰溪风物

休言兰邑是弹丸,风物真堪取次看。百尺楼多临水岸,千家花尽满阑干。家养珠兰、茉莉。溪鱼脍作莼丝细,市醖香浮杏色丹。晚上层冈闲眺望,乱樯争路泊江滩。

向与郑义门有山居读书之约,迁延未果。是夕,忽梦至山舍,联床夜话,未几梦觉,怅然久之,得截句三首

平生有约结茅庐,灯火山窗夜读书。不谓斯言终画饼,空寻前约梦魂余。

分明携手入山村,花绕窗前水绕门。梦里犹然疑果否,青灯一榻欲消魂。

无端寒犬吠窗前,惊断痴魂泪泫然。不信山庄长夜话,梦中消受亦无缘。

杨绍光

字于宾,一字皎川,鄞人。诸生。著有《皎川诗草》。

章溪道中

一路增闻见,同于历九垓。层烟从树起,远磬隔溪来。山缺云为补,涛惊石欲开。最怜人过处,群雀啄孤梅。

游周公泽

不历羊肠路,何知境不齐。攀援凭古木,憩息在幽溪。地僻人烟少,山高云影低。夜来多怪鸟,岂特子规啼。

陈诺

字若言,鄞人。诸生。

立夏前一日作

九十春光一日留,留春无计送春愁。青余梅实赓骊唱,白尽杨花扑马头。好趁东风翻案帙,便随新月荡帘钩。明年应候君来早,先渡江南慰旧游。

三山郡署中别王郡守师

占尽榕城九十春,短衣孤剑自精神。装轻喜诵南台颂,室迩仍依北海樽。狮子楼头标峻绩,凤凰城里沛汪纶。一帆好畅乘风志,转陟仙霞候玉真。

纪宏纯

初名年,字建书,号静溪,鄞人。诸生。

宿下院

招僧渡溪去,云山盟初缔。暮色余孤光,乃在流水际。正值野人来,花落迷空砌。有兴且吟诗,寺门还未闭。

阿育王寺

春事宜吾辈,深深古寺林。薄云□牧笛,细雨净禅心。兰蕙堪为佩,藤萝亦自阴。山头有舍利,莫漫费研寻。

王孙旦

字善孳,一字菊溪,鄞人。诸生。著有《菊溪集》。

先训

先子昧爽而起时,揭箴句诫诸子曰:"宴鸠弗耽,口戎是戒病,渴求梨不得,因述以志痛。"

求衣昧爽有常期,侧耳惊闻謦欬时。宴鸠弗耽红粉剑,口戎用戒白圭诗。病同司马文园渴,望断张公大谷梨,会见松楸堪作柱,何人片石一题诗。

咏杖

过头七尺称身长,得尔如同健仆将。彳亍凭行苔径雨,逡巡扶过板桥霜。行行常伴琴樽暇,去去多因山水忙。踏雪晓陪东阁影,然藜夜发老人光。尊居乡国先生望,缓当舟车侍者行。书法枯藤垂翰苑,诗敲明月响僧廊。手中不放轻身药,肘后时悬却老方。我倦欲眠湖石榻,汝闲好寄竹匡床。

张学濂

字月怀,号绳庐,镇海人。圣选子。贡生。著有《绳庐漫草》。

赋呈郡守莱嵩李侯

邺侯丰格自翩翩,治似神明韵似仙。事必积诚尊所自,力惟返古务其先。布成雨露风雷教,洗出桑麻鸡犬天。最爱明山高顶月,清光长照五湖前。

张学伊

字莘求,号觉斋,镇海人。圣选子。著有《觉斋山中藏稿》。

《镇海县志》:学伊由监生授州同知。性孝友。父尝患痈,以口吮之。事继母,先意承旨,能得其欢心。祖鸣喈遗稿散佚,学伊悉心搜访,哀而录之。课子甚严,多购书籍以资攻错。他如恤贫、赈饥、施药、舍棺、建陈山义冢塔、造梓山惜字炉,并称善举。乾隆元年,征举孝廉方正。三年,郡县延为乡宾,不赴。卒年六十五。

《蛟川诗系》：先生所居曰静廉斋，尝自题"明月故窥同习静，好风贪爱不伤廉"之句寄长君介石大令于京邸，一时名公卿如任宗伯兰枝、程京尹盛修、邓阁学钟岳、赵方伯城、陈少宰邦彦、钟抚部音、周宫詹长发、陈观察大复、陈相国元龙、相国世倌、齐侍郎召南、张司寇照、钱侍郎维城、万编修经诸公，皆有和作，介石汇录之，为《静廉斋集》。

建儿三十初度口占勖之 时以拔贡在国子监肄业

作客一年余，迢递三千里。以予爱汝心，门闾岂不倚。远大重相期，家声希振起。遂令膝下人，去作远游子。予年虽就衰，加餐幸自喜。晨昏酒数卮，刻自善调理。百事无一望，望汝拾青紫。书来向予言，五斗轻敝屣。立志果能然，空群容可俟。辟雍况才薮，宋公示芳轨。汝幸列门墙，尤当戒卑靡。莫言年尚少，光阴如驹驶。三十不成名，白头将至矣。临风慎勉旃，娱予胜甘旨。

邑侯张孟芳奉其尊人霁岩先生招饮候涛山，限韵，时同登者鄞县李东门先生、慈溪郑进士雪崖

招宝多奇观，一切皆俯视。诸公停驺从，颇惬主人意。相约步云梯，旷然开胸次。华筵肴核陈，既饱复既醉。分韵畅游情，幸不我遐弃。波涛撼孤岑，身似云间寄，临风发浩歌。倚石当酣睡，嘉宴知有缘。得之良匪易，但愿常追陪，极目览苍翠。

同万九沙太史登城东山

不负登临兴，凭高万象同。海嘘岚霭润，江放晓光融。剧饮词源壮，豪吟剑气雄。陈诗推太史，只此足观风。

张学益

字赞禹，号梓山，镇海人。圣选子。诸生。

寄石痴侄三十初度

三月春风好,黄鹂出上林。一杯怀小阮,千里寄长吟。亲健游踪慰,才高物望钦。莫须论纸价,东箭与南金。

半百年方值,迢遥惠好诗。我怜迟暮节,君是发硎时。买骏留遗趾,栖身借好枝。曲江诸接武,前事后人师。

张学贯

字博源,号钝斋,镇海人。圣选从子。诸生。
《镇海县志》:学贯少失怙,竭力养母。母殁,日夜号哭,三年不入内室。与兄弟析产,不言厚薄。族有匮乏者,力任赒恤。贫未能葬者,给之茔地。人皆义之。

泛东钱湖和觉斋兄韵

寻胜东湖一叶浮,波光潋滟到轻舟。参差云影绕溪出,澹荡风光拂翠流。古寺僧寮多寂静,山深鸟语独清幽。回看四际皆平远,不负今朝快意游。

陈纶

字言如,一字鹿山,鄞人。诸生。著有《诊痴符集》。
《续耆旧传》:文学家居万金湖,而学诗于宗正庵之门,嘐嘐狂者,其论诗得意处,虽长者之前不肯少屈。《龙津唱和》之集,正庵令文学独论定之。雅通经术,有志于儒先之学统,顾不得志于时,肮脏以老。

书所见

春深草色肥,老农勤咨讨。节候山鸟催,渍种不嫌早。鸡唱促炊饭,出门日已昊。驱犊嘱儿孙,早暮调饥饱。小姑惊蚕饿,隔院呼邱嫂。不畏露沾衣,那顾眉未扫。农桑各有为，温饱皆天道。秋冬图闭门，劳苦寡懊恼。愿言随农叟，岁月耕耘老。

月没天未曙，好鸟鸣檐端。披衣步庭除，北斗犹阑干。农家纷出户，鸡豚散荒滩。黄犊缓噍齝，叱疾不少宽。惜阴如珠玉，一饭愁盘桓。岂诚乐苦辛，衣食理所难。苟得诚堪羞，念之摧肺肝。

林鸟归夕阳，游鱼弄清波。扫石憩桥侧，农夫负笠过。洗足桥下水，耰锄细濯磨。幼儿喜父归，笑问苦则那。长儿归塾中，古诗颠倒歌。携手或攀肩，一一为抚摩。自云日渐永，耕田十亩多。入门怀老妻，新醅饮微酡。驱鸡入树栅，倦卧不知他。

秋郊

最爱秋郊好，清潭接翠微。夕阳犹挂壁，露气已侵衣。低树蛩争集，平田芋正肥。云端一雁叫，霜信到柴扉。

南望 录一

作客三千里，忧家十二时。岁丰常不饱，井渴更何炊。问世终身拙，看天彻夜疑。非因鲈脍美，南望起相思。

雨

早禾才着土，好雨不嫌饶。入夜蛙声阔，循畦草色骄。山云低拥树，溪水密通潮。岁有占田父，他乡慰寂寥。

和汉竹游悬瓠观韵

壶公去后想遗踪，千载何人负药从。世事正须符缚鬼，乡心愿借竹为笼。荒山日暮妖狐窟，古瓦秋深蔓草封。但使有方能辟谷，衰颜日对醉芙蓉。

柬我簪访后村

衔戚重来一鲜民,剡川犹喜旧交存。同君一路看山去,寻到梅花即后村。

陈昌泗

字鲁水,号孔塘,鄞人。诸生。著有《旅游》《慰老》《孔塘》诸集。

《鲒埼亭集·圹志略》:先生与裕斋先生读书城西桃源书院,造诣敦笃,言行不苟。顾穷甚,束脩所入,不足以供衣食,乃以《京房易传》卖卜,巧发神中。其持论如严君平,必依于孝弟忠信,不徒以祸福休咎动人。暇则垂帘焚香,赋诗自遣,忘其穷也。古文学、朱子诗亦似之。

厄台

自蔡适宛丘,路经厄台下。舍鞍一徘徊,凄凉真旷野。道大宜莫容,绝粮胡为者。十哲共弦歌,斯道正潇洒。地留陈蔡名,迹因圣贤假。人情恶因穷,天意非苟且。我来亦萧条,落落知遇寡。不敢哭途穷,愀然独上马。

重游青玉峡掬水洗目口占纪之

我观青玉峡旁石,大镌洗耳濯缨字。清流濯缨固所宜,今人洗耳缘何事。予今掬水洗双瞳,放眼天际窥长空。仰观云汉俯观海,纤毫尘物无相蒙。呜呼老矣白发盈,纵饶闻见悲晚成。人生阅历贵有得,岘山勒石徒虚名。

老马行

暇日偶步城南隅,适闻马鸣似长吁。回首一望皮肉焦,络不在首鞍亦无。独行不与群马伍,间逐豚犬与为徒。无端触目心蕴结，近观状与凡马别。蹄高肘促骨骼奇，虽老犹堪踏冰雪，陡然尾鬣一摇捎。飒飒风生威猛烈，令我动魄相惊顾。谛审方知是汗血，可惜齿长毛色减。方眸尚有紫电掣，况复饥渴也怜人。道旁浊水不妄啜，我闻名马推骐骥。天房下降非无因，汉武当年苦骏骃。力索大宛终非真，天生异材不择地。飞黄岂限渥洼滨，只苦神物不易识。古今多少埋风尘，是马早充内厩选。光生銮辂动紫宸，胡为盛年都错莫。临老含悲难诉人，我今为尔发浩歌。南山紫芝青涧波，饥堪采食渴可饮。造物培养亦良多，（疑缺"麒"字）麟游圃凤鸣阿。孙阳不遇可奈何，今遇孙阳奈老何。

中秋前一夜怀朱静轩时往西安未至

有酒共谁醉，清尊一任空。秦关知是险，明月得无同。露洗三峰顶，秋寒万寿宫。归时枫正老，痛饮看霞红。

秋杪张松客招饮正东山真觉寺

高陟东山顶，能令老眼开。溪流随路转，秋色傍云来。万户依林麓，双城抱水隈。凭栏贪览胜，冷却主人杯。

蝉

新稻蝉鸣熟，家家共听蝉。万夫齐用力，一物敢贪天。形渺声何壮，乘高气易宣。移时寒节至，抱叶更谁怜。

泊张家渡 文山先生故里，时壬辰暮春，往南安经此

当年宋室文丞相，正气忠魂尚未赊。天意不思存赵氏，里居何事属张家。滩前呜咽悲流水，树里凄惶泣暮鸦。到此停桡增怅望，空余两岸落桃花。

陈士良

字宗献，一字裕斋，鄞人。诸生。

《鲒埼亭集·墓版文略》：先生读书欲取圣贤之言，一一见之施行，少时侍其亲皆按礼经为程度，而出以至诚。居丧，颜色之戚，哭泣之哀，无不中。礼服既除，孺慕弗替，人称之为真孝子。为文踔厉风发，有至理精气行乎其间。厄穷潦倒，年三十七卒。

咏史

范子乘舟去，越国方兴隆。爱此君臣义，不忍使无终。渺焉扁舟远，忧患江湖空，不作越相国。岂为陶朱公，纷纷拟著述。奈何污高风，古来豪杰士。辅主成大功，富贵不能断。遂至罹于凶，子房报韩毕。此志不相蒙，乐生见机远。燕昭义无穷，思昔作契时。臣主而一躬，人事不可测。鬼神间其中，郑公碑且仆。陆相投于东。焉得鱼水契，至死常相逢。

候鲁水不至

阳春忽已晚，社燕仍归来。新草满前岸，闲阶长绿苔。故人不相见，对月空徘徊。

汝阳寄次欧

分袂真无计，旅怀好自知。甬江人不寐，汝水客相思。烟雨迷千里，风光越两时。素心常似昔，把酒对南枝。

柴梓庭

字上林，一字渔山，鄞人。诸生。著有《郑存草》。

《续耆旧传》：渔山少负奇才，下笔滔滔万言，跌宕自喜，目空一切，顾不甚从事于学。稍壮与陈宗献交，则痛责之曰："以君之才，何自弃为？"渔山猛然汗下，力从事于古，一日千里，然尚秘其诗文不以示人。偶为郑丈寒村所见，曰："天下奇才也。"于是名乃大起。其古文犀利似秦淮海，诗近放翁，然自恃其才，所师惟寒村，友惟宗献，已而皆卒，无复镞砺之者，渐颓唐于诗酒以终，殊未见其止也。集曰《郑存》，盖以志寒村知己之感。

秋雨叹三首和杜工部韵

今年夏月忧亢旱，早禾颜色无新鲜。家家早收不盈半，眼见斗米过百钱。沉沉八月秋雨急，晚禾腰折不肯立。苍茫一望成江河，忍见田父田间泣。

又况眼底多纷纷，登楼心事乱如云。所望晴空景一色，俾我愁病减三分。秋云却比人心黑，秋雨淋漓不肯息。纵然泼墨南宫图，绘与愁人总不值。

书生于世何足数，关心只在室环堵。数顷薄田长湮沉，几处颓垣坏风雨。草棉不收冬衣寒，一家妻儿饱暖难。归心万里不成寐，愿天急扫西风乾。

花朝后二日，雪中招渔溪、东门、东篱、韫山小酌，用杨诚斋雪中春酌韵

去年微雪过一冬，腊月怪事垂长虹。花朝已过忽见雪，春风似剪吹玉屑。人传元夜响春雷，一春雨泽滋栽培。愿天降雪不降雨，洒竹穿梅遍庭户。雪拌三尺飞不休，酒拌三石消却愁。高阳酒徒羡豪饮，觚飞爵腾忘凄凛。醉乡福地容清狂，天时人事听渺茫。夜归分题散残席，清光又吐纤月白。

陪寒村先生过育王寺看放光松，用梨洲先生智果寺松韵

少闻阿育有古松，万古同声夸第一。年过三十始见之，正值秋光映落日。同游二张及李生，辛巳于今岁纪七。今秋得侍寒村游，篮舆便道玲珑出。重来比昔更精神，扑地

陈士良　柴梓庭

奔崖俨百尺。横身奇鬼倒攫挐，缩尾神龙侧盘结。枝如燕将横铁矛，声如赵女抚瑶瑟。神物千年应呵护，水溺火焚都不失。感慨零落荒烟中，奇才屈曲困蓬荜。世间老松何地无，所见神奇固无匹。南雷一代制作手，编考奇松第甲乙。竟以智果压育王，树古有灵定炉嫉。寒村坐对神忘疲，暮色阴沉云欲漆。吊古悲今话未休，赏奇识异游难毕。如此不朽千年松，应有如椽半人笔。平心试与智果衡，不屑弟行肯作侄。放光之事不足奇，但取此松真本质。僧房夜雨坐铁灯，落落荒谈等扣虱。长歌一阕作前驱，聊为名山表遗佚。

同渔溪晓度小白岭限韵

晨兴星月淡，望岭只投东。鸦阵惊霜白，鸡声破晓红。崎岖疲脚力，料峭苦头风。却羡闲云出，悠然度远空。

宿晚云楼仍用度小白岭韵

夕照归来路，随云卧谷东。愁垒因月黑，诗垒逼灯红。树啭支更鸟，溪回卷箨风。扶藜人不见，谁复共谈空。

大音庵送鹿亭侍御泛舟归别业即次归舟原韵

子夜秋光两地分，归舟才动水沄沄。游鱼乘涨吞明月，野犬穿篱吠白云。茶熟黄山香自啜，诗成玉宇句先闻。遥知十里菰蒲梦，仍与鸥凫共一群。

梅林滩玩月用白香山小舫韵

为乘薄醉耽余兴，特向中流揭短篷。好月直从深涧落，孤舟疑与碧天通。寒光渐射林间露，夜气徐开水面风。归路不嫌多寂寞，两三渔火簇灯红。

与东门访青庵上留宿用萼山壁上韵 录一

不贪春水船中坐，为访支公步欲飞。相见神情都动宕，别来音问底疏稀。三杯茶罢斜阳乱，一局棋残倦鸟归。白饭青蔬香供好，与君安稳阖双扉。

童枢

字汉木，号拙园，慈溪人。监生。著有《无税乡诗抄》。

述怀

尊前谁复吐虹霓，书卷琴囊困马蹄。客况十年山鬼笑，春花一路杜鹃啼。乱云无主荒城闭，芳草多愁落日低。避地不须仙子宅，风波少处便安栖。

舟次汉阳望黄鹤楼不果登

无画无书愧米颠，孤舟夜泊汉江边。云横天际楼千尺，笛冷梅花月一川。烟水几时销鹤梦，生涯何处问神仙。年来憾事知多少，历尽残更数起眠。

客中移居僧舍

陆居无屋水无船，雪意砧声十月天。双屐萧条何处着，一床闲寂就僧眠。梅花有信堪为伴，行李无多不碍禅。莫笑飘零轻似叶，囊中犹剩卖文钱。

月湖秋泛 录三

木兰舟畔树初红，一水蒹葭趁晚风。昔日金龟犹在否，大家沉醉玉壶中。

湖波清浅暮云平，有月何曾厌夜行。鸿雁无声红蓼冷，船头吹火煮莼羹。

便隔人间几万重，沧洲小艇太从容。掀髯自喜闲闲坐，月出城头见数峰。

叶赓唐

字荃庄，慈溪人。诸生。

游飞来寺

亭高对客起，水急自天来。雨过岩花落，林回涧石开。小桥通逼仄，古塔矗崔嵬。拟欲留题去，斜阳人未回。

鹿门隐居士，秃鬓老东坡。天下风流尽，山中胜迹多。诗魂留夜月，墨汁饱烟萝。精爽应长在，江头双鹤过。

西岭云浓处，苍茫独倚楼。峡风摇铁马，佛火照渔舟。壁暗蛟龙动，香飘金粟浮。每当雷雨起，只恐失舒州。

陆应宿

字光先，慈溪人。著有《未既集》。按：《溪上诗辑》谓先生官汀州广文，而查《县志》，仕籍并未著录，兹从阙。

东风歌宴梅花园醉起作

昨夜东风过习池，吹绿池塘草不知。主人惊起问东风，不信东风是画工。轻描淡写向帘栊，摇动芳魂烟雾中。景物自异伤心同，伤心更有难言者。一阵寒香花影空。

寒食

寒食春将暮，频年在道途。每怀修禊事，犹忆《上河图》。疏雨开江阁，残烟绕客厨。遥知新陌上，弱柳倩人扶。

谢鸥祚

字荀仲，号北溟，镇海人。诸生。著有《金台集》。《蛟川诗系》：先生诗似天马行空，豪迈不受羁勒，而其实胸怀抑塞，有不可告语之苦，第以才气赏之，非知先生者。

孤雁行

孤雁孤雁雁何孤，天长地阔独哀呼。榆林塞路隔千里，浮沉出没谁同侣。高飞风急防雕羽，低飞还愁弋者侮。湘潭月冷负严霜，汉水秋深冲暮雨。自古长歌行路难，万重云水看漫漫，思乡孤客青衫湿。目断遥天寄浩叹。

病马篇

骥裹名骢妙天下，胡为拳缩无聊赖。双瞳炯炯日月辉，血性如今向谁卖。此马骨相天生真，四蹄不屑驰凡尘。栈刍寄食可怜饱，沦落奇才孰与论。驱之鞭棰服之轭，□□驽骀转光泽。眼前何地觅孙阳，宝玉明珠同弃掷。忆昔边关汗血功，骄鞍亦自快腾空。奈何老废受人摈，常向天间作蛰龙。

登陶然亭

世缘消绿蚁，无过此亭幽。有意随来往，无心任去留。青云齐碧树，落日敞红楼。茗碗逢僧话，披襟爽气稠。

题采石太白祠和杨海门韵 录一

不惜飘零付酒杯，声名弈弈起惊雷。但闻浩落骑鲸去，无复风流捉月来。着锦东山称逸客，调羹北阙是仙才。一泓澄碧祠前水，指点人间洗俗胎。

醉中

得趣难为醒者传，神仙富贵两茫然。汝阳空有流涎恨，醉死何曾到酒泉。

志感

是处风波路最难,男儿七尺敢怀安。十年霜刃何曾试,夜夜挑灯拭泪看。

送沈吉人南归

客里何堪送客归,况逢木落雁南飞。故乡亲友如相问,贫贱文章旧布衣。

乌光益

字尔受,镇海人。诸生。

杂诗

乔柯修百尺,凤凰巢其颠。初阳一以照,文采腾翩仙。不食阆风实,不饮瑶池泉。着为上国瑞,黼黻相昭宣。琴瑟协元律,载赋卷阿篇。

春月皎悬镜,来照园中花。澹露洒成醴,轻烟笼如纱。相怜未敢折,枝叶交纷葩。佳人处深闺,一例矜容华。未逢玉佩要,每致愆期嗟。

丈夫志四方,安能守蜷局。关河千里平,芳草正繁缛。出门脂我车,长剑在吾握。结客遍五陵,声名震巴蜀。笑彼牖下人,身为妻子仆。

钱玄则

字通甫,别号天放翁,慈溪人。诸生。著有《元甫诗抄》。

舟过渔浦

茅茨葺屋荻为笆,一带垂杨几树花。村妇当檐都结网,居人大半是渔家。

绿树阴中结构深，短篱晒网卧松林。春风不起沧江晓，杨柳湾头有笛音。

董来朝

字觐光，号肃庵，慈溪人。诸生。著有《长啸吟》。

邯郸阻雨寓中，市得野鸡，炙以下酒，偶谈金牌十二奉诏班师事

投宿邯郸乍解鞍，廉纤细雨暗林端。梦中富贵殊容易，世上功名却大难。自古将军多抑塞，至今野老话辛酸。碧空渐觉烟氛净，路入中州取次看。

中秋夜与家道能兄即席分韵

碧空皎皎净云烟，佳节喧阗急管弦。金罍影吞酒底月，冰轮光彻水中天。歌传玉宇弹新调，座拥银灯焕绮筵。恐有彩鸾临唱和，劝君竟夜且无眠。

忻思敏

字逊修，号古陶，鄞人。

百步峰

奇峰钟造化，百步耸岩峣。峻峭双层削，圆尖一顶幺。众山俱绕膝，高鸟仅翔腰。倒影湖南下，重重翠浪摇。

白石山

粼粼山石白，遗迹想云端。不计斧柯烂，可曾樵客观。螺形方状具，玉局细文完。仙侣今何在，棋残各跨鸾。

黄道发

字悱生，鄞人。

纸鸢

飞鸣虽自得，行止受人牵。藉线通穹昊，凭风御列仙。失时咫尺地，得势九重天。百鸟无猜忌，联翩不避鹯。

挽万季野 录一

欲读遗编不忍终，旧交强半逝秋风。伤心最忆论文地，人物萧条第宅空。

遇淮阴钓台 录一

风尘若果识王孙，寂寞寒流钓月痕。成败到今都莫论，淮阴犹见故台存。

毛德琦

字心斋，鄞人。贡生。官江西星子知县。

青莲谷

匡山有谷号青莲，人到风流山亦传。花艳诗才夸锦绣，泉含醉态洒云烟。要知胜迹真堪隐，岂必英雄始学仙。似我徘徊松竹下，白头书卷忆当年。

龙潭

一泓潭水影溟蒙，灵气常凝碧落中。每到桃花三月候，潇潇风雨起潜龙。

屠庶

字培之，鄞人。诸生。著有《苏亭诗略》。

屠可播《苏亭诗略跋》：府君自少与里中前辈鹿亭、萼亭诸先生讲求声律之学，不事雕饰，亦不自珍贵。晚年始从旧箧故纸中亲自检阅，仅得如干首，署曰《苏亭诗略》，又《旅馆秋怀诗》三十首。

己酉岁暮自青阳归里

岁事催人到处忙，国门相见几星霜。老妻喜践三年约，稚子惊看五尺长。斗酒乍开花露白，盘飧仍咬菜根香。只愁未尽团栾趣，糊口天涯又一方。

戴义昌

字茂远，鄞人。诸生。

过莼湖

山绕寒流久渐湮，沙明水浅剩湖滨。虽无茅屋停游屐，喜有梅花作主人。雁宿荒芦仍集晓，鱼翻细草亦含春。莼羹风味思张翰，笑我相过未肯频。

舟中晓起即事

一夜行舟晓未停，起看碧落有残星，霜华满地连江白。山色逢春到岸青。啼鸟自随人婉转，浴凫应笑客飘零。凭虚四顾情无限，唯喜长风到小汀。

戴义昭

字明远，鄞人。义昌弟。

偶咏

兀兀多愁思，况当秋暮天。重阴云压树，骤雨壑奔泉。养病淹书史，搜奇纪岁年。比嫌俗客对，布被只高眠。

杨鼎元

字捷三,号扶夫,鄞人。诸生。

西郊

石堰湍流急,游鱼暖正肥。桥低平断岸,树密荫前扉。径叠新苔绿,波涵落日晖。悠悠春色晚,词客欲忘归。

小刹连河渚,修篁带雪青。六时长说法,五夜每谈经。梵响潭鱼乐,钟鸣野鹤听。玄机防语泄,常遣白云扃。

顾逢桂

字庭芳,号丹园,鄞人。诸生。

西郊晚步

长天掩映夕阳红,信步扶筇野墅东。倦鸟随云将入坞,游鳞戏水欲浮空。蹉跎岁月惟娱老,啸傲林泉肯送穷。览胜何人堪共赏,眼前牧竖与溪翁。

舒再芬

初名秦以,字行,一字月客,鄞人。诸生。

初夏山居

碧水湾环山口横,芝溪首夏足泉声。鱼因卸子乘流急,燕为教雏掠尾轻。一夜修篁凌屋出,连朝瀑水压桥平。年来识得炎凉理,且濯沧浪孺子缨。

陆海

字涵斋,鄞人。

送春和省斋

联辔驰驱愿未违,忽惊春事去旋飞。尘迷北驿花无色,土入青齐草不肥。泣月子规声已断,呼雏社燕语偏稀。故园开到荼蘼否,客里何堪送尔归。

客怀次省斋韵

沙明水浅薄寒时,□□孤云任所之。最是泥人情绪处,天涯岁晚共含卮。

王尧臣

字圣佐,慈溪人。

探梅次韵

岁寒木落倦登台,徙倚窗前动客哀。忽觉和风吹野树,缘知春色到山梅。携囊且为寻诗出,载酒还应索笑来。自是不须愁寂寞,好将怀抱向花开。

平明策杖步郊原,回首霜桥未见痕。漠漠野烟迷远岫,离离曙色映柴门。芒鞋踏冻耽幽事,缟袂侵寒怯素魂。极目苍茫香一片,泥人何必是桃源。

姑射仙姿世外幽,支筇时接白云游。斜依岩石窥书屋,横压溪流引钓舟。清影不随春水去,暗香常趁晚风浮。怀人欲折堪谁寄,无限相思在陇头。

千里清光接翠微,凌高欲助冻云辉。枝头雀啄香迎舌,花底人来雪点衣。绝壑不愁羌笛弄,空山犹恐玉魂飞。相看为爱清如许,日落晴川未忍归。

江光被

字尧章,奉化人,诸生。著有《萝花闲草》。

寄怀王斐公

坐久薄寒侵，凭栏耐苦吟。听莺花落石，看月竹生阴。肠向愁中断，情从别后深。忆君惟有梦，来往碧云岑。

冒雨往鄞省外舅墓

石岭盘空草树纷，崎岖雨里踏云根。峰回翠壁屏三面，水涨清溪画一痕。松径叶疏无宿鹤，桃蹊花尽有孤村。乌岩庙口寒烟积，豺虎丛中谒墓门。

初夏偶成

客里惜春归，春归谁是主。搔首坐中庭，花落黄昏雨。

婕妤怨 录一

水滴铜龙暗计更，桂花无语月无声。自怜团扇犹如昨，倚遍雕阑睡未成。

竺勷

字赞臣，奉化人。诸生。著有《养拙轩集》。

英马冈

英马冈头一抹平，周围山势列罗城。高低万雉连天构，起伏长蛇匝地成。粉堞壮时春雪满，赤标雄处晚霞明。此中谁续兴公赋，上驷天间试一鸣。

朱韶懋

字梅乡，镇海人。著有《梅朗集》《洛吟草》。
《镇海县志》：韶懋质敏学博，撰述甚富。性孝友，敬事伯兄文懋，没身不析箸，其学行多得自文懋指授。编修陈锡嘏颜其堂曰"二难"。

冬夜宿甬江怀秋水

未得工诗我已穷，江湖何处吐长虹。疏钟短柝残年里，冻雨寒潮夜梦中。思为孤眠劳万里，谊因老去忆千重。亦知凄寂燕台下，一段清愁两地通。

去年今日叩城扉，携手梁园雪点衣。白酒红灯人落落，黑貂华发梦依依。岂知野鹤闲云影，分作秋鸿春燕飞。我劝北流江上水，泛舟转取故人归。

候邵子宾王不遇

环扉寂寂锁花枝，书卷参差帐影攲。千里未干今日泪，三秋仍作昔年思。从游自觉黄干早，闻道岂嫌元定迟。后会未知容我否，门前立雪又何辞。

四明清诗略卷七终

江光被　竺勷　朱韶懋

四明清诗略卷八

鄞 董沛 孟如 辑

谢绪敬

字人舆,号小江,又号小门,镇海人。雍正癸卯岁贡。官云和训导。著有《望道楼诗草》。

《蛟川诗系》:先生为铁戒学博从子,少时不屑为章句之儒,取汉唐以来经世书周览之,著为《经济集》一书。自盐政钱法以及治河防海诸大端,缕析条分,洞澈原委。诗,其余事也。雍正壬子,李制军卫重修《浙江省志》,檄召江浙名士二十四人分门纂辑,先生与焉。司训云和尝手辑《括苍文存》,未梓而殁。

同郑义门家汉倬、子临登候涛山

吾乡东海隅,地僻罕人至。屼屼候涛山,烟霞负雄丽。谁擅词赋工,一写旁薄气。我怀数十年,未敢下一字。因恐笔力孱,翻减此山势。乘兴每独登,姿态迭变异。况逢佳客来,相将入云寺。孤城浮蠡杯,天水渺无际。潮阵轰石塘,密若走万骑。鼋鼍架危梁,雁隼捩空翅。欲将六合宽,束入方寸细。携酒还上台,陶然恣欢醉。

楼居

我生亦良材,摧折不自治。志愿存颇奢,精力苦难继。发轫或卤莽,虑遭时俗诽。自负不让人,游猎遍传记。小之在技能，大之在经济。每遇一古贤，便以身相譬。慨慕徒殷勤，景行实未至。仿佛形迹间，末由穷奥义。中夜忽自省，生疑复生惧。不如皈禅缁，高蹈或遗世。焉知惝恍中，脱略转成滞。且升百尺楼，凭眺写吾意。窗外无尽山，远出海天际。钟阁高崔嵬，凌霞表奇致。环江多好林，绕屋有佳树。整理架上编，观摩接遐契。晨兴揽白云，日入挹清飙。有时浮清尊，闲旷适吾寄。愿兹方寸中，神明恒淬厉。愧悔徒自劳，守拙乃为秘。

早起往书斋

清晨入城北，人迹并依稀。露草沾鞋湿，风林拂面微。云横衔半日，山翠映双扉。莫道江乡僻，谁与共息机。

送郎起岩进士谒选

鸿才推亮特，不与俗儒侔。民隐须周悉，时艰在曲筹。别筵依恻恻，征马去悠悠。君本兼人者，韩公字可求。

任伟玉同游霞浦次韵

最爱晴光好，登高作胜游。惊闻嚤呖雁，声彻海天秋。远翠开群壑，斜阳送去舟。何时筑亭榭，把盏共句留。

渡江坐雨

春江浩淼水朝宗，疏雨连堤洒碧茸。隔岸峦光沉翠黛，出关帆势逐云踪。暝暝曲浦明船火，隐隐潮声杂晚钟。去雁来鸥俱散尽，此行前路杳何从。

登梓山

拳石成岑独擅奇，尽收佳趣入名祠。波回沧海成襟带，山镇横流作地维。南渡孤忠悬断堞，巾子山今筑城其上。前朝双烈勒丰碑。为言此地登临客,大块文章莫管窥。

宿灵峰下院

仙迹山阴藏小院,萧然野趣足桑麻。引人入胜一湾水,随地生香几种花。茶钵扣时风警蝶,粥鱼鸣后暮归鸦。年来问渡频经此,坐卧僧寮便是家。

斋前散步

门外清流尽日闲,萧萧芦荻接塘湾。风疏水静天垂夕,遥见一双飞鸟还。

胡儋

字大任,号肩宇,镇海人。雍正癸卯举人。官湖南泸溪知县。

和净公芝山十景原韵 录二

茅洋秋景

杖锡寻幽处,茅洋露气香。晓珠同皎洁,夕照半辉煌。霜染松楸色,波摇薜荔墙。中饶云子石,破械足秋粮。东坡诗"破械山僧怜耿介"。

蓬莱山色

三峰浮海上,飞鼍到花庵。元圃朝岚拂,方壶暮色含。凤麟俱入望,沆瀣亦分甘。漫说蓬山远,蓬山自可探。

钱志朗

字于高,号玉峰,象山人。捷孙。雍正癸卯拔贡。著有《嘉会堂诗稿》。

《象山县志》:志朗工文章,试辄冠其曹。工诗善书,兼精歧黄，遇贫病者，予以药不计值，勇于行义，乡里德之。

望海楼

巍巍凤跃峰，层楼凌苍穹。林隐山城小，峰高天地空。拱手问月御，引我广寒宫。

南田

悬悬东仙原，昔为万家村。一经沧桑变，鹤鹿鸣朝昏。短歌拟楚些，以吊司马猿。明季张大司马屯兵于此，畜双猿能候动静，后司马见执，猿尝哀鸣林树间。

梅溪

策蹇东郊堤，相将度铜溪。春风抑何早，梅花盈山蹊。欲访隐君子，香雪林空迷。溪上有倪招讨九畴祠，山上有姜学录士周读书处。

大瀛海东道院碑 元赵孟頫书

吾家东海滨，几度见扬尘。琴学水仙操，碑遗松雪文。独怜宋城草，离离哀王孙。

读真西山先生集

文忠崇理学，功可翼尼山。经术相参用，醇疵慎采删。词追风雅始，体在典谟间。读罢神尤悚，高踪未易攀。

林文懋

字昭德，号梅皋，象山人。雍正癸卯恩贡。官天台教谕。著有《梅皋集》。

《象山县志》：文懋典教天台，邑令数以诸生事烦之，剖决平情酌理，力拒苞苴。斥俸倡建学官两石坊及明伦堂，振兴文教。比归，囊橐萧然。主讲丹山书院。雍正七年预修邑志，未几卒。

长歌行赠松乔

半生顽懒世鲜通，闲种梅花蹑清风。强支傲骨不自倒，孤怀寂寂谁与同。多君谬许余真率，坐我天葩之书室。自此日夕相盘桓，雨雨风风长促膝。促膝谈心一遇君，意致款洽通殷勤。有时对花共联咏，有时把酒共论文。酒后兴酣愤时事，剑鸣发竖目裂眦。搔首问天多渺茫，英雄际斯何位置。君长歌兮我击筑，户可闭兮骚可读。能伸还屈始丈夫，抱头岂效穷途哭。君不见，修翼遐举无卑栖，乘风直与浮云齐。黄鹄自怀千仞志，莺鹦飞飞焉能跻。

城楼晚眺

极目凭高望，秋光晚更赊。丹枫林下醉，黄菊隔篱斜。远岫迷归雁，寒潭浸落霞。苍松烟锁处，隐隐两三家。

赠鲁上人卜居寺前庵

携衲归山卧白云，钟鸣古寺隔溪闻。桃源径杳疑天外，腊去春回一晤君。

冯鸿模

字学礼，慈溪人。雍正甲辰进士。官直隶乐亭知县。

龙山

龙山幽胜淡铅华，羽士忘机雀印沙。一曲江流环帝座，半塘风雨护仙家。图来螺黛千般秀，望去虹桥万缕霞。徙倚还看风色好，步归莫辨唤晴鸦。

王谕

字如纶,号双浃,镇海人。雍正甲辰岁贡。著有《梦茅集》《乞丹集》。

《蛟川诗系》:先生少负文名,而尤长干诗。侯大将军继高开府浙江,式庐就谒,延为子弟师。尝幕游粤东,既老归里,闭户著书,与友朋觞咏为乐。酷爱宋诗,有手抄定本。诗亦绝类放翁,而出入于苏黄诸家。

长干行

长干月曾照,六朝丹凤阙。长干风惯吹,江上战艨艟。至今风清月亦皎,喔喔黄鸡促天晓。朱帘绣户几家存,墙上梨花池上蓼。里中少妇窈窕妆,楼头日倚栏干望。楼下行人去不息,青丝如雪空断肠。落星冈上谪仙酒,灵和殿前张绪柳。风流倏忽逐浮云,愁比尘多那堪寻。昨向长干过,樵者唱,渔者歌,里门寂寂多烟萝,无钱不饮还如何?

村居

夕照倚柴扉,流云伴鹤飞。江烟渔笛晚,溪月寺钟微。客为分题过,儿因贳酒归。稻粱虽未足,犹喜饭牛肥。

送人游蜀

问君何所适,蜀道入嵚崟。野草迷行色,江云对别离。猿啼神女峡,月冷楚王祠。更有怡情处,花溪觅杜诗。

京口晓望

千里长江满,春涛入梦惊。烟浓沉铁瓮,树暗幂芜城。燕掠高帆去,鸥翻白浪轻。东南天作堑,细柳列严营。

山溪即事

山径人踪寂,况当过雨时。危梯添藓滑,堕石仗藤支。僧磬云中落,樵歌风际吹。澄潭欲借饮,照见鬓如丝。

江村野兴

江上流云去转迟,疏疏暮雨点清漪。长桥夹树通村路,小艇冲烟扬戍旗。欲醉篱边茅店月,还敲溪外竹林诗。渔翁高唱谁能侣,独向芦汀把钓丝。

景阳楼

楼拱沉檀十里香,丽华倚镜照新妆。来朝马渡清江栅,一夜兵消白土冈。月冷临春烟草暮,歌残玉树井阑凉。当年莫怨韩擒虎,狎客盈朝自取亡。

关山月

漠漠复凄凄,云中逐雁低。胡笳吹客泪,始觉在关西。

明妃词

单于拥骑猎祁连,野火延烧欲蔽天。秋月不知何处好,汉皇宫里照婵娟。

高吟

三春远梦那曾醒,柳絮飘残梅子青。却为多情添野泪,酒浇坟土哭刘伶。

李昌泉

字复琦,号海若,鄞人。涵子。雍正甲辰武举人。著有《双桐斋集》。

《鄞县志》：昌泉少便弓马，总督李卫与其父有夙契，招令效力戎伍，谢弗应。善填词，援笔立就。尝入京饭，逆旅有二孝廉方分韵赋诗，见昌泉，佩决拾，衣短后衣，意轻之，不为起。昌泉问所限韵，立成二诗。孝廉大惊，揖请署姓名，不答，即上马驰去，其豪迈如此。晚年兼工绘事，山水人物善用淡色，精雅绝伦。图后署款，称十洲三岛散人。

赠董曰翁

冰雪聪明松柏姿，霜华未拂鬓边丝。不辞花月千杯酒，常共渔樵一局棋。兴至临池闲染翰，晚来搔首便吟诗。刀圭济世功尤伟，种得庭前双桂枝。

郑宗桓

号柿园，象山人。雍正戊申岁贡。

挽姜洁斋

联床风雨小桥东，今日缁帷形影空。五漏焚膏谈亹亹，数行遗简气熊熊。儒林衍派怀廷实，心学承家忝小同。惟有大招仿楚些，招君旋返暮云中。

王元佐

字枚卜，象山人。雍正己酉拔贡。官江山教谕。著有《梅稿》。

《彭姥诗搜》：先生以拔贡朝试一等，充陕西宣谕副使，状貌魁梧而性恬淡，差旋请就教职，选授江山教谕。

望终南山

太乙层层映碧空，我于司马想高踪。此间佳处洵难尽，清节谁教易始终。

昆明池

少年曾读少陵诗，雄武从知汉武时。圣代恩威施更广，西藩不尽界龟兹。

柏梁台

未央宫后柏梁台，武帝经营亦壮哉。七字诗成荣上座，从教词苑效新裁。

陈象曦

字曙升，号晓窗，慈溪人。雍正己酉拔贡。著有《风月斋集》《晓窗集》。

琼台双阙

造物有奇斧，惨淡斫天姥。壁立作双崖，金阙壮旗鼓。琼台居其中，锦翠相夹辅。突兀插空虚，目骇不敢俯。神奇叹巨灵，岭障任撮土。恍惚香风吹，炉峰正当午。万树灿奇葩，明月照三五。对影自徘徊，飘飘欲遐举。金浆调石髓，丹成倘我许。刘阮亦空言，神仙岂足侣。但闻飞瀑声，雷轰彻云坞。悠然会心远，浩气撑肠肚。万象更何有，开襟自栩栩。会当此安居，深岩结茅宇。

李凯

字图凌，一字雪崖，鄞人。雍正庚戌进士。官绍兴府教授。著有《越吟草》。

《鄞县志》：凯能诗，尤工词曲。少与范梧交，梧精于音律，尝出所作《红玉燕传奇》相示，凯亦拟《寒香亭传奇》

示梧，梧自叹不及。平居孝友，女兄弟三人俱家贫，每年各赡以银米，没身不衰。季父殁，从兄弟俱幼，凯亦赡给，至成立乃罢。

杂兴 录四

大道非一轨，伟哉造化局。圣贤生并世，有时水火争。春薇自芗泽，颍水光泠泠。干戈与禅让，过耳如闻腥。圣图岂不伟，莫能掩孤清。斯人既云逝，末俗纷蝇营。岂知霄汉上，流照悬光精。

元珠非象识，探之何阴阴。自昔牙旷外，别有无弦琴。终古此深静，理相难窥寻。聪明尚云浅，情识岂所任。所以抱真子，埋怨空山深。

霜崖逢古松，始悟桃李浅。深山逢野人，始悟声华舛。晋人慕清旷，风流互推衍。粉白不去手，须眉成婉娈。初期任天真，翻为浮伪转。饮中亦求名，真意叹已鲜。欲识巢居民，渊明特高骞。

春兰静者性，结根南山陲。孤芳媚幽独，欣欣长自私。道逢春游人，移根归前墀。盛以白玉盆，临赏方在兹。虽荣亦已衰，始愿岂所期。孤根念山涧，烟雨深悲思。藏器犹未深，致为人所知。寄语岩栖子，沈寥闭天倪。

秋日书怀

怀抱悲身世，况兹秋草腓。寒砧催短梦，凉月浸孤帏。燕悔乘春误，云知倦晚归。衰年滋百感，惆怅故园薇。

谒祁忠愍公祠

寓园人散佛灯明，寓园本祁公少时读书处，今为佛寺，祀公像于其内。惆怅闲门水一泓。即祁公殉节处。月魄尚依沉影碧，溪光不为照僧清。山经饿处仍商旧,石到填时得海惊。拜罢灵祠魂悄悄,窗前疑听读书声。

越州学舍梅花渐开,游赏经旬,杂成十咏 录五

红杏尚书只戏拈,寒香一斛几曾沾。向作《寒香亭传奇》,后刻时文,遂因以为号。却缘滥吹分官阁,趁得仙葩覆短檐。岁晚何人寄芳讯,朝来惟尔伴清严。不辞襆被花阴下,卧看飞琼弄影纤。

转因交淡觉情亲,韵味萧疏迥出尘。官只似僧能耐冷,花真遗世肯为邻。未嫌吾辈风流尽,仅放孤山物候新,报答清晖剩诗酒,不教寂度岭头春。

东皇试手缀晨葩,作计争妍放早衙。冷艳都兼天固纵,幽光自照月无加。尽将生意归残腊,剩取余春付百花。待与梅仙筑新垒,受降城上锦幡斜。

寂寂心情淡淡妆,自抒幽性到林塘。离尘隐士宁妨野,衣白山人不道黄。清畏蝶知开晚岁,香嗔蜂闹裹严霜。盐梅未遣调台鼎,可便低颜学众芳。

净洗凡襟赖有伊,凄清独立晓霜时。数篇颖水箕山传,一卷郊寒岛瘦诗。雪向隔年寻旧识,燕从何处话新知。花王历劫犹尘土,修到罗浮未可期。

袁澄

字一泓,一字宪周,号石溪,象山人。雍正庚戌岁贡。《象山县志》:澄苦志力学,曲尽孝养。邑令马受曾闻而贤之,聘修邑志,博采文献,是非一出于公。尝主丹山书院讲席。晚年设教村舍,自怡于诗。著有《池塘春草集》十卷。

拟古四首

少妇入朱门，粉黛恣妆饰。侬自掩深闺，生来好颜色。

东邻有娇女，通身艳罗绮。倩侬作嫁衣，夜夜繁针刺。

春山浓如黛，繁花缀其英。含笑谢东风，侬自爱幽贞。

侬心如水清，侬眉学淡扫。岂繄无良媒，婚媾非草草。

秋日客馆

宿酒人初醒，朝来百虑删。清心听晓籁，洗眼看秋山。野老风多古，村禽语带蛮。却怜无个事，棋局一消闲。

秋老山容减，晴曛透碧纱。斋空耐寂寞，市散尚欢哗。梧净三秋叶，枫疑二月花。经过芦荻岸，处处泊渔槎。

初夏村居 录一

四月山村雨及时，平畦漾绿柳垂丝。云黏高树莺声滑，花落残枝蝶梦痴。一室寒偏容我老，十年贞不愿人知。故交落落来何少，几度凭窗费苦思。

包之麟

字石公，鄞人。雍正壬子顺天举人。官萧山教谕。著有《蕉雨山房集》《客雄偶吟》。

初夏过张氏别业用少陵游何将军山林韵

历下探幽境，沿溪渡板桥。林泉环一径，楼馆出层霄。羁客闲相过，新禽喜见招。入门山色映，云际黛痕遥。

春去无多日，还留几点花。枝新如锦绣，树古绕龙蛇。丘壑情常在，烟霞兴自赊。眼前光景好，领取到诗家。

细响穿篱过，竹间流暗泉。幽清蹊曲折，欣赏意缠绵。

弱柳犹飘絮,新荷已泛钱。笛声何处起,渔艇泊前川。

苍茫烟霭绕,薄暮乱飞云。古路寻遗迹,残碑蚀篆文。亭台兴废屡,花草菀枯分。回首邀游处,深林尚蔚纷。

素有丘园志,飘零唤奈何。芒鞋行迹远,席帽拂尘多。把酒思亡友,临风托浩歌。斯游增感触,旧事瞥云过。

寄黄互涵

秋来霜冷落芙蕖,满目萧萧赋索居。日月湖边君载酒,风尘客里我脂车。莫从麈尾频敲句,为看鸿来数问书。久识传家经一卷,仙郎才藻近何如。

胡维焕

号莪江,镇海人。诸生。

病起寄子垣

冒暑走连朝,形劳竖敢骄。枚生何术发,屈子欲巫招。盼汝一时到,思乡千里遥。幸痊聊缄示,深省弗徒号。

胡维炳

字其佩,号芦江,镇海人。维焕弟。雍正癸丑进士。由户部主事改官福建永福知县。

《镇海县志》:维炳官户部主事,时以文簿册籍,胥吏易于作弊,请于尚书,欲奏改之,遂与权贵忤。乾隆四年出为永福知县,一意锄强扶弱,上官嘉之,谓其刚介,为邑令中罕有。然性仁慈,折狱有可矜者,退辄太息,形于言色。分校乡试,称得士。卒于官。

舟中留别陶锡兹即次元韵

乍晤黄河曲,高情若故知。联桡谈在昔,抵掌策当时。

定展垂云翅，宁巢小鸟枝。只今萦别绪，前路柳丝丝。

梅村旧同谱，京邸最心知。嗣君名星言，以孝廉任中书在玉牒馆。玉牒休闲日，金闺细论时。文思邈径路，诗格屏华枝。幽迥君吟句，源流不隔丝。

谢学蘧万言昆弟筑成小有居同人和韵

每因寥寂忆同人，最爱君斋胜卜邻。花石有情无改旧，园林随意自生新。一番风雨感畴昔，几费栽培接早春。竟日淹留忘归去，主宾莫逆任谁嗔。

范从律

字希声，一字西屏，鄞人。廷锷子。雍正癸丑进士。官山东商河知县。著有《茧屋诗草》。

《鄞县志》：从律成进士，选入庶常散馆，授商河县。县凡六乡，二乡悉咸碱不毛，旧有官庄募民开垦，应募者皆逃徙，而浮粮均于他田。从律力请巡抚奏免，岁饥请赈。亲履被灾地方，稽户口以给之。立义塾，常课士署中，纵谈文艺。旁县士闻之，亦竞集。与上官不合，以病告，遂休致，家居恶衣菲食，日以诗文自娱。年七十余卒。

奉檄分校南闱抵金陵进承恩寺关防八月朔日有怀故山

似仕不称官，似闲亦有俸。似属稀簿书，似长烦迎送。江省以一员迎聘，本省亦遣员伴送。兀兀一月来，随班困茧瓮。舟车亦关防，寸步不敢纵。行行抵金陵，忽忽已秋仲。寄迹分僧房，干揪倍严重。听惯铃柝声，宵昼无时空。小楼障重垣，望远偏遮拥。好友隔西东，茶话谁与共。僧徒退院居，阒寂止梵讽。萧萧秋气悲，闷怀积濒洞。令节忆故乡，社鼓方喧哄。歌舞跨垂虹，举国狂游众。画舫压红妆，帘影波纹动。缅想风物佳，陡觉离情贡。人生行乐耳，浮名究安用。何当老家山，既耕亦复诵。逢时且寻欢，尘鞅谢磐控。怀归畏简书，无由纵飞鞚。间道假华胥，潜行托残梦。

吸江楼晚眺和万立山韵

穤稏风翻绿，微微作浪纹。山暝如带雨，树瘦不藏云。鹅鸭归成阵，牛羊下自群。临流无限意，暮色已三分。

八月六日偶成

又是高秋锁棘天，偶然触景溯从前。十回官烛依寒席，_{余自壬午至癸丑，凡经十试。}四度宫花插舞筵。_{己酉乙卯丙辰戊午皆与分校。}过眼光阴如梦寐，赏心文字亦云烟。短檠孤馆听残漏，一夜霜华到鬓边。

张懋建

字介石，号石痴，镇海人。学伊子。雍正乙卯举人。官福建长泰知县。著有《介石集》《庭学草》。

《镇海县志》：懋建敦行积学，博通经史，工诗、古文词。雍正己酉以拔贡入成均祭酒。孙嘉淦称其器识温雅，非凡材。补官学教习，甲寅荐举博学鸿词，旋中顺天乡试举人，才名藉藉，公卿争延为子弟师。懋建不欲藉以梯荣，仍日引诸生徒谈经义不倦。

性尤孝行，箧中藏其母遗像，遇讳日每对之呜咽。笃于友谊，遂安毛桓以应词科留滞京邸，贫甚至三旬九食，懋建分粟赡之。兵部侍郎雅尔图深加器重，举为国子博士。

寻出知长泰县。县有双川陂，义士陈耆所浚溉田万余顷，岁久壅塞，奸民作埂为田，懋建督役疏通，惩不率者，大小圳悉复其旧。最尽心狱事，尝脱濒死者数人。俗素刁悍，以礼教化之。会大吏檄勘郡之八房山，山凤为逋逃薮，懋建巡历五日夜,竟以劳瘁致疾卒。士民感其德政,邑向有六贤祠,遂祀公为七贤。

生平著述颇多,其《邑志正讹》《蛟川耆旧诗》二种,尤有裨于文献。

郊居杂兴用储润州田家杂兴韵 录四

舍北负陈山,舍南面孔墅。田家力役勤,饷馌杂儿女。拟待秋成时,秋风筑场圃。何以庆盈宁,乐事在禾黍。遇便复垂钓,散坐河之渚。烹鱼佐晚餐,欢笑杂邻杵。卜宅应在兹,至味不禁取。

身颇得安饱,差幸百亩腴。力耕信不欺,非必学樵渔。东山有嘉树,采之构新居。覆以茅与瓦,护以柳与榆。欣然语家人,风雨蔽一庐。佳节联朋旧,情话相欢呼。羔羊飨春酒,何厌倾百壶。

初对村中人,一一不相识。喜无时俗态,渐见古颜色。裸裎露天真,蓑笠如张翼。云我得自由,早作而夜息。每日共出门,静坐松林侧。仰看远山横,俯瞰清溪直。笑彼牧竖贪,日必五六食。

努力在少年,悲伤免到老。农家终岁勤,云亦得佚道。秉穗遗沟涂,经史盈怀抱。饫道如饫谷,同此至味好。朱子曾有言,生意窗前草。播谷念其始,读书可弗早。

小酌万九沙先生闲远斋

十载论文地,风回高阁清。双扉听燕语,孤干倚云程。香露花通气,清池鱼跃声。四明耆旧尽,醇味饮先生。

山中

未办买山价,偷闲避俗嚣。岚蒸峰欲断,萤点草疑烧。

衲老常翻叶，樵痴不梦蕉。隔林云影碧，隐隐石溪桥。

秋晚

不缘尘鞅系，合受晚风清。凉圃通秋色，危楼听树鸣。云飞归岫远，雁落趁沙平。乍得蟾光好，前村分外明。

春仲行山涧中有作

曲曲溪流半亩塘，幽寻是处白云荒。全摇沙柳拖烟碧，倒浸岩花带月香。苍鹿不眠归草洞，远峰如画入诗囊。林深自得桃源路，须与山樵渡石梁。

谢善祚

字明则，镇海人。功昌孙。雍正乙卯拔贡。

《蛟川诗系》：先生始以骑射隶武库，既见诸昆季，皆读书能文章，遂弃去。下帷三年，补博士弟子员。其为文词湛意深，不屑作一庸语，诗亦清深峭刻，置品于建安大历之间。

墙上竹

墙头数竿竹，摇曳写清阴。晚弄月华瘦，晨含露气深。迎秋凉可挹，照砚绿微侵。借作虚心友，聊横石上琴。

辛亥夏五同人晚集新斋用王摩诘积雨辋川庄韵

相逢底事叹年迟，今日新田昨是菑。泥落漫憎梁上燕，葛成始忆树头鹂。违时那有先秋桂，汲水常培向日葵。夜静雨声听更急，拌将烂醉复奚疑。

送友出浃口

客去筵残日就昏，乱山惟有宿云屯。东流不尽滔滔水，直送孤帆出海门。

钱鸿基

字肇邠,一字韦轩,象山人。志郎子。雍正乙卯拔贡。官泰顺教谕。

《象山县志》:鸿基工书法,兼精篆刻,画有逸致,擅墨菊墨蟹小品。任泰顺三年,辞归,优游乡里以终。雍正己酉、乾隆己卯两次修志,鸿基皆与分纂之列。其诗与弟鸿祺、鸿猷、鸿图合刻,曰《棣鄂轩诗草》。

石门洞谒诚意伯像

石门仰崔巍,山坡构庭宇。冰雪寒雕棁,烟云护翠柱。遗像瞻刘公,纶巾挥玉麈。有明三百年,于此著神武。诚意封何荣,勋高列爵五。剔藓读残碑,赑屃状奇古。我先司寇公,与师同夹辅。小子虽不敏,奚敢忘所祖。再拜奉瓣香,惟师尚鉴俯。飒然山风来,灵旗卷亭午。

蝴蝶会

长兴孙后斋先生司铎我象。督课之余,与邑老人约,每月一期,各携一壶一碟,叙于丹山缨水之间,为诗酒乐,谐其声曰蝴蝶会,盖与撇兰画蟹同一小饮之绝趣者。时与会者邓贰牧慎斋、周明经上眷、袁茂才序上、史明经箬帆暨我及门吴明经东澜也,属余赋诗记事。

少小尝领南华意,老大得与蝴蝶会。周与蝶与可勿辨,樽中有酒且欢醉。后斋先生富五车,春风开遍丹山葩。予亦罗阳忝秉铎,滥竽三载便还家。邓丈品望重乡里,士林长沐缨溪水。箬帆明经此授经,隆隆岳婿前峰起。箬帆为邓丈婿。卧雪先生全天真,濂溪后人孝行纯。及门吴君性友爱,共襄义事忘艰辛。乌兔忙忙如梭掷，少年转瞬为陈迹。史君吴君让余先，须鬓亦添几茎白。后斋劝我莫咨嗟，庭前正放桃李花。看花酌酒且行乐，何须长生餐流霞。冷官斋头种苜蓿，君亦各采园中蕨。携壶捧碟月一行，月月花红即我福。人间小饮最怡情，撇兰画蟹随时更。我兹得与蝴蝶会，何如栩栩从庄生。

海天旭日图为孙后斋广文

方丈蓬壶路不赊，亭亭独立莫兴嗟。权将凤跃溪头水，散作丹山树树花。

王立鳌

字驾山，一字士占，鄞人。雍正乙卯举人。官义乌教谕。《鄞县志》：立鳌初授嘉兴教谕，后任义乌。义乌系山县，士不知书。立鳌为历举注疏及诸经说相课，每校士悉意点窜，邻邑多闻风来学者。邑饥，上官檄之，督籴兰溪，复令下乡散赈，身自检点，升斗必均，邑人颂德。文庙将圮，捐资修葺之。邑有骆宾王墓，丘陇已夷，为立碑，禁樵采，并补刊其遗集。年七十归里，以余俸置祀田，周恤族党，优游十年卒。

咏史四首扬雄、马融大儒也，视汉末管宁、晋末陶潜何如，拟《易》而著《玄经》，孰若采黄花于篱下，谈经而坐绛帐，何如戴白帽于远东。相形而论，可以风矣

子云有隽才，仕宦偏落拓。闭户惟著书，冥心恣探索。法言仿论语，拟易太玄作。桓谭叹绝伦，观者咸骇愕。汉鼎既迁移，胡不返丘壑。顾乃仕新朝，犹然恋禄爵。何谓爱清静，何谓惟寂寞？身为二姓臣，于义能无怍。富贵岂有常，荣辱难预度。一朝恐不免，哀哉自投阁。扬雄

晋末有高人，本是世家子。作宰莅彭泽，督邮适至止。吏言应束带，折腰深为耻。爰赋归去来，命驾返故里。吾谓五斗米，乃公托言耳。一行既作吏，胡岂不知此。盖知晋祚衰，宋室已将起。愧为二姓臣，食贫甘没齿。瞻仰高尚风，千古谁与比。所以朱紫阳，大书晋处士。_{陶潜}

公昔抗邓氏，栖栖陇汉间。惟时值饥馑，阅历多艰难。悔与势家忤，思结权贵欢。由是附梁冀，黾勉相追攀。草奏陷李固，正士咸悲酸。又献西第颂，舆论益难宽。方其坐绛帐，博洽如深渊。学者共景仰，奚啻斗与山。奈何媚奥灶，俯仰善承颜。有才竟为累，君子重品端。_{马融}

先生当汉季，国运将改步。遍地动干戈，安身恨无路。海外政清平，惟有公孙度。用是挈妻孥，远向辽东渡。居辽二十年，淡泊守其素。龙头已仕魏，龙尾不返顾。私念篡窃朝，此身岂堪污。安车虽屡征，不屈仍如故。洁清志自甘，浊秽心所恶。世有附势者，对此应知误。_{管宁}

葛绳先

字诜宗，号巽亭，鄞人。世扬子。雍正乙卯副贡。著有《康裕堂稿》。

《鄞县志》：绳先少承家学，后从董正国游，与全祖望为忘年交。祖望续选《甬上耆旧诗》，手抄全帙，寒暑无闲。其诗初学剑南，后改学梅都官，有天然之韵。家中落，索逋盈门，犹苦吟不辍，竟憔悴以卒。

董翁曰生耆寿诗

昨年曾放钱江棹，会逢令子夸年少。今年西入望京门，重晤街头夜色浑。夕阳照我无颜色，穷老于今过五十。何如英艳比春华，椿树萱枝两在家。笑我通交近二载，从未登门若有待。忽报先生甲子周,愿今始一识荆州。试与窥园桃熟矣,梧桐昨夜秋风起。实藉轩中醉百觞,当年风节谁相望。天鉴先生长不死,门闾高大看孙子。敢借明年桂枝香,为翁歌晋鹿苹章。

赠董二钝轩

寒家曾有旧,太史外曾孙。_{谓太史韦吾公。}鸡黍百年供,丹青一幅存。_{外祖斗文公、外祖母屠太孺人,生养死祭皆先祖母奉之。}世情于我薄,古道倩谁敦。最爱十年长,新今重表昆。

比年频聚首,适可旧轩中。茶话客常满,诗歌兴不穷。主人忽远道,阔绪到秋风。赢得残荷几,相将醉碧筒。

戊辰元夕,芍庭以其世父忠介公生辰为苍水先生祭,即用苍水过忠介琅江殡宫韵 录一

棨戟前驱幂赤油,六狂生共誓江头。犹传瓜里齐盟旧,难忘林门后死愁。薄荐黄柑充洁供,偕来白马骋春游。故家乔木差无恙,愧我支离拥敝裘。

陈汝登

字山学,号南皋,鄞人。锡嘏从子。著有《二山老人集》。《鲒埼亭集·墓志略》:南皋为心斋大理从弟。大理贵,力践大功,同财之义,一切恣其所用。而南皋笃于友谊,见有高才而力不赡者,辄倾箧倒庋以济之。心斋卒,南皋骤困,故人畴昔有赖以给事畜者,至是漠然如路人,南皋未尝形之词色。性最酝藉,门内之乐,画纸敲针,至老如一日。尤善觞政,酒阑灯灺,颓然白发,神明不衰。余《续甬上耆旧诗》,兀兀校雠,深资其力。南皋初学于梨洲先生,有《证人讲义》;后听讲于季野先生,有《续证人讲录》,又有《竹湖日知录》。

逊斋三兄招同人赏可亭牡丹，先过哲昪愚亭院中看雪球，谢山用高武部赋留补堂牡丹韵，率和呈逊斋

我老年来甚，花时悉屏闻。眼昏浑似雾，身懒倍于云。兰友亭开宴，鼠姑脸似醺。豫源欣共赏，飞兴挟遗文。谓谢山。留补诸先哲，如今集此时。烟云忘幻景，服色感新仪。花发洛阳朵，句吟晞发诗。高风真可仰，遗韵有余师。

序届春将去，形犹物竞留。未沾芳苑胜，先惬药斋游。寒玉堆千片，素云俨十洲。东西相对映，昆仲亦堪酬。

何口亲朋集，柬驰南与东。一亭攒旧雨，三雅袭流风。钩物情多异，赏心意半同。永朝无隽句，愧唤白头公。

嵩公和尚入城，李海若招同人集双桐斋和谢山韵

天爱良辰为放晴，月湖西畔啭流莺。青云友集豪吟窟，白足僧来舍卫城。莲社百年多逸兴，虎溪三笑逊余清。侵晨过我殊岑寂，仅有东坡玉糁羹。余亦芼蔬邀上人过云在楼。

钱浚恭

字二池，鄞人。

《鲒埼亭集·赠序略》：二池为退山侍御子。出后忠介，每饭不忘其先人《日抄》《忠介遗集》校雠伪舛，搜索野史中所载忠介事，以补家传所未及。年七十犹展墓闽中，诸父检讨、职方、推官三公皆未窆后，二池岁时修其祭祀。《蛰庵征士遗集》流落他氏，为购而归之。子懿蕖亦醇心笃行，善养父志。

戊辰元夕，先忠介公生辰并祭苍水先生，即用先生过琅江殡宫韵

当年钟邓出江油，辛苦先公誓海头。同幕最推圻父壮，孤魂长系若敖愁。重修芍药村中祭,远溯琅琦道上游。力疾敢辞扶杖起,追随再拜泪沾裘。

匪石为心自不灰,落晖犹向邓林开。应怜翟氏门人尽,尚有文山犹子陪。谓芍庭兄弟。或解容颜欹几席,终增凄怆咽泉台。病躯春到应能健,还望招魂闽峤来。

范廷谋

字周路,号省庵,鄞人,洪震孙。累官两淮盐运使。著有《赴滇病中步韵》诸集。

《鄞县志》:廷谋少学于陈锡嘏,屡试辄踬,援例授漳州通判。平和令某以不惬舆情致激变,时议加剿,廷谋亟白制府,请自往抚慰,民果帖然。迁知郴州,有命案,捕系二十余人,迄不知正犯为谁。祷于城隍祠,即祠中集诸囚审讯,一人神色惶遽,诘之,立吐实,遂尽释余人。自是,邻郡有疑狱,辄檄使讯治。

雍正三年,任台湾知府。台湾一切章程多用郑氏故制,且其地多流寓,而番民尤梗化,因条八事上大吏,谓"凶番宜剿,荒地宜垦,田赋宜均,住籍宜定,台城宜建筑,民番赋税宜一,士子宜取,本籍澎湖宜添设同知,以稽查奸宄",制府高其俾采其半奏行之,会以非罪被劾。事白,擢两淮盐运使。阅三年,屡乞休,旋命解任,修筑镇江城,未毕工,疾卒。

铃山堂怀古

舟行九曲如螺旋,百里铃山日继夜。推篷日色射来黄,人影在地牛羊下。危桥横锁大江中,湍激奔流急于泻。霜严叶落树收声,老干横斜细枝亚。悄无痕迹春复秋,才见花开又花谢。周穆难将流景追,羲和有驭谁其借。四山围抱读书堂,杂沓游人等传舍。世间万事一蜃楼,莫贪宦味甘如蔗。有客登舟谈旧闻，昔年声势今犹怕。东船西舫寂无言，钳口何如裸衣骂。

夜望湘东

何日到湘东，归心类转蓬。怀人千里月，去国一帆风。秋老蒹葭白，霜寒橘柚红。可怜章贡水，不与浙潮通。

道出庐山再用壁间韵

绝少尘埃色，青苍四面遮。山椒藏驿路，谷口有人家。鸟逐行云度，车随曲磴斜。遥看红绿尽，臭味在兰花。

平越道上

登山临水意何穷，无限离愁杜宇红。迟暮有怀悲燕雁，阴晴未定卜霓虹。谁教驱马行天末，岂为寻真出播中。平越古播州地，张三丰真人得道处。一片烟光三月暮，几回惆怅落梅风。

除夕有感

手版头衔终岁忙，无端忙过少年场。官经易地依然冷，兴逐流年减却狂。柏酒暂辞残腊去，春风又送早梅香。天时人事浑无定，莫惜蹉跎两鬓霜。

范廷培

字因之，鄞人。炜子。诸生。

一日观传奇题辞

休笑当时扣角歌，利名难遣此愁魔。欢场冷梦千年后，豪竹哀丝一日何。风急易沉燕市筑，天高谁返鲁阳戈。白头钓叟秋江上，闲指飞鸥下碧波。

范坊

字无可,一字鸥田,鄞人。官直隶磁州州判。著有《无可草》。

馈万西郭园笋

新笋才抽玉版长,斓斑紫箨剥来香。老亲说是家乡味,分与清平太守尝。

乌王路

名思道,以字行,慈溪人。诸生。著有《游梁草》。

董沛曰:"思道参田文镜幕。世宗知其名,于批折中询及乌先生安否,中外诧为奇遇。"田骄倨,而遇思道甚恭。偶值其博弈,虽有要事,不敢强也。一日微忤意,思道辞归,疏稿为他人所撰。上曰:"此非乌先生手笔,汝不解文义,岂朕亦不解耶?"田以思道岁修八千金,力不能请为辞。上曰:"此等幕宾,虽万金亦值得也。"田乃邀思道,顿首谢过,遂复留。卒老于幕中。

半僧偈

我欲逃名号半僧,萧然遗世明心灯。不衣不钵不披剃,藏入云山最后层。云山之中何所有,石田一片不盈亩。年年岁岁独自耕,手胼足胝无人偶。不如改作行脚僧,万里云山重茧走。祢衡怀中刺字灭,赵壹走避宏农守。半僧读书能不腐,半僧学诗能入古。笔带千山风雨来,口悬九曲波涛怒。几回欲碎宣阳琴,几回欲击渔阳鼓。裴宽不赠河梁舟,谢公不与围棋赌。从今但积买山钱,数椽茅屋列山边。屋后尽栽能舞竹,竹间引导能鸣泉。有时举杯迎素月,有时吟诗耸瘦肩。有时山间寻野老,有时独坐参臞禅。山中谁复肯相倚，萧家奴子郑家婢。婢捣香秔供晚炊，奴买新诗入早市。岁时伏腊相往还，农夫樵叟为邻里。柴门虽设日常关，惟与山妻自我尔。野花春到满山红，莺织晴光燕剪风。窗前几阵社公雨，分得香醪可治聋。穿篱稚笋随雷长，贴水荷钱大如掌。偶乘小艇绿阴傍，鱼鸟浮沉轻荡桨。溽暑全消秋晚凉，桂花发后菊花黄。野田妇子新收稻，闲与邻人计盖藏。露洁霜清山月小，朔风渐渐鸣寒筱。梅花一夜向春开，银山玉树丰年兆。半僧对此心复悲，回忆当年行脚时。不知四季有佳景，惟觉人生苦别离。别离有泪胸中搁，佳景如驰当面错。一声大棒喝回头，无地无时不可乐。曾登绝巘寻幽踪，曾挽洪涛洗素胸。曾驾一帆舟如鹢，曾骑八尺马如龙。飞雪蹑空同大众，清风明月随时弄。几时散却氍毹场，几人醒了华胥梦。似我飘然物外身，此中别有一般春。他年得遂买山志，稳坐蒲团看世人。半僧掀髯发大笑，日月光天无不照。只缘身作太平民，鸟宿云游都入妙。

三门砥柱歌

　　黄河水自天上来，中流特起三门开。三门崒崔云峰插，百尺玲珑雪瀑堆。朝擎红日撑西走，夜有灵光射星斗。森森奇鬼眼前抟，隐隐晴雷耳底吼。泰山巍峨未可保，此石中立无时倒。根盘不避狂澜搜，枝劲偏经怒涛扫。阳侯让道趋如梭，冯夷欲撼奈力何。鲸鲵敛翅藏深窟，蛟龙不敢相荡摩。两间元气此郁结，太行潼关左右列。天教巨石锁洪涛，从容再向海门泄。

晚晴

　　避暑愁蒸雨，闻蝉放晚晴。林梢铺影淡，天际漏空明。满目归云滞，关心过鸟轻。亭前憎薜露，又爱暮烟生。

陈觉

字愚泉,慈溪人。

度仙霞岭

四顾行人少,纡回曲磴边。溪流潜入地,山势欲撑天。空谷闻猿啸,深林见鹿眠。今宵何处宿,斜照石门前。

乡梦才初觉,鸡鸣促去辕。断云微有影,残月淡无痕。人语浮松杪,泉声出石根。盘旋历千尺,绝壁见朝暾。

周维械

字因严,慈溪人。著有《天放集》《冰玉集》。

《慈溪县志》:维械少卓荦,不受绳尺,于书无所不观,下笔千言立就。不乐仕进,学宗朱子,一时讲学之士,如常州顾昀滋、金华王虎文、绍兴向荆山往复辨论,咸叹为不可及。诗以少陵为的,兼工行草书。晚号东海老人,其栖息处曰鹓翔斋。年七十九疾革,口号曰:"适来适去,掉臂太空。但能无愧,明月清风。"前二日,悉取所著诗文毁之,曰:"生逢盛时而卒至湮没,命也。留此何为!"家人力争之不得,故所著至今无传。参《溪上遗闻录》。

晚游宝月庵

密竹通幽径,连山失翠微。云扶将堕石,日暖乍寒衣。冲岸鱼惊跃,投林鸟倦飞。回看残照没,何处问僧扉。

镇海楼望月

高楼傍海拥云关,俯视南州控百蛮。佳气三秋来玉宇,清光万里到人间。元规雅兴风犹在,太白诗狂意自闲。漫把浊醪拌一醉,相看惟有达蓬山。

秋夜有感

空庭人静独徘徊,默默闲情未许猜。秋自梧桐声里得,寒如促织语中催。家书忽至惊还喜,愁绪无端去复来。近羡故园归有日,频将杯酒慰衰颓。

香山寺

翠绕松溪千百折,烟横竹坞两三家。禅扉不掩稀人迹,清磬一声噪暮鸦。

董义

字思宏,号质园,鄞人。监生。

小园

四面疏篱结构精,有园虽小快闲行。水流花径凉于洗,露滴林梢月有声。夜静芰荷香自在,风多竹树影交横。转惊寒气侵罗袜,且住为佳倍惬情。

夜雨

淡月模糊映绮寮,声声微雨滴芭蕉。来朝定涨前溪水,渔子撑船进小桥。

董宏

字乐窝,号钝轩,鄞人。雾子。诸生。著有《诗文稿》十二卷。

《鄞县志》:宏与其弟元宿并工诗,能作擘窠书,兼习绘事。

赠梅坡

春风寒食一登堂,剪烛高谈慰老狂。黄卷宗传盘涧秘,白华心继阆湖香。潮生曲港渔歌晚,屋绕平畴穑事忙。自愧此身空踯躅,十年孤负挈壶觞。

哭墨云叔父 录二

幼同笔砚长同心,每事商量气味深。种得好花留我咏,寻将古画待君临。常怜客路身多厄,谁道家居病亦侵。从此亲知知己少,更于何处鼓清琴。

东湖东去赋闲居,为爱溪山结爱庐。叔别业之在独山者。秋色倚楼新稻酒,东风归艇小池鱼。爱庐之侧,引水凿池,春游必网鱼而归。从无俗事尘余墨,剩有闲钱买好书。正拟同归寻此乐,如何先赴赤虬车。

哭族侄曰生 录一

漂泊怜予甚,艰难止尔知。频来堂北语,莫慰迤西思。先子守永昌家园,多事曰生常过慰。贫病迫荒岁,死生无定期。永怀社日酒,翻作断肠诗。

董元宿

字守素,号槑圃,鄞人。雾子。监生。著有《自娱集》。

董小钝先生撰《传略》:先生工诗善书,尝卖字于吴门,吴中士大夫求分隶者,无不知有槑圃先生。已而返里,先中宪先缮部俱好隶书,有撰著,先生益加增补,溯其源流,列其体势,又考定古字之通用,成《隶薮》十卷,吾友卢镐为之序。

偶检书帙得先大夫济贫行一章，捧读再四，率成志痛

音容背弃十年余，宦况惟存旧日庐。郭外久无五亩地，楼头剩有半床书。一笺经济留心早，万里忧劳发轫初。负愧曾元承父志，年增强仕计全疏。

辛未七夕二兄诞辰，往岁同人必为小集。今各星散，且当灾旱，侄辈勉设薄馔，兄弟对饮而已，限丰字韵

盘餐例为年荒减，日月仍添今夕翁。兄弟愁多发半白，儿孙饮少颊微红。卬须好友关河隔，辜负灵桥天汉通。焉得片云头上黑，催诗雨急晚禾丰。

赠觉轩弟任黔中

楚水黔山我旧游，去家万里梦悠悠。洞庭水阔连湘尾，鬼国烟浓隔马头。贫就卑官书独载，孤栖冷署酒宜谋。政闲且对千岩饮，风雨他乡半是愁。

俞虬

字客云，号守愚，鄞人。监生。

《鄞县志》：虬天性笃挚。父疽发，颈毒坚刺之不得出，以口吮之，亦不解，遂刲股以和药，血渍襟袖，父觉之，嗟叹不终饮。既卒，虬号痛之声彻于里巷。居数年，母病剧，有王大山素精岐黄，与虬厚，而道远数十里，仓卒不得至。漏尽，使者甫往，黎明大山遽来，则曰："吾昨夜梦君告急，五更起走，亟来疗太夫人疾耳。"盖虬精诚所致也。母卒，哀毁痛哭，一如执父丧。与昆季同居，终身不言析产。乾隆中以孝行旌表，建坊。

鹡鸰篇

流水东西，源于一渎。南北槎枒，敷于一木。厥脉之通，不殊骨肉。鷇哺既成，各分尔形。念彼在卵，实同所生。物不尽蠢，人匪独灵。谓予不信，视彼鹡鸰。

忻孝则

字伦范，鄞人。诸生。

春游

春游不知倦，到处即蓬莱。谷引仙霞入，舟随返照来。依崖窥碧汉，度岭踏苍苔。明日归尘市，应疑泛斗回。

霞屿山

水中孤屿映晴霞，结石还摹小补陀。地近二灵分夕照，岸悬四面绕苍波。禅房日久成荒土，佛洞春深挂碧萝。句咏湖山谁得似，白银盘里一青螺。

周兆瑛

字梅亭，鄞人。

雨中张萼山丈枉过，示以近刻兼惠佳题小诗，奉谢并志别怀

风雨搅残梦，侵晨声转急。西邻有老友，邀我理行笈。高轩倏相过，深愧失拱立。蛮童学礼数，鸿章谨收拾。冲泥走告余，舌强语犹涩。归读述怀诗，情挚独鸣唈。疟竖既已除，调节元气集。卫生固有因，寒暑无由入。先生具元妙，应自慎干湿。游子久江乡，每作南冠泣。鸠形曷足

图,题词藉引汲。秋风满篱落,瑟瑟鸣枯叶。湖波独驱人,摇曳送轻艓。鸿雁亦知候,南飞觅籽粒。胡为事驰驱,关河常远涉。莽莽寄蒲帆,犹藉济川楫。

傅沂如

字山来,号东岩,镇海人。诸生。著有《东岩诗草》。

哭补庵从父用乔知之哭故人韵

悲余幼孤居,茕茕守一庐。中郎幸垂训,祖泽藉留余。近逐南北游,恒致音问疏。宣室未闻名,茂陵泣遗书。逾甲年非夭,怀才生已虚。生既不得志,泉路复何如。

小春余病居,晨夕过吾庐。二竖幸相舍,羸然伏枕余。如何忽衔恤,痛此形影疏。执手嘱门户,奋志期诗书。一生一死情,月落星光虚。寒雁杂邻砧,呜咽声声如。

江枫

点染秋江色,霜枫两岸遮。疏枝纤落月,老叶映飞霞。浦远渔汀隐,林深村店斜。篷窗凝眼望,触处讶春花。

沈梦桂

字道闻,镇海人。诸生。

秋夜作

烟多竹难净,云澹月不遮。微风度荷沼,香气吹残花。美人渺不见,似隔天之涯。双鱼倩谁寄,独立空咨嗟。耳听繁蛩声,唧唧墙根莎。秋士处穷境,万绪恒纷拏。

秋日江楼

新秋景物失芳菲,古木萧萧接翠微。江水入关群舶下,海风出峡乱鸿飞。纷纷盐担趋闸市，缓缓渔歌出钓矶。闲倚江楼成独酌，夕阳未尽且迟归。

范从彻

字献才，鄞人。廷谔子。官安徽无为州知州。著有《采菊山人集》。

《鄞县志》：从彻以资郎起家，初任山东布政司经历，巡抚岳浚器重之，荐授无为州知州。州民好讼，从彻悉其弊，受牒必反复申理，讼风渐息。调寿州，俗强悍，喜决斗，多讦讼，下车后择尤惩治，四境肃然。地高苦旱，安丰塘——即孙叔敖所兴之芍陂，与蔡城塘日就荒废，从事修浚，溉田数万顷。旋以事左迁知县，发往闽省。初署政和，改署闽县。严惩吏役，痛除盗贼，积年案牍为擘划理解，不使留滞。与福州守某不合，被议罢官归里。自号采菊老人，喜作字，饶有天趣。其诗不俟思索，援笔立就。

仪征江行

芦汀亦可人，一望不能了。绿叶蘸波心，界画见江小。江中凭片帆，舟与青山绕。青山无浅深，点点出云表。古今劳劳人，青山看应饱。岂独怜余游，迎送意甚好。恨不通画禅，一段归草草。

游焦山用东坡自金山放船至焦山韵

登临情性原所耽，况复山水名江南。得闲才作鼓棹想，愚如暮四兼朝三。春风和缓醇胜酒，诗兴懒过三眠蚕。焦仙高洁今古少，遗迹凭吊能无惭。长松老竹翠滴滴，浪花波影清潭潭。观音岩头双峰阁，攀跻绝顶游方酣。云烟变幻天地小，岂仅秀峭诗人谈。宛委静寂山鸟语，寂寥孤跳高僧龛。脱离世网愁自洗，饱谙禅味茶可甘。涤铛煎茶试江水，香色那论廉与贪。只愁春随落花老，流年似水情何堪。斜风急雨峭帆去，为留新句题茅庵。

平望舟中

路入三吴景最幽，消磨炎暑片帆游。湖平碧影融垂柳，山远青痕见没鸥。茶喜得泉清过酒，天当欲雨气如秋。笑余不下江州泪，辜负琵琶起别舟。

周鼎

字荆山，鄞人。

题承青阁

晚霞回合带晴岚，翠柏丹枫寄一龛。雁到凭阑看直北，月明篝火学和南。花间拾级宜高履，树杪眠云废短簪。槛外澄江如辋水，欲呼裴廸共玄谭。

袁崧墓

白杨弥望咽沙虫，讵有旌旗矗晚风。海国浮云常作市，墓门衰草欲黏空。穴狐背月窥藏剑，坠石经烧压断蓬。磨洗残碑野老在，将军甲仗本英雄。

储咏墓

处士星沉斗气回，荒原遗烧蛰阴雷。久因樵牧驱黄犊，自长松篁破紫苔。异代南村嗟汉月，中原北伐委尘灰。长眠不识崖门浪，谁信西陵有废台。

童美成

字斐章，鄞人。诸生。著有《南冈老人集》。

童山八景诗 录二

怪石寒枰

幻迹苍苔印,居然黑白新。何缘崖石上,竟有烂柯人。剥啄随流水,机关隔俗尘。漫夸先一着,胜负定谁真。

西来古刹

莫问西来意,聊看古刹存。谁将龙自豢,经与石同翻。方竹根何处,空花春一园。藤萝长覆屋,未许俗人援。

江南月

作客经千里,乡关何处寻。姑苏台上月,不照别离心。

张思齐

字健修,号梅屿,象山人。诸生。著有《梅屿诗草》。

怀郑里东都阃

弹丸一丹城,自古称朴固。风随教化移,人事转抵牾。所望长者临,涤去旧染污。简公莅兹土,为我得贤傅。讲武羊叔子,谈经罗仲素。洗心倾耳听,清风豁云雾。意谓日亲炙,胡赓甘棠赋。努臂当车辕,无力留君驻。月落梧桐冷,忽忽已三度。每过握别地,山鸟鸣歧路。

秋日同苞九偶步丹山

共羡丹山胜,同来过凤溪。恨无仙可访,幸有石留题。红叶随流水,黄花布野堤。登云路不远,携手上天梯。

冬夜与林君猷坐谈

良友相过入暮天,梅花香暗逐茶烟。竹炉话久重添火,絮袄更深再着绵。论到奇书还起舞,触来时事不成眠。床头新酿今初熟,畅饮高歌惜去年。

钱中盛

字又起,号芍庭,又号有箓,鄞人。廉子。监生。

《鄞县志》:中盛工诗、古文词,喜考索掌故。

全祖望《续甬上耆旧诗》:中盛日向诸家访求,得一集,不翅拱璧,即其集不可得而片词只句足以入选,使其人不朽,则大暑走烈日中,穷冬冒风雪,重趼不惜也。晚年益留意于声诗,拈韵命题,晨夕不倦。所著有《雪卷晋游》《偶声草》《初元唱和集》《甬上钱氏世迹诗》。

题归来阁

溯我诸父辈,桑海风节劭。即如一蛰翁,自少负才调。海内竞知名,荐辟不赴召。足迹遍寰区,垂老形影吊。归来小筑营,诗文寄歌啸。有时亦谭禅,元奥彻窈要。阁外面青山,数峰耸远眺。

宜山书屋在芍药沚,远祖信丰、知县景良公归里后所居

循吏崇信丰,冰蘖操能守。宁静辞贤劳,归里种五柳。书屋筑舍旁,会集耆英叟。宜山并香山,佳话堪不朽。

冯文子学博诣先大人墓赋谢

谁复悲先子,君来为旧盟。寒天劳远涉,落日照荒茔。手植松杉大,魂依涧壑清。西泠怀四友,古道益含情。昔先大人目汤西崖学士、高则原大尹、陈一玉文学及先生为西泠四才子,交最善。

钱际盛

字在德,号近村,又号春圃,鄞人。廉子。贡生。著有《娱白楼近草》。

《鄞县志》:际盛受诗法于郑梁,晚与全祖望、万经交最契,一时名流诗筒往还无虚日。

送又起大兄之京师

谋生计转拙,故里不得安。弱躯事远征,望望心凄酸。行者非得已,居者敢茫然。寒雀栖高枝,觅食飞短垣。

兄初不出门,多愁复多虑。兄今竟出门,将恐亦将惧。高堂垂暮年,临风怯衣絮。行矣须勉旃,念兹别时语。

冻云逐行舟,默立不忍别。拭泪欲有言,未发声先咽。检点行笥间,携有数株笔。笔锋须善韬,太刚恐易折。

钱德盛

字容愚,号虚斋,鄞人。廉子。诸生。著有《虚斋诗抄》。

上元日大兄芍庭为张苍水先生设祭,并祀世父忠介公,同人集拜,即用先生舟次琅琦谒忠介殡宫韵 录一

极目春波碧似油,沧桑旧事溯从头。迢迢黄蘖山中恨,黯黯南屏寺畔愁。新槲初修先哲祀,通家重踵故交游。初元令节成佳话,春煦明衣不用裘。

陈撰

字楞山,号玉几,鄞人。著有《玉几诗集》。

《鄞县志》:撰有逸才,工诗善书画,性孤洁,不肯因

人以热。侨居钱唐，有玉几山房，蓄书画最富。精赏鉴。尝客仪征，长年不归，意思萧澹，屏绝人事。乾隆元年征举博学鸿词，通政使赵之垣闻其名，荐于朝，辞不赴。

《四库全书提要》称：撰以书画游江淮间，穷愁寡合，故其诗多凄断怨咽之音。《玉几集》刻于康熙丙申，盖其中年所作，首曰《绣铗集》一卷，次曰《玉几山房吟》一卷，次曰《玉几山房拟古诗》一卷，皆戛戛独造，如其为人，虽未及古，要能离俗，惟拟古诗中多载胜流评语，仍沿明末山人之习耳。

拟古

少小不自揆，昔贤谓可过。眄睐狭穷壤，意气凌山河。白日不可挽，壮志空蹉跎。囊中资用竭，一身尚苦多。怅焉独归来，浩叹成悲歌。

芙蕖扬清芬，旳皪长川湄。丹华耀朱火，绿茎缘文漪。佳人旷千载，采摘无由期。白日暖将夕，芳心空自持。

黄鸟集柔桑，白驹逝空谷。岂不慕言旋，进退苦无告。作客每畏人，投足多蜷局。已无丘园存，十亩何由筑。白云时时飞，烦纡乱心曲。萱草不可树，泛此杯中绿。

抚枕怨遥夜，振衣步中林。凉月皎素辉，照我松间琴。佳人不可觏，山川阻遐深。愿因西飞羽，远致瑶华音。云路无由阶，引领伤我心。

我心苟有得，荣悴可自主。何为竞趋好，委权与童竖。谁能挽海水，去作天上雨。斯已而已矣，不见采芝侣。

昔闻彭泽老，耽醉未能醒。折腰耻俗吏，归来卧柴扃。茅檐秋日高，朗诵山海经。悠然观物化，坐对南山青。我行一何有，于世恐沉冥。遐慕今已矣，太息增抚膺。

世俗拘耳视，群和失其真。不知天下才，有时还贱贫。盘涧傀终老，身没名亦湮。哲人耻浮慕，远与太古邻。神交岂象合，心往道弥亲。泥涂苟自得，轩冕宁足珍。

市门竞锥刀，志士争怀抱。诚使中心安，此外真草草。贫贱顾有分，簪裾何足道。松柏本不雕，何知春风好。

劳生何时已，早夜殊懵懵。一朝魂魄离，贤圣复何用。铭旌指荒郊，丧舆遂相控。亲戚空追随，哭泣徒悲恸。万古一棺灰，生人递相送。

秋萤

残暑尚未谢，白露庭中晞。败卉何熠熠，化为秋萤飞。依檐乱流星，入幌点书帏。西风易砢突，散漫忘所归。蜉蝣惜轻羽，文蛾恋朝晖。凡物守卑智，爝火焉知微。含美不照身，希光徒见讥。

雨雪谣

风刮地，雪满涂。踏者何，黔之驴。嗥者何，赤匪狐。行偢偢，走担夫。室嗷嗷，攘妇姑。足无屝，身无襦。黄米玉，白米珠。十家哭，九家呼，莫呼又莫哭，雨雪睨睆阳春复，天宁寺里赈官粥。

十五夜坐月寄松门真州

对明月，明月广陵春，昨宵二七今三五，此夜三分已二分。惟我残灯焰凝紫，惟我轩窗净如水。迢迢玉宇露华流，凄戾金风飘素秋。乍穿庭树劳缱绻，移入疏林更宛转。可怜宛转最多情，可惜团栾看不成。夹城萧鼓填哀咽，散作荒凉故苑声。已教露草凋红色，惊断寒螀啼抑勒。那能千里共婵娟，恼乱江南未归客。去年江上弄清晖，前岁芒鞋踏省闱。此日天涯叹流落，有谁门外唤披衣。

古荡归途

日暮东风急,归途雨正繁。泥深黏屐重,云湿带林昏。野水喧渔艇,人家掩竹门。遥怜折梅处,回首更西村。

甲午除夕

天地身仍客,风霜影自怜。艰难逢岁尽,愁病入新年。失路从飘泊,怀人有醉眠。长饥近亦得,不拟送穷篇。

送郑季雅

沧江怜独卧,春草看还生。愧我未能去,对君空复情。青灯安寂寞,白眼任纵横。莫鼓齐门铗,悲歌总未平。

出门

春阴生涧壑,木落风凄凄。倚剑出门去,饥乌绕我啼。抚心迷出处,投足畏东西。独立仍搔首,浮云片片低。

春尽

为贫常作客,春尽未还家。故国重回首,江城正落花。屯云依树断,深柳趁风斜。寂寞年时意,劳劳空岁华。

感旧

感旧悲今日,怀人自昔年。梦仍千里隔,月又几回圆。把卷吟松下,看云卧石边。知音半萧散,谁复忆师涓。

秋晓

陈撰

虚斋孤梦醒,残暑罢帘栊。门向闲花闭,阶仍落叶封。纤云浮曙色,疏雨淡秋容。坐起仍颠倒,泠然何处钟。

晚

水暝溪烟白，山寒野烧青。夕阳连古树，宿鸟下空庭。浊酒几回醉，残砧薄暮听。碧云遥望合，天际欲冥冥。

闻蛩

不寐夜闻蛩，凄凄四壁空。疏灯人醉后，细雨客愁中。失路依衰草，长吟向暗风。壮心殊突兀，为尔感飘蓬。

冬夜

寒檠小焰烬红金，散澹情怀寂寞寻。一卷残书开阖看，数竿风竹短长吟。已教老辨中边味，未便禅空爱染心。我欲瑶琴破萧瑟，无弦何处觅知音。

江行早春

江村新霁烟凄凄，冻泥初融麦未齐。疏林到处映残雪，茅屋有时闻午鸡。孤帆回首山渐远，野渚乱流舟欲迷。两岸梅花照水白，白云片片迎人低。

经旧酒家

小市红灯忆昔游，短衣侧帽剧风流。钱郎已去王郎死，忍过樊川旧酒楼。予于庚辰北上，同王紫澜使君及歌者钱郎会饮于此。

程五藕柴别业同民长

水上花开水底红，晚风拂水水蒙蒙。吹来几点莲须雨，一个流萤出苇丛。

寒食前五日蓉槎招同诸子泛舟红桥 录二

嬉春原不厌缠绵，况是皱云嫩日天。忆得故园春信早，淡红香白过湖船。

按歌画板檀双拍,卖酒青旗竹半叉。放艇石桥南畔去,傍篱吹尽野梅花。

柳枝 录二

烟笼新翠密藏莺,拂水丝丝画不成。谁道春风不相识,丽情曾乞玉溪生。

酒筹歌板记当年,乙乙长条接短筵。梦里段桥南去路,晓风残月有谁怜。

桂芳

字培初,号燕山,慈溪人。诸生。著有《燕山近稿》《追往思来》诸集。

独居

隐迹南郊外,翛然镜里天。鸟啼花未落,人静月同眠。看竹添吟兴,听松避俗缘。不知春已暮,锄雨药栏边。

四照楼晚眺

翠洗寒峰影淡浮,西风独上仲宣楼。高低枫染千林锦,上下帆飞一色秋。鸦带残云归岭树,雁催斜日落江洲。谁同沽酒邀明月,醉赋新诗竟夜游。

魏士杰

字子良,慈溪人。著有《言志斋集》《蠹余集》。

《慈溪县志》:士杰少孤贫,出游吴越间,负米养母。母疾,吁天乞代,既殁,哀毁骨立。事兄甚谨,有姊贫而嫠,迎养于家,抚其孤成立。性倜傥,喜为诗,所交皆一时名士。一日,宴集分韵,即席成《梅花诗》百首。兼善画，兴至辄随意挥洒。所居近云山，自号云山老人。

白云精舍

我寻白云舍，历遍桃花林。桃花不知数，白云几许深。曳杖搜往迹，援琴写幽襟。抱兹山水意，寥寥空知音。

村居写怀

鸣禽破竹烟，晴峦媚朝旭。物情各欣荣，我怀胡局促。出门畏风波，家居甘淡泊。淡泊堪养性，风波防颠覆。记读老氏书，知足良不辱。春花尚未阑，春酒喜已熟。把酒坐花前，此外更何属。

赠郑南溪

我欲骑鸾入紫雯，手排阊阖叩帝阍。帝阍迢迢不可到，清泪滴破苍梧云。遥望三山隔烟雾，长鲸蹴波毒龙怒。撒手归来旧四明，无端苦被风尘误。风尘寥落春复春，谷口欣逢郑子真。留我高斋话今古，灯红酒绿常相亲。惊君雄才固无匹，逸兴游情更奇绝。竹杖挑残五岳云，椰瓢吸尽千溪月。犹幸思君得见君，见君不久又离群。何当谢却人间事，与君携手登昆仑。

云峰精舍

策杖到云峰，云开翠影重。竹敲深院雨，风咽上方钟。细草回春色，幽花悦佛容。归途虽寂寞，余兴喜犹浓。

过法云古刹

法云迷远树，绕径到岩扉。黄叶枯僧面，青苔古佛衣。庭荒花自笑，厨冷鹊空飞。我亦耽幽寂，忘归宿翠微。

登五磊峰

我登五峰顶,更上万松台。搔首一长啸,秋声四面来。浮云吹不动,落日有余哀。归去天将冥,柴扉喜半开。

恒山

雪柏霜松斗怒虬,萧森灵气满并州。石飞云外翩然坠,河到山根不敢流。直北风沙千嶂隔,中原形胜一峰收。而今六合归王化,铭勒燕然最上头。

客中有感

砌蛩吟处月初凉,欹枕频思旧草堂。月影不怜孤客瘦,漏声偏为老人长。囊空遇事多羞涩,头白辞家欠主张。深谢故人相慰藉,强扶藜杖看秋光。

过孙青屿谈先世雪窦遗事

与君三世称交谊,廿载重逢莫问名。碧血丹心伤往事,白杨黄土动余情。星临北斗文光灿,有传雪窦为修文斗府者。魂啸西湖秋月清。雪窦葬西湖。话久已知肠欲断,窗前啼鸟亦吞声。

叶筹

字惟中,慈溪人。

绿牡丹

簇簇含烟绣幄中,绿珠标格画难工。映窗乍近疑虚碧,倚槛初来讶落红。已学翠娥夸国色,更留青帝款春风。饶他蝴蝶佳名借,邢尹何当二妙同。永宁王宫中绿牡丹号绿蝴蝶。

冬夜读书

亭台月上添新白，松柏雪消还旧青。此景此时谁领取，一灯如豆夜翻经。

王炳

字虎文，一字钝夫，鄞人。监生。著有《咄咄吟》。

郑赞善《虎文序略》：钝夫精律学，袁近斋太守尝师事之，其子畿以先集《咄咄吟》二卷及诸杂文介近斋之子钧请序，读其诗及其自著《痴道人传》，知钝夫故贤而隐于幕者。惜乎，仅以诗见也。

感怀十首和许砚村韵 录三

远游

负剑学远游，所望在升斗。昔年客楚秦，今在彭蠡口。或遇早春时，秾桃杂细柳。中有卖酒家，青旗两三首。醉题放怀诗，拂壁龙蛇走。或遇苦雨宵，孤灯坐相守。旅况尽数生，欲扫愁无帚。或遇风浪惊，局蹐束两手。怒波卷银山，激之如雷吼。叹息远游人，赞羡田间叟。

思归

春山听鹧鸪，闻说不如归。低头检敝箧，空空竹四围。非我愚且拙，要皆时所为。本未处囊中，焉为脱颖锥。游泳惭鱼跃，去住羡鸟飞。碌碌度长年，却悔出门非。来者犹可谏，去者不可追。苟有买山资，携家入翠微。

耕田

长年不出门，因有田数亩。努力事耕耘，食力计长久。饱从辛苦来，乐自太平有。秋赛报年丰，官租办数斗。有余不易钱，闲日多酿酒。亲友偶相过，便列蔬与韭。将此田间物，会此田间友。

案头荷花

家童采藕花，的皪磁瓶内。谓我爱清姿，朝夕可相对。瞥见如故人，久别忽把臂。不谓转眼间，花容失清粹。尚有数蓓蕾，隔宿亦憔悴。欲开无气力，似醒还如醉。勉强吐含苞，聊以谢宠被。因思出尘姿，入尘即亵秽。既不全其天，何由得所贵。举笔叹藕花，低头想吾辈。

鄱湖棹歌

壮哉！奔腾砰湃无涯涘，一泻烟月三千里。势撼长空色补天，辊雷喷雪波流驶。东望匡庐云，一片细如绮。西望康郎山，翠螺大如指。鱼龙睡兮风暂恬，中流酾酒心茫然。水天渺渺帆出没，去谁驱之来谁牵？酒欲阑，歌未歇，临风慷慨忆畴昔。真人奋臂起临濠，指顾乾坤重开辟。峨峨列舰下平湖，星驰电掣荡妖魄。鼙鼓动今日无光，宝刀起兮云掩色。几人捐躯称国殇，此地凯歌旋奏捷。至今三十六忠臣，庙貌如新神赫赫。我来吊古舒幽情，沧桑已久无战争。英雄战斗知何在，空有山高与水清。樽前歌竟更酬酢，晚霞一片当樽落。

秋飓行

乙亥七月十四日，飓风挟雨天如漆。东流之水驱向西，海中潮怒如山立。摧栋飞瓦妇子惊，倾樯折舵舟人泣。如是震荡三昼夜，力亦稍疲怒稍戢。风定赤脚望平田，茫茫水与天为一。往年三伏阳乌骄，风吹长河起尘嚣。今年雨旸幸时若，晚禾又苦浸咸潮。早稻登场值阴雨，谷芽乱茁纷白毛。老农自叹复自幸，妻孥无恙安故巢。我向老农谈岁事，不忧飓风忧水利。飓风偶尔水旱常，河浅堰敝谁经意。桔槔转眼涸鱼泣，洪波无奈阳侯肆。以故年年常歉收，

叶筹 王炳

尫羸满眼嗟憔悴。我闻斯语一怆神，甘棠郁郁忆前人。

月夜立梅花下忆吴门旧游

梅映清宵月，虚庭皎若霜。空方知是色，静始解闻香。邓尉晴天路，孤山处士房。尚如昨日事，已叹鬓毛苍。

九日偕同人南山僧舍宴集

胜事逢佳日，登临老更狂。石看千仞立，菊绽一篱香。饥鹭窥寒濑，归鸦背夕阳。莫愁溪路晚，明月自相将。

十载栖迟者，言归尚未能。独怜江上寺，又与客重登。丹叶烘秋树，黄花瘦老僧。传杯酬唱处，人在最高层。

舟泊华阳以酒奠三闾大夫祠

庙貌依然留泽畔，我来瞻拜奠村酤。终因独醒埋鱼腹，好把微酣劝大夫。江汉水流忠愤远，子规声续楚骚孤。多愁天欲凭公问，未识天今问得无。

雨后衙斋即事

雨歇庭除净绿茵，萧斋徙倚迥无尘。雾看山似初归客，静对梅如本色人。一缕茶烟当户细，几丝花气隔帘亲。与谁共领闲中味，架上云笺瓮里春。

暮雨登楼

长天漠漠湿云浮，一半韶华已过头。深院箫吹清夜雨，惜春人倚杏花楼。眼前何地堪埋恨，湖上谁家唤莫愁。记得管弦成烂醉，去年今日在扬州。

送袁近斋赴都候补 录一

江上高吟送别诗，山花灼灼柳丝丝。君行会有登庸日，我老应无再见时。身后事惟良友托，眼前愁岂外人知。春风如睹湘梅发，驿使频烦寄一枝。

董元聪

字映泉，鄞人。允雯子。

《鄞县志》：元聪与全祖望善，祖望续辑《甬上耆旧诗》，伙助最力。

赏可亭牡丹先过愚亭院中看雪球，谢山用高武部赋林太常留补堂牡丹韵，即席有作，相率和之 录三

吾郡多遗逸，林太常高武部素著闻。溪山消永日，道谊薄浮云。鹿韭花方盛，金兰气更醲。吾侪惜未遇，聊与诵遗文。

牡丹逞艳质，球鞠尽风流。伯仲擅标格，东西共胜游。居心无俗物，触目即芳洲。宁必夸姚魏，才堪事献酬。

可亭亦韵地，先德寄墙东。有约宁辞雨，征诗足采风。一堂宾主盛，五字古今同。句甬文章社，扶持在数公。时谢山方录先曾王父诗入《耆旧集》。

董敏

字学修，号逊斋，鄞人。监生。

拜南郊孝祖祠

三里南城路，千年孝子祠。乳乌巢老树，小草发春池。诵得长溪句，空怀季海碑。遗闻传众口，述古愧孙枝。

秦大育

字载蕃，号碧山，慈溪人。著有《苍崖诗抄》。

吴履坦先生《序苍崖诗抄略》：碧山客宛丘邑署，凡五载，余因得与交，风规淡远，有道士也。善为诗，又工画，画本董、米、倪、黄诸家，而别具精力。诗本少陵，清新俊逸，兼而有之。

对雪有忆

遥天宿雪正霏霏，肠断羁人独掩扉。归路几时凭马足，寒灯犹忆泣牛衣。思乡梦逐庄周蝶，织恨丝牵苏蕙机。量我征袍商钿尺，腰肢无复昔时肥。

裘玉

字文玉，慈溪人。武生。

登寺后山

孤峰浮海俨乘槎，绝顶登临兴倍赊。云影醮波浓作画，涛声撼石白成花。御风便欲凌三岛，礼佛何须上九华。嘹呖一群珠树鹤，叫残宿梦堕烟霞。

黄松龄

字参云，号西岑，鄞人。象升子。监生。

黄肖堂先生撰《传略》：参云少孤，家无寸业，弱冠后为南北之游，名重公卿间。能琴能书画，能诗能清书翻译，尤精天算，顾屡试不售。以母老遂归里，与二弟友爱无间。所著有《郇膏楼稿》。

芦沟桥上逢老僧

汨汨桑干水，萧萧秃柳蟾。凄凄愁杀人，行行逢老僧。老僧何为者，闲看寒泉泻。杖履乏追随，子焉徒侣寡。自言世外身，苦被红尘惹。祖贯本云中，家在西阳下。前朝神庙时，堂皇震里社。大父官中丞，阿爷作洗马。天子赐甲第，庑廉通大厦。堂上列南威，门下走须贾。铜龙画戟间，名器常相假。奄忽经丧乱，兵燹满四野。校尉有官衔，黎民无片瓦。将军养龙驹，别院栏楯舍。蓬庐不易栖，托身在兰若。至今数十年，食力同陶冶。伤心楚汉事，岂无陈平计。发白齿更生，年衰智则稚。况乃世运移，乘除本间至。两眼看乾坤，人谋或天意。违天恐不祥，宁为时命弃。我闻几叹息，白日忽西坠。遥望太行山，黄沙拂尘彗。归来述僧言，犹似闻余欷。灯昏墨汁干，借取老僧泪。

华筵曲

明灯灿，杯盘烂，主人款客搴帷幔。吴姬十五正娉婷，歌动梁尘遏云汉。明灯灭，冠缨绝，主人爱客嫌疑掣。纤纤玉指凤槽横，转关弹出蕤宾铁。人生昼短苦夜长，何须寂寞搜枯肠。娇歌妙舞不易得，椒浆桂醑难为常。三万六千大齐数，一生几半炊黄粱。当场莫放欢娱去，颜回盗跖均亡羊。令名身后事，富贵草头霜。及时为乐开口笑，更莫说到杜诗韩文章。华筵一曲《放歌行》，君不听受徒悲伤。且看城上啼鸟共诺诺，东方熹微明星落。

黄自新

字颖毓，鄞人。象观子。

春霁泛武陵山

一雨兼旬涨百溪，初晴放棹武陵西。平畴渺渺翔青雀，丽日迟迟晒锦鸡。几树香霏梅靥瘦，千条翠弹柳腰齐。酒帘飐处新莺啭，似为游人劝饮啼。

雪

黯黯同云幂涧溪，六花拥入草堂西。熏炉灰烬烟消鸭，羸骨寒侵肤类鸡。汲井绠胶瓶怕睹，淮南子睹瓶中而知天下之寒。拈毫手颤字难齐。最怜穷巷无人问，冷落厨炊那禁啼。

黄茂大

字觐光，鄞人。

步尚镇台潮阳八景韵 录二

大江回绕凤城东，薄暮渔舟尽掩篷。挂网影遮波面白，然灯光透水心红。晶莹有曜常欺月，明灭无端不耐风。夜静酒阑人已倦，一天星斗照长空。韩江渔火

闲来独步上江楼，极目遥山积翠浮。断续几行云外雁，轻盈数点水中鸥。万家烟火连云密，千里川原赴壑流。日暮渔歌江上起，乡关不见使人愁。江楼远眺

邵于迈

字师瞻，镇海人。诸生。
《蛟川诗系》：先生为宾王先生之子，能诗。由诸生援例入太学，屡举京兆试，不第。授县丞，就职旋卒。

独居

院寂无人到，如何慰独居。壶中藏宿酿，架上插残书。烟气双松合，天光四壁虚。抽囊看古剑，积习未能除。

湖上柳

压水绿盈盈，画桥三五横。问谁携斗酒，来听晓莺声。

寒夜

老竹荒林雪未除，残年茅屋称穷居。月斜横到梅花影，伴我寒窗夜读书。

邵于征

字展成，镇海人。

《蛟川诗系》：先生少工词翰，壮游西川，廉访使署，与其地刘司马、姚进士诸人倡和，俱心折先生之诗，惜稿焚于火，鲜有传者。

过会稽谒大禹陵

禹陵形势郁葱茏，恍似置身王会中。万国衣冠皆拱北，三江浩淼尽朝东。蛇龙自昔潜踪远，沟洫于今被泽同。何幸此来瞻窆石，河山无恙拜神功。

四明清诗略卷八终

四明清诗略卷九

鄞　董沛　孟如　辑

蒋拭之

字季眉，号蓼厓，鄞人。乾隆丙辰进士。改庶吉士。著有《荻贻堂集》。

《鄞县志》：拭之少孤，力学研摩经史，所作举业文，传播海内。久困场屋，赴秋试，有某翰林承主试旨，致以关节，焚弃不用。康熙丁酉举于乡，计偕抵京，与何焯、查慎行为寂寞交。慎行称其诗曰："此白傅后身也。"焯尤赏其古文，及南宫报罢，借焯手校书数千卷而还。既成进士，选庶常，有同榜张若霭者，为大学士廷玉子，极意倾倒，微述其父意，欲招致门下，遂绝不往，还归班，补外，竟不复仕。性最孝，母病自药饵，以至厕牏，无不身亲。寡婶无后，事之如所生。群从兄弟友爱一体，友朋患难，倾束脩所入助之。卒年七十一。

雨次出寿邑

小邑拏舟出，居民水四围。溪流寒进石，山雨细沾衣。木落千峰静，江空一雁飞。翛然脱尘鞅，计日到柴扉。

陈其璜

字尔璧，号鹤膆，象山人。乾隆丙辰恩贡。著有《丹山自鸣诗草》。

《象山县志》：其璜负文誉，雍正十一年修府志，尝与分编之列。能画梅，与同邑仲腾字甫潜齐名。

过古冢

咽咽山下泉，萧萧山上树。瑟瑟树上风，累累树下墓。苔藓封残碑，半向草间卧。落花红零星，铺满青蒿路。黑夜不须言，白日走狐兔。策蹇偶经过，踌躇久不去。呼取酒一杯，浇向墓门处。安知百年后，不与晨夕聚。

雪骢歌

王孙有马名雪骢，自夸来从渥洼中。牵近向前试一顾，果然不与凡马同。目夹方瞳电光紫，尾撒圆囗朔风起。棱棱寒玉攒四蹄，秋竹苍凉插两耳。金勒虽络横难羁，健儿熟视不敢骑。一息便能走千里，惜哉此马将老矣。

游飞泉庵

一径入云微，当窗瀑布飞。树遮疑屋小，山静觉僧稀。题石笔黏藓，刷花香满衣。景多游未遍，峰顶挂斜晖。

山行暮归

斜阳前路去，山半牧人稀。孤石几回憩，暮鸦相与归。溪声流月冷，树影抹烟微。篱落灯明灭，还应未掩扉。

题小书巢壁

春溜浮花屋外奔，一痕摹肖浣花村。跃开绿藻鱼生婢，迸破苍苔竹露孙。懒对时官常闭户，偶因韵客一开门。笋鱼不用携钱买，取佐花前酒满樽。

画梅 录一

醉拈烂颖扫槎枒,扫罢题诗字亦斜。纸上微闻香扑鼻,不知是墨是梅花。

尹廷机

字次辰,号晚香,慈溪人。乾隆丙辰恩贡。

《慈溪县志》:廷机丰裁严峻,为学宗黄东发氏,于《日抄》一书推阐详尽,熟于史事,凡有关实用者,手自抄录。留心邑中利弊,极称宋吴制使潜诸政绩,疏其要者,著于编。

榆署奉怀家止嵝兄

十亩池塘一径幽,田园松竹自悠悠。只成落拓江湖客,空忆萧条风雨楼。野老共惊时递改,山灵应笑客长留。何如稳买还山棹,消却寒窗两地愁。

送友

一载榆阳尚滞留,那堪折柳倍添愁。欲图后会知何日,未卜相逢定在秋。酒入肠回情落落,山从云起路悠悠。他乡此际难为别,马首轻寒客子裘。

奉和观川先生原韵

谁将尊酒解萦情,自叹飘蓬过此生。犹忆故园茅屋里,半窗风雨读书声。

孙埏

字尚登,号碧溪,奉化人。乾隆丙辰副贡。著有《碧溪残稿》。

《奉化县志》：埏性孝友，举一足不忘父母，兄弟怡怡。读书淹贯古今，为文章操笔立就。馆修所积创设湖澜书塾，以惠族人。

咏乌竹

傍宅疏疏竹，栽培几度秋。虚心秉谦德，劲节傲风流。梢动月移影，叶新云伴幽。参天如有日，乌帽盼从头。

还自京到济宁

陆行车马水行船，济驿停骖十二天。齐鲁几经新景物，淮扬都是旧山川。六关鸭嘴随风渡，八闸䗪沙似箭穿。今日归欤真乐处，朝寻花鸟夜诗篇。鸭嘴、䗪沙皆船名。

丹阳感怀

丹阳九月叶新红，一路烟霞景不同。塞北几将狐渡水，江南犹见蝶翻风。感怀物色炎凉异，极目云山世境空。松菊幸传彭泽赋，莫教天际落飞鸿。

杨沃洲

字云薮，号任村，镇海人。乾隆丁巳进士。著有《古青诗存》。

《镇海县志》：沃洲天资颖敏，读书无间寒暑。性恬淡，不以利欲夺其志。喜吟咏，与刘宾王、王文麒相唱和。捷南宫，旋卒。

读栾城诗集

宋世诗家一十五，和平冲淡数栾城。如临秋水清波冽，拟看春山暖翠横。长守蒿蓬虚度日，偶开简帙为怡情。陈编彪炳谁同赏，檐鸟能知朗诵声。

与徐时中同访谢静公后所斋中别后赋此奉寄 录三

廿年游迹一囊书，十里从君慰索居。多病逢秋差得健，故人相遇几曾疏。风流自昔推王谢，词赋于今有庾徐。连日幽斋喧语笑，何当继此日轩渠。

孤城如弹压山根，中有高人独掩门。避俗非缘耽野趣，寻幽何事到芳村。听君快读西游记，助我几倾北海樽。秋老更筹报夜永，故应相对共黄昏。

漫说山斋心事违，斗城形胜亦崔巍。潮来东海迎暾出，日落西山看鸟归。拌醉不辞酒潋艳，肯留却爱雨霏微。主人更有加餐意，小摘园蔬豆荚肥。

费士桂

字宫裁，号丹林，慈溪人。乾隆丁巳进士。由中书改官衢州教授。著有《丹林诗文抄》。

《慈溪县志》：士桂教授衢州，正身倡导，士林悦服，以老乞休，诸生攀留不得，乃请为青霞书院山长。所作诗文具有规范，同年生德保序其集，称为卓然成家。

宿莲花寺

云山缥缈野人家，中有香台集暮鸦。衲子自持三藏偈，劳人独坐一池花。阶前草长侵狮座，腋后风生试雀茶。堪笑俗缘犹未断，鲸钟听罢又尘沙。

张凌霄

字广周，号云谷，象山人。思齐子。乾隆辛酉拔贡。官乐清教谕。著有《云谷诗草》。

《象山县志》：凌霄司教乐清，以乐育为己任。修文庙，葺梅溪书院，并捐俸为倡周恤贫士。进诸生，讲诵不倦。人感其德，立生祠为留恩亭。在任五年归，诸生绘《攀辕图》赠行。

过门前渡即景

两岸潮平渡正开，晴光荡漾水潆洄。远山峰向云边耸，野鸟声从浪里来。半倦舵工重换曲，几番贾客共谈才，推篷遥指家乡处，一望依稀失翠台。

自叹

惘然心绪百忧攒，闷坐长吁强自宽。烟景有情分一席，终朝无计度三餐。不妨人巧余偏拙，谁念时暄我独寒。自古浮生均若梦，何时一梦到长安。

世路无因俯首猜，檐前闲步独徘徊。一庭芳草香常满，几幅青山翠未开。消恨且倾彭泽酒，迁愁欲上子灵台。何堪频坐珠山顶，伫看征鸿去复来。

张承烈

字彦芳，号金峨，鄞人。乾隆辛酉武举人。

瀑布

怒劈巉岩石，悬崖若断虹。溜痕循仄涧，练影曳晴空。疑雪霏琼屑，先秋吼飓风。仙人遗玉佩，高挂碧岑中。

施沧涛

字东崃，鄞人。锽子。乾隆壬戌进士。官绍兴府教授。著有《石云楼集》。

李图凌先生《序石云楼集略》：东崃诗启秀谢华，别开封畛，而一以温柔敦厚为主，至情悱恻溢于楮墨，其人与之处久而弥笃，其诗亦久而愈工。

对酒歌

谁将巨灵手，攫取嵩华山。投塞黄河流，万古无涛澜。谁能飞长绳，系取银蟾窟。挂向青天中，夜夜有明月。月明不愁夜漫漫，涛平不愁行路难。人间便如天上乐，神仙何必烧金丹。我持此意向天道，白眼望天先自笑。人生寸心无足时，世事由来难逆料。长安虎头健少年，跃马一呼千骑寒。青丝络头老伏枥，红尘几许蒙雕鞍。若耶女儿花作面，玉手纤纤压金线。嫁衣代制春复春，泪痕湿透珊瑚钿。从今切莫思填河，滚滚平地翻风波。阴晴圆缺莫问月，挪揄白昼来妖魔。余年少，伯父谢世群少相构害，受侮不少。万事争如一杯好，千愁都向杯中扫。酒酣耳热饮复歌，放歌声彻云林表。摩挲倦眼瞩长空，月满沧江浪花小。

亭溪枕上作

险梦依风雨，痴魂绕薜萝。空山夜气足，回首悔心多。华发青年变，闲愁白日遒。生涯在何许，抚枕一悲歌。

夜泊西坝

水逆帆无势，江行潮有权。能令千里客，留坐五更天。村树衔高月，邻舟起曙烟。长年工捩舵，时到却争先。

山家书怀寄答包蓉峰之麟、厉可庭世仪

短筇伴影寄山城，回首江皋梦屡惊。何处东风吹客袂，小楼夜雨送春情，谁怜有恨啼鹃切。却笑依人语燕轻，倘有一成书舍外，不妨读罢带云耕。

院中老梅

漠漠古苔阴,春风吹到今。萧疏一片影,不尽百年心。

袁德达

字信吾,号近斋,鄞人。乾隆壬戌进士。历官云南永北知府。

《鄞县志》:德达成进士,试刑部主事,历员外郎郎中,能会通律意,剔决疑互,吏不能欺。每奏狱,同官辄属主稿。故事郎官主稿者必议稿堂上,与堂上官相可否,谓之说堂,以博能声,人所争也。德达虽主稿,恒推同官,使说堂。或问何不自为计,德达曰:"死狱至刑部,十不一生,吾欲生之。而专其功争者,必求杀之,是彼之杀,吾成之也。今归彼以功,彼乐以生人为功且助我,吾之自为计不亦善乎?"由是疑狱多所湔雪,尝平反口外部落一案,所活至五六千人。出知云南永北府,疏渠垦荒,兴学劝士,治二年,仁施懋著。丁内艰归,服阕,授广西庆远知府,未行以疾卒于京,贫无以殓,同年生相与经纪,归其丧。

东归篇

憔悴复憔悴,万里归乡泪。擗踊恸长天,匍匐无生计。忆昔仕京华,十载秋官寄。出入承明庐,一麾滇南地。报称凤所期,宁恻路迢递。手遮天尽头,依栖携妇稚。风驰冀豫马,浪鼓荆襄枻。洞庭淼淼波,无风足惊悸。辰沅接巴渝,激石水扬沸。局蹐闷篷窗,日月不复睇。峨峨黔中山,云际攒空翠。驱马出其巅,欲下每回辔,旁临千仞涧,经过疑梦寐。危磴盘羊肠,层峦回鸟翅。山头蒙雨湿,山下杲日炽。一日穷一顶,抵暮始休憩。旅停太荒凉,卧榻杂厕厕。但思踞床坐,不复辨臭味。病妻气恹恹,一时将命诿。

稚子触墙啼，凝立不嬉戏。襁女犹恋乳，伏胸但悲涕。吾闻蜀道难，行路悲失志。涉历无险夷，百凡志为使。行行抵郡中，团坐增感喟。满目荒荆榛，山城一壶系。悬隔金沙外，谁复思抚字。地僻杂夷獠，生犷多猛气。刺乖父子恩，诟谇况兄弟。族乱宗法亡，无子子赘婿。锢婢囤众雏，生子非伉俪。济济胶序英，耳不闻六艺。吁嗟俗如此，掉首不忍视。疲民似巢禽，板屋架岩际。二月春雨生，锄耰兼姒娣。乐岁一饱难，身无完衣带。甫释行李艰，又对此凋敝。龚黄召杜贤，才薄何由继。郁结摧心胸，设施虑无自。为之浚故渠，宛转引灌溉。为之营治耕，开仓给廪饩。为之平旧征，铢粒必亲莅。为之董塾师，训课依传记。时复虑囚余，亲指六经义。放衙行田间，劳劝不辞瘁。譬彼蚕三眠，温厚以为饲。又如病起初，药石忌猛厉。绸缪二载中，稍稍起颠踬。嗟哉风木悲，北堂凶问至。方寸既已摧，何能复谈治。此日上郡口，欲行犹濡滞。空囊讵所惜，远道将何恃。况矫淮阳粟，贮蓄空委积。司马知我心，受代不苟庋。上官采舆论，体恤及微细。公帑苟已清，糇粮约粗备。登舆别郡中，夹道垂涕泗。扶持多老病，提抱增幼季。重历旧险阻，忧乐异前致。东出下楚江，湘潭□朝济。思归恨棹迟，不识囊已匮。人懒舟不前，搔首章江汭。水穷云复生，丰城来孟四。毓繁密迩南昌尹，顾君余门生德懋。能推惠。扬帆越信州，严濑顺流利。嗟此八口家，庶免他乡弃。归来肉补疮，丧葬终大事。亲朋遍交谪，作计何不智。风霜万里归，穷愁不少异。所幸名检完，荼苦甘如荠。为歌东归篇，永怀清白吏。

华萍歌

余于斋头置盎植莲，夏中菡萏盛放，其二茎华落房不作菂。花复发于房，观者异之，或曰此沈嘉则所咏华萍者也。

考其名，见《援神契》《白虎通》，大略谓王者政令均则生。

好雨溢庭除，草木各蕃长。盆池植莲华，得天厚滋养。亭亭挺翠柯，矫矫茁奇象。香迎书座中，光溢层台上。二茎谢复华，房薏展新秀。上声重萼缀岑楼，灵葩并瓦盎。吾闻华苹感，纪载征古往。王者德至地，蒸洽遍草莽。盛朝却图瑞，诵说先诫罔。小臣溯尧蕢，穆然结遐想。

谢阊祚

字悦如，号涛山，镇海人。绪敷子。乾隆壬戌进士。官甘肃镇原知县。

《蛟川诗系》：先生天资亮特，工诗、古文词。释褐授镇原令。镇原居山僻中，地瘠民贫，其屯粮借放至数十年，有不能偿者，请于上官豁免之。俗悍而性朴，先生洁己奉公，教以礼让，民大悦服。凡视狱，非甚大恶，谆谆理谕之，如父兄之于子弟，雀鼠之争乃日少。村有瞽者，挟术治病。乡人为纠金会众以酬神，或讦之先生前，按其事，皆跛聋残疾人也，遂反惩讦者。邻邑武生朱某，因谋地不遂，挟私愤以谋逆，诉御史台部，使者檄先生会讯，得其情，据谳以闻，遭驳斥。卒力争之，白所枉，俱得减释，而先生反坐是以失报罢官矣。归里二年，起授四川宁远府经历，谢不赴。在镇原时，有汉高士王符祠墓久颓圮，帅绅士构新之，并梓其《潜夫论全集》以行世，其与士相见，辄勉以敦行读书，故诗文所积，逾于案牍。所著有《篱云楼集》《慕园草》等十二种，汇编之曰《并日轩诗文抄》。

张介石暨明则从弟各以诗稿属点定

垂髫学为诗，了未窥秘钥。失业复经年，今并不昔若。昔犹猛于为，落笔忘美恶。今乃室于思，扣腹艰冥索。以此静自愧，终岁罕所作。九月何风光，黄花媚绰约。珠玑讶杂投，先后怀间落。启械一一看，喜极歌且咢。张君妍雅士，气象本台阁。沉浸六籍中，英华自咀嚼。根深沃其膏，淡语皆入格。明则尤诗宿，拈弄归绳削。绘景秀欲餐，琢句险可凿。仿佛家鸡中，睹此九霄鹤。二君信诗豪，灵府曾浣瀹。谁能鼎而三，怜予徒孱弱。昔诵庐陵诗，苏梅多酬酢。谓如左右骖，至语非戏谑。以予视古人，形影常自怍。何当荷二君，诗料苦为醵。春日太磨砻，秋风健攻错。不负蓬生麻，视此剑吐锷。

途中红叶渐落，感而有作

枫叶染千丹，苍松胜以翠。丹者不逾时，苍老历岁岁。同是凌霜姿，以艳转憔悴。梧桐亦复然，西风挫其锐。高材忌易撄，守雌斯其贵。矧彼灼灼花，讵能长妩媚。

对月歌

明月甫半轮，照人剧清越。人怜异乡人，月尚故乡月。故乡月从异乡看，异乡人拟故乡发。五斗陶潜悔折腰，两年我亦白鬓发。安得空囊即日归，改着青鞋与布袜。荷锄亲自耕石田，放舟时或泛溟渤。有书聊许当百城，无斋亦可营十笏。男儿壮志已消磨，底须尚诩封侯骨。食贫甘受鬼揶揄，怪事向空书咄咄。对月狂歌一写心，月轮已向深林没。

晓发东平

残梦惊车铎，披衣逐晓程。半轮前岭月，五夜异乡明。寒重人希语，宵长马健行。昨朝汶上客，仆仆又东平。

潼关渡黄河

细雨吹人急，微风卷浪多。已看离宦海，尚复渡黄河。秦晋此分界，乾坤总逝波。不如理归棹，随便卧渔蓑。

暮景

暮景郁苍苍，凭檐眺女墙。岚光凝远岫，雨意上垂杨。鸟自归巢急，人谁入梦长。茅斋呼酒熟，寂寞独行觞。

移菊

种竹初移菊上盆，淡黄浓绿恰平分。不知篱下眠高士，何似庭前晤此君。三径柴桑留送酒，万竿筼谷待干云。评章清思依然共，好伴先生醉夕曛。

人日

人日他乡节序更，村墟茅店递相迎。一帆差喜乘风便，千里何当仗剑行。冰泮浊河春有力，雪封沙岸草无声。题诗未审将谁寄，忆我应逾我忆情。

早起

风信才催雨脚收，又移薄雾上山头。阴晴天亦难为主，悲喜人谁得自由。稍卷帘通莺语滑，偶巡檐瞩柳丝柔。春光如许空闲掷，恨不吟笺十幅抽。

寄题二老阁

昔年二老阁同登，一字留题尚未曾。到此语言原是赘，任他顽懦亦能兴。江回九曲波澜阔，山接群峰气象增。竹浦寒村幽寂甚，师门家学两承绳。

谢友祚

字因则，号心斋，镇海人。乾隆壬戌岁贡。

题鄂坡从兄洗砚图

君身具仙骨,吐属殊鲜妍。诗歌无不妙,书法居其巅。字画仿逸少,笔力追公权。小园仅容膝,疑是小洞天。上矗累累石,下流涓涓泉。好花开四季,美酒集群贤。昆季式相好,篪和而埙先。我亦时过从,恍置春风前。壁间悬小影,神气如玉莲。兀坐有所思,不屑轻下笺。命儿洗砚待,意得自忘言。伸纸斗霞绮,泼墨走云烟。我欲攘臂夺,君辄授手捐。爰黏斗室上,辉光照几筵。

再题小有居书室

穷居我亦一闲人,未与梅花卜好邻。个里三时都绮丽,世间群动任陈新。酒怀欲挂临窗月,诗语都成著手春。与物相遭无所忤,何来燕恼与莺嗔。

杨源

字昆孚,一字昆甫,镇海人。乾隆辛酉副贡。

《蛟川诗话》:昆孚与施君光远少同受业于涛山师之门,光远先习为诗,昆孚继之。与余兄弟相酬答,光远诗如啼鸟鸣林,和声可爱;昆孚诗则如春草池塘,独标嫩绿。

喜遇李仲博留宿

与子经年别,山川隔几重。梦边孤雁远,意外一樽逢。林鸟留人语,檐花照酒浓。拟烧长夜烛,款款话萍踪。

西郊偶步有怀

芒鞋竹杖度林蹊,才过桥东转陌西。远道蘼芜看马去,当关杨柳听莺啼。池涵春水浓能淡,山抹晴云乱忽齐。我有故人行未返,旧时门巷认凄迷。

读史偶得 录二

拂云杨柳绿依依,春满昭阳丽日辉。未待他年悲燕啄,宫中先唱雊朝飞。

生为走狗亦堪哀,自古功高主易猜。不效子房辞爵遁,韩彭毕竟是庸才。

李自新

字含英,号袯斋,鄞人。乾隆甲子举人。著有《自怡集》。

己巳除夕守岁,与家人小饮

妻儿忘却向来贫,红烛高盘劝酒频。好似明朝添甲子,先教今夜守庚申。何妨欢笑迎新岁,未必神仙属老身。最喜三更将柏叶,几杯能醉两年人。

闲坐

尚饶一室堪闲坐,何论低檐不剪茅。睡气未消余软弱,诗成亦觉懒推敲。静看物态如观火,统计余生作系匏。童稚不来风影寂,蜻蜓纵意立花梢。

范永润

字吴雨,鄞人,从律子。乾隆丁卯岁贡。官会稽训导。著有《洗竹山房诗选》。

游西湖之白衲庵,同天竺竹房上人用壁间韵

为厌湖头车马闹,独从白衲叩柴扉。路当危处苔偏滑,山到深来翠欲飞。石意懒如云意懒,_{庵左有懒石居}。人声稀并鸟声稀。不愁秉烛归途晚,已露遥天月影微。

天章寺

天章寺里杖藜停，一带寒烟锁石屏。曝背老僧忘世事，诧余何故问冬青。

苎萝山

黄土山头有断碑，我来独立晚风时。苎萝更没居人住，休访当年旧姓施。前朝一碑仆地，山下绝无居人。

范铎

字昆湖，号愚轩，鄞人。廷谋孙。乾隆丁卯举人，官湖北当阳知县。

初晴登郡城即事和从侄韵

蓟门春草梦，几度负春晴。选胜复佳日，登高上郡城。路沿江岸曲，云截乱山平。未获陪游屐，怡然故国情。

驹隙流光过，中年哀乐多。看花催羯鼓，泛宅侣渔蓑。暮雨连床梦，春风子夜歌。且凭搜句力，破寂拟阴何。

立春日有感

汩汩春泉积雨肥，海南人说理征衣。梨花寒食啼鹃路，剩有衰翁挈眷归。

彩幡花胜倚春娇，独赋招魂续楚骚。红雨盐官吟旧侣，恼人噩梦兆三刀。

桂潚

字岳中，号洁泉，又号浣斋，慈溪人。芳子。乾隆戊辰进士。官四川德阳知县。著有《柑亭集》《西苑》《西征》《蓼花楼》诸草。

《慈溪县志》：溥初授直隶新乐县，旋调德阳。居官抚字有方，民爱之如父母。积劳成疾，卒于蜀。宦橐萧然，书簏外无长物，论者谓不愧清节家风云。

大风歌

冉冉嵩谷云，春光正淡沱。忆昨驾短辕，俨乘书画舸。所游适我愿，骏足驱驰妥。倏忽忆风扬，惊飙真耐可。声啸树槎枒，轮鸣石磊砢。缊缊野马腾，撩乱飞鸟堕。一似行脚僧，竟作朝夔坐。我闻华山巅，裔宇自鬼琐。白悬瀑万丈，青削峰千朵。风伯此先驱，凭虚乃乘我。自古绝顶登，缅惟知力果。

游玻璃泉与周子端宸、吴子骥词同赋

亭午翠屏合，玻璃照洞幽。高风宜漱石，绝顶是清流。意惬闲云住，凉生古树秋。客心安饮水，乡味到归舟。

新城

古邑当云栈，层峦列女墙。两京此户牖，千古扼河湟。城邑余芳草，泉声冷夕阳。莫愁登险峻，早晚度平冈。

兰州杂诗用杜工部秦州杂诗十二首韵

万里燕支路，金城踞上游。风云常护塞，笳笛旧吹愁。古鄯营通峡，<small>西宁卫后赵充国伐先零、罕开，置破羌县，魏改西平郡，宋为鄯州，在河西而不与五郡之列者，汉本属金城也。</small>祁连草易秋。功名思汉将，战碛至今留。

迹考金天胜，观传肃靖宫。<small>州西有金天观。</small>松阴留院古，槐影入坛空。剥落丹青壁，啸呼闾阖风。真人图画在，紫气自从东。<small>东有孙真人阴阳坑，悬像其中。</small>

昆仑来几许，抱罕始流沙。河州晋曰抱罕，黄流自昆仑折入中国，始于河州，次即兰州，又次靖肤，至宁夏，绕河套而经兖豫，凡榆林诸边卫，均受灌溉之利。积石关千折，关去河州一百三十里，即导河自积石旧址。灌畦卫万家。银河经套险，铁索系桥斜。咫尺乘槎便，何须博望夸。河水流入中土，惟兰州有镇远桥。

大夏此门户，河州古西羌地，汉名大夏。环连控制强。蛮烟旋地起，烽火锁边长。嘉峪蹲虬虎，明初耿炳文收河湟，冯胜取甘州，皆于嘉峪关画玉斧以威外虏。番戎市骐骥。咽喉兼四郡，气象郁苍苍。武威、张掖、酒泉、敦煌，皆以兰为要冲。

列槛长城近，茫茫指顾间。城北有拂云楼，登望长城甚近。延袤连地轴，逶迤枕天关。秦汉山河垒，旌旗日月环。长看饮马窟，堑绝阻那颜。

策马行西郭，临风上驿亭。黄沙千里尽，白雪半楼青。出西郭十里许有白雪楼可以眺远。屏翰思前略，河津指客星。开樽一披豁，扶醉到郊坰。

传有伊凉曲，声声击筑繁。梨园尽作西调，盖仍乌乌旧俗。引商横朔气，变徵失真源。急响秦声，前惟康对山擅妙，同时渼陂亦号第一，近俱失传矣。觱栗城头戍，琵琶塞外村。应余杨柳怨，暗度玉关门。

皋兰高作镇，玉露细流泉。薜荔松岩挂，笙簧石涧传。人来青海外，僧汲白云边。青海即卑禾海，去西宁四百里。闻道垂鞭指，嫖姚迹宛然。五泉之脉，今不可尽考。传闻霍嫖姚驻军于此，以鞭指出云。

抟土遂成屋，连间有几家。民居多涂土为栋，散落杂居。狂飙惊入牖，烂雨湿穿沙。收晚三秋粟，寒迟六月瓜。地瘠寒，果蔬瓜壶之属夏尽未登。别无风物好，乍见藏绒花。种来西藏地多产者。

迢递西枢景，萧森几席间。枕流九曲险，_{黄河入夜，其声汤汤，如从枕过。}屏拥五泉环，_{州南有五泉山，为一郡地脉之灵。}小鸟啾啾过，孤云漠漠还。夏来添逸兴，好雨点苔斑。

名藩移自昔，_{洪武二十八年肃王移国于甘州，三十二年复内移兰州。}废址澹无光。石窣封培塿，苔衣没苑墙。_{藩第今为熙宁观，石洞累累。}芙蓉几别院，钟磬此僧堂。遍地芜菁起，春来日渐长。

郭抱天河曲，城迎北斗低。塞垣深列障，秦谷旧封泥。_{州城近缮葺完固，屹然为河东保障。}鼓角秋烟外，楼台夕照西。皇威弥绝域，击柝静霜鼙。

江行即事

跌宕生涯总莫凭，十年书剑旧飘零。名山有梦归东海，香草无心思洞庭。寒水远云双去雁，夕阳古渡一渔灯。浮踪容我闲来往，眼见江枫两度青。

登万寿阁见华山

左控潼河右汉湖，三峰天外即蓬壶。巍峨阊阖开今古，锦绣芙蓉入画图。虬干龙枝秦代腊，金函玉牒汉家符。百年景象凭阑望，瑶草仙坛几有无。

六盘山

雄关绝顶势盘挐，环锁西凉面面遮。铁壁千寻残鸟鼠，危峰六曲险龙蛇。临崖石老焉支路，到岭云齐河汉槎。勒马山腰迟躞蹀，嫖姚旧迹踏春沙。

郭景行

字维远，鄞人。乾隆庚午举人。著有《检四集》。

述怀用东坡岐亭韵

众形满大地,皮里有真汁。随手掇花草,糅之皆见湿。蹉跎骨髓干,与谁竞失得。鼓力在壮强,揽辔驰驱急。阴平裹毡毛,文城击鹅鸭。岂不惮艰虞,凌烟窥鼎幂。留仙祠黄石,尘视汉帜赤。邠侯乐还山,连镳犹衣白。所上更一层,勿用加朝帻。足令功名士,闻之下风泣。古人积丘山,取资殆无缺。道远力不健,逆旅悲过客。晏眠诚有时,感兹百忧集。

咏史

亚父忌刻资,杀机动好会。剑舞嗾项庄,王者不能害。楚政殊纷纷,奇计终何赖。共主屠江中,而亦置度外。乞骸归卒伍,彭城徒狼狈。曲逆用多金,浪使声名大。

严陵钓台

南阳从龙猬毛起,竹帛勋名馥青史。功高岂必溯君恩,麟阁云台绝可伦。客星帝座动天象,故人一卧倾至尊。桐江钓处分尺土,千载争传汉光武。山高水长清风来,先生挟主共今古。君不见,段干垣圯泄门虚,文缪长留趋士车。

晓起买舟适东村

星朗见天河,东郊泛碧波。鸡声当野阔,鸦阵乱云多。帆满知人逸,舟平挟岸过。鹿山遥指处,欸乃莫停歌。

李工部汇川告假逾年,屠雁湖讯以诗次韵劝驾

两年桑梓岂嫌迟,好友双鱼急讯期。征逐不忘巾垫角,驰驱莫负带伊丝。江南冀北三千里,夏雨秋风十二时。独有漫生频劝驾,应令悬榻主人知。屠云几回悬榻待相知。

送春

耳边鸟语作笙歌,眼底花光映绮罗。春正好时春去了,寻春人似镜中过。

李恭宽

字栗斋,鄞人。乾隆庚午举人。官广东连山知县。

《鄞县志》:恭宽初授海盐教谕,训诸生以立身砥行。俸满,擢知连山。民猺杂居,动辄械斗,乃申条教,严约束,令耆老以文字导其子弟,桀骜渐化为循良。值行边,触瘴病卒,宦橐萧然,民感其廉明,集赙赠之,始得归葬。

和双云堂主人咏雪用禁体步东坡聚星堂雪韵

朔风先驱振槁叶,冻云万里旋飞雪。纤纤密密势纷披,整整斜斜态奇绝。厚积郊坰蝗蘖藏,重压园林凤梢折。光浮窗纸倍玲珑,影照书帏半明灭。茅茨清雅足自怡,锦帐粗豪直须擘。喜看穿柳缀作花,更爱萦波漾成缬。赏心冷淡煮冰泉,惊人咳唾看霏屑。拟挐鹔首来追随,遥想龙宫正飘瞥。耸肩独对梅花吟,有怀莫向素心说。伸笺聊尔道相思,冻管寒烟呵研铁。

登楼

长空极目动羁愁,残照西风一倚楼。衰柳长堤鸦阵晚,野花茅舍蝶衣秋。声声霜杵菰蒲岸,点点渔灯杜若洲。风景江南原仿佛,乡关何处思悠悠。

胡昌旸

字丽亭,镇海人。儋子。乾隆庚午副贡。历官广东南澳同知。

和净公芝山十景原韵 录二

罗峙悬山

独立仰高峰，孤撑霄汉中。含烟光自远，吐雾象殊雄。欲坠形常耸，如悬境却空。去来思撒手，自尔继高风。

茅洋秋景

山远秋容淡，风飘桂子香。峰岚多曲折，寺宇尽辉煌。月朗穿疏柳，钟遥度短墙。幽栖诚简略，应放鹤携粮。

冯鹏飞

字乘六，号敬亭，慈溪人。乾隆辛未进士。历官山东兖州运河同知。

《慈溪县志》：鹏飞历官三十余年，家无儋石，引疾归，主讲始宁书院，资脩脯以自给。

偕董平一丈出北郭赋慈溪

一曲慈溪水，千秋孝子名。烟光烘北郭，泉脉漱东城。古宅花开谢，荒碑藓纵横。我来调怅久，回首白云生。

包旭章

字晓文，一字闻斋，鄞人。乾隆壬申进士。官四川南江知县。

《鄞县志》：旭章尝从郭永麟游，学有原本。著《四明志补》数卷，盖就所见者录之，虽无异闻，亦能留心里中掌故者。知南江县，甫九月卒。

尝新麦

丈夫志四方，胡能免行役。行役不逾时，便得返尔宅。

昨岁游京华，度阡而越陌。望望行野田，青青初见麦。倏忽逾半年，新麦出供客。食麦尝以虋，惊心岁时易。食麦令人肥，惊心令人瘠。旧年鬓未丝，今年头才白。

同人集双桐斋分赋月湖古迹得憧憧桥人影

岛松屿竹洲芙蓉，星罗棋布分重重。中有游人来杂沓，东西两桥名憧憧。众乐亭前碧波里，恍惚照见蛟与龙。人行在桥影在水，摩肩击毂相追从。历历指顾成图画，奔驰移转如飘蓬。世事变幻莫可测，朝夕更改无定踪。同人行乐贵及时，磊磊落落开心胸。月湖作鉴宽且阔，逝者如斯今古同。鸢飞鱼跃真活泼，春风沂水何从容。顾影岂惜随波逐，昂然七尺凌太空。

舟发桃花渡

夜半潮初涨，桃花送客行。人怀千里别，樯动一舟轻。宦迹知何似，臣心合自盟。毋忘江上水，朝夕有期程。

同人集五泉亭消暑分题得倚松

独爱松林好，浓阴且一过。盘桓消永日，潇洒倚庭柯。苍友真知己，嘤鸣和雅歌。涛声云外度，世路任陂陀。

送同年卢琢轩丁艰归里

天雨寒仍在，山山冻雪围。南陔悲孝子，太学泣征骓。哀毁容成墨，啼痕血满衣。那堪孤雁影，_{前岁丧偶至是以艰归里。}空望白云归。

寄廖太史

秦淮昔作踏青游，返棹苏门共一舟。十载久分吴越梦，三江远益海天愁。鸣琴犹自怜焦尾，下钓于今尚直钩。若问长安待诏者，枫桥试看水中鸥。

转徙沧江值暮春，烟光淡沱逐轻尘。浮名愧我迟为宰，博雅如君有几人。二月莺花思旧侣，一宵风雨负良辰。何时得慰江南梦，亲见林宗折角巾。

芦沟桥

昔年此题柱，今日又逾沟。流水仍卢色，行人近白头。

屠可堂

字斯寿，号雁湖，鄞人。庶子。乾隆壬申举人。官云南太和知县，署白盐井提举。著有《霞爽阁诗抄》。

《鄞县志》：可堂有至性。父庶，以事被逮，将受杖，挺身请代，令怒予重杖，血肉狼藉，观者皆为挥涕。举乡试，考授内廷教习，分发云南署定远知县、姚州知州。丁外艰，服阕，补太和。适有征蛮之师，军需络绎。邻治蒙化府有合江驿，在深山密箐中，遇急递时致误。大吏檄可堂兼办，乃出私钱，增夫马之值，公事始得如期。及撤兵，题署白盐井提举。盐户苦采薪山巅，运致甚艰，煎熬常不及额，可堂见山顶有泉，乃凿岩壁如溜槽状，运薪木顺流而下，民以为便。

黔山石

黔山之石何磊磊，鸿蒙胚胎尽掷此。矗若奋戈矛，横若罗剑矢。锐如耸浮图，猛若屯天兕。不入女娲手，以补天不周。不衔精卫口，以填海狂流。五丁开凿力不及，巨灵劈破道里悠。陡然碍行路，人马相惊顾。历劫色已黳，式蛙状方怒。安得驱山缩地鞭，整顿地舆归平川。更倩方平叱作羊，顿令饥民饱充肠。

过常山

常山当面处，浙水尽头时。新翠侵凫翼，遥青落酒卮。琴书轻压担，风雨急催诗。为拟庭帏内，多应怅别离。

晚泊丰城

暝烟流水外，新月古城边。笑语乡音杂，人家岸火连。钟声随橹末，帆影落风前。龙剑当时合，孤舟一夜眠。

过李中丞故第忆敬斋

径过中丞第，文孙何处归。欲投吾刺入，已觉主人非。树老寒门影，苔深穷巷衣。平泉自古意，半落旧斜晖。

喜范半村至

灯花占昨夜，鞭影落斜阳。暂别悲歧路，相逢喜故乡。都闻亲老健，底为岁匆忙。一洗风尘色，新开瓮里香。

清明次韵时余将南归又欲北上

卅年壮志百无成，一日行踪两度更。折柳歌中燕市意，禁烟节里皖江程。饧箫粥鼓思乡味，野草山花展墓情。欲束归装仍未得，新诗为我破愁城。

东瓯寄万西郭前辈

一卷新诗湖上楼，千年心史井中甓。故家乔木分松柏，大地长江接越瓯。谢太傅踪重着屐，文丞相庙独陈馐。茫茫今古留遗事，书报先生起客愁。

包旭章 屠可堂

李青田惠读令祖司农公遗集

司农手泽百年新，珍重文孙行箧陈。经济才猷风雅士，乱离孝子太平臣。范乔泣砚都忘老，袁峻抄书不讳贫。非是天涯能什袭，短檠容易最相亲。

琼花观

宝儿憨态绛仙娥，此地当年乐事多。天上谁人怜玉蕊，世间空自记仙歌。曲中清夜三千骑，镜里春山五斛螺。高阁欲登徒怅望，扬州杨柳奈愁何。

九日寄呈家大人杭州

十载登高南北异，言旋犹复滞湖滨。趋庭独对黄花冷，落帽遥怜白发新。乞米半生长作客，授衣九月尚依人。片帆可许东归渡，荚酒盈樽待洗尘。

陪吴侍御柱峰、万太史九沙两先生游天竺

侵晓茅檐百舌声，春风今日报新晴。来寻灵鹫峰前路，去向修篁岭上行。因老愈夸筋力健，相扶何碍故人情。僧寮寂寂云深处，皂盖芒鞋迹并清。

于耐圃师招同梁阶平，修撰汪晓园，庶常鞠梧浦、陈景秦两同年剧饮

尽多月地与花天，法曲霓裳在眼前。万斛风骚金盏酒，百年气谊玉堂仙。夕阳山好楼中见，檀板声清席上旋。佳会由来不易得，何妨丝竹及彭宣。

滇南胜境

山山走尽见南云，黔雨滇风一晌分。庄蹻略通夷徼地，马卿传受汉京文。碧鸡金马天然画，玉柱铜标异代勋。为宰初来须问俗，鬻琴碑畔挹清芬。

薄暮由江古城至铁垆关

雄关遥控古城隅，匹马斜阳路正纡。谷日晴占年事好，春衣寒耐客宵孤。林分疏密风徐疾，山傍高低月有无。何处钟声劳远递，此心早已似禅枯。

过故友袁近斋太守永北旧治有忆

我服朝衫子经衰，滇风细语甬江湄。相望黄霸重来日，即是桐乡命葬时。归吏风尘鸿信杳，故人手泽燕谋贻。今朝棠树摩挲过，遗爱多因父老知。

病朽乞归杂成六首 录三

拂云长袖称初衣，百里侯从万里归。家食自应安老病，错教人认是知几。

刍粮士马羽书频，风雨晨昏驿路辛。敢以微程邀上考，期将完璧答先人。

倚门老影竟成空，剩有刀环望室中。楚水片帆归路缓，可无再借马当风。

李裕

字其昌，一字房山，鄞人。监生。著有《原上草》。

栾蕉雪

盛时多俊彦，泛席接中行。结交近三载，喜君有令名。皎皎连城玉，晔晔三春英。华门擅文艺，妙岁得襟情。古人重伦好，此道君能贞。闲者予契阔，君复为病婴。芳郊一把别，节物见屡更。曰予同鸡栖，闻君辞鹿鸣。天寒远山紫，霜薄秋江清。念君居近浦，闭户方养生。夕鸟西北飞，为予抒中诚。

游宝严寺

名山久寡寐,丘壑属今想。招携在首春,逍遥驾轻舫。近谷草木疏,心目忽已朗。梅花映空翠,一路得清况。林鸟啭犹涩,流泉暖初漾。玉屏秀回合,坏刹见古榜。孤磬斋廊寂,长松寺门响。同心四五人,徘徊碧溪上。微阳告将夕,涧西转苍莽。此去芙蓉峰,远隔几寻丈。其中多异人,灵区或来往。幽奇予所嗜,公等出尘坱。何当旦夕来,相从白云广。

九月十三日书怀兼忆蕉雪

北风袭巷烟差差,镜中昨日生素丝。玉瓶有酒弗能饮,佳节又过重阳口。天高露滋气清美,卧疴空复怜心期。南湖白云去千片,东篱黄花无一枝。菱叶短短不出水,断鸿呖呖怀其私。此日淹留亦可惜,此中使我长相思。异苔穷秋转相惜,近少双鱼不复知。故人安得保无恙,青山红稻寒生时。

暮春过访蕉雪,四月十三日蕉雪以诗来倚韵奉答 录一

春江一分手,惆怅过花时。且喜柴门下,重披小谢诗。遥吟山影接,新梦鸟声痴。愁绝张平子,何因酬所知。

日湖感秋杂兴

云薄风疏水满洲,城南天气早清秋。珠帘只隔荷花水,定有微寒在画楼。

俞经

字醉六,号约园,鄞人。虬子。乾隆壬申举人。官义

乌教谕。著有《约园诗集》。

《鄞县志》：经工小乐府，多借旧题别抒新意。

《蓬山清话》：醉六中年始学诗，时同里李房山工诗，醉六心慕之，欲得其传。适丧偶，乃娶房山女，翁婿年齿相差实不远也。

猛虎行

山中多兽，虎未餍足；但守空山，安得人肉。一解
白昼市间，虎聚而走；虽遇伯夷，垂涎于口。二解
驺虞仁慈，生物不唊；虎曰我在，彼固弗敢。三解
虎心无主，惟伥是凭；妖狐媚虎，先与伥盟。四解
人受虎伤，虎就人死；弱肉强食，嗟无终止。五解
宁饥无食，肯羡跳梁；我心视虎，终如犬羊。六解

巫山高

巫山高，高以青；湘水深，深以清。我欲往游，中道无杭。我居在下，我济无梁。远莫致之，水流汤汤。有美一人，婉如清扬。步摇珊珊，玉佩玎珰。招我抚绿琴，导我褰素裳。贻我青云衣，邀我白玉堂。苦无蹇修言，翘首徒相望。

来日大难

日苦短，宜尽欢，美人脱我貂蝉冠，夜移筝柱倾杯盘。当歌对酒，明月入楼，及时行乐，聊以忘忧。今夕何夕，亲故相逢，参横月堕，马首欲东。

妾薄命

东风作，梅花落，东风却比严霜恶。霜中不禁梅花开，风中不许梅花托。

长歌行

陇上有燕麦,不可刈为粮。田中有兔丝,不可络为裳。褊陋无所知,相视以为良。时至乃见真,萎绝弃道旁。物生贵有用,托根何不臧。丈夫慎自树,滋培在颢苍。

拟古

三吴多佳丽,綷縩起香陌。珠璎错绮罗,照耀竟朝夕。言笑扬清芬,发肤动光泽。就中谁家子,含睇出帷帟。宛转不定情,春思露眉额。相逢美少年,目成浑其迹。神合骞修通,昏姻以之适。但令嫁及期,自鬻何足惜。洛阳有贫女,操身似良璧。萧寂本素心,繁华初不识。春来偶出游,不肯炫颜色。蓬门至今守,蜷局忘头白。日暮垂素鬓,织缣长太息。

春思曲

盈盈桃李花,侵晓泣幽露。春思花共发,脉脉不知数。薄暮风烟起,花流曲江水。曲江如有情,相思不能已。犹忆前年春,送别江之津。归来独刺绣,针线懒依人。今年春自好,花事又草草。拂镜窥晓妆,双眉皱难扫。春风吹游丝,犹在合欢枝。不知人意乱,春风来底为。春云何黯黯,江树复密密。一岁无再春,奈何数离别。

咏怀次李房山外舅韵

好风东南来,惠然悦众芳。索居虽寡欢,何为催鬓霜。行行庭除间,但觉春阴长。高枝弄百舌,鸣鹤闻草堂。子和会有时,奈此虚流光。静自守真性,躁亦何能常。观理忽疏畅,爽然得兴亡。和气发胸膈,怡神正无方。层冰托穷阴,撮土含元阳。迟伏足宝秘,念虑都蠲忘。

过泰山

齐鲁十日行,泰山日相向。青翠眩目前,远影丽回望。神气感我怀,廓然得高旷。岂无登览兴,职事畏逋荡。孤亭曙花发,仲春时雨降。行役方遑如,愁闻仆夫唱。

宿东阿

落日如恋山,余晖暮还宿。数峰一清影,翼翼送吾目。停车山店昏,新月上茅屋。来频记口难,住屡入门熟。结念殊纡轸,有朋处如独。悠悠十数年,南北苦行役。生来非置网,安能伺飞伏。流泉激清响,西风荡豪竹。急觞缓忧思,半夜雨声续。

水亭偶坐

一心如清秋,云水淡相会。疏竹照空潭,暮村寂众籁。飒飒似有人,叶落闲门外。山月真静者,徘徊向庭桧。旷远情独亲,无由状微爱。落落人世间,抚念发深喟。

倚栏

纨扇春风里,愁来一倚栏。江澄连月白,木脱报山寒。雁影乡心在,虫声客梦干。清樽聊自适,风味似家餐。

秋晓

出门山月白,万里天光开。我意忽以旷,秋风从之来。微阴落高树,残暑移轻雷。襟素在琴绮,归弹有余哀。

小阁

小阁人愁坐,幽窗晚特开。暑清怜夜好,云淡觉秋来。绿绮闲时榻,青灯醉后杯。是谁惊寂寞,疏雨过庭槐。

俞经

漫兴

清愁逢落叶,彳亍过横塘。强欲成高卧,而犹恋景光。鸟鸣秋寺静,山远白云忘。俯仰惭身世,题诗寄上方。

西山夕望

客惯家如寄,人归山已秋。霜清潭水落,树冷夕阳留。廓落存吾道,消沉付昔游。寥天通旷望,怀远意悠悠。

山寺

深谷人烟冷,残阳古寺秋。水光晴上槛,石气夜平楼。修竹思清赏,疏钟入远愁。遂初犹未赋,慷慨记兹游。

观渔

出水多空网,吾生亦似渔。浮沉应有数,寥落意何如。江路晚犹白,秋灯树共疏。微吟相与静,风雨过荒庐。

寥落

野色晴还住,江光树渐移。芙蓉应忘老,鸿雁亦来迟。往事重阳近,平生皓月知。孤村人语静,寥落与秋宜。

甲申三月舟过沙港口舣某氏庄门外,绿阴满地,遂登岸,置酒石上,偕家弟纬、族侄雍成

新庄春水岸,小艇夕阳门。树色围趺坐,山光落酒樽。羁愁日月迈,行乐弟兄存。此会应须记,重来未易论。

登海棠楼有感

栏槛列西东,长堤远望通。马行秋色里,人语夕阳中。松竹余孙绰,山河叹阮公。_{先外舅房山先生吟咏常于此楼。当年}

吟啸处，独写溯流风。

镇江口晓发

生涯残箧里，客路大江边。日气还含雨，涛声欲泛天。迎南春色动，极北壮心悬。挂席乘初霁，东风且惠然。

晚醉渡扬子江

大江夕气满，醉里渡如飞。云月相含吐，水天无是非。古槎仙路近，长剑壮心违。一啸澄波动，凫鸥识我归。

赵北口

山气迎边月，波痕动夕阳，车行赵北口，人似水中央。烟柳交双岸，虹桥接断塘。淡尘欻满目，使我惜风光。

秋斋

榻列图书作卧游，黄昏小院入新愁。阶前细响和残叶，枕上微凉忆敝裘。薄酒尚宜今夜月，良田遥望隔年秋。浮沉不改心如铁，肯学人间绕指柔。

野兴

一片平林一带山，石桥通处有禅关。沙寒旅雁衔芦至，日暮山僧杖竹还。秋思浑忘随水远，浮生大抵让云闲。羁栖亦有堪娱事，宠辱无由到此间。

张园

故乡春色久蹉跎，闲爱名园偶一过。前辈风流修竹尽，近来光景夕阳多。一丘自可存规格，千载谁能永啸歌。我欲买山犹未得，柴门烟月且婆娑。

俞经

董任

字又衡,鄞人。监生。官贵州普安,亦资孔驿丞。

《鄞县志》:任性疏懒,好藏法书名画,工于临池,颇出入松雪、香光而得其神韵。画亦潇洒不俗。家富,以好施与。中落后,为亦资孔驿丞。冬月犹着葛衣,尝有句云"黄金散尽无知己,博得人间浪子名",闻者怜之。

分赋先征君遗事得祥乌 征君庐墓夜哭,群乌翔绕,见《会稽典录》及《崔碑》

庐墓当年血泪赊,荒郊形影吊寒鸦。呼群飞似怜岑寂,绕树鸣还助叹嗟。不信哀音通小鸟,奈无懿德感邻叚。空山此恨成千古,肠断乌私痛白华。

罗岩

字品山,一字友三,鄞人。著有《友三诗稿》。

《鄞县志》:岩父纲文,以写真得名,岩亦工其技,兼善墨竹。康熙中,纲文坐累将被逮,岩白于官,请代遣戍。铁岭卫奉天尹知其以代父至,优礼之,由是得周览山川,尝骑白骡,冲雪至盖州,遇猎者招饮,即相与踞地炙鲜,拔佩刀割啖,众惊异,询知始末,共传客焉。遇赦,归年已五十余,纲文尚在,复尽色养数年。

宿隐学寺

乘兴闲游值暮时,因过梵宇一栖迟。梅含宿雨香侵袖,柳怯严寒绿暗丝。钟鼓声声惊客梦,烟霞处处发诗思。当年隐学知谁氏,代远无征信转疑。

渡钱塘江遇雪

大好江山近故乡,欣然冒雪渡钱塘。寒潮落尽平沙远,倦鸟飞迟驿路长。偃息肩舆伴短榻，纵横诗卷压空囊。归家莫问清贫计，暂慰离情醉一觞。

九日有感 时在江宁

客邸逢秋心更伤，今朝又值菊花黄。纵然乘兴登高去，极目何曾见故乡。

李恭寀

字半山，鄞人。

雨中登滕王阁

临江存胜迹，着屐理前游。倦客重经地，凄凉独倚楼。浦云迷远岫，春雨逼归舟。极目家乡远，悲来不可留。

越台怀古

荒台下见海云低，歌舞冈前日向西。一自越王通使后，几回烽火照湟溪。

陈美训

字献可，鄞人。监生。考授学博。著有《南湖诗文集》。

古意

君家北山北，我住南山南。邈若秦与越，怅望泪潸潸。

一解

昨宵托明月，今来无一语。长跪复陈词，云深归海去。

二解

孤鸿落沙渚，尺素维其足。嘹呖向遥天，乃被弋者逐。

三解

遥遥千载上，千载下知音。同时而不隔，君心与我心。

四解

秋日

秋容方惨淡，高梧发长啸。前山爽气来，坐对舒怀抱。开函读素书，古人与同调。孤赏殊未已，明月遥天照。

严江行 为嘉禾郡吴椒亭刺史作

丁酉嘉平上浣初，使君凤驾自三衢。扬帆直下溪流急，乘风彩鹢疾凫趋。夜过钓台沉玉漏，停桡欲拜先生居。江干月罩迷烟雾，丰碑林立看模糊。山崖历级艰攀跻，台边宿艇待徐徐。吏谓公冗行须速，使君风雅更踌躇。先生高尚传千载，我独何为叹不如。胜地名流难再值，徘徊登眺属吾徒。迟明即上高台立，喘息嘘嘘足力臞。志在林泉忧在国，平生雅慕结相于。吁嗟乎！严滩多少利名客，往来日夜竞奔驰。何况持符驱五马，簿牒纷纷传羽书。谁耽山水勤仰止，中路从容驻使车。

渡口

驱车过古渡，旅客正辚辚。树影遥天合，乡音异地亲。羡他归去路，笑我出门人。不若南飞雁，盟鸥稳白萍。

七夕

晴光此夕好，万里碧霄空。萤火微欺月，蛩吟响敌风。人间虽乞巧，天上孰能通。何处秋声发，飘来一叶风。

知己

知己空天地，谁为系所思。中山千日酒，供奉百篇诗。珠佩投交甫，宫娃识宋祁。遥遥传往事，寂寂到今时。

舟中同万西郭家山学分咏

鸾影方悲独，时余初丧偶。饥驱共远行。春风吹别苦，晓月带愁生。去去歌燕市，萧萧走汴城。<small>时西郭入都，山学赴汴。</small>相期各努力，谁谓意难平。

凤凰山怀古

凤凰形胜旧称奇，控海环江宋故基。六代寝陵全义士，九重宫阙变招提。平章灯火明湖晚，襄邓烽烟驿路迟。自古黍离皆有恨，萧条岂必叹今时。

田家秋日

催租信宿过田家，领略秋容事事赊。高树叶稠晴滴露，疏林月白夜啼鸦。方塘莲瘦深藏子，隔岸芦肥浅着花。怅望故群何处是，一湖澄水碧天涯。

山居

村前平衍背当冈，植竹编篱自作墙。山果熟时猿得食，田禾刈后鹊无粮。木桥叠石溪流白，草屋添茅雨滴黄。向晚柴门烟雾里，荷锄人至更携筐。

同官县姜女祠

祖龙肆志成城日，姜女贞心拾骨时。秦阙铜驼空有恨，同官石室亘如斯。

李世兼

字孟兼，鄞人。暾子。著有《一乐轩诗草》。

万开远先生《序一乐轩诗草略》：孟兼以杲堂先生为之祖，东门为之父，学有原本，复能虚心集益。暾轭为诗，诗如其人。近体似刘文房，五言古肖其家杲堂先生，七古追踪太白，病后所作较前更进，余为选定而序之。

梁恰亭以诗扇见惠即用来韵答谢

斗室炎威逼,消闲懒举杯。寻凉望雨过,苦热悼云开。水阁焉能去,蒲葵忽赐来。轻摇风力健,暑气竟全回。

感怀 录一

檐前云漠漠,触目景萧条。诗思连愁涌,心花着雨焦。忘形神自淡,绝欲病全消。蜗舍甘容膝,怡然慰寂寥。

李世法

字甘谷,号次行,鄞人。暾子。诸生。著有《醉歌亭集》。《鲒埼亭集·墓版文略》:次行为杲堂先生之孙,东门先生之仲子。东门诗别为一家,不甚墨守杲堂之传,次行亦由东门入手,以性灵从事于苦吟,花晨月夕必与吾辈相流连,时时序其先人之文献,以无忘明德。顾善病,数年辄一作,每作费参术至千金,以此落其家。杲堂先生未出之遗书,以力绌未及开雕而卒,其可哀也。

和阿育王寺僧畹荃拾翠楼原韵

未瞻井干高,先知花盈圃。读诗神已驰,俨见焕檐宇。玉几凤吾爱,今更为乐土。亟欲往一登,新楼联旧雨。俯临老龙鳞,盘旋翠作堵。百尺想斯楼,允得其所主。天机通禅心,静与青山伍。行将避长夏,凌空爽共取。

雅哲园

石城峰起秀,影蔽柳垂疏。旧径疑行错,幽林讶到初。天机分我活,乐境饫君余。兰茞辉花萼,风光赏不虚。

冬夜胜冬日,开轩秉烛留。饮醇何在醉,得趣未能休。海月迟迎客,江风暂系舟。缠绵永此夕,八载感如流。

叶兆翱

字凤占,一字羽皇,号穆斋,慈溪人。著有《二韩草堂诗稿》。

冯敬亭先生《序二韩草堂集略》:先生幼颖异,两应有司,试不售,即弃去。专肆力于古今体诗,以初盛唐为宗,及壮游吴下,托韩康业,遍迹诸名胜,爱石门山水尤佳,遂止焉。构二韩草堂,会嘉郡知名士,觞咏其间,前后得诗百余篇,即以"二韩"名其集。

宿永思庵

日落群乌聚,僧归小犬知。佛灯明古殿,山月照幽池。方外尘嚣断,林间疏懒宜。夜深风动竹,疑是雨来时。

同徐沧峰郊行有怀舍弟游蜀

匝野绿阴浓,幽寻杖履同。梅黄篱畔雨,麦熟陇头风。春去愁偏积,书成雁未通。嗟余弟行役,何日出蚕丛?

杨白斋寄示咏怀次韵奉酬 录一

头颅老去逐时更,意气消磨白发生。事不从心空有志,技无可取敢求名。拨灰煨芋休言痊,闭户谭经尽自荣。准拟遂初寻旧约,与居十亩读还耕。

塘栖道中

古槐高柳望中迷,山色空蒙雪脚低,买得蜻蛉小如叶,满天风雨过塘栖。

魏基

字光初,号敬亭,慈溪人。著有《竹轩诗集》《蜀游归园》诸草。

《溪上诗辑》：敬亭为云山老人族弟，穷老一巾，终身不遇，故其诗多伊郁愁苦之音。

云山

吾庐云山下，山顶白云飞。飞时向空尽，薄暮自来归。我欲入山耕，云深入翠微。微雨润岩花，花枝撩人衣。听松坐潭上，潭影相因依。遥看缥缈处，一片落双扉。

夜泊即景

夜静千山寂，江空一棹轻。西风游子梦，秋水故人情。鹭立沙无际，鱼吞月有声。天边闻过雁，相叫更凄清。

丰溪道中

塔影青山外，秋声碧树间。浮云移自动，落叶问谁删。人面西风老，羊肠客路艰。夕阳飞点点，倦鸟亦知还。

东归上白帝城

一棹春风万里回，江城一上一徘徊。岷涛滚滚中流去，巴国茫茫入望来。谷鸟呼云栖古庙，林花映日落荒台。阵图犹在平沙际，空使千秋过客猜。

赤壁阻风

赤鼻山前浪白头，一帆江上落黄州。三春旅梦和云积，万里归心逐水流。猿叫不离明月峡，雁回空带洞庭秋。如何临老重游远，应被东风滞客舟。

漫兴

东风昨夜到山家，岸柳依稀欲放芽。只是春寒犹未解，一帘细雨梦梅花。

黄鹤楼饯乡友东归

黄鹤楼头饯客行,梅花吹落满江城。同来不得同归去,将梦随君到四明。

王仁杰

字因之,慈溪人,象治子。诸生。著有《因之遗稿》。

春日山庄

竹篱短短护幽居,掩映柴扉识旧庐。两岸绿杨疏着雨,一湾流水细通渠。春深香惹归巢燕,夜静声传跃沼鱼。欲把闲情托短咏,撩人风月正愁余。

钱秉钺

字巽行,慈溪人。武生。著有《巽行诗草》。

周因严先生《序巽行诗草略》:巽行与余同师,居又相近,往还无虚日,论学问、为文章意气伟然。及壮出游,南至交广,北抵燕赵,中经兖豫之区,周览山川,凭吊古今,故发为诗歌,有慷慨磊落之概。

太白祠

谪仙不可作,倚槛重徘徊。两水清如旧,孤云去复来。吟诗堪永日,把酒独登台。落叶萧萧下,天风振八垓。

王岳

字青崖,慈溪人,诸生。著有《青崖诗稿》。

题昭君图

深宫图画两参商,千载琵琶柱断肠。月冷黄沙空有泪,花残青冢不闻香。已甘春色归胡塞，无那芳心忆故乡。何处写生解人意，笔端犹带汉时妆。

周应垣

字东五，号青峒，慈溪人。贡生。著有《海日楼诗集》。

刘海峰先生《序海日楼诗集略》：东五读书贯穿今古，流为韵藻，称其胸中之志意。尝西之泰陇，度函谷南，浮江湘，过巴陵洞庭，山川灵淑之气寓于目而得于心。与余抵掌当世之务，究切利病，核而不诬。惜屡试不售，垂老未得有所设施，可慨也。

拟古

斗酒生别离，别离已畴昔。朔风卷黄沙，想君远行迹。郊原日已寒，槭槭枫叶丹。昨得尺帛书，知君下桑干。长途饱风雪，饥渴无宁鞍。咎君易前期，贻我长恨端。君子爱古处，愿言追昔欢。

清露滋芳草，娟娟色自好。托根河水泥，日夜生浩渺。浩渺去何穷，坐令芳华老。此时临妆女，当牖寒悄悄。开帘云在天，依依覆长道。照影河之滨，光彩动深窅。盈盈一水间，芙蓉两边绕。泛泛双兰楫，飞飞两鸳鸟。

少年志倜傥，剑珮鸣相摩。结束事远游，跋涉轻风波。东临碣石馆，北渡桑干河。悲哉慷慨士，奄忽归山阿。驱车上太行，太行高嵯峨。上有九折阪，踯躅不敢过。回车出穷谷，落日悲风多。跋涉已云远，远行复如何。塞嘿不得语，回望徒悲歌。

徘徊临北渚，却顾南山岑。连冈被丛薄，众阜带长林。非无松与柏，磊落多苦心。寒风率以厉，朔气生沍阴。常恐迫岁暮，霜雪独难任。悲鸣天上来，飞鸟遗之音。听此伤怀抱，感叹以沉吟。俯仰天地间，茫然思古今。

青霓来海上，驻我庭南隅。因之驾飞㿌，欻与翔风俱。手揽羲和辔，荡荡行天衢。碧云为我屦，彩霞为我裾。朝发芙蓉馆，暮宿昆仑区。周览穷八表，还过旧里居。永谢尘中子，局促守穷庐。

感怀三首

群山起西北，趋海何绵延。念我畴昔交，千里旷周旋。八方殊风雨，同此旦暮间。光景不可驻，关河凄以寒。骏足局高步，徘徊嘶向天。岂不怀壮图，各已非盛年。何当蹑飞鞚，一去凌紫烟。

天路渺何极，日暮多浮云。浮云无意绪，泛若越与秦。翩翩高翔鹄，飞鸣念其群。物类有相感，畴能忘所因。何况素心人，言笑阻昏晨。袣服矜新好，敝席难重陈。我有旧丛桂，幸以时惠存。古处斯可尚，在远分日亲。

秋色无远近，似从江介来。木叶随天意，飒飒下庭隈。佳人莫予觏，离思方悠哉。鸣琴日在御，不与时俗谐。改弦非凤好，抚轸有余哀。块然怅独处，郁纡何由开。愿因商飙起，流响入君怀。

放歌为李郎题画马

天行莫如龙，地行莫如马。马中有龙人罕知，但看风生蹀躞下。李郎气猛才更奇，正如生马不受羁。自写千里追风蹄，乞我老眼一品题。我闻渥洼之川产神物，皮毛不奇奇在骨。肉眼但识皮毛耳，纵有龙驹亦埋没。此马蹀躞非寻常，我亦不辨其骊黄。但看骨相已殊众，安知识者非孙阳。君不见，昔日曹霸画入神，庭前迥立生骐麟。又不见，当时郭公狮子花，图成藏在韦讽家。乃知骏马骨法妙入微，不与肉马争瘦肥。肉马驽钝不足用，骏马腾跃自有期。吁嗟乎！我马虽老老识途，岂遂终此伏枥乎？放歌击节碎唾壶，兴来斗酒争欢呼。自笑故态犹狂奴，据鞍尚觉筋力粗。左执蛮弧右仆姑，壮志直欲穷伊吾。李郎李郎幸弗笑余颓唐一老夫。秋原空阔白草枯，风沙飒飒开此图。图中跃出双的卢，世上龙媒何时无。吁嗟乎，世上龙媒何时无！

江南春词为郑生作

姑苏三月逢寒食，杏花开遍城南北。东风骀荡百花洲，娇鸟啼花弄晴色。我时寂寞住金阊，闭门断酒卧匡床。适来郑生真快绝，开樽欲为花洗妆。爱花惜花劳眷慕，踯躅花间如有晤。深深门巷怅无人，曲曲阑干疑有路。微词寄意托花神，笔底翻出江南春。春光一片漾空际，散作绀雪同纷纶。同时有王郎，抚掌嗟妍妙。回头注目视花阑，绰约当风粲欲笑。欲笑不笑殊有情，银瓶满注还对倾。鹤市更番调凤瑟，虹桥几度按鸾笙。昔人游兴聊如此，吾徒行乐亦复尔。绮罗过眼付行云，鼓吹赏心随流水。君不见，昔日天气晴朗今模糊，枝头只唤提壶卢。十千斗酒酒可沽，对此不饮胡为乎？斟酒酒已阑，问花花不语，年年开落浑如许。明朝且听东皇主，莫向横塘怨红雨。故园犹有好花枝，结实成阴君自取。

经赤亭谷

幽谷愁深入，凄然惨旅魂。阴风回铁壁，远瀑吼云门。岭复松枏古，岩悬猱玃尊。自非当日午，何以辨朝昏。

经凤县

秋气晚萧森，边城日易沉。栈通褒谷险，山入武都深。峻阪回疲马，惊飙落怪禽。停鞭欲有问，人语隔荒林。

秦中杂兴

两载秦中客，行踪西复东。山曾瞻玉垒，邑尚识新丰。鸡犬无遗宅，荆榛有故宫。凄凉千古意，零雨自蒙蒙。

戍即今同谷，城因古上邽。土风安朴野，民俗杂羌氐。路复千重岭，车回百折溪。蜀师曾过此，遗迹尚堪稽。

凿石才通险，崎岖不可行。滩声兼日夜，岭色半阴晴。堂峡姜维邑，牢山邓艾城。当年蜀后主，遗恨失阴平。

且喜久销兵，居氓得遂生。石壕无吏扰，沙碛有人耕。乐岁村农语，晴秋社鼓声。寄言贤守牧，治在惬民情。

岳州夜泊

孤帆迢递出华容，过尽西南旧楚封。野渡夕阳连橘柚，人家秋水隔芙蓉，云深空忆荆台笛，风起遥闻岳寺钟。此日乡心将万里，随波一夜下吴淞。

郑大节

字临之，一字篷坨，慈溪人。性子。监生。

怀古三首

知章本狂客，骑马长安邸。诘朝忽挂冠，乘船鉴湖里。大盗来朔方，黄屋远窜徙。知几其神乎，贺老差近耳。迄今古庄上，兰蕙稠春水。

务观古贤豪，骯脏不得志。剑南诗万篇，半洒神州泪。两湖艇已浮，春酿翁将醉。犹悲定中原，无忘告家祭。岂惟团扇中，风流有余思。

天池万夫禀，曲曲龙蛇撑。长揖据上座，慷慨喜谈兵。语破小巫胆，气压大将营。空闻白鹿表，犹然白衣生。恍惚夜月凉,吟屐映青藤。

夜泊余姚

浪迹吾何似,江湖不系舟。壮心悬落日,归路逐东流。积雨风帆重,孤城暮角愁。披衣三叹息,独自羡轻鸥。

题画

幽居泉石可为邻,更有青山作主宾。不许白云都占尽,补间茅屋著闲人。

陈锡卣

字起周,镇海人。梦莲孙。诸生。著有《雅哲园集》。《镇海县志》:锡卣工诗文,好搜辑旧闻,尝与修郡邑志。生平笃于交谊。其友傅仲翘客游无耗,既恤其家,且踪迹之,令其戚护孥以往。晚景优游,构雅哲园,置书千卷,坐卧其中,卒年七十四。

饭罢

饭罢闲无事,摊书坐小楼。窗明晖影射,榻暗篆烟浮。古义求难尽,驰心静自收。凭阑还俯望,飞过荻边鸥。

春山

添上苔痕雨过时,隔城如笑翠迷离。谁家红袖凭高阁,眉样新翻浅黛姿。

春水

漪影平浮燕子回,溶溶朝作縠纹裁。仙山别有桃源境,流送春红出洞来。

钱鸿图

字飞北，象山人。诸生。

读君陈示景君亦嘉两弟

读书尚明义，勿以章句牵。言行不相顾，诗书亦徒然。《小雅·常棣》什，周南《夭桃》篇。同一君陈意，孝友在所先。父兄坐高堂，兄弟列随肩。埙篪喜叶奏，琴瑟乐调弦。和气生庭户，乡党无间言。孔论取断章，家政得心传。令德惟孝恭，汝其务勉旃。

东皋杂咏

春来几日早消寒，细草含风漾碧澜。沿岸菜花香不断，绕篱黄蝶打成团。

东塘一带好山青，峭石罘罳若画屏。贪听农歌行缓缓，红阑小坐起春亭。

东谷闲寻昭谏书，郑家凹外路纡徐。踏过四板桥头去，不尽松篁到梵居。

团团土㝍筑山边，竹溜高低引涧泉。道是山人多酿靛，此中生计最赢钱。

新罗岙是古村庄，谁见当年舣海航。真个蓬莱水清浅，将从徐市问洪荒。

村人见客出迎门，鸡黍留餐意甚敦。言语迥非尘世事，几疑误到武陵源。

灵泽侯神古庙红，犹闻人说御倭功。攀藤附葛穿云上，望海楼高天地空。

巍巍蓬顶插空苍，梅尉仙坛长绿篁。拟待秋深策蹇去，坐看红日上扶桑。

钱鸿祺

字景君,象山人。诸生。

题周大龙墨龙

我家僻住东海东,时见云气生蛟宫。初如一缕渐广大,倐忽泼墨盈苍穹。雷声劐然鼍鼓裂,电光倒掣剑锋红。龙飞在天雨如注,大地山岳增茏葱。僧繇神妙正如此,墨云泱泱通元功。鳞鬐飒飒势欲活,伫看破壁腾长空。

金粟庵读书大雪效吴体

岁时将晏尘市喧,携书避迹来祇园。峰回自觉精庐静,夜深独拥醇醪温。作赋狂添司马兴,映字遥思孙康尊。如斯清景乐何极,瑶林四照明高轩。

寻白鹿饮泉亭

北郭间寻白鹿亭,清溪一曲水泠泠。云深隐有弹仙操,林静真堪读道经。西去蓬莱连咫尺,东来瀛海望瀴溟。山前曾否遗仙草,松下应多千岁苓。

钱亦嘉

名鸿宾,以字行,号鹿野,象山人。鸿基弟。

爵溪怀古

溪以山名爵,何年建所城。波涛千万里,景物古今情。军械虚图壁,见卡房画弓矢藤牌。渔家遍结棚。人音非土著,信国古屯营。所城为明汤信国经略海上所建七十二城之一所,人言语至今皆汴音,相传系调戍之苗裔。

东皋杂咏步四兄元韵 录二

江东生擅擘窠书,力具千钧意转徐。行客每过看不厌,弩张剑拔意何居。

吾乡最好出东门,一带村田古意敦。沿过塔山山下去,梅花溪胜桃花源。

周位先

鄞人。诸生。

季冬望后步景翁客窗感怀回文一律限原韵

溶溶碧落映清溪,夜色霜寒客院西。钟漏滴回惊梦蝶,戍歌人远听窗鸡。红炉火对愁肠断,绿酒杯倾别恨齐。风卷雪梅香逗月,丛花白趁冷乌啼。

金台即事兼寄乐天宇兄

去年九日始停骖,寂寞谁来共笑谈。陶令时怀五柳宅,杜陵懒赋百花湾。每惊雁阵愁如织,欲就鱼书泪满函。寄语亲朋休错讶,行云归北又归南。

初晴月

雨霁云轻吐夜光,半轮掩映度纱窗。素娥犹恐霓裳湿,懒向瑶台着意妆。

忻思行

字景贤,号锦崖,鄞人。

天一阁

嵯峨杰阁傍湖居,最善规模按太初。一画天开宜取义,四明地胜好藏书。多多积卷传司马，细细香芸辟蠹鱼。碧沚东楼今已佚，惟兹不愧世家余。

施淞涛

字飒江，鄞人。著有《饮香亭集》。

春晓曲

博山灰冷香烬残，侍儿扶起拂镜鸾。犀梳细掠云鬟好，晓霞高映红阑干。珠帘漫卷凭窗立，雕笼鹦鹉呼人急。露重春寒逼海棠，杨妃泪染红绡湿。

和弟东崃秋园写兴元韵

绿畦接舍喜相望，兴逐秋光不觉忙。林射晴晖才入户，草余朝露却牵裳。瓜藤有意牵邻竹，豆叶无心过短墙。但使尽除荆棘去，便称老圃亦何妨。

施江涛

字来青，鄞人，锽子，诸生。著有《蓬庐集》。
《鄞县志》：江涛少奇慧，四岁就外傅，所习书如凤览。弱冠补诸生。一病几绝，父忧之，江涛愈而父卒，遂抱痛终其身，不一赴场屋。性介不妄取予，妻子冬月犹衣纻衣。喜为诗，小乐府最工。

探春

问春默默春无语，流莺怎解春情绪。向莺啼处探春情，不知春在无声处。

梨花山怀古

山号梨花谁锡名，支山月浸见纵横。梨花不谢山山影，枢密风流剩月明。

敝屣遗来宰相荣，梨花同梦订山盟。钱湖何处无佳胜，才属签书便有名。

云径穿来路欲迷，祠荒忠定额犹垂。只余一片空蒙色，未改当年烟雨奇。

千峰浮白水悠悠，谁仰山高接近流。一自忠宣重肯构，梨花风月敌沧州。

山游尽处复乘槎，且向烟波醉落霞。莫叹繁华易零落，旧家大半似梨花。

张懋锦

字云衣，镇海人。诸生。

宿月波寺

结茅湖山间，小小亦幽古。檐低水云交，岩缺松竹补。系舟入烟萝，绿意照眉妩。老僧知我来，扫榻辟东庑。卧对一灯青，空翠滴窗户。轻风戛琅玕，淅沥如有雨。夜深更不眠，起看山月午。微步阶除间，金钗落千股。悠然诗兴来，不觉清吟苦。一梦堕微茫，窗外数声橹。

甬江晓发

潮势泻城阴，孤舟发棹迎。残星摇水面，落月堕江心。市近人喧早，时难客虑深。几家杨柳岸，春梦正沉沉。

欲雨

欲雨不成雨，重阴暗八坼。雷声摇地动，云气挟山飞。水激龙相斗，天低雁独归。须臾风卷散，远岫弄斜晖。

张懋材

字子岩，号云溪，镇海人。监生。考授天文生。

秋夜

一瓯茶罢下帘栊,惯听相如四壁虫。霜叶任教飞夜月,芦花犹自舞秋风。余分鹤发青藜照,细录蝇头白虎通。身倦曲肱聊作枕,残灯明灭小楼中。

傅德荣

字汝升,号擎池,镇海人。诸生。

怀净月上人阿育王寺

卓锡灵芝石,飞来玉几峰。勤修忘暮境,重整辟前踪。高踞山中塔,遥闻地下钟。敲诗因徙倚,月满放光松。

溪庄夜步

不效长斋醉未醒,懒教带月叩禅扃。溪桥对影逢僧话,共爱山灵水亦灵。

周忠孚

初名恂,字药房,慈溪人。维械弟。诸生。著有《药房诗抄》。

悲金谷

江陵八月黑风恶,怒涛万里烟如幕。孤舟远自三峡来,白蹢一挥霜刃落。如意不惜碎珊瑚,至今愧死王君夫。可怜王敦与贾谧,桀骜酲酲皆酒徒。梓泽有园名金谷,迷离分得仙山曲。千寻浩淼断云根,百里霏微结锦幄。千尺雪飞万仞崖,葱茏郁郁凌云台。歌喉宛转日初落,舞袖低徊月下催。欢娱不省千家哭,名姝购得珠十斛。邯郸武卒千骑来，白首潘郎骈首戮。吁嗟乎！歌台舞榭当时地，蔓草荒烟生棘刺。春风秋雨野花开，晓露盈盈绿珠泪。

惜春词

晓来问花花不语，何事便放春归去。桃花梨花争催开，谁肯留春迟迟归。既令春花缀春树，又送春风与春雨。若言风雨不关春，片片落花无可诉。

送李碧山归通州

茂树丛青霭，和风动客衣。云开孤峤峙，潮落一帆飞。入世经夷险，还家说瘦肥。儿童检行箧，依旧贮书归。

过太湖遇雨

日落水无际，苍茫生客愁。惊雷催夕雨，急浪涌孤舟。耿耿渔灯乱，萧萧苇叶稠。离惊正衰飒，何处更吴讴？

秋夜不寐

兰圻夜初阑，秋蛩出井干。惜花灯有晕，爱月梦偏难。暗露沾帷湿，凄风入枕寒。争教方寸地，缕缕更多端。

初夏忆弗人世讲

年少物情淡，耽诗独闭关。静中参语妙，幽境供君闲。密树阴移昼，新篁远蔽山。无因共岑寂，吟步藓痕斑。

裘丰苣

字燕诒，号霩江，慈溪人。琏孙。诸生。著有《予思吟》。

访陆子双柑过高太史北墅

不访云间陆，何能北墅游。林幽迷曲径，云断出高楼。

残圃花谁辨，荒桥水自流。徘徊辜客兴，落日促行舟。

宓泓

字韬文，号秋潭，慈溪人。诸生。
《慈溪县志》：泓笃于文行，延进后学，身教不倦，处世无所矜饰，惟以著书自娱。

落叶

飞来点点下秋空，绝似寒乌西复东。小阁乍添山月白，隔林全露寺门红。年光荏苒怨流水，客路飘零感断蓬。最是马蹄闲踏处，萧条古戍夕阳中。

秋夕

香残漏尽醉初醒，栖鸟惊秋叶满庭。独向阶前窥夜色，凉风吹动一天星。

刘天相

字吉士，号拙翁，慈溪人。诸生。著有《鼠余集》。
桂东山先生《序鼠余集略》：拙翁好谈诗，所作不下千余首，以蹇于遇，人无有知其能诗者，拙翁亦不自珍惜，其稿半为鼠残，仅存百余首，因名曰《鼠余集》。

云溪

望里青山千万层，白云如海路登登。溪流莫放桃花出，怕有人来问武陵。

梅庄春日

梅花落尽杏花开，宿雨新添一径苔。山静不知春社到，檐前燕子忽飞来。

毛润

号萝窗，奉化人。诸生。

石门竹枝词

瓦屋高低两岸遮，四山影落半溪斜。人烟起处春光好，开遍墙头蝴蝶花。

合村妇女养蚕忙，自去园林采嫩桑。采得桑归煮鸡卵，背人偷祭马头娘。

青黄梅子暖凉天，七姊妹花开得鲜。大麦已收收小麦，低田未种种高田。

八月小笋出短篱，稻花蕈子半沾泥。劚来稚葛长如藕，啖取黄瓜爽若梨。

毛阶六

字云虎，号无逸，奉化人。诸生。著有《复性斋稿》。《奉化县志》：阶六力行孝弟，常以古人自待，究心性理，学问深邃。设教于家，虽盛暑亦衣冠危坐，闻其母语声，即肃然起立。生平无怒色疾容，家人有过，委曲面谕，俟其自悟。人遇之，即落拓者未尝不敛手改容也。卒年四十三。

怀宋儒舒文靖公 录三

于皇有宋道重亨，日月光华性学明。记得淳熙四君子，深醇尤爱我先生。

诚之诚者异而同，真积久时道自充。会得孔颜真乐处，敝床疏席趣无穷。

风微人往故园芜，数百年来无此儒。欲向广平访书塾，倘能有术破吾愚。

倪嘉平

字泰庵，象山人。

《西庐杂识》：倪丈为吾友韭山父，力田课子，不求闻达。韭山受知前令史庶常笠亭，笠亭悯其贫，尝拨濒海涂田四十亩助膏火，既受成，丈命捐为邑人乡、会试公产，众共乐输，积增至百余亩，号科举田。喜集句，六十后岁有纪年诗。大耋之龄，齿落复生，视听如旧，督课孙曾，怡然忘老。

集陶句赠孙广文后斋

我无腾化术，形迹滞江山。达人解其会，八表须臾还。去去当何极，高操非所攀。行行至斯里，一欣侍温颜。峨峨西岭内，苍苍谷中树。西谷在彭姥峰下。亭亭凌风桂，生而相依附。负枝肆从游，几人得其趣。灼灼叶中花，朝霞开宿雾。象山红木犀本特产，先生署为斋名。

遣兴

四匝庭除傍市阛，平明洒扫自宽闲。环门绿有沿溪水，背屋青多负郭山。风月篱边清昼永，竹梅林畔俗情删。优游吾自寻吾乐，尤喜家人共笑颜。

无题

世事迁移似水流，开轩静坐即仙洲。半床幽梦成嘘蜃，一片闲情对浴鸥。只恋暮山徐闭户，为看旭日早登楼。悠然茶罢无他事，栽得盆花亦自由。

周廷恩

字上眷,号素亭,象山人,贡生。

望春花

咏到辛夷韵怕拈,仙仙直上玉山尖。剑光冲汉濡清露,雁字书屏映碧帘。触景初惊春已到,闻香自觉暖微添。午醒疑是崔郎立,酒罢临风兴未淹。

楝花

花荣芳树荫庭莎,密叶如槐不改柯。二十四番吹宛转,百千万种失猗傩。却怜紫艳将来少,为惜春光过去多。试看金铃垂老干,好将辛苦待调和。

梅溪即事

扑面香来破俗尘,清波白雪两争春。意将择向林深处,结个茅庐傍水滨。

张凌云

字广居,号龙津,象山人。思齐子。诸生。著有《西窗诗草》。

《彭姥诗搜》:先生精于堪舆,工诗,与里人钱韦轩、吴振声、柴六皆多唱和之作。

约石斋登山寻兰

芝兰产幽谷,挹露暗飘香。僻地无人赏,含情待客将。同心思臭味,联袂掇芬芳。解佩君先领,看予纫作裳。

四月初三日偶步龙山之侧

莫嫌径窄步难前,喜趁微风去复旋。静里乾坤都有趣,闲中岁月恁无边。声声野鸟啼深谷，色色山花映隔川。好景酣人归未得，多情的是暮春天。

读周跻厓先生寓京诗集有感

十有三年京邸苦，赚人头白是长安。吟成客路多心爽，赋到家园只泪弹。是处烟霞忙里过，逐时孤冷梦中酸。桂东八月生平了，跻厓知桂东县仅八月，丁艰归，便卒。福智山旁夜夜寒。福智山，其停柩处。

范用炳

字文虎，一字啸谷，鄞人。诸生。

《西庐词话》：啸谷少席丰腴，赋诗作画兼工填词。中岁赤贫，卖艺糊口，虽贩夫贱吏，皆得以升斗。役使啸谷，亦随手取给，不自爱惜，其颓唐可悲也。

董小钝索赋其远祖纯德征君遗事，余得望母洞滴泪潭二首 洞在郡城长春门外，征君母墓后，相传庐墓时遇大雷雨，省母于此，潭在墓前

雷声轰轰，怵惕慈魂，孝子事死，定省晨昏。墓草荒荒，墓穴堂堂，孝子出入，常在母旁。愿雷不鸣，雷鸣母惊。雷有时不鸣，母不再生，嗟嗟苍天胡不情，不击人间不孝子，乃尔虚其声。

潭水漪漪寒且洁，孝子思亲泪成血。一滴千年冻作冰，岁久渐被春风裂。春风裂处水痕平，风水相涵潭影清。行人但见潭光皎，谁忆当年孝子情。风凄凄，水盈盈，滴泪潭，有哭声。

四明清诗略卷九终

四明清诗略卷十

鄞　董沛　孟如　辑

全祖望

字绍衣，号谢山，鄞人。吾骐孙。乾隆丙辰进士。改庶吉士。著有《鲒埼亭集》。

《国朝先正事略》：先生生有异禀，读书过目不忘。年十四补弟子员，应行省试。以古文谒查初白编修，许为刘原父之俦，充选贡。入都，上书方侍郎苞，论《丧礼或问》，侍郎大异之，声名顿起。寻举顺天乡试，临川李侍郎绂见其行卷，叹曰："此深宁、东发后一人也。"

乾隆元年荐举博学鸿词，即以是科成进士，选庶吉士，不与鸿博试。时词科尚未集，临川以问先生，先生为疏，记四十余人，各列所长以告。会首辅张文和与临川相恶，又屡招先生，不赴，以此深嫉之。二年，散馆，列最下等，以知县候选。方侍郎欲荐入三礼馆，辞之，遂归，不复出。

初，见江阴杨文定公，公称其博，而勉以有用之学，先生曰："以东莱、止斋之学，朱子尚讥之，何敢言博！"公曰："但见及此，则进矣。"先生既归，贫且病，饔飧不给，而好学益励。人有所馈，皆峻辞。主蕺山、端溪两书院，成就人材甚众。广修《扮社掌故》《桑海遗闻》，表章节义如不及。重登范氏天一阁，搜金石旧拓，编为碑目，且抄其秘书。经扬州，居马氏畲经堂，成《困学纪闻三笺》，论者谓在百诗、义门之上。陈句山太仆再以书来，速出山。

梁芗林少师拟特疏荐。皆力辞，并贻诗以见志。以疾卒于家，年五十有一。

先生负气忤俗，有节概。其学渊博无涯涘，于书靡不贯穿。在翰林，与临川共借《永乐大典》读之，每日各尽二十卷，时开明史馆，复为书六通移之。南归后，修南雷黄氏《宋元儒学案》，七校《水经注》，续选《甬上耆旧诗》，撰《丙辰公车征士小录》及《词科摭言》。主端溪，行释奠礼，祀白沙以下二十有一人，从前未有之典也。先后答弟子董秉纯、张炳、蒋学镛、卢镐等所问经史，录为《经史问答》，凡十卷，足启后学。卒后，秉纯等哀其文，为《鲒埼亭集》。又所著有《汉书地理志稽疑》《古今通史年表》。

《樗庵存稿·续耆旧集题辞》：吾师谢山先生之学，如武库之无所不有，而于里中掌故考索尤精，所著若《四明洞天旧闻》《甬上族望表》《双湖小志》《句余土音》《湖语》等作，皆为志乘订讹舛、补阙轶；而最有功文献者，尤在《续耆旧集》一书，盖吾乡自前明杨碧川尚书始，集录诸先正诗为《四明群雅》，其后戴南江参议又增葺之，杨尚宝次庄、陆舍人敬身则专选一邑之作，曰《甬东诗括》，至李隐君杲堂，乃荟萃诸家，增所未备，仿《中州集》之例，人系以传，名《甬上耆旧集》；然杲堂同时诸公以忌讳，故别为十卷，藏于家，久而失去。先生念自明季迄今又百余年，不亟为搜访，必尽泯没，乃遍求之里中故家及诸人后嗣，或秘不肯出者，至为之长跪以请其余片纸只字，得之织筐尘壁之间者，编次收拾，俨成足本。《传》中各为表其大节，记其轶事，往往姓氏已沦狐貉之口，一经选录，其诗传，而人亦与之俱传，较杲堂所阙十卷数且倍之，至近时，诸诗人亦遍索其已刻、未刻之稿，点定而论次焉，书成，凡八十卷。

漳浦黄忠烈公夫人蔡氏写生画卷诗 有序

　　石斋先生在狱中写《孝经》百卷,蔡夫人写《心经》百卷以配之,取置石斋书中不能别也。石斋之书,几于不钩之钢,大类其人,不料夫人以闺阁似之。及观石斋乙酉蒙难,夫人励以致命遂志之节,则夫人不钩之钢,居然石斋宜其书之相肖也,乃夫人之书则然矣。而画则反是,一花一叶,蓬蓬然气韵生动,又何其妩媚也。因是思石斋家庭之际风流远矣。然谛观夫人题语,一花一叶,忠孝廉节之旨无不在焉,斯其为石斋家庭之风流也。山谷曰"士必临大节而不可夺"。然后谓之不俗,石斋之谓耶!蔡夫人之谓耶!往者,同馆前辈蔡文勤公梁村书甚工,盖夫人之群姓,故其书由夫人以摹石斋,予尝叩以夫人之画而未得。仁和小山堂赵氏有《叶子》一册,其末题曰"石道人命蔡氏石润写杂花凡十种,时崇祯丙子",钤以"玉卿私印",夫人之字也,石耕则石斋先生之章也。自丙子以往,石斋荐遭困厄,逮于江戍,于粤赐环。未久,国步已去,夫人所题多有豫兆之者。呜呼!岂偶然哉?予乃肃拜纪之,而各缀以词,以拟《橘颂》之意,其词曰:

　　有美漳茶,秋色平分。茶如火如,突过滇云。蛮风蜑雨,岂花所欣。何以不凋,倍吐清芬。他年桑海,诸公纷纭。岁寒劲节,同此精魂。白羽赤羽,挹注鲜新。谁为之谶,曰惟夫人。右《漳茶兼红白二色》,闽人呼曰"平分秋色",夫人题其上曰"蛮风蜑雨,挹注鲜新"。

　　岧岧石翁,霜松雪柏。冶春之姿,非我阡陌。大涤洞天,时雨沾益。虽复桃李,亦生骨力。书带环之,懋昭明德。不言成蹊,同岑一脉。函丈之阴,女贞所宅。接叶交柯,寒芒正色。右《千叶绯桃》,题曰"不言成蹊,非由色媚"。

　　翻翻红药,以殿归春。欲留无计,当阶逡巡。丈夫堕地，桑弧有闻。虽忧亦乐，莫顾消魂。嗤彼郑风，溱洧淫奔。乃以狎昵，而秽花神。何以洗之，铜山寒云。闺房之恋，匪我思存。铜山，石斋所居。右《芍药》，题曰"折花赠行，黯然消魂"。

赤符已熄，九鼎一丝。孔明蔓菁，姜郎继之。小草虽微，大厦所支。汉中军容，细柳垂垂。倘复国仇，我固当归。马儿虽谲，亦慓雄姿。成败论人，百口纷滋。可怜闽峤，扁担成师。石斋出兵于闽，以扁担充军械。右《远志当归》，题曰"蜀相军容，小草见之"。

疏食菜羹，清绝黄郎。不知肉味，闻之庙堂。用思陵所赐御翰。赤帝继粟，十囷成仓。其种维何，是曰米囊。晚弃米囊，其气愈昌。浃旬不死，孝陵馈浆。用石斋《绝命词》。夫人稽首，奎墨之旁。为公抚孤，属餍糟糠。右《罂粟》，题曰"对此米囊，可以乐饥"。

在昔忠烈，就养无方。输心郑鄩，以文相臧。党人障天，蒙谤堪伤。惟墨衰子，坐政事堂。孤臣远戍，望云旁皇。书一百卷，皆十八章。闺中先见，我心所降。眷焉北堂，勿之洛阳。右《宜男洛阳》，题曰"眷焉北堂，勿之洛阳"。

清漳降神，有石壁立。疾风迅雷，孤根不憖。乃有寒铁，与相嘘吸。太古之心，一气足挹。拔出众芳，妙香熠熠。蔷薇晚卧，对之雨泣。石丈欣然，晨昏长揖。为惜濂溪，所见未及。右《铁丝莲》，题曰"小草铁骨，亭亭自立"。

湘江兰秀，武陵桃熟。种志玄都，香传幽谷。易称辨物，盖以类族。何来金丝，采之盈掬。附以紫萝，亦几一束。虽袭其名，实殊其目。屈原已死，陶潜不复。女史记之，以防混浊。右《金丝桃》《紫萝兰》，题曰"湘江武陵，或滋他族"。

海棠乘秋，芳心婉娈。薄醉未醒，自伤岁晏。眷怀于役，闺中哽咽。清泪所沾，血痕如溅。此肠几何，九回未断。俯首沉吟，落花片片。况我君子，排凌霜霰。危哉人鲊，此肠战战。右《秋海棠》，题曰"君子于役，闺中肠断"。

三皇之世，四时皆春。手握皇极，以运元神。晚季以来，漓而不淳。玉树凋伤，满目荆榛。汲汲石翁，弥缝使醇。元会运世，洞玑所甄。畴则连枝，阳九不焚。雨族并芳，曰惟夫人。右《红白长春》，题曰"两族并芳，四时皆春"。

诗十章，章八韵，其中或不尽为画发，但就夫人之意，参会石斋先生之生平，而申之以论其世可也。乾隆癸亥重九后七日。

甬上琴操

孙拾遗净慧社操拾遗风节足与司空侍郎齐名，较之昭谏更上一层，唐史失之，惜哉

芒砀云深兮，真龙所出。胡今不然兮，天狼猖獗。白马波沉兮，清流泣血。危哉侍郎兮，以诈坠笏。归来王官兮，仅而得脱。其余霸府兮，更无人物。罗郎正议兮，足壮吴越。惜哉斯人兮，尚参记室。吾将隐兮，明山之窟。参彼净慧兮，逃彼禅悦。

胡刘二义士遐追山操胡毅、刘铢力为吴越王争纳土事，固不量力，然各为其主，不可谓非钱氏之忠良也。慈水东遐追山祀胡，西遐追山祀刘，近人失考，而以二庙皆祀劝降之鲍约，谬矣

夹马真人兮，驭兹八极。日月出兮，爝火其息。十国游魂兮，以次丧职。以小抗大兮，良不量力。士各为其主兮，我怀不怿。耻奉降笺兮，亡国之戚。三王有知兮，重泉恻恻。东西遐追兮，荷吾君之德。臣不返兮，非君是恝。臣身虽去兮，臣心未遂。

黄侍御马秦山操侍御卜葬其父于鄞而身寓苕上，宰相恶之，押回闽中故籍。侍御潜入昌国，避人马秦山中，宰相死，始归鄞

一日纵敌兮，数世之忧。百年为墟兮，谁人之尤。此周正字南仲，草夺秦桧，官谥敕中语也。夺我苕水兮，禁我福州。偃月机深兮，畏彼阴谋。马秦山高兮，东海之陬。聊避地

兮，以倡以酬。游鱼出水兮，听我清讴。飞入汴都兮，诉彼共兜。飞入鄞江兮，省我松楸。飞入行在兮，斩佞臣头。

丰吏部望扬州操 丰清敏公之孙治殉难扬州，事定后，高宗官其子谊。谊当父死时三岁，弃道旁，后为名儒，吾乡《志乘》失为立传

六龙南飞兮，弃我蜀冈。居民攘攘兮，倡诛汪黄。蜀冈弛战兮，戎备久荒。况先子兮，仅官监仓。为国死官兮，不去不降。我乃元祐党人之孙兮，姓氏堂堂。死见司马公兮，契家之光。嗟孤儿兮，掷道旁。泣呱呱兮，幸脱剑铓。孤儿有成兮，非所望。望扬州兮，云茫茫。

皇甫处士东海操 处士殉于至元八年，伯夷、叔齐之流亚也。见杜清碧《谷音》，而《庆元志》无有载之者

文丞相兮，兵解燕山。陈丞相兮，野死南蛮。张陆苏刘兮，鱼腹是填。崦嵫余景兮，大去不还。采首山之薇兮，薇亦残采。商山之芝兮，芝亦阑臣。精已销兮，臣心孔艰。不如从彭咸兮，所居得安。臣偷生兮，亦已数年。而今全归兮，谅莫之愆。

陈大令岱山操 慈溪大令陈文昭，名麟，受业于慈之大儒宝峰赵氏，以传慈湖之学。方国珍入庆元，独公不屈，国珍执而投之海，或谏而止，乃囚之岱山，终不屈而死。今《翁洲志》谓公避方氏于岱山者，非

昔年宝峰兮，北面受教。昼而鸣琴兮，夜则讲道。圣学有真兮，惟忠与孝。讵以城邑兮，赉彼群盗。愤彼元帅兮，丧其旌纛。空令下吏兮，义愤懆懆。洋洋东海兮，岱山其隩。追踪苏卿兮，困于雪窖。西瞻宝峰兮，灵光有曜。不负吾师兮，临流长啸。

甬上铙歌

阳明讨吴太祖孙坚讨许生事,见《吴志》;而深宁《七观》未之及,亦一漏也

高陵人中虎,大江所笃生。五云桐江焕,神梦阊门呈。汉家方不振,遍地嗟土崩。蠢兹句章妖,私署帝阳明。丹山九洞天,讵堪此蝇声。高陵方蠖屈,大呼鸣不平。欧冶雌雄剑,力足驱百灵。秦皇老弓箭,为我助精英。浙东一麾定,再扫黄巾兵。

浃口捷刘牢之使刘裕败孙恩事

官奴城峨峨,武皇曾晦迹。未几海氛扬,甬东尤畏贼。乃劳戍守来,遂以展鹏翮。筱墙筑江介,金汤固盘石。嗤彼王内史,欲借米鬼力。海门双浃口,楼船高南极。阿谁能飞渡,殊非老黑敌。徐徐麾赤羽,万夫群辟易。游魂返越东,待我扫余息。

临淮将唐世明州八被兵,《困学纪闻》仅载其五,然惟袁晁、裘甫为最烈

安史扰二京,浙河尚安堵。旋复遭横屠,中阻我王路。太尉临淮王,再清二京雾。白旄已北还,黄钺劳南顾。嘿然而一笑,谓此直狐兔。侥幸起潢池,妄思梗财赋。不须老臣行,一将直电赴。刻期献馘来,瀛海歌笃祜。争觅长生草,以祝大节度。

捣大兰

庞黄有先声,裘甫乱明越。恣行浙河东,大兰其巢窟。是山良岩关,难以骤驰突。可怜诸使镇,束手神魂怵。谁荐王常侍,方略诚奇崛。狡兔虽善驰,天网不可脱。神兵已四布,遂成笼中物。英英云使君,海门严堵截。大兰烽火平,依旧清瑟瑟。

拒罗平黄依飞晟其出身亦属草窃之徒，至于助钱镠拒董昌，有足称焉

罗平大妖鸟，忽煽彼稚狂。欲以狗脚朕，易彼异姓王。西邻钱节使，责义来戎行。六州属郡将，亦或左右望。鄞塘黄刺史，独自慨且慷。共主虽以替，大号岂可当。会师声正义，一臂折狐狼。功成渡姚水，奏凯歌锵锵。东西君子营，晚节蔚有光。

嵊县子张俊高桥之捷，旋卷甲鼠窜，吾乡人尚夸其功，愚矣。若慈溪林令君叔豹于张俊既遁之后举兵逐贼，卒正蒋安义之罪而诛之，庶乎可以备鼓吹之一曲，以雪屠城之耻

思陵下殿走，张俊弃城逃。遂教嵊县子，屠毒遍四郊。慈水一令君，倡义独号啕。女真闻之惧，远扬弃群鸮。吾笑夫已氏，乘危五马邀。馆头有故君，反面弗可朝。令君整斾来，不自伏欧刀。而待毙杖下，以充城阙枭。国殇其少慰，白马鸣飞涛。

沿海城方国珍倡乱以亡元，其于明，乍降乍贰，而独得受千步廊之赏，邀兴王保护，何邪？予详考之，则国珍遣其子亚关入朝，时具言沿海险要，当筑城以备患。浙东既平，遂遣汤信公如其言而行，是则有功于明，亦有功于吾乡者也，故表而出之

天台佃田户，倡乱十八载。乍降复乍贰，妄思蹈穷海。乃邀千步廊，赏功不可解。谅为亚关疏，防海有足采。信公云台魁，来扫紫蛙垒。流泉与夕阳，洞观彻真宰。聚米得山川，扪胸合子亥。甬东山越军，遂息海波累。功成归明堂，雅歌仍潇洒。

杭堇浦编修以言获谴诗以讯之

南人作宰相，唐世三陆公。继以钟张姜，勋德各可宗。必欲摈南人，王寇良未通。王魏公、寇莱公力持北局，不过以王钦若、

丁谓，南人而扼之耳。其人良，可扼其说则未公也。考南人为宰相，自唐之陆元方父子，及宣公最为南相生色。其他以南人作相者，曰钟绍京、张曲江、姜公辅皆名臣，即后来宋之杜祁公、李忠定公，非南人耶？然则今之持南局者，亦犹此失矣。后来地气易，逵路多南鸿。遂欲摈北人，其说将无同。有明昔中叶，左袒亦成风。王彭暨谢焦，邪正不相蒙。南北互用舍，褒讥宜折衷。彭时以王朝左袒北人而调剂之，斯为大臣秉公之道。若焦芳，则真小人也。川岳应苞符，刚柔各有钟。代马与越禽，应运迭污隆。乃若宗国胄，多以乔木雄。翼则幸附凤，鳞则幸攀龙。日月之所近，风云于焉从。不见丰沛人，屠贩咸奋庸。至尊御皇极，平衡归大中。党部何所树，我见何所容。吾友杭编修，古今罗心胸。经术经世务，绰有贾董风。发言一不中，怨尤集厥躬。惜哉朝阳凤，而不叶丝桐。

八月十四日同人聚饮宝墨斋，时予家秋蕙大放，同人先过赏之，即赋

翁洲万寿香，实始见图经。剡源与天门，嗣出放晚馨。吾鄞太白产，尤足发地灵。西风吹故畹，寒露长新茎。耻为重也肥，堪拟夷之清。河期五沃土，遇此太瘦生。老鹤倦不支，冻蛟怯难胜。亭亭疏影上，冉冉芳膏升。态以赢愈媚，神缘癯更凝。男子谅难种，幽人长利贞。闽兰虽竞秀，终自乏娉婷。弩张赵十使，剑舞黄八兄。就中稍娇艳，鱼鱿杂金棱。白羊乃秋葩，风格亦平平。持以较此君，俯首莫敢京。嗟我亦秋客，纫佩多深情。载哦晦翁诗，对之百感横。仗君为书带，腰围束不盈。仗君为研浆，池塘水不澄。且醉胡郎酒，花下共沉冥。

九灵山房

吾怀九灵翁，大节如孤鸾。浮海未得遂，辗转九洞天。

如何变姓名,尚为弋者弹。九灵变姓名曰方云林,自作祭文。见《文集》中。高皇不能屈,余生终自残。未闻翘车士,乃以牢狱填。诸公不强谏,史册足长叹。黄竹夜泪落,白龙亦神寒。至今永乐寺,凄怆云林烟。永乐寺为九灵寓,有黄竹浦、白龙堆夹其地。嵯峨君臣义,不以夷夏迁。高皇提日月,赤手洗幽燕。九灵所遭遇,尚与余蔡悬。疑或可无死,巽辞得生还。不见东维子,平定巾栾栾。暂下读书台,卒返三泖间。重渊见李黼,完节要无惩。而士各有志,不忘丧其元。杨、戴一死一生。杨之所以得放还者,由于"四方平定巾"一语得当,帝意然;戴之倔强,则过之矣。高皇亦色动,辰星黯长干。滔滔江河下,大节良所难。为我寓公重,山房永勿谖。

吴敦复之京师得其尊公绣谷手校宋椠许郢州集以归,同樊榭谷林作

当年绣谷翁,诗思凌风骚。瓶花作法供,酒器分郎曹。时呼珠盘客,间染猩猩毫。我来玲珑帘,如过丁卯桥。浑疑许郢州,前身或可招。聚书逾万卷,露纂兼霜抄。老眼细审定,校雠彻寒宵。钤以冻乳印,不啻青琼瑶。一瓻借复还,户外屦则骰。忽失郢州本,极望心忉忉。余皇已佚去,长鬣不可邀。鱼肠已飞去,欧冶空自劳。妖征辰巳梦,其岁在元枵。身骑白鹤去,书与白云韬。私心窃耿耿,旧雨忧萧寥。佳郎真健者,不愧虎子骁。坐笑奢产括,愿学固绍彪。十年广故业,插架增苕峣。余事作小诗,秀色映兰苕。昨岁游燕市,软红厌尘嚣。何来青毡故,得之非意遭。乍见足狂喜,掩卷还号啕。一厄望影堂,手泽荐芗羔。再爵酹郢州,荒云天末浇。摩挲甲乙部,追溯墨痕遥。吁嗟斯世间,聚散如蓬飘。不见东涧叟,绛云与天高。百卷旧汉书,临别何嗷嗷。晚年复遇之,昭庆老僧寮。刲羊祭松雪,清泪如河滔。一去不复返,拂水亦魂消。有子乃不

死，先德完球刀。酉阳诸清秘，重光烛神霄。

宣城印在大师以亡国后来姚江披缁，予求其蛰茶经，十年未得，施檠斋令姚江，因属其访之

竹桥老浮屠，系出姑山冑。耕岩佳子弟，裘冶良不疚。生天义熙前，成佛咸淳后。哀音和鹧鸪，双双称诗叟。_{晦木时或过吾乡，九老相邂逅。}亦或驻宝峰，一曲清商奏。沉埋六十年，旧井荒泥厚。料得九地中，尚作老蛟吼。尔家尊先公，_{愚山}宛雅搜罗旧。尔今有续编，即以当肯构。愿言亟旁求，用补谷音漏。东睇白龙堆，离离蔓草茂。

宝岩看梅同靓渊

薄暮抵山麓，杳然探深冥。所困在曲磴，所通在神明。暗香空中来，鼻观早泠泠。秉烛谛视之，鹿角交枝横。微茫阴云里，下有寒谷冰。于焉验夜气，孰与旦昼清。

山僧出肃客，漏下已二更。孤月尚未上，荒鸡尚未鸣。独有梅花魂，随我入前楹。解衣慰窘步，屐齿俱含馨。座有软脚酒，足以发诗情。山神夜传语，诘旦戒早晴。

在昔寒香翁，大节昭沧溟。故国之乔木，有光先中丞。啮榄看梅花，用晦毕余生。可怜骆义乌，垂死莫知名。我为阐潜德，遂足晒日星。惜哉竿木吟，竟同落花零。_{寒香道人乃中丞戴公裔，披缁后莫有知其名者。予读其《啮榄》《看梅》诸集，乃得其大节，惜尚有《竿木》诸集，竟无传者。}

侵晓山雨过，渐见东荧荧。诸公俱熟睡，而我已独醒。熹微看南枝，嫩湿增娉婷。披衣出上方，曳筇寻古亭。茶甘不可作，寒碧委蔓荆。废翁亦仙去，梅花失主盟。_{寒碧亭为宋儒茶甘高公元之游息之地，故茶甘像供寺中，今已亡矣。废翁为茶甘后人，尝自号寒碧亭长。}

倒影浸溪碧，古心与天青。嫩以虬松枝，怒涛时崩腾。

谁其音嘹唳，遥知是仓庚。今年春事苦，花信已晚成。黄钟逾九九，薄寒尚未盈。岂知万香雪，从此轩豁呈。

大雄与河渚，梅花夙擅称。邓尉亦其亚，篮舆吾并经。东渡数云湖，累为魂梦萦。兹山尤密迩，洞天列户扃。其南富橙橘，不下双洞庭。秋晚倘再来，饱看黄云平。

西村诸宿老，好句留余铿。将无即梅花，现此宰官灵。平生论诗法，雅不喜竟陵。独爱此一卷，莫以楚语听。谓正庵、晓山、殷靖看梅山中之作。我诗惭高寄，薄奏下里声。归舟按玉笛，晚霞满江城。

舟中与施生话海昌前辈事，因及姚晭庵职方本末并询其遗文，施生对以里中从无知者，因叹桑海豪杰沦埋无限，当亟为求之，即赋古诗

东江建行营，炳庵襄旌纛。暨其乘槎游，炳庵捍圉牧。沉鼎不可扶，断丝不可续。凄凉黄蘖山，炳庵弃初服。故人唐鲁公，六棺浅土暴。重跰谋一抔，事在琅江录。试读卜葬诗，可以当野哭。归来访故妇，已逐野鸳宿。遂老死空门，碧血瘗深谷。斯人竟泯泯，后死能无喊。世鲜吴立夫，谁发遗民髑。今君多读书，旧闻且满簏。试为访遗文，如听渐离筑。炳庵重泉下，定亦一张目。

信宿水木明瑟园柬茶坞

混混上沙水，霭霭灵岩云。云从西山下，水自东江分。积翠望中落，妙香空际闻。以野乃更秀，以淡乃更文。婵娟遗世立，脂粉不足群。赋才输酝舫，跋语推义门。诸公不可作，空余醉墨痕。而我但搓手，苍然对晚曛。

介翁昔经始，一榻来松陵。太湖感落日，是亦百六征。草堂成沙社，高节凛渊冰。故园虽改姓，空亭未易名。主人潇洒姿，足以嗣典型。流泉不改碧，乔木有余清。春来

旧燕子，绕梁还屏营。可怜涧上居，弥望已蒿芳。吴江徐高士介白筑此园，高士尝赋《太湖落日》见赏于卧子先生。今园中有介白亭，不忘所自也。隔岸为昭法涧上草堂，仅余数椽矣。

清才如吾子，萧散绝风尘。生世偏不偶，抱山作诗人。聊复与我曹，泥饮消昕昏。泥饮亦自佳，曲部无垢氛。五湖好池馆，足饷上皇民。嗟我尚鹿鹿，衣食困蹄轮。何时得息机，葆兹淡荡魂。愿为君灌园，研北老耕耘。

太白山中吊二公子 西炤为故尚书龙泉郭忠烈公维经子，可立为故侍郎休宁金文毅公声子。今寺中无复有知此二师者矣，予仍称之为公子，存其真也

太宰诸郎君，次第殉国难。既以慰先公，亦有光杨万。憋遗此残生，东窜余一线。司马只孤儿，曾参绩溪战。幸逃笪桥死，亦得保余喘。投身玲珑岩，受役伊蒲饭。世系既沉埋，头角甘漫漶。相看各相讶，有泪不可溅。郭公长子应铨，字甄孟；次子应衡，字仲平；从子应煜，字扶生，皆以枢部郎从戎而死。而西炤之名不可考，其浮屠名曰兴彻。金公志其先墓，只载一子，名敦涵，不知即可立否？其浮屠名曰□□；一女为尼，于吴师事蘖庵，曰超遁。

从来鸾凤种，所在有塞芒。虽然经百罹，其精未消亡。清关鱼鼓下，杂沓混否臧。岂期来精卫，绕寺为彷徨。山灵大惊咤，此是谁上堂。中司一朝来，老眼终无荒。谓彼二少年，颠末宜致详。眉间有兵气，颊上尤凌霜。叩之坚不语，乃相与连床。中宵竟话得，一恸血元黄。请看新衲衣，犹隐旧剑铓。山灵大欢喜，呵护有仁王。二公子执爨且数年，都御史高公元若来寺中物色得之，一院皆惊。

密公高弟子，少亦不碌碌。所以兹山中，接踵来耆宿。记得甲申年，曾赋新蒲绿。一朝荷征书，夜猿厌空谷。欲称大薙师，新著朝天录。痛绝诸葛儿，随车遭迫促。白圭险被污，素丝危见辱。高厚所照临，誓难负幽独。幸得脱

身还，有泪已万斛。终身向西戒，岂以长斋赎。空门亦易腥，殆哉此孤躅。方叹中司言，前知良以卓。高公赠西炤诗曰："应叹空门里，腥尘亦易干。"至是，几为诗谶。

吁嗟桑海间，志士竞沉冥。荒山万招提，殊不少骆丞。年运与俱往，谁为留名称。我来过凰溪，云外闻兰馨。将无二公子，魂魄所式凭。独怜采风者，谷音久飘零。我诗虽不工，聊足补献征。击碎竹如意，空中声登登。时道忞之徒不欲随行者，二公子之外，尚有沙门雪樵，名真朴，亦高节。

题陈秋涛相国墨迹

公昔张空弮，思以振赤符。赤符谶不验，沧海为之枯。天废谁能兴，志士枉受屠。唯是桂林烬，仗此稍支吾。毕竟延一线，东僵西则苏。连衡张陈霍，旁暨韩麦徒。张公家玉、陈公邦彦、霍公师连、韩公如璜、麦公而炫。以致惠国公，翻然成改图。孤忠天所鉴，谶亦未尽诬。卷中诗云："世事予多谶，浮生亦有天。"当是公甲申后作。南极竟混一，百年拱车书。尚有妙墨宝，流落浙江隅。寒芒而正色，英爽与之俱。番禺耆老尽，文献谁为储。秋痕随秋去，剩此灰劫余。相国所作诗名《秋痕》。连呼玉画叉，收之缄中厨。

明司天汤若望日晷歌 得之南雷黄氏

测天量日真古学，九章五曹远可寻。姬公商高志成法，坠绪茫茫胡陆沉。自从鲜于洛下后，累朝聚讼成商参。春秋三十六日食，卫朴沈括谬扯挦。岂期礼失求之野，欧罗巴洲有遗音。明初兼采三历说，疏通早已开蹄涔。谓中原、泰西、回纥三历。吾闻五洲之说颇荒诞，芋区瓜畴界莫侵。亚细亚洲居第一，神州赤县细弗任。渊源将无出驺衍，存而不论戒狂淫。何物耶稣老教长，西行夸大传天心。观光厥有大里利，庞熊毕艾龙邓俱同岑。九万里余来上国，星官俯首空沉吟。泰西绝学乃骤贵，直上灵台罔不钦。就中大臣徐与李，心醉谓足空古今。司天大监汤瓯使，若望以通政使掌监事。日晷精妙泯嵯峨。想当制器尚象时，不传秘术宝南金。天子临轩百僚集，敬授特敕夸思深。为忆利生初戾止，一枝托迹拟微禽。香山旅舍听夜雨，北平暮树泣秋霖。如何所学顿昌大，不胫而走且骎骎。谁识周髀旧经在，蛛丝马线待神针。汶阳之田本吾土，广陵之散非亡琴。坐教唐子纂大宗，重黎有知定弗歆。峨巍南雷子黄子，九流兼综振百瘖。古松流水算簌簌，乃悟北鲊即南鳒。可惜唐邢诸先辈，扶中抑西力不禁。容圆测圆割圆历历在，底须三角八线矩别自畀釜鬵。贯穿微言得缘起，有如皎日出层阴。吴士梅氏嗣之出，廓清之功良有壬。始知中原才不乏，爝火终必归照临。昨过南雷搜故物，片石瞥见委书林。二十八宿扪可拾，四游九道昭森森。大荒有此亦奇儿，摩挲置我堂之襟。吴志伊、王寅旭、梅定九皆与先生言历相合。

扬州石刻文信公画像歌 有序

明正德十年，寿光刘侍御徵甫所勒其序，云得之扬州文江公苗裔也。乾隆八年，扬人陆君钟辉乞予作歌。

西湖天水画冥冥，白雁飞过无坚城。庐陵相公脱虎口，来向淮南谋集兵。可怜吴会少净土，剩余扬州真州孤柱撑。李公苗公双忠贞，挥戈欲挽虞渊旌。相公此来会逢适，合从或可缓颓成。两淮全力足恢复，所仗元老为主盟。此策果成事难料，三宫未必向北平。岂知反间忽横生，李公既心动，苗公空泪零，相公变作刘洙行，参从寥寥杜大卿。天教孤臣不遽死，芦中丈人舣舟迎。将无岷江之神灵，神灵幸脱相公死。两淮从此莫扶倾，李公颈血碧，苗公寨火青，夏贵老奴竟输诚。神伤间关出，百死再入瓯。闽开行营空，坑战败五坡。絷燕市三年，目未瞑魂随。阳乌返沙汀，李公苗公迓九京。一恸褰裳朝穆陵，百年潦尽寒潭清。崖山哀歌满祠亭，淮南俎豆亦争馨。寿光柱史扶世教，绘图勒石昭精英。孙枝一叶尚足征，定是惠州太守老云礽。相公自具大光明，那须异人传慧灯。不是神梦告发绳，至今须眉还峥嵘。我歌足当庙碑铭。

七峰草堂移梅歌

大江以北少梅花，相传降作杏六命。我疑陶山语未然，难缘橘户为左证。棱棱百花头上姿，肯逐黄尘易素性。迁之无道种无术，坐教嘉植困碌磴。马郎兄弟双玉雪，魂与梅花同清净。有庄明瑟如蓝田，有客看花满蒋径。暗香入梦意无厌，觅遍古欢穷绝磴。秦淮大有槎牙种，十里江行足吟兴。园官小试移山手，飞度七峰疑不胫。寂寥小雪霜叶凋，峥嵘几点春芽劲。新寒未消九九期，微风已动番番胜。乡心犹为石头悬，羁贯已随瓜步更。花王之富数花对，恰与今年梧叶称。所移共十三本。昨闻连舟度东关，榷吏惊讶纷相侦。好事敢辞花税哆，佳话应为官阁咏。招邀更喜值同声，叩钵齐催诗思竞。我家句余东复东，宝岩千树苍云映。当归怅触鹔鹴枝，叉手樽前醉眼瞪。

明陈待诏老莲画 有序

卷首题曰："丁君梅生，以酒资为予致妓乞画，予即令以资改葬文长先生，而画此贻之。"其画为枯木附以水仙，呜呼！老莲好色之徒，然其实有大节。试观此卷，古人哉。嶰谷乞予作歌。

白门待诏真鼻兀，此头可断腕不屈。名王为唤美人来，一笑挥毫怪咄咄。酒阑午夜梦魂醒，翩然而逝疑飞越。谁言此老空清狂，个中心事良勃窣。见《本传》。故都已哭钟山陵，故乡重吊青藤碣。板桥花柳逐逝波，剡溪松楸伤野窟。萧疏为写岁寒姿，春花傍得冬株苗。招魂一曲万古愁，中有畸人不朽骨。

明洪武钦定五权歌为嶰谷兄弟作

遐稽古哲王，所先在算命。曰律度量衡，以持威斗柄。审数物不淆，审物施悉称。三时按其程，八节谐厥令。春半禾初生，忽微未足订。夏至禾见秒，晷景中天映。秋半秒告成，平准可谛定。积秒得分分，得铢因而重之以次竟，左旋为规右旋矩。摄尽奇零无滞剩，以上皆用《汉志·说文》。羊山黍适均，昆山竹最胜。苍苍太古铜，雅肖君子行。关石叶元声，雄雌互酬应。六燕兼五雀，即以通物性。后王治术疏，有惭作者圣。秦权与汉权，盈缩多累更。递传至唐宋，所悬或径庭。延祐有圜环，经世典堪证。延祐所颁官权，予尝见之。虽然精意愧古初，要为列朝资考镜。猗与明高皇，雄才难缕罄。当年诸群雄，剪除岂易逞。重轻各有差，浪举即为病。急摧武昌军，远通察罕聘，回辔扫淮张长驱。下幽并揆时，度世良已难，成功岂曰由侥幸。所惜三相公，秉钧稍伤佞。犹喜去邪决，揆席未终横。南天奠钟鼎，奉常陈笙磬。太宰平铨司，大农训市正。鸿胪与大行，法守均以靖。古权掌于鸿胪而职于大行。冬官□百工，四方歌无竞。茫茫易代来，宗器伤孤另。何来御府锤，忽供词流咏。莫道此琐琐，事曾关七政。不见璇与玑，犹委蒋山径。吾侪多好事，感物成漫兴。论易谁传得一斤，窃恐卮言自道听。本程子。论文空思扛千钧，窃恐别裁为世憎。为君作放歌，吾征在史乘。

中秋前一日得林评事荔堂朋鹤草堂集正气录二书狂喜，从湖上戴月归，得诗一首

晞发先生恸哭余，白云原下殉其书。应怜许剑荒亭

路，谁人为我发此储。所南先生闭枯函，尘蒙甃井亦已厌。四百年来坟土出，又复令我疑信参。诸公之作竟沉埋，长虹不克振死灰。空令壮士中夜舞，独自苍茫赋大哀。荔堂老子古人徒，曾向邓林追阳乌。晚年日暮尚伏枥，裂竹如意碎唾壶。我尝求之二十年，魂祈梦祝有无间。故人出之持示我，寒芒五纬生苍烟。喜而不寐急挑灯，明月耿耿窥疏棂。骑龙被发倘临我，一曲楚些酹青冥。_{评事族孙贻余此书。}

古井叹为程尚书配金夫人作

尚书大儒子，不死非所期。尚书且不死，而反得之妻。妻挈女俱死，_{女琼。}古井生香泥。长虹夜半覆，古井光与余。阙里黼祠堂，齐吁嗟乎！尚书不死非所期，尚书究竟死东市。发叹噫，失身早，不决应悔负扆廑。国史既舛谬，地志复漏遗。我歌古井神凄迷。《明史》作"尚书传"，谓其病卒，谬也；尚书"以不良死"，见《闲中今古录》。至夫人殉国，《府志》阙然，益为可叹。

张靓渊示所藏李樗仙观察故扇，其阳为倪文正公书，其阴为张遗民画，文正书固足重，而遗民画亦罕矣，靓渊索赋七古，灯下率笔应之

榆林尚书李公子，廿载愚公为国死。元公之后有贞臣，碧血淋漓光世史。_{即用高辰四《哭观察》句。}米家船散故物空，腰扇萧寥出尘滓。清河舫中多贮藏，签轴纷纶难屈指。雨窗为我资古欢，亳社劫灰宛在此。峩峩始宁拨灯书，寒芒尚共衣云紫。_{文正阁名衣云。}当年椽笔元又元，童乌妙悟在儿齿。_{文正著《儿易》。}三爻吞罢论三案，鸺鹠胆落不可止。余事风流寄六书，亦复崛奇难意拟。何来更有张三画，秋甫真传风雪里。亡国之讖在命名，陵冬之节善传髓。摩挲私印亦自佳，不教圣思独擅美。_{是时私印推徐锦衣圣思与遗民。}可惜三绝尽无存，残山剩水仅尔尔。_{予求遗民诗不可得。}从来

书画重以人，苟非其人适堪鄙。此书既属鲁公徒，此画还应所南比。又况樛仙手泽余，如彼岑鼎连其趾。同心臭味托兰荪，故国云烟重桑梓。主人宝之扬清风，庾元规尘隔千里。先赠公尝谐遗民曰："君生德祐以前，而早署遗民，其为不祥，孰甚坐令我辈同此荼苦。"于是满座皆大笑。

南枝先生卖字歌

始兴之钱江州酒，彭泽当年亦姑受。秦余山人更绝奇，一粟寸丝都不苟。商丘开府真雅人，兼金治槚意良厚。岂期遗戒有前知，肯令幽宫翻失守。生平卖画聊易米，今日云烟已乌有。浒关何处来寓公，数载积钱卖字久。老生贮此不时需，原为山人谋身后。同此非力不食心，画耶字耶特转手。开府虽非盗跖金，未若清风来好友。山人葬罢寓公归，依旧深藏饿隶手。

谷林为梅里祁氏弥甥，每见夷度先生诸藏书，尤宝爱，不惜重价购之。尝索予所有范正献公集、孙学士春秋解，方淙山易至再四，以其皆淡生堂物也，予靳之未致。谷林下世，予始悔之，乃以付东潜使供之殡前而告之

东白先生亲迎时，东书堂前赋结缡。太君解颂青箱本，郎婿能歌黄绢辞。尔时诸祁已衰落，残签剩帙纷嗟咨。中丞止水血久化，公子逐日魂无归。零落都缘佞佛叟，屏当犹饱估书儿。梨洲先生曰："祁氏藏书自季超学佛，一切视为土苴，多半为云门沙弥持去卖钱。"转盼旷园竟榛莽，先生凭吊泪如丝。风流宅相真健者，代兴蔚为诸侯师。小山插架十万卷，以视外家犹过之。凯风寒泉孝子慕，青毡故物先君思。每逢淡生旧手泽，购之不翅珊瑚枝。拟将一卷别著录，属予为序陈慈帏。白华之养在带草，一笑何必斑斓衣。更有王郎

擘窠字，东书堂前历劫遗。<small>王百谷书"旷亭"二大字，谷林以置园中。</small>旁搜未竟骑鹤去，令我愁过泊花池。徐君所志在挂剑，孺子不须陈只鸡。郎君试置两楹上，定有中宵降植藜。

瞿将军行<small>瞿天葵，应天人。起自行伍，为都司。状貌甚伟，史阁部所拔也。乱后守阁部之阃，以终其身</small>

扬州阁部死乏嗣，中权都督绍绝祀。苍颜黄发太夫人，秣陵侨寓邀廪赐。桓桓更有瞿将军，魁岸曾蒙特达恩。弯弓未殉沙场血，倚剑时伤国士魂。梅花岭下故人散，寒食年年浇麦饭。鹡鸰耻向别枝栖，依旧长刀守旧闱。吁嗟乎！庙社重门主管谁，蒿莱狐兔纷可悲。畴昔边关一老罴，今抛锁钥竟如遗。天为孤忠留户牖，幕府残年卫大母。虎头猿臂故依然，精卫心期终不负。中权都督亦萧寥，相与击竹歌楚骚。孝陵松柏森森动，时有朱鸟门前巢。当年上将推刘乙，骈首不辞肝脑裂。死生异迹宁异心，谁采旧闻裨史阙。<small>中权谓史怀威也。</small>

信宿姚江舟中，偶作三哀诗<small>张先生客卿、苏先生存方、邵先生得鲁也。张本鄞广文，丙戌后隐雪窦，邵亦隐雪窦最久，而苏曾入鄞参密老，皆于吾乡为寓公。呜呼！三先生之大节，岂余以寓公故私之，而所叹者，姚人或反莫之知也</small>

天上客星人经师，湖学风规岂似之。冷官蒿目际阳九，赤手安得匡危时。恢复人心第一橛，传者窃笑闻者嘻。岂知天地遽崩裂，竟坐此故成陵夷。乃信岩疆在方寸，不恃高城与深池。差喜臣心尚无怼，未须讨贰勤济师。妙高台上干净土，残山足与寸心依。吁嗟世道日沦陷，莫卜此心来复期。大招广招不可返，茫茫忧患何人知。临风遥遡足三叹，重泉应与我同唏。

海门弟子谁先传，石梁铿铿儒而禅。有客从之得妙谛，乱后灵光尚岿然。四明山中茅一把，醒即读书倦即眠。腥风血瀑遍下界，而我神游炎黄间。偶然小诗鸣自得，摆脱篱落追天鸢。律以学统或未粹，要其风格良孤骞。百年浙学久坠地，石梁薪火亦荒烟。樵牧安能认带草，苏园寂寂无故毡。太冲先生不甚可存方之学，谓与史子虚沈求如一例，而泽望先生极称之，予谓存方风格自是义熙以前人物，未易及也。

东陵一生真狷者，苦节凛冽吐寒芒。祥麟降生偏不偶，天实厄之当沧桑。桃源何处避何所，一洗头颅归竺王。岂以军持谢世事，翻从鱼鼓担纲常。可怜潭上一亩居，欲扶九鼎则已狂。十年雪窦混姓氏，晚窜福岩竟沦亡。慈云不足消冤怨，祈死得死何堂堂。曰故遗民非衲子，死返初服朝毅皇。谢翱方凤不终泯，山水为之留耿光。三哀赋罢山鬼啸，春潮夜涨天苍苍。

碣石行 故都御史华亭徐公孚远乘桴廿年，从亡道梗由安南入觐。安南要以臣礼，不屈而归。所传《交行集》者也。归而同延平入台，延平亡，台军渐削，乃复入中土。栖皇无所就，至碣石，依宫保总戎吴君六奇，竟以完发，终其野死为可悲，其得保颠毛，则亦仅有之事也。吾独壮吴君出自贱微，起自草窃，而能为天下留贞臣之命，使得以无恙，威仪入地，是亦绝世之奇矣。世人但举查职方一事，以为佳话，岂足以尽之哉。宜其克享功名，殁邀顺恪之谥也。若田闲先生谓，徐公归自交趾，即留碣石，则伪矣。抑《国史·吴君传》中亦应大书者也

孑遗孤臣头雪白，不死东宁死碣石。吾戴吾头吾知免，一枝幸藉将军力。冥鸿何处觅安宅，老罴帐中堪避弋。鸱鸮不敢加弹射，几社故人最生色。夏公感叹何公喜，更有陈公同太息。相与惊魂且动魄，谓斯人者从何来。古心所照天地碧，碣石风雷生画戟。谁知中有柳车客，海王为之司眠食。朝看扬潮夕重沙，在昔韩王亦无辈。竟卖钟离足长喟。

临桂伯锦归曲 事见《所知录》

临桂相公何精忠,侧身蛮瘴矢匪躬。汉家九鼎自岌岌,孤臣浩气自熊熊。残疆累蹶亦累振,其奈天废无成功。幸逃九死竟一死,谁知都在前定中。真人珍重说锦衣,翻成马革亦已奇。应思此言有精义,堪叹世人知者希。真人定是赤松俦,不逢赤刘盛,偏逢赤刘衰。秘计空陈赤伏灾,赤伏虽遘灾,其在相公不为灾,堂堂锦衣神归来。正命而终天所谐,相公竟锦归。从者为阿谁?副枢张公缓带陪,大将焦公袜跗随。绯袍公子参旄麾,箕尾光照虞山陲。改冠易服谁氏子,褐宽博者视有泚。乃知锦衣不在此,我读浩气吟。□南而后有遗音,真人密授独未及。几令佚事忧消沉,将无贞臣不语怪。耻逐啼鹃返故林,试歌锦归曲。悬知陟降神所临,赤松仙人谅不死。苕霅之间光尚紫,何当寻之话旧史。

钝轩为俞四蜚声画雪中高士图索题

高士爱冬不爱春,落落冬心冷愈醇。坐笑春风野马尘,自冬发春乃长新。千山万径踪迹绝,冰瓯清绝见天根。寒崖之黍抱冻蹲,中有鸿蒙木介痕,百昌不复能氤氲。谁知老子心,脾愈净,骨愈尊,是谁滕六谁葛三,造化小儿遣来伴吟魂。山鬼飒飒噤不语,但见峥嵘鹿角横黄昏。暗香疏影自怡悦,忽然老鹤一声戛然下天门。力能通乾而流坤,万籁尽泯我独存。底问北枝为弟南枝昆,冬耶春耶一笑归混敦。

甬上中秋改日诗 甬上中秋独在望后一日,或云史真隐翁所改,然亦有谓魏王判府时所改者

普天中秋皆今日,吾乡何以在诘朝?诘朝圆魄已渐减,

秋客何以成佳招。相传宋家真隐翁，北堂鹤算移良宵。西向瑶池乞王母，莫令急景随惊涛。王母为之遣青鸟，致意老蟾停兰桡。相公已驻春晖永，何独吝此秋色娇。老蟾再拜启素娥，一夕信信住神皋。相公闻之喜绝倒，敬谢王母万琼瑶。诘朝起看天宇净，西池紫气纷相邀。慈竹成鞭千笋矗，晚萱接叶一丈高。黑头潞公彩衣舞，拜前拜后俱插貂。脑金片、玉带条。二物皆德寿赐真隐者，时有异僧相真隐为黑头潞公。更有竞渡舟，非时来江皋。酒阑夫人忽三叹，莫负会稽之穷交。昔年贷钱充燕喜，真隐贷钱事见《袁清容集》。次年几误曲江潮。汤家老母无恙否，为我百斛输醇醪。相公闻之蹶然起，儿子岂敢忘报漂。后果双旌开判府，旬日侯门赠金饶。相公三世俱官越，遗泽绵绵苗裔叨。天时可为锦堂易，人事不以衮衣骄。吾乡佳话此所独，普天中秋无此豪。我生荼苦百见挠，薄禄逮亲亲已遥。感怀令节空萧骚。

嶰谷招同复斋、孺庐、泎江、南轩登平山堂

地以欧刘重，情缘侨札殷。风流推夙老，濩落感同群。南轩杨柳春风杳，芙蓉夕照曛。一堂宾主胜，三沐诵雄文。是日读孺庐《题嶰谷燕堂小记》。姿地原无辈，家风好共夸。孺庐三郎霁山。石莲花接叶，万光禄思嘿讲易地。玉茗树骈葩。孺庐言其家园玉茗之盛。良会思前哲，高才赋落霞。吾衰期掉首，归理旧渔槎。

朱上舍自天读予悼耕岩未葬诗而蹙然，请以明年任之，喜而有作

征君未死日，破戒受兼金。为葬钟山骨，余投濑水阴。耕岩不受达人之馈以葬故人，乃收一令百金，用其半，而所余者投之芜湖水中。清芬犹未泯，高谊更谁寻。一诺来孤凤，微生慰素心。

哭万编修丈九沙

日昨吴回厄，非关隐慝招。痛心遂莫挽，老泪竟难消。宿德嗟沦丧，知音叹寂寥。秦亭古梅下，风雨泣萧萧。去年九沙家大火，尽焚其尊人充宗先生经学未刊之书。九沙援夷伯庙震故事，以为己咎，朝夕涕洟，遂以不起，亦可伤也。

过涧上徐高士昭法草堂

为问徐高士，流传尚有居。蕨薇长遍野，书卷更谁储。大雅消沉后，残山涕泗余。曾闻汤宪使，徒步此踌躇。

江左大吏新得请为故检讨杨公维斗立祠芦墟，此盛举也，喜而有作

敕下泗州守，旌忠恩命殊。喜看灭顶地，重作丽牲区。古柏重生荫，古柏杨氏堂名。荒芦尚有墟。独怜卧子辈，何日共芳醑。

嶰谷招集行庵，见黄叶满庭，偶然有作

我亦同黄落，何堪置此间。天心酿风雪，客况阻河山。瑟瑟瓦沟掩，萧萧庭院间。乱云封贮处，怅触感衰孱。

蔎林、柳渔、瓯亭、竹田小集篁庵分韵

客与秋俱老，花偏晚放春。凉风排旅闷，爽气集诗人。何处闻长笛，齐来垫角巾。嘉名重九近，白社有闲民。

望溪侍郎以旧冬辱寄文抄兼令核审，未及复也，度夏于越，乃条上数纸附之以诗

一编几洛诵，高蹈更谁京。经术老愈笃，文词明且清。低头拜腐史，放眼笑班生。尚有荓菲采，他山砺错情。侍

郎不喜班史及柳仪曹集，闻者多以为过，当至以马迁为闻道，亦似浮于其分，而侍郎守之弥坚，莫能夺。

谬种横流甚，何时得廓如。试鸣涂毒鼓，更指越裳车。斗柄依然揭，榛芜定可除。群儿愚不揣，毒雾尚狂嘘。

昔年万夫子，一见辄知音。我亦四明客，同怀千载心。蹉跎怜病骥，萧瑟叹焦琴。浞籍方僵走，何能效砭针。吾乡万八先生季野首识侍郎于少年，劝以从事经学，勿为无益之文。

游大善寺

寺乃蕺山先生最初讲学之地，寺僧甚贤。先生家无米，岁从之贷有如寄，每逾年予直，则次年之贷又积矣，如是者二十年，及累官至太仆，始有田二十亩，得免贷。予谓是僧能使先生与相缓急，如是其久，非聊尔之堂头也，而惜乎其名不传，乃纪以诗

苦节严夷跖，孤贞核谢陶。悬知老僧廪，芝蕙共清高。事见先生年谱。成佛未为贵，知儒定足豪。我来寻塔志，莽莽但蓬蒿。

万竹山中访故少参梦章罗公避地寓

剡源清绝处，传是使君居。辛苦画江后，章皇蹈海余。周黎犹被荫，蜀道竟何如。合有甘棠祀，同招海岸车。吾乡节推之应祀者，海岸黄忠洁公。而少参之有功于东江，生死虽异，其忠一也。万履安云："少参丙戌后衣冠不改，尚能为诸遗民之寄居剡中者，所仗庇尤不可及。海岸大节登于《明史》，至少参则泯然矣，为之三叹。"

穆堂先生下世，欲作挽章不能尽所欲言，援笔辄泫然而止，冉冉一载，邗上寓中得三首，亦竟未足抒予痛也

坡颍好兄弟，终身酹欧公。后来陈正字，没齿感南丰。薄植宁堪比，深恩实所同。重江素车隔，何日拜元宫。

我有吁天语，苍苍远不闻。终难遗一老，殆欲丧斯文。

大鸟临江介，妖星入楚分。最怜用世志，百折尚殷殷。

淮上分襟后，长愁十载多。心期已孤负，音问亦蹉跎。绝学知难绍，雄文定不磨。墓门虽寂寂，正气表山河。

题姜如农侍郎荷戈图

七尺疑金铸，须眉尚俨然。茫茫亡国戚，忽忽荷戈年。甬上曾弸节，先人辱赠笺。一军惊失守，连跰各殊天。珍重山居誓，苍凉野哭篇。哲昪棠荫在，赐庙海隅悬。馎饦诗无敌，蛾蜞话足传。先生至吾乡，见鲐埼诸海错，迟疑不下箸。归东聊堕马，哭弟几摧弦。族未零王葛，居胡变海田。清高肃遗像，感慨望遥阡。式里重思旧，披图愿执鞭。可怜廿四气，早已化云烟。

过石斋先生正命处诗以吊之

漳海精忠薄九霄，我来三吊大中桥。降臣蒙面终无赖，义士同心不可挠。闽峤山川增卓荦，孝陵风雨已萧寥。《绝命诗》中语。洞玑绝学谁窥见，天挺应推百世豪。

秦淮河房追怀复社诸公

横议多缘世道衰，党人亦自蹈危灾。宾寮艳说四公子，芒角犹传三茂才。耕岩、次尾、昆铜也。历诋太牢原过激，得沉白马有余哀。秦淮水畔行游地，呜咽寒潮带雨来。

笪桥有百岁老人为予指海岸先生正命处

倔强仪曹一散郎，不随崩角拜名王。南天半壁凭孤掌，西竺三忠共耿光。谓蔡忠襄公暨金公正希，皆先生禅友，而先后正命。先世渊源余旧墨，吾乡俎豆志甘棠。先生尝为吾乡节推，于先世最厚。金刚面目应长在，钟阜神灵助激昂。

燕子矶兰若寻苍翁题字

江东王气已全枯,岂有重兴赤伏符。半夜秋风出灵谷,千船军火窜焦湖。孤生逐日空三足,碧血沉渊尚一壶。此日弥甥辑遗事,可怜题字竟模糊。

寒食前十日展谒先司空公墓,夜宿山庄

青天白日先臣节,长水高山故国恩。太仓王文肃公题司空墓柱句也。犹有赐田环丙舍,敢将薄植玷清门。虚堂几忆瞻云泪,老树深栖归鹤魂。瞻云、归鹤皆庄名。永夕岂徒霜露感,叫矶手泽至今存。公题"矶矶神祠"四大字,先和州公于万历中官江上奉归。

三先生昔著书地,习庵、厚斋、东发也。公尝欲构三先生书院为讲学之地而不果。合以前光接后辉。春木年年苞古干,孙枝叶叶溯遗徽。千秋尚有宫墙在,一线还忧薪火微。暮雨空蒙寒食罢,茫茫百感集柴扉。

五云佳气护重皋,八叶清班世所豪。积雨苍苔生石马,及时春韭荐香羔。螭趺文字南金重,谓申文定公所撰墓碑。箕尾英灵北斗高。午夜轻寒振衣起,伫看天半降神旄。

十六日甘谷以所藏囊云先生云树赠我谢以七律

桑田已自无乔木,盘谷犹余未劫灰。小盘谷囊,云所居也。流转应怜成断梗,离奇谁忍委荒莱。生前不为军持缚,身后宁同玉树哀。何以报君青玉案,晨烹双韭荐清醅。

安晚郑忠定王集世不可得,仁和赵氏近购其诗七卷,陈解元坊本也,喜而抄之

梦溪师相本清才,可惜端平晚节乖。纵使勋名惭涑水,肯教薪火坠迂斋。西山以司马文正推安晚,宜其为东发所诮。梅花

诗思犹余墨，槐木园林已伐柴。安晚《墨字韵》《梅花诗》累叠最工，其先世称"槐木郑氏"。便拟酿成安晚醙，借来还往一瓠偕。
郑氏酒名安晚醙。

甬上耆旧诸公诗集摭拾略具，独王丈麟友以流寓江都，求之未得，因以长句奉托巇谷诸君

四明潇洒王公子，野死雷塘亦可怜。宗国神伤苗稷句，门生肠断蓼莪篇。残山剩水真无赖，破帽青衫孰与传。安得清江杜清碧，为余蓃地发遗编。

方丈望溪尝言以万八征君之学，而惜不得如梅勿庵受日月之光以显于时，予谓是不知万氏之心者矣，因表而出之，以论其世

四明上溯滁阳胄，风虎云龙三百年。一出只缘为庀史，终身安敢望朝天。谁将客妇行吟苦，漫作枯鱼望泽怜。试读秣陵遗事句，杜鹃心迹尚昭然。昆山、京江两相公荐疏已具，先生以死力辞。

将赴蕺山讲席，杭之同社诸君集饯南香草堂，分韵得东字

安阳世学山斋重，五百年余属起东。试向清江觅寒火，更参新会溯流风。日来帖括司儒苑，谁是真师震瞽瞍。珍重诸公尊酒别，何时兰上共诗筒。韩贯道父子五世讲学山中，清江刘子澄高弟也，而近人无知者，专属之念台先生。

久不登天一阁，偶过有感

历年二百书无恙，天下储藏独此家。为爱墨香长绕屋，只怜带草未开花。一瓠追溯风流旧，十载重惊霜鬓加。老我尚知孤竹路，谁来津逮共乘槎。

五令君诗

乙丙之间，甬句百六，生民莫保残喘，犹幸五令君者，

皆仁人也。五令君曰职方兼知鄞县济人秋水袁侯州佐，曰兵科兼知慈溪县扬人螺山王侯玉藻，曰职方兼知定海县南陵弋江朱侯懋华，曰御史兼知奉化县吴人虚谷顾侯之俊，曰职方兼知象山县莱人如画姜侯圻。王、朱、顾皆甲申以前所授官，《图经》尚存其姓氏。袁、姜则出东江之版授，遂无知之者，是岂部民之所可恝然已耶？乃各系以诗。

二灵云苍苍，嘉泽祀皇皇。至今钱湖荋，居然召伯棠。
详见曾大父太常公乙丙之际《存湖录》。

大义绝贼臣，私恩宁足纪。斯意关纲常，保障其细耳。
螺山拒其房师之从逆者，当时甲乙科中人多以为非，不知君臣分义，先于师生，是乃所以扶持正气也。

朱侯真干才，坐啸镇海澨。笑谓王武宁，高牙空虎视。瓜里仗声援，同雠首刻源。崎岖岭峤魂，未忘兹弹丸。虚谷从亡入闽，闽亡入粤，间关尽瘁而死。

姜郎忠臣儿，一官竟赍志。我作先祠铭，尚亦光义帜。
予方为其先忠肃公祠堂碑铭。

除夕得徐丈霜皋别集二册，挑灯守岁，选取五十余首，即题卷后

一卷来从冰雪余，不随人代共迁除。宵分浮白忧瓶罄，豫借屠苏酒一觚。

苦节应无愧华王，鹤山老友足相当。只愁金石心期秘，未尽江村泪万行。全集疑尚未尽于此。

张生索我购诗钱，阿堵萧寥竟歉然。似此追呼亦佳话，冬心淡荡送残年。张生之祐，挟此有求。

过桐斋吊废翁、鼓峰、隐学三先生

证人袭冶到东句，磊落三君最上头。九死尚传绝学重，不徒甲子义熙留。三先生首招南雷为讲学之侣，是斋其所倡也。甬上后起之盛，实由三先生导之。

入吴舟中柬芗林 录二

天子亲裁锡类诗，华堂争诵锦归时。椎牛我自知难逮，只合空江理钓丝。

木雁遭逢岂可班，羞居材与不材间。故人为我关情处，莫学琼山强定山。

天章精舍释奠礼成示诸生

魁儒畴昔降神时，紫水黄云天命之。世远山川长寂寂，投壶谁唱代兴诗。云水为白沙之瑞。

瑰奇多学数琼台，底事三原忽见猜。力毁石翁尤可诧，瓣香姑舍莫相推。时多以琼山不豫祠中为疑。

泰泉高弟称卢子，尚有遗书历劫存。怪杀图经遂灭没，我来重为荐芳荪。卢太守冠岩所著《献子偶存》深造自得之言，《南海志乘》竟无为立传者，予始表而出之。

清澜雅自居朱学，学蔀成编世所传。此是当年执政意，真儒定论岂其然。泰泉不喜陈王之学，出于意见不合，清澜则投政府之所恶，而攻之丑矣。

江洲极口排贞复，不以枌榆事党同。方信石翁真世嫡，肯将葱岭玷宗风。

由来报本重先河，此席功应首见罗。曾与讲堂争去就，萧寥香火竟如何。端州精舍始于李公分守岭西所作，其后以督府殷正茂不喜讲学，拂衣去官，今粤人无知之者。予近讨论先师，但列粤中诸儒而未及莅斯土者，然见罗断不可恝然也，当补行之。

四明清诗略卷十终

四明清诗略卷十一

鄞　董沛　孟如　辑

卢镐

字配京，号月船，鄞人。乾隆癸酉举人。官平阳教谕。著有《月船诗稿》。

《鄞县志》：镐少奇颖，偕同里杨尔音游，好搜讨僻书奇字，未几弃去。从史荣研究经史，既又执贽全祖望门下。祖望每岁客游，假大江南北藏书家抄本，捆载至数百册而返，镐与诸同学递阅之，而镐五行并下，一日可尽数卷，由是贯穿百氏。

既举于乡，赴南宫试。秦蕙田、王鸣盛号称博雅，见镐皆以畏友待之。礼闱分校者争欲得镐，而卒不售。谒选授平阳教谕。平阳士习荒陋，不知学古，诸生来见，辄以经史语之，习为之变。

丁外艰归。治丧悉遵礼经，居外舍三年，不入内室。未几得喧证。时方修邑志，犹日就局中，主张条例，检阅诸文献书。病革，其友蒋学镛过视之，气惙惙犹相对，商酌旧志异同得失之处，次日卒。

镐为人静穆，寡言笑，口不雌黄人物，其诗高处逼柴桑，书法亦秀劲。喜作画，画必在醉后，灯下秃笔焦墨，兴尽，即已听人取去。有嘲之者曰："画正宜如此作也。"其风趣如此。

九日同汇川、斐庐登陶然亭，晚饮汇川邸中，主人感怀赋古诗二十韵，因依韵和之

孤客悲深秋，万里作重九。掩卷出门去，侧弁登高阜。纷纷广陌尘，衣冠走群丑。黄菊问谁家，朱门徒有酒。且就城西隅，古窑旷林薮。是日风景澈，寒潭映霜柳。了了太行脊，层层露深厚。南横江淮云，禾黍正栖亩。伫想茱萸筵，兄弟同聚首。如何违白头，空使啼黄口。远望念当归，醉歌拍铜斗。男儿轻出门，徒夸好身手。贫贱贵相保，富贵夫焉有。南枝与北风，昔语今记否。六合虽浩荡，人生爱侪偶。惟君伤雁行，哀词出藿臼。眉山恨终天，联床约难守。离合古皆然，良辰且鼓缶。

重七后二日同人集佑圣观赏荷，用谢山先生宝岩看梅韵和董小钝作

骑马游蓟北，尘土苦冥冥。南归临汶水，顿觉双眸明。间有菡萏陂，疏柳映清泠。船窗日饱饭，卧对渔舟横。佳趣一充足，名心已嚼冰。而况故乡好，复此人迹清。

怀中刺漫灭，世态已饱更。爱此故乡树，好鸟相和鸣。亭亭数朵花，待我如拊楹。遮以松竹秀，配之兰蕙馨。清风一披拂，偃仰皆有情。使我茅塞胸，豁似秋空晴。

董公真健者，豪气盖四溟。看竹岂问主，哦松不负丞。对花忽追昔，恻怆怀平生。赋或因邻笛，诗非世上名。嗟哉细湖旁，同好如晨星。非君作醉翁，孰与慰孤零。

城南紫清观，昔日花荧荧。赋诗触奸相，众醉嫌独醒。大暑焦金石，水面偏娉婷。想当角巾归，寒芒吐园亭。陂陀余旧迹，景物翳荒荆。吾乡有正学，无负花前盟。

昔侍双韭轩，君我各鬓青。又有张与范，意气皆轩腾。人亡不可作，学失难请庚。当年所纂述，至今多未成。故

宅空荷花，綦迹苍苔盈。努力慰故人，莫畏衰态呈。

东林有胜侣，社以白莲称。行吟泽畔客，集裳标骚经。古来高尚士，岂为俗虑萦。嗟余居湫隘，市声填户扃，焉得秋水阔，种花满前庭。花香杂几格，著述完生平。

直干放韦偃，好句似阴铿。地既添胜迹，花亦加宠灵。更有诸英妙，鲜华过五陵。衔杯相唱酬，笙竽已满听。而我鸣孤弦，思附求友声。敢云张偏师，五字攻长城。

倪九山自瑞安过访，留宿黄篾舫，别后用舫字韵作诗见怀，依原韵和之

鄙人畏尘事，所乐惟闲旷。幸兹山水窟，聊以避尘障。唯恨知心违，春树永相望。郁郁蓬蒿姿，歪斜谁倚仗。昼梦正痴迷，君忽牵帷帐。数年潢积胸，一旦得纵放。有如天上坐，春波拥船舫。又如涸辙鱼，顿乘万里浪。此乐未可喻，几欲倾家酿。翩然竟辞去，怊怅失所向。徒订后日游，南北两雁宕。空留笔墨缘，花木余景状。<small>九山为余作画数纸。</small>足音虽可喜，欢惊终未畅。何时共卜居，泉石作家当。雨笠与宵灯，无劳乘雪访。相逢人世间，还觉尘容抗。

芩林寺观双瀑因登马潭庵

丛丛众绿阴，皎皎双白练。空山寂无人，天半独明绚。我思寻其源，摄衣凌峭茜。盘旋危磴穷，泉石乃平衍。曲可流杯觞，浅仅照颜面。波纹方细漾，咫尺挂雷电。乃知至人心，抱一千万变。

南雁纪游　　　　卢镐

西洞<small>即仙姑洞</small>

天怜绝世姿，卖珠补茅屋。凿此丹翠崖，聊以栖幽独。其上垂藤萝，其旁多松竹。

浸苎盂

宁可废粮食，不可废纺绩。泠泠一盂水，中有十指迹。寄语世上人，神仙岂安逸。

大石梁

架竹风袅袅，度杠石凿凿。天半亘虹梁，倏尔达寥廓。既可高着眼，何妨大着脚。

月牖 亦名透天洞

峭壁围铜墙，悬崖无铁锁。仗此一隙光，自牖通天座。恐惊地上人，不敢轻咳唾。

连环洞

谁将玉连环，戏向空中掷。得无缀飞霞，或以锁明月。我来穿玲珑，无从解其结。

东洞 一名道士洞，穿洞而北，为会文书院故址，隔溪有棣萼楼

受业伊川门，筑室雁山麓。正学叶埙篪，大贤仰芳躅。隔溪两书舍，渊源谁似续。

采药径

携锄寻蒙密，我岂求延龄。不忍空山秀，凡草同飘零。采之贯蕙带，弥觉添芳馨。

五色杜鹃林

四明杜鹃花，我曾见五色。今来此山中，闻名花未识。臭味可同否，惆怅意何极。

鲤鱼滩

泠泠清溪水，中有蛟龙姿。凌风可飞去，乃恋水石奇。长留一片口，时动鳞之而。

邱薪斋闻里中陶生弈三，得云在楼遗书，喜而作诗。余闻云在楼中书散失已久，生所得盖千百之什一尔，然残编断简正自可宝，辑枌社之旧闻，望先型之不替，作长歌以贻同志

我记昔年游东溪，石廪千丈高突兀。云是神君书质库，云篆虫符睹恍惚。乃知丹山赤水奇，仙人亦为藏书窟。下论人间著录家，渊源终当溯诸葛。越州诸葛氏藏书后归吾乡，见施武子《绍兴志》。抱残南窜李易安，好事远复来巾帼。易安曾挈所遗至奉化。其时史袁楼郑丰，朱门正当声赫弈。接栋连甍覆卿云，十洲楼阁横东壁。寒烟乔木久凄凉，池馆余址犹可识。厥后东明司马家，中麓拿州相匹敌。三百年来手泽新，劫火独逃六丁厄。颍川侍御性好奇，宦橐惟将购金石。相望鳌峰与石仓，鳌峰，徐兴公藏书处。石仓，则曹能始也。浙河闽山鼎足立。公子翩翩更擅才，二酉四库大充斥。双瀑为师石园友，侍御名朝辅，其子名同亮，师事梨洲先生，而友季野诸君。醒吟遗文为补刻，《黄文洁公日抄》向无足本，公子为补刻《理度纪要》《醒吟》，黄自署。云胡不及百年多，过眼烟云易飘瞥。遗台唯见石嶙峋，欲问缥囊仅毫末。陶生苦心与购求，片羽角麟正可惜。韵事流传到国都，邱君作诗纪历历。把君诗卷不忍读，何异山阳感邻笛。双韭太史当生前，文章海内推为伯。小山之堂武林赵氏。丛书楼，邗江马氏。来往经年供纂辑。归舟系缆月湖傍，定见长虹贯斗极。我与冬斋急往索，百轴千箱共饕餮。太史从江南归，必携马、赵二氏秘本与予及冬斋读之。冬斋，亡友范冲一。即今师友尽沦丧，光阴半向风尘掷。十年未读一卷书，异本叠架夫何益。太史多秘书，身后半归余，而年来以仆仆道途，竟未曾一读。陶生绿鬓抱英资，嗜古兼闻有气力。甬上先贤如有灵，冥冥应知喜动色。我闻天一阁上藏，半从万卷楼中得。天一阁藏书多丰考功万卷楼故物。陶生恢廓不肯已，

卢镐

竹湖重见琳琅集。邱君与我速南归，可许连床娱晨夕。

九月十五夜同伊哉、小厢、彩虹、昼堂候涛山饮月得吞南二字

客满船，酒满樽，晚潮逆向风头奔。客投山寺愁山黑，海月先客悬海门。凭栏指点正奇绝，顷刻忽被浮云吞。振衣一喝云倒走，凌空孤镜无纤痕。海气既澄霁，天亦浮蔚蓝。五人一席踞斗南，海若蛟室惊雄谈。吁嗟乎！三秋好月只今夜，直到明岁谁能堪？胜地胜侣若此不一醉，快事窃恐难再三。箫声急，歌喉酣。桂影长夜垂毵毵，醉眼瞪瞢复何物？唯见远山闪闪眠金蚕。

铁如意歌为倪九山作

铁不可屈而如意，百炼之刚已绕指。君胡为乎握手中，挥之清谈代麈尾。吾人读书志圣贤，近来杂学充人间。请君一击百家碎，独抱刚气横秋天。慎勿轻向红珊瑚，区区取胜看钱奴。

题浦阳白石山房_{张孟兼先生读书处}

长儒愚且戆，次公醒亦狂。鹰隼乘秋有本性，雍容安得如鸾凰。哀哉！先生嫉恶怀刚肠，一击妖鸟反中伤。佩韦虽负良友箴，门弧早曜南离芒。_{先生览揆值丁，故名丁，字孟兼。潜溪作《字说》，以刚柔交济之义勖之。}我曾读先生传，今幸登先生堂。堂前堂后何所有，棱棱瘦骨秀出南斗傍。纤草不敢活，孽狐无处藏。斗泥寸土尽划削，屹如砥柱独立河流黄。恸哭记冬青行，想当泚笔慨以慷。_{先生注《西台恸哭记》及《冬青行》。}纷纷山花不挂眼，相对惟有百尺孤峭凌风霜。作为文章亦秀削，森森矛戟生锋芒。青田与潜溪，一时相颉颃。惜哉不得死，余论多商量。_{方正学、王弇州俱有余论。}人生一死要各命，

所当温和未必胜刚强。君不见，遭毒手，投要荒，刘宋宗臣尚如此，劫火安得逃昆冈。士生不幸后三季，直道久矣难激扬。所以古之人，南山之石纵可烂，钓竿终不离沧浪。

江干望远山

天门山色好，远胜玉芙蕖。焉得木兰棹，轻风纵所如。空山疑拾翠，餐秀胜观书。淡月潮生处，悠然思有余。

送钱九田还诸暨

志越留佳话，黄文洁公晚思卜居于越，号志越公。因君兴更浓。听谈山五泄，如见瀑千重。奇丽供高眼，云霞定满胸。从来不世士，雅意在携筇。

相逢方恨晚，惜别复匆匆。笥有遗文富，诗因灏气雄。奇踪同野鹤，少日悔雕虫。九田屡踏省门。太白山前路，还期杖策从。

煮石山农宅，梅花今在无。异时怀霸略，长欲访遗区。落日明斤岭，霜风净鉴湖。须君为地主，容我叩茅庐。

送董小钝之安州 录一

冬寒常不解，春柳渐风和。正好寻花事，其如君别何。十年完著述，匹马向关河。此去并州道，逢迎应更多。

游宝兴寺

水挂层层石，松门一路幽。闲云犹恋树，破寺却宜秋。丛竹依荒雀，寒花点废畴。布金须长者，回首语同游。

旅中对菊寄怀湖上诸子

草桥种尔想经年，槐市风尘亦可怜。竞向担头觅颜色，那知篱下更婵娟。寒山绕郭高人宅，秋水平湖花屿船。为问憧憧桥畔客，共谁把盏夕阳天。

卢镐

过周石才故宅

相期茅屋老烟霞，病里喃喃兴尚赊。败宅荒墙留鼠迹，竹风余韵过邻家。花时冒雨拖游屐，雪夜空庭看煮茶。二十余年清梦在，可怜独觉鬓边华。石才名梁，住余宅西，相去数武。性好奇，爱游佳山水，闻宝岩梅花盛开，雨中扶屐而去，一日往返可百里许。善为茶事，余过之则手取所蓄，炉鼎烹佳茗至十瓯，不倦也。与予约住光溪，部署买山，资已就绪而病。病亟，尚向予喃喃结构种植勿置，越三日，竟故矣，年才二十二岁。病前曾为予手抄《蕺山先生行状》，全谢山太史见其楷法，取之去。后以其死，予复令亡友李信中重录一册奉太史，易石才所抄本藏于家。

长江月夜

一鉴空空月不流，无江无我亦无舟。月光童子徒多事，水观何须作意修。

大隐园 予寓居地也，在凤凰台左

云根亭角响芭蕉，一片诗肠付寂寥。为问凤凰台畔宅，青灯谁映雨潇潇。

河间道上

城郭苍茫日正斜，柳堤草色乱烟华。垂鞭不动轻蹄疾，少妇归轩系杏花。

十三夜看灯和章二簴堂原韵 录二

骑鲸一夜到天台，鳌背冰花万树开。月欲团圆风不动，游人渐向玉壶来。

瑞雪曾看暗玉河，太平添唱踏灯歌。人间分得联珠影，到处云生璧彩多。去年屡降瑞雪。元旦，太史奏《五星联珠》《日月合璧》。

双桐斋集饮木犀花下和九山原韵 录二

海棠艳色最堪怜,每共扁舟系柳边。为问凝香贤刺史,月光可记故乡圆。斋前海棠极盛,余屡与临江太守表丈李汇川饮其下。

平泉树石近文饶,试乞霜枝与露条。已倩倪迂图宅子,白沙翠竹映湖桥。意欲与主人卜邻、规其西偏隙地。

董秉缊

字立儒,鄞人。宏子。监生。

分赋先征君遗事,得褫兵 明嘉靖中倭陷慈溪,郡城戒严,屯卒或裸卧孝子庙,忽神座有声,焰光满室,卒骇窜,仆跌出门,竟寂然。

金戈铁马扰邻封,戒备森严阖郡同。未许贼氛侵蔀屋,肯教屯卒慢祠宫。三更霹雳腾虚室,万队熊罴降碧空。闪铄神威遐迩震,昆夷也复窜艨艟。

董秉纯

字抑儒,号小钝,鄞人。宏子。乾隆癸酉拔贡。官甘肃秦安知县。著有《红雨楼诗文稿》《江游草》《百花吟》。

《鄞县志》:秉纯受业于全祖望,好谈政治,祖望目为有用之才,以拔贡需次久之。补那地土州州判,那地本猺獞杂处,其俗喜唱蛮词,男女野合,甚至弃其夫不顾。秉纯亲为晓谕,集乡耆朔望讲乡约,俗为之变。其地生员不满十人,应童子试者,仅三人。询之,则应:"考者惟官目子弟得与,百姓不得列焉。"乃力劝土官破格招徕,生童始多。

历权天河县、上思州事。天河自唐建县以来,士子未有肄业之所。为创建凤冈书院,延掌教集诸生诵读,作学规四条，揭之讲堂。俗尚巫觋，造符咒经忏，敛钱惑众，秉纯严革其习。上思地多闲旷，民不知种植，令树瓜蓏桑麻之属，以资衣食。民感之，建生祠祝焉。

擢知秦安。秦安俗好争斗，每有因小忿而罹大辟者。秉纯刊布律例，令四乡父老宣明劝化，斗风渐止。城北有锁子渠淤塞数十年，力浚成之。书院无资产，时有作辍，乃集众捐输，买田以作经费。复念各乡肄业者，远不能集，为建陇城、玉山、河阳三义学，旋以疾乞归。卒年七十一。

石钟山

初夏到姑孰，束缚尘事并。咫尺谢眺山，健步无由骋。孰云地主俗，终然心未静。揭来泛彭蠡，孤舟缘石屏。大声起微波，砰湃宫商迥。客久倦成暝，午梦惊复醒。不意石钟山，崭然落舨艋。铿鞳闻魏献，噌吰识周景。神游三十年，至文重与领。遂着一双屐，直上千尺顶。嶔崟列剑戟，十步九不整。最高双猰貐，微径蟠中逗。出此崖谷断，临危发新警。左腰青芙蓉，镜面可一町。蜿蜒作蛇行，绝岸得延颈。梵宇亦疏古，足以延清冷。此行太牢落，况乃舟楫永。岂知开怏悒，胜事忝多幸。敢谓追冥搜，庶几入佳境。回首望青山，惆怅空微影。

恭赋先征君遗事 录二

孝子井在慈溪巷林家桥西井甃，尚存有汉篆"孝子董黯之井"六字

曲巷小桥西，何年旧井低。水微龟出曝，市近鸭争栖。古篆眠荒草，残砖褪碧泥。若非纯孝泽，谁复话前题。

大隐溪寓亭孝子母疾，尝养于大隐溪滨，寓亭其就养处

黄公栖隐处，孝子笋舆经。流水门前绿，高峰屋角青。求鱼寻铁网，洗药挈银瓶。底事匆匆去，山灵问客星。

槐花

炎云如火断人行,冰簟生津梦不成。偏是槐黄催夏课,绿窗昼静读书声。

芦花

一片黄茅白苇中,好教管领九秋风。处人骨肉良难事,慈孝屈名与有功。

李花

香逊梅花色让桃,独将幽韵胜吾曹。当年婉娈深闺燕,一抹春山白雪高。

球花

晶莹个个玉雕成,参伍团团绣未曾。临了别翻新韵谱,一声长笛弄江城。

徐本礼

字秉之,一字沐云,鄞人。勋孙。乾隆癸酉拔贡。官分水教谕。著有《沐云诗草》。

《鄞县志》:本礼司教分水僻处山中,甘于澹泊,与诸生讲学不倦。

送屠雁湖南归

少小偕游及壮年,燕台风雨又随肩。载将离恨江南至,予方于五月至京。拂却征尘赵北旋。吾辈销魂惟别意,此中愁思正秋天。相期三载知无远,目送归鞍快着鞭。

魏鼎

字夏初，号梯云，慈溪人。乾隆癸酉举人。官河东中场大使。著有《问月楼诗集》。

《慈溪县志》：鼎少孤贫，尝竟夜苦读，饮砚池水以止渴。学有根柢，骈体尤工。长身修髯，跌宕自喜。

夏日游韬光用白香山韵

层岩开福地，梵宇即仙家。丹灶腾云气，香台落雨花。金莲波浸叶，玉笋石穿芽。坐久清风至，无须七碗茶。

冷泉亭夜坐

鹫岭晚烟暝，苍茫坐寺亭。林阴翳涧月，萤火乱潭星。客醉梨花酒，僧谈贝叶经，纳凉殊未倦，频听水泠泠。

顺河旅舍和壁闲韵

薄暮栖茅店，征衫客卸同。莫愁前路雨，生怕晚来风。村酒杯浮绿，孤灯壁映红。离家千里外，频忆甬江东。

毛升

字寅谷，号映波，鄞人。乾隆癸酉举人。官福建连江知县。著有《宦海吟余》《梭中集》《濯绛集》。

《鄞县志》：升官连江，值台湾寇起，台温兵过站，升以勤干为上官所倚，委办乌龙江军事。适官兵济渡至江口，飓风猝至，不得行，升进议，请联舟为梁，一时并济。是时，军书旁午，升外筹军需，内清讼狱，暇复兴举废坠，建鳌峰书院，课诸士优给膏火，多所造就。摄罗源篆亦多政绩。旋以老乞休归。

和袁陶轩观稼楼原韵 集唐

心在林泉身在城，行吟醉卧更何营。琴尊风月间生计，诗酒江湖漫姓名。君游幕多年，词章日富，尤淹博经史，名重当时。圣代只今多雨露，高门世业有公卿。满楼景色还依旧，莫羡山中啸傲情。姚合、方干、谭用之、罗隐、高适、方干、吴融、方干。

陇云飞入草堂中，旧宅佳莲照水红。尊大人归时莲放华萍，同人各以诗庆，无如宦况萧然，与余同病。贫后始知为吏拙，兴来偏觉助诗工。眼前俗物关情少，象外烟霞有句通。绿树碧檐相掩映，蟾蜍碾玉挂明弓。李山甫、温庭筠、许浑、于鹄、姚岩杰、黄滔、吴融、李贺。

西归紫阁绝尘喧，文采风流今尚存。同助吾君爱稼穑，不教凡鸟闹云门。旋看绿野分稌垄，留得畊衣诫子孙。自哂鄙夫多野性，何曾解报稻粱恩。刘禹锡、杜甫、白居易、陈陶、羊士谔、徐寅、钱起、韩偓。

金玉松筠旧岁寒，漫劳车马驻江干。烟芜满树青山绕，鹳鹊相呼绿野宽。地称高情多翠竹，解将孤影对芳兰。昨过楼不值得晤令嗣叙话。莫嫌袁室无烟火，佳意幽怀可共欢。谭用之、杜甫、司空曙、卢纶、白居易、杨巨源、薛涛、欧阳詹。

张懋迪

字叙功，镇海人。学伊子，诸生。著有《仅存草》。

《镇海县志》：懋迪生有慧质，勤学能文，年十五补诸生，早卒。其师谢阊祚哭以诗，有"人世难招佳子弟，天工亦忌好文章"之句。

松梧阁纳凉呈万九沙先生

斯世皆乐境，行乐原无穷。幸从长者后，得附逍遥中。不必偕童冠，老幼自相从。即此亦舞雩，桐阴自可风。披襟一相对，几谓值黄农。

陪郑雪崖先生外祖李东门先生暨谢子传诗明则登迎秀亭限韵

此地常迎翠，遥山一抹青。浪花排岸舞，波响隔城听。秀矗孤峰迥，文资片石灵。候涛相对峙，不厌坐斯亭。

西园秋色

西园久不到，秋色眼前明。树与时偕老，风随叶有声。兴来忘日短，喜尽觉悲生。相对常如此，涛翻任世情。

静廉斋闲坐次家弟东贤韵

何事樽前与激昂，青云渺渺费思量。一枝嫩柳才添线，数本幽兰未发香。极目纵忘时序好，闲居应解鸟言长。东风不道横吹过，花落参差忽满塘。

张懋延

字东贤，号双山，镇海人。学伊子。乾隆癸酉拔贡。著有《求定斋诗集》《蛟川诗话》。

《镇海县志》：懋延至孝，幼失母，执丧如成人。父卒，哭泣尽哀，及葬，畚锸辇重，身董其役。兄弟殁，抚诸侄如子。性嗜学，研究经史俱有心得。所著《东海旧闻》《明季蛟川献征录》《蛟川人物志》《梓里见闻录》诸书，尤足备乡邦掌故。

游大慈寺

春风天际来，湖山青且绿。中有大慈寺，时动游人躅。古树郁阴森，流云铺繁缛。花开或无名，鸟语疑有曲。翛然清磬声，烟雾收晴旭。繄惟山景佳，浑忘寺僧俗。口干味茶荈，兴剧倾醽醁。忾叹大慈名，史相诓自勖。寺为史相弥远坟庄。塔古树犹巍，碑坏断莫续。遥遥五百年，此事将安属。

登浮碧山

我到慈溪曾八九，来登此山特其一。冈平野阔眼界宽，后有两湖前百室。阚湖、慈湖俱在山后。重峰复岭势蜿蜒，左回右抱云迎日。神工不凿鬼不斧，千古何人此评骘。澄天一碧万籁空，俯瞰长江自洄㵼。方春三月景物妍，山禽睨睨闲花茁。紫陌红尘入画图，千村万舍烟横密。环绕官衙念有依，横斜绣野观无逸。贤主招邀共一登，眼明心旷胸何室。弹琴余口溯流风，阚湖慈湖垂学术。典型在望志高山，采得春华归秋实。

除夕

家尚诗书旧，人惊节序新。难乌双鬓发，易改一年春。女少欢偏剧，灯残挑正频。可怜爨下妇，不厌买臣薪。

同侯九元经夜酌，即用其韵

连朝寒雨滞，云树望空蒙。宦况长江里，交情旅馆中。一杯光酿绿，寸烛影摇红。夜永浑忘寐，应知情愫通。=

我家

小小茅庐是我家，峰排磊落树横斜。檐疏任结蛛儿网，地僻偏栽燕子花。云渡隔溪迷古寺，月明深夜乱啼鸦。巷幽未必春迟到，自抱闲情度岁华。

秋夜

银河耿耿映三台，斗柄斜萦西极回。窗外一声闻叶落，枕边万里听潮来。月临荒径光疑雪，风逼高檐响似雷。正是夜长人不寐，挑灯深户自徘徊。

陈柳亭枉过草堂留饮

海天辽阔碧云围，乍喜朋来一卷帏。蝶翅影残秋日冷，菊花香送午风微。旗亭桑落酒初酿，钓艇人归蟹正肥。净扫莓苔容客坐，门深巷曲话依依。

越王墓上古柏奇崛可爱

寻幽连日上嵯峨，翘首云端树异柯。相业千秋公论在，虬枝此日赏心多。冲天鸾凤回丹阙，奋地蛟龙舞碧坡。惆怅月波亭外树，济陵衰草更如何。

李昌昱

字复旦，一字汇川，鄞人。乾隆甲戌进士。历官江西临江知府。著有《汇川集》。

《鄞县志》：昌昱未通籍时，值浙东饥，需赈，与屠可堂奔走劝输。有司议设粥厂，昌昱极言施粥之害，不如分图造籍，计口给米，有司从其议，全活无算。

成进士，授工部主事，历员外郎中，出知临江。下车按治大猾，惩胥役之作奸者。郡学卑隘，卜地迁建，置讲堂其旁，朔望集士亲课之。新淦县有沙湖，苦水患濒，湖民失耕者已数十年，昌昱节缩公费且捐赀为倡，属吏助之，筑堤凡数百丈，民得复业。性坦率，不能承上官指，十年不迁。

属县有杀人取货者，牧牛儿从草间窥见之，邑令方举卓异，匿不报。昌昱廉得实，捕杀人者至，一讯而服，大吏庇，令属昌昱寝其事，不可。檄他郡守会鞫，饿牧牛儿数日，胁令改供，及质讯，供如初。未几，杀人者毙于狱。

竟以失，入被劾，去官里居，脱略威仪，常敝衣纫履行市上，见者莫知为故二千石也。

《西庐杂识》：临江喜苦吟，有所作，屡改而后脱稿。晚景颓然，无可与语，时闭门独坐，或踯躅街衢旁。予偶与范君莪亭过之，知其寡徒，愀然不乐也。诗稿甚多，未曾编次，顷修邑志，屡经往取，其家坚不与。后知所藏书籍尽入贾人手，丛残之稿散失不存，为之慨然。

岁暮三诗次东坡韵

岁晏结绸缪，往来互相左。日月不我与，一诺许阳货。天运有循环，交际无小大。何如山中人，偃蹇独高卧。热客如冻蝇，避寒莫在座。有时抉浮云，直窥蚁走磨。却顾东海头，忽忽元冥过。此意人未知，谁为达者和。馈岁

鸡鸣日以早，岁序日以迟。任汝别我去，我亦无心追。我思在何许，远在海之涯。昔年当此节，会有欢宴时。瘦影越中来，秦人以为肥。岂无同心友，漠漠重云悲。蹉跎少暇日，感激多危辞。缚镜置高阁，不照鬓毛衰。别岁

今年赴明年，有似蚿怜蛇。神行本无迹，去辙谁能遮。自来况如此，那用唤奈何。且逐今年欢，勿嗔儿童哗。腊酒细细斟，邻鼓频频挝。可但岁华竟，兼是暮景斜。修名愧寂寞，良夜忽蹉跎。所信贫益坚，头白犹堪夸。守岁

工部厅事藤花

张懋延 李昌昱

东风吹断桃李尘，人间黯淡空余春。苍藤夭矫含变化，紫萼满架铺重茵。凭高想见扶持力，攫身上欲拏烟云。时来艳艳如火发，岂忆篱落缠荆榛。吏部一株知名久，匏庵手植故老闻。工曹亦自有两株，左右回合相纠纷。虽然结根异松柏，年深物怪成轮囷。忆自虞衡抱牍往，花枝照眼十番新。青袍仍供折腰具，白发岂是看花人。况复夜来风

雨剧，又见堕落飘衣巾。残春弃我如一笑，飞虫绕园犹千巡。此后绿篱隐白日，阴阴独啭黄鹂频。

秋蝶

栩栩园中蝶，蘧蘧濠上庄。西风吹不醒，尘梦一何长。度叶惊新陨，穿花失故香。同时莺燕尽，独舞不成狂。

送邱至山归里

客子将行春已催，故园犹有未残梅。东风自送飞鸢上，落日空邀倦鸟回。句甬波涛吹海国，光溪云壑接天台。知君最爱双山曲，旧雨重寻破绿苔。

送郡别驾王复臣归署

昔年曾读梅花诗，冷署幽香开满枝。依旧一官悬海外，直从千里慰相思。西风远塞归鸿急，明月空江去鹢迟。且莫吟将秋色老，菊黄我亦问东篱。

次韵陈句山先生晚春感兴

百啭春禽似舌师，飞飞又见乳乌慈。无端一夜鹃啼咽，正是十年人别离。花里阴看去速，鱼中尺素写归迟。红尘至竟能遮目，空忆山青江碧诗。

家园渺渺隔重岑，三月烟笼草树深。谁信山花堪作饭，应怜稚竹未成阴。丝丝谷雨冷吹面，泛泛兰风香袭襟。自出山来尘欲少，浣溪曾识少陵心。

昨日芳华今日休，樊川重到事悠悠。乱红雨后回金勒，飞絮风前散雪球。老去春心如止水，年来世路任虚舟。长安花好寻常过，懒漫无心为写愁。

捧日亭阴藤蔓缠，青袍草色故依然。稍支月俸宽薪水，半付花村当秋田。巢燕记从前月至，归鸿知向阿谁边。韶光流转长如此，管领春风又一年。

青青一带夕烟熏，蛱蝶蜻蜓也自纷。且共嬉游消岁月，从来淡沱是春云。无边麦浪生千陇，有信花风到十分。底物嫌他芳草色，夏虫无语鹝先闻。

次韵姚芦泾集饮咏庭中豆花

小圃闲庭一角方，豆苗经暑入秋凉。紫茎渐欲迎霜老，绿荚犹能带露香。

短架支将竹石斜，蒙茸暮雀影堪遮。西风入夜摧颓甚，乘月还来看豆花。

眯目飞飞九剧埃，畏人小筑若为开。谁能领略荒园趣，花下秋虫自去来。

贫居长物瓦盆攲，一卷陶诗手自携。才理南山荒荟了，又缘采菊向东篱。

秋怀淡宕似秋河，野簌清尊饮不苛。我亦寻君闲作话，豆花零落已无多。

蒋学镜

字用照，一字娥野，鄞人。拭之子。乾隆甲戌进士。官江西龙南知县。著有《娥野集》。

《鄞县志》：学镜幼奇颖，九岁能属文。成进士，授龙南知县。阅案牍得其要领，辄以意断。大吏或拘文法，学镜自为申文，反复数百言，不为夺。巡抚阿思哈最贪纵，屡需索，不应，心憾之。邑民李某张盐埠，郡中有强徒持械肆劫，郡守匿其事，李某控于省，巡抚索郡守贿，密谕学镜捃拾李氏家他事以闻，将别加罗织置重典，学镜持不可，遂被劾褫职旋里。有故人招之入京，适上西巡于德州迎驾，进诗册，上命大臣汇途中所进诗赋，定其高下，学镜列第二。召见复职衔。

学镜为诗文，笔不停缀，皆粲然可观，尝与客弈，或持卷请赋长歌，立以俟，弈者求罢，不许。但时时见其额微蹙，及局竟，命展卷，则诗四十韵已就矣。见人无款曲，遇要人矜体貌者，必以气陵之，卒年五十三。

张同年无夜寄示周易经世，赋此答之

张子学禅不泥禅，耻借谈空作长技。每于空际究实用，独向庖牺得深契。象数不袭京君明，说理欲夺王辅嗣。称名宛自皇极遗，睹指方怜太元滞。抉三才奥八卦情，兼六官经九丘志。三十六宫根窟探，千八百年质文备。百朝政法于焉该，诸子精华靡弗萃。直疑大纪纂皇王，岂独小数资卜筮。予家青箱本旧学，予家世治《周易》。弓冶相承犹未替。惭余浅末沿皮毛，知诗略比康成婢。见君神索惊大巫，便便宁止五径笥。要知易道自弥纶，后儒纷纷落边际。直融水乳并为一，脱去町畦彻其蔽。参同旨杂柱史语，好奇羞作子云字。缘知读易非空言，始识逃禅有深意。君今须鬓亦已白，观玩罔识老将至。愧余无能一辞赞，欲陈已觉骈枝赘。且待他年更卒业，震悔应教过不贰。

雪夜度居庸关用萨都次居庸即事诗韵

朔云四合山失苍，呜呜夜角吹伊凉。银龙郁屈尾犹掉，玉虎吼裂牙怒张。忽然绝壁破空倚，崖下行人冻欲死。涧断寒声听老狐，风凄阴壑啼山鬼。山农短䦆二尺余，独向雪深间荷锄。相逢驻马问前路，山南山北迷烟墟。更深雪紧衣如铁，寒光四布疑月色。冰棱石齿交槎丫，马蹄蹴踏汗流血。当年锁钥雄北门，健儿百万貔虎屯。至今折戟涧底存，侧身俯瞰摇心魂。关岌嶪，山峥嵘，凿山通道疑五丁，今逢偃武休甲兵。崎岖不异康庄平，且持酒力与寒争。

再为路生题煎茶图

此间泉味如淄渑，北源清洌南源腥。此间茗荈杂真赝，柳芽浅碧槐芽青。我来浃岁遍购致，建溪日注徒虚名。拟向君谟乞新饼，更为桑纻补茶经。漫烧山骨炽石炭，试烹鱼眼煎瓦铛。龙团乍碎玉兔缺，蚓窍时作苍蝇声，一瓯聊用宿醒解，七碗已怪空肠鸣。仅免姜盐笑粗劣，特与莼酪区输赢。路生看云竟不足，绿脚重倩茶烟萦。为汲寒泉筮井洌，旋添活火然松明。图成乞余更品第，意拟文字相支撑。我诗爽似啖蔓菁，快咀辣玉吞甜冰。朗然试与读一过，腋底已觉清风生。流涎大嚼差快意，苍头从事何须争。

和仆高采畴梦老僧送琴诗韵

我如至人以踵息，安眠不假睡蛇力。独余绮语习未除，竟夜呻吟劳反侧。汝从何处识成亏，妙旨岂向成连得。将毋神契参颖师，特送清声洗筝笛。可怜一瞬胖熟羊，广乐忽讶钧天张。宛然开缄悟次律，底须白日耽肥梁。我生爱酒藉断送，听醉春禽奏新弄。杯中雅趣寄琴声，匆匆一笑三生梦。空斋疑是散花天，乍惊清怨弹哀弦。元裳道士醒何处，但见缪篆横炉烟。飘零均作天涯客，江草江花几回忆。何时囊枣探君房，与尔同游化人国。

旧仆管海珍自滇来宣，契阔已三年矣，见后以事欲往庆云，为留一月，临行赋此赠之

丙戌九月深秋期，故人远道来滇池。萍蓬乍喜万里合，萧艾已惜三年违。停车暂憩塞北辙，秣马欲向燕南陲。荏苒青春变绿发，玲珑白日催黄鸡。匆匆未忍遽言别，又见新月生蛾眉。河梁日暮远相送，陇头飒飒西风吹。人生百岁本过影，世事万变如弹棋。嗟汝相从十年久，漂流一旦

成凫鹥。风驰云合故难料,追话曩时昨已非。不见肩差旧同里,谓仆高采畸与管皆云水人。阿蒙今日已能诗。

塞山晚秋杂咏

远塞风光别,秋高雁不闻。山低栖豹雾,天尽没雕云。气候关城隔,川原斥堠分。相看岁华晚,投笔愿从军。

柳细腰俱折,山寒头亦童。凄凉堪断骨,迁转尚飘蓬。藉暖收驼氄,分膻饷马酮。孤怀谁共遣,长爱一櫱红。

蟋蟀悲秋赋,琵琶出塞词。由来伤远道,多半是乡思。叠叠燕山迥,荒荒陇月随。李陵台下树,都作向南枝。

九日登高罢,斜阳望转迷。云随元鸟北,水绕白狼西。鹰鸷下逾疾,马肥骄欲嘶。悲歌壮心在,边角正凄凄。

入夏频忧暵,秋来岁事荒。野芜疑烧短,陂苇似苗长。牧竖愁羊瘠,田夫笑雀忙。旅人逐饥火,共此辘轳肠。

去留浑莫定,今昔总成非。老病怜羁勒,生涯惜嫁衣。塞翁殊解事,海客亦忘机。试看投林鹤,带霜犹独飞。

秋山七咏次李山人铁君韵

蛩

秋蟀鸣何急,似伤清露繁。经时历户宇,与我共朝昏。吟促寒机畔,来从衰草根。金笼谁护取,豢尔亦何恩。

翡翠

秋气薄寒翠,西风怜短衿。鹪栖同寄迹,鸥狎并无心。苕苇藏身密,江湖梦别深。晚蝉亦何意,聒柳傲冠簪。

蝶

病蝶缘篱落,纷随菱叶黄。春风几回惜,秋雨忽相妨。波冷芙蓉渚,烟寒薜荔墙。与君共归隐,踯躅戒严霜。

鹿

蕉叶余残梦，场町忆旧蹊。故山沧海曲，仙隐潞河西。
跧走情难别，安危理亦齐。岐阳叹灵囿，丰草得依栖。

鹰

祭鸟气方鸷，凝眸射远天。酣呼思一击，羁绁亦多年。
谁释鞲绦困，遥骞霄汉前。秋岩看耸立，四顾独神全。

鲦鱼

江鲈正秋思，小种亦群生。偶尔乘时化，居然鼓鬣行。
相忘疑海阔，幽玩喜潭清。我亦遗形久，同怜濠上情。

雁

沙塞风霜厉，关河道路修。冥飞不可见，群失自相求。
月冷边城戍，云漫海市楼。浮踪异南北，千里共清秋。

晚次清河读张定岩山人题壁诗即次其韵

浪迹频年赋北征，又骑羸马向边城。云漫远迹荒无路，雪尽寒流嘶有声。斜日满鞍凄倦旅，雄风吹剑作孤鸣。梦中倍觉家山远，回首燕台又一程。

驿舍苍凉几独凭，看题古壁已尘凝。邻箫乍欲惊梅叟，碑版无劳打薛能。水上何年遗旧迹，江南有客此重登。题诗聊记经行处，鸿爪东西未可凭。

片席轻抛半幅帆，软红十载涴征衫。功名笑我黄绸被，生计怜君白木镵。世事总成河北注，韶华已近日西衔。无端又动天涯兴，远逐孤云度翠岩。

醴盏香浮灯焰青，碧牙金缕亦堪听。新词漫说题黄绢，旧曲还闻唱白翎。隐隐鸾镳车乍发，凄凄鼍箒酒初醒。明朝便度居庸北，肠断邮亭是灞亭。

姜炳璋

字石贞，号白岩，象山人。乾隆甲戌进士。官四川石泉知县。著有《尊乡集》《白岩山人诗文集》。

《象山县志》：炳璋生而奇特，五岁入塾读书，至"毋自欺"句，恍然有省。自是，言动举止一不敢苟，俨如成人。年十六补诸生，试辄冠军。宁化雷铉称为东南一学者，取其文为两浙多士式。

以选拔领乡荐。释褐授石泉知县。甫抵任，作《六勤》《九戒》，以劝儆其民。民业山，惟种荞麦充粮，因教以注水作堰法，民遵行之，始知水田之利。又禁火葬，严嫁娶，旧俗所沿多革去。他如创书院于酉山，复禹庙于石纽，劝民多栽桑、柘、椒、桐，民俗于以渐淳。

调署江油，决疑狱，增书院，膏火田，除胥吏积弊，民戴之。如石泉有旧坝久废，炳璋谕民修筑，躬亲督之，开田数千亩，民因号为姜公堰。

归里后留心著述，于经史皆有讲解。纂修邑志，博综文献，详论利弊，文笔雅洁。犹其余事、著述，具详《一统志》。其《读左补义》《诗序广义》二书，已梓行。

石纽歌

石纽盘盘摩青天，剐儿溪上血石鲜。古传神禹降生此，至今溪水生红烟。古石纽村此石泉，我来作吏忽三年。登石纽之山兮，使我心茫然。龙须挂线鹅项仄，观音斗阁阎王扁。滚滚湔流自西极，鼍吼鲸䰴日夜颠。中有巉岩之乱石，当关不许舴艋前。上有岌嶪之峻坡，亢阳不许桔槔牵。沃野千里古人言，吾地何曾借滴涓。山栖鸟宿老林里，晨星落落罕毗连。刀耕火种同作苦，春荞夏麦妇子阗。父老告予土不坚，霪雨十日万壑喧。崇山骨立失背肩，其瘠土也如此，吾民何以谋生全。尔毋市上酒家眠，尔毋酒后挥毒拳，尔毋樗蒲一掷田庐捐。亦有嶙嶙坂衍山垭间，一沟一壑水潺潺。水车孰似过山龙，激而行之山之巅。鹿场鼫穴蒿莱地，白鹭飞飞禾黍芊。椒桐桑柘话便便，舌敝唇焦望眼穿，子毋香椒高索价。一斛桐膏价数缗，夫把犁锄女牧蚕。汝八口家俯仰宽，起衰振惰吾无术。面从心违尔何安，客秋我见山家老。薄暮亲持玉粒盘，自言新田十亩种。沙籼公试尝新一，展颜嗟我如获真。珠船二三士子结茅椽，横经负耒常相兼。花里寻师无名贤，为尔筑室西山边。豪杰谁云择地生，跬步可以凌星躔。忽报童子携文来翩翩，欢然接见列坐偏。我是深山老学究，视我如师胜长官。趋卑志薄居隈澳，坠梗沉泥埋深渊。登石纽之山兮，使我心茫然。我无鞭石鞭，鞭去恶山恶水成桑田。我无凿山凿，凿去溪头立石为平川。古人割鸡闻管弦，琴声袅袅有余闲。读书浪说希前哲，斗大山城抚字难。头童齿豁气力绵，日对穷黎愧俸钱，我安得藉神禹之庥灵？雨飘飘，风仙仙，桃花杏花香有色，赤土白土春增妍。登石纽之山兮，使我心茫然。

姜忠肃公祠

公讳泻里，字渊泉，忠肃其谥也，世居莱阳。崇祯十五年大兵徇莱阳，公率家属入城守御，城陷，死之。公四子曰圻、曰垛、曰垓、曰坡，垛官给谏，以言事廷杖下狱；垓官行人，司仕于朝；惟圻与坡侍公家居。圻被重伤未殁，从公死者，少子坡及圻妻王氏、垓妻孙氏、坡妻左氏并公女也，阖门殉难者二十二人。巡抚曾化龙请于朝，赠光禄寺卿。赐祭葬，荫一子，而给谏亦得谪戍宣州南都，谥公忠肃。浙东命祠公，而山东郡县久已归附，其未入版图者，止海滨一隅。于时圻以荫授职方主事，知象山县而敕建公祠于象山，颜曰忠孝节烈之祠。遣大理评事王公致祭，二子亦拜祠下。及祠为训导署，象之人亦绝不知公姓氏矣。嵊邑周公熙文训象，予告之请诸当事，设祠田以祀公，予为之作祠堂小志。

莱阳城外枹鼓鸣，五龙七子<small>皆山名</small>。罗天兵。赤手欲与蛟龙争，白发鬔松一书生。二十二人皆绝胭，青磷荧荧飞白昼。将军传檄定中原，何况齐州半点烟。亦有褒忠树楔之，王言其如电光飞。处炎鼎迁覆，巢鸟啼空山。家乡在何处，庙祀总徒然。鲛人立君争闰位，长公来作山城吏。朝命设公祠，遗民同庇事。海气长虹蠢汉霄，为公吐作不平气。请祠者谁，首阳二士。袝主者谁，枕戈孝子。煌煌贞烈，一女三氏。沧桑到此百余年，父老无人知遗事。昔为褒忠祠，今为广文署。我欲专祠君，烈妇左右分，四子聚一门。使臣王公讳家勤，从祀聊以酬忠魂。吾乡世世荐芳馨，凤溪之毛丹水芹。

蓬莱书院

唐大中四年，杨公宏正来令吾象，时象初建学，在会昌六年。公筑蓬莱书院以课士，文教大振。今《邑志》误公名于宋，而公之遗事尽没矣。

大中政治小贞观，守令堪入循吏传。吾乡贤令推杨公，氓歌在野酒在泮。斯时学校设，初闻钟鼓声。山前筑书室，月下读书灯。吾乡乡贡有王关，见《宝庆郡志》。与君啸咏丹山赤水间。桑田酝酿诗书气，风雨琴堂春色阑。君不见，泾阳尹，天子书名标殿寝；又不见，醴泉令，佛祠祈祷传异政。煌煌史册著千秋，海邑谁将遗事留。夜来惟有蓬莱山上月，照见书窗白如雪。

于绾山

宋《宝庆郡志》载，古有渔隐于绾居于山下，人高其风，以其名名山，而下为于绾墓，盖唐以前人也。

龙门作史遗隐逸，留侯世家存黄石。士安作传广搜罗，耕山渔水声籍籍。于绾生何代，山以于绾名。何以于绾事，不与山同青。绿蓑青笠钓沧海，古渔隐者依然在。山下空传渔隐墓，断碣不随风雨蠹。君不见富春山一钓竿，千秋过客怀严滩。

过倪招讨副使祠

招讨副使倪九畴，平阳人，唐昭宗时避朱温之乱，航海至邑之缯棚岭，遂卜居焉。今公祠在梅溪，详见《邑志》寓贤及宅墓。

四镇节度李全忠，逼帝东迁华州东。爰有招讨，击楫平阳，系舟海岛。苏门剡水尽高风，而况茅庐筑在缯棚中。岭下何所有，梅花盈林甸。策杖沿溪行，花香拂人面。少阳院里锢谁知，诸王投入九曲池。相臣杨涉诣梁去，正是手持玺绶时。《唐书》：杨涉子凝式言于涉曰，"大人为唐宰相，奈何手持玺绶与人"。卖国诸臣刀锯戮，老贼墓旁削封木。惟有司空图家休休亭（司空图曾于王官谷庄园建一亭子，名曰休休，并撰《休休亭记》，以明其志），差比先生几间祠堂屋。

再过钱司寇祠兼忆张司马 _{司马被执南田，各官钱于此祠}

有明三百年之荩忠，司寇开其始，司马收其终。有明三百年之学案，司马以苦节，司寇以苦谏。忆昔司马启行时，衣冠再拜司寇祠。合城官府望威仪，里老至今能言之。我曾拜读司马集，司寇遗文不存一。作志幸有黄南山，_{南山《简要志》载公坦腹事甚悉，后为杨诚之所删，遂致周文穆之疑。}墓碑恨少梨洲笔。_{梨洲有张司马墓碑。}吁嗟忠义聚吾乡，前有钱公后有张，白石山青甬水苍。_{司寇号白石山人，司马号苍水。}黄鱼正熟白蟹香。我欲建祠祀二公，土羹杯水永烝尝。

过马冈山访二蒋先生读书山房

大蒋先生名景高,字伯尚;少蒋先生名景武,字伯承。兄弟自相师友,读书马冈山。时元政不纲,中原兵乱,遗老多隐四明,诗坛、酒社无虚日。二蒋出与抗衡,无不折服者。洪武二年,大蒋以明经荐授国子助教,后改象山教谕,笺表事发,捕至京诛之。少蒋痛兄死非其罪,屡征不就。二先生著作极富,今所传者惟《袁进士传》及《海堤集》二诗而已,详见黄溥《闲中今古录》及《成化郡志》。

石人只眼窥神京,中原逐鹿干戈腥。东南耆旧归四明,斯文坛坫谁主盟。大蒋自号丹台史,少蒋肩随执牛耳。两生几欲霸鸿沟,睥睨一切谁与媲。新朝举遗逸,大蒋应明经。冷官归故里,塞帷挥友生。如何笺表一二言,索瘢吹毛长含冤。少蒋逃名如逃死,匹夫安敢仇天子。三征七辟佯不知,兄死非辜何为。我过山冈思悄然,何处山房君故园。邑乘从无遗事传,我今作歌补遗编。

南田引《邑志》:洪武初,信国公汤和弃翁洲并南田,遣徙,遂为禁地

开元设郡尽东南,金齿林门皆南田险隘。踞雄关。无人上书弃海壖,开元设郡时,南田已隶象。梅花村里鳞鳞屋。南田有梅花村。里中风味多淳朴,不重金钱只重谷。尤家楼橹若云屯,南堡朱溪烽火新。挈伴仙源去避秦,祥兴帝航海,尤宗祖起兵象山,见《元史·纪事本末》;南田为东仙源,见《事林广记》。当时此地少兵革。葛天之民无怀国,桑田也酿诗书色。庶富绵延胜国初,兰秀山前跳老鱼。海上诸山传羽书,兰秀山贼陷象山,见《昌国遗志》。故元学录王刚甫。身率乡人缚虢虎,东瓯老子惯弃土。汤信国以海上不靖,议弃舟山、南田等处。海滨苦日照寒埃,十万生灵付劫灰。宫阙不闻赤子哀,神鳅出

没风涛驶。令严急渡捐生死,半死逃亡半死水。山根石壁尽咽喉,海上无兵气力柔。倭奴一燎焚三州,王直引倭入寇,浙东大扰。南都震惊絷开府。虎臣俞戚张威武,明年幕下乏夫人。谓王翠翘,鹿门、荆川诗皆及之。元戎奇计恐不灵,谓胡梅林。追咎弃地东瓯王。朝议纷纷少主张,欲复舟山未果,见《筹海编》。中原盗起龙蛇战。燔火方息留余焰,舟山黑子起行殿。南田仿佛畿辅县,二张拥兵南田。星戈挥处海山腥。天吴灭迹海宇平,秋风但许鹤鹿鸣。春雨无烦犁犊耕,张东沙《郡志》:山多鹤鹿。自唐到今几千载。盛衰之理总不解,颓垣败瓦依然在。我来凭眺意悄然,佛头峰上月娟娟,曾送开元番客船。《宝庆郡志》:大佛头山高出海中二百丈,番船入贡,以为向导,山在南田。

围城叹

顺治十五年,海寇围象山,越七日夜,副将李时芳力疾坚守,贼退,以劳瘁卒。时典史王起蛟守城西门,亦以劳卒。后时芳子郁令象,故李得请祠入志,而王卒未闻也。王事详见《谨稽簿》。

黄溪古戍狼烟发,鳄风吹浪海波裂。楼橹万艘势临城,城头击鼓鼓声咽。长锥铁甲百道攻,残黎疲卒危城中。关门捍虎将军李,事平呕血身不起。泮宫祠畔雌彝新,崇祀赖君有令子。可怜王尉名起蛟,策马当关弓挂腰。执戈卫社虎口脱,力尽人亡鹃声号。至今何人慰死魄,雄鸡叫天天难白。

采薇篇

苍水张司马归隐南田,诗以采薇名集。后被执,毕命西湖,葬于岳坟于坟之间。

阳德熹兮燔火微,当门积棘皆芟夷。祁连瀚海勒丰碑,首阳有客吟采薇。今日采薇客,当年奋虎貔。江南草木喧鼓鼙，转眼顿逐飘蓬飞。老友归骨芦花里，定西墓在芦花岙。同赋采苢独赋采薇。仰天长叫吾何依，一片无租土，聊容我栖迟。长吟戚戚天帝嘻，周家堇荼美如饴。公独弃捐甘斯饥，觑公之意将何为。六丁六甲取公去，海南不是公归处。被执之夕，公梦金甲神来取。闻道西湖好山色，公就戮西湖时，但云好山色。可与岳家于家对门住。

猿奴行二首

张司马隐南田，畜一猿，善伺动静，每海舟至，则长嘶不已，公得为备，因名曰猿奴，而执公者于夜半绕出山后，不令猿知。公殉难后，相传猿跳踯而死。事见《苍水遗集》。

穆王南征至海曲，军中解甲歌黄竹。天颜闻之惨不乐，便驾老蟾朝金箓。三千铁骑变沙虫，君子为猿居穷谷。自周到今千万年，夜叫霜月朝啼烟。孤臣结茅居海南，仰面呼天天可怜。天谓老猿颇有人心肝，能为忠臣奴，胜彼地行仙。猿兮奴兮君子心，讵如沙虫蠢蠢无性灵。

孤臣呼天天无力，水犀八万空唧唧。须臾散去无收拾，鸿飞冥冥海之滨。麋鹿为友海为国，中有猿奴却与人意适。斯时逻者伺起居，猿啼树杪通消息。半夜攀藤出后湾，主人就縶奴无颜。奴无颜兮奴应死，奴为主死今所难。吁嗟乎！死者奴之节，守者奴之功。飞黄腾踏去无踪，虎痴不肯挟骊龙。人家养虎自贻凶，猿兮猿兮谁能同。

谒选得石泉

我生雅志耽泉石，作令应教在石泉。家住四明云外坞，人行万里蜀中天。剧知远道山如戟，且喜无怀吏似仙。花落闲庭泉韵永，琴余还枕石头眠。

返石泉别江油父老

我吏此邦才六月,临歧事事费沉吟。锄翻枳棘知难尽,露浥芝兰愧未深。课读课耕三寸舌,忧晴忧雨一腔心。江东父老如相忆,好把吾言仔细寻。余有《六勤九戒》示。

胡桂林

字云梯,号镇东,镇海人。乾隆甲戌岁贡。著有《蕉雨轩诗草》。

《蛟川诗系》:先生与同时郑明经兆龙、严文学殿霖、朱明经沧鳌、叶明经世雄、谢学博麓贤、陈明经景范并负诗名,先生诗淳朴宅体,吐纳恬和,譬诸云影波光,极演漾之微致。

感遇 录六

鸿鹄举千里,畴甘受牢笼。劳劳筑岩子,皤皤钓渭翁。旁求来圣主,崛起林泉中。玉成由大造,慎勿轻眇躬。

绮夏茹商芝,落落高千古。如何应聘来,虚声动殿宇。此日伟衣冠,洁体污尘土。惭愧卜肆叟,下帘闭蓬户。

神禹寸晷珍,陶侃分阴爱。磨厉发精光,日新非旧态。龙为鳞虫长,鹤出鸡群外。万里良骥驰,几见半途废。曩哲孰书绅,寥落君子佩。

扁舟泛五湖,无复风波恐。去后访求殷,杕杜曷饮食。鸟喙果藏弓,文种自取累。凄然赐属镂,迟矣脱身避。

五侯恣贪饕,两疏早知足。东都解组归,尔音闭金玉。货财贻亲邻,父老陈款曲。清风子孙遗,春酒一壶绿。

初雪寻早梅，严霜护残菊。到处春芳雕，傲寒在空谷。寥天一雁飞，高楼千里目。家酿充匏尊，臭味贮清馥。折简招友朋，酣醉且留宿。

励志

鸿鹄亦恒鸟，一飞苍冥间。风尘苦驰逐，倏忽尽百年。桑榆不知收，后来谁争先。南阳鼎足立，东山苍生安。蜗居怀豹隐，矗哲故事存。谁非备五官，碌碌甘下人。试登千仞冈，纵目览周原。

春晴即事

云物丽新晴，韶华分外明。柳含余滴重，花笑午风轻。香梦迟朝蝶，春心醉晚莺。一犁耕陇上，布谷及时鸣。

游长冈吉祥庵

春色深山满，云阶信步梯。含芝斑鹿卧，登木老猿啼。佛座青苔积，斋廊碧树齐。壁间无绘画，应待客留题。

冬晚独步山溪

客意冬残迫，山容望里分。林疏漏斜日，岭缺补寒云。鸟雀闲争食，牛羊自认群。谁怜延伫子，来往独辛勤。

春兴 录二

飘然萍迹欲何之，满目春芳入望宜。万壑水归江海大，一山花落蕙兰迟。帆低细雨随流转，马躅飞尘背道驰。高阁惜春春酒熟，酣歌数阕月明时。

不学高人昼掩关，席门寂寂意闲闲。几多岁月消良夜，大半行踪落好山。北极天高凭雁到，西畴水满看牛还。落梅花奏阳春曲，似引东风度绿湾。

题昭君出塞图

憔悴芳颜万古情,琵琶写怨寂无声。泪抛汉月关山尽,风卷胡沙性命轻。凤阙漏寒肠早断,雁门天晓梦难成。李陵碑侧休经过,恐累当年背主名。

玉阶怨

永巷深居姓氏埋,承恩别院渺天涯。空庭月色侵虚幌,犹是分明过玉阶。

陈锡蕃

字康侯,号复庵,镇海人。梦莲孙。乾隆丙子岁贡。官温州府训导。著有《复庵诗草》。

《镇每县志》:锡蕃积学能文,受业于教谕邵向荣,质问经史,相与辨难往复,向荣甚契重之。为人持己严、待人恕,孝慈之行著于乡党。任训导,甫两载即乞归,卒年八十二。

姚江怀王文成公

江风何烈烈,江水何潋潋。慨然念先哲,高风迥谁俦。抗疏诛阉蔽,奇兵除道谋。南赣多剧盗,藉公壮其猷。精深阐理道,讲学轶名流。天良检萌动,事业乃可求。善恶问大体,顿悟持纯修。未尝一偏堕,遂来百舌咻。思孟劣雄况,颜曾逊夏游。试问陆子静,同兹异学不。公才等廉范,文武兼所优。是非有定论,毁誉任沉浮。回看龙山碣,事迹详镌锼。即今依至圣,俎豆隆千秋。

孙焕

字尧章,镇海人。乾隆丙子举人。官江苏太仓知州。

赠净月和尚

秦皇欲乞长生术,浮航来渡蓬莱山。蓬莱可望不可即,云在碧波缥缈间。使臣入海采神药,事属荒诞说可删。吾郡名山尤累累,葛洪梅福时往还。瑞岩奇峰一十二,灵芝簇簇光斑斓。中有老僧净公是,行年七十犹童颜。烟霞为侣松为友,自持六戒坐元关。琼台双阙讵足恋,长生有术此一斑。浮生每嗟古人拙,神仙何必离尘寰。

陈元松

字麓涛,号柳亭,镇海人。锡卣子。乾隆丙子举人。著有《留耕堂诗草》。

《镇海县志》:元松能诗,兼善书法,为人跌宕自喜。许宝善主鲲池书院,日与饮酒倡和,授黄岩教谕,未之任,卒。其遗集许为序之。

观插秧

古人重力耕,斯言不我欺。既为家室累,焉知手足疲。良畴绕庐舍,春暮勤镃基。气和景物换,老稚争熙熙。朝牵黄犊出,微雨随耕犁。秧针日渐绿,沟塍遍芟夷。彼此相要约,播种互订期。晨炊未及举,倏见青离离。屈腰讵云乐,结耦忘倦罢。作羹兼蒸黍,饷馌任所宜。日没相慰劳,呼群共啜醨。未卜风雨调,钟石若可跂。上农劳筋力,下农事游嬉。终胜素餐士,泌水托忘饥。

泛舟城北

春光既暮月既望,孤舟兀向横塘放。拟作今宵汗漫游,冰轮早挂东山上。两岸人家灯影悬,渔罾历起篷窗前。明月在天光在水,舟行绿树浓阴里。黄金闪烁玻璃纹,清光直可扣其底。谢氏诸贤兴莫羁,狂吟高唱纷淋漓。睥睨乾坤股掌间,啸呼风雨生须眉。二阮更是探奇客,手取明珠颔下得。酒行未及两三巡,停杯扣舷歌一拍。江城夜静烟雾消,树杪月行头上高。水面菰蒲漫相引,叩商按徵吹洞箫。箫声宛转歌声短,一片行云飘欲断。亢坠分明幽韵长,烟水茫茫春雾暖。豪情逸响难教住,呜咽泉流桥下度。何须子夜四时歌,落梅晴雪飘江树。急管清声自绝伦,何处清光不可人。春光似水良宵永,为问春光几度新。北园自昔称佳丽,百年韵事无人继。岂必楼台亭榭奇,风月扁舟亦足系。

三月一日口占

忽忽三春景,今朝剩一分。诗题随意觅,花气下阶闻。肺渴茶难润,愁多思易纷。寂然无个事,吟和望同群。

晚晴

山出浓云里,天晴薄暮时。淙淙流水响,一半入荒池。

和恽叔植种花韵

觅种无多致亦佳,春寒消尽露微芽。栽培好作晨昏课,老去闲情半在花。

地僻依然等面墙,经年何处见芬芳。雨余分得邻僧种,新绿犹堪媚夕阳。

邱学敏

字至山,号东河,鄞人。乾隆丙子举人。历官江西临江知府。著有《秋树根轩诗集》《古树诗续集》。

《鄞县志》:学敏初以教谕衔管松阳训导,乾隆中修《四库全书》,博访遗籍。浙中亦设局,择教职之学问渊雅者为纂修，学敏与焉。

督学李友棠以俸满才优荐，擢知广东保昌县。保昌胥王某，号满城虎，学敏廉得之，立置重典。南雄山硗土瘠，潴泽甚少，稍旱即病涸，学敏更从上游别开杨子石新渠，民赖以济。调繁海阳，保昌民数千攀辕留不得，则焚香送百里外，并建生祠以报之，潮州有圩围，为海阳、饶平两邑田庐之障，甫下车，淫雨为灾，决堤数十丈，民几淹没，即捐俸兴筑，亲诣相度，厚加赏劳，竣工独先。

以考绩一等擢南澳同知。严保甲，讲乡约，恩信大行。台湾民林爽文，戕官为变，南澳止隔一洋，学敏防护谨民，无被其惑者，镇兵粮饷，向资台湾接济，及爽文叛，米不至，学敏设策购运，兵民俱安。

擢直隶正定知府。纯皇帝幸五台，赴行官，奏对称旨，有"人甚明白"之褒。兼护清河道，以属邑行唐县失火，部议降调，恩旨仍以知府用。旋补江西临江府，逾年，乞休归。

所著有《三树堂文集》《百十二家墨录题词》。

董沛曰：先生工书法，为梁山舟所推重。初宦粤东，以循吏著。晚年收藏金石书画，甲于江浙，身后渐以散亡。余少时犹及见其古钱，凡千余品，周汉之物，多《泉志》所未载者，而今亦不可问矣。

漾江楼夜坐杂感

万籁此俱寂，初蝉远有声。海天无俗物，云鹤得遐情。橐笔歌三峡，忘言洞百城。沉吟殊未已，独对暮山横。

踪迹都无赖，何曾不倦游。自明终古眼，莫记少年头。引镜花全幻，倾杯剑亦羞。平生学道力，博得静中愁。

林影月初堕，良宵冉冉过。句当秋近涩，感入夜深多。旧业亲松菊，闲情托芰荷。玉箫天宇冷，谁与和吴歌。

奉呈钝轩先生

贱子生偏晚,追随惜已迟。不知少壮事,曾读暮年诗。步屟犹抛杖,观书正下帷。风流谁伴侣,相对古须眉。

京华旅食惯,有子远分襟。墨妙传红雨,先生少子秉纯客都中,有诗文稿曰《红雨楼》。乌栖到上林。关山行路泪,风雪老人心。遥祝祈年观,无涯寸草心。

吊平泉庄

西川上党著英声,拟向平泉了此生。报国功名朋党累,传家木石子孙情。兵氛欲挽银河洗,辙迹难回瘴海行。莫向名园寻旧事,洛阳兴废付闲评。

韩庄雨中

溟蒙千里暗黄河,细雨清尊一叶过。天外湿痕低去鸟,帆边寒影落层波。山围齐鲁青犹在,树近淮徐绿渐多。空对南云生旧恨,江关憔悴只悲歌。

乌镇雨泊寄内

吴阊东去路漫漫,一艇冲波败荻滩。雁度霜枫吾谷远,烟横夜笛雪江寒。川光似墨人初静,两脚如麻梦未安。却忆小楼帘幕冷,新诗吟罢一灯残。

李增

字益煌,号斐庐,鄞人。乾隆丙子举人。官广西武缘知县。著有《爱闲堂诗文集》《剡中正气集》。

《鄞县志》:增初任嵊县教谕,于学舍东偏辟一堂,颜曰爱闲,有贫而自乐之趣。性介洁,擢知武缘,僻处苗疆,尘甑不爨,视之泰然。以病乞归,嵊诸生闻之奉增。再游嵊,率子弟承教训。及归里，诸生岁时馈遗，十余年犹弗怠云。

都门送别范半村

马蹄踏霜不踏草，塞上健儿真绝倒。君独胡为骑蹇驴，月明芦管秋风老。时平不用陈韬略，幕下惟应恣谈谑。幸君胸怀硧兀多，时时寄我惊人作。

昔人谓杜诗好用论语，余老矣，将归理旧业。癸丑夏以事赴宾州，途中成四律，非敢学步少陵，亦不忘先人之教云尔

沽玉曾无善价逢，一官聊可报仪封。妄希学道师言偃，终觉临民愧冉雍。劳力劳心难并合，为仁为富竟何从。几时得遂归与愿，植杖中田学老农。

枉直休论尺与寻，士师三黜意何深。有才每悼盆成括，知罪谁怜孔距心。手滑邻鸡终不免，胆粗峿虎卒难禁。滔滔更觉居夷陋，莫向王良问获禽。

吾衰无复梦周公，代得耕时馁在中。乡党错疑辞厚粟，轮舆漫诩食多功。本来洒落称游士，岂可诛求及饷童。富贵浮云疏水乐，不缘膰肉定穷通。

三鼎空将喜惧沦，茫茫四海更谁亲。施从幸不羞齐妇，趋视无如病宋人。自分气衰宜戒得，敢因指屈强求伸。追来谏往今知殆，可复匏瓜系此身。

黄绳先

字嗣音，一字正木，晚号墨舫，鄞人。乾隆丁丑进士。官江西浮梁知县。著有《墨舫剩稿》。

姚姬传先生撰《墓志略》：君成进士知乐平县，旋调浮梁。天性仁明，强力于政事，未明起阅文书，晨召吏即发。有讼者至，当鞫或当往，验视皆不越旬日，坐堂上决事，

日十余案，即作判词，自读与讼者听之，幕友书吏无从留搁以取市。与囚言，废屏刑器，常以至情动之，而囚自服所断。本治及上官委治他县事百数，无不曲当。在江西九年，其所去，县民必涕泪送之数十里，浮梁且为之立碑。

书园

晓起步园林，丰草蔚何绿。小鸟穿回廊，曲磴通幽木。远山相对青，宛如穷深谷。清风拂袖来，谡谡鸣新竹。身闲境亦佳，胡为自结束。仰看天际云，抗我千里目。

郁林石 今在吴郡学中

壮哉太守装，一石千里致。清风两袖生，帆轻得此济。橘红甘可将，石白齿亦砺。先生苜蓿斋，是物庶可树。纷纷仕宦赀，顷刻泥沙弃。曷不载此归，矫矫清白吏。

放歌寄武子瞻云

与君昔日共晨夕，我发清歌君击节。与君今日叹参商，我客他方君故乡。目前所见殊草草，丈夫何处开怀抱。磊落相看我二人，两地忧思竟谁扫。长剑倚空青蜺吼，笔锋触纸神龙斗。我辈纵横何不可，可怜低首事丹黄，乞灵故纸钻研透。既不能，衣绣簪花草赋明光殿；又不克，铁弮彤弓裹血沙场战。我如枥骥日号嘶，君似沙鸥傍短岸。牢骚激烈复奚为，长啸一声天下旦。今日问生涯，一瓢复一笠，他年与君莞然开口笑，千秋事业成呼吸。如此襟期谁得知，离别经年勿于邑。

月湖 录一

剑水西来秋光拭，月湖潏之影沉璧。月堕湖中洲岛飞，湖涵月魄群灵集。刘侯已去贺祠空，芦花白处蓼花红。霜

李增

黄绳先

鲦控月出湖心，湖畔惊闻霹雳声。

史卫王墓道行

延和重门白日闭，万岁巷中皇子悸。门外忽闻历碌声，一人蒙头拥数骑。卫王成功济王死，定策元忠乃如此。会稽山水恣徜徉，四明故里丰碑峙。丧车赐繐并赐纛，当年报恩出黄屋。同里衣钵有渔庄，筑第西湖帝亲卜。识得君王真不凡，生荣死哀二人属。我闻忠献有裔孙，太阿倒持谁与伦。丞相议和函首去，龙沙夜月叫黄昏。岂如堂堂敕葬犹不足，疑冢处处史王坟。惠文茔前筑更崇，元老碑文片石穹。可怜两世王封厚，倾来国帑造幽宫。谁知冬青岩畔萋萋草，山鬼夜夜哭秋风。玉鱼零落路人悲，荠麦茫茫野火吹。呜呼雪川师，为谁起不济，能以死继之。理宗遗蜕竟不归，冢中之人知不知。

夜望

烟气蒙蒙月色黑，远树丛丛隐空碧。楼上忽闻凄切声，何处愁人夜吹笛。客中闻笛声愈悲，客里见月无颜色。楼前斜影入方池，水光动处微微白。池中莲叶小如钱，楼上愁人食莲药。

初晴

万象明春昼，初晴更豁然。溪声满竹屋，花影落尘鞯。急溜鱼翻浪，高空鹤破烟。浑忘身是客，狂舞绿杨天。

曹娥江

两江抱浙郡，孝水匹忠潮。树静寒星斗，涛翻挂碧霄。珮环敲夜月，春赛集兰桡。幼妇碑何在，苍茫古渡遥。

岳墓 录一

父老中原哭,南来竟是家。臣身甘马革,帝子惨龙沙。古木灵旗动,丰碑落日斜。遥遥关塞月,终古照栖霞。

长至感旧

每逢日至愁双鬓,况是天涯赋七哀。皎月尚悬扬子宅,寒星又落李膺杯。剧怜萝径垂垂步,曾说梅花细细开。太息今宵疏影寂,可能杖底乞春来。

寒食吴中吊古

苦竹城边听鹪鸪,锦帆泾里泛春凫。几将往事供悲吊,问我生涯一钓徒。故里未能亲麦饭,五湖何事叹冰厨。灯前越绝书还读,剑草青青怨属镂。

吴中杂咏 录十

宝带桥边串月多,倒悬玉塔浸秋波。湖中一夜清光满,千百分身现紫螺。

海云庵在北穹窿,连理山茶照殿红。饱历秋霜三百载,落花一夜怨东风。

玉琴哀怨客愁多,掩翠低红宛转歌。惆怅西轩寻旧约,月明亭畔是通波。

观风楼上彩云升,万点流星一道腾。元夕金街春草细,秋来都结小红灯。

一栏斗鸭自呼名,甫里真令驿使惊。若果能言充上供,野鹰何计避鹞征。

凝碧宫中仙乐悠,潇潇橘树洞庭秋。殷勤柳毅将书寄,

黄绳先

遗恨浮沉在石头。

　　白莲洲畔冷双莲,半幅龙绡寄楚篇。何处月明歌一曲,玉波嘹唳洞庭船。

　　阊门西是泰娘家,绿水弯环竹槿斜。曾记折花逢太守,新词一夜满京华。

　　洞箫低唱暗香中,自琢新词教小红。岁岁马塍花发处,烟波十里认垂虹。

　　袁郎妙曲记前朝,堪笑中丞怨六么。乞得春锄侥幸甚,凭将旧事供新描。

陈良佐

　　字帝赉,号筑岩,镇海人。乾隆丁丑进士。官广西博白知县。著有《树德堂稿》。

　　《镇海县志》:良佐勤苦好学,工制举业。居官心安澹泊,不逐时趋。逾年,以讹误归家居,日手一编,未尝偶与外事。邑令重其品,延主鲲池书院十数年。生平著述如《离骚节解》《古文评注》,皆有成书藏于家。

纪族母董氏苦节诗

　　虫生苦蓼中,节节皆辛苦。感念柏舟人,闻者鼻酸楚。二十赋于归,夫子备行伍。军家多别离,膏沐贱如土。三十悼丧雄,马革裹尸股。群雏口尚黄,泣血跪啼乳。四壁本倾颓,何暇问资斧。朝织供官粮,夜织偿计簿。斗粟度三旬,枵腹耐寒暑。枯桑多疾风,坏屋经骤雨。班鸠争夺粟,况有无牙鼠。姜心鸩头肉,可吐不可茹。姜身炉中钢,可炼不可取。荧荧六十年,窄窄启门户。闲寻《列女传》,多少名家女。伤哉贱且贫,其难倍于古。作此示后昆,大义照眉妩。

和杨中丞候涛山原韵 录一

国计民生好自谋，一舆东去问田畴。山城半落云烟外，江海平分左右流。堞绕巾山资带砺，塘高砥柱巩瀛洲。登临未许耽游兴，为爱蛟门看蜃楼。

董秉鼎

字象一，鄞人。乾隆庚辰岁贡。

分赋先征君遗事得熄火 明万历甲戌、己丑、壬辰，庙四旁叠遭回禄，而庙独无恙，见何司理《士晋旧志》

祝融遗虐煽明州，海曙铜壶失晓筹。海曙，鼓楼名，旧有莲漏，因火并烬。几度烟尘空万瓦，岿然金碧峙重楼。泉曾涌地同甘醴，火亦回风避绛帱。呵护在天灵赫弈，北堂端为白云留。

谢佑衷

字克猷，镇海人。阊祚从子。乾隆庚辰岁贡。选授富阳训导。

从叔小有居别业和韵

问余岂是个中人，也索巴辞赋卜邻。早识小中能见大，旋欣旧样可翻新。影移向背山山月，秀发参差树树春。解得随缘非著意，罚依金谷敢生嗔。

仇启昆

字贞肇，号朴童，鄞人。兆鳌孙。乾隆庚辰举人。官缙云教谕。著有《日武轩诗抄》。

游白云洞

行行好溪南,兴到成独往。选胜踏层云,指点一峰上。玲珑穿仄径,云厂计余丈。钩衣石棱棱,深处憩游杖。山门午食初,法筵绘幽象。揖客老衲闲,似说菩提长。花木净禅心,世界归清赏。冷署八载余,斯游觉萧爽。坐久西风寒,欲住悄然想。回首暮钟闻,数声云外响。

董家园孝子墓

乾坤抔土在,纯孝至今存。客过黄杨岙,人传董氏园。春风吹野树,落日照颓垣。借问谁为主,双双燕子翻。

周世文

字安国,号委华,鄞人。乾隆庚辰举人。

过徐雪窗斋

东邻徐孺子,居对鄮峰青。事母冬留笋,看儿秋聚萤。名从奇字识,吟向此君听。斗酒差堪载,频来问草亭。

元旦后坐雨同大弟读书楼中

细雨霏微杂晓烟,小楼呼伴理陈编。春回芳草呈新绿,香到梅花是隔年。乐事无如昆弟好,壮怀多觉岁时迁。相看尚有同心在,努力康庄快着鞭。

严殿谔

字一士,一字讷庵,定海人。后徙鄞。乾隆庚辰举人。官钱塘教谕。著有《章安吟》《吟愁集》《瓯江游草》。

《西庐杂识》:广文与范孝廉莪亭交最厚,莪亭为予言,广文最笃友朋之谊。江东包榛山与广文同受知于学使窦公,己卯秋试前同肄业敷文书院，寓于武林之莲社庵。榛山病，广文躬亲药裹，其死也，含泪走烈日中，庀丧具试毕，为扶榇归里。癸未春同年生周安国殁于京邸，人不敢视，广文遍告同人，为醵金治含敛，此皆人所难也。

和范莪亭次钱竹初明府维乔韵

云笺飞到拟□还，名士风流见一斑。庄惠濠梁忘尔我，欧梅斗室乐宽闲。高怀客至同开帙，爽气朝来独看山。劳我使君勤折节，素心人在让廉间。

何异言游得灭明，乘车戴笠喜同盟。名齐八俊知无愧，政报三年信有成。竹初近已卓荦。竹屿久劳迁客梦，余离甬江已四年矣。梅花不禁冷官情。竹初工画，余求而未得，读君梅花旧梦句，有忮心焉。何如贻挂鳣堂里，勿使孤山独擅清。

东瓯杂咏

篮舆竟日历崔嵬，最喜今朝霁色开。山到乐清看不尽，黄柑又过管头来。永嘉柑，浙江岁贡之方物也。

卍字栏干亚字墙，调煤傅粉复雕梁。如何四壁惟编篾，引得春风入洞房。温俗壁用篾笠，风入如露积。

陆时茂

字象松，镇海人。乾隆辛巳岁贡。官石门训导。

题小有居和韵

讵是林间隐遁人，聊将木石洽佳邻。寻芳蝶翅穿花乱，求友莺声学语新。修竹数竿天外雨，寒梅几朵雪中春。瑞麟不触人间网，淡泊何来俗物嗔。

送谢万言赴定海罗总戎幕用小有居韵

王粲原非漂泊人，幕堂喜与锁山邻。螺门笳响连屯肃，鲛客珠光照简新。粲粲江淹怀采笔,茫茫海甸纳阳春。片帆瞬息乘风去,讵有潜龙鼓浪嗔。

屠之蕴

字汉吉,号仰台。鄞人。附监生。著有《仰台诗文稿》。

迟王剡浦不至

天霁日犹淡,江阴风正宜。到门潮势疾,隔浦橹声迟。农袯晴悬树,林烟晚起炊。迎风频怅望,独立自敲诗。

范永浤

字浦云,号虚舟,鄞人。

《鄞县志》:永浤为从彻嗣子,工山水,尝见其寄从兄永祺小幅,秀润有致,幅中题有"塞北江南雁影分"之句,时永浤方客燕台也。

楼头漫咏

归休不问路西东,楼上春深景自工。野水平分芳草绿,园梅交谢海棠红。湿沾窗纸蜂须露,响动帘钩燕尾风。叩户时闻嘉客至,闲情同寄酒杯中。

客中画小幅寄从兄莪亭

塞北江南雁影分,几时风雨诉离群。拈毫无限怀君意,春树苍茫带暮云。

万福

字近蓬,号玉仓,鄞人。经子。诸生。著有《玉仓诗抄》。《鄞县志》:福性情恬澹,弃举子业,专攻诗,尝受业于杭世骏之门。世骏曰："古人云诗有别才，如吾子者，乃真所谓别才也。"年七十二卒。其《诗抄》袁枚为之序。

小除日效香山体

流光真似箭离弦，七十过头岁又迁。检校诗篇归卷尾，探支花信到梅边。天教冬日如春日，今冬暖甚。老觉今年逊去年。剩有爱痴情未断，明珠一颗掌中怜。孙女亡后遗孩，甚怜之。

花朝后五日周亦庵明府招饮畏风未赴

鸡黍相邀折简频，感君交谊比雷陈。花间蜡屐狂非昔，病后支筇懒是真。卷幔落梅香喷雪，沿池春草绿铺茵。东皋不减西园胜，乞我琼瑶抵饮醇。

亦庵明府招同顾涑园、余松岩、松屏、蔡卧云、曹仙耨作展重九之会，分得光字

濂溪家有好林塘，迤逦城东并女墙。壁上庐山屏九折，案头海岳字千行。菊因霜冷迟犹艳，桂趁风微晚愈香。为展重阳开美酝，如君真不负秋光。

万敷前

字恭受，号鲁庵，鄞人。承勋子。诸生。

《万氏诗传》：公少随舅氏姚江黄公千秋读书，讲贯性理，不为俗学，酷好为诗，成诸生。父磁州公令专攻举业，戒勿复作。素善病，年二十七遽卒。磁州公就床头检得近作一卷，皆念祖忧亲、眷恋戚族之词，清刚老健无一弱笔，乃选定数十首附于《勉力集》之后，曰《迎旭轩存稿》。

古意

不愿甜于蜜,惟愿淡于水。水淡益吾清,蜜甜贼吾耻。我有素心兰,清洁胜于雪。作伴读书台,香气常相结。

对镜

莫嫌此镜小,鉴物殊皎皎。镜面不易磷,人面容易皂。

舅氏画松被雨

姚江慊斋叟,性喜画乔松。五株拔地起,夭矫飞虬龙。不染丹铅色,八面云烟笼。置案未忍离,行立开心胸。盛极物必反,嫉妒来天公。夜雨滂沱湿,未暴生殷红。譬如万木林,旭日乍升东。又如三春暮,朝霞落荫浓。较之初画时,气象加蓬蓬。光怪满一室,拟听谡谡风。

山行

山行寂寂路迢迢,一片晴云在碧霄。忽入山凹天籁发,溪声鸟语杂松涛。

滏阳八景 时家大人葺《磁州志》,命赋

炉峰朝霭 香炉峰踞西山绝顶,鼎形削立,晨望有烟气出其中

山峰鼎峙接穹苍,出岫云烟映旭光。我欲清晨登绝顶,试将衣袂染天香。

响堂晚钟 鼓山当太行之麓,洞壑空灵,游人以袖拂石,其声如鼓。上建响堂,静夜鸣钟,四山皆应

洪音响处透禅关,午夜噌吰四面环。名胜绝奇随地有,东坡偶记石钟山。

龙洞珠泉_{黑龙洞泉出神麕山下，如珠涌地，大小数十泓，积为巨浸}

山以神名水亦神，飞泉珠涌出河瀙。津门千里朝宗合，不冻严寒怪煞人。

贺兰积云_{山为宋贺兰真人隐居，因名，蜿蜒二十里，积雪凝素，亦奇观也}

贺兰遁迹著仙灵，廿里平冈冻玉停。试比断桥残雪景，西山宛似两峰青。

台城烟雨_{昔赵王所筑迹多不存，惟烟树郁葱，尚堪凭吊}

何处营台并筑城，赵都改郡地毛生。史记赵王迁时，民谣曰："赵为号，秦为笑，以为不信，视地之生毛。"千秋烟树西羌垒，苗裔犹祠蔺上卿。

官路荷花_{出北门十里，夹道种菡萏，叶香、花色与柳阴掩映}

荷蕖荡漾柳毿毿，一路香风客兴酣。家住鉴湖三百里，今知花盛是畿南。

漳渡晴澜_{魏武帝讲武城，南为漳河渡口，东南望铜雀台在岚霭中}

漳流底绩感神功，浪静波恬化日中。讲武台南人问渡，累累疑冢笑奸雄。

滏桥秋月_{桥跨滏水，距南关半里许，旁瞩林野，多萧疏之致，于秋月更宜}

飞云阁_{南门楼}。外滏阳桥，桥下清涟灌溉饶。休助三时供四照，岂惟玩月在秋宵。

黄绪奎

字殿仲，号聚斋，鄞人。茂大子。诸生。著有《聚斋诗稿》。

黄东井先生撰《传略》：先生性和易，里中无少长，皆敬而亲之。有声黉序，穷老不得一遇。中年后好为诗，诗稿积至盈尺，为长短句亦数百篇，和易如其人，多可传者。

杂咏四首 录二

猎尽中山兔，徒然作狡狯。虞罗虽高张，雉不易耿介。美哉汲长孺，脂韦心所戒。直道故难言，秉性不可坏。

素丝质本柔，出自春蚕吐。持作五石弦，射杀南山虎。昔日张子房，其状若妇女。运筹帷幄中，决胜无西楚。

自小溪舟行至后隆

入滩溯逆流，篙师健于水。岩石屡屈盘，众山相迤逦。舟行往复回，曲折云峰里。纷霭触目成，山花红数里。造物秘灵境，泄奇疑在此。鼓枻发浩歌，飒飒松风起。

偶兴

纫兰莫作佩，制荷莫作裳。此身苟自保，不藉草木芳。缅彼山中泉，涓滴亦清澈。江河虽浩浩，纳污难为洁。石不嫌巉岩，可以砺我齿。水不嫌清洌，可以洗我耳。人生崇名德，慎勿辞毁訾。不见古纯钩，时时勤砻砥。

古别离

妾貌如花君所知，妾心如石君不知。怀中明珠嫁时物，贯以彩丝系君衣。君去不可留，君归未有期。连理枝头比翼鸟，双飞双宿不相离。归来莫把黄金耀，还我明珠如旧时。

食笋

草木劲直莫如竹，天生此物非果腹。即以食论亦殊常，锦箨初苞洁胜玉。食蓼则辛荼则苦，古人下箸慎所欲。若云食物能移人，日啖当令肠勿曲。

和游雪窦千丈岩观瀑布作

谁把玉尺裁匹练，心欲忖量目转眩。约以千丈势犹强，苍虬挂空鳞爪见。岚气初消丽晴光，陆离五彩色更绚。擘破青山一道悬，两崖松林愈葱蒨。有时凓洌顿生寒，飞泉喷薄散雪霰。奔腾复作轰雷声，赤乌照耀闪紫电。几疑倾泻银汉水，直使汪海流悉遍。探源乃从高处来，绝顶谁人不仰面。诸君游屐入此山，贪看瀑布相依恋。搜奇剔隐共题诗，山风吹作珠玑溅。嗟余局蹐居户庭，川流如斯徒欣羡。此身得同毛女飞，吸取山泉恣清咽。

和友过淮阴侯祠作

曾谢三分说，宁将两利存。夺符猜自起，蹑足祸之根。寂寞淮阴道，凄凉古庙门。汉功谁第一，付与后人论。

为金氏女守节作

余族孙定声聘金氏女，未娶而卒，女缟素奔丧，愿守志终身，乡党咸相惊叹。昔杲堂李先生作《内行传》，多表其族之节义，若金氏女者，实于吾族有光焉。余老矣，他日吾族能文之士，必有传其事以闻诸当世，爰赋一言以为嚆矢。

缟素奔丧日，凭棺泪不禁。因知同穴志，只此系缨心。先儒有以身许人，持议者故及之。松柏宁论岁，风霜不计深。他时传内行，应续老人吟。

梅花盛开次高青丘韵兴之所至，不自量也

世间何处是瑶台，为有寒梅遍地栽。独步霜天乘雪至，早传春信冒寒来。黄昏花暗霏微影，艾纳香收隐约苔。金

谷园中无数发,东皇着意此先开。

冰雪却同姑射仙,高姿早已绝尘缘。为浮庾岭初更月,更锁孤山一带烟。缟袂不招来户外,纶巾相约到花前。今宵酒醒作何梦,翠羽飞鸣将曙天。

何须点额睹芳痕,雪尽花开气自温。残月晓星来驿路,轻烟细雨渡江村。为传何逊生前句,独恋逋仙去后魂。地僻喜无车马至,对花且自闭蓬门。

长隐烟霞数亩宫,深林密密暗相通。为啼冷蕊鹃声急,因伴疏枝鹤梦空。扫径每从明月下,探花只在白云中。江南江北都开遍,不及孤山风雨丛。

合与梅花形影亲,看花不识种花人。枝头清极惟留韵,林下霜轻即是春。酒榼诗瓢驴背暖,溪桥流水马蹄频。分明一幅仙游景,欲傍寒姿自写真。

林端瞥见吐芳菲,一树空明落素辉。欲插冰壶留蕊久,因迟玉笛怕花飞。梅持高格知心少,我折寒枝旧友稀。此日中怀多怅望,荒村雪暗几时归。

几片花飞送夕阳,看花幸不越他乡。东风酝酿和羹味,白雪陶融止渴香。聊卜数畦堪自得,且开三径不愁荒。满园桃李尚空寂,瘦骨棱棱独胜霜。

积雪山中春未知,争梅寒鹊绕花枝。扬州东阁为谁兴,人日草堂多所思。衰鬓相逢高卧日,故园同处耐寒时。贫家无酒堪供客,检点奚囊自赋诗。

效唐人宫词二首

新传凤诏设花史,羯鼓声闻待辇来。三十六宫春雨遍,不知何处最先开。

冰纨小扇赐方新,欲扑流萤拂袖频。似恨秋风吹不灭,黄昏曾照独眠人。

刘怀珵

字采玉，一字玉峰，号讷庵，镇海人。诸生。著有《清谷草堂诗文稿》。

候涛山观海

蛟门突起候涛山，长江东汇势弯环。奔流到海望不极，指顾若非天地间。忽见旭日放晴色，铜钲近挂扶桑侧。空际无云海宇澄，照见琉球日本国。倏又阴霾昏不开，蜃气百尺成楼台。楼台迷离闻歌管，神仙杂沓相往来。我亦猛思乘槎去，直到蓬莱云深处。可奈风波未肯平，欲行不行多顾虑。吁嗟六合殊茫茫，何事登临系一方。无尽岂须问物我，沧溟一粟自相忘。

春游武陵

武陵仙路杳，携杖入花林。细草迎袍色，和风送鸟音。水回青嶂合，云度绿溪阴。静听喧山溜，弥清尘外心。

游瑞岩寺

从来好入远山游，今日偏登最上头。霞底峦回迂鸟道，岩前峰转隐禅楼。松风怒激千层浪，竹影凉生半榻秋。偶向僧寮来说法，云心一片任句留。

游清谷庵遗址

谷暗涧泉碧，林深树色幽。花残僧去杳，何处觅烟楼。

寒窗夜坐

秋风嘶败壁，夜雨响疏桐。坐久寒窗静，灯花落烬红。

即景

南园春尽树飞红,三月繁华一瞬空。蝴蝶不知身是梦,落花队里舞东风。

顾华白

号芳萍,镇海人。

《镇海县志》:华白文笔浩瀚,雄视一时,尤工吟咏。尝寓绍兴,有吴棻者以《咏梅诗》三十首索和,华白次其韵酬之,会稽孟骎为之跋,有"处士碣边挂剑,忽来季子孤山林下,添毫应让长康"之句,盖一时推为绝唱也。

苕溪吴芬木泛棹西泠,登孤山之上,见草间断碑,披藓视之,得三十字,"村烟寄墙竹"云云,语意奇脱,遂以其字分配次韵咏梅花诗三十绝,遍索同人和章,余亦强拈以应之

竹梅

曲曲琅玕玉骨肌,岁寒心事两相齐。征人五月裁成管,吹落江城一处飞。

灯梅

银花玉蕊并争妍,静对纱窗瘦影偏。岂是冰心还向热,夜深不肯放人眠。

张时中

字立成,象山人。诸生。

《蓬山清话》:立成少工书,能文,与姜白岩同为里中推重。尝于郡试时,用旧纸作擘窠大幅,冒前辈名悬之市,立售去，乃以其钱登酒楼为欢谑。同人服其工，惜不永其年，诗亦仅有存者。

甬江竞渡曲

五月五日甬之东，江烟漠漠饶熏风。夹岸笙歌沸还歇，数声欸乃江之中。江之中兮乐何极，桂棹兰桨互相击。跃跃水面苍龙飞，彼来此往浑如织。江干老人有所思，悄然独立江之涯。借问此风伊何始，长吁为诵怀沙辞。怀沙之辞真可怜，至今高韵人犹传。汨罗角黍千古恨，甬江遥接汨罗天。明州士女长泗涕，沉江欲抱忠魂起。安得小舟化作龙，时时出没江之底。争先竞渡莫让人，无船不载忠臣魂。忠臣之魂耀日月，龙舟千载无沉沦。至今甬俗多推移，惟有江水长漪漪。圣朝未有离忧客，小舟相逐争欢怡。欢怡之情靡有息，夕阳一带净凝碧。归去来兮归去来，长啸一声江月白。

过助教蒋景高故宅

群才角立许登坛，名士场中执敦盘。摘藻掞天双拱璧，明经修行一儒官。乘时漫说功名会，触网方知文字难。寂寞寒烟寻故里，枌榆老尽雨漫漫。

吴鹏翮

字南飞，象山人。诸生。著有《仗下鸣集》。

秋思

西风来逆旅，何事雁书稀。篱菊凌霜瘦，江鲈应节肥。戍楼寒弄笛，香阁夜砧衣。怅望知时燕，翩翩带雨归。

冯金澎

字骏声,号屿斋,慈溪人。诸生。著有《自得楼诗稿》。

鹳浦有感

鹳浦门楣自昔雄,稠居一带茂林中。襟江曲抱潮还汐,夹水分流西复东。面对岐峰来凤舞,背临赭岫俯龙宫。地灵自是多人杰,不独长沙刺史公。

董懋震

字声远,号松涧,慈溪人。诸生。著有《松涧杂著》。

秋夜杂咏 录二

独坐空斋里,秋高夜色虚。试香添宿火,烧烛检奇书。月照藤花静,风吹竹影疏。隔帘丹桂绽,馥馥透阶除。

林樾开清旷,闲吟秋夜寒。窗明知月上,露下怯衣单。对酒怀三益,挑灯读《七观》。年来无拙事,长觉此身宽。

近水楼偶咏

一湾流水傍檐楹,景拟潇湘四望清。秋老芦花当槛白,夜深渔火入窗明。营巢燕落穿帘影,出闸泉听戛玉声。不慕神仙聊避俗,问心久已狎鸥盟。

同人访先征君旧宅和平一韵

至行由来可格天,倏从平地涌甘泉。为寻当日流芳旧,踏遍春风碧草鲜。故宅纵随陵谷变,清溪还与口碑传。试看绕郭云飞处,翠叠湖山黛色连。

张铎

号驱山，鄞人。诸生。著有《草间吟》。

自题小照

何来狂道士，阑入醉仙图。人尽疑果老，我偏号木夫。逢花相玩赏，对酒且欢呼。今古总成幻，无劳诘罔诬。

卢翰

字柳村，鄞人。

山栖

春光探不尽，更在此山栖。竹榻数间绿，梅墙一带低。客迂花欲笑，僧寂鸟频啼。杯酒颜微醉，清吟向小溪。

张桓侯庙

村近楼桑古涿州，铁矛气独壮千秋。_{祠中侯所用矛尚在。}我来更洒英雄涕，快事谁为挞督邮。

周士金

字涵水，鄞人。诸生。著有《煮石轩诗草》。

寒夜不寐

布被寒如铁，江城夜欲霜。不眠风入钥，疑雨叶沉廊。幼女添身累，残灯觉焰长。抱疴将半载，几度月茫茫。

春日抵苏旅寓书怀

残腊无多日，匆匆到客舻。人怀归计促，我抱旅愁初。小雨寒成雪，春风绿满蔬。缘知弹铗意，不尽为无鱼。

吴成宣

字振声,号野园,象山人。诸生。著有《虫鸣新草》。

悼宗妹镑姑

象峤气葱葱,凤水光溶溶。山川多蕴结,秀异钟吾宗。吾宗有淑女,孤苦历年所。上体老母心,辛勤无寒暑。寒暑忽屡易,母病危且剧。医药竟无功,儿身不遑惜。身亡有兄在,母死不可再。再拜祷神明,愿以儿身代。露冷霜凄夜过半,寒风飒飒动灵幔。空中忽闻神语声,减尔芳年益母算。母霍然,儿快然;诚感神,孝格天。孝女不愿议婚媾,长愿终身侍母右。岁厄龙蛇数莫逃,英魂长护山川秀。

天童寺

西来宏选佛,大地著天童。云嶂千层合,松关十里通。狮盘台径稳,龙隐石潭空。圣世多颁赐,宸章满梵宫。

赋得冷官不禁看梅花步韵 录一

冷官不禁看梅花,赢得身闲可放衙。三面孤山排碧玉,一弯庾岭绕青霞。探春好遇江南使,踏雪还寻处士家。领袖群芳应属汝,阶前桃李总输他。

吴元锦

字天裳,号绅斋,象山人。诸生。

秋日沙溪省先君墓

沙溪清且浅,积水渐成塘。烟散波痕动,风摇树影长。暮云原草碧,霜叶野田黄。回忆趋庭日,徒增老大伤。

夕阳淡秋景,塔岭影婆娑。节候已如此,孤怀可奈何。

满山风落叶，隔水鹭眠莎。寂寂荒原痛，嗟哉叹逝波。

哭鳞妹 录二

尔我皆孤苦，辛勤已半生。扶携怜小妹，友爱愧难兄。忽染三朝病，何堪一命倾。可怜成永诀，血泪自盈盈。

历历生前事，追思倍怅神。呼天惟有血，代母竟亡身。记册犹留迹，牵丝未了姻。无端关百里，独夜泪沾巾。

渡黄溪

渺渺征帆古渡前，寒沙无浪树无烟。潮声吞吐平分地，塔影东西倒照天。一岁星辰催短景，五更风雨对愁年。支离襆被吾生事，布袜芒鞋尽一肩。

《四明清诗略》卷十一终

吴成宣　吴元锦

四明清诗略卷十二

鄞　董沛　孟如　辑

傅元构

字星曜，号斗峰，镇海人。乾隆壬午岁贡。著有《问梅堂诗稿》。

《蛟川诗系》：先生工文翰，间为诗章，下笔绝尘。书法出入二王，非心所许可，虽兼金不能得其片楮。有富翁某求书，不应。后先生需竹书箧，命工制之，意不惬。富翁侦知之，造两箧，特细润，教佣肩之，故经先生门，伪为求他人书以此贻赠者。先生爱其精，欲购之，不可，乃谓佣易以己书，呼童研墨，移几门外，旁薄挥洒毕，提两箧大笑入此，足见先生之风致矣。

饮酒和陶

南山飞白云，来去无尽时。与世绝浮沉，安庸参信疑。此时不言归，吾道将谁欺。童子不解事，携酒问何之。
呼童斟我酒，怡然适性情。何必纷纷然，而求利与名。悠悠一室宽，栩栩春风生。胸襟无或滞，宠辱何足惊。

行路难

行路难，行路难，风凄雨惨近严寒。可怜游子出门去，途中洒泪怯衣单。水行驾船陆行马，愁思遥寄关山下。同行人各道衷曲，一般都是穷途者。前路山势更纵横，险巇峭折颇难行。屈指计程日复暮,但闻绕树归鸦鸣。客子胸中增蕴结,野店寻眠只呜咽。此身总是为饥驱,无限离忧对谁说。吁嗟乎,行路难!灯花惨淡漏声残。彻夜畏寒不成睡,晓霜带月浸江干。主人催客复行路,道是恐为迟暮误。急急整装出门行,渺渺前村觅舟渡。

孔墅岭春雨

湿云悬渺渺,一雨四山中。麦秀村添绿,花繁路染红。疏林声滴沥,绝巘画空蒙。但愿甘霖遍,宁忘润物功。

戊午十月为海昌之行

出门惘惘到江干,两岸霜枫尽染丹。忘却交情方是淡,诸友送别,不胜恋恋。学来市气未除酸。热肠半向客中减,幻境从教壁上观。倘得鲤鱼消息便,且将两字寄平安。

岁暮咏怀

卅年落拓溷风尘,容易冬残又换春。但觉年年犹故我,可知事事不如人。无缘奋翼宁藏拙,有客思鱼总为贫。赢得梅花消息好,几经霜雪转精神。

早起

天宇一何旷,清机皆化机。水边鸥独立,山上云乱飞。

少年行

郎君骑马出门行,新样雕弓鞍上横。昨日偶从春苑过,轻拈弹子打黄莺。

送方天宠之兰溪

今日送君归故里,曾无别事细叮咛。一帆舟向严滩过,

傅元杓

为我持杯酹客星。

卢瀚

字紫澜，鄞人。宜孙。乾隆壬午举人。官於潜教谕。

秋夜

凉吹遍高树，飒然秋意寒。徒怜桂子落，相对菊花残。浊酒试孤酌，素琴谁与弹。仰天一搔首，愁思正漫漫。

赠觉空山人

参得真如偈，苍然已老颜。点头有顽石，饶舌是寒山。曾向西湖住，新从南海还。更寻驻锡处，千顷白云间。

范钺

字易簧，一字藕坪，鄞人。铎弟。乾隆壬午举人。官直隶阜平知县，改乐清教谕，调嘉善。

赠天童餐云上人

小白岭头万古月，太白峰头万古雪。月吾取其魄之清，雪吾取其神之洁。眼底纷纷谁得似，独见天童老衲子。归宗举一拳，天龙竖一指。九年闭目何所思，了悟三乘只如此。天童自是大雪山，古佛已从西土还。十笏早辟方丈室，千峰秀立杳渺间。我向峰前冒雪过，着地飞花如掌大。香岩万树皆缟素，恍如置我白莲座。我向岭前踏月来，天光淡淡云初开。一轮高涌金刹表，恍如鉴我明镜台。西向执手忽大笑，是雪是月同一照。我身八万四千孔，孔孔放光亦奇妙。何况空际不着迹，皎然与月同其魄。何况真处不染尘，淡然与雪同其神。我闻佛有四奇特，即身示现意自得。如师妙悟亦复尔，布袋□事那可测。我欲因师叩净土，坐挹空香祝初祖。太白西南小白东，皓皓雪月共万古。

戴淦

字丰城，一字蕙江，鄞人。乾隆壬午副贡。官泰顺训导。

赠钝轩世丈

东方有美珣玗琪，攻错磨砻信吾辅。因得仰止医无间，岩岩气象谁比数。少壮历游四十年，秦晋吴楚燕齐鲁。五湖五岳罗心胸，足供吟思与画谱。归预枌榆真率会，丹青顾陆诗李杜。无忧诀妙自长生，七十于今已胜古。初秋叵耐芙蕖残，枫叶菊花竹根补。纷纷祷颂晋歌诗，巴人笑学邯郸武。愿翁常守钝与愚，无怀葛天相参伍。

秋夜

乍觉新秋到，天高气倍清。窗虚寒兔魄，径仄乱蛩声。望岁心偏切，无衣感易生。慈乌啼彻曙，惭愧冷官情。

送别

行尽江头吴楚分，天高日暮起黄云。莫愁此后清谈少，梦里何时不见君。

包祖贤

字敬斋，一字景哉，号介轩，鄞人。旭章从子。乾隆癸未进士。官云南建水知县，改处州府教授。著有《介轩集》《两浙輶轩录》。

祖贤貌古质悫，作宰年已迟暮，改教未久，殁。

送同年申士秀宰名山

海岱知名士,蚕丛作客身。山川诗料古,猿鸟客愁新。秋老金牛路,乡遥雪鬓人。天涯同薄宦,为尔一沾巾。

大理石

滇池西路合诸蛮,大理高峰积雪间。叠嶂层云屏上看,卧游也识点苍山。

冯丹香

字燕山,号窦枝,又号小山,慈溪人。乾隆癸未进士。官福建瓯宁知县,迁吉州知州。

《慈溪县志》：丹香工诗善书,操履醇笃,持身洁白。官闽时,尤多惠政。会将军魁伦讦奏全省亏帑,总督伍拉纳、巡抚浦霖俱以罪诛,属官多被其祸,丹香亦系闽以殁,人皆伤之。

厦门晓行

晓露明如珠,烟岚凝不动。禾黍远含滋,生意惬心孔。未几山气清,峰头红日涌。军行念民依,雨旸农所重。时林逆未平,所过需雨甚殷。

客中九日

谁怜芳草暮,又到菊花期。风露寒砧急,关城晓角悲。百年几令节,短褐此羁栖。羞见陶彭泽,篱边但咏诗。

九日仍高咏,黄花自晚香。海边余夕照,篱下共清霜。儿女寒衣短,松楸古径荒。茱萸莫浪插,我独脊令伤。

赠顾鉴沙

萧然巾杖寄墙东，万卷图书一亩宫。不使琴樽虚岁月，惟余兰竹养春风。寻诗屐印苔斑绿，点易朱分花影红。羡煞先生清趣足，愧无长物赠郫筒。

陈鹤山

字企岩，一字放亭，奉化人。乾隆乙酉拔贡。著有《咏春轩诗抄》。

古意

绿竹生淇岸，映水何清越。猗猗少好姿，挺挺老苍骨。亦能笑春风，终宜绘秋月。作箭美东南，分应贡金阙。有筠乃自珍，甘井虑先竭。傲雪数十年，幽光遂不发。子猷自古稀，焉用书呶呶。

丹穴毓凤皇，奋身入寥廓。中声谐律篃，五彩昭碧落。帝世每来仪，翙翙巢阿阁。岐山复一鸣，归昌应南龠。厥后歌梧冈，末世遂伪托。威凤羞与群，养晦不轻作。阆苑长子孙，翱翔得真乐。

书陈拾遗感遇诗后

伯玉酝鸿宝，千缗买胡琴。招集宣阳里，摧碎惊群心。百轴一时散，声价溢文林。莫言工钓誉，感激良独深。君看牧童子，横笛吹龙吟。里耳嗑然笑，谁复别仙音。物情无贵贱，蹈常人勿钦。所以龙鳞干，终老苍山岑。

独坐看童山

开轩见西山，娟然出烟雾。只此十里间，蓬莱如可渡。相对坐移时，了却春无数。

夜起观书

夜半不成寐,起坐读诗书。古香满怀袖,如共美人居。青灯耿相对,自笑真蠹鱼。岂不恤老病,性癖恶能除。人生嗜好老,俱澹惟此古。味长醰醰譻,诸食蔗后渐。佳浅尝知足,吾何敢俄闻。萧寺五更钟,憬然大悟了百感。

和沈归愚先生湖上观荷元韵

风引香来香不断,红衣低飐波光乱。船窗虚敞映湘帘,香红载将春一半。秋水生烟白氤氲,绿云红云看未了。搴帘折得芙蓉花,将以贻谁思纷扰。兴阑返棹六桥西,垂柳阴阴翠带齐。轻摇艇子不忍别,回头错认武夷溪。

咏蝉

为乏高飞力,藏身密荫中。自甘心淡泊,不受世牢笼。竹圃晨过雨,松窗晚度风。超然天籁好,底用奏丝桐。

梅天即景

白云吹不散,含雨入梅天。露筱如佳友,风苗似少年。蜩吟居士兴,燕语老生缘。写入新诗卷,摩挲一觉眠。

狂吟二首

不学陶元亮,归来赋已迟。春从黄鸟唤,心有白云知。蓑笠多悬壁,鸡豚半出篱。田家堪送老,底用菊花为。

下帷晨起坐,自愧半生虚。笔墨辽东豕,衣冠惠子樗。春光容我放,老境逼人疏。怅望襄阳渡,衡门对宇居。

登岳林千佛阁

二十年前此读书,重游高阁几欷歔。瓦沟活泼跳松鼠,粉壁糊涂走墨猪。琴剑不灵才故短,云霞有分兴偏余。懒残煨芋何须问,我自能骑魏野驴。

读徐昭华诗集序感赋

玉皇严谴守蓬庐,璀璨身名似蠹鱼。老叵奈何嗟没世,愚无可用好新书。水流花放随缘过,月白风清一觉余。只恨不逢徐淑女,绛纱帐里遂吾初。

姜埴

字象初,号介亭,象山人。乾隆乙酉拔贡。著有《介亭诗草》。

《象山县志》:埴以拔贡授安吉教谕,未抵任,卒。

午凉

山门松百丈,日午自萧森。暑入余芳荫,风来送好音。石床清客梦,云影冷潭心。抱拙耽幽寂,炎蒸不可侵。

周光裕

字贻昆,一字竹厓,鄞人。乾隆乙酉拔贡。官直隶枣强知县。

《两浙輶轩录》:光裕家贫,少贾以养父母诸弟,稍长,乃治经生业。以选贡补景山教习,期满得县令,复用四库馆议叙,试令直隶,历权剧邑。

有治狱才能,委曲得情,蠡邑有诬妇谋死夫者,经数令不决,光裕白之,而坐告者罪。河堤水溢,捐赀督治,堤成,田无水患。

束鹿保正之弊,积为民害,光裕至,即下令此后每疃有保正经斥革者,即不得复请补充,因渐次以事革除。摄纂七月,已去大半,代者踵行之,其弊遂绝。

献县饥,予赈者再矣,河冻米未至,前令给钱代米,所给不如米直。米至,光裕即案户散之,白上官,愿捐廉代偿前令所给钱,上官贤之真。授安肃知县,寻调枣强。

武林留别

才喜探梅胜事同,离亭分手又匆匆。酒樽酩酊三更后,诗兴消磨一病中。客思每惊孤店月,归心应逐片帆风。江干惜别情何限,带得斜阳过浙东。

兴济晚舟同屠法田、邱东河、姚华峰限韵口号

暮色苍苍散碧林,一江烟景助清吟。帆回斜影风初转,舟远横塘水渐深。古戍夜荒多入梦,绿杨秋老尚成阴。题襟各有天涯恨,离合都堪话素心。

范永澄

字志辔,一字半村,鄞人。从律子。乾隆丙戌进士。历官山西朔州知州。著有《函清馆诗集》《退白居士诗草》。

《鄞县志》:永澄初任石楼县,调繁徐沟,历署介休、永和、临汾、乐平、凤台。升知朔州,署解州直隶州。徐沟田高地下,每雨注,则沟渠之水及于阛阓,永澄用南方桔槔法,令引水入,田、民两利之。署乐平,地当孔道,有柏井,驿者充役皆下户驿,不能议裁,因请于平定。守俾州人之富者,助半以纾民困,后卒为例。朔州地丁沿旧例分征,其有地歉丁亡者,则已完之丁与寡。丁之富户交,受其累,申请归丁于地,以除积弊。大吏善之,又以其俗女不知织,广作纺具使习之,并引老妇入署,令眷属亲教,未期纺织遍境内。

善治狱,解州监生张昌裔与后母弟析居,弟从诸恶少

游,破产几尽。恶少利昌裔富,令后母以殴己诬之,械系一年矣。永澄至,集张氏宗党,究得其情,痛惩恶少,而以大义谕,昌裔母子皆感泣悔过。其折狱类如此,以事镌秩,州民吁请大府奏留。

旋摄凤台,檄勘潞安狱,劳瘁致疾,卒。榇归,摒挡筐箧,几不能具舟车,民沿途祖祭哭之,旧所治邑,闻其丧无不失声者。

寄怀虚舟用坡公颍州初别子由韵

我方思故山,君胡辞箕颍。迟留春明门,两度三伏景。功名黑貂敝,事业青毡冷。差喜风雨声,萧瑟联夜静。促膝话离愁,得句颇豪猛。兹来潞河畔,仿佛离乡井。咫尺千里遥,归梦苦易醒。怀人忆双鲤,寂寞清昼永。白云望迢迢,何当谋定省。

九日挈莘侄登烟雨楼即送其归里

性癖耽山水,十日五登涉。蛮榼与清樽,蜡屐无虚设。侧闻淀湖中,层楼冠西浙。阴晴多变态,缥缈景殊绝。卧游凭地志,魂梦每飞越。恨昔奔走频,未此停舟楫。坐使若三神,可望不可即。比缘捧檄来,载书驾一叶。官冷曹更闲,素心讵汨没。方欲穷幽险,况乃入眉睫。日者事趋跄,颇亦劳簿牒。帷车困新妇,忽忽逾两月。因悟彭泽腰,羞为五斗折。匪遽薄督邮,恐负黄花节。萧晨际秋九,阿咸行告别。毡寒囊既空,无计实归箧。聊乘登高兴,与尔共怡悦。泛泛鸭嘴船,翠浪微风揭。四面采菱人,歌声振林樾。凭高恣临眺,风流未消歇。遥遥望亲舍,白云半明灭。以此诧乡里,亦足慰饥渴。

刘明府招集同人游双龙洞，同年朱笠亭作长歌纪其事，依韵率成

我家海东天尽处，候涛俯瞰冯夷宫。蛟门夜静列双炬，龙睛四射灯熊熊。有时搜身最高顶，意气直欲凌长空。探奇下走仙人岩，奔潮激撞声如钟。四明九题亦大观，石窗晻霭残霞通。洛迦耳食古潮音，勿遑破浪契禅宗。天台日出更奇绝，眼光照耀海水红。自惭游屐踏未遍，兴公灵运空流风。昨来路出七里滩，两山青削金芙蓉。兰江上溯通济桥，石塘鸣濑响琤琮。八咏楼高接婺西，萧然传舍林木丛。神君政简多余暇，招邀宾佐杂樵农。欲穷洞天三十六，谓宜灵秀先独钟，层峦叠嶂互攀附。稻畦绣错罗心胸，疑坠不坠石磊磊。欲雨不雨云蒙蒙，豁开一室众峰里。似曾斧凿经芟砻，有泉出自云根下。有牖辟向石壁东，摩挲碑碣驳苔藓。𦧷洗乳液药瞋聋，传闻别有一天地。仙源只在鸣窦中，好事乘幽秉烛入。偃卧仅足容貌躬，纡回曲折达三丈。漱玉时若鸣冬风，琪树珠条纷眩目。烂柯岁月嗟倥偬，百年水涨复沙淤。土人欲奏疏凿功，我思游览贵适兴。风浴随意偕冠童，三神缥缈不可即。妄拟壶峤终懵懵，力非五丁冀撼山。山灵应笑心犹蓬，况乃物理有通塞。强作解事诚何庸，待当水落石渐出。乘桴卧游还过从，会须遍历十二城。云窗月地窈重重，居然仙府辟人境。招呼猿鹤蓊不丰，归途莫愁脚力倦。暮山烟锁尤蔚葱，主人雅擅博物才，惜未入穴见痴龙。适逢退食理鸣琴，为我一鼓风入松。

分赋李氏园亭得蔬畦

小筑谋锄圃，幽居学灌畦。通泉聊凿沼，屈竹试编篱。野色绵三径，山肴足四时。冰厨留饷客，愿撷佐清卮。

秋夜独坐迟余杭俞秀才亦苏不至

露白葭苍候,虚堂秋正深。开樽成独酌,对月怅孤吟。叶坠商声急,棋敲夜漏沉。蓬窗人睡否,应有梦相寻。

奉檄勘灾中秋日自浑源至应州道上作

边塞清秋府,时方近苦寒。人从恒岳至,月在应州看。田野蒿莱遍,朝廷惠泽宽。郑公图可绘,行路敢辞难。

赠王希仁

客路逢知己,忘年结契深。莼鲈乡国梦,鸡黍丈人心。听雨依莲幕,因风起越吟。只愁弹铗处,容易促分襟。

秋夜独坐李氏耕读堂

独坐闲阶数雁归,高天爽气欲侵帷。薄云几片月初上,短草一丛萤乱飞。良友不来清兴减,故人有约赏心违。月波约游光溪不果。最怜三五秋光好,应许湖滨夜叩扉。月波有中秋泛湖之约。

得娥野罢官之信却寄 录一

归路扁舟溯蠡湖,滕王阁下片帆孤。怀乡久拟追张翰,骂座新闻罪灌夫。六载婆心勤抚字,一生小事任糊涂。田园松菊都休问,故物青毡留得无。

王世勋

字凌衢,一字剩枢,号静痴,镇海人。乾隆丙戌进士。官广东永安知县。

袁陶轩先生撰《传略》:先生十岁能属文,博涉经史。释褐授永安令,永安有铁潭书院,久废,先生捐俸葺治,延师课士，公暇亲与诸生讲说文艺，士风日起。

治盗务严，谳狱务慎。邑有械斗案，他令以聚徒结盟罗织成狱，逮捕至数百人。先生详谳得情，寝其事。巡抚南丰李公贤之，拟迁补崖州牧，会有疾，辞不赴。李公旋殁后，抚檄先生分校秋闱，疾尚未愈，竟以规避被劾，未几，卒于官。

先生事亲孝，居父丧，毁瘠事母，滫瀡必躬亲。与兄极友爱，之官时，不携妻孥，独奉兄偕行。所著有《尚书发微》《毛诗正韵》《左氏传补注》，藏于家。

过梅岭

旅舍鸣鸡戒夙兴，篮舆次第蹑云登。欣瞻雨泽无私润，更觉民艰未易膺。时新膺民社，故云。曲涧淙淙如耳语，遥岑隐隐似肩凭。不教闲遣风光去，勤恤周知记旧曾。

游栖禅寺次郡守韵

缥缈花宫映水云，端明遗碣被苔纹。一从公作湖山主，谁道州为远恶军。绕郭晴波平似镜，沿堤芳草绿于裙。禅堂松树龙鳞老，鼓吹清音自昔闻。东坡《栖禅寺》诗："风松独不静，送我作鼓吹。"

谢瑗祚

字学蘐，镇海人。得昌孙。诸生。

《蛟川诗话》：学蘐与弟万言构小有居别业，命俦倡和。继萼圃之后，与傅氏问梅堂、余家静廉斋并擅一邑别墅之胜。

自题小有居次从兄心斋原韵 录一

垂垂白发就衰人，风月招邀作四邻。留客敢夸金谷富，娱亲权当板舆新。无山差占林峦胜，有树堪分天地春。寤宿寤歌真独寐,考盘只此更谁嗔。

谢书祚

字万言,号鄂坡,镇海人。瑷祚弟。乾隆丙戌岁贡。官庆元训导。

《镇海县志》:书祚工书画,兼精篆刻,为人丰神潇洒。父诸生绪显尊紫阳之学,书祚承其志,奉朱子像,礼之终身。

还家

慰我经年远道思,踏来门巷草迷离。花从别院刚移候,人正他乡乍返时。燕雀声喧春满牖,妻孥语笑酒盈卮。苔矶水色青无恙,好掷鞭丝理钓丝。

宋帝庙古柏和家涛山韵 庙在吾邑登瀛桥南,古上字湖之东岸

棱棱六百余年树,疑是仙人植此处。讵知神物不久留,倏忽化作飞龙去。

谢垍祚

字与坚,号半山,镇海人。乾隆戊子岁贡。

长相思 照山有鸟,春至则鸣,声声叫"爹归来"三字,春尽泪血而死,鸣声哀咽,永夜不绝

长相思,呜呜咽,永夜悲声啼不绝。怨春来,痛春别,庭柳绿凝烟,檐花白铺雪。尽日悄无人,苍苔余泪血。

赴塔岇留雨

山翁偏好客,不与趁晴归。岐海帆盈浦,彭城水半扉。

帙开灯烬落,人静鸟声稀。一夜催寒急,朝来数问衣。

雨后踏溪上

信宿经秋雨,缘溪踏晚晴。水飞千涧白,云彻数峰青。径入前村窄,坡回隔岸平。淡烟笼竹圃,斜照辟山城。虎豹藤萝没,虬龙鳞甲生。陇头来牧唱,林外应砧声。黄犬依墙吠,乌鸦绕树鸣。须臾迷归路,寻渡石梁横。

八月十五夜偕郑南溟家学蘧叔韶万言三兄登北城看海塘怀四兄夫子

兴到相将看海塘,月明秋水色苍苍。横连城阙波千顷,遥溯关中天一方。商气已先惊泽国,清光孰与玩琴堂。应知秃管联吟候,人在东南浩渺乡。

孙升

字远照,奉化人。埏从子。乾隆庚寅恩贡。

春日登风花楼县北十里同山,其阴岩壁嶔崎,俗呼风花楼

高高岩势爱如楼,乘兴梯登指上头。石壁花垂光灿烂,松涛风引韵飕飗。一层更上穷千里,万丈平临散百忧。会遇仙人访真诀,何烦选胜到瀛洲。

王恒

字易占,号省斋,慈溪人。乾隆庚寅岁贡。

车厩怀古

古驿晚烟笼,苍茫楝木东。荒坪春草绿,野渡夕阳红。一日銮镳尽,千秋牧马空。何如四皓墓,尚有夏黄公。车厩为越王牧马处,黄墓亦在其间。

董澄川

字江祖，鄞人。乾隆庚寅举人。

分赋先征君遗事得保婴 今灵绪乡近孝子墓，村落生子三日，取墓上土洗儿，周晬亦取土供之，以祝孝也，土人云。

灵绪山坳古墓存，近乡遗俗话诸昆。争抟一撮松楸土，遍祝千家褓褋孙。白酒尽浇高士陇，青钱不掷洗儿盆。丁宁少壮无惭负，记取前型在旧园。

盛沛

字商霖，号南沙，奉化人。乾隆庚寅举人。官天台教谕。著有《吮香斋诗抄》。

《奉化县志》：沛司教天台，修举废坠。桐柏山清圣祠有田一顷，为道士所据，祀久废，建议葺复，以田租供春秋，簿正其余，为宾兴资。又以学田之干没于净慧寺者五顷，益其费，台之人尤感德焉。

示望坡侄入都长歌

吾宗出自周文王，盛柏之后封盛乡。盛国盛门诸姬长，帝赐厥姓良异常。或谓奭姓避汉讳，史班漫笔诬天潢。得姓于兹几千载，支分派别最久长。中间贤智愚不肖，岂能一辙同行藏。春秋之世国未失，强侯去籍叹茫茫。汉京名臣树嘉绩，廷尉曰吉肃纪纲。并与于公作冠冕，恩环薄海鄙张汤。广陵太守亦能者，政歌德水著维扬。曰苞时为北海牧，招抚绝域服西羌。彦敦庸行晋孝子，纯德无间昔所奖。由是至隋更华显，武德总管来初唐。征讨李密封葛国，彦师勋伐垂琳琅。炎宋肃敏司水部，侯封康靖建牙璋。公祖宣平侯居汴，其弟惠宁徙吴闾。吴派伟人亦辈出，西域图绘珍上方。参政曰度谥文肃,所谓盛肥实披猖。我祖康靖子讳昭,官由武举开侯疆。弈叶椒聊实繁茂,犹然一一可推详。或由门荫补郎簿,或由乡举榷税□。或为宣教宗濂洛,或为丞尉佐龚黄。四明之祖曰逢子,一派远徙由汴梁。慈溪相宅厥有故,由于次仲字秉刚。节度推官知乡邑,钦赐谱牒尤辉煌。贤昆佳名曰增寿,偕仲增福好远装。为爱胜地佳山水,爰居奉化之跨江。四百年来枝亦茂,绵绵不绝诗书香。继世豪者名亚铁,善积能散富仓箱。岁当丑未邑大歉,出粟二千备兵荒。英宗优典特加厚,义士冠带荣乡庄。自此以后将十世,成均黉序数未央。余庆钟我吉庵祖,文噪六邑冠郡庠。继贡国子膺宾席,安居不与时低昂。常课孙曹承世德,乃以敦本名其堂。我祖鉴川本庭训,一门和顺生祯祥。鸰原诸弟尽儒秀,燕贻子孙列宫墙。拾金归主世所难,季妇荣建节孝坊。乾文坤舆我父悉,命奇数构吴回殃。我父精力日已迈,汝父与我少雁行。汝父读书名一黉,旋任家政废青箱。汝今幸已脱龀齿,遨游神京观国光。先世积累有渊源,数典于兹不能忘。我今年已五十四,齿虽未动发已苍。今已有汝支门户,吾将于汝卜其昌。虽然家计待呼癸,赖有清白幸无妨。呜呼!汝其努力前途无彷徨。

倪沛潮

字蛟海,镇海人。乾隆庚寅副贡。官新城教谕。

范莪亭瓮天居落成集禊帖字次倪韭山韵

每观春浪引长流,相晤林亭趣极幽。山为少文随兴集,竹因与可合时修。万殊足会知齐化,九宇同群感末游。言咏亦将期有合,岂云兰契抱无由。

崇文稽古在人间,天一清风世后贤。揽管有怀情自永,临觞得地坐尝迁。朗生虚室观初日,惓慨湍流激暮年。相和寄将因若水，会于曲外听修弦。

蒋学镛

字声始，号樗庵，鄞人。拭之子。乾隆辛卯举人。著有《樗庵存稿》。

《鄞县志》：学镛精勤刻苦，于学无所不窥，为全祖望入室弟子。甬上万氏史学冠天下，万氏殁，祖望得其传；祖望殁，学镛得其传。尤粹于经，尝取卫湜《礼记集说》，荟萃诸家，为之援据考定，成一家言，积成巨轴。其后卒以事为当事者取去，学镛终身恨之。古文好王荆公，诗慕柳州、东坡，尤严法度，不肯肆为驰骋。性狷甚，遇不可意，虽从学之士，挥之若仇。

县令郭文志以孝廉方正举之，辞曰："予老且病，安能远至杭州，折节于诸大吏之门耶？"巡抚阮元两至鄞，不得一见，益以是高之。尝与修《鄞志》，以议论不合辞去，乃自著《鄞志稿》若干卷藏于家。

咏史 录六

余耳刎颈交，末路乃相背。腐史断一律，公论嗟久晦。当年救钜鹿，投虎真立碎。张敖壁余旁，坐视亦敛锐。故交独蒙责，将印遂改佩。入关得剖符，赵代俄易位。余也奉故主，仗义起投袂。乞师竟迎复，斯举功亦最。耳本受楚封，改计附丰沛。忍心戕旧都，拔帜预戎队。惜哉泜水战，计失何足讳。如余终义死，胜耳犹十倍。

膏以明自煎，叹息龚生夭。惜膏将黝明，汤味徒自保。却聘甘一死，殉义岂草草。膏尽明不熄，流光烛天表。班生固史才，特识恨已少。同时抗节士，疏略费追讨。合传附贡禹，义例更难晓。区区因授经，无乃见其小。末载父老语，晦迹嫌不早。孔光正耆寿，相较谁丑好。

阿瞒亦枭才，权谲善兵计。海内正分裂，炎鼎久沦坠。崎岖戎马间，削平方次第。取之群盗手，天下本公器。无端慕威文，失策迎汉帝。此时王纲解，强弱互吞噬。区区孱主诏，诸侯谁受制。逆状自此萌，遂作骑虎势。不蒙一毫力，坐受百世詈。司马袭迹动，事止新莽类。篡窃藉成业，伎俩笑狐媚。唐初奉代王，视操真一例。可怜受禅坛，衣钵传世世。

沈公笑何公，勇退计早定。江左仗虎臣，屡起主兵柄。事罢旋乞身，随例奉朝请。晚徙娄湖宅，踪迹益远屏。幼主方纵暴，杀人如不胜。大臣谋废立，密使遣相订。公但谢不预，持义良亦正。云胡许义恭，大狱惨穷竟。颜柳俱横屠，积尸看叠并。从兹得主眷，步步踏危窄。诸臣死几时，身亦罹冤横。嗟尔勇退人，暮齿陷非命。

孝宽洵将才，一战摧尉迟。杨坚篡遂成，智勇何误施。士各为其主，佐逆尚有辞。韦公故元老，与坚素等夷。倘谅翟义志，宜连灌婴师。古来窃国徒，伐干先批枝。两淮师屡歼，典午旋开基。河东数奔北，汴梁刻禅碑。九锡加隋公，兹事五尺知。邺城朝以破，周祚夕以移。平生负威望，积效久边陲。晚叩囊底智，适供易代资。臣节既不终，佐命仍见遗。功成身亦殒，戮力徒尔为。

吾怜王渝州，功过亦参半。平生坐幸进，柄用百僚冠。凤弊渐革除，颇亦助宸断。顺宗初政在，纪传合参看。密议人不测，误国定何案。得祸盖有由，消息具长算。欲收神策兵，军吏密移换。诸将辞中尉，惊愕始愤惋。谓之阻内禅，激怒遭远窜。身死谋亦寝，北军归旧贯。承璀暨宏志，狐鼠终兆乱。浸淫至甘露，唐室坐糜烂。令其策毕施，兵柄收一旦。史臣据爱书，怕改南山判。平反得范公，身后议初谊。范文正公颇为叔文洗雪。群儒集矢多，信口仍交讪。一败事瓦裂，柳州早长叹。

效晦约同谒谢山先生墓，予不果，行别后作此寄之

霜草已再宿，哭声今未休。感君抱至谊，雪涕经西州。忆昔问字日，别墅长陪游。左右列讲席，今古共讨搜。敢争滕薛长，私抱邢尹羞。命退必双出，分手重绸缪。此乐俨隔世，旧梦空回头。门墙早寂历，何暇问山丘。我病志渐颓，君学力更遒。我惭遗命负，君喜秘籍留。驽骥竟分路，丽泽判鸿沟。重泉如有知，甲乙非昔俦。君今访遗阡，白杨风飕飕。霜晨怯远出，病榻空注眸。昔谒每联屐，今往惟孤舟。只此去住分，深怪视息偷。送君重感激，涕泪纵莫收。上为斯文恸，下以叹沉浮。

以病止酒用东坡岐亭韵五首 录二

宵吟长病渴，晓起试茗汁。清苦只损神，燥吻何由湿。寻常有佳句，半从酒间得。词坛战蛮触，未怕相持急。识途谢老马，赴敌俨斗鸭。须臾四座倾，留题遍帘幂。止酒诗笔枯，捕蛇手空赤。席间有豪咏，压倒笑元白。名心已成灰，衰发不裹帻。伏枕时独吟，细声蚯蚓泣。何当歌慨慷，重击唾壶缺。醉有中山酒，谈多北海客。一挥满百纸，风雨笔端集。

阿兄远从宦，爱饮荔子汁。龙南有荔子酒。大僚日谯诃，禁纲比束湿。中圣时有之，一官抛亦得。兄以纵酒被劾。还君遂初赋，快若解缚急。归装一叶轻，泛泛逐凫鸭。赣滩水浩荡，匡山云历幂。对景且酣饮，安用宫泥赤。而我隶曲部。潦倒堪头白，醉乡迎送少。懒着从事帻，压酒支俸囊。卧听槽床泣，因病忽赐休，悯悯惜官缺。兄已复故侯，

我反成逐客。何时病良已，簪履许并集。

夜坐怀张二效晦

漏长灯明不成卧，梧前急雨萧骚过。故人畴昔约对床，两地悬悬各愁坐。行舟握别动经月，同调相关能几个。我方低头拜孟郊，君更呕心怜李贺。前此予病中，君赠诗有"心血怜君呕锦囊"之句。河汾讲席久寥阒，玉局遗书孰传播。全谢山先生去秋已下世。龙蛇逝后百怪舞，蛮触登坛角雄大。昨归把君新制诗，一一珠玑随咳唾。未应绝学付榛芜，且喜清吟出寒饿。嗟予夙疾日沉痼，未死余生荒日课。友声漫拟莺出谷，故步自嗤驴转磨。僻居岑寂无与欢，邂逅期君一笑破。诗成即递索和章，只恐糠粃供扬簸。

卢月船见和，前诗有"瓣香自昔有南丰，月旦今时任马磨"之句，自注谓谢山先生诗文，近颇有弹射之者，因叠前韵再索和

先生自稳东山卧，问奇长许携书过。讲堂带草正丛丛，雨笠宵灯分下坐。斯文天丧不愁遗，风雨论心空数个。传诗谁是贯长卿，学易自愧梁邱贺。倒景灭没正僵走，谬语荒唐忽流播。杭编修撰先生集序，颇有讥讽。千秋公论姑听之，夜郎较汉终谁大。薪火毕竟吾侪责，答问区区尚余唾。遗编满箧饱蠹鱼，腹笥空怜臣朔饿。凄然诏读记弥留，握手勤惓犹督课。先生易篑时，犹谆谆命予读书。诸君奋起竞着鞭，顾我迟钝方旋磨。董书苦遭主父窃，先生手稿五十卷，亦为一故人沉匿。墨守肯许公输破。茫茫学海失津梁，极目狂涛正掀簸。

妾薄命 有序

潘安仁《寡妇赋》，悼任子咸而作也。序称：子咸文

而早夭，赋以哀之。予妹婿李君坪词章冠绝伦辈，而得年不永，略与子咸相似。客窗冬日，偶读潘赋，感伤逝者，且悲予妹之茕茕也，因为作《妾薄命》词。

妾薄命，君早诀，君死无子妾有姑，相对相怜两愁绝。贞心不解歌柏舟，霜笺代扫从头说。妾初未嫁苦食贫，素丝昼纺衣夜纫。缟綦自爱闺中影，花鸟那知窗外春。问名何意来萧史，尚书甲第传双棨。鬟低着笄羞不前，余语私闻人姓李。施衿结帨一何早，登车别母悲思悄。天壤莫道王郎痴，镜台未觉温奴老。羼然七尺衣不胜，寒窗夜夜拥书城。长讶侍儿谙药性，侧闻野老熟诗名。高情不作儿女态，长啸举头望天外。问奇载酒纷有徒，谁识外和中自介。重君文品愁君病，冀耨粱春敢忘敬。身如附木心履冰，绣佛前头祝圆镜。秋风不仁蕙草枯，潘愁沈瘦几悲吁。参术价高簪珥贱，医巫技尽肺肠刳。奇方秘密传邻母，不惜殒身臂何有。冰肌乍逐霜刃飞，夜诉哀词祈北斗。奄然一夕如陨箨，君魂未升妾胆落。临殁悢悢无他词，累汝还将老姑托。老姑六十早龙钟，宽词相慰匿悲容。半分啼笑颜难似，并画方圆手易穷。中堂瑟瑟缥帷冷，独拜床垂私咽哽。屏听疑闻曳履声，细看纷动灵衣影。却入空闺想像虚，案头残药架前书。茶瓯声沸翻书罢，烛烬光摇侍药初。更怜膝下冷箕裘，此生心事付悠悠。星稀未稀晨鸡唱，日落不落暮乌愁。井臼寻常腕力弱，此日羹汤还手作。姑前婉娩侍晨餐，几上凄凉奠余阁。少时喜读《别鹄吟》，只今身历思逾深。泪枯血尽甘嘿嘿，无遣他人伤此心。有兄有兄怅孤零，交期挂剑心相订。郭泰墓志田横歌，更赋新词《妾薄命》。

同李月波、董小钝、郭任斋游阿育王寺，观放光松，夜宿拾翠楼，用前辈张萼山诸公题壁韵

昨游湖上探古洞，竹径窈窕通邻庵。先一日游东钱湖，因

访余文敏公石洞,过泉月庵。回船更渡莫枝堰,搜猎名胜恣奇贪。大涵浦口秋色老,山光空碧摇澄潭。舍舟登陆入古寺,地主导客人两三。怪松扑地荫十亩,鹤巢绝顶俯可探。虬枝北折倒拏攫,偃盖忽起横西南。燕将铁矛状争舞,赵女瑶瑟音可耽。向来好事夸佛力,放光姑置僧伽谈。但看玲珑月东射,神龙横卧明珠含。南雷品松推智果,谓此作侄夫奚堪。见梨洲先生《智果寺松》诗。奇材不受世甲乙,夜气一片沉山岚。山中得此长坐对,把茅盖顶心亦甘。卖书买山苦未易,空余宵梦留清酣。

次日过天童宿长庚楼叠前韵

古松欲别未忍别,妄思隙地营茅庵。浮屠不作三宿恋,痴癖自笑贪夫贪。出山更复入山去,亦有松影横溪潭。苍阴廿里传古语,纪实不逮十之三。丛林尊宿近无有,时爱幽趣来穷探。岿然杰阁夸最胜,群峰拱揖朝窗南。禅堂一洗金碧气,斋鱼粥鼓亦可耽。晚归僧楼阅旧志,遗事阙略容追谈。亡家公子此遁迹,呗声凄楚清泪含。青词设供荐毅魄,长歌当哭情何堪。幸逢物色互酬和,遗墨灭没同朝岚。明季金文毅、郭忠烈之子俱披缁寺中,吾乡高中丞见所作青词,苦询得其姓名,每入山辄与偕和,今寺志绝不载一语。夜长何物遣岑寂,沽得村酒兼酸甘。伊人去我已百载,呼起松下同沉酣。

寒夜读亡友张望槎诗

破庐四面不障风,拥被细拨残灰红。起寻箧诗遣长夜,忽见故人冰雪容。君诗戛戛爱独造,迤逦岩壑何深重。吟从舌端作倔强,扪去纸上生洼窿。即此已落寒瘦派,近时官样争昌丰。平生坐诗穷到死,犹复自负鬼斧工。寡妻稚子因寒饿,清白幸不辱乃翁。向来轻肥几同学,眼看枯菀分西东。遗诗付我有深意,宝气尚郁匣底锋。十年一序践宿诺，数语咄咄还书空。九原可作定抚掌，可怜等是寒号虫。

准提镜歌

镜围二寸许，背有准提像，旁镌梵书三十六字不可识，系明施公子宗炌故物。公子以国变自裁。郑兰皋宪副其甥也，得此镜宝藏之。其五世孙点衣出以见示，且索赋为作此歌。

一片古铜黑如漆，梵语环周未经译。莫将寂照比禅心，中有白虹吐千尺。施家公子本将种，公子系二华都督之嗣。习气乌衣谢裙屐。平生长物只䪓緤，公子有一剑，亦藏郑氏。复向僧伽购圆月。左环右佩乃用此，磨镜少年真剑客。星移物换感时事，家国恩深肺肝热。徘徊鉴影尤自诧，如此须眉空汩没。有心蹈海失乘桴，无计补天虚炼石。佛书漫尔传神咒，两字君亲磨不灭。别从火宅证法轮，幸有贞心托完璧。当年古物谁收藏，幻江老人古靖节。甲子诗题土室中，时对寒芒映虚白。赠佩非徒渭阳感，投杖兼为夸父惜。流传五叶今尚存，圆质黰然成死魄。丹诚留照自千古，不用金膏发光泽。我来摩挲再三叹，管江故垒铲无迹。试看镜背留朱斑，藏碧犹疑昔人血。

和谢山先生得袁清容学士砚

佳铭留手刻，故物倍堪思。砚侧有学士手刻铭。不改羊肝色，重吟凤味诗。史编曾试笔，郊议记摘词。学士预修宋辽金三史，又尝献南郊礼议。莫谓一区小，斯文俨在兹。

瓣香凭寄托，片石足磨研。剡水词源接，学士尝受业戴剡源。金溪学派沿。袁正献公为象山大弟子。尚余墨作绣，又见笔如椽。珍重起衰手，相望五百年。

蒋学镛

即事

兼旬风雨急,秋气盛群阴。隐几愁天漏,出门疑陆沉。鳝鳅当户跃,蟋蟀上墙吟。已分吾庐破,漂流感独深。

潦退扉痕在,沙崩涧道湮。人争咎甲子,野老谓,自康熙己卯后,水灾无如是之甚者,恰六十年矣。吾欲戮庚辰。闻江中有水怪出没。岁计愁衣食,官情视越秦。州符早晚下,鸡犬骇比邻。

哭二兄宝冈 录二

善病长怜我,浮生遽哭君。半年踪迹合,兄徙居慈水,去冬自江右归,予苦留五阅月始去。一昔死生分。殁前一夕犹作小诗寄予。谶早符妖梦,书犹冀误闻。抚棺今已矣,泪湿海东云。

落拓平生志,雕虫耻壮夫。短衣秋试马,高烛夜呼卢。客许通轻侠,家嫌问有无。豪情余四壁,愁绝对遗孤。

自题小影

偶借添毫手,相看却俨然。闲情寄秋树,雒诵有陈编。课忆潜斋旧,少时先君子题所读书之室曰潜斋。抄多秘省传。只余双鬓白,书癖似儿年。

往事依稀记,清欢未易寻。追酬春草句,长抱暮云心。昨梦真遗迹,此翁犹独吟。孤怀谁与吐,寂寞坐桐阴。

一灯曾佐读,夜合久凄凉。漫吊梅魂冷,聊依石丈苍。微风看叶落,新水试茶香。未到忘情处,嫣红对海棠。图中于桐树旁矗奇石一枚,兼置茶具,石底绘秋海棠数本。

久欲空文字,尘函尚乞灵。几声贾岛佛,一卷太玄经。慧业偿余债,禅关叩暮龄。此中无色相,更不费丹青。三、四系旧句,失记全首,因足成之。

示郑生书常

辞馈君休诧,吾方守故吾。游踪嫌食客,书常有一叔,每以孟尝自拟。交态耻金夫。况味贫非病，襟怀老更迁。后山香好在，书常来札有"后山瓣香"之语。还记却衣无。

阿戎差可语，款款尚留吾。谁削园林迹，空怀冰雪夫。倾心原是癖，洗耳未全迂。别负初来意，藏书半有无。予初意欲借阅二老阁藏书，今索其秘帙，亦多散失。

姚江舟中望祭忠台明正统中侍讲刘公以直言毙于狱，布衣成器遥祭于此

鼠狐城社正狓猖，应诏陈书大慨慷。侍讲以灾异上疏斥王振。圜土有人藏碧血，布衣何事奠椒浆。祸终北狩言初验，恸比西台记莫详。我欲携尊重酹酒，寒江潮落野田荒。

偕三兄归至广陵时，兄将赴官江右，予以事旋里，口占示别

不成送别不成游，自向江干僦小舟。种秫官田差得计，堕鸢溪水别牵愁。三年梦草诗频寄，一月联床话未休。郑重临歧深嘱付，倚门记否雪盈头。

京邸与董小钝话旧

散是飞蓬聚亦萍，河汾弟子各飘零。三年重对长安酒，与小钝别三年矣。一卷频商有道铭。小钝方辑谢山先生年谱。文苑儒林留片席，墓田丙舍感荒坰。名山珍重千秋业，惭愧同传博士经。

邵二云编修见过，述一故人意，强予为中州之行以诗辞之

半载京尘染素袍，招人舟子只归桡。错疑贫贱思弹铗，岂有英雄办捉刀。疲马老方知路尽，倦鸿飞尚趁风高。梁园词赋吾何有，一曲归田也自豪。

钱令君招修邑志，予辞。月船复屡札相强，却寄

旧史遗闻杳莫追，谢山先生尝欲著《四明旧闻》，不果。门墙空记共肩随。沧桑录在难传信，沟洫书成已集疑。旧志于明季死节之士，多以嫌讳不载。又所记水利于三喉，故道甚略，近议修复，予所考又与月船不同。壮不如人兼耄及，身将终隐尚文为。比来愁恨尤难遣，凭仗名山自主持。

志局初开，钱令君、卢月船以诗见招，予勉赴之，会令君上计入京，暂罢局。今月船已下世，同事议论多相左，予谢不复预，用前韵寄令君

雅意当年重可追，艺林曾许挟书随。野谈信口频遭诋，钱辛楣主局事，每诋谢山先生撰述为野人之谈。乡病关心已见疑。志中水利、赋役最系乡邦利害，辛楣挟一游客借来，其人绝不学，命纂此二卷，极舛谬率略可笑，予贻书令君力争之，不能得。争树肯同群雀闹，同事有一市井家儿，尝以渔色论徒，得赎，与一势家妾男子相比，每以私意有所附入，辛楣常屈而从之，予力持不可，诸人皆惟予。集裘安藉一狐为。客星夜夜明牛女，新向明山署总持。昔谢山先生曾自号四明洞天总持。

谬预官书悔莫追，坚辞客馈骂还随。有二友携重贿过予，为一屠酤儿有所嘱，予坚却不受，遂极口诟厉而去。市儿争席真无谓，去妇回头亦自疑。予已不预局中事，尚龂龂于此，亦自取病也。墨守输攻怜我困，郢书燕说任人为。只愁佞史分馀谤，清议烦公尚力持。

寓公传尚未审定，莪亭属完此卷三叠前韵

茫茫遗事苦冥追，满意成书力未随。玉筍墓碑经创获，元末诗人张宪寓鄞而卒，旧志不之载诸家诗选，亦未有著之传中者，惟谢山先生《句余土音》中略记之，予欲补入，而苦无明证。近始购得其墓表，信然。

了斋宦迹尚存疑。陈了翁虽尝倅明州,甫五月即谪,岭南未见有治绩流传。后自廉州赦还,复游鄞,如《十洲唱和诗》《南蓝十六观记》皆再至时所作。辛楣谓不见《宋史·本传》中,予谓了翁自言初著《合浦尊尧录》不称意,后为《四明尊尧录》,始属定本。合浦系廉州,此即赦后游鄞之证,且继娶鄞周宣奉之妹,有寄家人书明载其集中,则游鄞盖依其妇家。又楼攻媿作《陈正汇授正字告身跋》,谓了翁寓鄞困甚,吾乡陈文介独与往还,了翁因遣子正汇从文介学,皆足补《宋史》之阙,于例当入寓公,而辛楣不以为然,必欲列之名宦,未有《名宦传》专载诗文而不叙政迹者。庖丁重费提刀立,匠石争夸信手为。毕竟藏山差得计,向来蛮触误相持。

赠天童载明上人 有序

上人,江南宦家子,披缁寺中,嘿坐如病瘖者。寺僧言其夜入定后,微闻作梵呗音,发经岁始剃,鬖鬖垂两耳。所居小楼极洁净,一榻一几,几上供小铜佛及炉一具。户外草屦二,随众礼佛则蹑之,他时率跣足坐榻上。日止一食,冬夏皆御夹衣。予入天童,时值春寒,握其手,温软如绵,再三叩之,不应,赠以诗,阅毕拱手作谢状。昔东坡咏"云阇黎特寡言耳",设令见此僧,不知若何赞叹,因序其大略如此。

幻想尘缘易扫除,口头截断却谁如。马鸣龙树虚饶舌,还尔空空贝叶书。

鬅鬙短发乱披头,扫地焚香倦即休。别有机锋参不得,松声鸟语自相酬。

哑女当年事绝奇,后身维卫有谁知。山中古衲今埋照,煨芋都无对客时。

老去心皈两足尊,只愁无法断名根。我聋君哑差堪对,稽首来参不二门。

林汝琎

字黼夏,号稷香,慈溪人。乾隆辛卯举人。官武义训导。

《慈溪县志》:汝琎司训武义,师范谨严,为诸生所矜,式闻母讣,自憾不能先期归养,用是悒悒归。未及岁,以哀毁卒。

柳眼

岁岁韶光入望频,经风斜处碧初匀。偶来晓雾应难障,不动秋波亦有神。汉苑看残兴废事,隋堤送尽古今人。桃腮杏靥休相妒,一顾能回大地春。

柳絮

长堤风起雪漫漫,蝶扑莺捎花信阑。茅店乱飞残月白,玉楼轻点晓妆寒。约来绿罽成犹未,叠就生绡画亦难。无计留春春欲去,等闲漫作落梅看。

陈同文

字翰青,号诵帚,慈溪人。乾隆辛卯副贡。官江西靖安知县。著有《味经堂诗文稿》。

《慈溪县志》:同文性颖达,肆力诗、古文词。居京师,与鄞蒋学镛、归安丁杰、余姚邵晋涵常过从相讨论。补觉罗官学教习,期满授靖安知县,非义不取。民有争讼者,每呼至前,谆谆劝谕若家人,然多愧悔求罢。下乡减舆从,以免扰民。与士子相见,讲论文艺。卒之日,靖安人致赙归其柩,拜奠道左者十数里。同文事母孝,母疾躬涤厕牏,居丧哀毁。所作诗、古文下笔矜慎,卓然成家,惜厄于火,少传者。

春日同人游孤山谒林处士墓，因憩梅下小饮

侵晨出郭游，信步遵烟麓。丰碑枕山坳，荒阡余旧筑。我来谒处士，敬酹水一匊。小鸟啼榛墟，香风发林谷。中有数枝梅，横斜出筱竹。清姿轶尘氛，孤标媚幽独。对此如高人，古欢信可续。小酌坐苍苔，素心良穆穆。

拟韩文公短檠歌依原韵

寒宵漏滴虬壶长，短檠闪闪摇清光。我来坐此太学舍，焚膏夜拥皋比凉。欲寐不寐亦胡为，口呿手抹书满床。却忆长安金马客，晚归玉勒挥长策。画堂银烛烂笙歌，红光照彻氍毹白。人生快意只目前，此景此情同不眠。检书烧烛乐亦恣，何必长檠照珠翠。珍重寒庐十载情，我生长物宁须弃。

孙北莱水墨蒲桃为魏宾王前辈赋

吾乡画笔绝能手，孙生蒲桃颇擅场。留传缣素百十幅，十年以来争弆藏。魏丈此幅尤奇崛，淋漓水墨余青苍。枯藤屈曲瘦似铁，放干要作百弩强。老蛟攫云虬赴壑，鼓鬣舞爪纷拏张。缀成子实何累累，悉如骊颔明珠光。我来六月登公堂，公家一株横东墙。编□插架十丈许，坐久顿觉炎风凉。渴来饱啖三百颗，沁齿不异甘露浆。公时展图属题咏，放笔颇慰流涎长。会当与公事消夏，倚棚清话相徜徉。

任二杏川客姑苏有怀四首

客子扁舟信，苍茫问落晖。如何黄叶下，不见片帆归。甪里人何处，山廊屡已非。姑苏台畔月，应照暮云飞。

握手清樽在，山房竹翠阴。怀人风雨夕，为客岁寒心。明月应双照，黄花拌独吟。秋风愁绝处，雁断白云深。

林汝瑆　陈同文

落日东塘路，西风话旧游。杏川乙酉乡试后，径抵姑苏，为予述枫桥诸游迹。孤舟前度客，摇落又经秋。水驿枫林晚，霜天野火流。钟声无那在，还触旅人愁。

桂树山中老，空堂独夜深。一灯寒照梦，半壁静横琴。书剑悲长道，江湖识故心。何当空谷里，风雨共追寻。

寄怀叶二山渔

忆昨分襟日，黄梅正落时。已闻秋雁响，不尽故人思。风雨前期渺，江湖别泪滋。宦中应念我，明月两相期。

房山

旅迹随蓬作转移，荒城似斗一栖迟。井泉处处通岩乳，房邑近山，井皆甜水。茅屋家家盖石皮。邑人俱以石片作瓦。地瘠苦征夫马料，山童犹计炭薪资。时办协济差，凡豆米草秸以及薪炭煤灰等，悉派民，无则折钱。穷黎匍匐供输力，调剂应烦贤有司。

三月十八日蕙邻招游城西诸山，松轩不果往，作诗道意并征游山诗用原韵答之

连日春游饱看山，飞筇径入翠微间。留尖矗似孤撑笔，尖去城三里，平地卓起。螺顶旋如欲堕鬟。红曨岭，房山八景之一，其最高者曰旋螺顶。落拓自怜千里客，登临且趁一时闲。少文四壁饶君卧，蜡屐绳床总一般。

邱二石窗将之中州，过予寓斋作别，书此送之

细雨轻帆黯不分，客窗愁见渡江云。明朝落日西陵路，便拟寒灯一梦君。

阮增荣

字九成,号韭塍,又号宝岩,鄞人。乾隆辛卯优贡。官广西永宁知州。

《鄞县志》:增荣善诗赋,精楷法。乾隆三十五年,高宗南巡,召试二等,次年举优贡入都,考取八旗教习,期满选知。永宁州猺獞杂处,土瘠民悍,增荣御之有法,井里晏然。以疾乞归,疾愈再任,不数年卒于官。

有感

旅店初来忆草庐,蓬门应长旧青芜。不缘鲈鲙思张翰,却笑淹留类贾胡。范蠡宅边秋水碧,曹娥江上片帆孤。归舟准买西风去,会看虹桥水月图。

张志铭

字西传,号东渠,镇海人。懋材子。乾隆壬辰岁贡。有集。

《蛟川诗系》:先生年八十,尚能作楷书,不废吟咏,诗草甚富,鲜传者。

自嘲

文章知己古今难,琴号无弦只自弹。天马岂凭辕下缚,翔鸿竟坐井中看。花间留意工于画,雪里寻芳影亦单。自恨老来无好梦,几番坐起不胜叹。

江楼夜饮和方月塍韵

一片晴光映碧川,江楼春色净无烟。谁将好句邀明月,幸有清尊洽众贤。高塔半衔斜日外,晚钟遥答暮云边。座中雅趣深深见,得意还推达者先。

月波寺

万叠晴岚映竹扉,悠悠波月伴云衣。西来峰影陶公迹,东去梅林钱氏矶。门静不嫌过客扰,山空何碍落霞飞。湖光潋滟清如镜,更有钟声彻翠微。

二月八日过金塘

海山层叠大江东,此日晴和万象融。最喜两峰遥对处,轻舟载得一帆风。

史节音

字声五,一字箬帆,象山人。乾隆壬辰岁贡。著有《客归草》。

《象山县志》:节音事母孝,曲意顺承,处乡里气谊敦笃。尤工文章,尝主丹山、缨水诸讲席。邑教谕孙鲲化著《文坛金丹》,称其文品如象山山形,五行俱备。

寒夜

蛩声唧唧漏声沉,有客低徊促短吟。世事澜翻争似旧,别来冷落到如今。独研卷帙消闲闷,谁话寒温惬素心。永夜挑灯人欲倦,怕难安枕一孤衾。

范鹏

字冲一,一字冬斋,鄞人。诸生。著有《存悔集》。

《鲒埼亭集·墓志略》:冲一年十五补诸生,矢力古学,与卢生配京相淬厉,得一书,更迭读之,间有所疑,则折衷于余。凡学统之分合,经术之醇漓,史案之异同,文章之盛衰正变,无不了了。配京精悍,冲一济之以缜密,皆五行并下，一日可尽数卷。里中书不足供其渔猎，则请余借于淮东马氏小玲珑山馆、浙西赵氏小山堂，穷年兀兀，嗜学之深，罕有足与抗者。年二十三卒。所为诗，时时有败苇枯杨之感，余切戒之，冲一然余言，而不能自克，负才不寿，殆王逢原之流亚也。

张铁峰先生《序存悔集略》：冬斋之殁也，卢月船先生收其遗诗，当时谢山先生门下之精文艺者，尚有蒋樗庵、董小钝、张望槎、李雪坪诸先辈，蒋、董皆有著录，张通《毛诗》，李尤邃于经，著《病枕草》，率皆散佚，而《存悔集》幸而独存，集中有谢山点缀手迹，称其诗于茶山、紫薇、止斋为近，月船之孙卓人为校而刊之。

游雪窦诗 录五

诸君游兴浓，雨声忽已住。江流百折长，趁此放船去。远峰叠叠来，阴云吞复吐。绝壁生楼台，猛兽或蹲踞。细看山石奇，青苍杂高树。江尽溪水来，水浅不可溯。且试登山足，舍舟纵阔步。碧山已周遭，掩映岚光暮。芒跷踏春云，村翁屡问路。炊烟莽苍中，忽有人家聚。且沽软脚酒，却笑情无据。萧晨小溪头，怪底阴晴互。明朝岭路赊，更望阳乌曙。

平平妙高台，忘是山之巅。徘徊出庵表，万峰罗其前。点点青间苍，叠叠断更连。举手如可招，缥缈生云烟。层岩试俯瞰，棋局缀稻田。细草何微茫，乃是竹婵娟。坳然狮子岩，藤萝自樛缠。微雪犹未消，点点琼花妍。何方堪宴坐，斜日松西边。再披雪树行，路绝境又迁。看此屏障周，疑与苍天黏。生平爱山僻，岂知画难传。即令暂一来，已断人世缘。立脚山上山，极目天外天。阴云乱暝色，小庵足高眠。

舟行望月生,月乃在山寺。积雪未肯消,寒芒动人袂。翛然下西廊,水光匝天地。遥山淡淡明,古松时滴翠。苍茫云树中,仿佛青磷坠。当时草木腥,埃墙未可避。鼓钟寂无声,琉璃光欲昧。天近星宿稀,林深麋鹿睡。此夕足徘徊,领取静中味。却疑山间月,不照尘世事。相顾一庭人,迟迟如有意。便当洗名肠,与月堪相对。更办耐寒骨,以待冰霜至。夜定风自生,山寒云作队。晤语万山中,人间方梦寐。

隐潭深复深,绝境地中奠。懒与人世看,幽寻尽奇变。攀萝下无极,积雪飘片片。潮声近耳旁,飞泉却未见。四围峭壁垂,水中石可践。有岩突兀生,回回如欲卷。瀑流在其中,天际飞匹练。水味清且刚,沁心为三咽。青天如盘盂,岩头寸光睍。垂冰大于椽,细雾侵人面。小鸟翔不集,古藤寒更茜。忽看崖路曲,千丈袤一线。有客不能从,遥遥陟在巘。谁能更久留,抠衣独我殿。回头水渊渊,潜龙未肯见。春雷已先鸣,碧潭胡眷恋。

下岩路何许,清兴不可极。愿得举头看,不辞疲脚力。放步险已生,冈头石郁硉。何人遂却回,我亦杖一策。饱经人世间,崎岖状百亿。如此却平夷,况是寻奇迹。惨澹阴风生,杳缈寒云密。丛薄猛兽藏,石笋凌空立。同行二三人,仄径千百折。好鸟或飞鸣,小水时冲激。路转见飞泉,仰面千寻白。胡为化雪花,崖半层层石。更探瀑流穷,应使全身出。横涧忽当前,局步不可越。岩上谁招予,知是倦还客。潭底胜如何,留待他年觅。

观月 录一

中夜忽太息,抱膝起长吟。孤灯耿无光,月上高楼岑。开门一以望,凉气侵我襟。百尔妄念消,悠然得初心。

西石山

凉气卷单衣，平冈独立时。云飞千里暗，日落万峰奇。潮汐催人老，东西看路歧。龙山翘首是，上有客星祠。

众乐园

一片平芜地，人传众乐园。相公昔歌舞，禽鸟亦啾喧。野蔓依危石，虚台啸暮猿。暝烟秋草外，旧史试寻翻。

配京以清容学士故研奉谢山先生有诗见示赋答

一片羊肝绮，轻当古玩传。犹怜墨作绣，想见笔如椽。礼乐儒臣议，碑铭国史编。风霜五百载，故物尚依然。

学士桥边席，莲花庄上吟。遗文今拱璧，宝研昔兼金。延祐昌文体，邵庵和好音。此君功不细，相对更披寻。

于今著作手，四海小泉翁。丽泽古为友，芳思后孰同。帘垂双韭月，韵接十亭风。沉碧何来此，摩挲兴未穷。

从兹为掌故，乡社继鸿文。温润一枝玉，轮囷五色云。墨西春伴侣，研北夜耕耘。卓尔玉川子，他时还赠君。

丙寅春晓

晓春无事正徜徉，元气融融浃草堂。迟日一竿初出海，寒原千里尚凝霜。山开东牖无端碧，春入南枝不住香。谁识清明平旦景，此中消息最难量。

写黄氏日抄作 录三

范鹏

千载微言何所托，晦翁坠绪不难寻。啜醨无那人都醉，仗锡山翁独醒吟。

国是谁支仗一江，弦歌小小试南邦。青山埋碧人何处，遥夜寒芒出宝幢。

东吴犹有顾亭林,独识先生卫道心。五百年来香一瓣,泽山无恙到如今。

屠可播

字嘉谷,一字法田,号梦墟,鄞人。庶子。贡生。著有《遂初堂诗略》。

《两浙𫐐轩录》:法田仲兄可堂宰云南,远宦且贫,禄养不给,法田称贷以益得父欢心。及可堂殁于官,复经理其后。诗工近体,著有《吟社草》《永感草》《闽游》《燕游》《滇游》诸草、《老悟编》,皆佚。

春日偕范洗竹、李慕韩宿阿育王寺承恩堂,用宋半塘明府韵

十年未来游,兹堂辟新境。人生亟行乐,驹隙促晷景。际此春日和,山光供挹领。寓目足骋怀,尘念得俱屏。苍松盘屈曲,残梅发新颖。幽室坐谈禅,日夕未为永。闪闪灯影孤,隐隐钟声冷。明月照古塔,碧涧相映静。料峭晓风生,梦觉发深省。

同人集洗竹山房分韵得房字

吟社初分垒,消闲日正长。一番梅雨过,几阵竹风凉。着屐防苔滑,披襟爱酒香。无须河朔避,清思满山房。

送王炯扬归甬江

滇越分途去,离亭倍黯然。人从今夜别,月到故乡圆。尊酒衔杯乐,江鱼入馔鲜。几时重聚首,我亦近衰年。

癸巳秋日重有滇南之役，李丈海、若约、蒋娥野、卢月船、范荔轩、紫垣集双桐斋饯别，席上分韵得奇字 录一

聚首联诗社，离情对酒卮。百年旋过半，万里又驱驰。驿路芳梅杳，邮亭衰柳垂。旧游山水处，一一更探奇。

吴门迟家二兄不至

雁断惊秋去，霜飞觉夜阑。乍疑布被薄，转忆倚门单。枫惜吴江冷，风怜冀北寒。来期先有约，到日忽无端。闻道沿堤决，因知行路难。凭书先怅望，传语说平安。鼓枕徘徊久，挑灯仔细看。风尘犹羁绊，云树任盘桓。飒飒催冬烈，霏霏逼岁残。儿童遥顾盼，骨肉计团栾。谢草频萦梦，莱衣待博欢。归心宜似箭，莫放酒杯宽。

抵滇南

万里滇南望眼赊，邮签屡月得停车。重林密箐行偏稳，赛市蛮村看亦嘉。开辟山川怀古迹，团栾骨肉聚天涯。会城咫尺行程晚，暂息劳筋向酒家。

新兴署中示诸侄

万里云山咫尺看，相随汝父识艰难。长坡羸马高低路，急水扁舟下上滩。托钵谁怜行脚衲，探囊应笑折腰官。宦情淡泊安清白，惟嘱殷勤菽水欢。

屠可寀

字和熙，号云岫，鄞人。诸生。著有《含翠轩诗抄》。

普陀山愁雨

积雨添人闷，僧寮独倚楼。乍看云影乱，忽听鸟声愁。

范鹏　屠可播　屠可寀

天暝疑为夜,潮回欲送秋。旅怀多寂寞,长啸海东头。

普陀将归赋别

何缘得向海东游,兰若清闲事事幽。蜡屐每从开士借,梵经频诣远公求。云消帆影东南落,风静天光日夜浮。欲别仍留多缱绻,故园心已系扁舟。

冬杪客中感怀

一轮明月向窗明,惊起劳人百感生。为话愁肠偏刺刺,因看世态每怦怦。老亲颠倒三更梦,游子凄凉五夜情。漫忆平生不平事,匣中短剑已先鸣。

朔风漠漠逐征尘,一度奔驰一怆神。毛义娱亲先捧檄,杨雄作赋欲驱贫。请缨未遂平生志,弭节犹羁逆旅身。奢愿未酬徒孟浪,封侯万里是何人?

桂湄

字在水,慈溪人。

宿王鲁斋山房

路入渔溪曲,悠然寄隐踪。楼空千里目,门锁万山峰。灯火溪桥路,梵音萧寺钟。联床情话永,晨夕许相从。

桂瀛仙

名州,以字行,慈溪人。著有《蓬梗集》。

云溪晚钓

素练澄明秋万里,云溪派接沧溟水。白头渔父了无忧,一竿独钓斜阳里。孤鹜横飞天宇宽,绿蓑不怕秋风寒。得鱼何处卧明月,扁舟夜泊芦花滩。

冯彦斑

字嘉模,号玖峰,慈溪人。著有《书同文诗集》。

《慈溪县志》:彦斑所著曰《积高堂记》《龟山小记》《云湖记略》《宅西古井记》及《过街楼故迹记》《迁居慈溪巷始末》等篇凡二十余则,总名之曰《孝溪旧闻》,其子应翱所辑录也。

过汤山吊族祖次牧征君元仲。

一官情不系,高卧入东山。为慨飞蝗遍,因随倦鸟还。知非求牧懒,定是识时艰。生圹今犹在,清风明月间。

邬自强

号醉吟,奉化人。诸生。授太医院属官。

元旦

丙夜中分岁,天半听鹍鸡。一年第一声,一声冰欲澌。乍闻爆竹响,轰轰四面齐。偎床看红烛,犹然吹杖藜。迓我管城子,信手拈诗题。斫句动新兴,神思和天倪。渐渐观物明,扶桑曙色跻。焚香告上帝,半世守谷溪。肇端王正月,阮杖百钱携。走马长安道,看花杨柳堤。

永乐庵候孝廉费尧峰叔侄席上分得妙字

把袂鸠同人,西南一凭眺。兰若寓籍咸,清谈索长啸。相见叙殷勤,客来原有约。粉糍和糗饵,先此饥肠疗。散步梵王宫,静室探奥窔。扑鼻留余香,转瞳更焜耀。净几列清供,诗画皆绝妙。何物住仙寰,口内沙弥叫。合是天上神,纤尘飞不到。借此供晨昏,优昙花四照。别有会心时,凿开浑沌窍。宾主尽东南,征材俱廊庙。假馆独让君,天伦载色笑。饮君般若汤,心醉相思调。晓楼弹琴理曲。记取后来缘,不敢轻以掉。何时再细论,晶光入窈窱。

京口晚眺

潆溠长江白,依稀隔岸青。金山栖古刹,焦屿凸遥汀。北去黄淮客,南来吴越舲。眼中卜心事,各自感流形。

炙砚

一块端溪石,炉薰鸲眼青。遣怀吟白雪,养性著黄庭。即墨侯封旧,生烟松雾馨。虚中入快想,陡欲草玄经。

初夏坐月

银汉清如洗,玉蟾皎似秋。耳中鸣蟋蟀,檐下出蜗牛。衰老弃无用,行藏得自由。纳凉非此夕,望远有高楼。

陈云石孝廉同住邵邸

问夜何其夜未央,回头四顾白茫茫。三千里外东西席,十二楼边上下床。宋艳班香欣共赏,郊寒岛瘦自成章。更深频对灯花落,捻断霜髭忆故乡。

童弈桂

字友蟾,鄞人。诸生。

独坐

独坐浑无事,春风与日和。细香生砌草,疏影落庭柯。蝶栩南华梦,禽调小雅歌。烹茶煨榾柮,卬友约来过。

包嘉谷

字荐宗,鄞人。诸生。

九日顾氏梦叶楼宴集

杯酒期何许,来登百尺楼。湖山开远照,城郭近高秋。旧事空黄叶,新知正黑头。还将迟暮意,醉起看吴钩。

雁峰禅寺

曲径西风里,追寻事胜游。烟霏千嶂夕,香霭一帘秋。古木余寒气,疏篁惬静修。何人吹玉笛,响遏碧云留。

董华钧

字平一,号梅坡,慈溪人。诸生。著有《梅坡集》。

大隐溪寓亭 先征君养母大隐溪滨,寓亭其就养处

大隐黄公里,篮舆几度经。风翻兰草白,云护蜜花青。洞有真仙箓,山埋洗药瓶。问谁堪鼎足,落落已晨星。

蓬莱轩

帘卷千峰拥翠微,江流数艇带烟霏。老红飞尽枝枝秀,新绿团成叶叶肥。方士徘徊来阆苑,幽禽宛转话灵晖。个中自是天然境,未即忘机且息机。

题甘露寺后阁

龙山危踞梵王宫,杰阁超然迥不同。日照晴江波滟滟,烟横绝壁翠重重。凭栏宛与凡尘隔,击磬翻教万籁空。长啸一声林谷振,留题却愧道传工。元待制柳贯,字道传,尝题五律于壁。

同燕及兴国二族祖暨族父颖先二玉泛舟谒贤淑夫人墓

轻舟晚出长春道，连袂来寻百世阡。岂谓少孤艰合葬，从来贤母自流传。丰碑健笔谁当仿，谓盛次仲所题董母墓碑，与龙虎轩同称遒劲。佳句讹传孰与笺。谓谢晞发《孝子墓》诗。吊古钦贤无尽思，凄凉明月照归船。

林汝霖

字岩升，号润斋，慈溪人。

长儿奎祥自京邮寄家庆图，诸名公多有题咏，作此勉之

平安传远信，一笑展云笺。所幸吾身健，还期尔辈贤。画图写怡色，珠玉富诗篇。莫负诸公意，勤修慰暮年。

桂浩然

字东山，慈溪人。诸生。《慈溪县志》引征文录：浩然才机敏捷，晚年放情山水间，酒盏诗筒，殆无虚日。所著诗文随手散佚，其《东山文集》一卷，计三十余篇，以《丹山居士》《四明狂客》两传冠其首，盖自述也。

奉和岳中叔山居原韵

幽栖含野趣，物外息纷纭。有伴窥窗月，无心出岫云。松高闻鹤唳，溪静结鸥群。最爱行吟晚，前峰落日曛。

顾枫

字嵩乔，号鉴沙，又号小痴，慈溪人。诸生。著有《伴

梅草堂集》《纪游诗抄》。

《溪上诗辑》：先生工吟咏，尤擅绘事。少时聚书万卷，搜罗古今秘玩，构精舍为伴梅草堂。尝梦叶小鸾示影，后得其遗照，复构梦叶楼，与邑中诸名士沈东木、桂虚筠、冯复斋、陈肇基、郑蕉雪、周望云为诗酒之会，弹琴咏歌，萧然自得。已而之吴楚、之豫章，复航海至台阳，到处题襟，无不知鉴沙之名者。晚年家中落，几无以蠥，泊如也。所辑《慈湖耆旧诗》与所著《伴梅草堂集》，身后皆为藏书家持去，并《纪游诗抄》上下二卷，亦仅得上卷，其余著述均散佚，可慨已。

雨夜宿虎跑寺积翠轩

我本堕劫仙，长想入山早。有时会无生，耿耿伤怀抱。其奈俗缘牵，向平愿未了。欣兹朋从招，迢遥入幽窈。清梵出茅亭，飞泉泻林杪。陈迹逾千年，灵源终不槁。烹茗恣幽探，古碑苔可扫。暝色堕松巅，钟声吼云表。山雨忽飞来，寒蝶依衰草。然灯谈妙因，幽寂增孤峭。高枕听松风，梦回鸡唱晓。

登石柱峰寄呈梯云先生

危峰高插青冥烟，屴崱直与神霄连。群峰历历海上起，龙飞凤翥相回旋。天风吹我登峰顶，岩壑流霞弄松影。寒空鸷鸟双荡摩，搅破白云三万顷。自诧侧身天地隘，城郭丘陵等纤芥。割然长啸意气雄，萧萧万木生清籁。拟将掉臂离山巅，凭虚去访蓬莱仙。乘风直上元洲路，碧桃万树花连天。

游龙井止宿邱庵云共堂

扶筇首夏入龙井，仙源禅窟相蝉联。玮奇佳丽纷眼缬，焉能一一留诗篇。周游旷览惬幽赏,却嫌士女声喧阗。避喧更入幽深处,云堂岑寂临溪边。绿阴当户乱啼鸟,清流绕舍鸣飞泉。僧弥揖客颇修礼,茶烹活火春芽鲜。邀朋更踏九溪路,万山围合松骈连。夕阳掩映乱人影,竹篱茅舍腾炊烟。香厨具馔参玉版,村沽不惜青铜钱。醉余禁说烦恼话,夜来但学安眠禅。黑甜一枕清梦醒,静闻天籁鸣松巅。

题郑简香二砚窝

太史风流存手泽,二砚题铭犹可识。百灵呵护几多年,荧惑虽顽烧不得。想见当时司白云,珥笔爱书慎区画。公余诗酒集鹓行,染翰联吟咏风月。乘符出守治高凉,孝肃清廉同尽职。倦游泛棹赋归来,携取端琼壮行色。只今睹物缅前徽,盥手摩挲增慨恻。小者澄泥三寸强,大号水坑不盈尺。黄云缭绕麝煤浮,紫气氤氲墨华积。文孙好古重先型,朝夕披吟佐几席。首成佳咏纪源流,遍采瑶章笺屡擘。兰苕翡翠各呈奇,要与家珍同寿石。钦君英俊绍箕裘,年少多才富学殖。孝思雅欲表清风,小筑书堂藏二璧。我与君家本世姻,厚谊深情犹似昔。愿君珍重继芳徽,早立勋名扬祖德。

山阴舟次过徐天池故里

鉴湖三万顷,浩淼欲浮天。风细轻帆稳,波平落日圆。长林烟漠漠,古巷草芊芊。玩世人何在,临风独扣舷。

好山看不尽,还过旧书堂。门挹千岩翠,桐凋一夜霜。青藤标艺苑,白鹿重岩廊。身后谁知己,中郎领瓣香。

过苏小小墓同张丈无夜作

久传此地埋香骨,疑冢空余撮土存。红蓼夕阳迷楚梦,绿芜烟雨锁香魂。谁家画舫歌金缕,何处花钿侑玉樽。神女灵妃俱幻妄,游人底事费评论。

岳坟

班师星火诏频催，壮士徒劳号背嵬。冤狱痛随三字定，中原犹望两宫回。墓前宰木春长茂，塈下奸雄铁几摧。日暮轮蹄还杂沓，问谁曾向六陵来。

偕缪瑞初、向琪园、桂虚筠由东岙看梅，宿资西寺

春郊雪后散晴霞，约伴寻芳逸兴赊。行近徐村沙路转，隔溪先见一林花。

水边篱下鸟声频，玉树凌兢挹粉尘。宿雾冥冥山悄悄，万香深处着闲人。

路入金沙樵牧稀，风回花片点春衣。闲来林下吹寒笛，惊起山禽竹外飞。

领略名花信有缘，暂从山寺驻吟鞭。梦魂却被花魂绕，为抱寒香一夕眠。

沈楷

字东木，号鲁园，慈溪人。诸生。著有《雪江吟》《春江草》。

《溪上诗辑》：东木侨居武林，赘于周恕存家，日以诗相倡和，同县顾嵩乔、桂虚筠极推许之。其诗气度雄深，情词婉丽，非圭角汉唐、描摹李杜一流所可比。

送周晋嘉还吴

同作南徐客，嗟予竟滞留。壮游千里外，孤坐一灯幽。驿路春将暮，莺花烂未收。红桥曾有约，思与共扁舟。

赠别钱荫南、魏叙源北上，即用荫南韵

一声杨柳笛，吹动木兰桡。落日云中树，离情江上潮。

片帆惊浪起，匹马立风骄。相订南归日，论文夜月遥。

柬顾鉴沙兼讯桂虚筠

小雨柴门暮色初，停云蔼蔼正愁予。相思湖上千枫叶，不见江东尺素书。别后吟髯应共老，近来酒力更何如。若逢久病文园客，为我殷勤问起居。

谢纯祚

字季垣，号一山，镇海人。诸生。

《蛟川诗系》：先生善画，宗法一峰道人，而以杨西亭、王乌月两家为归，洒落中自具缜密之致，当时作手惟蓬心足与抗衡。南汇冯金伯撰《墨香居画识》，于吾郡独推三人，鄞卢先生镐，象山倪先生象占，镇海则先生也。

泊江上

夜色苍茫里，群舟泊岸时。樯边灯接影，篷背柳垂丝。潮起风来健，秋深月上迟。拥衾怜不寐，恻恻动乡思。

题画

中有南朝寺，白云深复深。出林乌啄叶，上巘客携琴。流水有时去，仙人不可寻。似闻钟磬响，至妙纳元音。

小有居书室和韵

碌碌姚江乞食人，予寓居姚江。一年强半别乡邻。未忘竹里谈心久，犹忆花间觅句新。石似安期醉后墨，诗争灵运梦中春。连朝倦作相思嚔，莫以迟归辄我嗔。

橅石谷富春山图

一江曲折万山横，小舫中流自在行，修竹高低云断续，绿阴中有画眉声。

谢含祚

字静恭，一字靖共，镇海人。诸生。著有《靖共集》。《蛟川耆旧诗》：先生才气坌涌，议论精警。尝作《骈句格言》，署曰"草草子"，可为后学立身之法。

杂述遣怀 录四

悔不当初学老农，闲闲十亩岁常逢。雕虫技失封侯笔，扪虱谈余读史胸。粟满瓮中一觉睡，书留案上半尘封。雨犁何似春闲足，日日三餐饱阿侬。

哭尽穷途途未迷，尚留只眼拭青泥，囊中探句思慈母，灶脚空炊笑老妻。难怪世人开口大，请看菩萨把眉低。满林春色凭人采，谁许闲枝一借栖。

幻想多多几自嘲，米盐琐屑未全抛。痴看蕉失三更鹿，怪不花开午日猫。间拭孟劳捐愤恨，醉吟老瓦费推敲。蒲团坐破空诸有，未许吾徒草绝交。

闲步庭中意自伤，听人屈指数亡羊。愁添白发非关病，饥对黄齑别有香。理学误人南北宋，诗名老我晚中唐。少年意气真无谓，垂老痴顽似不妨。

郑朝宗

字南溟，号双山，镇海人。贡生。

半粟轩成，属友人于楹壁间画梅竹，各系以诗

白龙夜半飞下天，蜿蜒斜立瑶阶里。玉鳞闪烁一时开，凝云不流月如水。

睡起书窗酒未消，呼童研墨我挥毫。须臾一片潇湘雨，来逐秋风洒鬓毛。

张志熊

字汉阳，号兰皋，镇海人。懋建子。监生。著有《双桂轩诗抄》。

仙霞岭

仙霞之岭郁崔嵬，屏开天半金碧堆。群峰罗列起更伏，中尤突兀如楼台。蛟螭盘拏鸾鹤舞，崛拔峭削石欲颓。别有神功具造化，部位离立从何来。高撑仙掌承雨露，斜飞瀑布成风雷。我来扳石不敢上，绿萝碧蔓浮苍苔。陡见韬光古精舍，溪声钟韵相喧豗。骋步直造中峰顶，浙山闽山合不开。千岩万壑拟会稽，烟飞雾接云为回。天遣长风号众窍，扶桑高树邻蓬莱。秦关蜀徼此险绝，三山五岳同胚胎。兴公不作谁为赋，霞光岭上长昭回。

住浦成

连日巉岩路，平冈是浦城。云开青嶂出，泉溜画船轻。坐石鱼应跃，穿林鸟不惊。还将旧衣浣，帆影岸头横。

即景

客路三千里，重冈起四围。烟横遥树隐，风舞落花飞。山鸟低相唤，樵夫夜独归。多怜游子意，旅雁共依依。

忻缮

字汝贤，鄞人。诸生。

游金峨寺

乘兴入山楼，烟霞事事幽。饮思清涧水，行续白云游。仄径封苔古，寒林落叶秋。探奇不知倦，暮雨起龙湫。

东隐堂古柏

堂开东隐柏森森，僧老禅枯直至今。蜀相庙前分古干，贺公祠外接层阴。经霜不改岩阿节，耐冷因知泉石心。每忆高人仙去后，可怜千载少知音。

忻绅

字汝弼，鄞人。缮弟。诸生。

嘉泽庙

当年膏泽被堇封，祀事原宜振古崇。三县讴思新庙貌，七乡沾溉识神功。满湖碧水春流远，数里青山夕照中。岁岁嘉禾歌大有，莫忘唐宋两名公。

邓炳

字昭武，一字蔚斋，象山人。贡生。著有《二如亭诗草》《宿云楼稿》。

《彭姥诗搜》：先生尝历署松阳、嵊县训导，所至造士有声。

采桑曲

二月青虫化为蝶，三月蚕生桑吐叶。麦浪冲风菜亩香，四月家家行采桑。采桑桑叶满，食缓采亦缓。采桑桑叶稀，蚕饥侬亦饥。侬饥犹自可，蚕饥愁杀我。

春夕宿内兄杏亭南楼同俞茶麓

偶逐东风便,来过小谢家。虚窗迟夜月,清梦半梅花。市近堪沽酒,春和好焙茶。何当同石友,重话旧生涯。

西湖嬉春词

六朝春色未曾阑,闲步湖堤带月还。风景眼前谁画得,徐熙花鸟郭熙山。

石大成

字辉山,一字错庵,象山人。诸生。著有《古香亭诗草》。《蓬山清话》:错庵家西周之西山,自号西山居士,善诙谐,见者欣然,然性傲岸,不能以非意屈。所与交游,尝笔一二语,该其生平,各当其品。卒后同人检箧得之,乃知其有人伦鉴,初非和光同尘者。工诗。卒年二十九。

喂蚕行

采桑喂吴蚕,出门向南郭。娘去儿欲随,牵裙而跳跃。大儿甫五岁,衣敝无袴着。小儿亦何知,蓬头赤两脚。蚕能作大茧,七八同一房。吐丝如白金,缫丝曼曼长。阿娘欲贸布,父归欲买米。衣食不可兼,潸潸惟出涕。马上谁公子,纷纷耀罗绮。

梦倪二象占

东风弱无力,何处吹君来。吹来当几时,窗月白皑皑。慰诲如夙昔,执手共徘徊。忽诵近日文,吾亦出所裁。所裁虽异语,要亦同一怀。鸡唱五更深,露湿青莓苔。

晓行

野塘缭曲高如城,晨风肃肃吹霜清。踏霜割足利似兵,风牵衣裳心骨惊。鸟何为乎低自鸣,水何为乎潺湲声。君不见,扶桑之日上峥嵘,驱尽寒气生光明。

络纬娘歌

露华斜飞碧玉天,澈江翻月惊龙眠。南园故树槎丫涧,缉丝虫鸣声萧萧。风吹葛衣碎蝉翼,千家万家催刀尺。游子无衣不堪闻,老妇篝灯小姑织。

出东岙

狭路出山溪水阔,逾溪石磴苍苔滑。风吹雨盖斜欲倾,着屐归来泥污袜。眼中无数寒梅花,柳枝拂人黄努芽。问春无语意恻恻,何忍回头数年华。

日暮

花影斜阳浅,蝉声古树深。水浮青石发,云宿白山心。小院初晴出,方池薄暮临。却将无限意,徙倚自长吟。

即景

野渡苍茫外,江村眺望中。潮来孤渚没,雨后一帆空。圆笠归舟子,长竿卷钓翁。云间无数鸟,飞与落霞红。

早起

切切寒虫声未收,旧时人倚旧书楼。可怜桂露侵晨湿,乍觉花香暗地流。云出近从幽槛过,鸟闲远逐茂林休,昨宵长笛飘清韵,回忆凄凄不耐愁。

邓炳 石大成

王世仕

字天衢,号研庐,镇海人。诸生。

早发南安

驿馆惊残梦,轻装趁晓行。泥人春雨细,漱谷暗泉鸣。浙水三千里,神江几月程。敢将陟屺意,空望白云横。

度庾岭

侵晨小雨仆夫催,破雾冲泥度岭隈。岚气苍茫封客路,春光融泄到园梅。称雄地据三江汇,扼要关当百粤开。遗庙千秋思展拜,为惭蹇拙重徘徊。

王世宇

字应乔,镇海人。诸生。

立春即事

节序逢昌运,梅花次第开。游鱼衔碧藻,驯雀啄苍苔。冻解寒将尽,春和暖渐催。清风吹细细,暗地送香来。

张承文

字灌山,鄞人。

自题抱膝图小照

兀坐学参禅,心旷神自闲。清香静里得,欲语已忘言。

自题采药图

避俗将入道,闲来荷短锄。倘遇黄石公,所求非素书。采药本无药,求仙亦非仙。此中有真趣,行乐在自然。

邵鏊

字安侯，鄞人。乾隆□□岁贡。

《四明谈助》：明经掌教四川梁山书院，遂寄籍忠州梁山县。工诗。著有《冶塘诗抄》。

酉阳八景 录三

翠屏夕照

怅望秋天虚翠屏，微阳滟滟落寒汀。晴分树杪千岩碧，淡抹山腰一半青。薄雾林间投宿鸟，水云开雾立高亭。吟余独坐西风外，长啸还能动岳灵。杜甫、杜牧、来鹏、姚合、于武陵、罗隐、张籍、贯休。

鹿井仙踪

远害朝看麋鹿游，临风谁和鹿呦呦。涓涓云液空涵碧，濯濯灵源注玉流。却把渔竿寻小径，更邀诗客上高楼。雨余古井生秋草，壶里乾坤只自由。杜甫、谭用之、李商隐、陈众仲、张志和、曹唐、戴叔伦、吕岩。

午沙古迹

空庭日午独眠觉，路入烟霞草木香。秋水才添四五尺，平沙飞落两三行。芹根生叶石池暖，银蔓垂花紫带长。遇有客来堪玩处，还将远意问潇湘。韩偓、韦庄、杜甫、徐道晖、许浑、李绅、陆龟蒙、柳宗元。

黔江十二景 录四

三台拱极

五云多处是三台，保障西岷寿域开。满座山光摇剑戟，九重春色近蓬莱。紫芝翳翳多青草，碧砌磷磷生绿苔。从此逍遥知有地，露沾如洗绝尘埃。杜甫、查广居、杜甫、皇甫冉、许浑、罗邺、刘商、马怀素。

酉阳夕照

诗裁锦绣惜光辉,闲凭阑干望落晖。立处晚楼横短笛,路傍孤店闭柴扉。川分远岳秋光净,马渡寒沙夕照微。入夜更宜明月满,暂时相赏莫相违。 荆希逸、元稹、刘兼、戎昱、刘沧、赵嘏、法振、杜甫。

鹹溪飞瀑

但借流泉伴醉眠,遥看瀑布挂长川。一条素练娟娟净,万斛珠玑颗颗圆。清比湘灵鸣佩玉,迥如洛女弄冰弦。十分好处耽清赏,留与丹青作画传。 谭用之、李白、王贞白、白居易、羊士谔、于武陵、李涉、薛据。

墨沼流香

碧水澄潭远映空,数声鸡犬翠微中。屏间诗咏珠玑句,花外香生翰墨风。自拂烟霞安笔格,便当翘首望崆峒。回瞻四面如看画,春酒相携就竹丛。 沈佺期、刘威、李顾、崔颢、皮日休、邵谒、韦应物、朱庆馀。

四明清诗略卷十二终